Eu sou ERIC ZIMMERMAN

MEGAN MAXWELL

Eu sou ERIC ZIMMERMAN

VOLUME II

Tradução
Sandra Martha Dolinsky

Copyright ©Megan Maxwell, 2018
Copyright © Editorial Planeta, S. A., 2018
Copyright © Editora Planeta do Brasil, 2019
Todos os direitos reservados.
Título original: *Yo soy Eric Zimmerman II*

Preparação: Roberta Pantoja
Revisão: Thais Nacif e Laura Folgueira
Diagramação: Futura
Capa: adaptação do projeto original de Jorge Cano
Imagens de capa: Mike Watson Images / Moodboard / Getty Images Plus

Dados Internacionais de Catalogação na Publicação (CIP)
Angélica Ilacqua CRB-8/7057

Maxwell, Megan
    Eu sou Eric Zimmerman II / Megan Maxwell ; tradução de Sandra Martha Dolinsky. – São Paulo: Planeta do Brasil, 2019.
    400 p.

    ISBN: 978-85-422-1720-9
    Título original: Yo soy Eric Zimmerman II

    1. Ficção espanhola 2. Literatura erótica I. Título II. Dolinsky, Sandra Martha

19-1543   CDD 863

2019
Todos os direitos desta edição reservados à
Editora Planeta do Brasil Ltda.
Rua Bela Cintra 986, 4º andar – Consolação
São Paulo – SP – 01415-002
www.planetadelivros.com.br
faleconosco@editoraplaneta.com.br

Para meu Eric Zimmerman, por ser um homem maravilhosamente imperfeito a quem adorei apaixonar, irritar, estimular, desconcertar, excitar e enlouquecer, além de lhe criar uma vida. Minhas Guerreiras, meus Guerreiros e eu nunca o esqueceremos.
Essa é para você, babaca!

MEGAN

1

Riviera Maya, hotel Mezzanine

O sol está me torrando...
Estou vermelho feito um camarão...
Está um calor dos diabos...
E a maldita areia, que se enfia por todo lado...
Mas ficar vendo minha linda mulher, Judith, tomando sol, é a melhor coisa do mundo.

Estamos há alguns dias em lua de mel em Tulum, México, aproveitando muito.

Curtimos um ao outro, entramos no mar, fazemos amor com paixão e loucura... E, bem, também cuido de assuntos da Müller, minha empresa, em alguns momentos.

Quando volto ao hotel depois de uma reunião, na qual estive inquieto por não ter minha Jud por perto, peço na recepção que mandem algo para nossa suíte. Em seguida, acalorado, vou até o bar que fica de frente para o mar. Procuro minha mulher com o olhar e, quando a encontro deitada em uma linda espreguiçadeira, peço uma cerveja. Estou morrendo de sede.

Jud, que não sabe que a observo, toma sol com fones de ouvido. Está linda, tentadora, e sorrio ao vê-la mexer os pés ao compasso da música que escuta. Como ela diz, a música amansa as feras, e a fera de minha menina está tranquila.

Protegido sob a sombra do bar para que o sol não castigue ainda mais minha maldita pele branca, continuo observando minha moreninha. Com prazer e excitação, olho para a mulher que conseguiu fazer um homem como eu se casar. Por ela, só por ela, eu o faria mil vezes mais.

Sou um homem casado.
Ela conseguiu o que para mim era impensável.

Não posso acreditar, mas sorrio como um idiota ao ver a aliança que Judith colocou em meu dedo e que, de repente, é todo o meu mundo.

Ela é o meu mundo.

Um mundo sem Jud, sem seus beijos, suas carícias e sua irritação, já não seria viável. É impossível imaginar a vida sem minha moreninha. Tão impossível que penso: *Como eu conseguia viver sem ela?*

Estou pensando nisso quando um menino passa correndo diante de mim e, de repente, lembro-me de Flyn e sorrio. Ele ficou em Jerez com a família de minha mulher e espero que esteja bem. Não tenho dúvidas, mas tenho medo do que possa aprender com a incansável Luz esses dias, e das maluquices que podem fazer juntos.

Melhor nem saber!

Peço outra cerveja. Estou morrendo de sede. Está muito calor.

No momento em que vou dar um gole, vejo um desconhecido se aproximar de Jud e se sentar ao seu lado na areia.

Fico alerta!

Quem diabos é ele?

Interessado, não me mexo, e logo eles começam a conversar. E Judith sorri. Por que sorri para ele?

O ciúme, esse grande desconhecido para mim que só aflora com minha linda moreninha, deixa-me inquieto, mas consigo aplacá-lo. Sei que devo fazer isso, porque tenho consciência de que esse novo sentimento não é bom. Não. Não é.

Mesmo assim, não gosto de ver como esse sujeito olha para minha mulher. Sou homem, e sei como os homens olham. Contudo, gosto menos ainda quando ela ri desse jeito que me deixa totalmente louco.

Ela é tão bonita!

Enquanto conversam, Judith pega o protetor e começa a passá-lo por sua linda pele morena.

Ela é tentadora!

Continuam conversando.

Sobre o que estarão falando?

Sem perder nem um detalhe, eu os observo enquanto parecem se divertir, até que não aguento mais e escrevo uma mensagem no celular:

Procurando sexo, senhora Zimmerman?

Aperto "Enviar". Segundos depois, vejo minha mulher pegar o celular, que está sobre sua bolsa de palha, e ler.

Em seguida, ela se vira, procura-me e nossos olhos se encontram.

Eu a desejo!

Judith dedica-me um de seus lindos sorrisos inquietantes, mas eu, excitado, só consigo pensar em fazer amor com ela e sou incapaz de sorrir. Só consigo olhar para ela.

Segundos depois, ela aponta para mim, e o desconhecido que está ao seu lado me olha, levanta-se e vai embora depressa. Ótimo!

Jud volta a sorrir para mim.

Essa minha mulher é uma feiticeira.

Ela faz um sinal com o dedo para que eu me aproxime. Mas não vou. Resisto.

No fim, depois de fazer uma de suas caras engraçadas, meu amor se levanta e, olhando para mim com um sorrisinho maquiavélico, tira a parte de cima do biquíni e a deixa em cima da espreguiçadeira.

Como ela me conhece... como me provoca...

Ufa! Que calor sinto ao ver seus lindos seios tentadores.

Sem sair de onde estou, aproveito a visão que minha mulher me oferece enquanto se aproxima. Sinto meu membro endurecer em segundos ao ver seus lindos mamilos se contraírem por causa do sol.

Ela se aproxima...

E se aproxima...

E, quando chega ao meu lado, fica na ponta dos pés e me dá um beijo nos lábios que tem sabor da pura vida.

— Estava com saudades — diz ela.

Gostei. Gosto de ouvir isso, mas preciso saber quem era aquele sujeito com quem conversava tão animada.

— Você estava bem entretida conversando com aquele rapazinho. Quem era?

Judith sorri. Eu não.

— Georg — responde ela, por fim.

Não faço a menor ideia de quem seja esse Georg. Quando insisto, Jud me explica que é um rapaz que está de férias como nós, com os pais, e que estavam apenas conversando.

Acho graça em suas explicações, mas mais graça acho de mim mesmo.

Como posso ser tão ciumento?

Sem vontade de perder mais tempo pensando naquele rapaz, sorrio.

— No quarto, no gelo, tenho uma garrafa de rótulo rosa — digo.

Ao ouvir isso, a expressão de minha menina muda. Ela solta uma gargalhada e sai correndo para a espreguiçadeira.

Aonde ela vai?

Apressada, Jud recolhe suas coisas, e sorrio.

Sem dúvida, ela gosta da garrafinha de rótulo rosa, e muito!

Quando minha mulher volta, sem hesitar, eu a pego em meus braços. Depois de lhe dar um suave beijo nos lábios, murmuro:

— Vamos nos divertir, senhora Zimmerman.

Entre risos, beijos e carícias, chegamos ao nosso quarto.

Ao nosso paraíso...

Ao nosso oásis...

Ao entrar, Judith, que continua em meus braços, solta no chão a bolsa. E, olhando para mim, exige:

— Beije-me!

Seus desejos são ordens para mim. E vou beijá-la. Ah, se vou!

A temperatura sobe... sobe, sobe... E, de repente, estamos com tanto calor que temos que parar.

— Ligue o ar-condicionado — pede Jud.

Com um sorriso e sem soltá-la, vou até o aparelho e o ligo. Segundos depois, o frescor maravilhoso se faz presente e, olhando para o balde de gelo com a garrafinha de rótulo rosa dentro, pergunto:

— Quer beber?

Judith assente e, depois de um beijo, deixo-a no chão.

Sirvo duas taças e entrego uma a ela, que a bebe de um gole só.

— Me foda — pede Jud.

Alegre, assinto com a cabeça e, com um tom de voz íntimo, murmuro:

— Querida, você está ficando muito descarada.

Judith sorri. Adoro seu sorriso.

— Só com o senhor, sr. Zimmerman.

Depois de deixar minha taça em cima da mesa, com o olhar em chamas, acaricio seus lindos seios nus enquanto noto que ela abre o cinto de minha calça.

— Vamos ver o que temos aqui — murmura ela.

Ela me excita.

Minha mulher me deixa muito duro. Burro. Animal.

Seus olhos... seus maravilhosos olhos escuros estão fixos nos meus. Ela me faz vibrar enquanto introduz a mão em minha cueca e começa a brincar com meu membro ereto.

Deus... como me toca... como me excita isso que ela faz...

Sem mais demora e sem afastar meu olhar excitado do dela, eu me agacho e enterro o dedo do meio em sua entrada úmida.

Quente... meu amor está muito quente.

Judith arfa. Abre as pernas para me dar maior acesso, quer que eu continue, deseja que eu prossiga.

— Gosta disso, pequena? — pergunto, embriagado com seu doce aroma de sexo.

Com uma mão segurando meu ombro e a outra em meu pênis, a dona de minha vida assente, treme e, depois de sorrir, replica:

— Gosta disso, grandalhão?

Seus movimentos vão ficando mais intensos, mais sensuais. Feliz, fecho os olhos.

Deus... não pare.

O que ela faz me deixa louco. Ela sabe e, quando nota que tremo, olhando para mim, Jud diz:

— Isso, querido... vibre para mim.

Suas palavras e o controle que exerce sobre meu corpo me enlouquecem. Depois de lhe dar um beijo mais que ardente, tiro o dedo de dentro dela, faço-a soltar meu membro e, com rapidez, me dispo, enquanto ela me observa usando só a parte de baixo do biquíni. Jud gosta de olhar para mim tanto quanto eu gosto de olhar para ela.

Adoramos isso.

Já livre da cueca, meu pênis ereto se eleva entre nós enquanto contemplo seu biquíni. Desnecessário. E ela, que lê meu olhar, diz:

— Nem pense em rasgá-lo. Gosto dele.

A seguir, ela o tira, diante de meu sorriso. Ao vê-la nua, ergo minha pequena e, com o fogo abrasador nos queimando, introduzo minha ereção nela com uma estocada só.

Nossa! Isso!

Jud se acopla a mim, grita excitada e exige que eu não pare.

E não, não paro.

Repetidamente, eu a penetro enquanto meu corpo se une ao dela, e ambos nos enlaçamos em um perfeito jogo de sexo, vida e sedução.

Judith, meu amor, aprendeu a diferença entre foder e fazer amor, e o que ela quer agora é foder. Quer sexo quente. Quer sexo ardente. Quer sexo arrebatador.

E eu, que desejo lhe dar minha vida e tudo que ela me pedir, apoio-a contra a parede do quarto e me entrego a ela com dureza, paixão e intensidade.

Somos animais do sexo.

Ouvir seu ronronar maravilhoso e sentir seus movimentos felinos enquanto se acopla a mim me excita mais e mais a cada segundo.

Somos o que queremos ser nesse momento. Dois jogadores, dois fodedores, e nada nem ninguém tem o direito de nos dizer como curtir ou não.

Suando, entro nela sem parar. O prazer é intenso.

Ela pede, exige, ordena enquanto se abre para mim.

Os sons ocos do sexo tomam conta de nossos sentidos e de nosso quarto, sem que nos importe quem possa nos ouvir.

Uma... duas... sete... vinte vezes arfamos, gritamos, tomamos um ao outro.

A cada impacto nosso sexo ferve de desejo, enquanto nossos olhos e boca se encontram sem descanso em busca de delírio e loucura.

Sinto que vou explodir, meu corpo está dizendo, ainda mais quando ela sussurra:

— Goze dentro de mim.

Ouvi-la dizer isso me faz sorrir.

Sem dúvida, minha mulher está mudando em muitas coisas, e uma delas é o sexo. Ainda me lembro de quando ela tinha vergonha de dizer a palavra *foder*. Satisfeito em lhe dar o que me pede, assinto.

— Molhe-me por dentro. Agora... já... — insiste Jud, excitada.

Suas exigências me deixam totalmente louco. Sua voz, seu desejo... E, depois de uma série de investidas ferozes que nos enchem de prazer, dou a definitiva e inundo seus recantos mais íntimos com meu grande rio de lava.

Como disse, os desejos de Jud são ordens para mim.

2

Depois de vários dias de lua de mel, decidimos ir visitar nosso amigo Dexter na Cidade do México.

Judith logo faz amizade com Graciela, assistente pessoal de Dexter, e com a família dele. Ela também curte muito cada vez que eles organizam uma de suas festinhas. Os espanhóis e mexicanos adoram cantar e dançar, bem diferente de mim, que sou um alemão insosso. Por sorte, eles me respeitam. Não me fazem participar da festa, e eu fico grato. Agradeço de coração.

Devido a certos comentários de Judith, noto que Dexter e Graciela se olham disfarçadamente. Sem dúvida, há um vínculo entre eles que vai além daquele entre chefe e assistente, embora meu amigo tente ignorar isso.

Durante esses dias, continuo curtindo a lua de mel com minha mulher. O sexo é especial para nós, e não nos privamos daquilo que nos apetece, especialmente tendo Dexter e seu quarto do prazer por perto.

Vamos várias vezes ao recinto, sozinhos ou acompanhados, e Judith é sempre o centro de nosso desejo. Tudo que fazemos é com seu consentimento, claro. Nunca faria nada que ela não desejasse nem permitiria que alguém a tocasse sem sua aprovação.

Curtimos bastante com Dexter, que continua chamando minha mulher de *deusa do prazer*. Nós nos deixamos levar pela luxúria e os momentos ardentes, e tudo flui como tem que fluir.

Hoje, Graciela, que nunca participa de nossos encontros sexuais, e Judith decidiram sair para fazer compras, e eu fiquei com Dexter conversando e cuidando de certos assuntos empresariais.

Estamos absortos na conversa, quando recebo uma mensagem:

O cartão de crédito está pegando fogo. Eu te amo, fofinho.

Ler isso me faz sorrir como um bobo. Gosto de ver Jud gastando dinheiro, aproveitando, fazendo o que tem vontade.

Dexter, que me observa, pergunta:

— Ei, cara... e esse sorrisinho de bobo?

Ao ouvi-lo, torno a sorrir.

— É o efeito Judith.

Ele assente.

— Você me surpreende — diz meu amigo, sorrindo também.

— Por quê?

— Eric, nós nos conhecemos! — responde ele, bem-humorado.

Tudo bem. Entendo o que ele quer dizer, mas, como preciso que ele acredite em mim, insisto:

— Ela é a melhor coisa que me aconteceu.

Vejo uma expressão de incredulidade em meu amigo. Nós nos conhecemos há muitos anos e nunca, mas nunca, aconteceu nada assim comigo em relação a uma mulher.

— Sei que você não acredita — insisto.

— Cara, você se casou?

Assinto.

É verdade, sou um homem casado e feliz. Fiz algo que jurei mil vezes que nunca faria.

— E casaria de novo, só com ela. Judith me faz totalmente feliz.

Dexter sai rodando na cadeira de rodas. Em silêncio, vai até o frigobar que há em seu escritório. Prepara duas bebidas e, enquanto me entrega uma delas, diz:

— Isso significa que não haverá mais mulheres em sua vida?

Essa pergunta, na qual nem eu mesmo pensei, me faz sorrir.

— Jud é a mulher da minha vida e acontecerá apenas o que nós dois quisermos — respondo, com tranquilidade.

Dexter sorri e bebe um gole de sua bebida.

— Eu te conheço, você gosta demais de mulheres — insiste ele.

— De nenhuma como de Judith.

Minha resposta o faz erguer as sobrancelhas.

— O que ela tem que as outras não têm? — pergunta ele, curioso.

Pensar em Jud me faz sorrir.

— Vida, amor, desejos, desafios... ela tem tudo! — respondo, suspirando.

— Ei, amigo, você está me assustando.

Assinto. Até eu me assusto, mas digo com sinceridade:

— Sei quem fui com as mulheres, mas também sei quem sou hoje. E, mesmo que você não acredite, tenho certeza de que Jud, sua felicidade, seu bem-estar e seu amor são as únicas coisas importantes para mim, Dexter. Sinto que ela é meu mundo e agora sou eu quem gira ao seu redor. Tendo Jud, não preciso de outras mulheres, porque ela me dá tudo sem que eu nem precise pedir. O melhor da minha vida é fazer parte da dela. Sei que é difícil de entender, mas sou totalmente apaixonado por ela, e essa é a única realidade.

Meu amigo, com quem já compartilhei muitas farras e mulheres, depois de me escutar, assente.

— Não sei se dou os pêsames ou os parabéns — murmura Dexter.

— Sem dúvida, os parabéns — afirmo, seguro.

Ele torna a assentir e, quando vai falar, a porta do escritório se abre e aparece Juan Alberto, seu primo. É um sujeito encantador, inclusive já o apresentei a Judith.

— O que está rolando hoje por aqui? — pergunta ele, ao nos ver.

Sorrio.

— Dá para acreditar que este idiota está apaixonado? — diz Dexter.

Juan Alberto sorri, olha para mim e afirma:

— Isso é muito bonito, e ainda recém-casado...

Torno a sorrir como um bobo.

— Ele disse que não precisa de outras mulheres. Que Judith lhe dá tudo — insiste Dexter.

Juan Alberto, que está se servindo de uma bebida, dá de ombros.

— Isso é normal quando se encontra a pessoa certa, primo, o que não é nosso caso. — Deduzo que ele diz isso devido a seu divórcio recente. — O ideal é pensar como ele — prossegue. — Agora, só o tempo, as tentações e a sorte lhe dirão se acertou ou não.

— Nossa, o incentivo de vocês é demais — murmuro.

Dexter e Juan Alberto sorriem, e, então, o primeiro diz:

— Ei, cara! Judith é maravilhosa! Mas você sabe que não acredito em relacionamentos, e...

— E o que você tem com Graciela? — pergunto, sem poder me conter.

Quando digo isso, Juan Alberto solta uma gargalhada. Como diria Jud, aí tem coisa!

— Maldição... — murmura Dexter. — O que Graciela tem a ver com isso?

Juan Alberto se senta ao meu lado.

— Então, Dexter. Sei que você não acredita em relacionamentos, mas estou há alguns dias aqui e tenho notado suas olhadinhas. Ou você vai negar? — insisto.

Desconfortável, ele passa a mão pelo cabelo.

— Ela é a melhor assistente que já encontrei. Não sei do que está falando... — afirma ele.

Juan Alberto ri, tosse, e, quando Dexter o olha furioso, sorrio.

Muito bem... o que meu amigo não está me contando? Sentindo-me como uma comadre, como diria Jud, insisto:

— Conte... você não me engana.

— Escute, seu imbecil — grunhe, fazendo-me rir —, não vou lhe contar nada. E digo mais: embora sua garota seja um anjo, acho que você está desperdiçando a vida.

— Ora, homem! — digo, olhando para Juan Alberto.

— O que Björn diz de tudo isso?

Satisfeito, sorrio e bebo um gole de minha bebida.

— Ele está feliz por mim — respondo, por fim.

Dexter sacode a cabeça; minha resposta não o convence.

— Björn é como eu sou e como você era. Sem dúvida, essa mulher o encantou, mas, quando passar o efeito da novidade, você vai perceber que fez uma cagada ao se casar — diz ele.

Suspiro.

É evidente que Dexter não acredita no que sinto. Isso me irrita. Adoro e amo a Jud. Mas, quando vou responder, Juan Alberto solta:

— Ele gosta de Graciela, mas tem medo de que ela o rejeite.

— Seu idiota! — protesta Dexter.

Sem poder evitar, sorrio. Nunca falamos de sentimentos em relação a mulheres. Os homens não costumam se abrir sobre esses assuntos, que, para nós, são coisas de fracotes.

— Acho que você está enganado — sussurro, cravando o olhar em meu amigo.

— Por acaso agora você é especialista? — debocha Dexter.

Sorrio de novo, não posso evitar.

Intuo que Dexter está tão confuso quanto eu estava quando não entendia o que estava acontecendo comigo em relação a Judith.

— Do jeito que ela olha para você, acho que não vai rejeitá-lo — insisto.

A expressão do mexicano se suaviza; sem dúvida, gostou de ouvir o que disse.

— Impossível... — sussurra Dexter.

— Nada é impossível quando se ama — insiste Juan Alberto.

— Justo você, que acabou de se divorciar, diz isso?

Ele sorri, dá de ombros e responde:

— Como disse o grande Groucho Marx, o casamento é a principal causa do divórcio. Portanto, cuidado, Eric... porque você se casou!

— Idiota — diz Dexter, gargalhando.

Eu também rio. Esses dois mexicanos juntos são incríveis.

— Só porque não deu certo para mim não quer dizer que não vai dar para você — insiste Juan Alberto. — As pessoas são diferentes. Nunca se esqueça disso, Dexter.

Gostei do que ele disse. Ele tem razão.

— Não posso fazer isso com ela — diz Dexter, e suspira.

— Fazer o quê, primo?

Dexter bebe um gole de sua bebida.

— Você sabe perfeitamente a que estou me referindo, Juanal. Como homem, não posso lhe oferecer o que você ou Eric podem lhe dar. Ela é jovem, e... — responde ele.

— Então você gosta dela, não é? — interrompo.

Dexter me olha e bufa.

— Já conversou com ela? — insisto.

Ele nega com a cabeça. Vejo a dor e o medo em seu olhar. Sem poder me calar, prossigo:

— Vejamos: Graciela é sua assistente. É a pessoa que sabe melhor que ninguém o que você pode ou não pode fazer. É tão difícil assim falar com ela?

— Nem morto, cara!

Juan Alberto e eu nos entreolhamos. Como os homens são covardes para o amor!

— Eu sou rígido com certas coisinhas — acrescenta Dexter.

— Por quê?

Ele me olha. Creio que, se pudesse, Dexter se levantaria da cadeira de rodas para me dar um soco.

— Acha que vou te dizer por quê? — pergunta ele, com cara feia.

Faz-se silêncio no escritório. Sem dúvida, estamos tocando em um assunto delicado que magoa Dexter.

— Ela é doce e calorosa — diz, então. — Suave e equilibrada. O que acha que ela pensaria se soubesse de certas coisas sobre mim?

Não respondo, não posso.

— Não creio que ela goste de nossos jogos, e, embora já tenha sonhado mil vezes em deixar as nádegas redondinhas dela bem vermelhas, acho... acho que ela se assustaria. Se soubesse do que gosto, do que me excita, da única coisa que posso fazer, ela me veria como... como... — acrescenta Dexter.

Ele não continua, não consegue, mas, por fim, diz:

— Seria uma loucura fazer algo que cedo ou tarde me machucaria. Essa linda mulher merece um homem... um macho de verdade, não um...

Dexter não continua.

— Se alguém aqui é um homem, um macho de verdade, é você — digo, ao ver a dor em seus olhos.

Ele me olha e sorri, dando de ombros.

— Obrigado, amigo. Obrigado por suas palavras. Mas prefiro não mexer com assuntos do coração. Graciela é inocente e boa demais, e merece coisa melhor do que eu.

— Eu não acho — afirma Juan Alberto.

— Escute, idiota! O que você acha ou deixa de achar não me interessa, entendeu?

Ele sorri, já conhece o primo. Suspirando, dá uma piscadinha para mim.

— Não há mal que sempre dure nem um imbecil que aguente você — completa Juan Alberto.

No fim, Dexter sorri. E penso: *Se eu encontrei o amor quando menos esperava, por que ele não vai encontrar?*

3

A lua de mel chega ao fim.

Devemos voltar a nossa realidade. Minha empresa precisa de mim. Mas, antes de ir a Munique, vamos passar em Jerez para pegar Flyn.

Na viagem de volta em meu jatinho particular, juntam-se a nós Dexter, Graciela e Juan Alberto, que quer abrir novos mercados para sua empresa na Europa.

Sem dúvida, a conversa que tive sobre Graciela com meu amigo há alguns dias lhe deu o que pensar, e, surpreendentemente, ele a convidou para a viagem e ela aceitou, contente.

Judith está feliz. Como eu, ela notou que nosso amigo sente algo por sua assistente e não para de planejar coisas com Graciela. Roupa nova. Cabelo novo. Saídas com amigos. E o mais engraçado é ver como Dexter sempre cai nas armadilhas dela.

Como os homens são básicos e transparentes!

É evidente que as mulheres nos superam em certos assuntos, por mais espertos que achemos que somos. E também é evidente que, quando sentimos algo por uma mulher, é muito difícil disfarçar, mesmo que tentemos.

Eu que o diga!

Chegar a Jerez é reconfortante. Especialmente por ver a expressão de felicidade de meu amor.

No aeroporto, quando descemos do jatinho particular, um homem se aproxima de mim e me entrega os documentos e as chaves de um veículo. Ao vê-lo, Jud me olha, e eu, contentíssimo, explico:

— Comprei este carro para quando viermos a Jerez. Gostou?

Feliz, vejo minha mulher observar o Mitsubishi Pajero de oito lugares, igualzinho ao de Munique.

— Maravilhoso! — exclama ela, animada.

Uma vez que entramos todos, dirigimo-nos a nossa residência, Villa Moreninha, um lugar encantador de que meu sogro se encarrega de cuidar em nossa ausência.

Quando chegamos, Judith, orgulhosa, mostra a casa a nossos convidados. Acomoda-os em seus respectivos quartos e, ao terminar, vai ligar para o pai. Ver seu rosto enquanto fala com Manuel me faz feliz, porque sei que ela também está feliz.

Ela é tão bonita!

Estou olhando para ela encantado, quando Dexter se aproxima de mim e pergunta:

— Por que sua mulher me colocou no quarto ao lado do de Graciela?

— Você tem medo de quê? — pergunto, sorrindo.

Dexter nega com a cabeça, solta uma de suas "mexicanadas", dá meia-volta com sua cadeira de rodas e, sem dizer mais nada, desaparece.

Duas horas mais tarde, depois de termos tomado banho, entramos todos no Mitsubishi e nos dirigimos à casa da família de Jud em Jerez. Ela quer vê-los. E eu, inexplicavelmente, também.

Desde quando sou um cara família?

Ao entrarmos na rua onde meu sogro mora, vejo ao fundo Flyn, brincando com Luz.

O que estão fazendo sozinhos na rua?

De repente, eles param de brincar e correm para a caminhonete como doidos. Feliz por ver que nos reconhecem, toco a buzina, esquecendo que estão sozinhos na rua. As crianças pulam e riem. Segundos depois, antes de o veículo parar, a louca da minha mulher abre a porta. Aonde vai, se ainda não parei o carro?

Sem pensar, ela pula para fora e, em seguida, abraça as duas crianças, que se jogam sobre ela.

— Sua mulher é louca? — pergunta Dexter.

Não respondo. O jeito como ela desceu do carro assustou até a mim. Mas, ao ver o sorriso caloroso dela e das crianças, esqueço tudo.

— Sem dúvida, é — respondo.

Quando também desço do carro, antes do que esperava, Flyn se joga em meus braços. Gosto de sentir seu carinho, sua proximidade. Adoro. E, de repente, vejo que Luz corre até nós e não consigo evitar que Flyn, a menina e eu acabemos rolando pelo chão.

Caio de costas!

Dexter e os outros caem na gargalhada. Sem poder evitar, apesar da pancada, digo, rindo também ao ver a cara de preocupação de meu amor:

— Jud, querida, me ajude!

Minha mulher dá uma bronca em Luz, que gargalha, ainda no chão. Quando Jud me dá a mão, eu a puxo e a faço cair sobre mim. De novo os risos nos cercam. Sou feliz, feliz ao lado de minha mulher e de sua família peculiar.

Meia hora depois, uma vez feitas as apresentações, estamos todos bebendo algo gelado no jardim dos fundos da casa, à beira da piscina, quando minha cunhada, Raquel, aparece falando poucas e boas ao telefone. Sem nem olhar, deixa a pequena Lucía nos braços de um aturdido Juan Alberto.

Por que lhe entrega a menina se nem o conhece?

Em silêncio, todos ouvimos a conversa. Quando noto que Luz está com os cinco sentidos atentos ao que sua mãe diz, resolvo atrair sua atenção:

— Luz, olha a câmera fotográfica do Bob Esponja que comprei para você.

A menina se concentra em mim, feliz com o presente. Flyn pega o dele, e Judith, atordoada e grata por minha reação, tira o bebê dos braços de Juan Alberto.

— Ooooiiiiii... cucurucucu cucuruuuuuuuuu... Ai, eu vou comer essas bochechas, eu vou comeeeeeeeer!!! — diz Jud.

O grupo olha para ela. Eu sorrio.

— O que há com sua mulher? — pergunta Dexter, desconcertado.

Alegre diante da naturalidade que vejo em Judith ao falar com a pequenina, olho para Dexter e respondo:

— Ela está falando baleiês.

— Baleiês?!

— Judith diz que falar assim com um bebê é falar *baleiês* — explico.

Ambos rimos de minha esposa e suas maluquices.

— Sem dúvida, sua mulher é estranha — comenta o mexicano.

— Sem dúvida — afirmo apaixonado, enquanto ela continua conversando com a sobrinha.

Instantes depois, quando alguém diz que o bebê no colo combina muito bem com ela, a expressão de Jud muda. Ainda lembro que, quando Lucía nasceu, ela me disse que não queria ter filhos. Tento não sorrir quando a vejo coçar o pescoço.

Um pouco depois, Raquel, enlouquecida, desliga o telefone, aproxima-se de nós e, depois de cumprimentar os conhecidos, eu lhe apresento Graciela e Juan Alberto. Ela mal olha para ele, mas ouço-o dizer quando Raquel se afasta:

— Mãe do céu, que mulher!

Olho para o mexicano com seriedade. Raquel é minha cunhada e não vou permitir que brinque com ela. Ele faz um gesto e me entende. Melhor assim.

Passamos o resto da tarde em família, entre risos e um ambiente agradável, e, quando chega a hora do jantar – como não podia deixar de ser –, Manuel nos presenteia, entre muitas outras coisas, com camarão, cação cozido, *salmorejo* e presunto cru do bom. Minha mulher e Flyn ficam loucos. Como esses dois gostam de presunto cru!

Essa noite, quando voltamos a Villa Morenita, depois de nos despedirmos de nossos amigos, Jud e eu vamos para o nosso quarto, onde, sem hesitar, fazemos amor. Essa noite não queremos foder. Desejamos nos entregar um ao outro, mas com calma e suavidade.

Como sempre, nossa entrega é extrema.

Nós nos desejamos... Nos saboreamos...

Damos tudo de nós. Depois do segundo assalto, que me deixou de língua de fora por causa da fogosidade de Jud, olho para minha mulher e pergunto:

— O que achou de sua irmã?

Ela se abana com a mão, está acalorada como eu.

— Raquel está brava com Jesús, aquele enrolador. Esse idiota não sabe o que quer — responde ela.

Assinto. Sem dúvida, a minha cunhada não deve estar vivendo um bom momento pessoal. Então, lembro-me de uma coisa, sorrio e sussurro:

— Vi você coçar o pescoço quando alguém disse que ficava muito bem com sua sobrinha no colo. Por quê?

Ao me ouvir, ela arregala os olhos. Oh-oh... não sei se arrumei encrenca.

— Eric...

— Jud...

— Eu já disse: não quero filhos.

— Nunca?

Jud começa a coçar o pescoço de novo.

Quando escapam de seu controle, as coisas a afetam demais.

— Assim também não. Mas ainda não. Não estou preparada — explica ela.

Assinto, eu a entendo. Também não estou preparado, mas acho engraçado ver sua cara quando toco no assunto. Nunca pensei em ter filhos, e menos ainda depois de ter criado sozinho meu Flyn, mas no dia em que Lucía nasceu e eu a peguei no colo senti algo especial e, pela primeira vez, pensei em como seria ser pai.

Que diabos está acontecendo comigo?

O pescoço de Jud está cada vez mais vermelho. Ela não está gostando da conversa. Achando graça, eu a abraço e a beijo. Procuro fazê-la esquecer o assunto, e consigo. Depois da última rodada, quando ela exige seu empalador, porque agora quer foder, adormecemos. Estamos esgotados.

Estou dormindo gostoso, quando ouço:

Feliz... feliz um mês de casados, Alemão,

que a espanhola caçou você.

Seja feliz ao meu lado,

e que completemos muitos maaaaais.

Abro um olho e tenho uma surpresa enorme quando vejo minha linda mulher com uma camiseta vermelha que comprou para mim que traz escrito "Viva a moreninha".

Sorrio. Adoro essas loucuras de Jud.

— Parabéns, meu amor! Hoje faz trinta dias que estamos casados — diz ela.

Nosso primeiro mês! Assinto, quase sem poder acreditar.

Como o tempo passa rápido quando somos felizes. Adorando, eu a abraço e digo o mais espanhol que consigo com meu forte sotaque alemão:

— Viva a moreninha!

Sorrimos, e eu a beijo.

Preciso senti-la. Quero que ela saiba como sou feliz como homem e como marido. Então, faço uma coisa de que nós dois tanto gostamos, que é chupar seu lábio superior, depois o inferior e acabar com uma mordidinha.

Que linda tentação!

Esse lance nosso nos enlouquece. E é exclusivamente nosso.

Um beijo leva a outro.

Uma carícia, à outra e, logo, a camiseta de Jud voa pelos ares enquanto sinto um desejo incontrolável de possuí-la. Mas, de repente, quando a deito na cama, ouvimos um "prrrrrrrrrrrr" e nos entreolhamos.

Que barulho foi esse?

Judith fica vermelha, muito vermelha, e eu pestanejo totalmente incrédulo.

Sério?

Ela soltou mesmo um pum na minha frente?

Quando vou perguntar se o que ouvi é o que imagino, ela balbucia com cara de tacho:

— Não é o que você está pensando.

Ah, Deus... que situação.

Rio, não posso evitar.

— Foi o bolo que eu trouxe para você, que agora está bem debaixo da minha bunda.

O quê?!

Bolo? Que bolo?

Sem poder acreditar, olho para onde ela indica, e, sim... sim... sim... embaixo de sua linda bunda há um bolo de pão de ló com chocolate.

Mas como foi parar ali?

Como a bunda de minha mulher pode estar cheia de chocolate?

Sem poder evitar, desabo do outro lado da cama e começo a rir descontroladamente.

Deus... acho que nunca ri com tanta vontade antes, tanto que estou até ficando com dor de barriga.

Só com Jud acontecem essas coisas. E, ao ver que não pode se mexer, ela também começa a rir.

Instantes depois, quando percebo que ela está se divertindo tanto quanto eu, pego uma das xícaras de café que estão ao lado do bolo esmagado e dou um gole. Trocamos algumas palavras e, ao ver minha cara, ela murmura:

— Nem pense nisso!

Mas estou brincalhão, travesso e cheio de desejo.

— Quero bolo — digo.

— Eric!

Que tentação!

Sou mais forte que ela e, antes que continue protestando, viro-a de bruços. Olhando para seu traseiro maravilhoso e delicioso cheio de chocolate, não hesito e lambo tudo.

Jud protesta e tenta se levantar. Não acha certo que eu coma o bolo de sua bunda, mas eu não a solto.

— Humm... é o melhor bolo de chocolate que já comi em toda a minha vida.

Jud ri. Eu também, e continuo aproveitando o presente maravilhoso.

Bolo de chocolate espalhado na bunda de meu amor não é só sexy e gostoso, mas também altamente provocante e tentador.

Incrível!

Minutos depois, uma vez que deixo claro que também me lembrava de nosso aniversário de um mês e que tenho um presente para ela, viro-a e, sem me importar com o chocolate que suja meu corpo e tudo a nossa volta, sussurro, fitando-a nos olhos:

— Eu amo você, pequena.

E sim, eu a quero, adoro. Preciso dela. Eu... eu... eu...

Ela assente e, brincalhona, pega o bolo com as mãos, espalha-o pelos seios, umbigo e acaba sobre seu monte de Vênus.

Uaaaaauuu... Aí sim!

Minha cara de desejo deve ser tanta que minha mulher, louca como é, pega mais bolo de chocolate e lambuza meu abdome e meus ombros.

Que safada!

Ardente. Jud me deixa tonto e ardente.

Seu desejo é evidente, e o meu também. Por isso, com a boca úmida, sigo a trilha que ela criou para mim, e dos seios desço até seu umbigo, e dali até seu incrível monte de Vênus. Quando abro suas pernas devagar para mim, só para mim, chupo-a. Chupo gostoso.

A paixão nos incendeia em segundos.

Enlouquece nós dois!

O sexo entre nós, como sempre, é ardente. Ao vê-la se agarrar nos lençóis ávida de desejo, eu me sinto o sujeito mais sortudo e poderoso do mundo.

Satisfeito, pego minha mulher e a giro. Seu traseiro bonito e cheio de chocolate fica diante de mim, e o lambo de novo. Está delicioso, doce, e, quando meu anseio por ela já é insuportável, coloco a ponta de meu pênis duro na entrada de sua vagina achocolatada. Lenta e pausadamente, entro nela.

Que prazer!

Então, Judith exige mais e, como sempre, eu lhe dou. Seguro seus quadris com possessividade e, deixando vir à tona o selvagem que ela deseja, entro por completo nela e consigo fazê-la berrar de prazer enquanto cheira a chocolate e a sexo.

Bela mistura!

Seus gritos deixam claro que vamos acordar os convidados, então ela opta por morder os lençóis, arqueando os quadris para receber mais e mais.

Ela é insaciável.

Sexo. Sexo do bom, incrível, especial, é o que tenho com minha mulher.

Adoro possuí-la, assim como adoro que ela me possua. Precisando ver seu rosto lindo, detenho meus movimentos contundentes, saio dela, giro-a e, quando nossos olhos se conectam, torno a penetrá-la com meu pênis duro e exijo, enquanto vibro:

— Olhe para mim.

Ela me olha.

Crava seus incríveis olhos escuros de feiticeira em mim e começa a mexer a pelve em busca de loucura.

Os movimentos serpeantes me fazem arfar. Minha mulher sabe muito bem o que fazer, e eu enlouqueço. E me embruteço. Até que retomo o controle da situação e a imobilizo, possuindo-a sem parar, desejando minha mulher, minha pequena.

Prazer...

Calor...

Desejo...

E amor...

Esse coquetel que ela me ensinou que existe é maravilhoso, e curtimos o momento com intensidade, loucura e ardor, até que um orgasmo incrível a faz tremer sob meu corpo. Depois de conseguir o que queria, deixo-me levar.

Esgotados, desabamos na cama. Um ao lado do outro, com a respiração acelerada.

— Tudo bem? — pergunto.

Jud assente.

— Impressionante — afirma ela.

Uma vez que a intensidade da loucura diminui, parece que somos feitos de bolo de chocolate. Há bolo em nosso corpo e em nossa cama, e rimos felizes.

Se, antes, alguém me dissesse que eu acharia toda essa meleca engraçada, nunca acreditaria. Mas sim, estar lambuzado de chocolate junto com minha moreninha é divertido, maravilhoso e encantador, imensamente encantador, e espero que não seja a última vez.

Mais tarde, depois de tomarmos um banho, quando vamos sair para almoçar no restaurante da Pachuca com o resto do grupo, que com suas olhadinhas sorridentes deixam claro que nos ouviram, eu a detenho. Pego a mão de Jud, faço-a entrar de novo no quarto e, entregando-lhe um envelope, digo:

— Seu presente!

— Você e seus envelopes — diz ela, levantando as sobrancelhas.

Acho engraçado ouvir isso. Sem dúvida, ficou gravado em sua memória o primeiro Natal que passou conosco, quando entreguei os meus presentes a todos, dentro de um envelope.

Mas, caralho, sou um homem prático. Um cheque é a melhor coisa. Assim, cada um compra o que quer e eu nunca erro.

Não afasto meus olhos dos dela.

Quero ver sua reação quando vir o que há dentro do envelope. Segundos depois, sua expressão muda quando pega o papelzinho e o lê. Sem poder acreditar, ela me olha e pestaneja. Sua cara de surpresa enche meu coração. Eu a surpreendi.

— Sério? — pergunta ela, boquiaberta.

Afirmo com a cabeça. Sei o que lhe dei de presente, embora tenha sido difícil.

— Leia em voz alta para eu ter certeza — peço.

Com um lindo sorriso, ela lê:

— "Vale um equipamento completo de motocross."

Assinto. Sua felicidade é minha felicidade.

— Se é o que está escrito, então é verdade — afirmo.

Jud solta o papel. Pula em meu pescoço e me beija.

Sim!

Eu, feliz, aceito esses beijos tão maravilhosos, mesmo achando que ela vai quebrar minha cervical.

Como a moreninha é bruta!

Mas não me importa. Quando seus beijos acabam, ela me olha e diz, fazendo todos os pelos de meu corpo arrepiarem:

— Eu te amo, meu amor.

Caralho, é incrível o que sinto quando a ouço dizer isso.

O fato de Jud me amar como sou, sendo que não sou o sujeito mais divertido do mundo, nem o mais tolerante, me faz feliz, muito feliz, e ratifico: ela é a melhor coisa que me aconteceu na vida.

Uma hora depois, no restaurante da Pachuca, como sempre que a mulher me vê, ela se desmancha toda comigo. Como gosta de seu *Frankfurt*, como os jerezanos me chamam.

Pachuca, como de hábito, prepara uma comida que dá gosto comer, e todos adoramos.

Tento não sorrir quando vejo alguns garotos assobiando e paquerando Graciela, e Dexter disfarça.

Caralho, que desagradável para ele!

Ele não comenta nada, mas está atento ao que dizem a ela. Sei por que está calado, sendo que ele quase sempre é o centro das atenções.

4

Os dias em Jerez são maravilhosos e aproveitamos muito.

Nesse tempo, todos testemunhamos Raquel, irmã de Jud, e Juan Alberto, primo de Dexter, fazendo brincadeiras e se divertindo. Jud, debochada, diz que aí tem coisa! E, embora eu ache engraçado, quando encontro Juan Alberto sozinho, faço questão de lembrá-lo de novo que não quero ver minha cunhada sofrer, do contrário, haverá sangue!

No entanto, surpreendentemente, noto como esse rude mexicano a olha, e logo sei que está arrastando um bonde pela espanhola. Basta ver como a observa para saber que tem alguma coisa especial acontecendo.

Certa tarde, enquanto as garotas tomam sol na piscina, Dexter, Juan Alberto e eu vamos até o circuito de Jerez. Meu sogro os convida para conhecer o lugar, e eles não perdem a oportunidade.

Enquanto dirijo, noto que os mexicanos não reparam em mulher nenhuma. Estranho... estranho...

Ou não, talvez isso já não seja tão estranho. Eu mesmo deixei de reparar nas mulheres quando Jud entrou em minha vida, e acho que com esses dois está acontecendo o mesmo. Mas não digo nada. Nós, homens, não falamos dessas coisas.

Depois de passar um tempo com Manuel nesse lugar fantástico, quando nos despedimos dele e nos dirigimos ao carro, o telefone de Juan Alberto apita de novo. Ele não para de receber e enviar mensagens.

Dexter e eu nos olhamos, intuímos com quem esteja trocando mensagens.

— Com quem está conversando tão animado? — pergunta meu amigo.

Juan Alberto responde à mensagem e, guardando o celular, responde:

— Com uma linda mulher.

Suspiro. Sem dúvida, está falando de minha cunhada.

— O que está fazendo, Juanal? — insiste Dexter.

Seu primo sabe que reparamos na manhã cheia de mensagens.

— Nada que lhes interesse — responde Juan Carlos.

Caralho... caralho... a mim interessa, sim.

Não quero confusão, nem com meu sogro nem com minha mulher. Uma vez que chegamos ao veículo, paramos e, olhando para o mexicano, digo:

— Não gostaria de ter que quebrar sua cara.

Ao ouvir isso, ele sorri. No fim, vou ter que quebrar mesmo...

— Ela é irmã da minha mulher, entende o que digo? — insisto.

Juan Alberto assente, ele entende perfeitamente.

— Não há com que se preocupar, compadre — diz ele. — Estamos só conversando, nada mais.

— Ei, cara, conheço você! — diz Dexter.

— Do que está falando?

Meu amigo suspira, afasta o cabelo escuro da testa e acrescenta:

— Juanal, ela é cunhada de Eric... Pense bem!

Juan Alberto nos olha. Sem dúvida, não vê graça no fato de falarmos de algo que só diz respeito a ele, como eu também não veria.

— Muito bem, aqui somos todos adultos, não? E, se eu não me meto na vida de vocês, por que têm que se meter na minha? — pergunta Juan Alberto, apontando para Dexter. — Por acaso, digo algo quando vejo você morrendo de raiva porque os homens paqueram Graciela? Não, certo? Pois, então, feche essa sua boquinha e meta-se em seus assuntos. E você...

Mas eu não o deixo terminar e, sério, digo:

— Como Dexter disse, ela é irmã da minha mulher. Está se divorciando, e...

— E é deliciosa e encantadora.

Meu Deus... vou quebrar a cara dele.

— Você está me ouvindo? — pergunto, irritado.

— Juan Alberto Riquelme de San Juan Bolívares — grunhe Dexter. — Cara, não brinque com quem não deve. Essa mulher é proibida para você.

— E quem disse isso? — replica Juan Alberto.

Ora, ora, ele está me deixando puto. E, quando vou dizer que quem disse fui eu, ele crava seus olhos mexicanos em mim e, com segurança, diz:

— Eric, sou adulto. Ela é adulta. E não se fala mais nisso.

Ao ouvir isso, tomo consciência de que estou me metendo onde não devo e de que ele tem toda razão.

Desde quando eu me meto nessas coisas?

Mas, caralho, estamos falando de Raquel!

Assentindo, digo não muito convicto antes de encerrar o assunto:

— Espero não ter que quebrar sua cara.

— Eu também — afirma Juan Alberto, sorrindo.

Segundos depois, nós três entramos no carro e voltamos para as garotas. Por mais incompreensível que pareça, nenhum de nós quer ir a outro lugar sem elas.

* * *

Depois do jantar, antes de voltar a Munique, vamos a um bar que Jud conhece. Lá ela encontra vários amigos, e tenho que a dividir com eles. É o jeito.

Eu a olho abobado enquanto Jud dança animadamente com sua amiga Rocío, outra louca como ela. Ainda não entendo como uma mulher com toda essa graça foi reparar em um sujeito tão insosso como eu.

Durante um bom tempo, todos nos divertimos. Converso com meus amigos e rio com as tiradas de Dexter. Então, busco minha mulher com o olhar e a vejo no balcão falando com... com...

Está de brincadeira!

Esse não é o sujeito com quem ela fazia *motocross*?

Fico alerta. A situação me incomoda. Ainda me lembro da última noite em que o vi na casa de Jud. Levantando-me da cadeira, vou até eles com passo seguro enquanto sinto meu coração bombear descontrolado.

Caralho... Que diabos está acontecendo comigo?

Não gosto dos movimentos desse sujeito. Vejo que está encurralando Judith contra o balcão. Com vontade de pegá-lo pelo pescoço, eu me aproximo muito puto.

— Pode se afastar de minha mulher para ela poder respirar? — sibilo.

Ele me olha. E me reconhece como eu o reconheci. Não me dá ouvidos e me manda dar uma voltinha porque Judith não é minha mulher.

Como?!

Caralho... Caralho...

Minha fúria sobe alguns decibéis e já estou apertando os punhos.

Judith, que já conhece meu olhar e meu nível de intransigência com tudo que diz respeito a ela, pede-me tranquilidade com o olhar. Quando começa a falar, pego o imbecil pelo braço, afasto-o dela de modo rude e grunho diante de seu rosto:

— Quem vai dar uma voltinha é você. Porque, se voltar a se aproximar da minha mulher como fez hoje, você vai ter problemas comigo, entendeu?

O sujeito me olha com arrogância. Meu Deus... vou dar na cara dele!

Aperto os dentes. Judith, interpondo-se entre nós, levanta a mão, estica um dedo e diz depressa:

— David, Eric é meu marido. Nós nos casamos.

Quando ela diz isso, a expressão do arrogante muda.

Ele me olha, e eu o fulmino com o olhar. Depois de pedir desculpas por suas palavras e de nos entendermos, David vai embora e meu nível de intransigência diminui.

Jud e eu nos encaramos. Leio em seus olhos tudo que suas palavras não dizem. E, quando a puxo para meu corpo e a beijo com propriedade, ela me beija com possessividade.

Ah, nós dois!

Instantes depois, quando estamos saindo de mãos dadas, encontramos Fernando. Por sorte, o que aconteceu entre esse sujeito e eu no passado por causa de Jud já está esclarecido, e mantemos um relacionamento excelente. Ele é um bom sujeito, de quem gosto muito.

Depois de bebermos alguma coisa com ele e a garota que o acompanha, quando eles vão embora, voltamos para nosso grupo. Judith fica perto da irmã e eu me sento ao lado de Dexter, que bufa. Graciela está agradando os rapazes de Jerez.

— O que há com você? — pergunto, discretamente.

Ele me olha. Leio em seu rosto o que está acontecendo.

— Depende de você, amigo... só de você — digo, com sinceridade.

Dexter prageja. O que ele cala, ouve e sente o está incomodando, mas ele se contém.

Não diz nada.

Segundos depois, feliz, acolho minha mulher em meus braços quando ela vem se sentar sobre minhas pernas. Adoro seu contato.

Tê-la sentada em meu colo, ouvir seu riso e ser testemunha de suas lindas expressões ao falar com seus amigos me faz sorrir como um bobo. Sem dúvida, estou me tornando um idiota, um molenga apaixonado, mas não posso evitar. Ela me faz feliz.

O bom astral do grupo é evidente. Todos têm coisas interessantes para contar. De repente, Raquel se aproxima de Jud, que agora está sentada em uma cadeira, e noto que as duas começam a sussurrar.

O que deu nelas?

Observo-as. As irmãs Flores e suas confidências podem ser terríveis. Então, percebo que Jesús, o "ex" de minha cunhada, está no bar. As duas ficam nervosas, alteradas, e eu tento tranquilizar Jud. Já a conheço bastante, e sei que, quando semicerra os olhos, não é nada bom... porque a espanhola boca suja que habita dentro dela pode aparecer de uma hora para outra.

Observo a situação e fico tenso devido ao que poderia acontecer por causa daquele sujeito. Mas, de repente, acontece algo que deixa todos nós sem palavras. Raquel, sem mais nem menos, vai até Juan Alberto, senta-se sobre as pernas dele e o beija na boca na frente de todos, com verdadeira paixão.

Caralho!

Pestanejo.

Raquel e Juan Alberto, caralho!

Pasmo, olho para minha mulher, mas sua expressão indica que está tão surpresa quanto eu. Dexter me encara e não sabemos se rimos ou se ficamos furiosos. Então, olho para Jesús, o "ex", e, pela sua cara, acho que vai desmaiar.

O que Raquel e Juan Alberto estão fazendo?

Ninguém sabe o que dizer. Assim que o beijo fogoso acaba, enquanto o mexicano me olha com cara de bobo, Raquel, a fera, sem sair do colo dele, encara o ex-marido. E, quando Jesús lhe pede explicações, eles discutem. Enquanto isso, seguro Jud, que é a próxima fera que pode entrar em ação.

Confusão. Forma-se uma bela confusão de recriminações entre eles, até que, com cara de poucos amigos, Juan Alberto se levanta, sem soltar Raquel, e encara Jesús. Ora, ora...

O mexicano solta tudo que lhe passa pela cabeça em defesa da espanhola e conclui dizendo:

— Desapareça de minha vista, entendeu?

O "ex", branco como um alemão, por fim, dá meia-volta e vai embora. Não tem alternativa. E Raquel, cravando os olhos em Juan Alberto, diz com um fio de voz:

— O-obrigada pela ajuda.

Eles se olham.

Nossa, como se olham esses dois.

Então, com uma tranquilidade incrível, Juan Alberto se senta de novo, dessa vez sem ela, e solta:

— Sempre que precisar, gata.

Caralho!

Estamos todos aqui!

Ouço Jud praguejar e, não sei por que, rio.

Sem dúvida, o ar da Espanha me faz muito bem.

Segundos depois, quando Jud e sua irmã vão ao banheiro, olho para Juan Alberto.

— Eu sei, cara. Você não quer confusão — diz o mexicano.

Tão boquiaberto quanto eu diante do ocorrido, Dexter olha para Graciela, que está de conversa com um rapaz no balcão. Em seguida, olha para seu primo e, baixando a voz, sussurra, abatido:

— Estou começando a não gostar dos espanhóis.

Acho engraçado seu comentário, sei por que está dizendo isso.

— Daqui a pouco não vai gostar dos alemães — digo.

Dexter prageja, não gosta do que ouve.

— Pare de fazer papel de bobo e lute por ela — solta Juan Alberto.

Mas Dexter resiste, tem muitos medos e inseguranças, e, ignorando as palavras dele, pergunta:

— Primo, é sério que você disse a Raquel: "Acredita em amor à primeira vista ou tenho que a beijar de novo?"

Juan Alberto assente.

— Mãe do céu, quem é você e onde está meu primo? — pergunta Dexter, revirando os olhos.

Acabamos os três rindo como idiotas.

O que está acontecendo conosco?

É verdade que os malditos sentimentos ofuscam nosso cérebro?

No fim, vou acabar acreditando nessa frase que ouvi várias vezes: o coração tem razões que a própria razão desconhece.

5

Voltar a Munique me enche de alegria.

Caralho, sou alemão e estou voltando para minha terra.

Sou pior que uma criança. Preciso de minhas rotinas.

Ver Susto e Calamar enche Jud de felicidade. E a mim, enchem de baba. Não há dia em que esses dois bichos não me sujem, mas não importa, estou feliz por vê-los. Alegre, Judith dá um beijo em Simona e em Norbert, que já se acostumaram com seus carinhos. Embora ela não diga nada, sei quanto minha pequena sente falta de sua família. Eu sei.

No entanto, nossa vida é em Munique. E, ao chegar, sei que preciso focar em mil assuntos empresariais. A Müller precisa de mim, e a cada dia me envolvo mais com a empresa.

Juan Alberto ficou na Espanha, mas, por sorte, a presença de Graciela e de Dexter suaviza a volta à realidade, e isso me ajuda. Pelo menos Jud está entretida, e acho que não nota minhas longas ausências quando estou na empresa. Quando ela, Graciela e Simona assistem a *Loucura esmeralda,* desligam-se de tudo. O que há nessas novelas de que as mulheres gostam tanto?

Durante o dia, fico na Müller, à tarde curto a família e à noite me dedico a minha mulher e ao seu bem-estar.

Nessa noite vamos os quatro jantar no Jokers, restaurante do pai de Björn. No final, juntam-se a nós Frida, Andrés e Björn, com sua última conquista, uma linda e sexy apresentadora da CNN chamada Agneta. Em dez minutos, comprovo que ela é insuportável e me dou conta de que Jud pensa o mesmo.

É sério que antes eu gostava desse tipo de mulher?

Björn, observador como eu, também nota o jeito como Jud olha para Agneta.

— Elas não têm nada a ver, não é? — sussurra ele, aproximando-se de mim.

Sorrio. Sei do que ele está falando. Enquanto uma curte a comida, a outra só faz cara de nojo.

— Absolutamente nada — afirmo.

Björn sorri e comenta ao ouvir uma brincadeira de meu amor:

— Mulheres como Judith são especiais.

Tenho certeza disso.

— E, por sorte, ela é *minha mulher* — respondo.

Björn sorri de novo, e Dexter, que nos ouviu, murmura:

— Sua conquista, Björn, como dizemos em meu país, se sente bordada à mão!

Ele e eu o olhamos sem entender.

— O que isso quer dizer? — pergunta Andrés, divertido.

Dexter bufa. O jantar não está sendo fácil para ele, por causa de Graciela. Apontando para Agneta, que observa com uma expressão indecifrável como as garotas comem com vontade, explica:

— Olhe só, ela se sente divina, especial, única.

Nós quatro olhamos para Agneta e tenho que dar razão a ele.

Essa loura é uma beleza. Corpão. Alta. Pernas longas. Rosto lindo. Cabelo sensual. Mas, agora que o amor chegou a minha vida, entendo que a beleza exterior não é tudo.

— Ela é do tipo de que Björn gosta, certo? — digo.

— Sexo sem complicações. Não quero mais que isso — explica meu amigo.

Isso faz Dexter por fim sorrir. De repente, dou-me conta do quanto eles estão perdendo, assim como eu perdia antes por não querer abrir meu coração para o amor. No entanto, não digo nada. Nunca fui homem de dar conselhos, e menos ainda sobre amor. Andrés também se cala. É evidente que, em assuntos do coração, os homens preferem não abrir a boca.

Durante o resto do jantar, as garotas, exceto Agneta, que continua se julgando "bordada", se divertem, comem e aproveitam a noite. Sem dúvida, Frida, Jud e Graciela juntas são uma bomba-relógio. Então, noto que a última está exagerando um pouquinho na cerveja Löwenbräu.

Caralho, como essa Graciela bebe cerveja!

Como ela diz, adora a cerveja dos leões. E ficamos todos surpresos quando, de repente, depois de algo que Dexter diz, ela solta:

— Que pena que você não quer nada comigo! Seria demais brincarmos juntos em seu quarto do prazer.

Todos nos olhamos espantados.

Será que ouvimos direito?

Graciela sabe da existência do quarto?

Dexter olha para mim. Eu olho para Judith. Minha mulher pestaneja com inocência, ao passo que Graciela, totalmente desinibida por causa das cervejinhas, se aproxima de um atordoado Dexter e, sem pensar duas vezes, dá-lhe um beijo que até eu sinto o chão desaparecer sob meus pés.

Caralho, essa Graciela!

Calados, testemunhamos a paixão que a chilena coloca no momento.

— É disto que estou falando, coisa linda. Quero parar de brincar com outros para brincar com você — confessa Graciela, ao dar por terminado o beijo.

Ora, ora!

A coisa está ficando interessante!

Dexter processa o ocorrido. Está muito confuso.

— Mas, pelo amor de Deus, com quem você brinca? — pergunta ele, furioso.

Brinca?

Ela brinca?

Olho para Jud e seu sorrisinho indica que ela sabe mais do que me contou.

— Com meus amigos — solta a bebedora de cervejas dos leões.

— E faz muito bem — afirma Frida, rindo.

Judith deixa escapar uma gargalhada.

Ai, ai... essa risada. Que perigo!

Dexter está soltando fumaça não só pelas ventas. Vendo o rumo que as coisas estão tomando, decido tomar as rédeas da situação. Ou faço alguma coisa, ou a situação vai ficar feia.

— É tarde, acho melhor voltarmos para casa — digo, levantando da cadeira.

Deixando para trás Jud e Graciela, que estão rindo, convenço Dexter a sair do restaurante, enquanto o resto se despede do pai de Björn.

Dexter está confuso e furioso. Quando Björn se junta a nós, pergunta, surpreso:

— O que foi aquilo que aconteceu lá dentro?

Dexter não responde. Eu o olho com cara de desentendido, e Björn, que só precisou de dois dias para se dar conta do que está acontecendo com o mexicano, sussurra:

— O que você está esperando para atacar?

— Deixe de bobagens, Björn! — pragueja Dexter.

— Mas...

— Não quero algo que possa me machucar — interrompe o mexicano.

Suas palavras, sua raiva e sua impotência me deixam frustrado. Meu amigo merece ser feliz.

— Dexter... — murmuro.

Mas ele me faz calar com um movimento de cabeça. Não quer falar. Recusa-se.

Instantes depois, o resto do grupo sai do restaurante. Ajudo Dexter a entrar no carro, e Björn e eu nos entreolhamos. Embora eu peça com o olhar que ele feche a boca, meu amigo pergunta:

— Então, essa preciosidade está livre?

Caralho, Björn!

Contudo, ao trocar um olhar com ele, evito sorrir.

Ele está fazendo isso só para pressionar Dexter.

— Totalmente livre — afirma o mexicano.

Björn assente. Eu olho para ele. Nós nos entendemos.

Segundos depois, quando todos se aproximam de nós, começo a dobrar a cadeira de rodas de meu amigo enquanto o grupo se despede. De rabo de olho, vejo Agneta se dirigir ao carro esporte de Björn sem sequer se despedir.

Mas que imbecil!

Frida e Andrés, depois de vários beijinhos, vão embora e, antes de entrarmos no carro, Björn olha para Graciela e diz, arranhando em espanhol a meia dúzia de palavras que sabe, ciente de que Dexter o está ouvindo:

— Foi um prazer, e o jantar continua de pé. Amanhã conversamos.

Que filho da mãe!

Tento não sorrir, ainda mais quando ouço Dexter bufar.

Instantes depois, meu amigo dá um beijo em minha mulher e em Graciela e, com um olhar sarcástico, vai para seu carro esporte, onde a "bordada à mão" o espera.

Em silêncio, dirijo por Munique em direção a nossa casa, enquanto Dexter, ao meu lado, olha para frente. Pelo retrovisor, vejo Jud e Graciela sussurrando e descubro que já apelidaram a conquista de Björn de Foski.

Sorrio. Judith e seus apelidos estranhos.

* * *

Chegamos em casa. Depois de fazer festa para Susto e Calamar, que como sempre ficam alegres por nos ver, Dexter vai para seu quarto de cara amarrada e Graciela ao dela, com um sorriso.

Esses dois!

Olho para minha mulher, que me contempla com cara de "eu não sei de nada".

— Por que você é tão travessa, pequena? — pergunto.

Entre risos e confidências, acabo pegando-a no colo e a levando para nosso quarto. Assim que fecho a porta, Jud, que também está com a cabeça cheia de cerveja dos leões, crava seus lindos olhos negros em mim e murmura:

— Que tal se você e eu brincarmos um pouquinho sem juízo?

Adoro esse "sem juízo".

Sorrio. Não posso evitar, porque sei o que seu pedido significa.

Meu amor, meu louco e fascinante amor, está me pedindo sexo forte com palavras pesadas. Concordo, feliz. De imediato, dando um passo até ela, entro em nosso jogo e a beijo, pegando-a no colo.

Sua boca...

Seus lábios...

Seu sabor...

Essa coisa tão nossa, tão única, tão exclusiva e tão privada que só curtimos porque assim decidimos me deixa louco. Quando ela aperta a pelve contra minha ereção, o beijo acaba e pergunto com voz sedutora:

— Quer foder?

Jud assente. Esse olhar lascivo me deixa louco, e respiro fundo. Vou precisar de fôlego.

Segundos depois, quando quase toda a nossa roupa já voou pelo quarto, ela me olha, aproxima-se, mas a detenho.

— Não tão depressa, pequena.

Impaciente. Ela está impaciente.

— Que foi? — pergunta ela, franzindo o cenho.

Gosto de ver seu desejo. Adoro ver seu tesão.

— Quero que você me diga, passo a passo, o que quer que aconteça a partir deste instante — provoco.

Sua cara de surpresa me faz sorrir.

— Vamos... diga, pequena — insisto.

Jud por fim sorri. Adoro esse seu sorrisinho malvado.

— Quero foder — diz ela.

— Como?

Noto sua ansiedade. Se há algo que ela não consegue disfarçar é isso. Ela olha para meu pênis ereto, ansiosa por ele, e prossegue com seu maravilhoso descaramento:

— Desejo que você me deite na cama, amarre minhas mãos na cabeceira e rasgue minha calcinha. Depois, você tem que me masturbar enquanto me ordena e exige que eu abra as pernas para você. E então, quero saboreá-lo. Quero seu pênis em minha boca, e, quando eu acabar com ele, exijo que meu empalador me foda, que me faça gritar, arfar e berrar de prazer.

Mãe do céu!

Ouvindo-a dizer isso, tenho que fazer um grande esforço para não gozar.

Adoro senti-la totalmente desinibida em relação ao sexo. A comunicação é necessária para um casal em todos os âmbitos, inclusive sexual. Sem comunicação, sem sinceridade, sem cumplicidade, nada é igual. Foi difícil conseguir isso no começo, mas agora ela curte mais que eu, acho.

— Gosto de ver que você é capaz de pedir o que quer — sussurro. — Gosto muito disso.

Jud está nervosa. Olhando para a poltrona que temos no quarto, ela pega uma gravata minha e, entregando-a a mim, insiste:

— E desejo isso já!

Não posso esperar mais.

Pego sua mão e a deito na cama.

Acompanhado pelo tesão e a luxúria do momento, pego suas mãos e, depois de amarrá-las com minha gravata, termino o nó na cabeceira da cama.

Tentação!

Minha mulher é pura tentação.

Beijo sua boca com paixão, loucura e desejo, e encerro com uma mordidinha ardente.

Minha pequena arfa e, quando nossos olhares se encontram, pego o fino tecido de sua calcinha e, com um puxão, rasgo-a.

Sim!

O som do tecido se rasgando sufoca nós dois. Quando ponho a palma de minha mão sobre sua vagina quente, murmuro ao ver a tatuagem tão especial para nós:

— Peça-me o que quiser.

Ela treme. Noto-a vibrar diante de meu olhar, meu toque, minhas palavras.

— Amarrada e de calcinha rasgada... o que vinha depois? — sussurro.

A respiração de Jud se acelera.

Ela gosta de que eu realize seus desejos. Antes que possa responder, eu a beijo de novo. Beijo essa boca que me deixa tão louco. E, com um puxão, rasgo seu sutiã.

Seios livres, bebo seu suspiro delicioso.

Loucura!

Amarrada à cabeceira e deitada na cama com a lingerie rasgada, ela me faz sentir poderoso. Então, dentro do jogo ardente, peço:

— Abra as pernas.

Ela abre. Excita-a que eu peça isso, eu sei.

— Mais... — insisto.

Suas coxas trêmulas se afastam pouco a pouco. Ela brinca comigo, provoca-me. Quando sua linda joia quente e úmida fica exposta diante de mim, sorrio. Sorrio como um lobo faminto.

— Fascinante — sussurro.

Meu amor arfa. Mexe os quadris, nervosa. Fitando-a nos olhos, agora sou eu quem exige:

— Diga o que vem agora.

A respiração de Jud está tão acelerada quanto a minha, quando pede:

— Masturbe-me...

Não demoro nem dois segundos para introduzir um dedo nela enquanto mordo meu lábio.

Caralho... que maravilha.

Seu calor interno me inebria, grita à sua maneira que já estou em casa e, enquanto a toco, pergunto:

— Assim?

Entregue ao momento, Jud se remexe na cama. Curte, arfa, berra.

Ela gosta tanto do que estou fazendo quanto eu gosto de fazer. E curte, curte só para mim.

Isso que está acontecendo, isso que estamos curtindo, é nosso joguinho. Um jogo consensual que eu não curtiria se ela não o saboreasse.

Ardor!

As investidas com meu dedo se aceleram tanto quanto seus gritinhos e espasmos.

Meu amor é pura fúria, pura vida, puro calor, e sinto que vou explodir. Mas não paro, não devo, não quero. Desejo loucamente que minha pequena curta o momento, até que um espasmo de seu corpo indica que tenho que trocar. Então, tiro o dedo de sua entrada e o chupo, diante de seu olhar cintilante.

— Chupe-me — pede ela.

Faço-o com prazer. Adoro o sabor de seu sexo.

Seu cheiro me deixa louco e, ao ver seus lindos olhos brilhantes de exaltação, enfio a cabeça entre suas pernas. Passo a língua pela tatuagem com frenesi, para acabar como ela pediu, chupando-a.

Saborosa!

Com prazer, lambo, mordisco, chupo e brinco com ela, enquanto sinto seu clitóris suculento, esse maravilhoso botão do prazer, crescer para mim. Só para mim.

Jud treme. Ela se entrega totalmente a mim e a nosso jogo ardente.

O delírio toma conta dela e ela me pede, implora, exige que não pare. E não paro.

Por sorte, esta noite Flyn não está em casa. Como íamos sair, ele foi dormir na casa de minha mãe, de modo que podemos gritar e curtir sem pensar em mais nada. Só nela e em mim.

Se Graciela ou Dexter vão nos ouvir, não importa. Só nos interessa curtir nosso jogo, nosso momento e nossa união.

Depois de um grito acompanhado de tremores, Judith deixa claro que gozou. Olho para ela, que sorri com a respiração entrecortada. Sorrio também, e minha mulher incansável abre a boca. Não precisamos falar. Em silêncio, nós nos entendemos. Sem desamarrá-la, eu me sento com cuidado sobre ela e introduzo em sua boca o que me pede.

Feliz, observo a dona da minha vida e do meu desejo curtir lambendo meu pênis. Suas chupadas e o empenho que aplica no que faz me fazem gemer. Fechando os olhos, esqueço o mundo e curto. Curto muito.

Delírio...

Gozo...

Loucura...

Tudo isso se une, até que eu não aguento mais e, saindo de sua boca, deito-me sobre ela. Depois de passar minha ereção por sua vagina encharcada, entro totalmente nela, de uma estocada só.

Nós dois gritamos.

Nós dois arqueamos de prazer.

Nós dois curtimos.

Então, começa uma dança louca e ávida. Entro mil e uma vezes nela com força, enquanto o colchão se junta a nossa dança.

Sexo... sexo... sexo...

Sem parar, afundo nela enquanto minhas mãos voam por seus seios, seu estômago, seus quadris, seu pescoço.

Tudo é prazer...

Tudo é loucura...

Tudo é amor...

Beijamo-nos. Não queremos que acabe.
Êxtase...
Gozo...
Luxúria...
Os animais que habitam em nós se manifestam e nos deixamos levar enquanto fodemos como se não houvesse amanhã.
Acelero e transpiro, estou morrendo de calor. Depois de uma série de investidas, quando parece que minha vida se esvai, unidos, como muitas vezes, gritamos e nos deixamos levar pelo mais puro prazer.

6

Dois dias depois, minha irmã Marta liga para convidar Jud e Graciela para sair.
No começo, Dexter e eu pensamos em ficar em casa, não somos de dançar. No entanto, ao ver a animação das garotas, e mais ainda ao saber que vão ao maldito Guantanamera, mudo de ideia.
Nós também vamos!
Já na entrada, começo a ficar agoniado.
Não gosto desse antro.
Odeio o jeito como olham para Judith.
Fico doente ao vê-la dançar com outros, mas, como preciso estar com ela e não suporto que outro homem encoste nem um dedo naquilo que eu tanto adoro, tento disfarçar. Mas algo em seu olhar me diz que não estou conseguindo.
Nós quatro entramos e nos dirigimos ao balcão. Dexter, Graciela, Jud e eu pedimos bebidas e, de repente, vejo minha irmã dançando na pista.
Observo-a, surpreso.
— Por que Marta está fazendo essas caras? — pergunto a minha mulher, sem poder evitar.
Jud, que já está dançando ao meu lado, vai responder, quando Marta vem sorrindo para nós acompanhada de seu namorado. Coitado... cada coisa que tem que aguentar.
Apresento Dexter ao namorado de minha irmã, enquanto tento escutar disfarçadamente o que Marta e Jud estão falando.
E, caralho, fico puto!
Estão falando de um sujeito que está na pista. Minha irmã se refere a ele como *Senhor Torso Perfeito*, e a descarada de minha mulher solta: "Nossa, que gostoso!".
Como ela pode dizer isso?

Fico puto. Então, ouço minha irmã dizer que ele se chama Máximo e que é argentino.

Argentino, nada menos! São uns enganadores!

Meu estômago trava. Acho que não foi uma boa ideia vir aqui. O garçom põe diante de mim as bebidas que pedimos e, ao ver como Judith olha para o maldito *Torso Perfeito*, deixo a taça diante dela e digo com certo mau humor:

— Sua bebida, Jud.

Ela sorri. Espera o mesmo de mim, mas não, não estou a fim de sorrir.

Se ela ouvisse uma conversa similar de minha parte, certamente ficaria incomodada. E quero que saiba que estou incomodado. Muito incomodado.

Contudo, ela não está nem aí para minha cara, não tem nenhum respeito. Beija-me, olha-me nos olhos e murmura:

— Eu só gosto de você.

— E de Máximo — digo, sem perceber.

Caralho... caralho! Por que fui dizer isso?

Ora, sou um sujeito autoconfiante. Por que estou falando desse cara?

No fim, Judith atinge seu propósito e me faz relaxar graças a seus beijos e palavras de carinho. Ela consegue tudo comigo. Acabo sorrindo.

Dez minutos depois, Dexter está puto.

Que bela noite estamos tendo!

Muitos homens se aproximam de Graciela, e ela conversa e brinca com eles com naturalidade.

Tento fazer meu amigo relaxar, ficar tranquilo, mas só consigo fazer que pare de grunhir por alguns segundos quando aponto para uma linda mulher que passa diante de nós. Ela não me interessa, só tenho olhos para minha moreninha, mas preciso que meu amigo relaxe.

Disposto a fazer com que o bom astral reine entre nós esta noite, mesmo que, para o meu gosto, não estejamos no lugar certo, peço ao garçom outra rodada. De repente, todo mundo, inclusive Jud, que está ao meu lado, grita:

— Cuba!

O que está acontecendo?

Por que todos estão gritando?

Instantes depois, meu amor começa a rebolar lenta e provocantemente, ao som da canção. Ela está linda com seu vestido curto.

— Venha. Vamos dançar — diz ela.

Eu?!

Eu, dançar?!

Sem sombra de dúvidas, minha mulher perdeu o juízo.

Uma coisa foi em nossa lua de mel, e outra muito diferente é dançar aqui.

— Vá dançar você — digo, sem sair do lugar.

Jud não hesita nem um segundo e corre até onde estão minha irmã e esses amigos com quem às vezes ela sai para dançar.

— Sua garota gosta de dançar, hein? — comenta Dexter, chamando minha atenção.

Assinto. Ele tem toda a razão do mundo. Se há algo de que Judith gosta além do *motocross* e de presunto cru espanhol é música.

— Olá, Eric, que bom ver você por aqui!

Ao ouvir essa voz, eu me viro e encontro Reinaldo, um amigo de Marta e Jud. Cumprimento-o animado. Apresento-o a Dexter e a Graciela e, segundos depois, quando lhe digo onde está minha mulher, ele corre para a pista e começa a dançar.

Eu os observo em silêncio. Reinaldo dança com Judith, pega-a pela cintura, e minha mulher maluca se deixa levar. Fico com ciúmes. Tento não ficar, mas por dentro estou louco. Sei que não estão fazendo nada de errado, eu sei, mas não entendo por que têm que dançar desse jeito, com essa maldita cumplicidade.

Estou pensando nisso, quando ouço Dexter murmurar:

— Se fosse minha mulher, estaria morrendo de ciúmes. Caralho...

Caralho...

Ele só está piorando as coisas.

Não quero responder a Dexter, que observa como Graciela ri com um sujeito no balcão. Bebo um gole de minha bebida. Melhor não olhar para onde está Judith. É o mais razoável.

Mas as pessoas batem palmas, cantam essa música que já ouvi Judith cantar em casa, e, inevitavelmente, minha mente a cantarola também.

Ora, eu sei essa letra?

Surpreso, percebo que minha mente segue os versos. Quando a música acaba, minha mulher vem até mim sedenta.

— Não vai dançar, meu amor? — pergunta, depois de beber um gole de mojito.

Mas que perguntinha ridícula é essa?

Desde quando eu danço? Eu, que sou o sujeito mais sem ritmo do mundo?

E, ao ver como ela está suando, afasto o cabelo de seu rosto e pergunto em tom ácido:

— Desde quando gosto de dançar?

Tudo bem, passei dos limites. Sei que meu tom não foi dos melhores. Sei que minhas palavras talvez não tenham sido acertadas.

Mas, quando vou dizer algo mais, ela se pendura em meu pescoço e murmura, manhosa:

— Pois então, me beije. Disso você gosta, não é?

Sorrio.

Deus, como sou idiota!

A luz de minha vida me faz sorrir como um bobo. Mas, então, Marta chega, pega Jud pelo braço e a leva para dançar de novo.

Maldição!

— É "Bemba colorá"! Essa música é ótima — grita Graciela, indo para a pista com elas.

— Ótima — murmura Dexter, mal-humorado.

Como se eu já não tivesse meus problemas, ainda tenho que aguentar esses dois.

Que noite!

Durante um bom tempo, Jud dança com um, com outro, grita *"azúcar!"* com minha irmã e Graciela e se diverte muito, enquanto minhas entranhas se contraem.

O que estou fazendo aqui, se não suporto essa música e este lugar?

Contrariado, bebo mais um gole de minha bebida. Não gosto do Guantanamera. Não gosto de estar aqui. Quero ir para casa.

Quando Judith volta, sedenta e feliz, com minha expressão demonstro que estou incomodado. Ela me olha e não diz nada. Ignora-me.

— Vai ser assim a noite toda? — pergunto, sem poder evitar.

Ela não responde. Olha para mim, mas não responde.

Caralho, essa minha mulher!

Depois de beber meu mojito, o dela e outro que pediu, com voz alegre pergunta, depois de olhar para Dexter e Graciela, que por fim parece que estão conversando (bem, eu diria que discutindo):

— Não gosta de farra?

Farra?!

Ora, ora, ela que não comece, porque a coisa vai ficar feia.

Trocamos algumas frasezinhas, nenhuma delas doce, até que a descarada, sem se importar com o esforço que estou fazendo, solta:

— Você já sabe, meu *amol*.

Puta que pariu!

Fico louco quando ela me chama de "meu *amol*", porque sinto que está rindo de mim. E está mesmo, seus olhos dizem isso. É uma bruxa!

Aguento. Engulo em seco e não digo nada. Qualquer coisa que eu diga vai soar mal. E, quando estou prestes a soltar fogo pelos olhos, ela diz:

— Vamos para casa?

Sem hesitar, concordo. Quero ir embora. Sei que estou estragando a noite dela, que ela ficaria, mas vamos embora. Viemos juntos e voltamos juntos.

No carro, enquanto Dexter e eu ficamos calados como dois macacos bravos, Graciela e Judith falam e riem sem parar. Elas se divertiram, e, sem dúvida, a julgar por suas risadas, beberam mojitos demais.

Já em casa, Dexter e Graciela, sem se olhar, vão cada um para seu quarto. Judith e eu vamos para o nosso, onde, depois de meio que discutir por causa do meu ciúme no Guantanamera, no fim, fazemos amor.

É nosso modo de acabar a festa.

7

Passam-se os dias e, como havia dito, meu amigo Björn convida Graciela para jantar.

Dexter não diz nada. Simplesmente se afasta para não ver nem ouvir nada. No dia seguinte, fico sabendo por Björn que não houve nada demais. Eles apenas jantaram e conversaram. Eu acredito, Björn é meu amigo e nunca mentiria para mim.

A escola de Flyn começa. Fico feliz.

Primeiro, porque ele precisa de uma rotina para se concentrar nos estudos e, segundo, porque, sem ele em casa, tanto Jud quanto o resto poderão descansar. Flyn é um garoto que demanda muita atenção.

E, quando a rotina recomeça, Judith e eu discutimos. Ela me lembra de que Flyn quer aprender a pilotar moto, e isso me irrita. Para quê? E, com a maior tranquilidade, ela solta que daqui a alguns dias vai participar de uma corrida de *motocross* junto com meu primo Jurgen.

Como?!

Olho para ela sem acreditar.

De novo esse maldito *motocross*?

Saber disso me irrita. Ainda mais quando ela me faz lembrar que já me falou isso faz tempo, e que eu mesmo mandei trazer sua moto de Jerez.

Sou mesmo um babaca!

E ela ainda debocha de mim chamando-me de Dory, que parece que é a amiga de um peixe chamado Nemo.

Quem diabos é Dory?

Os dias passam e minha irritação diminui. É o melhor que posso fazer, porque lutar contra Judith, em meu caso, significa perder. Ela me domina, ou melhor, deixo que ela me domine.

Começa a Oktoberfest, a mais importante festa da cerveja do mundo, e com meus amigos, família e mulher, vou me divertir este ano.

Quando vejo Jud vestindo o *dirndl*, o traje típico alemão, fico sem fôlego.

Minha mulher fica linda com qualquer coisa, incrível! Estou apoiado na porta observando-a com puro deleite quando ela gira e me apaixono de novo.

Como ela é bonita!

Nós nos olhamos, sorrindo.

— Não sei como consegue, mas você está sempre linda — digo.

Ela gosta de meu elogio. Vejo isso em seu rosto, como também vejo que gosta de me ver vestindo o traje típico de minha terra.

Não que eu adore me vestir assim, mas, por ela, faço qualquer coisa.

Segundos depois, nós nos beijamos. Adoro seus beijos. Seu sabor. Seu... tudo. E, quando pula em meus braços e o beijo acaba, ela me olha e murmura:

— Se continuar me beijando assim, acho que vou fechar a porta, passar o trinco e você e eu vamos fazer uma festinha particular.

Isso seria fantástico.

— Gostei da ideia, pequena — digo.

Beijos...

Carícias...

Tentações...

Jud desperta em mim esse lado protetor e carinhoso que ninguém soube despertar. Estou quase fechando a porta, quando ouço a voz de meu sobrinho.

— O que estão fazendo? — pergunta ele.

Jud e eu rapidamente reprimimos nossa paixão, mas Flyn insiste, mal-humorado:

— Parem de se beijar e vamos para a festa. Estão todos nos esperando.

Sorrimos e vamos. Faremos nossa festinha mais tarde.

Norbert nos deixa o mais perto possível da esplanada Theresienwiese, lugar onde a famosa festa é celebrada.

Como sempre, o tumulto é imenso e a música, ensurdecedora.

Alegre, observo Dexter e Graciela. Como nós, estão vestindo os trajes típicos. Ao ver a cara de perdido de meu amigo, assumo o controle da situação e faço que me sigam. Sei aonde temos que ir.

Quando chegamos à barraca onde temos nosso lugar reservado, como todos os anos, encontramos minha mãe e minha irmã, além de Frida, Andrés e o pequeno Glen. Vestidos para a ocasião, evidentemente.

Jud, feliz, começa a conversar com Frida. Graciela se junta a elas, e Dexter, que já cumprimentou minha mãe, olha para mim e diz:

— Quero uma cerveja bem grande.

Assinto e, depois de piscar para minha mulher, eu me afasto com ele em direção ao balcão e peço as bebidas.

— Até quando isso vai durar? — sussurro, ao ver como meu amigo olha para Graciela.

Dexter nega com a cabeça. Sua confusão é cada dia maior.

— Você sabe o que ela pensa de você. O que está esperando? — insisto.

Meu amigo dá um gole em sua cerveja, olha para Graciela durante alguns segundos e, por fim, responde:

— Eric... não posso lhe dar o que ela deseja, e você sabe disso.

— Dexter, você pode dar a Graciela o mesmo que qualquer homem.

— Ei, cara... — Ele sorri com certa tristeza e, enquanto observa como ela dança com Andrés, acrescenta: — Você está enganado. Há certas coisas, como dançar, que não posso fazer. E, somado a isso, há o sexo, que é algo que...

— Dexter — interrompo —, nem tudo na vida é sexo e dança. Há coisas mais importantes.

Meu amigo fica impassível. Sem dúvida, deve achar que estou com um parafuso a menos.

— Eu sei. Mas não sei se ela... — diz ele.

— Tente — incentivo. — Eu mesmo me dei uma chance com Judith. Quando a conheci, nunca pensei que minha vida seria ela, e aqui estou, casado, feliz e sempre querendo ver minha mulher sorrir. Porque o sorriso e a felicidade dela são o que importa para mim.

Dexter me olha. Por minhas palavras, ele vê que sou um molenga, mas, estranhamente, sorri.

— Não posso fazer isso com Graciela. Não posso ser um peso para ela.

Suas palavras, tão cheias de sentimentos, deixam-me sensibilizado. Mas, quando vou responder, ele aponta para a porta e diz:

— Veja, Björn está chegando todo metido com a bordada à mão.

Ao olhar, vejo meu amigo e sorrio.

O sujeito já é o centro das atenções, e vejo que com ele, além de Agneta, que tira fotos com as pessoas que a conhecem da televisão, está Diana, uma grande amiga do Sensations.

Dexter e eu pegamos nossas bebidas e voltamos para o grupo. Então, a bordada à mão, não lembro o apelido que Jud lhe deu, exclama, olhando para mim:

— Eric! Que alegria ver você de novo. Venha, quero lhe apresentar Diana.

Quando ela diz isso, observo a expressão de minha pequena. Ai, ai... É evidente que não gosta de Agneta e que suas palavras a deixaram incomodada. Por quê?

Depois de cumprimentar Diana sorrindo, porque já nos conhecemos, vou até minha moreninha, abraço-a e, querendo que ela saiba que é a única mulher que me importa no mundo inteiro, abro meu coração na frente de todos e digo, feliz:

— Amigos, esta é a primeira Oktoberfest de minha linda mulher na Alemanha e gostaria de fazer um brinde a ela.

Todos a nossa volta, conhecidos e desconhecidos, erguem suas enormes canecas de cerveja e, depois de gritar, brindam à minha garota e bebem. Jud sorri e eu a beijo.

Adeus a sua cara séria!

Minutos depois, Flyn quer ir aos brinquedos e Jud e Marta se oferecem para levá-lo.

— Querem que vá também? — pergunto.

— Não, meu amor — diz Jud. — Fique aqui. Mas fique longe de Foski, porque essa garota me provoca uma sensação desagradável.

Ao ouvi-la, sorrio. Foski! Esse é o apelido que Jud deu à bordada à mão.

Uma vez que ela sai com minha irmã e meu sobrinho, Björn se aproxima de mim e, me entregando uma caneca de cerveja gelada, levanta a sua e diz:

— Ao meu amigo e irmão. Que eu sempre o veja com essa felicidade no olhar.

Feliz por suas palavras, brindo com ele. A felicidade que Jud me faz sentir é óbvia.

— Espero um dia ver você com esse olhar — sussurro.

— Gosto demais das mulheres para me concentrar em uma só — responde Björn.

— Eu também gostava, até que apareceu uma especial — afirmo, pensando em minha pequena.

Ele me olha, bebe e pergunta:

— Vale a pena?

— Cem por cento — afirmo com segurança.

— Apesar das dores de cabeça que ela lhe dá?

Assinto, tenho plena certeza.

— Eric, não quero dores de cabeça. Vivo muito bem pensando só em mim. Faço o que quero e sou dono e senhor de minha vida — acrescenta ele.

Dessa vez, quem assente sou eu. Entendo o que meu amigo diz.

Sua postura é a mesma que eu tinha até uma espanhola entrar em minha vida como um maldito tsunami para virá-la de cabeça para baixo. Quando vou dizer algo mais, Björn sussurra, debochado:

— Dexter está muito estranho.

Olho para o mexicano, que observa com uma cara estranha Graciela dançar com um sujeito.

— Estou perdido. Não sei o que ele está pensando — murmuro.

Quando digo isso, vejo Amanda entrar na barraca. Nossos olhares se encontram e eu sorrio. O que houve entre nós é passado, e me alegro por ela e por mim, mas especialmente por Judith. Por nada neste mundo quero que ela pense algo que não é verdade.

Amanda se aproxima e nos cumprimenta.

Como uma boa alemã, veio de Londres para curtir a Oktoberfest. Depois que nos cumprimentamos, ela fica conversando com Björn. Observo quando Jud entra na barraca. Felizes, olhamo-nos, dou-lhe uma piscadinha e, segundos depois, vejo-a em cima de uma mesa com Frida cantando uma canção típica alemã.

E ela sabe a letra!

Feliz, contemplo-a cantar e dançar com essa graça espanhola que só ela, meu amor, tem. Mas noto que, ao descer da mesa, ela olha para mim e sua expressão muda. Isso não é nada bom... Sem dúvida, notou a presença de Amanda.

Caralho!

Instantes depois, vejo-a coçar o pescoço. Desastre...

Sem se aproximar de mim, dá meia-volta e se afasta com cara de brava.

Não. Isso não.

Vou atrás dela. Aonde está indo?

Ela fala com um homem no caminho e continua andando.

Sigo-a.

Não quero que ela pense coisas que não existem. Quando, por fim, eu a pego pela cintura... Caralho! Ela me dá uma cotovelada que me deixa sem fôlego.

Por que é tão bruta?

Estou dobrado ao meio devido ao golpe, quando ela olha para trás. Sem entender sua reação, pergunto, confuso:

— O que deu em você?

Judith não responde. Olha-me com uma expressão confusa. Embora meu estômago doa devido à brutalidade de minha querida mulher, pego-a pela mão e a levo para a lateral da barraca.

Uma vez ali, solto-a e, com todo meu mau humor, deixo claro que não gostei de sua reação. Ela não diz nada. Não responde, só me olha. Até que a dor passa e ela dá o braço a torcer, entendendo que não há nada, exceto trabalho, entre Amanda e mim.

— Pequena... só você me importa — murmuro.

Atraído como um ímã, vou beijá-la, mas ela vira o rosto.

Maldita mania, essa que ela tem!

Está brincando comigo. E eu permito. Sorrimos e voltamos ao grupo. Surpreendo-me ao ver Graciela sentada no colo de Dexter.

O que é isso? O que aconteceu?

Jud, que vê o mesmo que eu, olha para mim surpresa. Graciela e Dexter, que estão conversando, de repente se beijam.

O quê?!

O que foi que nós perdemos?

Meus olhos e os de Björn se encontram e, ao ver a expressão sarcástica de meu amigo, tenho que rir. Então, olho para minha garota, que ainda está pestanejando diante do que vê, e brinco:

— Aqui todo mundo beija, menos eu.

Ela me olha com um sorriso.

Por Deus, como me excita vê-la sorrir assim. Segundos depois, pegando-me pelo pescoço com possessividade, ela exige:

— Beije-me, bobo.

E eu a beijo... Ah, se a beijo...
Divertimo-nos muito o resto da tarde.

Sem dúvida, a festa com Jud é muito mais animada do que eu me recordava, embora ela seja só energia e loucura, e eu, tranquilidade. Não sou de dançar, menos ainda na frente de minha família e amigos.

Quando Dexter e Graciela vão para casa, feliz pela chance que meu amigo está dando a si e à chilena, levo a boca ao ouvido de minha mulher e sussurro:

— Acho que hoje à noite alguém vai se dar bem em nossa casa.

Jud sorri e assente. Tem tanta certeza quanto eu.

Pedimos mais bebidas, não quero que a festa com meu amor acabe. Nesse momento, meu celular vibra e vejo que é Björn. Foi ao Sensations e está nos convidando para irmos também.

Sem hesitar, comento com Jud e esclareço que Foski não está com ele. Ela fica feliz, assim como eu fico ao ver a expressão que seus olhos refletem.

Vejo desejo em seu olhar. Morrendo de vontade de brincar com ela de tudo que nos dê na telha, sussurro para enlouquecê-la com minhas palavras:

— Quero oferecer você. Quero foder você e quero olhar.

Jud assente. Sente calor. Gosta do que ouve, do que proponho.

Ela está quente e receptiva, e, depois de me dizer que deseja tudo que propus, vamos embora. Vamos ao Sensations.

8

No táxi, Jud e eu já estamos pegando fogo.

Saber que estamos indo ao Sensations nos deixa a mil. Entre risos e beijos ardentes, peço que me dê sua calcinha, e ela obedece.

Levo-a ao nariz. Adoro seu cheiro. Quando ela me dá uma bronca, vermelha como um tomate, porque não quer que o taxista perceba o que fazemos, eu a guardo no bolso da calça.

Chegamos. Pago a corrida, pego a mão de Jud e entramos juntos no local. Cumprimento vários amigos quando entramos e, satisfeito, apresento-a como minha mulher.

Não vínhamos ao Sensations desde antes do casamento.

Muitos deles me olham surpresos. Tenho certeza de que a última coisa que esperavam de mim era que me casasse. Mas sim, eu me casei. Ela é minha mulher e estou feliz.

Chegamos ao segundo salão, onde a música é mais alta, mais forte. Todos nos olham. Sem soltar minha esposa, vou para o balcão, no qual dois homens e uma mulher brincam. Vejo Jud sorrir.

A luxúria a domina.

Ao vê-la rir, pergunto o motivo, e ela me faz recordar uma noite em Barcelona, quando a levei a um local, provoquei-a bastante e depois a castiguei sem sexo por ela ter me largado no hotel.

Ambos rimos ao pensar nesse momento. Então, percebo que um homem nos olha. Judith o excita. A fim de curtir nosso jogo, digo no ouvido dela:

— Há um homem a sua direita que não para de olhar para nós. Eu acharia excitante que ele pudesse ver um pouco mais de minha mulher. Quer?

Minhas palavras e minhas carícias fazem Jud tremer. Adoro seus tremores.

— Sim, quero — afirma ela, segura.

Beijo-a. Eu a adoro.

Virando o banquinho onde ela está sentada, coloco-o de tal forma que ele possa ver minha mulher. A seguir, abro suas pernas lenta e pausadamente. Sem a calcinha, o sujeito tem uma bela visão.

Tesão... Luxúria...

Saber que esse homem observa a quente umidade de minha mulher me deixa louco, tão louco quanto a Jud.

— O que acha de fazer sexo com ele? — pergunto.

Ela o olha, o desejo está claro em seu rosto.

— Ótimo — responde ela.

Meu coração se acelera.

Imaginar meu amor de pernas abertas para ele enquanto eu a ofereço me deixa a mil.

— Esta noite eu também quero brincar com você — sussurra minha moreninha.

Isso me faz sorrir. Brincaremos do que ela quiser.

— Quero ver de novo um homem chupar você.

Olho para ela, hesito... E ela acrescenta, dengosa:

— Querido, você me ensinou que não sou menos mulher por brincar com outra mulher. E você, *Iceman*, não é menos homem por brincar com outro homem. Além do mais, fico com muito tesão quando vejo você morder o lábio de prazer.

Tudo bem... eu sei.

E se concordo é porque ela pediu. Assim como me dá tesão vê-la com uma mulher, ela se excita com o contrário. Quero satisfazê-la como ela me satisfaz. Esse é nosso jogo. Só nosso.

Adoramos um fetiche!

Estamos falando disso, que nos incendeia até a alma, quando um amigo se aproxima e nos cumprimenta. Eu lhe apresento minha mulher e ele diz que

Björn está no reservado dez. Noto como ele olha os seios de Jud. Quando vai embora, explico:

— Roger adora seios. Adora chupar mamilos.

Segundos depois, o homem que observava Jud me lança um olhar e desaparece atrás do tecido vermelho chamado *cortina do desejo*. Sem hesitar, e sempre com o consentimento de minha mulher, nós o seguimos. Ao passar pela cortina, vemos várias pessoas praticando sexo de mil formas e em mil posições.

Ao ver o rosto de Jud, noto que continua se surpreendendo com isso.

— O que acha? — pergunto.

Seus olhos curiosos contemplam tudo o que há ao redor.

— Que estão curtindo — responde ela.

Depois passamos por outra cortina e observamos as pessoas em um reservado. Lá está o homem do balcão, ao lado de uma cama enorme onde outros se divertem. Depois de olhar para ele, digo, dirigindo-me a minha mulher:

— Deite-se na cama, Jud.

Meu amor obedece enquanto as outras pessoas continuam com seus jogos ardentes, alheias a nós. Eu me sento ao lado de minha pequena e sugiro:

— Desejo que você se toque para mim, tudo bem?

Ela assente, vibra com minha sugestão, mas sussurra:

— Antes, quero outra coisa.

Sei a que está se referindo.

Sei o que ela demanda.

E, satisfeito em curtir por e para ela, assinto. Jud, olhando para o homem que espera ao nosso lado para brincar, diz:

— Ajoelhe-se na frente dele.

Sua ordem me faz fechar os olhos. O tesão pelo que vai acontecer me domina. Arfo quando noto suas mãos desabotoando minha calça.

Sentir o poder de minha mulher sobre mim, sobre minha vontade e sobre meu corpo acelera minha pulsação. Ela, e só ela, consegue que eu faça coisas que jamais teria imaginado fazer. Excitado, sinto seu perfume, esse perfume que no dia em que a conheci me inundou por completo e do qual ela nunca se separa.

— Dê prazer a ele — exige ela.

Abro os olhos e observo minha dona e senhora enquanto o desconhecido segura minha calça e a abaixa junto com a cueca.

Meu pulso se acelera. Minha respiração se agita, e percebo que a dela também.

Enquanto o observo, sinto o hálito dele se aproximar de meu corpo.

Sinto o olhar dele faminto por meu pênis. E sinto Judith e sua excitação.

Segundos depois, mãos que nunca me tocaram acariciam minha ereção. Estou duro e excitado. E acho que essas carícias, somadas ao olhar de meu amor, vão me fazer explodir.

Tremo. Meu corpo treme ao sentir esse homem tocar meus testículos e os beliscar com carinho.

Caralho, que prazer!

Instantaneamente, a água corre por meu membro. Toma-o inteiro. O homem me lava para ele, para Jud, para eles, e eu permito. Permito por meu amor.

Com a respiração entrecortada, olho para Jud e ela sorri.

Seu olhar me dá tranquilidade, e seu sorriso, prazer. Sem palavras, ela me diz quanto gosta do que vê, e eu sorrio. Sorrio e me entrego.

Depois de me secar, o homem leva meu pênis a sua boca.

Sinto sua língua...

Percebo sua excitação, tanto como percebo a minha.

Ele lambe a ponta de minha ereção e eu jogo a cabeça para trás, tremendo. Meu Deus... como estou ficando duro!

Entregando-me, permito que esse sujeito me toque, me chupe, sugue, enquanto curto e mordo o lábio. Jud sorri.

Ele acelera. Não deixa um só milímetro de pele sem mimo, sem carícias, sem lambidas. E, quando suas mãos pegam meus quadris e ele enfia meu pênis inteiro na boca, solto um grunhido de satisfação. Sua boca ávida acolhe quase todo o meu membro. Seus lábios o apertam, capturam, e tremo de novo.

Sem parar, ele põe e tira meu pênis de sua boca quente, movimentando-me a seu bel-prazer, e logo percebo que me mexo também em busca de profundidade.

O sexo entre homens é desmedido, é algo novo que estou aprendendo. Logo percebo que, assim como gosto do que ele faz comigo, ele também gosta que eu entre em sua boca com força.

Jud nos contempla e, de pernas abertas diante de nós, masturba-se. Acompanha bem de perto nosso jogo, e, pelo jeito como me olha, sei que me pede para não parar, para continuar, e continuo. Claro que continuo.

Minha respiração se acelera com os movimentos do homem, enquanto meu pênis cresce mais alguns milímetros em sua boca e sinto o sangue de minhas veias inchadas fluir enquanto ele me masturba e me chupa fazendo movimentos circulares com a língua.

Suas mãos vão para minha bunda. Ele a toca.

Não, isso não. Mas sou incapaz de detê-lo.

O momento pede e, quando ele me dá um tapa para que eu entre mais em sua boca, arfo... arfo de puro prazer.

As mãos dele apertam minhas nádegas. Mordo o lábio de novo e olho para Jud.

Ela está excitada, muito excitada com o que vê.

A seguir, ele separa minhas nádegas e toca meu ânus.

Caralho... nunca pensei que me deixaria tocar por um homem desse jeito, mas não o detenho. Não posso. Contudo, quando com um dos dedos ele começa algo que por ora não desejo, olho para Jud. Em seus olhos vejo que ela quer que continue. Quer que o dedo dele entre em mim, mas não, não posso. Ainda não estou preparado para isso. E, depois de fazê-la entender com o olhar e de ela assentir, detenho o homem. Não preciso dizer nada, ele sabe até onde pode chegar. Não insiste.

De novo, ele se concentra em minha ereção, e eu arfo, excitado. Levo minha mão direita a sua cabeça e, pegando-o pelos cabelos, obrigo-o a enfiar todo meu pau na boca. Ele gosta. Fica louco.

Nossos movimentos varonis vão aumentando, ficando mais fortes, severos, eficazes. O prazer que nós três estamos sentindo é infinito. E, quando não aguento mais, depois de uma última investida dentro da boca quente dele, solto-me. Tremo e gozo para meu amor, que, satisfeita, olha para mim e também chega ao clímax.

Depois desse primeiro combate, que essa noite não pensei que travaria, o desconhecido diz que vai tomar banho e Jud me lava com carinho. Sem dizer nada, ela me seca e, quando acaba, pergunta, olhando para mim:

— Tudo bem?

Ouvir isso me faz sorrir. Essa é a pergunta que eu sempre faço depois do sexo. Digo "sim" com a cabeça e pergunto:

— Excitada?

— Muito — afirma ela, com um lindo sorriso.

Minutos depois, o homem volta refrescado e limpo. Pergunto seu nome. Chama-se Austin. Então, Jud se deita na cama e, depois de um olhar do estranho, assinto. Somos todos jogadores e nos entendemos sem falar.

A seguir, vejo ele levantar a saia de meu amor enquanto eu fecho a calça. E, quando acaba de lavá-la, peço, excitado:

— Abra as pernas para ele.

Jud me atende. Observo esse desconhecido que antes fez uma felação em mim agora masturbar Jud e passar a língua por sua umidade.

Prazer!

Ver o prazer em nossos jogos, nossos atos, é maravilhoso. Todos curtimos muito. Minutos depois, quando ele põe um preservativo, vejo que aproxima a boca da de meu amor e o detenho.

— A boca não, é só minha — digo.

Ele assente. De novo, não questiona nada, e, desejoso de sexo, penetra-a. Jud grita de prazer.

— Olhe para mim — exijo, enlouquecido.

Meu amor me olha. Crava seus lindos olhos em mim e curto vendo o prazer tomar seu olhar a cada investida do desconhecido.

Gosto de ver outro homem fodê-la, tanto quanto ela gosta que eu veja. E, como quer mais, Judith põe as pernas nos ombros dele e eu enlouqueço.

Enlouqueço!

Os suspiros, os gritos, os golpes secos dos corpos me deixam duro de novo. Sentindo necessidade de minha mulher, eu me agacho e exijo seus gemidos e sua boca. É algo nosso. Só nosso.

Quando o homem chega ao clímax, sai de meu amor e a lava. Meu tesão está no máximo. A seguir, levanto Jud, tiro-a do reservado e, no corredor, pego-a nos braços, espremo-a contra a parede, abaixo a minha calça e a penetro.

— Sim! — grito, descontrolado, enquanto mergulho nela repetidamente.

Ela arfa, agarra meus ombros e curte o momento tanto quanto ou mais que eu.

Nosso jogo é ardente, abrasador, demolidor, e, quando chegamos ao clímax, depois de sorrir e nos beijarmos, vamos tomar um banho. Estamos precisando.

No caminho, encontramos Björn e marcamos de encontrá-lo na sala dos espelhos, que ele reservou.

De mãos dadas com minha linda morena, vamos para o chuveiro. Tomamos banho e, entre doces beijos, ela repete que gosta de ver minha expressão varonil quando um homem me dá prazer.

Sorrio.

Mas por que sorrio?

Não sei. A questão é que sorrio, e não penso mais nisso. Melhor.

Minutos depois, quando estamos nos beijando dentro de uma jacuzzi cujas águas mudam de cor, Björn e Diana entram na sala. Meu amigo e eu nos olhamos e sorrimos. Queremos nos divertir.

Os recém-chegados vão para o chuveiro e depois Björn entra na jacuzzi conosco, enquanto Diana põe uma música. Quando ela se junta ao grupo, conversamos, animados. As bolhas movimentam nosso corpo, e o meu roça tentadoramente o de minha mulher.

Uma vez mais, fica claro para todos que Jud não curte sadomasoquismo. Não posso evitar sorrir. Ela sempre me faz sorrir.

Desejoso de curtir nossos jogos ardentes, proponho brincar de amos. Jud me olha, pensa por alguns instantes, mas no fim aceita com um sorriso.

Minha moreninha é um perigo!

Diana sai da jacuzzi e eu ordeno a Jud que saia também. Ela obedece. As duas se deitam na cama e gosto de ver minha amiga e minha mulher se tocando, se entregando uma à outra.

De onde estamos, Björn e eu curtimos o espetáculo que as duas nos oferecem, enquanto Jud, totalmente entregue, tem um orgasmo atrás do outro. Uma pontadinha de inveja toca meu coração ao vê-la gozar com Diana, e não comigo.

Em silêncio, meu amigo e eu olhamos, até que, querendo eu mesmo agora fazer minha mulher gozar, exijo:

— Jud, venha para a jacuzzi.

Acalorada, minha espanhola sorri, levanta-se e, abanando-se com a mão, aproxima-se e se senta no meio dos dois.

Com prazer, pego sua mão por baixo da água. Ela me olha, e por sua expressão sei que está bem. Isso me alegra. Ficamos alguns minutos em silêncio enquanto a música sai pelas caixas de som.

— Masturbe-nos — peço, sentindo que preciso continuar com o jogo.

Sem demora, ela pega meu pênis, aperta-o e me olha com tesão. Depois, olha para Björn, e por sua cara sei que ela acaba de fazer o mesmo que fez comigo.

A expressão de Jud nos mostra que ela gosta do que tem nas mãos. Não posso olhar mais. Fecho os olhos e deixo que ela me masturbe.

Seus movimentos são rítmicos, contundentes e maravilhosos. Curto muito, enquanto minha pessoa especial, meu amor, brinca e participa de nossas fantasias.

Depois de pedir a Diana que pegue os preservativos, Björn manda-a trocar a música e pôr um CD azul. Instantes depois, começa a tocar "Cry Me a River", de Michael Bublé. Vejo Jud e Björn sorrirem e sei por que o fazem.

— Esta música sempre me faz lembrar de você — sussurra meu amigo.

E eu, que preciso que ela olhe para mim, e não para meu amigo, atraio sua atenção, e nos beijamos bem no momento em que Björn rasga a embalagem de um preservativo que Diana lhe entrega.

Curto as atenções de minha mulher. Jud, tão excitada quanto eu, e alheia ao que ele está fazendo, crava-se em mim sem hesitar.

Caralho, que prazer!

Seu interior envolve meu pênis com calor, com desejo, com desespero, e ambos trememos.

Sua expressão...

Seus suspiros...

Seu jeito de me olhar me enlouquece.

— Você me deixa louco, moreninha — murmuro, explodindo de prazer.

Segundos depois, enquanto Diana nos observa, Björn se aproxima de nós com o pênis ereto. Nossos olhos se encontram. Sei que já colocou o preservativo. Depois de assentir a sua pergunta silenciosa, meu amigo murmura no ouvido de Jud:

— Adoro sua bundinha, linda.

Sorrio. Ela sorri e, depois de saber que podemos continuar, com apetite abro as nádegas da linda bundinha de minha mulher para oferecê-la a ele. A Björn. Sem precisar de lubrificante, o ânus de Jud se acomoda à intrusão de meu amigo.

Incrível!

Observo minha mulher.

Não quero machucá-la.

Não quero que nada a desagrade, e menos ainda que sinta dor. Mas, ao ver que ela está curtindo essa dupla posse, pego-a pela cintura e, afundando nela, exijo:

— Assim... meu amor... assim... Diga que gosta.

Jud arfa. Vejo que o prazer que sente é extremo.

— Gosto... sim — balbucia ela.

Björn e eu nos olhamos. Ambos sabemos o que estamos fazendo e o cuidado que isso requer.

— Gosta quanto? — insiste ele, excitado.

— Muito... muito... — afirma ela, em um tom de absoluto prazer.

Sem descanso, mas com juízo, nós a fazemos enlouquecer enquanto nosso jogo ardente se acelera e nossos suspiros se ouvem altos e claros. No entanto, quero experimentar com ela uma coisa que ainda não fizemos. Deitando-me um pouco mais, olho para meu amigo e proponho:

— Dupla.

Björn assente. Se estou seguro, ele também está. Depois de sair do ânus de minha mulher, ele troca o preservativo por outro limpo e, agachando-se, introduz o dedo na vagina ocupada por mim.

Olho para Judith. Ela está tensa. Isso é novo para ela, mas, depois de lhe recordar que minutos antes Diana a dilatou e que eu nunca permitiria que nada a machucasse, ela assente e confia em mim de novo.

Depois de introduzir dois dedos, Björn se mexe com cuidado. Quando indica com um gesto que seu pênis já fez espaço junto ao meu, olho para minha mulher e sei que ela está gostando. Está gostando muito da dupla penetração vaginal.

Nossos movimentos se intensificam. Jud arfa. Crava as unhas em meus ombros e sei que é de prazer, de puro prazer, enquanto a aperto contra mim afundando totalmente nela.

Björn e eu nos preocupamos com ela. Precisamos que diga que está tudo bem. Enfeitiçada pelo momento, ela responde:

— Não... não parem, por favor... Não parem... Está gostoso...

Ouvi-la dizer isso é como uma música celestial para meus ouvidos. Esquecendo-me de tudo, eu me entrego ao desejo que há em mim, e Björn faz o mesmo.

Gritos, suspiros, gemidos desenfreados.

Nós três, sob o atento olhar de Diana, que bebe seu drinque, aproveitamos o momento cheio de luxúria enquanto as bolhas da jacuzzi mitigam nossas vozes, até que nos deixamos levar por um demolidor e maravilhoso clímax.

Essa madrugada, quando chegamos a casa, sorrio como um bobo. Minha vida é perfeita desde que Judith está nela. Enquanto fazemos festa para Susto e Calamar, percebo que se um dia ela me deixar, vou querer morrer.

De mãos dadas, caminhamos até a porta de nossa casa. Antes de entrar, meu amor, que parece ler meu pensamento, beija-me e diz, entre outras coisas, que me ama.

Repetir "eu te amo" me parece pouco neste momento. É tanto o que sinto por ela que sou incapaz de expressar.

— Agora e sempre — sussurro sobre sua boca.

Jud sorri. Sabe o que essas palavras significam para nós. E nos beijamos.

Um beijo leva a outro...

Um sorriso, a uma risada...

Quando entramos na casa, vejo luz na cozinha. Estranho.

Quem pode estar ali?

Mas, ao ver Graciela e Dexter de roupão, beijando-se, ela sentada sobre as pernas dele, Jud e eu nos olhamos e sorrimos. Contudo, quando vou propor para desaparecermos com o mesmo sigilo com que aparecemos, ela nega com a cabeça e limpa a garganta:

— A-ham... A-ham...

Olho para ela. O que está fazendo?

Graciela e Dexter, flagrados, olham para nós.

— O que estão fazendo ainda acordados a esta hora? — pergunta minha moreninha.

Com o olhar, peço desculpas a Dexter. Caralho, essa minha mulher! Mas Graciela, que está com a mesma cara divertida de Judith, responde sem se mexer:

— Estávamos com sede e decidimos beber alguma coisa gelada.

Por fim, nós quatro acabamos rindo, especialmente depois de ver a garrafinha de rótulo rosa que tomaram. É evidente que o Moët Chandon rosado é o vencedor.

9

Dois dias depois da grande noite no Sensations, quando vejo Jud se retorcer de dor por causa da menstruação, fico frustrado.

Por que dói tanto?

Com carinho e delicadeza, eu me preocupo com ela. E, para fazê-la sorrir, digo que há um remédio alemão muito bom para dor. Na hora, ela se interessa, e, quando revelo que se engravidar pode esquecer a menstruação por um ano, ela me olha e sei que, se pudesse, arrancaria minha cabeça.

Minha menina é fogo!

Essa manhã, no escritório, recebo uma ligação de Londres. É Laila, sobrinha de Norbert e Simona. Ao saber que vai passar por Munique a trabalho, não hesito e a convido a ficar conosco.

Laila era muito amiga de minha irmã Hannah, e só por isso já é especial para mim.

À tarde, quando volto do trabalho, falo com Norbert sobre a ligação de sua sobrinha, e, embora se surpreenda por ela ter ligado para mim antes que para ele, fica feliz com a visita. Laila é uma garota muito agradável.

★ ★ ★

Chega sexta-feira e estou em casa resolvendo alguns assuntos da Müller, quando a porta de meu escritório se abre. Dexter entra com seu primo Juan Alberto, que veio da Espanha para uma visita relâmpago. Jud, que os acompanha, pergunta por sua irmã. Ela quer saber como Raquel ficou depois da partida do mexicano. Então, vejo que ele lhe entrega um envelope. Quando ela sai, olho para Juan Alberto e pergunto:

— O que você entregou a ela?

Ele sorri, olha para Dexter e dá uma piscadinha.

— Raquel mandou uma carta para ela — responde ele.

— Ai, caralho! O que foi que você fez? — murmura Dexter.

Juan Alberto o observa, mas não responde. Espero que essa carta não seja nada que preocupe minha mulher, ou vou arrancar a cabeça dele.

— Fiquem tranquilos. Está tudo ótimo entre mim e a Raquel. Somos ambos adultos e sabemos o que fazemos. Vocês não têm com que se preocupar.

Olho para ele. Dexter me olha. Não sabemos o que esperar. Mas, por fim, como quero lhe dar um voto de confiança, declaro:

— Para o seu bem, espero que sim.

Juan Alberto sorri, e Dexter, ansioso, conta a ele sobre Graciela, o que deixa o primo feliz.

À noite, quando Jud e eu estamos em nosso quarto, ela insiste que eu ligue para o celular dela. Quer me mostrar o toque que escolheu para minhas chamadas. Faço o que me pede e começa a tocar "Si nos dejan", uma música que nos deixou ainda mais apaixonados em nossa lua de mel. Sorrio.

Como estou ficando bobo!

Sem dúvida, como diz minha mulher em determinados momentos, sou um babaca! Tanto que, em ocasiões como essa, nem sequer me reconheço!

No entanto, a bobeira passa quando Judith torna a mencionar que quer trabalhar.

Ora, por acaso ela precisa?

Eu cuido dela. Falta-lhe alguma coisa?

Como diz nossa canção, se ela diz "branco", eu digo "preto".

Esse assunto me irrita. Deixa-me doente.

Ela não precisa trabalhar. Eu já trabalho por nós dois. Disposto a enfrentar esse touro espanhol, eu me preparo. Mas então, surpreendentemente, ela diz que por hoje não vamos discutir o assunto. Mas me alerta dizendo que falaremos sobre isso depois.

Era só o que me faltava!

Meio irritado, entro no banheiro.

Odeio discutir com Judith, mas odeio mais sua maldita cabeça-dura.

Por que temos que levar tudo sempre ao limite?

Escovo os dentes, pingo o colírio nos meus malditos olhos e saio do banheiro.

Assim que saio, ela me surpreende perguntando quem é Laila e por que eu não lhe contei que ela vai se hospedar conosco.

Boquiaberto, pestanejo.

Caralho, eu me esqueci de comentar com ela!

Sua expressão é indecifrável. Sem dúvida, a minha deve ser também.

Não tenho nada a esconder em relação a Laila. Quando vejo Jud estreitar os olhos... Péssimo sinal. De repente, com sua típica expressão espanhola que diz "você é um babaca!", ela informa que Laila chega amanhã.

Amanhã?!

Como amanhã?

Isso me deixa aflito.

Eu a entendo.

Se um homem que não conheço fosse se hospedar em nossa casa e eu fosse o último a saber, claro que isso me incomodaria. Quando vou assumir meu erro, ela pergunta:

— Você teve alguma coisa com ela?

Boquiaberto, fito-a.

O que está dizendo?

Laila era a melhor amiga de minha irmã Hannah. Nunca a vi como nada mais que isso. Quando lhe explico isso, ela pergunta:

— E Björn?

Isso já me irrita.

O que Björn tenha com Laila ou com outras mulheres não é de minha conta e, claro, menos ainda da dela. Agora sou eu que fico puto e, com irritação na voz, pergunto por que isso lhe interessa.

Judith entende minha pergunta maliciosa e, com seu comportamento habitual, diz que estou falando bobagens.

Bobagens?

Por que ela foi mencionar Björn?

Mas, no fim, abraço-a.

Discutimos por bobagens, somos dois idiotas. Quando ela volta a sorrir, pego-a no colo, levo-a até a parede e, com prazer, deixo vir à tona o empalador de que minha mulher tanto gosta e faço amor com ela.

10

No dia seguinte, depois de passar a manhã na Müller, decido voltar cedo para casa. Não sei a que horas Laila vai chegar, mas quero estar presente para apresentá-la a Judith.

Estou em meu escritório trabalhando com Dexter, quando ouço um barulho. Ao sair, reconheço a voz de Laila. Isso me faz sorrir. Ainda me lembro de como ela e Hannah se divertiam e de como Laila cuidava de Flyn e o mimava.

Que lindas recordações!

Feliz, peço a meu amigo um minuto e me dirijo à cozinha. Ao entrar, ela me olha e me cumprimenta com um enorme sorriso.

— Eric!

— Olá, Laila.

Ambos nos olhamos, sorrimos, e tenho quase certeza de que ela pensa em Hannah. Assim como eu, Laila também chorou muito sua perda.

Emocionados, nós nos aproximamos. Laila me dá os parabéns pelo casamento e diz que minha mulher é encantadora.

Quando a menciona, olho para Jud e a vejo sorrir. Vejo que Simona e Norbert já as apresentaram. Satisfeito, dou dois beijos no rosto de Laila.

— E nosso menino? — pergunta ela.

— Na escola. Quando o vir, não vai reconhecê-lo.

— Tenho certeza disso! — afirma ela, com um sorriso.

Ambos sorrimos, e a recém-chegada diz:

— A propósito, quem faz aniversário amanhã?

Pasmo por ela se lembrar, solto uma gargalhada. Sem poder evitar, rememoramos o último aniversário que comemoramos com Hannah. Ambos rimos com as lembranças, mas, de repente, noto o silêncio constrangedor só quebrado por nossos risos.

O que está acontecendo?

Ao ver de rabo de olho como minha mulher me observa, dou meia-volta, caminho até ela e digo, pegando-a pela cintura:

— Querida, Laila e Hannah juntas eram terríveis.

Jud assente. Esboça um sorriso, mas sei que não é verdadeiro. Conheço seus sorrisos e, evidentemente, esse é pré-fabricado.

Nesse instante, a porta da cozinha se abre.

— Eric, chegou a ligação que você estava esperando — diz Dexter.

A ligação é importante e, querendo resolver logo esse assunto, dou uma piscadinha cúmplice a Jud e desapareço. Tenho uma coisa importante para fazer.

* * *

No dia seguinte, quando acordo, estou com um pouco de dor de cabeça.

Caralho!

Por que hoje? Logo no meu aniversário!

Ciente de que não posso dizer nada, senão todos vão ficar preocupados com meu problema nos olhos, tomo um banho. Sem acordar Judith, visto-me e desço para tomar o café da manhã.

Ao entrar na cozinha, Simona sorri e diz, olhando para mim:

— Parabéns, senhor!

Satisfeito por receber seus cumprimentos, sorrio e, sem beijos, pois não somos beijoqueiros como Judith, respondo:

— Obrigado, Simona.

A mulher, feliz, prepara o café da manhã para mim enquanto eu pego o jornal, que, como todas as manhãs, me espera em cima da mesa. Começo a lê-lo depressa, e, então, a porta da cozinha se abre de novo.

Vejo que é Laila e sorrio.

— Parabéns, Eric!

Ela se aproxima de mim e eu me levanto, oferecendo-lhe uma cadeira ao meu lado. Por que não?

Laila se senta e diz:

— Tia, poderia me dar um café e me fazer uma torrada?

— Agora mesmo — responde Simona.

Então, Laila me entrega uma caixa. Isso me surpreende. Ao abri-la, encontro uma linda caneta. Agradeço. É um presente bonito e prático.

Instantes depois, começamos a conversar. Ela me fala de sua vida em Londres, e inevitavelmente citamos Hannah. Ambos a amávamos, e tenho certeza de que Laila sente tanta saudade dela tanto quanto eu. Hannah era maravilhosa. Única. Especial.

Durante um bom tempo conversamos, até que Dexter entra na cozinha, e Laila, depois de acabar seu café, levanta-se e sai. Meu amigo, que também ganha um café de Simona, uma vez que ela sai e nos deixa sozinhos, murmura, olhando para a caneta:

— Que bonita!

Com carinho, contemplo a caneta que Laila me deu de presente e que poderia perfeitamente ser um presente de Hannah.

— Sim, é mesmo — afirmo.

Sorrimos, e então Dexter pergunta:

— Posso dizer uma coisa que indica que sou um bobo?

Assinto, Dexter pode me dizer o que quiser.

— Nunca imaginei que dormir várias noites seguidas com a mesma mulher pudesse ser uma experiência tão maravilhosa.

Ao ouvir isso, sorrio.

— Adoro ver como Graciela dorme. Curto sua paz... Estou ficando bobo? — pergunta Dexter.

Solto uma risada. Vivo a mesma coisa todos os dias.

— Isso se chama *amor*. E quem me ensinou foi Judith, assim como Graciela está ensinando a você — explico.

— Então, nós dois somos frouxos?

Assinto.

— Sem dúvida alguma, sim.

Dexter bufa. Está confuso como eu fiquei no começo, e durante um bom tempo falamos de sentimentos e de amor, algo novo para nós.

Quando acabamos de tomar o café da manhã, decidimos ir para a sala e ficarmos mais confortáveis. De repente, de rabo de olho, vejo Jud entrar como uma louca e, segundos depois, voar pelos ares e cair no chão.

Caralho!

Assustado e muito preocupado, corro para ajudá-la, assim como Dexter.

O que aconteceu para ela acabar no chão?

Com carinho, levo-a até a poltrona. Estou preocupado com ela.

Jud logo se queixa da mão esquerda. Eu me reteso. Ela diz que está doendo, e fico paralisado. Não... não suporto que aconteça alguma coisa com ela. Que sinta dor. Fico desesperado com as doenças ou dores das pessoas que eu amo. Não posso vê-los sofrer, e Jud, que me conhece, rapidamente muda o tom e diz que não foi nada.

Mas não. Não acredito que não foi nada, e começo a tremer. De repente, aparecem Graciela e Laila.

Perguntam o que aconteceu com minha mulher, enquanto Jud só se preocupa comigo.

Estou nervoso. Muito nervoso.

Quero levá-la ao hospital. Jud se nega, e, no fim, Graciela, que é enfermeira, examina sua mão e pulso e me acalma dizendo que não há nenhum osso quebrado.

Dexter, Laila e Graciela desaparecem.

Uma vez que ficamos sozinhos, minha pequena me olha e, sorrindo como só ela sabe, sussurra:

— Feliz aniversário, sr. Zimmerman.

Ver seu rosto e seu sorriso me faz feliz.

— Obrigado, meu amor — agradeço, sorrindo.

E nos beijamos...

E nos provocamos...

Recordamos o que aconteceu no ano anterior, quando ela se fez passar pela senhora Zimmerman no Moroccio e eu tive que pagar o jantar dela e de seu amigo. Isso nos faz sorrir. Temos lindas recordações.

Segundos depois, quando meu amor localiza debaixo da mesa o presente que tinha nas mãos antes da queda, entrega-o a mim e o abro, entusiasmado.

Jud me comprou um lindo relógio. Adorei, e o ponho no pulso. Ela fica satisfeita com isso, eu sei.

Quando Graciela entra na sala sentada no colo de Dexter, ambos os olhamos. Desde que se deram uma chance, não param de demonstrar seu carinho, sem nenhum tipo de filtro. E me pergunto: *Eu sou tão bobo quanto Dexter?*.

Melhor não pensar, porque devo ser pior.

Quando consegue desgrudar sua boca da de Dexter, Graciela propõe enfaixar a mão de Jud e, antes que ela aceite, eu já concordo.

Enquanto nossa amiga põe a faixa, Laila também entra na sala. Então, fica sabendo que nessa noite não jantaremos em casa, pois, como é meu aniversário, decidi convidar as pessoas queridas para jantar fora. Mas, apesar de sua cara de decepção, não digo nada. Não quero incomodar minha mulher.

Contudo, como sempre, Jud me surpreende. Ela é a melhor pessoa que já conheci na vida e, ao ver a cara triste da garota, diz:

— Quer ir com a gente?

— Adoraria — afirma Laila, satisfeita.

Ao ouvir isso, olho para meu amor e lhe agradeço. Nunca teria convidado Laila se Jud não tomasse a iniciativa.

Pouco depois, as mulheres desaparecem, e Dexter e eu continuamos conversando com tranquilidade na sala.

No entanto, minha paz se vê alterada quando ouço um som rouco. Sei que é a Ducati de Judith.

Não, caralho...

Mas ela não havia machucado a mão?

Vou até a janela e sinto meu corpo se contrair ao ver minha louca mulher, sem capacete e sem proteções, montada em sua Ducati, enquanto Susto e Calamar correm atrás dela.

— Ei, cara, é sua mulher? — pergunta Dexter.

Com os punhos fechados devido à tensão que sinto, enquanto a vejo dar cavalos de pau apesar da mão enfaixada, assinto.
— Mas que guerreira! — comenta Dexter.
Afirmo com a cabeça.
Guerreira, intrépida, louca, encrenqueira, provocadora. Na verdade, poderia continuar dizendo coisas sobre ela por um bom tempo. E, quando acho que vou explodir de preocupação por causa do que ela faz com sua maldita Ducati, Judith estaciona a moto na garagem. Isso me acalma.

★ ★ ★

Dois dias depois, Judith insiste que temos que ir à formatura de minha irmã e minha mãe na escola de paraquedismo.
Tento escapar, mas não tem jeito!
Quando chegamos ao lugar em questão e desço a cadeira de rodas de Dexter do carro, meu amigo, ao ver onde estamos e notar minha cara, sussurra, com ironia:
— Compadre, você está cercado de mulheres travessas.
Diria que estou cercado de loucas, mas não respondo.
Depois de nos despedirmos de minha mãe e de Marta, que estão felizes e entusiasmadas com a formatura, vamos para a área onde os familiares esperam. Uma vez ali, Flyn não para. Sem dúvida está nervoso. E, quando vejo decolar o avião em que estão duas das mulheres que mais amo no mundo, minhas mãos começam a suar.
O que estou fazendo aqui?
E por que permito que elas façam isso? Os Chicletes, que é como meu sobrinho chama Dexter e Graciela, porque não param de se beijar, ignoram tudo. Ficam só fazendo dengo e se beijando, enquanto o avião sobe, e sobe, e sobe...
As pessoas aplaudem, gritam, dão vivas, e eu quase nem consigo respirar. Como diria meu sogro... *ofú*, que canseira.
Passam-se os minutos e, de repente, as pessoas começam a gritar e a apontar para o céu.
— Que legal! Estão caindo! — exclama Flyn.
Caralho...
Meu coração se acelera.
E se acontecer alguma coisa? E se morrerem?!
Não consigo olhar, mas a curiosidade me faz levantar a cabeça. Fico paralisado.
Ao longe, vejo uns pontinhos que se aproximam cada vez mais. Acho que vou ter um infarto a qualquer momento.
Desde que vi o que aconteceu com Hannah com meus próprios olhos, cada vez que me encontro em uma situação que foge ao meu controle, me sinto mal. Péssimo.

Caralho, acho que vou desmaiar!

Sem dizer nada, para não fazer papel ridículo, cravo o olhar no chão e respiro devagar, até que ouço a voz de Jud.

— Meu amor, você está bem?

Nego com a cabeça. Não posso mentir.

Pergunto se já puseram os pés no chão, mas Jud murmura com cara de preocupada:

— Não, querido... estão caindo.

Caralho...

Estão caindo?!

Suspiro... fico agoniado, e grunho.

— Por Deus, Jud, não diga isso!

A partir desse instante, ela fica atenta a mim o tempo todo. Faz dengo, diz que está tudo sob controle e que nada vai acontecer.

— Pronto, querido, já chegaram — diz ela, por fim.

Saber que estão sãs e salvas me faz voltar a respirar, e, como não estou a fim de que minha mãe e minha irmã saibam de minha angústia, sorrio e aplaudo. Se me virem, que me vejam feliz. Não quero aguentar seus deboches nem censuras.

Os dias passam, e percebo que entre Jud e Laila a sintonia não é boa. Acho que nem com Simona, que é sua tia.

Sei que há algo acontecendo entre elas, mas, por mais que eu pergunte a Judith, ela nega. Contudo, tenho certeza de que há algo, mesmo que ela tente disfarçar. Eu sei. Mas não consigo informação alguma.

11

São três e meia da madrugada e não consigo dormir.

Judith vai participar da maldita corrida de *motocross* daqui a poucas horas e estou angustiado. Muito angustiado.

Pensar que possa acontecer algo com ela me mata. E, embora ela diga e prometa que não vai acontecer nada, e eu tente acreditar, a angústia não me deixa viver.

Tentei demonstrar que estou com ela nessa. E estou. Sua felicidade é minha felicidade, e seu entusiasmo, o meu. Mas ainda é difícil digerir o fato de ela ser tão intrépida e inquieta. Não é fácil para mim.

Sei que prometi que mudaria e que não seria um homem tão sufocante em vários assuntos.

Sei como é importante para ela continuar praticando *motocross*.

Mas também sei que, desse jeito, ela, minha mãe ou minha irmã vão acabar comigo!

No escuro, estou bebendo um copo de água fresca na cozinha, quando a porta se abre. Ao olhar, encontro Dexter.

— O que há, compadre? — pergunta ele, ao acender a luz.

Sorrio. A felicidade que vejo em seus olhos desde que está com Graciela é algo que eu não via fazia muito tempo.

— Estou bem — suspiro. — Só não consigo dormir.

Dexter se aproxima.

— Quer conversar? — insiste ele.

Não respondo.

— Vai me dizer agora mesmo o que há com você ou juro que vou acordar a casa inteira cantando rancheiras. Não esqueça que canto bem mal.

Ouvir isso me faz sorrir.

— Estou preocupado com Judith — confesso.

Dexter ergue as sobrancelhas.

— Por quê? Ei, cara... não é por causa da corrida de moto, é?

— Sim.

— Mas, Eric...

— Eu sei — interrompo. — Sei que não vai acontecer nada porque Judith controla muito bem a moto, mas, caralho, estou inquieto.

Conversamos durante um tempo sobre o que tanto me preocupa, até que, de repente, percebo que horas são e o mando para a cama. E dez minutos depois vou também. Preciso descansar.

Quando acordo, horas depois, ao olhar para o lado, vejo que Jud não está.

É sério que ela se levantou primeiro?

Rapidamente pulo da cama.

O fato de ela já estar em pé só pode significar que está nervosa por causa da corrida.

Tomo um banho correndo. Enquanto me visto, penso que preciso ser positivo. Tenho que transmitir positividade a Jud para vê-la feliz. Por isso, fabrico sorrisos me olhando no espelho e, quando encontro um que sei que pode enganar minha mulher, saio do quarto.

Ao chegar perto da cozinha, ouço Jud e Dexter. Acho engraçadas as palavras carinhosas deles. E, como quero que minha mulher me sinta cem por cento bem ao lado dela, abro a porta da cozinha e brinco:

— Maldito mexicano, paquerando minha mulher escondido?

A gargalhada de Jud ao me ouvir enche minha alma. Preciso desse som maravilhoso para saber que está tudo bem.

— Ei, cara, desde que sei que ela gosta de morenos, não perco a esperança! — brinca Dexter.

Uma hora depois, entramos todos no carro e nos dirigimos ao circuito que meu primo Jurgen indicou. Tento de todo jeito não deixar que o sorriso abandone meu rosto. Devo isso a Jud.

Uma vez lá, ela vai se inscrever com Norbert, enquanto eu, tenso, tiro a moto do reboque. Estaciono-a e observo Graciela com Laila, Marta com Arthur, seu namorado, e Flyn. Parecem felizes. Não como eu, que estou nervoso, embora tente disfarçar.

Pouco depois aparece Judith, emocionada, com o número sessenta e nove nas costas. E sorrio ao ouvir seu comentário provocante.

Ela é deliciosa.

Jurgen chega com um mapa do circuito. Rapidamente, ele e Judith o revisam e meu primo lhe aconselha como entrar em cada curva.

Ufa... escutá-los me deixa mais tenso. Muito mais.

Judith desaparece por alguns minutos para trocar de roupa e, quando volta vestindo seu macacão e suas proteções, Flyn se emociona. Os demais a aplaudem. E eu também, claro!

Mas, quando ela arranca a moto e a vejo acelerar, noto que meu sorriso se desvanece. Tento evitar, mas não posso disfarçar. Eu não daria para ator.

Depois de lhe dar um beijo, deixo que se concentre e observe os outros grupos que já começaram a correr. Para entrar em seu mundo, Judith coloca os fones de ouvido e escuta Guns N'Roses em seu iPod. Segundo Jud, essa banda e outras do mesmo estilo dão a adrenalina de que ela precisa em momentos como esse.

Adrenalina. Meu Deus... tenho medo de sua adrenalina.

Com o estômago revirado, observo outros corredores que caem no chão depois de dar saltos, mas me mantenho firme. Não me mexo, porque, se me mexer, vou pegar Judith, enfiá-la no carro e tirá-la daqui.

Mas não, não posso fazer isso. Se o fizesse, faltaria com minha palavra, e preciso que ela confie em mim. Disse que tentaria entender seu mundo, e tenho que tentar, mesmo querendo morrer.

Pelos alto-falantes chamam os participantes da terceira corrida, a de Judith. Minha mulher, depois de dar uma piscadinha para Marta, dá-me um beijo rápido.

— Já volto. Pode esperar! — diz ela.

Vejo-a se afastar em sua moto e começo a hiperventilar.

— Irmãozinho, disfarce, dá para ver que você está agoniado — sussurra Marta, segurando minha mão.

Bufo.

Odeio não ser um ator melhor. Sem afastar o olhar da pista, vejo minha intrépida mulher se posicionar. Segundos depois, ela coloca o capacete e os óculos e eu a vejo sorrir quando acelera a moto e sai como uma louca.

Por Deus, tomara que acabe logo!

O tempo parece eterno. A maldita corrida não acaba nunca. E é só quando termina que eu consigo respirar.

Jud está bem. Está bem.

Segundos depois, quando ela chega, mudo minha expressão. Sorrio e, sentindo necessidade de abraçá-la, faço isso e a beijo, enquanto todos a nossa volta a aplaudem e ovacionam.

De novo o nervosismo me domina. Judith participa de outra corrida, classifica-se e corre mais outra. E se classifica de novo.

Enquanto põe as luvas antes de ir para a última corrida, da qual sairão os ganhadores, meu amor, depois de comentar algo com Graciela e Marta, olha para mim e diz:

— Alegre essa cara, querido. É a última corrida. — Tento sorrir. — Pode ir comprando uma estante bem grande para os meus troféus. Pretendo ganhar o primeiro hoje.

— Claro que sim! — afirma minha irmã.

Assinto. Pelo que já vi, vai ganhar mesmo.

Querendo que essa agonia acabe o quanto antes, digo o mais positivamente que posso:

— Vamos, campeã. Vá lá e mostre a eles quem é minha mulher.

Digo isso e olho para seu lindo rosto, que se ilumina. Sei que era isso que ela precisava ouvir.

Muito bem! Gosto de ver que ela gostou.

Mas quando, minutos depois, ela está de novo na linha de largada, começo a duvidar se fiz bem. Judith é muito louca, e ainda por cima eu a incentivo.

Caralho... caralho...

Na lateral, o grupo ovaciona Jud. Todos nós sabemos que ela vai dar tudo para ganhar essa corrida.

— Estou muito orgulhosa de você — diz Marta, ao meu lado.

Fito-a, e ela acrescenta:

— Você disse a Judith o que ela precisava ouvir. Foi muito legal, irmãozinho!

Sorrio. Então, a corrida começa e torço por minha mulher junto com os outros.

Ela ultrapassa, é ultrapassada, derrapa, salta, passa a área esburacada, freia, acelera, derrapa, acelera de novo. Tudo isso e muito mais Judith faz com uma maestria que deixa todos nós sem palavras.

— Ela vai ganhar! — grita Flyn.

Incansável em seu empenho, minha espanhola curte o que faz. Mas, de repente, meu mundo entra em câmera lenta, porque de onde estou vejo outra participante cair e sua moto ir direto para cima de Judith.

Não!

Instantes depois, vejo meu amor sair voando devido à pancada e cair com força no chão.

Não... não... não!

Fico paralisado alguns segundos.

Todos ao meu redor gritam assustados. Minha paralisia desaparece e, esquecendo a segurança, pulo o muro e corro para o lugar onde minha mulher está caída.

Corro...

Corro o mais rápido que posso, enquanto percebo que Judith não se mexe.

Por que não se mexe?

Jud... mexa-se... mexa-se, por favor.

O medo e a agonia tomam conta de meu corpo. Um sujeito se aproxima de mim para me dar bronca por estar correndo pela pista. Tenta me deter, mas, assim que me toca, eu o empurro. Livro-me dele e continuo correndo.

Chego ao lado de Jud e vejo a corredora que caiu antes dela se sentar no chão, mas ela continua imóvel.

Por Deus... Por que ela não se mexe?

Rapidamente, três sujeitos se colocam diante de mim e todos juntos me detêm. Não permitem que eu me aproxime de minha mulher. Enlouquecido, eu me rebelo, grito e dou tapas para todo lado.

Mas ninguém me dá ouvidos. Ninguém deixa que eu me aproxime dela. Então, minha irmã chega e, segurando meu braço com força, grita:

— Eric, quieto!

Atordoado, olho para ela.

— Deixe que os socorristas façam seu trabalho — insiste Marta.

Mas não posso.

Não posso ficar impassível.

Ela, minha vida, minha mulher, minha pequena, está no chão imóvel, e grito. Chamo seu nome várias vezes, com a esperança de que me ouça.

Jurgen, que conhece todo mundo no circuito, vai até os socorristas e diz que Marta é médica e eu, o marido de Jud. Por sorte, deixam que nos aproximemos. Mas minha irmã me pede, olhando para mim:

— Eric, se você a ama, faça o favor de se conter.

Assinto.

Faço qualquer coisa por ela. Mas, quando lhe tiram o capacete e vejo seus olhos fechados, cambaleio.

— Fique calmo, Eric. Calma... — diz minha irmã, segurando-me.

Mas não posso. Como ficar calmo?

Por que ela não abre os olhos?

Por que não acorda?

Os socorristas, depois de checar certas coisas que eu não entendo, olham para Marta e mandam-na levá-la ao hospital.

Ouvir isso me assusta. Muito.

Foi um erro deixá-la participar dessa corrida, e a culpa é minha por não ter negado.

Quando a colocam na ambulância, vou entrar com ela, mas o socorrista me impede. Não cabem os três ali.

Enlouqueço. Ela não vai embora sem mim.

— Eric, olhe para mim! Olhe para mim! — grita minha irmã.

Seus gritos atingem seu objetivo. Quando a ambulância arranca e parte com a desagradável sirene ligada, vou correr atrás dela, quando Marta diz:

— Vamos. Eles me disseram a que hospital vão levá-la.

Como um louco, corro para meu carro. Mas estou tão nervoso que, ao chegarmos, minha irmã quer pegar as chaves.

— Eu dirijo — diz —, e não vou aceitar um não como resposta, entendeu?

Não quero perder tempo discutindo, de modo que assinto. Jogo as chaves para ela e entramos no veículo. No caminho, não falo nada. Não consigo. Só ouço Marta falar pelo viva voz com Arthur, que está com o resto do grupo, dizendo-lhe a que hospital estamos indo.

Uma vez que entramos no pronto-socorro, minha irmã, como médica, logo descobre onde está Judith. Dizem que estão fazendo alguns exames nela. Não acordou ainda, e temos que esperar.

Angustiado e à beira de um colapso, recuso a proposta de Marta de ir tomar um café. Só quero ver Jud. Só isso. E, inesperadamente, sinto as lágrimas começarem a correr por minhas faces como há anos não corriam.

A última vez que chorei assim foi por Hannah, e isso me assusta. Assusta muito.

Marta me olha comovida.

Eu, o homem mais durão e impassível do planeta, estou chorando desconsolado.

Minha irmã me faz sentar em uma cadeira. Acho que tem medo de que eu desabe e, a sua maneira, ela me consola. Mas nada me consola. Preciso de Jud... preciso dela.

Assim se passa mais de meia hora. A pior meia hora de minha vida. Até que uma porta se abre, sai por ela um médico amigo de Marta e, aproximando-se, indica que o sigamos.

Tremo. Continuo tremendo.

Minhas lágrimas saem sozinhas, não posso detê-las. Ao entrarmos em uma salinha com o médico, ele nos informa que Jud sofreu um traumatismo craniano leve, diversas contusões e uma fissura no pulso esquerdo. Diz também que ela acordou, mas que lhe deram um sedativo para que fique tranquila.

Ao ouvir isso, levo a mão ao coração e, a seguir, cobrindo o rosto com as mãos, volto a chorar.

Saber que ela está bem apesar da enorme pancada me deixa feliz, imensamente feliz.

O médico amigo de Marta diz que, assim que Jud estiver em um quarto, seremos avisados para que fiquemos com ela.

Quando saímos da sala, continuo desconsolado como uma criança, e Marta me abraça.

— Está vendo, querido? Ela está bem. Relaxe — diz ela, com carinho.

Mas me pedir isso depois da tensão que vivi é complicado. Muito complicado.

Penso em Manuel, meu sogro.

Devo ligar para ele?

No fim, decido telefonar quando Jud estiver acordada. Se eu ligar e ele não puder falar com a filha, sem dúvida vai ficar mais angustiado. Portanto, resolvo esperar. É melhor.

Caminhamos em silêncio para onde o médico nos mandou esperar até que nos avisem que podemos ver Judith.

Ao sentar, noto que minhas pernas tremem. Não falamos, só olhamos para o nada, e sei que as recordações do passado oprimem a alma de nós dois. Além disso, minha dor de cabeça está me matando, mas não digo nada. Só quem importa é minha pequena.

Um pouco depois aparece minha mãe acompanhada de Dexter e Graciela e, ao ver o estado de angústia e o medo dela, desabo de novo. Não consigo controlar minhas emoções.

Ver a cara assustada de minha mãe, como só a vi quando aconteceu aquilo com Hannah, deixa-me desconsolado, e na hora que ela me abraça, como um homem de merda, volto a chorar em seus braços. Não posso evitar.

Marta, ao nos ver chorar como duas crianças, não contém as lágrimas, e Graciela é quem toma as rédeas da situação. Depois de fazer que minha mãe me solte, faz as duas se sentarem e as tranquiliza. Por sorte, ela está aqui, e lhe agradeço com o olhar. Não sou capaz de acalmar ninguém do jeito como estou.

Dexter, que está ao meu lado e não abriu a boca, murmura:

— Eric...

— Estou bem — afirmo, enxugando as malditas lágrimas enquanto a dor de cabeça aumenta a cada segundo que passa.

Ele assente, mas duvido que acredite em mim.

— Pense que ela está bem — sussurra Dexter.

Por sorte, sei que é verdade.

— Foi culpa minha — murmuro.

Dexter franze o cenho.

— Por que diz isso?

— Porque deveria protegê-la. Não deveria ter permitido que...

— Eric! — interrompe ele, com a voz baixa para que só eu o ouça. — O que aconteceu não foi culpa sua. Nem mesmo culpa de Judith. Essas coisas acontecem. Ela pratica um esporte complicado, cara, e...

Nesse instante, uma enfermeira se aproxima de nós e diz que Judith já está no quarto. Assim que diz o número, esquecendo meu amigo, minha mãe, minha irmã e Graciela, vou para a escada e subo os degraus de quatro em quatro. Preciso ver minha mulher.

Quando chego em frente ao quarto 674, sem me deter nem um segundo, abro a porta. Meu coração para de novo. Diante de mim está minha pequena, deitada em uma cama, com os olhos fechados, quieta, pálida, machucada e indefesa.

Sem perder um segundo, vou até ela, pego sua mão inerte e a beijo. Beijo-a com amor, com carinho, com necessidade. Em silêncio, beijo sua mão várias vezes enquanto penso que, se acontecer alguma coisa com ela, definitivamente, minha vida não terá mais sentido.

Nada, nada em absoluto seria a mesma coisa sem Jud. Sem seus olhares, sem suas bravezas, sem seus sorrisos, sem suas loucuras ou sua maldita cabeça-dura. Ela é o centro da minha vida, e o que aconteceu só confirmou isso.

A porta se abre e aparecem minha mãe, Marta, Graciela e Dexter, que entram em silêncio. Minha mãe, aproximando-se de mim, passa a mão por minhas costas e pergunta, mais tranquila:

— Está melhor, querido?

Assinto. Não sei se é verdade, mas assinto. E, mais calmo por ver minha mãe também mais relaxada, faço um sinal a minha irmã e ela convida todos para ir à lanchonete.

Preciso que me deixem sozinho com Jud.

De novo a sós com ela, pego uma cadeira, levo-a até próximo da cama e me sento ao seu lado. Falo com ela. Não sei se me ouve, mas digo que a quero, que a amo, que não posso viver sem ela.

Assim passam as horas, e, embora esteja com dor nos olhos e na cabeça, recuso-me a sair de seu lado. Marta tenta. Minha mãe também. Mas daqui não saio até que Jud venha comigo.

Esgotado, quando por fim nos deixam, como diz a canção de nossa linda lua de mel, apoio a cabeça sobre sua mão na cama e fecho os olhos. Preciso descansá-los.

Até que, de repente, sinto sua mão se mexer. Ao levantar a cabeça, vejo seus olhos cravados em mim.

— Olá, bonitão — sussurra ela, com um meio sorriso.

Respiro fundo.

Só ela pode dizer uma coisa dessas depois do que aconteceu.

Ouvir sua voz e vê-la me olhar é a melhor coisa que já me aconteceu. Quando pergunta se estou bem, como sempre, a menininha manteiga derretida que sou começa a chorar.

— Nunca mais me assuste desse jeito, entendeu? — digo.

A seguir, abraço-a, aninho-me em seus braços e desabafo.

Passam-se os minutos, e Judith ganha força. Sua teimosia me acalma, me faz sorrir, e por fim consigo retomar as rédeas de meu corpo, de minhas emoções e sentimentos.

Quando Marta e minha mãe entram, ao ver Jud acordada, sorriem e a enchem de carinho. Tudo vai bem, até que minha irmã deixa escapar que a Ducati de Judith ficou estraçalhada.

— O que aconteceu com minha moto? — pergunta minha pequena, fazendo beicinho.

Incrível!

Ela está no hospital, machucada, com um traumatismo craniano, e vai chorar por causa da moto?

Em décimos de segundo, vejo que ela começa a coçar o pescoço.

Sério que é por causa da moto?

Colocando-me ao seu lado, depois que minha mãe lhe dá um beijo, sopro seu pescoço e retiro sua mão para que não se coce. Tento tranquilizá-la. A moto realmente ficou muito mal depois do acidente, mas, para que se acalme, digo:

— Dá para arrumar.

Vejo que isso a reconforta. E, embora arrumar essa máquina seja a última coisa que desejo, repito isso mil vezes para que pare de chorar.

Meu telefone toca. É de casa. Penso em Flyn, em como deve estar assustado. Afastando-me de Jud por alguns segundos para falar com ele e tranquilizá-lo, vou para o corredor. É melhor.

12

A saúde de Judith melhora com o passar dos dias, apesar do desgosto que sofreu ao ver sua moto.

Maldita moto, que a está fazendo chorar!

Ela adora a Ducati Vox Mx 530 2007 que seu pai lhe deu de presente. Cada vez que a menciona, sinto sua tristeza por causa do estado em que ficou depois do acidente. Sem que ela saiba, e muito a contragosto, estou fazendo uma loucura. Mandei arrumá-la!

Às vezes, eu me pergunto por que faço isso.

Por que mando arrumar algo que sei que vai me dar dor de cabeça de novo?

Mas pensar nela e em sua expressão quando vir sua amada moto restaurada vale a pena. Bem, é o que eu acho agora. Mais para frente, veremos!

Com sua melhora, chegam também nossas discussões.

O que seria de nós sem elas?

Judith me pressiona, volta à carga com o assunto de trabalhar, mas eu tento enrolá-la e por hora está funcionando. Quanto a Flyn, parece focado nos estudos. Vendo-o assim, posso relaxar um pouco mais.

Graciela e Dexter voltaram ao México para cuidar da vida. Saíram de minha casa abobados, eu diria que apaixonados, mas o tempo dirá se o lance deles é amor ou simples atração.

Acabei de fazer outro *check-up* nos olhos. Odeio minha doença. Por que tive que herdar isso de meu maldito pai? Bem, por sorte, apesar de minhas dores de cabeça, tudo está conforme o esperado e não posso ignorar que isso é para o resto da vida.

Laila continua em casa. Não sei por que sua presença me alegra, e também a Flyn, que a adora. Mas percebo que Simona não está feliz. O que há entre ela e a sobrinha?

Não está contente por ela estar aqui?

Por sorte, minha moreninha relaxou um pouco com Laila. E esse pouco me deixa mais tranquilo. Não sei por que entre elas não flui o bom astral que existe entre mim e Laila. Quando vejo Judith estreitar os olhos ao fitá-la, algo dentro de mim grita: *Isso não é nada bom!*

Passam-se os dias e, enquanto trabalho, em várias ocasiões, Jud sai para almoçar com Björn. Gosto da boa amizade que se criou entre eles. E o fato de se darem tão bem me faz sentir especial. Muito especial.

Certa tarde, quando vejo minha pequena de baixo astral, incentivo-a a sair com minha irmã. Sair com a louca da Marta sempre a alegra. E me surpreendo ao ver que Laila vai junto e Jud não reclama.

Será um bom sinal?

Mas passam-se as horas, a noite cai e minha moreninha não chega em casa. Começo a me preocupar. Maldição, onde ela está?

Chega a meia-noite, uma da madrugada... Às duas, ouço um carro parar na porta.

Suspiro. Por fim, chegou!

Com meu melhor sorriso, porque não quero que ela se incomode ao ver minha cara, vou recebê-la. Mas meu sorriso desaparece quando vejo Laila chegar sozinha.

Como?!

Mas onde está Jud?

Laila me olha. Minha cara deve ser indecifrável. E, sem disfarçar meu mau humor, pergunto:

— Onde está Judith?

Ela suspira. Não gosto de sua expressão.

— No Guantanamera — solta ela.

Oooooora...

Caralho... Caralho... Caralho...

Não vejo graça em saber que ela está nesse antro que eu detesto.

Por que a incentivei a sair com minha irmã?

Penso nos homens que frequentam o lugar. E se alguém puser algo em sua bebida e a drogar? Não... Não... não posso pensar nisso. Não devo ser tão negativo. Estou pensando nisso, quando Laila se vira e diz:

— Não sei como Judith pode gostar daquele lugar. Os homens são muito inconvenientes lá.

Perfeito!

Esse comentário acaba de piorar tudo.

Mas, como não estou a fim de demonstrar minha contrariedade, digo:

— Boa noite, Laila. Bom descanso.

Segundos depois, quando ela desaparece, tiro o celular do bolso da calça e ligo para Judith. Ela vai me ouvir!

Mas nada. Não atende. Maldição!

Às três da madrugada, depois de muitas ligações que ela não atende, já está saindo fumaça da minha cabeça. Por que ela não volta?

Bufo. Suspiro. Fico puto, e, por fim, cansado de andar de lá para cá em meu escritório como um urso enjaulado, vou para o jardim. Preciso de ar fresco para me acalmar. Susto e Calamar, ao me verem, correm para mim. Afago-os com frieza e passeio com eles.

Jardim acima...

Jardim abaixo...

Maldição, Judith! Por que não volta?

Entro em casa. Caminho no escuro, até que, de repente, ouço a porta se abrir. Vou para lá, e meus malditos olhos por fim veem a pessoa que desejam ver.

Eu lhe pergunto se esteve no Guantanamera. Se mentir para mim, vou ficar mais puto. Mas ela assente com um sorriso. Admite, feliz.

Que pouca-vergonha... Nem me vendo puto faz algo para me tranquilizar.

Então, pergunto por que ela não voltou com Laila.

E aí... ela solta a língua, e me dou conta de quanto não gosta dela.

O que ela tem contra Laila?

Interrogo-a. Sei que não é o momento, mas lhe pergunto com quem esteve e o que fez. Judith sorri. Não diz nada e brinca comigo. Eu a conheço, está tentando me provocar. Como vê que não consegue, a sem-vergonha diz:

— Você já sabe, meu *amol*!

Caralho...

Como diz minha mãe, *amol* é a puta que a pariu!

Quando ela me chama assim, quando fala com petulância, ela me deixa a mil. Não de tesão, e sim de raiva máxima.

Olho para ela furioso. Ela sorri.

Ri de mim!

A seguir, tenta se aproximar.

Quer sexo, como sempre que vem do Guantanamera com uns mojitos a mais, mas a rejeito. Estou irritado e não pretendo ceder.

Judith insiste. Diz coisas em meu ouvido. Dá pulinhos na minha frente para que eu a olhe, e tenho que me esforçar para não sucumbir. Por fim, ela vai para a cama. Reconheço que sou frouxo com ela, mas essa noite não pretendo cair em seus feitiços. E consigo.

Para ser sincero, consigo porque, quando vou para o quarto, ela está profundamente adormecida em cima da cama. Acho graça. Ela é tão bonita... Tiro sua roupa e sapatos e deixo-a nua. Em seguida, dou-lhe um beijo na testa e a cubro. Dois segundos depois, entro também na cama e sorrio como um idiota ao ouvir seus doces ronquinhos.

Sou um babaca mesmo!

★ ★ ★

No dia seguinte, Jud me liga quando estou no escritório. Quer saber como estou e, quando tenta falar sobre a noite anterior, eu a interrompo: estou trabalhando. Contudo, ela, que sabe muito, antes de desligar, murmura cheia de intenção:

— Tudo beeeeem... Eu te amo.

Pronto, já me ganhou.

Ouvir esse tolo e romântico "eu te amo" me dobra, e em dois segundos ela me tem onde quer. Maldita espanhola!

Tento me conter, mas, no fim, minha boca, minha cabeça e meu coração soltam:

— Eu também.

Desligo o telefone depressa, sem lhe dar oportunidade de dizer nada mais. Sorrio. Definitivamente, como ela diz, sou um babaca!

O trabalho me absorve, e durante horas foco na Müller. Tem que ser assim, a empresa exige.

Antes de almoçar, ligo para Björn. Preciso falar com ele sobre um contrato empresarial. Ligo no celular, mas ele não atende. Depois de deixar uma mensagem de voz, continuo trabalhando. Falarei com ele mais tarde.

Mas meu amigo não me liga. Quando chego a casa à tarde, vejo Laila. Depois de cumprimentá-la, pergunto por Jud, e ela me diz que está descansando porque não se sente bem.

Como?!

Fico alerta.

Desde quando Jud descansa à tarde? E por que não está bem?

Largo meu notebook, e Laila, aproximando-se de mim, diz, sussurrando, que Judith mal comeu. Parece que estava com dor de cabeça, e acrescenta que não acha estranho, porque na noite anterior, além de dançar com muitos homens e fumar como uma louca, bebeu além da conta.

Caralho!

Caralho!

Estou processando o que acabei de ouvir quando, baixando a voz, Laila sussurra que Björn esteve no Guantanamera com Judith.

Isso me surpreende. Então, lembro que meu amigo não retornou minha ligação.

Que estranho!

No entanto, é mais estranho ainda que, quando perguntei a Judith com quem esteve, ela não o mencionou.

Saber que Björn estava naquele antro teria diminuído minha raiva. Sei que Björn jamais permitiria que um homem passasse dos limites com ela. Mas meu corpo fica rígido quando ouço o comentário de Laila dizendo que Björn não perde uma oportunidade.

O que ela quer dizer com isso?

E, acima de tudo, o que quer dar a entender com essa olhadinha?

Fico tenso. Não sei como interpretar seu jeito de falar e de me olhar. Confio em Björn. Confio em Judith.

Mas por que parece que Laila quer me dizer algo mais?

Como não quero continuar pensando bobagens que não levam a nada, eu me despeço dela e vou para meu escritório, meu remanso de paz.

Preparo um uísque para mim. Quando meu telefone toca, vejo que é Björn. Falamos sobre o contrato e, no fim, nem ele me diz que na noite anterior viu Judith, nem eu lhe pergunto. Eu me recuso!

Mas, na hora do jantar, não estou para brincadeiras.

Continuo irritado, e realmente não sei por quê. E Judith, que já me conhece, desiste de perguntar. Deixa que eu rumine meu problema sozinho.

Quando chegamos à cama, ela bufa. Sabe que, quando faz isso, costumo perguntar o que aconteceu. Mas não, hoje não vou entrar em seu jogo. Então, eu lhe dou as costas. Isso me custa horrores. Demais.

Senti-la se mexer atrás de mim é uma tentação, ainda mais quando seu aroma doce e sedutor inunda minhas fossas nasais e a ouço dizer em meu ouvido:

— Continuo amando você, mesmo que não queira falar comigo.

Permaneço imóvel, sem olhar para ela.

Quando ouço sua respiração relaxar, sei que adormeceu. Então, eu me viro e, mesmo na escuridão, fico olhando para ela.

Judith, meu amor, meu louco amor, é como um potro selvagem, como diz uma das canções que ela escuta. Foi isso que fez com que eu me apaixonasse por ela. Por isso, ciente de que tenho que confiar nela e em meu amigo Björn, eu me aproximo, abraço-a e adormeço. Durmo ao lado de minha vida.

13

Chega novembro e Flyn vai fazer uma excursão com a escola. Vai dormir fora e, como é habitual em mim, fico preocupado.

A casa sem ele está excessivamente tranquila, e sinto sua falta. Sinto saudades do coreano alemão que tanto amo, apesar de, às vezes, sentir vontade de matá-lo por causa de seus arroubos de pré-adolescente.

Eu também era tão respondão na idade dele?

Durante esse tempo, saímos várias vezes com Björn e Agneta, ou *Foski*, como diz Judith, e em nenhum momento nem ele nem Jud comentam sobre o encontro dos dois no Guantanamera. Eu não pergunto. Decido confiar e não penso mais nisso.

* * *

Certa noite, estamos Laila, Jud e eu jantando na sala, quando a primeira diz:

— A propósito, meu trabalho acaba semana que vem e terei que abandonar vocês.

— Ah, que peeeeena! — diz Judith.

De imediato, olho para ela. Sei que não está nem um pouco chateada, mas, sorrindo disfarçadamente, não digo nada. Olho para Laila. Pergunto quando vai embora e, quando ela me diz o dia, lembro que tenho uma viagem de negócios a Londres.

— Semana que vem tenho que ir a Londres a trabalho por alguns dias. Se quiser ir no jatinho comigo, será um prazer — ofereço.

Ela aceita sem hesitar, e noto de imediato o olhar de Jud.

Ela estreita os olhos.

Isso não é nada bom.

Tudo bem, eu me precipitei.

Não tinha falado com Jud sobre essa viagem, mas tenho tantas coisas na cabeça que é impossível comentar tudo com ela.

Por acaso, ela me contou sobre Björn?

Depois do jantar, nós três nos sentamos para ver um programa de televisão de que gostamos, e Jud, olhando para mim, diz:

— Meu amor, preciso falar com você.

Instantes depois, Laila sai para nos deixar a sós, coisa que agradeço, e, quando a porta se fecha, minha mulher estreita os olhos. Desastre certo.

Então, eu me levanto e faço uma coisa que sei que vai agradá-la. Como ela disse uma vez, muito sabiamente, a música amansa as feras. E acho que, depois de soltar a notícia de minha viagem a Londres, vou ter que a amansar.

Olho os cds e, quando acho o que quero, mostro-o a Jud e ela sorri.

Eu sabia!

Segundos depois, quando começa a tocar "Si nos dejan", a maravilhosa rancheira que tanto dançamos em nossa lua de mel, ela se levanta, abraça-me e sussurra, colada em mim:

— Adoro esta música.

— Eu sei, pequena... eu sei.

Danço.

Danço com a única mulher que consegue que eu faça coisas bobas como essa. E o pior é que eu gosto!

Curto a música, minha mulher e seu amor.

Quando terminamos, sentamo-nos no sofá e nos beijamos.

Que beijos saborosos e tentadores minha moreninha me dá!

Instantes depois, quando brinco com ela sobre o "Que peeeeena!" que ela dedicou a Laila, eu lhe pergunto pela enésima vez o que tem contra a garota. Mas ela de novo me ignora e pergunta sobre minha viagem a Londres.

Sem nada a esconder, respondo, sabendo o que passa por sua cabeça: Amanda.

Sei que Jud está pensando nela, e ela admite. Mas eu, sem perder um segundo, faço-a recordar que aquilo acabou. Amanda nunca mais se aproximou de mim, exceto para trabalhar. Mas, ao ver sua desconfiança, eu a convido a ir comigo para Londres.

Um beijo leva a outro...

Uma carícia a outra...

E, por último, tiro sua calcinha enquanto curto essa cara que ela faz que me deixa a mil. Jud fica assustada com o que estou prestes a fazer e diz que Laila pode entrar a qualquer momento.

Não lhe dou ouvidos. Continuo e, depois de lamber o uísque que acabei de despejar em sua deliciosa vagina, ela já é minha. Já entrou no jogo.

Jud se entrega totalmente a mim, a nossos desejos, a nossas carícias, a nosso momento de luxúria.

Afasto suas coxas. Ela me oferece repetidamente sua desejada flor, e eu, adorando, curto, chupando-a e mordiscando-a enquanto ela se abandona em minhas mãos e desfruta o prazer.

Louco devido ao seu ímpeto exigindo que não pare, eu me levanto e, com muito tesão, solto o cordão do meu moletom.

— Levante-se. Vire-se e apoie-se no encosto do sofá — exijo.

Ela obedece. Quando vejo sua linda bundinha arrebitada na minha frente, pego-a pela cintura e entro nela. Totalmente.

Loucos, curtimos enquanto os corpos se aceleram e nossos suspiros se unem para ser um só.

Ela e eu.

Só nós.

14

Quando Flyn volta da excursão, fica muito triste ao saber que Laila nos deixará dentro de alguns dias.

Embora não diga nada, o garoto vê na jovem alguém especial. Laila era amiga de sua mãe, e sei que ele valoriza muito esse simples fato. Tanto quanto eu.

A escola de Flyn organizou uma festa, e no sábado de manhã o menino insiste que Jud e eu o acompanhemos, apesar de ele estar com um tiquinho de febre. Está gripado. Não vejo graça em ir, mas, no fim, cedo e vamos.

Ao entrarmos, olho ao redor e me pergunto o que estou fazendo ali. Eu estudei nesse maldito colégio e não tenho boas lembranças. Mas, pelo menino, faço o esforço e sorrio para todo mundo.

O jeito como muitas dessas mulheres me olham me incomoda, mas Judith acha engraçado. Feliz, ela sussurra que acha que algumas delas estão querendo ir para a cama comigo.

Caralho! Não vejo nenhum graça nisso.

Já tendo visto os trabalhos de Flyn expostos em sua sala de aula, levamos a tortilha de batata e o bolo que Jud fez ao ginásio, onde está a comida que outros pais levaram. Então, ouço atrás de mim:

— Eric Zimmerman!

Viro e sorrio. É Joshua Kaufmann, um dos meus amigos da adolescência com quem eu fumava escondido. Nós nos achávamos muito adultos.

Contentes, nós nos cumprimentamos. Faz séculos que não nos vemos.

Enquanto falo com ele e com sua mulher, Jud se afasta com Flyn. Estão animados com a festinha.

De rabo de olho, vejo passar meu professor de matemática, senhor Weber. Eu o odiava tanto quanto ele a mim. O sentimento era mútuo, e me recuso a cumprimentá-lo.

Segundos depois, alguém toca meu braço. Ao olhar, encontro uma idosa de cabelo branco que logo reconheço. É a senhorita Dagna, minha maravilhosa e paciente professora de ciências.

— Esses olhos e esse olhar são difíceis de esquecer, jovem Zimmerman — diz ela.

Sorrio, não posso evitar. E, quando a mulher se joga em meus braços com toda a confiança do mundo, eu a abraço e murmuro:

— Senhorita Dagna, quanto tempo!

A mulher assente e, olhando para mim, diz, emocionada:

— Mais de vinte, meu louro resmungão.

Torno a sorrir. A senhorita Dagna me chamava de *meu louro resmungão*. Por que será?

Segundos depois, ela cumprimenta Joshua também e logo começamos a falar do passado. Lembranças que ficaram em minha mente e que, agora que eles as mencionam, sou capaz de visualizar.

Incrível, mas também fui criança! Um menino resmungão como Flyn.

Durante um bom tempo, conversamos sobre as vivências que compartilhamos. Quando a senhorita Dagna se despede de nós para cumprimentar outros pais que reconhece, estico o pescoço para localizar Jud. Quero apresentá-la à senhorita Dagna. Vejo-a. Estão no fundo falando com um louro e alguém mais. Depois de me despedir de Joshua e de sua mulher, vou até ela. Jud sorri ao me ver e me pega pela cintura.

— Querido, esta é María, que também é espanhola, e Alger, marido dela — diz ela.

Como sempre, a efusividade e o jeito que minha linda mulher tem de brilhar me deixam louco. Sem hesitar, dou dois beijinhos no rosto da tal María, aperto a mão de Alger e o ouço dizer, apontando para nossas mulheres:

— Boa escolha, a nossa.

Assinto. Acho engraçado seu comentário. Alger, como eu, sabe o que é ser casado com uma espanhola.

— A melhor — afirmo.

De novo, mergulho em outra conversa enquanto degustamos os pratos que todos os pais levaram para compartilhar. No fim, estou gostando da experiência mais do que esperava. Mas, então, Jud se afasta.

Por que ela tem que se afastar o tempo todo?

Meu Deus, essa mulher não para quieta!

Passam-se os minutos e ela não volta. Procuro e a encontro. Chama minha atenção sua cara de brava e seu jeito de gesticular dirigindo-se a um grupo de mulheres. Isso não é bom...

O que está acontecendo?

Então, Flyn e ela se afastam do grupinho de mulheres, vão até uma mesa de bebidas, enchem dois copos de Coca-Cola, bebem e sussurram. A cara séria dos dois me atrai para eles e, quando pergunto o que houve, minha espanhola me olha e, se esticando para parecer mais alta, declara:

— Oficialmente, a partir de hoje, você é pai de Flyn, e eu, a mãe.

Como?

Surpreso, olho para ela e depois para Flyn, que me observa com uma expressão estranha.

Por que isso agora?

Esse assunto em que Judith tocou é um muito delicado, e poucas vezes o abordei com Flyn. Sempre achei que é doloroso e desconcertante para ele, e, sem falar diretamente, deixo claro para o garoto que eu sou para ele o que quiser: seu pai, seu tio... o que quiser.

— Jud... tenho que chamar você de mamãe?

Ouvir Flyn perguntar isso me deixa arrepiado.

Caralho... sinto até calor.

Fico agoniado.

Acho que não é hora nem lugar para falar de um assunto tão delicado, mas Judith responde com naturalidade:

— Flyn, você pode me chamar do que quiser.

A seguir, devido às palavras que minha mulher brava dedica às mulheres que olham para nós, chamando-as, entre outras lindezas, de cacatuas e bruxas pernaltas, entendo o que aconteceu. Essas idiotas foram indiscretas com o garoto perguntando-lhe se Jud e eu somos seus pais, devido a seus traços coreanos. Malditas fofoqueiras!

Mas, em vez de me irritar com isso, eu rio ao ouvir minha mulher incrível dizer que, se forem inconvenientes com o garoto, vai lhes arrancar o pescoço com a faca de cortar presunto do pai.

Olé à graça espanhola!

Jud está furiosa. Louca da vida. Tanto que Flyn, para acalmá-la, olha para ela e diz, brincando:

— Não precisa ficar brava, tia... Jud... mamãe.

Ao ouvi-lo dizer *mamãe*, algo dentro de mim explode.

Gosto de ouvir Flyn a chamando assim.

Caralho, gosto muito!

Fico feliz em ver que o garoto fala com naturalidade. Ao perceber que de um jeito estranho, mas preciso, demos um novo passo, olho para minha mulher e, depois de ver suas lágrimas de emoção, sem me importar com o olhar dos outros, puxo-a para mim, abraço-a e beijo seus lindos lábios.

— Reitero mais uma vez que você é a melhor coisa que já me aconteceu na vida — declaro.

Flyn nos abraça e pela primeira vez sinto que nós três somos uma família. Uma linda, peculiar e maravilhosa família.

15

Passam-se os dias e recebemos a ligação de Frida. Quer se encontrar conosco e com Björn, porque Andrés e ela têm algo para nos contar.

No escritório, tudo anda às mil maravilhas. Depois de falar com minha secretária e resolver algumas pendências, vou para casa. Quero ver como está Jud e curtir a companhia de meus amigos, que, pelo que soube por uma mensagem de Björn, já estão me esperando.

Assim que entro na sala e vejo Judith, seu rosto meio vermelho me diz que alguma coisa está acontecendo, mas ela explica que com certeza pegou a gripe de Flyn.

Fico inquieto. Não quero que fique doente, e ela, que já me conhece, olha para mim com advertência no olhar. Ela não quer que eu a sufoque, e tento me controlar. Não quero sufocá-la.

Depois de nos servirmos bebidas e de eu me sentar ao lado de minha mulher, começamos a conversar. Andrés me entrega Glen. O pequeno é um terror e, animado, brinco com ele. O menino é um encanto e, quando meu olhar encontra o de Jud, sem que eu abra a boca, ela nega com a cabeça. Sem dúvida, vê em meu rosto o que estou pensando, e nega. Como ela disse dias antes de nosso casamento, não quer filhos! Mas só por ora.

Rindo e fazendo graça, passamos o tempo. Mas, então, Andrés solta a notícia de que vão morar na Suíça.

No início, ficamos todos atordoados, até que nos contam que surgiu um bom emprego para ele em um hospital e que não está disposto a perder a chance.

Nós lhes damos os parabéns. Sem dúvida, é uma grande oportunidade para ele, para o casal. Estamos felizes por eles. Mas, de repente, Jud, surpreendendo a todos, começa a chorar descontroladamente.

Björn olha para mim. Eu olho para ele. Não entendemos o que há com ela.

— Pequena, o que aconteceu? — pergunto, preocupado.

Mas Jud não responde. Não consegue. Chora, chora e chora, e, quando começa a soluçar, não sei o que fazer.

Fico preocupado.

Meu Deus, o que há com ela?

Judith não é de chorar à toa. Tento entendê-la e, acima de tudo, consolá-la, mas ela só chora... chora e chora.

O que faço?

Sei reagir quando minha mulher fica furiosa, mas quando chora, fico paralisado!

Reforço minhas tentativas de acalmá-la, mas as lágrimas não param, são uma torrente. E só a vejo sorrir quando Björn debocha dela.

Por fim, uma mudança em sua expressão.

Vê-la sorrir me dá uma trégua, mesmo que não seja por minha causa.

Mas, segundos depois, seu rosto se contrai e ela começa a chorar de novo. Jud é incrível. Sorri e chora ao mesmo tempo. Sem dúvida, minha mulher é digna de estudo.

Frida entra em ação e me dá uma mão. Conversa com ela, acalma-a, e Jud para de chorar. Mesmo assim, dói em mim a tristeza que vejo em seus olhos. Dói porque intuo que acha que pessoas que ama estão se afastando dela. E essas pessoas são Frida, Andrés e o pequeno Glen.

À noite, quando nossos amigos vão embora e ficamos sozinhos em nosso quarto, olho para ela de soslaio. Não sei o que há com ela, mas não está bem. Então, preocupado, volto ao ataque.

— Que foi, meu amor?

Jud me olha e responde:

— Não fique preocupado, Eric. Acho que é só um resfriado, por isso estou tão boba. Com certeza Flyn me contagiou.

Tudo bem, um simples resfriado, mas... caramba!

Decidido, eu me aproximo dela, abraço-a, aninho-a em meus braços e, recordando o que aconteceu à tarde, murmuro:

— Acho que você chorou por causa de Frida e Andrés.

A dor em seu olhar me sufoca.

— Vou sentir muita saudade deles — sussurra ela.

— Eu sei, meu amor.
— Frida e Marta são minhas únicas amigas de verdade aqui.
— Você tem a mim, e a Björn, e...
— Estou falando de mulheres — interrompe ela.
Ela tem razão.
— Tem Simona também — insisto.
Ao ouvir isso, Jud sorri.
— Adoro Simona, mas não a vejo comigo no Guantanamera dançando como danço com Frida e Marta.
Concordo com a cabeça. Eu também não imagino Simona dançando salsa.
— Bem, sejamos positivos. Você agora também tem María, a espanhola que conheceu outro dia no colégio — replico.
Judith por fim sorri e, deixando vir à tona esse lado positivo que sempre há nela, declara:
— Eu sei, e estou superfeliz de tê-la conhecido. Mas sentirei muito a falta de Frida.
— Você conhece a Suíça? — pergunto.
— Não.
— Pois então, senhora Zimmerman, vai ter que consertar isso assim que Frida e Andrés se estabelecerem lá. O que acha?
Seus olhinhos escuros se iluminam.
Gosta da proposta e, me beijando, diz:
— Acho muito bom. Mais que muito bom: maravilhoso!
Gosto de vê-la sorrir.
— Que tal se você e eu... — sussurra ela, enfiando a mão por dentro da minha cueca.
Ora...
Adoro como ela me toca e o que propõe.
— Meu amor... você não está bem — digo.
Mas Jud, quando quer algo, não se detém e, me empurrando, faz eu me sentar na cama.
— Tire minha calcinha — exige.
Seus desejos são ordens para mim. Com prazer, faço o que ela pede. Tiro sua calcinha lenta, muito lentamente, enquanto o maravilhoso cheiro de seu sexo inunda minhas fossas nasais, deixando-me louco.
Quando a calcinha está no chão, Jud se livra dela com um pontapé e, pousando a mão em minha cabeça. Segura meu cabelo e diz, olhando para mim:
— Estou faminta.
Uau! Estou ficando louco.

Ela não precisa dizer mais nada. Morrendo de vontade de ser chupado, abro as pernas para lhe dar acesso e, quando ela se ajoelha e tira minha cueca, meu pênis lhe dá as boas-vindas.

Ela me olha com um sorriso maroto. Assim que passa a língua por meu pênis já mais que ativo, arfo.

Que prazer!

Ela é minha dona, minha senhora, e me abandono nela.

O fato de ela assumir as rédeas me deixa louco, e sinto, segundo a segundo, minha ereção ficar mais e mais dura sob o calor de sua língua úmida.

Tremo. Tremo mais ainda quando sua boca e suas mãos se coordenam exercendo a pressão exata para me dar prazer.

Caralho!

Duro como uma pedra, eu me entrego enquanto meu corpo quase não aguenta. Mas ela quer prolongar a brincadeira e, quando me vê no auge, para.

— Gosta disso? — pergunta ela.

Assinto. Mal tenho fôlego para responder, e ela prossegue. Assola meu corpo, toma-o com possessividade, e eu arfo, gemo, curto.

Jud diz meu nome, faz perguntas, olha para mim, me faz sentir como é importante para ela o está fazendo. E o melhor, demonstra que faz porque gosta, não porque eu a obrigo. Contato visual é algo que ela aprendeu comigo e sabe como é essencial. Um olhar, um gesto durante o sexo vale mais que mil palavras.

Uma nova convulsão sacode meu corpo, e, então, ela, a mulher que a provocou, levanta-se do chão, monta sobre mim e, introduzindo meu pênis duro em sua vagina, aperta-se contra mim e exige:

— Agora, foda-me.

Essa palavra...

Essa palavra que era tabu para ela me provoca de uma forma indizível ao sair de sua boca.

Pronto para fodê-la e acabar com o que Judith começou, eu me levanto da cama com ela nos braços, levo-a até a parede e, apoiando-a com cuidado, afundo nela repetidamente com força, enquanto ambos trememos, arfamos e gememos, decididos a nos matar de prazer de todas as formas possíveis.

Quinze minutos depois, quando nosso arroubo passional já acabou e saímos do chuveiro, Jud me olha, sorri e diz:

— Suíça... você prometeu.

— Claro, meu amor.

Ela assente. Sorrio e deito com ela na cama. Não há maior prazer que esse.

16

Passam-se os dias e organizo minha viagem a Londres. É importante, pois novas negociações dependem dela, e me dedico de corpo e alma à Müller para fazer com que a viagem dê frutos. Enquanto isso, Jud vai almoçar com nossos amigos, e eu fico feliz por ela.

No dia de nossa partida, por sorte, Jud parece estar melhor. O resfriado não passa nunca, mas fico mais calmo ao ver que pelo menos está mais animada, ainda que pense que talvez esteja disfarçando só para que eu viaje feliz e sem preocupações.

Antes de sair de casa, em meu escritório, pego um papel e escrevo:

Pequena, serão só alguns dias. Sorria e confie em mim, está bem?

Eu te amo,

Eric

Meu amor não comentou mais nada sobre Amanda, mesmo sabendo que ela está em Londres. Eu a conheço e sei que não está tranquila, mas também sei que confia em mim. Mesmo assim, não custa nada fazê-la se lembrar disso.

Quando chega a hora de ir para o aeroporto, Jud insiste em nos acompanhar. Não quer se afastar de mim.

No caminho, ela me abraça e ignora Laila por completo. É mais que evidente que elas nunca serão amigas, de modo que decido respeitar e não perguntar nada. Se as coisas são assim entre elas, deve existir um motivo.

Jud é minha mulher e Laila é uma amiga. Não há mais nada a dizer.

Quando chegamos ao hangar, saio do veículo, dirijo-me a Norbert e, sem que Jud perceba, digo:

— Dê este envelope a minha mulher, mas só quando chegarem em casa.

Norbert o pega e guarda-o no bolso. Eu me despeço dele e vou falar com o piloto do avião.

Passam-se os minutos e, quando vejo Norbert se despedindo de sua sobrinha, eu abraço Judith, tristinha, e digo que serão só quatro dias.

Minha mulher assente e me beija. E, quando seus lábios roçam os meus, meu lado possessivo e selvagem aflora e a aperto com paixão. Para mim, também não é fácil me afastar dela.

— Se continuar me beijando assim, não vai poder ir embora — murmura ela, fazendo-me sorrir.

Com um sorriso, dou uma piscadinha e me dirijo ao avião, onde Laila já está me esperando. Tão logo me acomodo em minha poltrona, ponho o cinto e observo Jud. Ela não se mexeu. Está ao lado de Norbert, com a expressão triste. Fico mal. Muito mal.

Mas preciso viajar. Preciso cuidar da empresa para poder proporcionar a ela e a Flyn tudo de que necessitem.

Dez minutos depois, quando já estamos no ar, Laila se senta ao meu lado e pergunta:

— A reunião que você tem em Londres é importante?

— Sim — digo, fitando-a.

Então, ela me faz recordar um episódio que vivemos com Hannah em Londres, e ambos rimos. Lembrar de minha irmã é sempre maravilhoso.

Durante um tempo, falamos do passado com saudades. Com poucas pessoas posso falar de Hannah como com Laila.

— Você está bem, Eric? — pergunta ela.

Assinto. Não sei por que ela está perguntando isso.

— Tão bem quanto possível, depois de me afastar de minha mulher.

Laila sorri, e eu também.

— Lamento que Judith não goste de mim. Eu tentei, mas foi impossível.

Anuo com a cabeça. Sei por que ela está dizendo isso.

— Não se preocupe — respondo. — Eu cuido disso.

Laila sorri de novo.

— Hannah ficaria muito feliz por você, Eric.

— Eu sei — afirmo, convicto.

Segundos depois, noto que ela quer me dizer algo mais, mas se contém. Então, abrindo meu notebook, digo:

— Se não se importa, tenho que trabalhar.

Laila assente de novo, muda de poltrona e eu mergulho em meu trabalho. Tenho coisas para fazer.

★ ★ ★

Em menos de duas horas estamos em Londres. Quando chegamos, combino de almoçar com Laila no dia seguinte em um restaurante que conhecemos. Pegando o carro que foi me buscar, vou para o hotel, onde tomo um banho, troco de roupa e vou ao jantar de negócios.

Ao chegar ao restaurante, a primeira pessoa que vejo é Amanda, acompanhada de alguns homens e mulheres que não conheço. Ao me ver, ela sorri, aproxima-se e me dá dois beijinhos.

— Você está muito bem, Eric — comenta ela.

— Obrigado. Digo o mesmo.

Olhamo-nos, sorrimos, e ela acrescenta:

— Seu rosto reflete sua felicidade.

Gostei de ouvir isso. E gostei porque deixa claro o que eu mesmo pensava. Amanda são águas passadas e ambos somos muito profissionais.

De braços dados, vamos até a mesa em que nos esperam. Depois de eu ser apresentado, começamos a jantar e a falar de negócios.

Quando estamos no segundo prato, meu telefone toca e vejo que é Judith. Peço licença e, afastando-me alguns passos, atendo.

— Olá, Jud.

Sua voz deixa claro que está triste. Diz que está com saudades. Preciso dar atenção tanto a ela quanto às pessoas que me esperam na mesa, de modo que prometo chamá-la por Skype assim que chegar ao hotel. Jud assente e, mais tranquilo, volto para mesa para continuar falando de negócios.

Uma hora depois, quando o jantar termina, os outros propõem irmos beber alguma coisa, mas eu logo arrumo uma desculpa, e Amanda, sem hesitar, se oferece para acompanhá-los. Eu os verei no dia seguinte de manhã no escritório da Müller em Londres.

Quando chego ao hotel, estou suado e cansado. Tomo um banho e, quando termino, só com uma toalha na cintura, ligo o computador e chamo minha mulher por Skype.

Impaciente. Estou impaciente para ver seu lindo rosto.

Apoiado na cabeceira da cama, espero que nossos computadores se conectem. Estou com muita vontade de ver minha pequena. E quando, por fim, eu a vejo na tela, sorrio. Sorrio como um idiota.

Ela está linda com essa camisola minúscula e sexy que sem dúvida colocou para me provocar. Como ela me conhece! E, disposto a brincar com ela de um jogo novo, peço que tire a roupa. Sem hesitar, ela obedece.

Em questão de segundos, tenho uma visão maravilhosa!

Feliz por ver que ela está a fim de brincar comigo apesar da distância, peço-lhe que feche os olhos e use a imaginação. Ela aceita.

Digo que dois homens e eu a estamos olhamos com desejo de possuí-la. Isso a excita em poucos segundos, e eu ardo. Satisfeito com sua reação, eu lhe peço que belisque os mamilos para mim e nossos amiguinhos imaginários. Ela me atende com expressão de luxúria e meu pênis me pede ação. Muita ação.

Por isso, tiro a toalha da cintura e lhe peço que abra os olhos e olhe para a câmera. Quero que veja como me deixa duro, excitado e quanto a desejo. E ela, ao ver meu estado, exige que eu me toque, que me masturbe, e o faço. Faço-o para ela.

Decidido, pego meu pênis e subo e desço a mão segurando-o, enquanto minha mulher ardente, do outro lado da tela, deixa-me ver seu jogo e sentir seu desejo. Nosso desejo ardente.

Diante do notebook, Jud abre suas lindas pernas para mim, para nós. Sua umidade transpassa a tela. Caralho, sou até capaz de sentir seu cheiro. Seu maravilhoso aroma.

Meu pênis duro vai explodir. Estou a mil.

Com prazer, eu me masturbo enquanto ela me pede que feche os olhos e imagine que a ofereço a outro homem.

Oh, sim, pequena!

Minha mão acelera ao ouvir suas palavras. Fico louco. O som seco de minha masturbação, junto com minha imaginação e a voz de minha mulher, está sendo muito mais gostoso do que eu esperava, e arfo... arfo sem controle, até que não aguento mais e... e... Deus! Gozo por e para ela. Só para ela.

Acalorado, olho para a tela. Jud está linda me observando. É uma deusa. Minha deusa.

Conseguiu me levar ao mais puro prazer só com sua voz, e agora eu quero fazer o mesmo por ela. Então, depois de me limpar, peço-lhe que abra a gaveta de nossos brinquedinhos, que pegue o pênis de gel verde com ventosa e o fixe sobre a mesinha que temos em frente à lareira.

Jud sorri.

Safada!

Imagino que vai fazer o que eu disse, porque desaparece de minha vista. Segundos depois, volta e pega um dildo violeta.

Ela está a fim de brincar!

A seguir, peço-lhe que se masturbe para mim. Preciso de seus suspiros. Pouco a pouco, segundo a segundo, momento a momento, ordeno que aumente a potência do dildo, enquanto pela tela observo o maravilhoso espetáculo que minha mulher ardente e entregue me oferece.

Ela é maravilhosa...

Magnífica...

A rainha de meu coração, de minha vida e de meus desejos me deixa duro como uma pedra de novo.

— Agora, quero que você foda comigo, Jud. Levante-se e foda comigo — exijo.

Com esse olhar que me deixa louco, meu amor faz o que eu digo. Ajeita o computador para que meu ângulo de visão seja perfeito. Vejo o pênis de gel verde, duro e ereto sobre a mesinha em frente à lareira e, segundos depois, minha mulher, minha rainha, meu amor, senta-se nele, fazendo todo o meu corpo se rebelar e sentir como se ela tivesse se sentado em mim.

O prazer é imenso!

Caralho, pequena!

Enquanto olha a tela, Jud sobe e desce no pênis verde, e eu subo e desço a mão no mesmo ritmo, enquanto nossa respiração se acelera no mesmo compasso e nossos olhos se fundem.

Nunca fizemos sexo virtual, mas fica evidente que, quando a sintonia com o parceiro é mágica e de total confiança, não importa onde se esteja, porque tudo funciona às mil maravilhas.

Entre gemidos, ela se segura na beira da mesa como peço e eu acelero o ritmo de minha mão.

Prazer.

O prazer está nos deixando sem ar.

Do nosso jeito, nós nos possuímos, fodemos, tomamo-nos. Somos dois animais em termos de sexo e, sem dúvida, curtimos. Saboreamos o sexo como ninguém.

Sua vagina suga sem parar o consolo verde, enquanto minha mão sobe e desce a toda velocidade e nossos suspiros se fundem e se aceleram até que não aguentamos mais e, juntos, deixamo-nos levar pelo momento.

Que prazer!

Que momento!

Instantes depois, quando terminamos, sorrimos olhando para a câmera.

— Tudo bem, pequena? — pergunto, quando minha respiração entrecortada me permite falar.

Jud assente.

Por seu sorriso, sei que curtiu tanto quanto eu. Ela se livra do brinquedinho verde, pega o notebook e, durante vários minutos, conversamos deitados em nossas respectivas camas, a milhares de quilômetros de distância.

Depois de várias gargalhadas, que fazem vir à tona o Eric mais bobo e molenga que jamais pensei que existisse em mim, sorrio quando terminamos a chamada por Skype.

Se alguém um dia me dissesse que eu seria tão feliz com uma mulher tão diferente de mim, teria afirmado que a pessoa estava louca. Mas sim. Minha espanhola, minha mulher maluca, é o centro da minha vida, e sem ela não posso mais viver.

17

As reuniões em Londres se sucedem.

Como sempre, Amanda mostra como é eficiente, e agradeço sua competência com um silêncio que ela entende.

Quando fazemos a primeira pausa na reunião, saio da sala e ligo para Jud. Quero saber como está, como passou a noite. Mas Simona diz que ela saiu.

Sorrindo, antes de desligar, digo que mais tarde ligarei de novo.

No segundo intervalo, ligo de novo. Jud não chegou ainda, e ainda por cima fico sabendo que não levou o celular.

Maldição!

Onde ela está?

Estamos em novembro, faz muito frio e ela está resfriada. Onde se meteu? E sem celular?

Durante o resto da manhã, fico de olho no celular. Dei ordem a Simona para mandar Jud me ligar assim que chegar, mas nada, ela não ligou. E minha impaciência vai aumentando, até que nem eu me aguento mais.

Tento disfarçar, mas estou preocupado.

Onde Judith se meteu?

As horas passam e ela não liga. Minha concentração nos negócios vai para o espaço, enquanto o nível de minha irritação vai subindo.

Depois de ligar mais de dez vezes para casa, chega a hora do almoço. E, embora não esteja a fim, tenho que ir à Fulham High Street, onde marquei de almoçar com Laila.

No caminho, ligo para casa de novo, mas nada. Judith ainda não apareceu, e até Simona já está preocupada.

Quando chego ao restaurante, Laila está lá.

Depois que nos cumprimentamos e fazemos os pedidos ao garçom, ela pergunta:

— Como vão as reuniões?

— Produtivas — digo, colocando o celular em cima da mesa para deixá-lo à mão, caso Judith ligue.

O garçom vem e deixa duas cervejas bem geladas diante de nós. Morrendo de sede, bebo um gole.

— A alemã é muito melhor, mas esta marca não é ruim — comenta Laila.

Assinto, ela tem razão. Como preciso parar de pensar em Judith, pergunto a ela sobre seu trabalho.

Durante um bom tempo conversamos sobre isso, enquanto meus olhos não deixam de checar o celular.

Nada. Judith não liga. E, vendo que Laila não está muito contente com seu emprego, eu lhe proponho trabalhar para a Müller em Londres.

— Está falando sério, Eric? — pergunta ela, surpresa.

Faço que sim com a cabeça, com trabalho eu não brinco.

— Se quiser, dou seu telefone a Amanda para que ela entre em contato com você. Tenho certeza de que poderemos colocar você em algum departamento.

Laila fica emocionada, vejo em seu olhar.

— Obrigada — agradece, sorrindo.

Tento sorrir, mas tenho que ligar mais uma vez para casa, de modo que o faço na frente de dela. Quando desligo sem falar com minha mulher, Laila pergunta:

— Aconteceu alguma coisa?

Praguejo, não posso disfarçar.

— Não sei onde Judith está.

Ao ouvir isso e ver minha cara de preocupação, Laila pousa a mão sobre a minha.

— Fique calmo. Com certeza, em breve, você terá notícias dela — diz ela.

Praguejo de novo.

— Caralho! É meio-dia, onde ela pode ter se metido?

Laila não responde. Eu levo a mão ao cabelo com desespero.

— Posso comentar uma coisa? — pergunta ela.

— Claro.

Enquanto afasta sua mão da minha, ela crava o olhar em mim e diz:

— Sua amizade com Björn é sincera?

Surpreso, olho para ela. Não sei por que ela me pergunta isso.

— Ele é meu melhor amigo.

Laila assente, bebe um gole de cerveja e insiste:

— Isso significa que confia cem por cento nele?

Claro, nunca duvidei dele.

— Por que a pergunta, Laila? — digo, ao ver a cara dela.

A jovem coça a cabeça. Seus gestos deixam claro que está constrangida.

— Ah, nada, Eric. É só uma bobagem.

Mas não. Esse comentário captou totalmente minha atenção.

— Quero saber de que bobagem está falando — insisto.

Ela afasta o cabelo do rosto e, respirando fundo, olha para mim e diz:

— Eric, é bem provável que eu esteja enganada, mas notei algo estranho entre Björn e Judith.

Ao ouvir isso, pestanejo, não entendo a que se refere.

— Tanto ela quanto ele são encantadores, mas... mas tenho que lhe dizer uma coisa, e não sei como — prossegue ela.

— O que quer dizer, Laila?

Meu corpo fica tenso.

Não sei do que ela está falando. Não gosto do rumo que a conversa está tomando, mas quero saber, preciso saber.

— Olha, Eric, conheço Björn, e ele é um sedutor nato. Você sabe que ele gosta de fazer sucesso e que não há mulher que resista, não é? — Assinto como um idiota. — E, bem, é que, no tempo em que estive em Munique, vi coisas entre ele e Judith que...

— Coisas?! Que coisas?! — interrompo-a, sentindo meu coração acelerar.

Laila começa a falar de Judith e Björn, e eu, como um verdadeiro imbecil, ouço-a sem saber se respiro ou não. Tudo que ela diz é verdade.

Eles saem muitas vezes para almoçar sem mim, têm um *feeling* especial, e Laila comenta que se encontraram no Guantanamera, coisa que nenhum dos dois comentou comigo.

Ouvir isso é perturbador.

De repente, é incômodo.

Nunca pensei nisso. Jamais dei importância a isso. E, me recusando a acreditar no que ela está insinuando, digo:

— Você está enganada.

— Possivelmente.

— Eu confio neles — insisto, irritado.

— Ela é sua mulher e ele, seu melhor amigo — afirma Laila. — Mas...

Eu a interrompo. Melhor, senão Londres vai pegar fogo.

— Laila, não estou gostando do que você está tentando me dizer.

— Eu sei, Eric. Eu sei.

Um silêncio constrangedor cai sobre nós.

— Não sabia se comentava ou não, mas hoje, vendo como você está preocupado com Judith, e como ela desapareceu, pensei que... — murmura ela.

— Que ela está com Björn? — pergunto, à beira do infarto.

A jovem assente. Minha respiração se acelera. Eu me recuso a acreditar e, quando vou me levantar da mesa para ir embora, Laila pousa sua mão na minha e, fazendo-me olhar para ela, diz, apontando para seu celular:

— Eu tenho umas coisas que...

— O que você tem aí?! — pergunto com dureza.

— Eric, escute...

— O que tem aí?! — insisto, furioso.

Laila se abana com as mãos. Está aflita. Cravando meu olhar mais obscuro nela, sibilo com todo o mau humor do mundo:

— Se você tem algo que comprove o que está dizendo, mostre-me!

Ela assente. Pega o celular, procura algo nele e diz, olhando para mim:

— Por acaso, um dia os encontrei em Munique. Caminhavam com cumplicidade, de braços dados e... e os fotografei. Não me mate, mas eu os segui e tirei essas fotos.

Segundos depois, vejo fotos de Björn e Judith rindo, brindando com vinho em um restaurante, andando de braços dados.

— Eles são amigos. Não vejo nada de mau nessas fotos — declaro, apesar do meu desconforto.

Laila assente.

Meu Deus, estou louco da vida!

Eu sei da amizade que há entre Jud e Björn. Nunca desconfiei deles, mas não sei por que de repente estou furioso.

O que estou fazendo?

Que diabos estou fazendo?

Laila, mexendo de novo em seu celular, diz:

— Filmei isto na noite em que estiveram no Guantanamera.

— O quê?!

Pestanejo sem poder acreditar.

Por que ela os filmou?

Isso é lícito?

Vendo minha cara de fúria, Laila esclarece:

— Eles podem ser amigos, Eric. Você confia neles, mas não quero que viva enganado. Você não merece isso.

Enganado?!

Eu?!

Não sei o que pensar.

Uma raiva irritante, densa e carregada se apodera de mim.

Não sei do que Laila está falando. Não sei o que ela filmou, mas sei que, seja o que for, quero ver.

— Mostre-me o vídeo — digo, sentindo que meu coração vai parar a qualquer momento.

Sem perder tempo, Laila põe seu celular diante de mim de novo e, com desagrado, reconheço o Guantanamera e sua música. Esse maldito bar! Segundos depois, de um ângulo nada bom, reconheço Jud e Björn. São eles. Estão apoiados no balcão, olhando-se, e ouço minha mulher dizer: "Se eu não for muito enxerida, de que tipo de mulher você gosta?".

Por que Judith está perguntando isso? Por quê?

De imediato, o sorriso de Björn me irrita, para não dizer coisa pior. E ele responde, levantando as sobrancelhas: "Como você. Inteligentes, bonitas, sexy, tentadoras, naturais, malucas, desconcertantes, e adoro que me surpreendam".

Pestanejo, boquiaberto.

Que diabos Björn está fazendo?

Mas o que mais me irrita é o sorrisinho de Jud.

Enquanto isso, Laila não tira os olhos de mim. Apesar da música, ouço minha pequena dizer: "E eu sou tudo isso?". E o desgraçado responde: "Sim, linda, você é!".

Caralho... caralho!

De repente, os risos de ambos fazem meu coração parar. Que diabos estão fazendo?

O vídeo acaba. Laila olha para mim. Eu olho para ela.

— Tenho outro vídeo — insiste ela.

A seguir, vejo Jud e Björn dançando salsa na pista, nessa mesma noite, gargalhando e se divertindo. Estou puto da vida. Irremediavelmente, o ciúme bate à minha porta com força e eu abro-a como um idiota.

A partir desse instante, não consigo mais raciocinar, pensar com clareza. Vejo os dois vídeos pelo menos seis vezes, uma atrás da outra, enquanto minha fúria vai crescendo e acho que vou assassinar alguém de uma hora para outra por causa do que minha mente começa a imaginar.

Björn e Judith? Sério?

Depois da sexta vez, sem pedir licença a ela, encaminho os vídeos para meu e-mail. Sem ar nos pulmões, dou meu cartão de crédito ao garçom para pagar o almoço. Não consigo falar. Laila me olha, mas eu não consigo falar.

Depois de pagar a conta, eu me levanto da cadeira, olho para Laila, que não abriu mais a boca, e, como não estou a fim de confraternizar, digo:

— Obrigado, Laila.

— Eric...

— Não vou falar com você sobre o que me mostrou.

— Mas, Eric...

— Passarei seu telefone a Amanda — insisto, sem deixá-la continuar.

Dito isso, dou meia-volta e saio do restaurante sem olhar para trás.

Minha cabeça começa a doer demais devido à tensão que sinto.

Judith e Björn? De verdade?

Chego à empresa e vou para minha sala.

Estou nervoso, muito nervoso, tanto que decido tomar um uísque. Estou precisando.

De novo ligo para casa, mas Judith ainda não chegou. Com muita raiva, ligo para Björn. Curiosamente, ele não atende. Então, ligo para seu escritório e sua secretária diz que ele saiu e que não sabe quando vai voltar.

Praguejo.

Puta que pariu!

Não quero. Não posso acreditar no que minha mente me faz pensar. Mas as provas são mais que evidentes.

Eles estão juntos?

Louco. Estou ficando louco. Outro uísque.

Imaginá-los se beijando, acariciando-se, olhando-se nos olhos ou fazendo sexo escondidos de mim me enlouquece. Deixa-me transtornado.

Não, não posso continuar pensando nisso. Eles não são assim.

Mas, a partir desse instante, a cada cinco minutos, ligo para casa e para o celular de Judith. Sei que ela o deixou em casa, mas preciso ligar: em algum momento, ela vai atender.

Amanda entra em minha sala para me avisar que em alguns minutos temos outra reunião. Vê meu copo de uísque, não diz nada, e eu lhe peço que me deixe sozinho. Irei em alguns minutos.

Assim que ela sai, bufo. O tempo passa e eu continuo ligando, até que, de repente, depois de vários toques no celular de Judith, ouço:

— Olá, meu amor.

Até que enfim!

Desconcertado e furioso, eu me inclino sobre a mesa e sibilo, levantando a voz:

— Como você sai de casa sem celular? Está louca?

Ouço Judith bufar.

Não... ela que não me encha o saco agora com suas petulâncias... Mas sim, ela me enche o saco!

Jud solta uma de suas ladainhas cheias de insolência, descaramento, falta de vergonha e, depois de alguns segundos de silêncio, morrendo de raiva, pergunto, pois preciso de respostas:

— Onde você estava, Jud?

Ela diz que foi fazer compras e passear. Mas sinto em sua voz que está mentindo. Eu a conheço, e esse tom hesitante ela só usa quando está mentindo.

— Sozinha ou acompanhada? — insisto, furioso.

Como era esperado, sua resposta não me satisfaz. Puto comigo mesmo, com ela, com Björn e com o mundo em geral, desligo o telefone na cara dela. Não quero escutá-la. Não quero ouvir mentiras. Eu me recuso.

Segundos depois, meu celular toca. É ela. Mas não atendo. Não quero falar com Jud. E, a fim de irritá-la, recuso a chamada todas as vezes que tenta.

A porta do escritório se abre, é Amanda de novo. Temos a reunião. Pegando umas pastas que estão em frente a mim, eu me levanto.

— Eric, você está bem? — pergunta ela.

Não. Não estou.

Estou arrasado por causa do que acabei de descobrir.

Mas, como quero esconder a verdade, respondo:

— Sim. Vamos para a reunião.

18

Judith... Jud... Minha pequena...

Não consigo parar de pensar nela e, cada vez que vejo esses vídeos em meu notebook, fico louco.

Estão mesmo saindo pelas minhas costas?

A reunião acabou há horas e estou no bar do hotel bebendo para tentar entender o que está rasgando minha alma e meu coração.

Judith e Björn. As duas pessoas em quem confio cegamente, por quem eu me deixaria matar. Sério que estão rindo de mim?

Não sei quantos uísques tomei, quando meu telefone toca de novo. É Judith outra vez, mas não atendo. Não posso falar com ela. Björn também me ligou, mas também não atendi.

Estou mal...

Péssimo...

Sinto-me enganado...

Se for verdade o que Laila me contou e me fez acreditar... Que tipo de pessoas são Judith e Björn?

E, acima de tudo, que tipo de imbecil sou eu, que não percebi nada?

Às onze da noite, com vários drinques a mais, subo para o meu quarto. Não é bom beber tanto. Meu pai bebia, e sempre prometi a mim mesmo que não cometeria os mesmos erros que ele. Quando me sento na cama, com um desejo incontrolável de discutir, ligo para Judith.

Quando ouço sua voz, sua linda voz, meu eu mais sombrio e impiedoso pergunta:

— Quando pretendia me contar?

Sua surpresa diante de minha pergunta e o modo como prende a respiração me dão a entender que ela não esperava por isso.

Caralho!

Ela não esperava por isso.

— Contar o quê? — pergunta ela, hesitante.

Fecho os olhos.

O quê? Como, o quê? Ela sabe que os descobri.

— Você sabe bem, muito bem — sibilo.

De novo, a surpresa de minha mulher me faz compreender que ela não está me entendendo, e grito. Grito como há muito tempo não gritava, enquanto sinto minha vida se acabar por causa do que está acontecendo. Björn e Judith. Judith e Björn. Como sou idiota! Sem poder evitar, eu digo o que sei deles e, depois de suas palavras desconcertadas, desligo. A dor me domina.

Não. Essa traição era a última coisa que eu esperava. E menos ainda deles dois.

Furioso, jogo o celular na cabeceira da cama. Ele rebota e cai ao meu lado de novo. Então, vejo que Judith está me ligando. Não atendo. Não quero. Não posso.

Por fim, ponho-o no silencioso, deito-me na cama e o álcool faz o resto. Adormeço.

★ ★ ★

Não sei quanto tempo dormi, mas, quando acordo, estou deitado vestido na cama e a luz do dia entra pela janela.

Que horas são?

Ao me levantar, tudo começa a girar. Lembro do que aconteceu. Judith. Björn. Fecho os olhos.

Confuso e furioso, tiro a roupa com raiva e entro no chuveiro. Preciso me sentir melhor, senão não sei o que vai ser de mim.

Quando saio do chuveiro, ligo e peço café. Tenho que acordar direito. Vejo que tenho muitas chamadas perdidas de minha mulher em meu celular, mensagens de voz e um ou outro e-mail dela em minha caixa de entrada. Sem dúvida, ela se sente culpada pelo que descobri e está tentando falar comigo de qualquer jeito.

Penso em ligar para Björn, para o filho da puta que eu achava que era meu amigo, o desgraçado que fodeu minha vida, mas decido que é melhor encontrá-lo cara a cara. E vou quebrar a cara dele. Vou foder seu rosto bonito como ele fodeu minha vida.

Depois de me vestir e tomar várias xícaras de café com uns comprimidos para minha crescente dor de cabeça, deixo vir à tona o Eric frio e insensível que sei que há em mim e vou para o escritório. Tenho coisas a resolver.

A certa altura da manhã, quando estamos só nós dois em meu escritório, Amanda, ao ver que encho um copo de uísque de novo, pergunta:

— O que aconteceu?

Não respondo, não quero falar sobre isso.

— Você não costuma beber, e menos ainda de manhã — insiste ela.

Eu sei, sei que o que ela está dizendo é verdade. Odeio homens que começam a beber cedo. Contudo, levando a mão à fronte devido à dor de cabeça, respondo de maneira um pouco rude:

— Deixe-me em paz.

— Ora... alguma coisa aconteceu. Eu sabia — afirma ela, olhando para mim.

Praguejo. Não quero falar do que está acontecendo.

— Eu te conheço, você sabe disso — diz ela.

— Amanda... deixe-me em paz.

Mas não. Mais uma como Judith. Quanto mais você diz para o deixarem em paz, mais chatas elas ficam.

— Você está com dor de cabeça, não está bem. O que aconteceu? — insiste.

Olho para ela. São muitos anos trabalhando juntos, mas não estou a fim de lhe contar meus problemas, e menos ainda de que veja como fui idiota.

— Meta-se em sua vida — respondo, azedo.

Amanda se levanta, pega um copo de água e, tirando a garrafa de uísque do meu lado, diz:

— Pelo menos faça as coisas direito. Tome um comprimido com água, senão sua dor de cabeça vai piorar.

Bufo. Pareço minha mulher. Pegando a água, tiro um comprimido de minha carteira e o tomo. É o melhor a fazer, sem dúvida, mas é foda ter que lhe dar razão.

Passa-se a manhã e, embora tente ser frio e insensível, a dor que sinto cada vez que penso na traição me deixa doente.

Como pude não ver?

Como fui tão cego com esses dois?

Depois de almoçar com Amanda em um restaurante próximo, enquanto ela cumprimenta uns conhecidos, eu a espero no bar. Peço outro uísque, mas, quando vou dar o primeiro gole, ela chega.

— Não acha que já bebeu o bastante por hoje? — pergunta ela.

Não lhe dou ouvidos.

Bebo, mas meu celular começa a tocar. Judith. Amanda, que está ao meu lado, olha o telefone e, ao ver quem é, diz:

— Atenda e resolva o problema antes que você se afogue em sua própria bile. E, por favor, largue o uísque de uma vez, ou vai acabar ficando bêbado.

E, sem mais, afasta-se e eu praguejo.

O telefone toca. Não para. Por fim, decido atender. Se ela foi capaz de me enganar com frieza, agora vai encontrar o homem frio que sei que sou.

— Diga.

— Não, é melhor você dizer, seu babaca!

Ora, ora!

É evidente que minha querida mulher não tem filtros nem sendo culpada pelo que está acontecendo conosco. Por isso, e com certa ironia, sibilo, querendo irritá-la ainda mais:

— Há quanto tempo não ouço essa palavra doce sair de sua boca! Que pena não poder vê-la pronunciá-la ao vivo e a cores.

Bufa. Judith bufa.

— Como pode ser tão babaca de acreditar no que Laila diz?

Praguejo. Minha respiração se acelera.

Ela sabe que Laila me contou o que viu entre eles.

— E como você sabe que foi Laila quem me contou?

— Porque as notícias voam mais rápido do que você pensa.

Não respondo nada.

Ela também não.

Ambos ficamos calados, até que, incapaz de conter minha língua, sem me importar com o lugar onde estou, digo da pior maneira o que penso dela e do filho da mãe de Björn.

De imediato, Judith sai em defesa dele.

Era só o que me faltava!

Isso me irrita duplamente e o ciúme me deixa louco.

Por que ela o defende assim?

O momento me desestabiliza e o álcool que consumi fala por mim e diz coisas não muito agradáveis. Judith responde, insulta-me, não fica para trás. Grita comigo com voz chorosa, e eu, querendo machucá-la, respondo que tenho provas e que não voltarei para casa.

Não quero vê-la.

Dito isso, desligo. Desligo cheio de ira, raiva e frustração.

Pela primeira vez em muito tempo, só penso em mim. Se Judith chora ou se desespera, não me interessa. Ela provocou. Ela me decepcionou. Ela me traiu.

A partir desse instante, não paro de beber.

Amanda volta e tenta falar comigo. Tira o copo de minhas mãos várias vezes, até que não aguento mais e, com grosseria, mando-a embora.

Eu sou Eric Zimmerman e faço o que me der na telha.

Tenho dinheiro para fechar o restaurante onde estou e beber a adega inteira se quiser, portanto, ela que me deixe em paz! Já tenho uma mãe e não preciso de outra.

Uma vez que Amanda vai embora brava comigo, beber é a única coisa que me apetece. Minha dor é insuportável, e a afogo no álcool. A angústia me corrói, e a bebida é a única coisa que a suaviza. E a suaviza tanto que estou começando a deixar de ser eu.

Quando chego ao hotel, percebo que "estou prejudicado", como diria minha pequena. E, para acabar de me torturar, vejo de novo os vídeos do celular de Laila que encaminhei para meu e-mail. Isso acaba comigo.

Tolo... tolo... sou um idiota. Como não percebi o que esses desgraçados estavam fazendo comigo?

* * *

Passam-se dois dias, com suas noites insuportáveis, e não ligo para ela.

Ela também não me liga.

Meu coração se ressente. Estou com saudades, sinto falta dela, mas me recuso a ser um maldito corno que perdoa a infidelidade de sua mulher e de seu amigo.

* * *

Um dia, outro e outro. Já são cinco sem falar com ela. Esta tarde, quando saio do trabalho, vou beber de novo. É a única coisa que faço, além de discutir com Amanda. Estou me excedendo com a bebida, eu sei. E, no fim, acabo aos socos com três idiotas que, ao me verem embriagado, tentam roubar minha carteira quando estou voltando para o hotel.

A frustração e a raiva que sinto ficam evidentes na brutalidade de meus socos. Descarrego tudo, trazendo à tona o animal agressivo que há em mim. Mas eles são três e eu, só um, e me dão uma pancada tão forte na cabeça que acabo sangrando como um porco no chão. E, esquecendo a dor, penso em Judith. Só nela.

Por culpa dela, estou assim.

Ela é a culpada de tudo.

Nesse instante, ouço gritos, e uns homens que estão passando pela rua me ajudam, imobilizando os três sujeitos que me surraram. Depois, chamam a polícia.

Sangrando, tonto, ferido e caído no chão, espero a ambulância. Estou dolorido, terrivelmente dolorido, e minha cabeça lateja depois da pancada que me deram. Mas, comparando isso com a dor de meu coração, não se parecem em absoluto. Meu coração dói muito mais.

Um dos meus salvadores pergunta como estou. Mostra-me meu celular, que está com a tela quebrada, e me pergunta a quem pode avisar. Hesito. Melhor não avisar ninguém. Contudo, acabo lhe dando o nome de Amanda. Estou ferido, em um país estrangeiro, e ela pode me ajudar.

★ ★ ★

Acordo sem saber onde estou. Ao me mexer, uma dor que parece uma facada atravessa meu corpo, e resmungo.

Caralho... Que dor!

É difícil abrir os olhos. Pesam muito. Mas, quando consigo, olho ao redor e vejo que estou em um belo quarto de hospital, com soro na veia.

O que aconteceu?

Estou transtornado. Nesse momento, a porta do hospital se abre e surge Amanda com um café nas mãos.

— Graças a Deus... graças a Deus... — murmura ela, apertando um botão.

Praguejo e, de repente, como um tsunami, lembro: os socos, os sujeitos, o sangue... Judith. Mas, quando vou dizer algo, a porta do quarto se abre de novo e entra um médico.

— Que bom que acordou, sr. Zimmerman — diz o homem.

Assinto. Mal posso falar, por conta da dor que sinto nas costelas. E o médico, ao me ver tocar a cabeça, diz, olhando para mim:

— Você sofreu uma forte pancada, que provocou uma hemorragia intraocular em seus dois olhos. Por isso, sua aparência está um pouco assustadora.

Olho para Amanda. Sem dúvida, deve estar, pela cara dela.

— Além do que eu já disse, o senhor tem uma fissura em uma das pernas, que engessamos, e contusões devido aos golpes recebidos pelo corpo todo. Sei que está com dor, mas não se preocupe. Estamos lhe administrando analgésicos por via intravenosa para reduzir a dor. Por isso, terá que ficar alguns dias aqui conosco. Tudo bem?

Caralho... e agora isso!

Como se não bastasse, agora internado em um hospital?

Enfurecido, assinto e não digo nada, não tenho forças nem para reclamar. O médico, depois de dizer algo a Amanda, sai do quarto.

Uma vez a sós, ela não tira os olhos assustados de mim.

— Em que hospital estou? — pergunto.

— No St. Thomas, na Westminster Bridge Road.

Sei de que hospital ela está falando.

— Pode ir, se quiser. Não precisa ficar aqui — digo.

— Eric...

Bufo, sei que estou sendo injusto com ela.

— Lamento se a assustei quando pedi que a chamassem, mas você era a...

— Fez bem, Eric. Claro que sim — interrompe ela, tentando sorrir.

Mas sua expressão é indescritível.

— Estou tão mal assim? — pergunto.

Ela assente, não mente. Notando que meus olhos pesam demais, pergunto:

— Você tem um espelho aí?

— É melhor você não se ver.

Isso chama minha atenção. Estou tão mal?

— Quero me ver.

— Eric...

— Quero me ver — insisto, categórico.

Então, Amanda abre a bolsa. Ela me conhece e sabe que não vou desistir, de modo que tira um espelhinho de uma *nécessaire* e o entrega a mim.

Quando me vejo, até eu me assusto.

Caralho!

Minha cara está inchada e roxa, e o lábio, cortado. Mas isso não é nada comparado à sensação que tenho ao ver o interior de meus olhos, que estão totalmente ensanguentados.

Caralho! O que foi que eu fiz?

Se Marta, minha irmã, vir meus olhos assim, vai me matar. Ela não me perdoaria.

Abro a boca. Nossa, como dói.

Mas, por sorte, não perdi nenhum dente. Ainda bem! Vou dizer algo, quando Amanda se antecipa:

— Acho que você deveria avisar Judith.

Ao ouvir isso, paro de olhar minha boca.

— A última pessoa que quero ver aqui é ela, entendeu?

— Mas, Eric...

— Amanda, não.

— Eric, ela é sua mulher. Deve estar preocupada e tem que saber o que aconteceu com você.

Acho engraçado ouvir isso. Com certeza, Judith está muito ocupada com o filho da mãe que eu julgava ser meu amigo.

— Já disse que não — sentencio, categórico.

Amanda suspira. Não está entendendo nada do que está acontecendo.

— Então, vou ligar para sua mãe, sua irmã ou Björn.

— Não. Ninguém precisa saber que estou aqui.

— Mas...

— Amanda, por favor — interrompo-a, bufando.

Surpreendendo-me, pois ela não insiste. Senta-se ao meu lado e eu fecho os olhos. Estou esgotado.

★ ★ ★

Passam-se os dias e minha aparência continua terrível, mas a dor dos ferimentos é mais suportável.

No hospital, com a ajuda de Amanda, resolvo problemas da Müller, e à noite mal consigo dormir pensando em Judith. Será que está aproveitando para ficar com Björn?

Pensar neles juntos me tortura, mas não consigo parar.

Eles. Minha mulher e meu melhor amigo.

Eles. Minhas grandes decepções.

Eles. Meus traidores.

Então, aprendo que as pessoas podem partir seu coração uma vez, mas as recordações podem parti-lo milhões de vezes.

Nesses dias, Amanda volta a insistir em ligar para Judith, mas continuo recusando. Não quero uma mulher como ela ao meu lado. Não mais. Decidi dar como perdidas duas pessoas, mesmo sabendo onde estão: Judith é uma delas, e a outra é Björn.

19

Passam-se mais dois dias e, embora esteja um pouco melhor, continuo um trapo.

O ferimento no lábio incomoda demais. É verdade que o tempo não perdoa, e, com a idade, a recuperação é mais lenta.

Se isso houvesse acontecido comigo aos vinte anos, teria me recuperado rapidamente, mas aos trinta e muitos, terei que ter paciência.

Tenho que ter paciência e pensar, porque, quando sair do hospital, precisarei resolver muitos problemas nada agradáveis.

Caralho, que merda!

Estou pensando nisso com os olhos semicerrados quando, de repente, ouço um ruído na porta do quarto. Sem abri-los, vejo-a. Ela está aqui. Judith acabou de entrar.

Sem me mexer, por entre os cílios, observo sua cara de susto. Ela está pálida, muito, e eu poderia jurar que emagreceu. Mas não me mexo. Só observo seu rosto assustado e, quando ela se aproxima de mim o suficiente, sibilo com grosseria:

— O que está fazendo aqui?

Espantada, ela dá um pulo. Sem dúvida, meu aspecto e meus olhos ensanguentados a impressionam, e ela não responde. Então, levanto a voz e, ainda tentando descobrir quem a teria avisado, insisto:

— Quem a avisou? Que diabos está fazendo aqui? — E, furioso, grito: — Fora! Eu disse para ir embora daqui!

Com uma expressão que jamais vi nela, ela me olha e, dando meia-volta, sai do quarto, enquanto eu mal consigo respirar.

Estou agitado em virtude do que aconteceu, quando a porta do quarto se abre de novo com ímpeto e Björn aparece diante de mim. O filho da mãe, olhando para mim, pergunta:

— O que aconteceu com você?

— Era só o que me faltava... — debocho com cinismo.

Ele, longe de se abalar, aproxima-se de mim. Sem dúvida, tem coragem.

— Como assim era só o que faltava? — replica.

Olho para ele. Aperto os lençóis, porque, senão, juro que vou pular em cima dele e quebrar-lhe a cara.

— Que diabos você está pensando? — insiste ele, com descaro.

Deus... vou me levantar e matá-lo, juro que vou matá-lo. E ele, com sua petulância habitual, solta:

— Você é um babaca, sabia?

A raiva me domina.

Quero me levantar, mas minhas forças falham. Ele, e só ele, arrebatou o amor da mulher que eu adoro com todo o meu ser.

— Maldito filho da puta. Nunca esperaria isso de você — sibilo.

Björn assente, impassível. Que filho da mãe!

Ele sabe do que estou falando.

— Só um imbecil como você pode dar credibilidade a Laila — sussurra.

— Vá embora!

Mas ele nem se mexe.

— Você é um burro — insiste.

— Björn...

— Um maldito burro. E, claro, é mais fácil acreditar nela que pensar que Judith e eu somos leais a você, não é?

Vou quebrar. Vou quebrar a cara dele. Levantando a voz, começo a gritar.

Björn, surpreendendo-me, não se intimida. Ele me encara. Diz que nada do que estou pensando e imaginando é verdade e ameaça me quebrar a perna que não está engessada.

Filho da puta!

As enfermeiras, assustadas por causa do escândalo que estamos fazendo, entram no quarto. Tentam nos acalmar, mas nenhum dos dois as escuta. Só discutimos, até que Björn sibila:

— Ouça, imbecil. Judith adora, ama você. Ela e eu somos só amigos. Mas, sinceramente, do jeito como você está se comportando, tomara que ela deixe de amá-lo. Você não a merece. Um babaca como você não merece uma mulher como ela.

— E você merece, não é?

Sua expressão é séria, tanto como a minha.

— Sabe de uma coisa, Eric? Como diria Judith, vá à merda!

E, sem mais, deixando-me com as palavras na boca, ele dá meia-volta e vai embora, enquanto engulo toda a minha frustração e meu mau humor socando a cama.

★ ★ ★

O resto do dia é péssimo. Terrível.

Vi Jud, e ela não estava com uma aparência boa. Estava abatida, muito pálida, e, embora não vá ficar com pena dela, espero que volte à Alemanha e se recupere.

Ligo para Amanda. Digo-lhe poucas e boas, especialmente quando ela confirma que avisou Judith e que o faria de novo, por mais que eu ficasse bravo. Isso me irrita. Irrita muito, e desligo antes de continuar dizendo asneiras.

A noite é interminável. Não consigo dormir. Estou pensando em Judith e não consigo tirá-la da minha cabeça.

Será que chegou em casa?

Será que está em nossa cama ou na de Björn?

A dor física é o que menos me importa. Importa mais a dor que sinto no coração, e estou confuso, terrivelmente confuso.

★ ★ ★

Na manhã seguinte, depois que o médico passa e diz que está tudo indo de vento em popa apesar de minha lenta recuperação, estou deitado, quando a porta se abre e de novo aparece Judith.

Minha boca fica seca. Eu não a esperava.

Ela não voltou para a Alemanha?

Com dureza, fito-a e a vejo mais pálida que ontem. Ela não está bem, mas, com cara de poucos amigos, apesar de meu coração se desmanchar ao vê-la, sibilo:

— Vá embora daqui, pelo amor de Deus.

Dessa vez, ela não me atende como no dia anterior. Entra e, se aproximando, sussurra:

— Diga pelo menos que você está bem.

Furioso, eu me recuso a olhar para ela, mas digo que estava bem até ela aparecer. Quando a fúria toma conta de mim de novo, grito que volte para seu amante e desapareça da minha vida.

Judith me olha. Está desconcertada e leva a mão ao lenço que envolve seu pescoço. Não sabe o que dizer. Então, a porta do quarto se abre e aparece Björn, o maldito Casanova.

Caralho, outra vez!

Olhamo-nos. Ele está furioso, mas não me importo. Aqui, o furioso, incomodado e corno sou eu. Só eu.

Grito como um animal. Expulso-os. Não quero vê-los.

— Como pode ser tão imbecil? Como pode pensar algo assim de Jud e de mim? — solta Björn.

Suas palavras me deixam paralisado.

Sério que ele tem tão pouca vergonha?

Sério que esse filho da puta é capaz de negar o evidente?

Logo nos envolvemos em uma terrível discussão de machos, como diria Judith. Até que ela, de repente, corre para o banheiro com a mão na boca. O que está acontecendo?

Björn e eu nos olhamos. Quase vou atrás dela, mas não. Não vou ter dó de quem me decepcionou. Ele, ao ver que não me mexo, depois de menear a cabeça com desaprovação, vai atrás dela. Não sei se me alegro por isso ou não.

Minutos depois, quando os dois saem do banheiro, olho para Judith. Ela está cada vez mais pálida. Sua tez morena de espanhola está esbranquiçada. Mas não digo nada. Eu me recuso. Não vou me preocupar com ela nunca mais na vida. Ouço Björn insistir para que ela se sente.

Assim que ela se senta, ele me encara de novo e dizemos de tudo, absolutamente de tudo um ao outro. E eu falo das provas que tenho.

Chamamo-nos de coisas horríveis. Jogamos na cara um do outro coisas que não fazem sentido. Por fim, uma enfermeira entra no quarto, assustada, para ver o que está acontecendo, e o Don Juan, para evitar que ela os expulse como estou pedindo, sorri e a enrola, levando-a para o corredor.

É um tratante!

Ficamos Jud e eu a sós. Olho para ela com dureza. Estou terrivelmente decepcionado, mas ela, longe de se intimidar, com sua petulância espanhola, ameaça avisar minha mãe e minha irmã.

Fico possesso.

Se há algo de que preciso é tranquilidade. E ter todas elas ali pode ser tudo, menos tranquilo.

Com grosseria, peço-lhe que vá embora. Ela se recusa a ir.

Olhamo-nos. Desafiamo-nos.

Somos especialistas em tirar do sério um ao outro só de nos olharmos. E é o que fazemos.

Cada um de nós quer ficar por cima. Sem dúvida, lutar contra ela, contra a mulher que consegue fazer meu coração se desgovernar como um cavalo, é complicado. Mas hei de conseguir. Ela me machucou.

Estamos nos encarando, quando Björn entra no quarto.

— Ande, amigo, estou morrendo de vontade de ver essas provas. Mostre.

Irritado, digo a ele que me passe o notebook. Sem hesitar, ele o pega e, quando o entrega a mim, advirto-o de que, depois de ver as imagens, quero que desapareçam da minha vista para sempre.

Jud e Björn se olham, mas não dizem nada.

Não vão responder mesmo?

Vendo que não respondem, em silêncio, abro meu e-mail, no qual está aquilo que tanta dor tem me causado esses dias. E, sem hesitar, passo o vídeo.

— *Se eu não for muito enxerida, de que tipo de mulher você gosta?*

— *Como você. Inteligentes, bonitas, sexy, tentadoras, naturais, malucas, desconcertantes, e adoro que me surpreendam.*

— *E eu sou tudo isso?*

— *Sim, linda, você é!*

Vejo os dois se olharem surpresos.

Não dizem nada. Sabem que os peguei, e quase pergunto: "Quem é o idiota agora?".

Depois desse vídeo, mostro o outro dos dois dançando e termino com as fotos.

Então, Björn sorri.

Como?!

Juro por Deus que vou matá-lo. Quando estou pensando nisso, Judith, pálida, fecha o notebook com um tapa e, olhando para mim transtornada, grita:

— Você é um babaca!

Caralho...

Com seu ímpeto, ela machuca minha perna engessada. Fecho os olhos e conto até dez para não soltar pela boca a primeira coisa que me vem à cabeça.

— Não me insulte de novo, senão...

Mas minha espanhola já está fora de si e joga seu celular com força em meu peito.

Que bruta!

O que ela viu, em vez de fazê-la baixar a cabeça, deixou-a selvagem. Depois de soltar por sua boquinha suja a primeira coisa que lhe passa pela cabeça, ela me manda à merda, pega a bolsa e sai do quarto sem olhar para trás.

Fico com os olhos fixos na porta, boquiaberto.

Por acaso, ela não viu o mesmo que eu?

Desconcertado tanto quanto furioso, vou expulsar Björn, quando ele me olha e pergunta:

— Sério?

— Sério o quê?! — grito, fora de mim.

Ele sorri de novo. Por Deus, está me deixando cardíaco.

— Por causa disso você acha que Jud e eu estamos tendo um caso?

Não respondo. A raiva, o desconcerto e a fúria me dominam. Então ele, caminhando apressado para a porta, solta:

— Você é um babaca, com todas as letras.

Björn sai do quarto, imagino que vai atrás de Judith. Espero que dessa vez entendam que não quero os ver de novo. Mas, surpreendentemente, a porta se abre bruscamente, e Jud, em sua versão mais chula, espanhola e furiosa, entra de novo e começa a gritar comigo.

Está todo mundo louco?

Ela me insulta, fora de si, e com raiva bate em minha perna engessada com a bolsa. Quando reclamo, diz com escárnio:

— Vai se foder.

Puta que pariu!

Caralho... caralho...

É surreal. Ela me engana, me trai, e ainda por cima tenho que aguentar que me trate assim.

Björn entra de novo no quarto. Mais um!

Viro bicho. Eu sei, não tenho meio-termo.

Mas, por mais selvagem que eu esteja, ele não se deixa intimidar. Fala do dia em que foram feitas as fotos e os vídeos. Diz que Foski estava com ele no Guantanamera e que Laila teve o cuidado de que ela não aparecesse.

Não me interessa. Conheço Björn, e não seria a primeira vez que ele chega a algum lugar com uma mulher e vai embora com outra.

Por acaso, ele é idiota?

Não falo nada. Jud também não, mas coça o pescoço por cima do lenço. Não a detenho. Que rasgue o pescoço, se quiser.

Björn fala de nossa amizade e de que sempre confiamos cem por cento um no outro. Diz coisas que tocam meu coração de uma maneira que não posso explicar. De repente, percebo que talvez esteja enganado, mas não respondo. Não consigo.

— Nossa amizade é especial, e eu só toquei em sua mulher quando você permitiu — insiste ele, firme. — Quando pisei na bola com você desse jeito? Quando teve que me recriminar, ou eu a você, por jogar sujo? Se antes, quando você não era casado, eu sempre o respeitei, por que não o faria agora? Quer dizer que o que uma estúpida como Laila diz vale mais que o que diz Jud ou eu?

Não respondo. A versão de Laila fica cada vez mais frágil.

— Você é inteligente o bastante para pensar e perceber quem o ama e quem não. Se decidir que Jud e eu estamos mentindo, vai sair perdendo, amigo, porque, se alguém o ama e o respeita neste mundo, somos eu e ela. E, para esclarecer esta confusão, quero que saiba que Norbert vai trazer Laila ao hospital — acrescenta Björn.

Pestanejo, surpreso. O que Norbert está fazendo em Londres?

— Ela chegará uma fera — completa Björn —, mas quero que, diante de Jud, de você e de mim, ela esclareça isso de uma vez por todas.

Suas palavras mais uma vez me deixam sem saber o que dizer. Quando ele sai, deixando-nos a sós, com paciência e um pouco mais tranquila, minha mulher insiste em sua inocência e me conta algo que me surpreende.

Em silêncio, escuto-a dizer que, enquanto eu sofria pela morte de Hannah, Laila ia para a cama com Leonard, companheiro de minha irmã. Fico em choque, e mais ainda quando ela acrescenta que Björn os pegou em flagrante e que Laila, longe de se intimidar, acusou-o na frente de Simona e de Norbert de tentar passar dos limites com ela, coisa que, graças às câmeras de segurança, ficou provado que era mentira.

De imediato, entendo o motivo do desconforto de Björn, Simona e Judith em relação à jovem. Agora tudo está começando a fazer sentido. E praguejo quando Jud me diz que ninguém me contou nada na ocasião para não me chatear. Já era o bastante meu sofrimento com a morte de minha irmã.

Quando ela acaba de contar isso, surge Norbert, sisudo, com Laila. Ele veio de Munique avisado por eles. Então, Judith, sem contemplações, dá em Laila uma bofetada que deixa todos nós sem palavras.

Caralho, essa personalidade espanhola!

Durante alguns minutos, Laila tenta se defender de algo que cai por terra, ainda mais quando Björn rebate seus argumentos. Como advogado, ele é imbatível, e mais uma vez prova isso. No fim, quando o jogo sujo de Laila fica claro, Norbert, furioso, leva a sobrinha embora. Melhor assim.

Então, Björn olha para mim deixando claro o quanto está incomodado com a situação e sai do quarto. Eu não me mexo, e Judith dá um passo à frente. Vai me abraçar, mas, incompreensivelmente, não lhe permito. Ela se detém, olha para mim e não tenta de novo.

Estou estranho, aturdido, e, então, Judith fala.

Escuto em silêncio sobre o quanto ela precisa de mim e, depois de me recordar que tem no corpo a frase tatuada "Peça-me o que quiser" e um anel no dedo que diz "Peça-me o que quiser agora e sempre", ela me olha nos olhos e dá um ultimato:

— Peça-me o que quiser ou deixe-me.

Deposita em minha mão a decisão de continuarmos juntos. E, ao ver que não digo nada, ela pega a bolsa e, pálida como chegou, vai embora do quarto, deixando-me totalmente atônito.

Olho para a porta em silêncio.

Por que não reagi?

Por que, depois de descobrir a trapaça de Laila, continuo sendo frio com ela e com meu amigo?

Está mais que claro que eu me deixei enganar como um tolo e que nada era como Laila me contou. Eu me acho tão esperto e, mesmo assim, ela me enrolou. E eu, como um verdadeiro imbecil, para não dizer *babaca*, caí na armadilha, desconfiando das duas pessoas mais leais de minha vida: meu amigo e minha mulher.

Tenho que reagir, tenho que reagir!

Sinto falta de ar. De repente, não consigo respirar.

Sou um idiota. Judith foi embora e preciso dela de volta. Preciso dela ao meu lado.

Depressa, pego meu celular e, com dedos trêmulos, ligo para ela. Não pode estar muito longe, acabou de sair. Mas meu mundo desaba quando o ouço tocar. Está ao meu lado, já que ela o jogou em mim há alguns minutos.

Esquecendo a dor, a prudência e as advertências dos médicos, arranco o soro e, com a perna engessada, levanto-me.

Caralho... estou tonto!

Olho para a porta. Está a uns dez passos, mas agora parece um mundo para mim. Mesmo assim, tenho que ir. Tenho que a encontrar. Tenho que alcançar os dois e tentar resolver a confusão que criei. E, sem me importar com o que possa acontecer comigo nem com o fato de estar com a bunda de fora por causa da maldita camisola de hospital, vou me arrastando e, a duras penas, chego até a porta.

Maldição, como estou fraco!

Uma vez que abro a porta e saio ao corredor, meu desconcerto se torna tortura. Ela não está, foi embora! Ignorando o estrago que possa fazer em minha perna, vou mancando até o elevador. Chamo-o e espero com impaciência.

Vamos... vamos, caralho!

Tenho que descer antes que eles vão embora. Não posso perdê-los. Não, eu me recuso.

Quando chega o elevador, entro, e as pessoas me olham boquiabertas. Minha aparência é deplorável e estou com a bunda de fora, mas não penso no papel ridículo que estou fazendo.

Quando as portas se abrem, arrastando a perna, que dói horrores, chego ao térreo. Mas não os localizo. Não a localizo.

Onde ela está?

— Pelo amor de Deus, sr. Zimmerman! O que está fazendo? — grita uma enfermeira.

De imediato, ela e outra vêm me ajudar, mas não preciso de ajuda. Eu só preciso de Jud e de meu amigo, e discuto com elas. Quero que me soltem. Não quero voltar ao quarto.

Mas elas se recusam. Não me deixam falar, e grito como um possesso. Até que, de repente, a meros dez metros de mim, vejo Judith falando com Björn e grito seu nome:

— Jud... espere... Jud!

Ela para. Olha para trás.

Sim!

Björn, ao me ver, sorri.

Que filho da puta!

Mas as chatas das enfermeiras não me soltam e insistem em me levar de volta ao quarto.

Caralho... deixem-me em paz!

Sem me dar por vencido, consigo me livrar das malditas enfermeiras e, arrastando a perna, que dói horrores, vou até a dona do meu coração. Mostrando-lhe seu celular, sussurro quase sem ar:

— Liguei para você, meu amor. Liguei para você voltar, mas você deixou o celular no quarto.

Jud não se mexe. Não sorri. Mas eu a conheço, e sei que vai sorrir a qualquer momento. Mesmo assim, eu me aproximo mais dela e suplico, vendo-a tocar o lenço do pescoço:

— Desculpe, pequena... Desculpe.

Ela continua imóvel. Também não sorri, e começo a me assustar.

E se por minha culpa agora ela não me perdoar?

E se...

— Sou um babaca — reconheço.

— É mesmo, companheiro, é mesmo — diz Björn, com um sorriso.

Sem perder tempo, estendo a mão a meu amigo, meu melhor amigo, e ele, sem hesitar, aceita-a e me abraça. Uma parte de mim se sente reconfortada. Peço-lhe perdão, e ele responde com certa arrogância:

— Está perdoado, *babaca*.

Sou mesmo. O maior do mundo. Eu assumo, aceito. E meu amigo e eu sorrimos.

As enfermeiras voltam ao ataque, preocupadas comigo, mas eu só tenho olhos para minha menina, minha pequena, minha mulher. Jud continua inerte. Assustado, declaro meu amor de novo. Preciso que ela recorde, que não esqueça. E a primeira palavra que ela me dirige é *babaca*.

Bem... acho que estou no caminho certo!

Mas ela ainda não reage. Só me olha. Então, recordando o toque do celular dela para minhas chamadas, procuro-o, e, quando "Si nos dejan" começa a tocar, o rosto pálido de Jud muda.

— Eu prometi que cuidaria de você a vida inteira — sussurro —, e é o que pretendo fazer.

As enfermeiras ficam quietas. Por fim, entendem a importância do que estou fazendo. E, quando minha linda mulher reage e rasga o verbo, sorrio. Ela também sorri e me abraça.

Sim! Sim! Sim!

Esse é o remédio de que preciso. Ela, minha mulher.

Todos ao redor aplaudem, inclusive as enfermeiras. Até que Björn, com humor, sussurra:

— Companheiro, volte para o quarto e pare de mostrar a bunda.

Sorrio. Jud chora. Imagino que a tensão do momento a domina e, apertando-a contra mim, peço-lhe que não chore. Então, ela sorri. E chora de novo. Chora e ri ao mesmo tempo. Ela é fantástica.

★ ★ ★

Dez minutos depois, já no quarto, as enfermeiras recolocam o soro que eu arranquei. Dão-me uma bronca, mas nada me importa. Jud e Björn estão ao meu lado, e isso compensa tudo que queiram me dizer.

Pouco depois, meu amigo vai até a lanchonete buscar algo para Jud e ele comerem, e meu amor e eu conversamos. Eu lhe peço desculpas mil vezes e de mil maneiras por meu comportamento absurdo. Ao mesmo tempo, fico péssimo por causa de sua palidez. Sou o culpado.

Conversamos... conversamos... conversamos, até que ela diz que tem algo para me contar.

O-oh! Que medo de ver sua cara estranha.

— Não me assuste — murmuro, com a boca seca.

— Não vou assustar. — Ela sorri, tocando o lenço do pescoço.

Após várias carícias e beijos maravilhosos, ela se levanta da cama e pega a bolsa. Depois, tira o lenço do pescoço. Praguejo ao ver que está cheio de arranhões em carne viva.

Meu Deus, ela nunca ficou assim!
Alarmado, sento-me na cama.
— Meu amor, o que aconteceu com você? — pergunto.
Ela me olha. O que acabei de perguntar é absurdo.
— A coceira e o nervosismo tomaram conta de mim.
Fico péssimo.
Sou o culpado por ela se encontrar nesse estado. Sei o que acontece quando ela fica nervosa, e eu permiti isso. Sou um bruto. Um burro.
A seguir, Jud me entrega um envelope volumoso que tira da bolsa.
— Abra — diz ela.
Sem entender do que se trata, e preocupado com as marcas em seu pescoço, faço o que ela me pede. E, zás! Cai do envelope algo que eu logo identifico...
O quê?! Como?!
Isso... isso... são testes de gravidez?!
Em choque, pestanejo.
Acho... acho que estou tonto.
Então, sem me dar tempo para nada, ela me mostra uma espécie de foto.
— Parabéns, sr. Zimmerman, você vai ser pai — diz ela.
O quê?!
Definitivamente, estou tonto.
Não sei o que dizer.
Sinto falta de ar.
Pai... Eu vou ser pai?
E minha moreninha, animada como no dia em que voltei com Susto para casa, acrescenta, sem me dar tempo de processar toda a informação:
— Mas prepare-se, porque eu, desde que sei que a Medusa está dent...
— Medusa?! — pergunto, quase infartando.
Ela chamou nosso bebê de Medusa?
Caralho... Caralho... Caralho... Eu vou ser pai!
Eu, Eric Zimmerman!
Caralho, que calor!
Preciso levantar. Jud me detém. Olhamo-nos. Agora entendo sua palidez.
Nossa, estou me sentindo mal! Ela, grávida, e eu fazendo toda essa confusão.
Mas seu sorriso, seu lindo sorriso, demonstra que está tudo bem. Que ela está feliz com a notícia. Louco de amor, eu a abraço. Abraço-a de tal maneira que quase a sufoco.
Pai... vou ser pai com minha pequena!
Quando a solto, beijo-a e a abraço de novo. Estou louco, louco de felicidade. E, como um idiota, pergunto, precisando ter certeza:
— Vamos ter um bebê?
Jud assente.

Mãe do céu, é verdade!

Conversamos se será moreninha ou lourinho, e ela me conta como se sente. Pelo que diz, péssima! Muito cansada.

Mas estou feliz... muito feliz.

Nunca pensei que poderia ser mais feliz, mas vou ser pai!

Quando a porta se abre e Björn aparece com uns sanduíches, pleno de felicidade, olho para meu bom amigo e pergunto:

— Quer ser padrinho de minha Medusa?

Agora o surpreso é Björn.

Não entende nada do que estou falando.

Sério que Judith não lhe contou nada?

Ela guardou segredo para que eu fosse o primeiro a saber. Sinto-me especial. Imensamente especial.

Björn sorri, aplaude. Está feliz por nós. Quando me abraça e nos dá os parabéns, eu sou o homem mais feliz da Terra. Além de o mais babaca.

20

Continuo no hospital de Londres. Depois de uma ligação de Judith, recebo a visita de minha mãe e de Marta. Nem preciso dizer que *idiota* é a palavra mais suave que me dedicam quando me veem. Essas duas!

Ficar com as três no quarto durante horas é desesperador e ao mesmo tempo divertido. O que uma não diz, diz a outra, e o tempo passa de uma forma mais suportável. E, quando descobrem que vão ser avó e tia respectivamente, tudo vira uma loucura!

Certa tarde, Amanda passa pelo hospital com documentos da Müller. Percebo que, depois do que aconteceu, as coisas mudaram entre ela e Judith. Fico contente. Gosto de ver que Jud confia em mim, e agradeço Amanda pelo que fez, apesar de ter ficado puto no início.

Se não fosse por essa ligação que eu me recusava a fazer, Jud e eu não estaríamos juntos. E, sem dúvida, devemos isso a Amanda.

★ ★ ★

Passam-se mais dois dias e, por fim, tenho alta do hospital. Precisamos voltar para Munique, quero que minha pequena descanse. Ela está grávida e acho que ficar dentro de um hospital vinte e quatro horas por dia não é bom.

Quando chegamos em casa, ao ver como Simona e Flyn me olham, percebo que continuo assustador. Mas não posso evitar sorrir quando Jud, usando seu senso de humor, diz ao ver a cara deles:

— Calma! Embora pareça o vampiro malvado de *Crepúsculo* com esses olhos, juro que é Eric! E ele não morde pescoços.

Sorrio, não posso evitar. E, olhando para seu pescoço, fico feliz ao ver que as marcas estão desaparecendo. Pouco a pouco, mas estão.

★ ★ ★

À noite, depois de jantar e falar com Norbert e Simona sobre vários assuntos, soltamos sobre eles e Flyn a bomba da gravidez.

Suas expressões passam de surpresa a máxima felicidade, e a loucura se instala de novo em minha casa.

— Uau, mamãe! — grita Flyn, emocionado, ao saber que vai ser o irmão mais velho.

Gosto quando ele nos chama de *mamãe* e *papai*. Nem sempre acontece. Mas, quando nos chama assim, algo dentro de mim se desmancha, e me dou conta de quanto precisava que ele me chamasse assim.

Dá para ser mais bobo?

A alegria é geral por causa do bebê. Todos estão felizes. Todos estão contentes, e eu, encantado, sou o homem mais orgulhoso do mundo. É verdade que um bebê traz alegria a um lar. Pelo menos ao meu, sim.

Quando Jud e eu vamos para o quarto, estou cansado. Muitas emoções em um mesmo dia, e subir a escada de muleta é extenuante. Mas quero dormir em meu quarto com minha mulher. Faz muitos dias que não faço isso.

Feliz da vida, deixo que minha moreninha me ajude a tirar a roupa. Ela a tira enquanto me olha e me provoca. Sei o que ela quer, o que deseja.

Faz muitos dias que não fazemos sexo e, quando ela abaixa minha calça preta e vê minha ereção proeminente, diz, sorrindo:

— Ah, sim... exatamente disso que eu preciso.

Rio. Gosto de ouvir isso, e a beijo, feliz.

Eu me deleito em sua boca.

Que maravilha!

Seu toque, seus lábios e seu sabor me deixam louco. Ela se senta sobre mim com cuidado para não me machucar e diz, malandra, que meus gemidos de prazer serão ouvidos até na Áustria.

Maravilhoso, quero isso mesmo!

Precisando um do outro, beijamo-nos de novo.

Não há nada melhor que curtir o beijo da pessoa amada. Quando ela abre a boca para mim, faço aquilo de que tanto gostamos: chupo com prazer seu lábio superior, depois o inferior e, antes de acabar, dou-lhe uma mordidinha e a beijo com paixão.

Deus... isso é algo tão nosso...

— Rasgue minha calcinha — diz ela.

Seus desejos, como sempre digo, são ordens para mim, e a rasgo com um puxão.

Claro que sim!

Então, olhando-me nos olhos, Judith se ergue sobre mim, pega meu pênis duro e pronto e o coloca em sua desejosa umidade.

Nossa... que prazer!

Com luxúria no rosto, enquanto ela morde seu lábio inferior, desce lenta e pausadamente sobre mim.

Oh, Deus... que prazer!

Olhando-me nos olhos, ela começa a se mexer sobre mim, e nossa respiração se acelera.

Prazer em estado puro.

Deixo-me levar. Ela sabe melhor que eu do que gosto, e faz tudo. Ora, se faz!

Seus quadris ganham vida própria. Com ansiedade e prazer, ela se empala repetidamente em mim. Arfo. Tremo. Jud me olha e, feliz com o que vê, morde meu queixo enquanto acelera seus movimentos.

O prazer é maravilhoso. Extremo. Inquietante.

Ela acelera. Acelera como nunca, e sou incapaz de detê-la.

O momento me domina e a aperto contra mim sem parar. Preciso de sexo, de luxúria, de minha mulher.

O animal que há dentro de nós toma conta de nosso corpo enquanto curtimos e nos saboreamos depois de tantos dias de seca.

Loucos de prazer, deixamo-nos levar total e completamente, e, sem falar, só nos olhando, fazemos amor com força, ímpeto e decisão.

Tomo as rédeas. Agora sou eu quem quer dirigir a orquestra e a empalo em meu pênis enquanto ela grita de prazer, olha para mim e sorri. E continuo.

Sim!

O sexo, nosso sexo, é selvagem, animal, louco. Esquecendo tudo, curtimos, e o som dos corpos se acoplando e nossos suspiros nos fazem acelerar o ritmo, mais e mais, até que o prazer nos invade e o êxtase nos faz explodir.

Depois desse primeiro encontro, recuperamo-nos. Mas, em seguida, sou eu quem exige um segundo. Desejo. Peço a ela que foda comigo na escuridão do quarto, e ela me atende. E inclui em nosso jogo a fantasia de que um casal está nos observando.

Isso nos excita e nos deixa a mil.

Deixando-nos levar pelo prazer de nosso jogo, acrescentamos o plugue anal. Tiro-o da gaveta, entrego-o a ela para que o chupe e, quando está molhado, passo-o com delírio por suas lindas costas morenas até chegar a seu maravilhoso traseiro. Com cuidado, mas com decisão, eu o introduzo.

Judith arfa. Gosta do que acabei de fazer e do que dizemos sobre o casal imaginário. Isso me embrutece, me embrutece muito, e murmuro, como o jogador experiente que sou:

— Eu vou foder você e, depois, quando estiver saciado, vou entregá-la a eles. Primeiro à mulher e depois ao homem. Abrirei suas pernas para que eles tenham acesso e você me entregará seus suspiros, certo?

Meu amor se mexe, geme. Deseja o que estou propondo. Gosta disso tanto quanto eu, e assente, quando acrescento:

— Suas pernas não vão ficar fechadas nem um instante. Você vai deixar que ela tome de você o que deseja. Vai fazer isso?

Judith diz que sim, enlouquecida. Deseja.

Nossas fantasias, nossos jogos são coisas muito nossa, que nos faz curtir duplamente o sexo. Sem dúvida, se outros casais fizessem essas coisas sem frescura, gostariam.

Cheio de desejo, enfio meu pênis duro até o fundo, como ela exige e eu quero, e ambos trememos como gelatina.

O prazer é imenso. Tão imenso que, de certo modo, eu me surpreendo ao ver a louca reação de Judith, que se aperta contra mim como uma possessa em busca de mais. Muito mais. E eu, sem hesitar, dou-lhe o que quer.

Eu a faço minha...

Ela me faz seu...

Até que, fundidos em um só, chegamos ao clímax e ficamos acabados.

★ ★ ★

Quando minha deusa do sexo adormece em meus braços, fico observando-a.

Ela é tão bonita que sorrio e a cheiro. Tem cheiro do amor de minha vida.

Essa mulher pequena que me deixa louco com sua insolência e seu jeito de me fazer ver a vida vai me transformar em pai. De repente, percebo que temos que ter cuidado com o que fazemos. Não podemos continuar transando como animais no cio.

E se machucarmos o bebê, ou se eu machucar Judith?

O mais sensato é ir com cuidado até o bebê nascer.

21

A manhã não começou bem.

Assim que acordamos, Jud vomitou, e, mais tarde, levamos um susto quando, ao ir tomar banho, ela viu sangue na calcinha.

Estou assustado. Muito assustado. Mas não posso demonstrar.

Ver o medo nos olhos de Judith me convence de que agora tenho que ser o forte. Então, enquanto Norbert dirige o carro, pego as mãos frias de minha linda mulher e repito mil vezes que não se preocupe, que tudo vai ficar bem.

Quando chegamos ao hospital, minha irmã nos espera com uma cadeira de rodas. Jud se senta e corremos pelo pronto-socorro, até que, ao chegar a uma porta, não me deixam entrar.

Fico louco. Quero ir com ela, mas não me permitem. Marta, depois de olhar para seus colegas, fica comigo e reclama:

— Pelo amor de Deus, Eric, não vê que, assim, deixa Judith mais nervosa?

Assinto. Ela tem razão.

— Mas por que não posso entrar com ela? — insisto.

Minha irmã me leva até umas cadeiras para eu descansar minha perna quebrada.

— Porque funciona assim, Eric. A paciente é ela, não você — responde ela.

— Mas...

— E, se você entrar — interrompe —, vai atrapalhar.

Sei que ela está certa, mas quero ficar com Judith. Preciso ficar com ela.

Angustiado, estou esperando em silêncio com minha irmã, quando lembro o sexo animal que fizemos na noite anterior.

Com certeza, fazer amor como fizemos foi o que provocou isso, e me sinto péssimo. Ainda mais quando lembro que fui eu quem pediu que Jud fodesse comigo e ela enlouqueceu.

Puta que pariu!

Estou pensando, quando as portas se abrem e um médico diz, dirigindo-se a minha irmã:

— O marido pode entrar.

Dou um pulo e me levanto.

— Caralho, Eric... não seja bruto e use a maldita muleta! — diz Marta.

Que bruto que nada. Eu só quero vê-la, saber que está bem e que tudo segue seu curso. Quando entro e vejo seus olhos chorosos, temo o pior, mas um dos médicos me diz que tanto ela quanto o bebê estão bem.

Respiro. Finalmente consigo respirar.

— Calma, campeã. Nosso bebê está bem — murmuro.

Jud é um mar de lágrimas incontrolável, mas, quando o médico diz que ela tem que fazer repouso, do choro ela passa à indignação. Essa mulher vai me deixar louco.

★ ★ ★

Nos dias seguintes, obrigo Judith a fazer o que o médico pediu: repouso. Ela tem que descansar, ficar tranquila e pensar nela e no bebê.

Certa manhã, quando estou em meu escritório, a porta se abre e Björn entra. É a primeira vez que ficamos sozinhos desde o que aconteceu em Londres.

— Não se levante. Posso ficar tentado a quebrar sua outra perna — diz ele, ao me ver.

Ouvir isso me faz sorrir. Eu mereço. Depois de se sentar diante de minha mesa, ele diz:

— Meu amigo, que mau humor o da sua garota!

Assinto. Sei como ela está. Não está aceitando bem o repouso.

— Que bom que veio vê-la — sussurro.

Ambos nos olhamos. Entre nós não são necessárias muitas palavras.

— Peço-lhe perdão de novo — digo.

Björn balança a cabeça, mas não quer falar disso.

— Por mim, está esquecido. Mas nunca mais!

Assinto com a cabeça. Nunca mais.

Meu amigo me observa com atenção. Como todo mundo, está preocupado com meus olhos, que não melhoram nem com a medicação.

— Quando tem que voltar ao médico?

Suspiro. Fico agoniado de pensar em meus olhos injetados de sangue.

— Daqui a alguns dias — respondo.

Björn não pergunta mais nada. Deve imaginar como estou cansado. Então, falamos de trabalho. Como estou com a perna engessada e os olhos parecendo de vampiro, não posso ir à Müller, por isso nos focamos em resolver vários problemas.

Quando acabamos de conversar, ele recebe uma mensagem no celular.

Sua expressão muda.

— Lembra-se de Amara, a "ex" de Garin? — pergunta Björn.

Afirmo com a cabeça, sei de quem ele está falando.

— Estou cuidando do divórcio dela — acrescenta ele.

— Amara se casou? — exclamo, surpreso.

— E com nada menos que um militar americano.

Assinto e não pergunto mais nada.

Eu sei da aversão de Björn pelos militares americanos devido a algo que aconteceu com seus pais. Quando ele vai acrescentar alguma coisa, seu telefone toca. Sua expressão muda. Ele sorri, atende, e sei com quem está falando. Depois de desligar, ele me olha e diz:

— Vou indo. Marquei de almoçar com...
— Foski?

Ao ouvir esse nome, meu amigo ri.

— Se Agneta souber que vocês a chamam assim...
— É coisa de Jud — digo, sorrindo. — Você gosta mesmo dessa mulher?

Björn dá de ombros.

— Claro, ela é uma mulher muito bonita.

Mas, ao entender o que eu quero dizer de verdade, diz:

— Não quero mais que isso, Eric. Não sou como você. Não suporto uma mulher mais de uma semana seguida, e...
— Já deu uma chance a alguma?

Essa conversa sobre mulheres é nova para nós.

— Para quê? — pergunta Björn, levantando uma sobrancelha.

Balanço a cabeça. Entendo sua resposta. Eu teria dito o mesmo em outra época da vida. Mas, certo de que às vezes as coisas chegam quando menos esperamos, replico:

— Tudo vai mudar quando *a* mulher aparecer.
— *A* mulher?!
— Sim.
— E quem disse que estou procurando essa suposta mulher?
— E quem disse que eu estava procurando Jud?

Ambos sorrimos.

— Como costuma dizer minha mãe, antes de encontrar o amor de sua vida, você encontra muitos sapos, ou Foskis — insisto.

De novo, ambos rimos.

— Eu me conformo com os lindos sapos que conheço. Para que mais? — pergunta Björn.
— Para ser feliz.
— Sou feliz. Não quero depender de ninguém e nem que ninguém dependa de mim. Estar sozinho é uma escolha, e vivo muito bem assim.

Assinto. Eu mesmo pensava como ele até que Jud apareceu como um tsunami em minha vida. Primeiro não conseguia parar de pensar nela e, depois, sair de perto dela. Mas, como não estou a fim de continuar falando de algo que teria me incomodado em outro momento, afirmo:

— Você decide. Você e mais ninguém.

Sorrimos e meu amigo vai embora. Tem um almoço com Foski.

* * *

Passam-se mais alguns dias e Judith tem muitas visitas que a deixam feliz.

O sangramento desapareceu, e tudo parece seguir seu curso. Mas o susto continua presente. Está em nosso corpo e mente, e sou incapaz de tocá-la.

Já a deixo sair do quarto. Pode andar pela casa, sentar-se no sofá da sala, da salinha ou onde quiser, mas não permito que saia para caminhar. Sei que está subindo pelas paredes, mas também sei que ela sabe que tenho razão e, embora reclame, faz tudo pelo bem de nosso bebê.

Certa tarde, estou no escritório concentrado em uns documentos, quando meu celular toca. É Dexter. Atendendo, cumprimento-o com meu forte sotaque alemão:

— *Que pasa, güeyyyyy?!*

Ouvir o riso de Dexter é um prazer, especialmente desde que ele está com Graciela. Pela primeira vez desde o acidente que sofreu, eu o vejo feliz. Mergulhamos na conversa. Falamos de trabalho, mas, por último, conversamos sobre Graciela e Judith.

— Seu filho da puta — diz ele, fazendo-me rir —, pare de reclamar de sua deusa.

— Ela está me deixando louco — reclamo baixinho.

— Não me fale mais dela, senão vou falar de sua comadre Graciela.

Sou incapaz de não rir.

É evidente que, quanto mais chulos são os homens, mais geniosas são nossas mulheres.

— Vocês têm que vir. Jud ia adorar ter visitas — digo.

— Tentaremos, mas não prometo nada, e menos ainda no Natal. A propósito, o lance do meu primo com sua cunhada é sério? Tem algum rolo?

Bufo. Não sei o que rola entre Juan Alberto e Raquel. A única que coisa que sei é o que Jud me conta a respeito e, como prefiro ficar de fora, respondo:

— Eles são grandinhos, sabem o que fazem.

Dexter solta uma gargalhada. Ele acha tudo engraçado, mas, ao ver que não entro na dele, muda de assunto.

— Como estão seus olhos? Minha bela Graciela comentou que ainda parecem de vampiro.

Sorrio. Sem dúvida, ela e Jud falaram sobre o assunto.

— Continuam igual — respondo. — Assustadores.

— Nossa — debocha Dexter. — Mande-me uma foto por WhatsApp.

— Vá à merda!

Ambos gargalhamos.

— Quando vai tirar o gesso da perna?

— Na quinta-feira — afirmo, feliz.

Depois de falar com ele por mais um bom tempo, despedimo-nos e eu continuo com minha papelada. Até que Flyn entra em meu escritório e diz, fechando a porta:

— Pronto, consegui!

Ao ouvi-lo, sorrio, sei do que está falando.

— Está bem conservada? — pergunto.

Flyn assente e dá uma piscadinha.

— Simona a guardou.

Ambos sorrimos. Estamos falando da árvore de Natal vermelha que tantos problemas nos causou no ano passado. Queremos fazer uma surpresa para Jud, e sabemos que conseguiremos.

— Norbert e eu a colocaremos na sala sábado de manhã — diz Flyn. — Assim, quando Judith acordar da sesta, poderemos mostrá-la a ela. O que acha?

— Perfeito! — exclamo, feliz com a cumplicidade que tenho com meu sobrinho.

★ ★ ★

Quando vou me deitar com Jud, encho-a de mimo.

Todos os meus carinhos e minhas boas palavras são para ela, e concluo beijando sua barriguinha. Adoro pensar que nosso bebê está ali e, embora acabemos meio que discutindo, como toda noite, porque eu me recuso a transar enquanto não formos à médica, por fim, consigo fazê-la adormecer. Em meus braços.

Enquanto ela dorme, eu a observo.

Para mim, não há nada mais tentador que observar Judith.

Eu a desejo tanto quanto ela a mim, mas me contenho. Um dos dois precisa ter juízo, ter consciência do que aconteceu e, nesse sentido, acho que sou eu, mesmo que uma vez mais tenha que ser cruel com Judith.

Seus hormônios estão descontrolados, revoltados, e, se antes de engravidar ela era capaz de chorar e rir ao mesmo tempo, agora mais ainda!

Mas não. O médico ordenou repouso, tranquilidade, e é o que ela vai ter. Não serei eu a estragar tudo por causa de sexo. Eu, não.

★ ★ ★

Na quinta-feira à tarde, tiro o gesso e, embora minha perna esteja com uma aparência desastrosa, imagino que vai se recuperar antes de meus malditos olhos.

Cada vez que me olho no espelho fico muito incomodado. Minha aparência é tétrica e só saio de casa usando óculos escuros. Não quero que as pessoas me olhem horrorizadas.

Jud me acompanha, feliz por poder sair. Passamos pelo restaurante do pai de Björn, onde ela come uns *brezn*. Sei que ela adora. Ela aproveita a comida tanto quanto eu aprecio vê-la comer.

★ ★ ★

No sábado de manhã, quando acordo, Jud está dormindo ao meu lado. Como sempre, está linda. Com cuidado para não a acordar, levanto-me e vou tomar banho.

Estou debaixo do chuveiro quando, de repente, a porta do box se abre e encontro o lindo sorriso de minha mulher, que, olhando para mim com olhos famintos, sussurra:

— Bom dia, sr. Zimmerman.

Então, ela entra comigo no chuveiro e me beija. Seu apetite sexual é voraz, e tenho que fazer um grande – não *grande*, um ENORME – esforço para não perder a cabeça.

Eu a desejo tanto que me dói até na alma ter que a rejeitar.

— Meu amor, não percebe que podemos machucar o bebê? — sussurro.

Como era de se esperar, ela fica brava, não quer entender que temos que ter cuidado com o que fazemos. Então, ela sai do chuveiro e, quando eu saio também, vejo que já desceu para tomar o café da manhã.

Isso não é nada bom!

Entro na cozinha e seu olhar de ódio demonstra como se sente.

— Vou com Simona ao mercadinho. E, se ousar dizer que não vou, se pensar em abrir essa sua boca cheia de dentes, juro por meu pai que seus olhos vão passar de vermelhos a roxos em razão soco que vou lhe dar, entendeu? — diz Jud, furiosa.

Surpresa, Simona me olha.

Caralho... esse gênio espanhol!

E se alguém abrir a boca... Não, não digo nada. Melhor que ela vá e tome um pouquinho de ar.

Depois que Simona e Jud saem, Norbert tira a árvore de Natal do esconderijo e a deixa na sala. Durante alguns instantes, ele, Flyn e eu a olhamos, até que, de repente, o menino solta:

— É horrorosa.

Nós três rimos.

É evidente que não gostamos dessa árvore vermelha, mas olho para Flyn e digo, abrindo uma caixa em que estão guardados os enfeites para pendurar:

— Não vamos pensar nisso, e sim no motivo de a colocarmos aqui.

— Por Judith. Para que ela sorria.

— Exato. Ela vai sorrir — afirmo com carinho.

Flyn assente e nós dois nos esmeramos. Mas os homens não têm muito jeito para colocar os enfeites!

Ao acabar, ambos olhamos para a árvore, e Flyn diz:

— Fica mais bonita quando Judith a decora.

Concordo, ele tem razão.

— Vou deixar a caneta e os papéis ali, para depois escrevermos nossos desejos e os pendurarmos — acrescenta Flyn.

Esse detalhe toca meu coração. Eu o recordava, mas foi Flyn quem deu o passo de querer torná-lo realidade.

— Acho ótimo — digo, entusiasmado.

Uma hora depois, Jud volta. Está alegre, e adoro vê-la tão contente. Mas, como não quero que entre na sala para não estragar nossa surpresa, sugiro almoçarmos na cozinha com Simona e Norbert. Eles, que sabem do motivo, insistem também, e acabamos almoçando todos juntos entre risos e brincadeiras.

Depois de almoçar, eu a obrigo a tirar um cochilo. Jud resiste, não está a fim. Mas, diante de minha insistência, cede, e, dez minutos depois, está dormindo.

Enquanto ela dorme, Flyn e eu aproveitamos para dar os últimos toques em nossa surpresa, especialmente porque Susto e Calamar, ao verem a árvore, aprontaram e tivemos que limpar dois presentinhos inesperados.

São muito sem-vergonhas!

Flyn está impaciente. Quer que Jud se levante logo da sesta. E, ansioso como ele, subo até o quarto e a acordo com carinhos e beijos.

Ela reage, sorri feliz e, quando me abraça e me olha desse jeito que eu sei bem o que quer, praguejo e a detenho.

Caralho... é cada dia mais difícil!

Depois de resistir ao ataque de minha mulher, de não a despir e fazer amor com ela como desejo, diante de sua cara de brava, consigo tirá-la grunhindo da cama. Está brava comigo de novo. Mas, para que seu rosto mude em décimos de segundo, olho para ela e digo, pegando-a no colo:

— Venha. Flyn e eu queremos lhe mostrar uma coisa.

Ela não está de bom humor. Seu cenho franzido diz tudo.

— Surpresa! É Natal, e titio e eu montamos a árvore dos desejos — grita Flyn, feliz, quando chegamos à sala.

A expressão de minha mulher grávida muda no ato.

Vai sorrir.

De repente, ela olha para nós. Olha para a árvore. Volta a olhar para nós. Leva a mão à boca. Sacode a cabeça. Leva a mão à testa. Começa a chorar. Olha para nós de novo. De novo leva a mão à boca. Chora. Balbucia algo que não entendemos. Berra desconsolada, e eu... eu... não sei o que fazer!

Flyn me olha, está tão aturdido quanto eu.

— Mas ela não ia sorrir? — pergunta o garoto.

Assinto. Imaginei que ela faria um escândalo, que gritaria feliz, gargalharia... mas não. Ela não está fazendo nada disso. Só chora... chora e chora.

— São o hormônios que a fazem chorar — respondo.

Flyn torce as mãos. Acho que não sabe o que são hormônios.

— Os hormônios ou a Medusa?

Não sei o que responder, e o coitado, tentando arranjar uma solução, diz:

— Se não gosta, podemos comprar outra.

O pranto de Jud se intensifica. As lágrimas saem aos borbotões, e Flyn me olha quase chorando também. Não sabe o que foi que disse para que Judith chore com mais força. Depois de beijar minha pequena com seus malditos hormônios descontrolados, digo, antes que o garoto comece a chorar:

— Jud não quer outra. Ela gosta dessa.

Ela chora ainda mais, e Flyn e eu, como podemos, tentamos consolá-la. Contudo, quando vê os papéis para anotar os desejos, é o desastre total!

Chora compulsivamente... e Flyn e eu já não sabemos o que fazer. Quando estamos prestes a chamar os bombeiros ou a polícia para ver se conseguem fazê-la parar de chorar, de repente, Jud se acalma e, com um lindo sorriso, demonstra como está feliz.

Flyn e eu nos olhamos... Mulheres!

22

No dia seguinte, tenho os exames dos olhos no hospital. Como era de se esperar, Judith insiste em me acompanhar, e acabo cedendo, quando ela me joga um sapato na cabeça. Essa minha pequena!

Meus malditos olhos, como sempre, têm que foder minha vida. Depois dos exames, dizem que tenho que me internar para drenar o sangue dia 16 de dezembro.

Caralho... caralho... que merda!

* * *

Chega o dia da maldita cirurgia. Estou nervoso, muito nervoso, mas não posso demonstrar. Judith e minha mãe já estão alteradas demais para que eu demonstre meu nervosismo. Quando me afasto de minha pequena, que fica com minha mãe, entro no centro cirúrgico. Minha irmã fica ao meu lado enquanto espero que me deem a anestesia.

— Você está bem? — pergunta ela.

Digo que sim. Sou um sujeito duro.

Marta sorri. Ela tem o mesmo sorriso que Hannah. E, baixando sua cabeça até a minha, sussurra para que só eu a ouça:

— Sei que você está nervoso. Eu o conheço, irmãozinho. Mas, fique tranquilo, ninguém percebeu.

Isso me faz sorrir.

— Meu querido, agora vá dormir. Vejo você daqui a pouquinho — completa ela, piscando um olho.

Assinto. Ela com certeza vai me ver, mas e seu eu não a vir?

* * *

Quando acordo, não sei quanto tempo se passou desde a cirurgia, mas ouço que foi tudo bem. Não quero passar a noite no hospital, mas Judith fica tão obstinada que, no fim, tenho duas opções: ou ficar, ou discutir com ela. Escolho a primeira.

* * *

Por sorte para todos, mas em especial para mim, conforme passam os dias, meus olhos se recuperam. O olhar vampiresco cheio de sangue desaparece, e isso deixa todos felizes. Mas fico triste por ver Jud vomitar. Ela não para. Está mais magra que nunca, e isso me preocupa.

* * *

No dia 21 de dezembro, vamos buscar a família de Jud no aeroporto. Eles vão passar o Natal conosco. Quando Manuel, meu sogro, vê sua filha, aproveita que ela está conversando com a irmã e pergunta:

— Minha moreninha está bem?

Olho para ela.

— Sim. Ela e Medusa estão bem, segundo o médico — digo, desesperado.

Manuel balança a cabeça, sabe quem é Medusa.

— Nunca a vi tão magra — murmura, preocupado.

Ouvir isso me deixa angustiado. E meu sogro, que já me conhece, acrescenta ao ver minha cara:

— Calma, rapaz. Uma mulher grávida é um enigma, mas, se o médico diz que ela está bem, é porque está.

Suspiro, assinto e confio. Não tenho alternativa.

★ ★ ★

No dia 24 à noite, a farra em casa com a família de minha mulher é épica. É incrível como os espanhóis gostam de cantar, dançar e gargalhar.

Como era de se esperar, Manuel trouxe presunto cru do bom para sua menina e para Flyn, e os dois se deliciam. Judith vomita tudo, mas, inexplicavelmente, quando se recompõe, continua comendo. Incrível!

Feliz, observo minha pequena se divertir. Especialmente, quando todos escrevem seus desejos de Natal e os penduram na árvore. Então, Judith começa a chorar, e Flyn, que já está entendendo do assunto, olha para todos e diz:

— São os hormônios.

★ ★ ★

No dia 26 de dezembro, por fim, temos consulta com a médica de Jud. E embora de início todos queiram nos acompanhar, ela os faz entender que queremos ir sozinhos.

Quando chegamos ao consultório, fico surpreso ao encontrar Brunilda, uma antiga namoradinha que tive, que era amiga de Hannah. Nós nos cumprimentamos e eu a apresento a Jud. Guardamos boas lembranças um do outro, e ela me explica que trabalha na clínica como enfermeira.

Quando Brunilda se afasta, Jud, que ficou muito calada, pergunta:

— Você teve algo com essa mulher?

Assinto, não tenho por que mentir.

— Você dormiu com ela? — insiste ela.

Olho para ela boquiaberto.

O que ela tem?

Quando se dá conta da situação ridícula, dá um sorrisinho, pega meu braço e, mudando de expressão, sussurra:

— Ai, meu amor, desculpe. São os hormônios.

Sim, sem dúvida, são. Sentamo-nos para esperar.

Enquanto esperamos ser atendidos, um monte de mulheres com barrigas descomunais e diferentes passam diante de nós. Eu as olho sem poder acreditar. Não é a primeira vez que vejo uma mulher grávida, mas é a primeira que as observo com curiosidade.

Tornozelos inchados, jeito estranho de andar, rosto congestionado... estou fitando-as, quando Judith, que está ao meu lado, diz:

— Ai, Eric... você vai gostar de mim quando eu estiver assim?

Sorrio ao ouvi-la dizer isso.

— Vou gostar de você a vida toda.

Judith ri. Sei que o que digo é meio brega, mas é verdade, tão verdade como que sou louco por ela. Então, mudando a expressão, Jud acrescenta:

— Se você não faz amor comigo agora, não quero nem imaginar quando eu estiver gorda como um balão de gás.

Torno a sorrir e, baixando a voz para manter a conversa privada, sussurro:

— Meu amor, se eu não o faço, é pelo bem do bebê. Pense nisso. Não quero machucá-lo.

Jud me olha. Depois, olha para uma desconhecida que está ao nosso lado e que de repente diz:

— Outro como meu marido. Ele acha que o bebê vai vê-lo entrar e sair.

Jud sorri e eu fecho a cara.

Quem é essa mulher para se meter em nossa conversa? E Judith, que me conhece muito bem, sussurra, aproximando-se de mim:

— Calma, querido. São os hormônios.

Malditos hormônios!

Estou de saco jeito dos hormônios!

Então, sem dizer nada, pego uma revista e começo a folheá-la enquanto Judith conversa com a desconhecida. Segundos depois, as duas caem na risada. Melhor não perguntar.

— Judith Zimmerman — chama Brunilda.

Eu me levanto, mas minha sempre surpreendente mulher me olha, sem se levantar.

— Meu nome é Judith Flores — corrige ela.

Pronto, começou.

— Se não se importa, ela é Judith Flores — peço, para evitar problemas.

— Mas você não disse que ela é sua mulher? — pergunta Brunilda.

Todos nos observam, e quando digo *todos*, são todos. Quando vou responder, minha mulher instável e hormonal se levanta e diz:

— Sim, sou mulher dele, mas também continuo sendo Judith Flores.

Brunilda assente. Por sua cara, não sei se está gostando ou não do que está acontecendo.

— Senhorita Flores, pode entrar — diz ela, então.

— *Senhora*, se não se importa.

Brunilda me olha, eu a olho e, sem dizer mais nada, entramos no consultório.

Caralho... malditos hormônios!

Já sentados em frente à médica, Jud lhe entrega uma pasta com os exames solicitados, mais o prontuário que nos deram no pronto-socorro. A médica olha tudo. Digita no computador coisas que vai perguntando e depois informa que vai fazer uma ultrassonografia.

Ansioso, pois nunca vi um exame como esse, vejo Jud se deitar em uma maca, descobrir o ventre e a médica lhe aplicar um gel. A seguir, o monitor mostra uma imagem na qual não identifico nada, e ouço umas batidas que a médica diz que são os batimentos cardíacos da Medusa.

Estou ouvindo! Estou ouvindo minha Medusa.

Emocionado, olho para Judith, e, então, o som para. A médica entrega um papel a Jud e, enquanto ela se limpa, explica:

— O feto está bem. Os batimentos são perfeitos e as medidas, corretas. Portanto, já sabe, siga a vida normalmente, tome as vitaminas, e nos vemos daqui a dois meses.

Estou olhando para a tela ainda boquiaberto. O pontinho que pulsava ali segundos antes era a Medusa! Minha Medusa!

Diante da mesa da médica, estou que não caibo em mim. A felicidade me invade. Jud e ela começam a conversar, e, de repente, minha mulher lhe pergunta se podemos ter relações sexuais.

Meu Deus, que tipo de pergunta é essa?

A médica me olha. Acho que fiquei vermelho.

Por que fiquei vermelho? Eu?!

Olho para Judith, espero que não faça nenhum comentário. A mulher, sorrindo, diz que sem dúvida pode ter relações, mas com precaução.

A seguir, Jud debocha de mim. Explica à médica que tenho medo de machucar o bebê e ambas riem. A obstetra diz que esse é um medo normal de muitos pais.

Não sei onde me enfiar.

Por que ela tem que lhe contar isso?

Caralho, essa Judith!

Instantes depois, saímos do consultório em silêncio, mas contentes. Quando entramos no carro, a senhorita Flores, às vezes senhora Zimmerman, olha para mim e solta:

— Ande, vá, reclame!

Então, explodo.

Explodo pelo ataque de ciúmes por causa de Brunilda. Explodo pelo comentário da mulher que estava sentada ao nosso lado. Explodo porque Jud não quer ser senhora Zimmerman, e explodo pela vergonha que me fez passar com a médica.

Quando minha explosão termina, vejo que minha mulher nem se alterou. Aproximando-se de mim, ignorando tudo que eu disse, diz que sou sua grande tentação e passa a mão por cima da minha calça. Acho que vou explodir, mas de outro jeito. Olhamo-nos. Estamos cheios de desejo, com tesão, e acabo rindo. Jud tem esse efeito sobre mim, e sei que estamos no bom caminho.

23

Chega a última noite do ano.

É dia 31 de dezembro, e minha pequena não está bem.

Está há vários dias vomitando e, embora saiba que isso é normal durante a gravidez, fico preocupado com ela, assim como seu pai, sua irmã, Simona, minha mãe... todos. Absolutamente todos.

Enquanto a cabeça-dura da minha mulher insiste em ajudar a preparar a ceia, estou com meu sogro na sala tentando controlar Luz e Flyn. Esses dois! Uma hora brigam, outra se amam. Não há quem os entenda.

Estão jogando Wii, e a rivalidade entre eles é incrível. Manuel e eu não tiramos os olhos de cima dos dois, porque sei que vão se pegar pelos cabelos quando menos esperarmos.

Estamos observando-os, quando Raquel coloca a pequena Lucía em meus braços.

— Tome, lourinho, vai aprendendo a fazer criança dormir — diz ela.

Feliz, eu a embalo. Lucía é um amor, e me desmancho com seus olhinhos. Minha Medusinha será assim? Será moreninha?

Estou abobado olhando para a bebê, quando Manuel, ao ver Judith passar com cara de enjoada, comenta:

— Ela está cansada. Dá para notar, embora tente disfarçar.

Assinto; sei do que ele está falando.

— Claro que sim, mas você a conhece. Ninguém ganha dessa cabeça-dura — digo.

Ambos sorrimos.

Ambos adoramos Judith.

De repente, meu celular toca. Está no bolso de minha calça. Depois de entregar Lucía a Manuel para atender a ligação, ouço:

— *Que pasa, güeyyyy?*

Imediatamente, reconheço a voz de Juan Alberto, primo de Dexter.

— A família inteira de sua mulher está na sua casa? — pergunta ele.

— Sim — afirmo.

Um silêncio estranho dura meio segundo.

— Você vai pensar que sou um louco, mas se importa seu eu jantar com vocês hoje?

— Você está em Munique? — pergunto surpreso.

— No aeroporto.

Sorrio. É evidente que entre Raquel e ele há mais do que pensamos.

— Mas não diga nada. Quero fazer uma surpresa — prossegue Juan Alberto.

Concordo e, depois de nos despedirmos, olho para Manuel. Incapaz de não lhe contar a verdade, digo, baixando a voz:

— Tenho que lhe contar uma coisa.

— Diga, rapaz.

Manuel é uma boa pessoa, um homem incrível.

— Juan Alberto acabou de me ligar. Sabe quem é? — pergunto.

— Sim, como não vou saber? — responde ele, embalando a pequena.

O olhar maroto e o jeito de levantar as sobrancelhas me fazem lembrar de Jud.

— Ele está no aeroporto e vem jantar aqui — digo.

Manuel assente sem dizer nada e beija a testa da pequenina.

— Mas ele não quer que contemos nada, pois quer fazer uma surpresa — acrescento.

Nesse instante, Raquel passa por nós com um prato cheio de camarão.

— Aí tem coisa. Sem dúvida, será uma grata surpresa para minha Raquel — comenta Manuel, sorrindo.

Por suas palavras, sei que está tudo bem. É evidente que esse homem quer a felicidade das filhas. E, quando vejo minha mãe e minha irmã entrarem, decido sair sem ser visto. Contudo, Jud me flagra e me pergunta aonde vou, mas, dando-lhe uma piscadinha, digo que já volto.

Ela faz uma careta engraçada e saio para ir buscar Juan Alberto. Quero que seja uma surpresa para Judith também.

Depois de fazer festa para Susto, que está deitado na porta com Calamar, vou até o carro. Ligo o motor e, quando uma música começa a tocar, sorrio. Pelos alto-falantes ouço a voz rasgada do cantor preferido de minha mulher, e do meu jeito, canto: "... *tiritas pa' este corazón partío*".

Quando chego ao aeroporto de Munique, dirijo-me ao terminal onde Juan Alberto me espera. Ao vê-lo, sorrio bem no momento em que ele me vê.

Depois que ele guarda sua mala atrás e entra no veículo, nós nos cumprimentamos.

— Você não disse nada a Raquel, certo? — pergunta ele, antes que eu abra a boca.

Nego com a cabeça, e ele, pondo o cinto de segurança, afirma:

— Não vejo a hora de ver *minha rainha*.

— Tem certeza? — pergunto, ciente de onde ele está se metendo.

— Podemos conversar o quanto você quiser sobre isso, mas sou louco pelas pintinhas dela, cara — afirma ele, sorrindo.

Rio. Seu comentário é engraçado.

— Raquel é uma boa mulher e tem duas filhas lindas. Não quero que nenhuma delas sofra porque você só quer um... — insisto.

— Fique tranquilo — interrompe ele. — Não quero um caso. Quero Raquel. Agora, só falta que ela se convença e me queira também.

— Então, é isso... — digo surpreso.

— Se eu lhe contasse como está sendo difícil conquistar essa cabeça-dura espanhola, você não acreditaria — brinca ele.

Sorrio. Se eu lhe contasse...

Claro que acredito!

Sem mais perguntas, ligo o veículo e volto para casa. Só espero que a chegada de Juan Alberto não seja uma má ideia e que ninguém queira arrancar minha cabeça.

Assim que chegamos a casa e descemos do carro, o telefone do mexicano toca. Ele me pede para entrar, dizendo que logo fará o mesmo. Assim que entro, encontro minha mãe, que, olhando para mim, diz:

— Eric, Judith deveria se deitar. Não parou de vomitar.

Fico nervoso.

Minha pequena cabeça-dura está se excedendo. Decidido a enfiá-la na cama, vou até a cozinha. Quando abro a porta, encontro Manuel preocupado, observando-a enquanto ela está sentada com a cabeça entre as mãos.

O homem me dirige um olhar agitado. Agachando-me diante de minha mulher, sussurro com tranquilidade, sabendo que corro o risco de ganhar um de seus bufos:

— Querida, por que não vai para a cama?

Jud me olha. Está pálida. Séria, ela me pergunta aonde fui. Quando vou responder, ouvimos um grito descomunal que vem de fora da cozinha.

Jud se levanta depressa. Manuel me olha. O grito é de Raquel. Quando a porta se abre, ela grita como uma possessa:

— *Cuchuuuuuuuuu*, veja quem veio!!

Nesse momento, Juan Alberto entra na cozinha com a pequena Lucía no colo. Judith olha para mim e sorri, ao descobrir o motivo de minha ausência.

Depois de o recém-chegado beijar e cumprimentar a todos, Luz entra na cozinha e se joga nos braços dele. Sem dúvida, eles têm uma boa conexão. Acho ótimo. Isso me agrada tanto quanto a Manuel. A menina sai e meu amigo olha para Raquel. Não posso evitar sorrir quando ele, aproximando-se dela, dá-lhe um beijo na testa na frente de todo mundo e pergunta:

— Como está minha rainha?

— Muito contente de ver você — responde ela.

Jud me olha. A seguir, olha para o pai. Eu olho para os dois, mas meu amigo, ignorando a todos, diz:

— *Saborosa*, diga.

Ora, ora, estamos presenciando uma cena como a que Judith assiste na novela *Loucura esmeralda*. Então, Raquel sorri, marota.

Essa minha cunhada!

— Vou devorar você — solta ela, surpreendendo a todos.

Jud pestaneja. Eu rio. Meu sogro tosse. E eu tenho certeza de que, como ele disse antes, aí tem coisa!

★ ★ ★

À noite, depois das doze badaladas, todos comemoramos a chegada de 2014. Dessa vez, ninguém se coloca entre nós como no ano anterior. Vendo que minha pequena está melhor, eu a abraço, beijo e murmuro, apaixonado:

— Feliz Ano Novo, meu amor.

24

No Dia de Reis, Jud se emociona ao receber presentinhos para Medusa, mas fica louca quando lhe dou um envelope. Ela o abre e vê um bilhete que diz que seu presente está na garagem, junto com o de Flyn.

Emocionada, ela pega minha mão e, seguidos por todos, vamos até a garagem. Ao abrir a porta, minha pequena dá um berro quando vê duas motos, uma para Flyn e outra para ela, que até eu me preocupo.

Sei que é uma loucura.

Sei que vou me arrepender.

Mas também sei que é o melhor presente para ela, e que Jud não esperava.

Imediatamente, ela chora ao reconhecer sua Ducati, sua amada Ducati. Aquela que ficou destruída depois do acidente naquela maldita corrida, e que eu, sem dizer nada, mandei restaurar, respeitando o máximo possível a originalidade, mas melhorando a segurança.

Emocionada, ela sobe na moto.

Ei, ei, ei, isso não. E seu pai e eu, tão rápido como ela sobe, fazemos com que desça. E prometo ao meu sogro que, até que a Medusa chegue ao mundo, Judith não subirá naquela moto.

Já estou começando a me arrepender de ter lhe dado a moto de presente.

★ ★ ★

No dia 7 de janeiro, a família de minha mulher volta para a Espanha e Juan Alberto vai com eles. Jud chora. E, dois dias depois, chora de novo desconsoladamente quando tem que se despedir também de Frida, Andrés e Glen, que vão para a Suíça.

Seus hormônios estão revoltados. Eu a faço beber muita água porque tenho medo de que fique desidratada de tanto chorar.

Com o novo ano, retomo minha rotina no trabalho. Fiquei um tempo desligado, primeiro por causa do problema que tive com os olhos e a perna, e depois cuidando de Judith. Mas, agora, preciso começar a trabalhar a mil. Vou ser pai, e isso me motiva mais.

Para a sorte de todos, o tempo passa e os enjoos de Jud vão desaparecendo. A incansável espanhola que dança, canta e come com vontade volta para nós, e isso dá vida a todos, porque todos a amamos e desejamos o melhor para ela.

Mas uma coisa anda me preocupando: seu incrível apetite sexual. Judith costuma ser uma mulher muito ativa nesses assuntos, mas, Deus do céu, ela está grávida! Já estou esgotado. Mas não esgotado de tanto transar, e sim de tanto tentar controlá-la para fazer sexo com cuidado. Muito cuidado.

Mês a mês, sua barriguinha vai crescendo e, embora eu continue sendo cauteloso no sexo, relaxo um pouco.

***

Judith me fala da ponte Kabelsteg, essa que está lotada de cadeados de apaixonados, e não pela primeira vez. Nunca fui um homem adepto a essas bobagens, acho ridículo, mas, na situação em que me encontro, prometo a minha mulher de hormônios turbinados que um dia colocaremos nosso cadeado lá. Se isso a faz feliz, por que não?

E, no dia em que ela aparece vestida de bombeiro e me faz um *striptease* ao som de "Sexbomb" cantada por Tom Jones, reconheço que Jud me faz imensamente feliz e penso de novo na maldita ponte.

Vou ter que comprar um cadeado e levá-la até lá!

***

Mais uma consulta com a obstetra e mais perguntas constrangedoras de Jud. Tudo bem, sei que ela tem que perguntar a sua médica tudo o que a inquieta, mas precisa mesmo falar de nossa vida sexual?

Judith quer saber se podemos voltar aos nossos costumes. Ela quer sexo, e a médica afirma que tudo, com normalidade, é bom.

Ora, ora, não quero nem imaginar as exigências de minha mulher esta noite!

Fico mais calmo quando vejo minha Medusa em uma ultrassonografia 3D. Ela é grande e gulosa. Seu coração parece um cavalo trotando, mas, por mais que a obstetra tente, não dá para ver o sexo. É uma menina. Tenho certeza disso. Uma moreninha.

Quando chegamos a casa, mostramos a todos as imagens da ultrassonografia. Dá para ver a Medusa comendo, e todos soltamos um "ohhhhhhh" ao vê-la.

Como é linda!

★ ★ ★

À noite, falamos sobre possíveis nomes para ela, e eu digo que, se for menina, adoraria que se chamasse Hannah, como minha irmã. Jud concorda e decidimos que eu escolherei o nome se for menina e ela, se for menino. Esse é nosso trato.

Estamos deitados na cama conversando, quando meu amor sussurra em meu ouvido:

— Eu o desejo.

Ouvir isso que ela tanto diz, que tanto dizemos um ao outro, faz meus pelos se arrepiarem, e não penso duas vezes. Precisamos fazer amor.

As nossas bocas se unem, como se unem nossos corpos. Esquecendo por alguns instantes qualquer precaução, tiro sua calcinha apressado e, sem preliminares, porque Judith assim exige, entro nela e começo a bombear.

Caralho, que prazer!

Uma vez, e outra, e mais outra, afundo nela enquanto sinto o amor de minha vida se fundir a mim de tal maneira que me enlouquece.

Mas, quando sua vitalidade aumenta e ela enrosca as pernas em minha cintura, fico cauteloso. Relaxo os movimentos e Jud reclama.

Com cuidado, continuamos curtindo o momento, mas tenho a sensação de que, se eu me exceder, posso machucar o bebê com meu pênis. Comento isso, e ela começa a rir. Mas a rir com vontade. Com muita vontade.

Olho para ela. Não sei no que acha tanta graça. Então, ela, sem me avisar, mexe os quadris de tal forma que solto um suspiro de prazer. Jud também suspira e, olhando para mim, para de rir e sussurra:

— É disto que preciso. Eu quero.

O prazer que ela me faz sentir me deixa louco. Faz meses que não sinto algo assim. Ela faz de novo, repete a ação, e de novo suspiro enquanto ela pede seu empalador e exige que foda com ela. Grunho, enlouquecido, sentindo um calor abrasador inundar meu corpo, meus sentidos e minha razão. Sem pensar duas vezes, pego-a pelos pulsos, imobilizo-a e começo a afundar nela como há muito não faço.

Prazer por puro prazer.

Gozo por puro gozo.

Sem pensar em mais nada, durante alguns minutos deixamos vir à tona esses animais que habitam em nós, enquanto a paixão do momento nos faz desejar mais e mais.

O calor...

O ardor...

O desejo...

Tudo isso, somado à necessidade do sexo que nós fazemos, me faz esquecer toda precaução e foder minha mulher como ela exige, como ela demanda e como eu sinto que estou disposto a fazer.

Jud berra de prazer e morde meu ombro enquanto eu entro nela com vontade e me cravo dentro dela sem descanso, com desejo e avidez.

Curtimos como loucos, como há meses não fazíamos. E, quando chegamos ao clímax de uma maneira viva e descomunal, caio arfante sobre ela. Vou reclamar do que acabei de fazer, quando Judith, enlouquecida, diz:

— Quero repetir.

Caralho... caralho... o que foi que eu fiz?

Ciente de que não devemos transar assim de novo, pulo da cama. Jud me olha com estranheza. Mas, se eu continuar ao seu lado, sei que vou repetir. Então, fitando-a, recuso. Não podemos fazer desse jeito de novo.

Judith fica desesperada, furiosa e acaba chorando.

Caralho, de novo!

Seu pranto faz com que eu me sinta mal. Caralho, negar-lhe sexo não é fácil para mim. Tento consolá-la, pois sei que são seus malditos hormônios, mas ela começa a falar bobagens, como, por exemplo, que não gosto dela.

O que ela acabou de dizer não tem cabimento.

Ela, e só ela, é a mulher que eu amo.

Ela, e só ela, é a mulher que eu desejo.

Ela, e só ela, é a mulher que quero ao meu lado.

Jud tem medos, muitos, e tento fazê-los desaparecer.

★ ★ ★

Um bom tempo se passa. Depois de conversar com ela e de repetir mil vezes que nada disso que ela pensa é verdade, já mais tranquila, ela recupera o bom senso e pragueja contra seus malditos hormônios. Eu também.

Conversamos. Trocamos carícias. Escutamo-nos.

Quando a noto mais relaxada, proponho sexo, mas com cuidado.

Feliz, ela aceita. Está cheia de desejo, e se senta sobre mim.

Sorrio. Ver o sorriso de minha pequena me dá vida. Sei quanto ela gosta de ter o controle da situação. Com cuidado, deixamo-nos levar. O sexo com minha garota sempre é maravilhoso. Mas Judith é Judith, e sua respiração se acelera.

Perigoso... Tento controlá-la, pausá-la, mas, de repente, ao apertar os quadris contra mim, ela faz um movimento estranho e para.

— Doeu, não é? — pergunto, ao ver sua cara.

Ela responde que sim, não mente. Não sei o que fazer. Noto que nem respiro. E, quando vou sair dela para acabar com isso, ela se recusa e pede que continue.

Não sei o que fazer. Não quero machucá-la, mas seus olhos e seu jeito de me olhar dizem que desta vez ela percebeu o que pode acontecer. E Jud me garante que tomará cuidado.

Confio cegamente nela, e continuamos, mas com cuidado. Muito cuidado. Da parte dela também.

25

As aulas de preparação para o parto são indispensáveis. Vou com Jud a todas. Não quero perder nem um segundo de nada, e sei que ela fica grata por isso.

Há momentos, nas aulas, em que ainda me surpreendo ao me ver sentado no chão, cercado de pessoas que não conheço e que passam pela mesma situação que nós.

Caralho, vamos ser pais!

Orgulhoso, conduzo a respiração de minha mulher, conforme indica a professora. Preciso que ela faça tudo direitinho, para que, no dia em que a Medusa decida nascer, tudo corra às mil maravilhas.

Certa tarde, depois de levar Jud para casa e passar pela empresa, paro em um shopping. Há alguns dias encomendei uma coisa e, quando o vendedor me entrega minha encomenda, sorrio. Comprei um cadeado vermelho e azul e mandei gravar nossos nomes para levar Jud à ponte Kabelsteg. Quero surpreendê-la. Mimá-la.

Esses malditos hormônios instáveis da gravidez me matam, e o assunto sexo continua sendo complicadinho para nós. Quando Andrés me liga para saber como vão as coisas, decido me abrir com ele.

Estou ficando louco!

Andrés é pai, e me surpreendo quando ele comenta que com Frida foi a mesma coisa. O hormônios a deixaram descontrolada e, segundo meu amigo, se o sexo já era maravilhoso antes, durante a gravidez o prazer e a frequência duplicaram.

Surpreso, ouço tudo. Duplicaram, sério?

De imediato, percebo que eles não levaram um susto no início como Judith e eu com o sangramento. Se isso não houvesse acontecido, talvez eu não estivesse tão apavorado com a possibilidade de machucá-la e o sexo seria duplicado, como disse Andrés.

Outra tarde, quando estou saindo do escritório, decido fazer uma surpresa a minha mulher e a convido para jantar. Desde que engravidou, primeiro por causa dos vômitos e depois pelo mau humor que, vira e mexe, surge, não temos um jantarzinho romântico.

Jud aceita, feliz, e temos uma noite fantástica. Pretendo lhe entregar o cadeado que comprei quando chegarmos em casa.

Por que não?

Desejando que a noite não acabe, falo com Björn e comento que estamos jantando fora. Então, ele diz para passarmos pelo Sensations para beber alguma coisa.

Penso. Não sei o que fazer.

Será que é uma boa ideia? Será que não?

Sei que levar Jud lá, do jeito como estão seus hormônios, pode ser uma bomba-relógio. Mas, vendo como ela está contente por causa de nossa saída, decido lhe fazer uma surpresa.

Contudo, quando ela vê aonde estamos indo e sorri, preciso fazer o papel de mau e dizer que só vamos beber alguma coisa. Nada mais.

A expressão de meu amor muda, mas, diferente de outras vezes, ela não reclama. Tem consciência de seu estado e de que precisa proteger a Medusa. Sorrindo, aceita só a bebida.

Assim que entramos, a música nos envolve e minha moreninha começa a mexer o corpo. Como gosta de dançar! Ela está cumprimentando alguns conhecidos, quando vejo Björn no balcão com duas mulheres. Sorrio. Conheço muito bem esse seu jeito de olhar para elas, e sei como a noite vai acabar. Mas nossos olhos se encontram e ele vem até nós.

Durante um tempo, curtimos a companhia de amigos e conhecidos, e muitas mulheres que já são mães demonstram interesse pelo estado de Jud. Começam a falar de crianças, estrias e gravidez, até que Foski entra em cena e vejo a expressão contrariada de minha mulher. Ela não gosta nem um pouco da loira. Bem, nem eu.

Jud e ela se cumprimentam, e eu tenho que disfarçar. Conheço minha pequena, e sua cara diz tudo. Por isso, quando vejo que Björn já quer entrar em ação, digo a Jud para irmos embora. Mas ela recusa.

Ora, ora...

Falo com Judith. Faço-a entender que temos que ir, mas não adianta. Ela teima, como sempre. Por fim, com a ajuda de Björn, consigo convencê-la. Mas, ao chegar ao carro, com cara de brava, ela diz que quer dirigir. Para não ter que a ouvir, dou-lhe as chaves. Que dirija.

Voltamos para casa em silêncio.

Começo a duvidar se foi uma boa ideia levá-la ao Sensations. Mas, como não quero estragar a bela noite que começamos, decido pôr música. Isso amansará minha fera.

Começa a tocar nossa canção. Como diz a letra, se eu digo *branco*, minha pequena diz *preto*. Ao ver que começa a cantarolar, percebo que está mais calma, o que, naturalmente, também me acalma.

Assim está melhor.

Minutos depois, quando começa outra música de que gostamos, eu é que cantarolo. Mas, de repente, Judith vira o volante bruscamente, para o veículo e, olhando para mim, diz:

— Desça do carro.

Ao vê-la aumentar o volume e sorrir, sorrio também, sabendo o que ela quer. Sem hesitar, tiro o cinto, abro a porta e desço, pronto para dançar com ela no meio da rua, sob a luz da lua.

Disfarçadamente, olho para os dois lados. Por sorte, não há ninguém que possa ver o que vamos fazer. Mas, de repente, a porta se fecha, ouço uma acelerada e, derrapando, o carro sai em disparada.

Mas...

Sem poder acreditar, vejo minha mulher tão encantadora quanto filha da mãe se afastar a toda velocidade, e eu, como um verdadeiro idiota, não sei o que pensar.

Atônito, não me mexo.

Sério que ela fez isso? Foi embora? O que ela está fazendo?

Nossa... o mau humor toma conta de mim e sinto uma incontrolável vontade de gritar.

Caralho!

Por essa eu não esperava. Que hormônios que nada! Caralho, essa Judith!

Puto da vida, vou andando morrendo de frio. Preciso chegar a uma rua mais movimentada para pegar um maldito táxi antes que eu congele. Mas, quando a vir, o esporro vai ser descomunal.

Nossa, estou puto!

Minha mão toca o cadeado que tenho no bolso de meu casaco. Pretendia dá-lo a ela ao chegar a casa, mas não. Nem fodendo. Ela não merece.

Penso na ponte Kabelsteg, onde tinha intenção de levá-la para pôr o maldito cadeado e para fazê-la feliz, e me convenço de que eu, Eric Zimmerman, não a levarei lá nem bêbado. Isso que ela acabou de fazer é o cúmulo. O cúmulo da desfaçatez e da grosseria, e praguejo inúmeras vezes por ter me deixado enganar.

Caminho, congelando, e grunho. E, de repente, vejo um carro ao fundo. Olho torcendo para que seja um táxi, mas, boquiaberto, percebo que é ela. Ela e meu carro.

Puta que pariu!

Nossos olhares se encontram, e paro.

Se ela se atrever a passar reto, juro por Deus que não sei como vou reagir. Então, ela freia, olha para os dois lados e faz a volta, parando o carro ao meu lado.

Fúria. Estou furioso. Raivoso. Ela está me levando ao limite.

Caminho com raiva, a passos largos, abro a porta do motorista com toda minha fúria e grito:

— Saia do carro!

A expressão de Judith é de surpresa. Ela não se mexe, e eu repito devagar em minha pior versão de *Iceman*:

— Sa-ia-do-car-ro.

Ela desce. Não hesita.

Sei que ela pensou no que fez, que se deu conta do erro. Mas não me interessa. Ela que pensasse antes! E, quando vai me dar um beijo, eu a rejeito. Viro o rosto, como ela me ensinou.

Depois de rejeitá-la, entro no veículo. Tenho vontade de fazer o mesmo que ela fez comigo, mas não posso. Algo dentro de mim não me permite sair e deixá-la ali sozinha e com frio, mesmo que ela mereça.

— O que está esperando para entrar? — grunho.

Quando ela entra no carro, começamos a discutir. Ela acusa seus hormônios, mas eu já não aguento mais esse assunto e a encaro como um animal.

Eu me excedo. Sei que me excedo. Ela me leva ao limite.

A gravidez está acabando comigo, conosco, com nossa relação, e das duas, uma: ou ambos tomamos consciência disso, ou tudo vai acabar muito mal.

Quando noto que minhas mãos pararam de tremer de ódio, ligo o carro e dirijo até em casa em silêncio. Não quero falar mais. Não quero desculpas. Não quero música.

Depois de deixar o veículo na garagem, Susto e Calamar fazem festa e, como sempre, ela lhes entrega todo o seu amor. Um amor que me falta. Um amor que ela destruiu esta noite, e, se não cuidarmos dele, irá para o brejo.

Ao entrar em casa, Judith se dirige à escada para subir ao quarto. Fica parada me esperando, mas, como preciso de espaço para diminuir o mau humor, olho para ela e digo:

— Vá você. Vou para o escritório.

Judith não se mexe. Sabe que agiu mal, muito mal. E, quando vai dizer algo, insisto:

— Vá. É melhor.

Seu lindo rosto, que esta noite sorria para mim me fazendo o homem mais feliz do mundo, se contrai. Sei que vai chorar. Mas, pela primeira vez, não a consolo. Estou tão furioso com o mundo que a única coisa que faço é dar meia-volta, entrar em meu escritório e fechar a porta. Quero ficar sozinho.

★ ★ ★

Passam-se os dias e nossa situação não melhora.
　Vou visitar Björn. Preciso falar com ele, que me escuta, como sempre.
　— Eric, pense bem... Ela está grávida, suscetível e...
　— Caralho, Björn, já são muitos meses.
　— Eric...
　— Não aguento mais. Em certos momentos, nem a conheço. Ela se comporta de um jeito que... que... eu... eu sei lá.
　Meu amigo sorri. Sorri porque não sabe o que é viver como vivo com Judith.
　— E você me aconselhando a encontrar a mulher certa? — debocha Björn.
　— Nem pense nisso — sibilo, feroz.
　Björn ri de novo.
　Ele sabe que minhas palavras duras se devem a minha raiva.
　— Tudo bem, fique calmo. Os hormônios dela estão rev... — diz Björn.
　— Não se atreva a falar de hormônios. E lembre-se: nem mulher, nem filhos.
　Ele sorri de novo, maldito filho da puta... Então, a porta de seu escritório se abre e surge Foski.
　Björn já havia me dito que ia almoçar com ela, e, quando vou me despedir para ir embora, os dois insistem para que os acompanhe. Penso. A outra opção é voltar para casa, mas, recordando o clima ruim de lá, decido ficar e aproveitar o almoço. Sendo uma das apresentadoras mais famosas da CNN, certamente Agneta tem contatos publicitários que podem servir à Müller.
　Vamos a um belo restaurante que fica perto da casa de Björn. Converso com Foski sobre esses contatos e comemos bem, mas percebo que ela, por mais diva que se ache, é insuportável. Não sei como meu amigo a suporta. Bem, sei. Por causa do sexo.
　Depois do almoço, recebo uma ligação da empresa. Preciso ir resolver um problema e me despeço do casal depressa.
　Uma hora mais tarde, depois de tudo resolvido na Müller, volto para casa. Faço festa para Susto e Calamar, surpreso por estarem na garagem. Deixo-os entrar na casa e, felizes, eles correm como loucos.
　Instantes depois, Flyn, que está saindo da piscina coberta ainda molhado, aproxima-se. Ultimamente, diante das brigas entre mim e Jud, ele costuma ficar do lado dela. Sem dúvida, sou o malvado, o insensível, o frio, e ela é a doce e

delicada donzela que Flyn decidiu mimar. Mas eu permito. Por Judith, faço qualquer coisa.

Mas, surpreendendo-me, meu sobrinho se aproxima e, baixando a voz, sussurra:

— Hoje ela está terrível.

Sei muito bem de quem está falando sem precisar perguntar.

— Judith está muito mal-humorada hoje — insiste ele.

Suspiro. Bem-vindo a casa!

Com resignação, olho para meu sobrinho.

— Deixou Susto e Calamar de castigo — acrescenta Flyn.

Surpreso ao ouvir isso, pois sei que Judith morre por esses dois cachorros, vou perguntar, quando Flyn murmura:

— Simona tirou uns filés para descongelar e os deixou no balcão da cozinha, e Judith pegou Susto e Calamar comendo a carne.

Incompreensivelmente, sorrio.

Em outro momento, eu mesmo teria ficado furioso, e muito. Mas Judith mudou muitas coisas em mim, e há muito tempo decidi priorizar as coisas importantes. E isso não é nada tão terrível. Imaginar esses dois cachorrinhos fazendo arte é até engraçado.

— Você nem imagina como mamãe ficou! Fiquei até assustado.

Com um sorriso, deixo que meu pequeno alemão-coreano vá para o seu quarto. Então, a porta da sala se abre e aparece minha linda e gravidíssima Judith. Olhamo-nos. Vou sorrir, quando ela, ao ver Susto e Calamar ao meu lado, grita:

— Eles estão de castigo! Tire-os dois daqui!

Ora... começamos mal!

Os cachorros não se mexem, acho que até eles estão surpresos com a atitude de Judith. Quando ela desaparece na sala, olho para eles e, baixando a voz, pergunto:

— Que ideia foi essa de comer a carne?

Os animais me olham.

Como Jud me explicou, eles me entendem, e logo param de balançar o rabo. Coitadinhos! Acho que estão arrependidos pelo que fizeram.

— Vão para a caminha e comportem-se bem, certo? — digo.

Eles, obedientes, vão, e eu decido entrar na sala para ver minha mulher furiosa.

Vou até ela.

Está sentada na poltrona, em frente à TV, com um pote de sorvete de chocolate belga, comendo com avidez. Suspiro. Cada vez que vamos à obstetra, ela diz que Jud está engordando além da conta. Mas minha mulher não a escuta, e a mim, menos ainda, claro.

— Olá, meu amor — digo.

— Olá — responde ela, seca.

Não olha para mim. Isso demonstra que está chateada por eu ter deixado Susto e Calamar entrarem. E eu, que às vezes sou um imbecil, digo, apontando para o sorvete:

— Quando formos à médica, ela vai lhe dar bronca de novo.

Assim que falo, penso: *Que desaaaaastreeeeeeeee!*

Minha espanhola crava os olhos em mim.

Isso não é bom.

Vejo que meu comentário inocente vai provocar a terceira guerra mundial. E, de fato, provoca!

Judith já estava furiosa, e o que eu disse piorou as coisas. Tento acalmá-la. Para que discutir por uma brincadeira que fiz sem maldade?

Mas não dá. Impossível.

Quando ela não quer, não tem jeito.

A raiva se acumula em meu estômago.

Caralho... caralho!

Estou cansado, farto de ela me tratar desse jeito, mas respiro, conto até dez, depois até quarenta e cinco, e tento não entrar no jogo dela. Se entrar, será muito pior.

Mudo de assunto. Quero lhe contar como foi meu dia. Quero que ela saiba que almocei com Björn e Foski. Mas, no fim, ela acaba comigo, com minha paciência e com todas as minhas armas, e decido me afastar, senão a quarta guerra mundial, quem vai provocar sou eu.

★ ★ ★

Passam-se os dias. Criou-se entre nós uma distância desagradável que piora certa noite, quando Judith me flagra no escritório me masturbando enquanto assisto ao que aconteceu entre Frida e ela aquela vez no hotel.

Caralho, que azar!

Quando a vejo se aproximar, eu me faço de desentendido, mas vejo a dor em seu rosto ao se sentir excluída desse momento.

Eu me sinto mal, muito mal. Também sinto falta de nossos jogos selvagens e ardentes, mas tenho consciência de que um dos dois tem que controlar o assunto durante a gravidez, e, neste caso, sou eu.

Minha ereção vai para o brejo. Saber que ela está triste e brava me impede de aproveitar. Quando consigo me centrar, vou ao quarto para lhe dar uma explicação.

Ela finge que está dormindo. Mas não me engana! A mim ela não engana.

Observo-a. Sei que dialogar será impossível, de modo que decido ir diretamente para a ação. Deito-me ao seu lado e, sem uma palavra, tiro sua calcinha com decisão.

Ela se surpreende, não esperava por isso. Noto que está gostando, de modo que prossigo. Toco-a. Adoro sua pele. Sua respiração se acelera e, quando ouço um tímido gemido de prazer, disposto a não a deixar esquecer que ela, e só ela, é o centro de meu mundo, murmuro em seu ouvido enquanto a penetro com cuidado:

— Quando o bebê nascer, vou trancar você no quarto um mês e não vamos parar de foder, encostados na parede, no chão, em cima da mesa e em qualquer lugar. — Seu corpo reage, ela se entrega a mim, e insisto: — Vou tirar sua roupa, foder com você, oferecê-la, observá-la, e você vai aceitar, não é?

O calor que Jud irradia nesse momento me enlouquece. Ela me deixa a mil. Sem dúvida, ela precisa de mim tanto quanto eu dela. E, assim que ela assente, fazemos amor com cuidado, mas com necessidade, esse coquetel que nessas últimas semanas tive que criar para nós, mas que estou louco para esquecer assim que nosso bebê nascer.

Curtimos o sexo...
Curtimos o momento...
Curtimos nossa entrega...
Mas, infelizmente, essa noite, depois do maravilhoso encontro, chega o desencontro, e discutimos de novo.
Como não discutir com a senhorita Flores?

26

A gravidez está nos fazendo viver como em uma montanha-russa estranha e complicada. Uma montanha-russa que odeio, mas que sei que acabará no dia em que a Medusa nascer. E, por fim, vou recuperar minha mulher. Minha pequena.

Como se fosse pouco, quando Judith fica sabendo que almocei com Foski e Björn e não lhe contei, tira suas próprias conclusões.

Segundo ela, fizemos sexo ardente.
Segundo eu, foi só um almoço.
Segundo Björn, a gravidez está deixando Jud louca.

O bom, entre tanta coisa ruim, é que, quando Judith pensa melhor, costuma reconhecer seus erros. Nem sempre, mas acontece. E, no caso de suas suposições sobre o que teria acontecido com Foski, ela volta atrás e me suplica, inconsolável, que nunca mais a deixe engravidar. Chama a si mesma de *víbora, gorda, chorona* e *briguenta*.

Sorrio como um bobo e a abraço. Não posso evitar.

O corpo de Jud mudou completamente. De minúsculas tanguinhas de seda que adoro rasgar, ela passou a usar calcinhas de "gola alta", como as chama.

Como era de se esperar, na nova consulta com a médica, leva bronca. Mas ela não se importa. Assim que saímos do consultório, a primeira coisa que faz é abrir a bolsa e pegar um chocolate. Come-o com gosto, com vontade, com anseio. Quando olha para mim, eu olho para o outro lado. Não quero mais briga.

★ ★ ★

Dois dias depois, marco uma consulta com a obstetra e vou falar com ela. Não me importa mais o que tenha que lhe perguntar, só preciso saber se é normal que minha mulher grávida só pense em sexo. E sim, a resposta é *sim*.

Segundo a médica, dependendo da mulher e da gravidez, os hormônios podem se comportar de maneira diferente. Para algumas, durante a gravidez, o desejo sexual aumenta, e para outras acontece o contrário. Pois bem, Judith é das primeiras, e a médica me anima com sorrisos, dizendo que fique tranquilo porque, em breve, tudo voltará ao normal.

★ ★ ★

As consultas semanais mais próximas do parto são uma tortura para mim.

Estou histérico!

Nosso bebê pode nascer a qualquer momento e, embora eu tente manter a calma por Judith, é complicado. Não só estou assustado porque vou ser pai, como também porque sei que ela, minha pequena, vai sofrer. Um parto é sempre doloroso.

★ ★ ★

Depois de uma noite maldormida, porque Jud levantou mil vezes e em uma de suas incursões a peguei na cozinha comendo um pote de sorvete de baunilha com macadâmia, quando ela acorda de manhã é muito tarde, e decido não ir ao escritório para passar o dia com ela. Preciso ficar com minha pequena.

Isso a surpreende e de certo modo a alegra. Depois de deixar o carro em um estacionamento em Munique sem lhe dizer nada, caminho com ela de mãos dadas até chegarmos a certo lugar.

— Não me diga que vamos lá! — pergunta Judith.

Diante de nós está a ponte Kabelsteg, a maldita ponte da qual ela sempre fala. Para agradá-la, porque também sou apaixonado por ela, embora esteja me enlouquecendo, assinto.

O olhar de Jud se acende. Seu sorriso reanima meu coração. Tirando do bolso o cadeado vermelho e azul que guardo há meses, digo:

— Onde quer colocá-lo?

Ela chora. Sabia que ia chorar, e a abraço e embalo.

Encho-a de carinho. Digo quanto a amo e preciso dela, e a coitada, entre lágrimas e soluços, pede desculpas por estar se comportando tão mal comigo.

Já mais calmos, porque eu também fico nervoso, embora não demonstre, minha garota diz onde quer colocar o cadeado. E, depois de colocá-lo e jogar a chave no rio, nós nos beijamos.

Seu beijo tem o sabor da vida, do amor, a Jud.

Minutos depois, quando saímos da ponte, eu a convido para almoçar. Embora hoje ela não esteja especialmente faminta, coisa rara, decidimos ir ao restaurante do pai de Björn. Os *brezn* dali a deixam louca.

Ao entrar, encontramos Björn de terno. Depois de cumprimentar Klaus, seu pai, nós três nos sentamos para almoçar.

Quando acabamos, convenço meu amigo a ir conosco comprar o berço da Medusa. Conheço Jud e ela vai me deixar maluco, mas, se estivermos com Björn, para não enlouquecer a nós dois, ela será mais rápida. De modo que vamos os três fazer compras.

Depois de comprar o berço, além de babadores, lençoizinhos, fraldas e bonequinhos, Björn, como padrinho, compra de presente para nós um carrinho de bebê vermelho que Jud adorou. Sem dúvida, é a Ferrari dos carrinhos. Agradeço a gentileza a meu amigo, e ele, ao ver que Jud quer continuar comprando, sussurra, olhando para mim:

— Um bebê precisa de tanta coisa?

Minha falta de expressão diz tudo. Acho que com o que compramos e tudo que já temos em casa, o bebê tem mais que suficiente. Mas, como não quero interromper Jud, digo:

— Parece que sim.

Esgotados, Björn e eu a seguimos loja após loja, até que, por fim, ao ver nossa cara, ela sugere que a esperemos bebendo alguma coisa em um bar.

Não sei. Não sei o que fazer, mas acabo aceitando. Por Björn. Tudo bem, por mim também.

Mas, quando Judith vai dar meia-volta para ir, detenho-a e pergunto:

— Meu amor, está com o celular?

— Com a bateria cheia — afirma ela, e me mostra o celular.

Assinto. Embora queira me sentar com Björn em um bar, fico preocupado em deixá-la sozinha.

— Quer que eu vá com você? — digo.

— Não.

— Certeza? — insisto.

— Certeza.
— Mas...

Judith cobre minha boca com a mão. Depois, olha para Björn e, com sua habitual petulância, exclama:

— Meu Deus, Björn, como você pôde aguentar tantos anos?

Meu amigo sorri. Eu também.

— Sinceramente, não sei — responde ele.

Rimos. Tomo consciência de que sou controlador e de que Judith se afastará apenas alguns passos de mim. Mas, mesmo assim, antes que ela vá, digo:

— Ligue para mim, e em dois segundos estarei onde você quiser.

— Tudo bem...

— E não pegue peso. Mande entregar, como estamos fazendo, entendeu?

— Sim, papai — responde ela, dando uma piscadinha e se afastando.

Eu e meu amigo Björn nos sentamos em uma varanda do shopping enquanto observo Judith caminhar, não muito longe de mim. Ela está linda com sua barriguinha. Apesar dos malditos hormônios, a gravidez lhe cai muito bem.

Pedimos cerveja, e Björn sorri para a garçonete. Mas é um Casanova mesmo! Ele me conta sua última visita ao Sensations e ouço atento.

Enquanto isso, olho disfarçadamente para Judith quando entra em outra loja. Estamos no dia 11 de junho e, embora o parto esteja programado para o dia 29, estou inquieto, muito inquieto. Acho que mais que ela, e isso porque ela está histérica.

Ela sai da loja e a vejo entrar em outra. Depois em outra, em outra, em outra, e Björn, que, como eu, a observa, murmura:

— Ela é incansável.

Assinto. Sem dúvida, ele tem razão.

Dez minutos depois a perco de vista. Tentando não sufocar Jud, deixo o telefone em cima da mesa e dou atenção a Björn. Se ela precisar de mim, vai me ligar. Então, pedimos outra cerveja.

— Falei com Dexter ontem — comenta meu amigo.

— E?

Björn sorri. Faz um gesto com a boca que eu sei que enlouquece as mulheres.

— Parece que está chocado ao ver Juan Alberto todo bobo por causa de Raquel.

Sorrio, não posso evitar.

— E Dexter também está todo bobo. No tempo em que conversamos, ele mencionou Graciela mil vezes — prossegue ele.

Rio. Sem dúvida, Dexter está vivendo um momento especial.

— É normal — digo a meu amigo. — Quando alguém entra em seu coração, é...

— Por isso que o meu é blindado — debocha ele. — Vejo vocês e, embora goste de saber que são felizes, acho que perderam a independência.

De certo modo, Björn tem razão.

— Isso vai mudar no dia em que uma mulher o surpreender! — afirmo.

— Duvido. Nenhuma mulher me surpreende.

Sorrio. Eu pensava o mesmo até minha gravidíssima mulher de hormônios descontrolados aparecer em minha vida.

— Não, amigo, não duvide. No dia em que a mulher certa aparecer em sua vida, você saberá, e alguma coisa lhe dirá que é ela. Você vai ver! — afirmo.

Björn debocha, e, quando uma linda loura passa por nós com uma minissaia, ambos se olham e sorriem.

— Tem razão. Meu instinto acaba de me dizer que quero essa loura nua em minha cama... Viu que pernas? — debocha ele.

Acho graça. De fato, ela tem umas pernas lindas. Mas, quando vou responder, as luzes do shopping piscam e se apagam.

— Ora, um apagão — comenta Björn.

Por sorte, não é muito tarde e ainda entra luz natural. Mas olho ao meu redor e murmuro, contrariado, ao ver as luzes de emergência se acenderem:

— Espero que haja luz onde Jud está.

— Tenho certeza disso. Não se preocupe.

Sorrio. Björn tem razão.

Continuamos falando de mulheres e sentimentos. Atualmente, sou um perito no segundo. Então, meu celular se acende e vejo o lindo rosto de Jud na tela.

Atendo depressa e, suspirando, feliz por ver que ela está me ligando, digo:

— Olá, meu amor.

— Eric, não se assuste...

Pulo da cadeira.

Já estou assustado!

Ela já disse o bastante!

Björn, que está ao meu lado, sai da inércia e me olha. Sabe que algo está acontecendo. Pergunta, mas não posso responder. Até que consigo dizer, levantando a voz:

— Como assim não me assustar?

— Que foi? — insiste Björn, alarmado.

Mas eu não respondo e, olhando ao redor em busca da minha pequena, insisto:

— Onde você está? O que aconteceu?

Minha pequena não responde. Só a ouço respirar.

Caralho, que angústia!

Ela está respirando estranho.

O que está acontecendo?

Fico todo arrepiado. Meu coração se acelera. Minhas mãos começam a tremer e, quando sinto que vou ter um troço devido à tensão, ouço uma voz estranha do outro lado da linha que diz:

— Aqui é Mel.

Mel?! Quem diabos é Mel?

Mas, antes que eu possa abrir a boca, ela prossegue:

— Estou com sua mulher no elevador dos fundos do shopping. A luz acabou e a bolsa dela estourou. Chame uma ambulância agora!

Caralho!

Fico paralisado.

A bolsa estourou e ela está presa no elevador?

Louco, fico louco!

Por que com Judith nada pode ser normal?

Não sei aonde ir.

Fico andando em círculos como um idiota, enquanto Björn, ao ver meu desespero, busca em mim respostas que sou incapaz de lhe dar.

— Como ela está? Minha mulher está bem?

Ouço a respiração acelerada de Judith. Sei que é ela.

— Fique tranquilo... — insiste a voz da estranha.

Não posso ficar tranquilo.

Como vou ficar tranquilo?

A bolsa de Judith estourou e não estou com ela. Consigo contar a Björn o que aconteceu, e ele fica tão atordoado como eu, e leva as mãos à cabeça.

Caralho... caralho...

Como um louco, continuo perguntando. Dou ordens sem saber de nada, até que a estranha me interrompe e, com voz pausada, diz:

— Falei para ficar tranquilo. Estou com ela e vai dar tudo certo.

A seguir, ela desliga. Merda! Como um idiota, fico olhando para o telefone.

— Onde está Judith? — pergunta Björn, aflito.

Olho ao redor, desorientado, e respondo:

— Presa no elevador dos fundos do shopping.

Olhamos para os dois lados procurando o maldito elevador.

Esquerda ou direita?

A que fundos a mulher se referia?

Para que lado temos que ir?

Então, Björn chama a garçonete e pergunta a ela. Quando ela lhe diz onde há outros elevadores, meu amigo deixa dinheiro em cima da mesa para pagar as cervejas e, me puxando, diz:

— Ali... deve ser por ali.

Sem tempo a perder, saímos correndo pelo shopping. Estou histérico. Por que Judith está com uma desconhecida presa no elevador?

Ouço Björn pedir uma ambulância, e fico grato. Muito grato. Estou paralisado, abobado.

Como um louco cego, atravesso o shopping e, ao fundo, vejo o elevador. Está parado entre dois andares.

— Calma, vai dar tudo certo — diz Björn ao ver a minha cara.

Mas não, não estou calmo.

Vejo quatro homens que parecem uns armários tentando abrir a porta do elevador. Mas não conseguem, e fico desesperado.

Minha mulher está grávida e sua bolsa estourou dentro do elevador!

Björn me pede calma de novo. Ele me conhece e sabe como me sinto.

Não poder controlar algo como isso corrói minha alma. Chegando ao elevador, grito como um possesso:

— Onde diabos está o pessoal da manutenção do shopping?!

Ninguém diz nada. Só os quatro sujeitos continuam manipulando a porta. Mas, de repente, a luz volta.

— Pronto. Pronto — diz Björn.

Mas não. Nada pronto.

Enquanto não vir Judith, não a tiver ao meu lado com tudo sob controle, não posso me acalmar.

Estou suando. Tremendo.

A impotência me angustia. De repente, as portas do elevador se abrem, mas os quatro grandalhões não me deixam ver.

Que diabos estão fazendo?

Empurrando, abro caminho entre eles. Preciso ver minha mulher.

Por fim, a vejo. Está sentada no chão com cara de dor.

Ah, minha pequena!

Não está bem.

Ainda mais assustado, eu me aproximo e me agacho para ficar a sua altura.

— Meu amor, você está bem? — pergunto, tocando seu rosto.

Mas não. Não está.

Sua expressão diz tudo. Quando a dor parece diminuir, ela coça o pescoço, que está vermelho e cheio de vergões.

Isso não é nada bom...

Ouço vozes atrás de mim. Quando olho, vejo Björn discutindo com a tal Mel, acho. Vou dizer algo, quando Judith, que está olhando para eles, de repente, sorri.

Sorri?!

Meu Deus, essa mulher vai me deixar louco. Chora, sorri, sente dor... tudo ao mesmo tempo!

Björn e a morena continuam discutindo. Parece uma briga de galo, mas não me interessa, quem me interessa é minha pequena, cuja expressão volta a mudar. Ela olha para mim e sibila, estrangulando minha mão:

— Caraca, Eric...
Oh... oh... oh...
Esse "Caraca, Eric" me enlouquece.
— Björn, ligue para minha irmã e diga que estamos indo para o hospital! — grito.
Meu amigo para de discutir com a morena para fazer o que lhe pedi. Mas, nesse momento, Judith, respirando como um cachorrinho, avisa que está mal.
Dois segundos depois, meu amigo diz que Marta está nos esperando, e a morena, que de fato é Mel, pergunta:
— Onde está a maldita ambulância?
Exato!
Onde diabos está?
Olhando para Björn, que está transpirando tanto quanto eu, vejo que liga ele novamente.
— Pegou um congestionamento, mas está a caminho — diz ele, em seguida.
Mel me pergunta a que hospital quero ir. Respondo que ao Frauenklinik München West, e ela assente. Então, diz algo aos quatro armários que estavam tentando abrir o elevador antes.
Enquanto isso, Björn se agacha e, olhando para Judith, pergunta:
— Como você está, linda?
A dor sumiu de novo do rosto de Jud, e ela responde:
— Fodida e assustada.
Björn e eu nos olhamos. Também estamos fodidos e assustados. Mas agora o importante é Jud.
— De onde saiu essa Mulher-Maravilha? — pergunta meu amigo, olhando para a morena.
Jud ri. De novo rindo?
Mel se oferece para nos levar ao hospital. Vou responder, quando Björn diz que ele vai nos levar, e começam a discutir sobre quem vai chegar primeiro, chamando um ao outro de Mulher-Gato e de James Bond.
Estão me deixando doente!
No fim, Judith escolhe com quem ir. E, surpreendentemente, escolhe Mel.
Björn fica chateado. Não diz nada, mas sei que fica.
Com cuidado, pego minha mulher no colo e vamos depressa para o estacionamento. Depois de entrar em um Hummer preto, Jud se queixa de novo, enquanto o veículo sai a toda velocidade. Sem Björn, que nos seguirá em seu carro.
Com a ajuda de Mel, faço Judith respirar e, quando chegamos ao hospital, quem respira sou eu ao ver minha irmã nos esperando na porta com uma cadeira de rodas.
Chegamos!

Depois de descer do carro, Judith pega a mão de Mel. Falam algo e se despedem. Quando a morena vai embora, entramos correndo na maternidade.

Somos encaminhados para um quarto, onde a obstetra, depois de fazer minha pequena sofrer, diz que está tudo bem e que volta logo. Quando ela sai, Judith começa a chorar. Não... não... não... Queixa-se, grita comigo dizendo que dói muito, que quer a peridural, que quer que tirem a Medusa de dentro dela. E eu só posso acariciá-la e tentar acalmá-la.

Mas ela continua gritando. Está descontrolada. Uma hora me manda à merda, e outra me ama com loucura. Esses hormônios! Esses malditos hormônios!

Chamo a enfermeira e exijo que deem a peridural em minha mulher. Mas ela não me dá ouvidos. Caralho! Mas, quando tento me acalmar, fico pensando que ela deve estar acostumada a pais mandões e mães histéricas.

Difícil, o trabalho dela!

Passa o tempo e ninguém aparece. Tento de tudo para distrair Judith. Tento fazê-la respirar como nos ensinaram nas aulas de preparação para o parto, mas tudo que digo entra por um ouvido e sai pelo outro!

Nossa, como ela é rebelde!

Quando estou à beira do infarto, a porta se abre e a médica entra.

Caramba, finalmente!

Examina Judith de novo. Fecho os olhos, aliviado, quando ela diz que vai aplicar a peridural porque o bebê está com pressa de sair.

Isso!

Entre choro, risos, gemidos e insultos, meu amor me pede para não termos mais filhos. Ela me obriga a prometer, e prometo. Prometo o que ela quiser.

Minutos depois, entra um rapaz chamado Ralf, e eu me encolho ao ver a enorme seringa que tem nas mãos.

Caralho, que medo!

Judith olha a seringa, toma um susto, mas não diz nada. Melhor.

Quando Ralf acaba de aplicar a peridural, minha pequena sorri. Isso me faz pensar que não foi doloroso. E quando, dez minutos depois, ela começa a fazer gracinhas, sei que funciona! A peridural funciona!

Com Judith mais calma, ligo para minha mãe para que passe por minha casa e pegue as coisas da Medusa. Depois, ligo para Simona, que, histérica, diz que virá ao hospital com minha mãe.

Então, Jud liga para seu pai e, como era de se esperar, o pobre Manuel fica nervoso. Sua moreninha vai ser mãe!

Minha mulher sorri. Fala com a irmã também. Que sorriso bonito ela tem! E, quando me passa o telefone, é meu sogro quem está do outro lado.

— Diga que ela está bem — murmura ele, com voz trêmula.

Assinto e sorrio.

— Sim, Manuel. Ela está bem, e nas melhores mãos.

Ouço ao fundo minha cunhada. Do jeito que é escandalosa, não há como não a ouvir.

— Não precisam comprar passagens. Vou mandar agora meu avião buscar vocês em Jerez.

— Tem certeza, rapaz?

Sorrio. Meu sogro nunca me pede nada.

— Absoluta, Manuel. Vou dar seu telefone ao meu piloto para que o avise quando chegar.

— Obrigado, Eric — diz ele, emocionado.

Desligo, sorrio e beijo minha garota. Vê-la tranquila e sem dor é a melhor coisa do mundo. Então, a porta do quarto se abre e ela diz:

— Chegou o James Bond.

Björn bufa. Entra exaltado. É evidente que seguir o Hummer foi impossível.

Por sua cara, vejo que continua contrariado por causa das gracinhas que a morena do shopping lhe disse. Sem dizer o que realmente pensa, ele se aproxima de minha mulher e pergunta:

— Como você está?

Judith diz que está bem. Falamos do traslado, da rapidez com que chegamos e, quando elogio Mel, Björn sibila, incomodado:

— Ela deve ser insuportável.

Não digo mais nada.

É evidente que ela e Björn jamais serão amigos. E mudo de assunto.

Um pouco depois, chega minha mãe com Flyn e Simona. Depois, entra Norbert. Todos estão nervosos e apreensivos. E, quando a obstetra entra e diz que vamos para o centro cirúrgico, de repente minhas pernas ficam bambas.

Vou desmaiar!

O que está acontecendo comigo?

Estou me segurando na cama sem abrir a boca para que ninguém note minha fraqueza, quando a médica me pega pelo braço e, afastando-me de minha pequena, que me joga um beijo, leva-me com ela para me "deixar bonito". Aonde vamos?

Entramos em um quartinho e ela me dá uma espécie de meia para os pés, uma touca e um tipo de pijama, tudo verde.

Que horror! Que coisa ridícula!

Mas, sem reclamar, visto tudo. Quando acabo, a médica diz, olhando para mim:

— Parece que o parto vai ser fácil e normal. Mas, se houver alguma complicação, vou pedir para você sair da sala, e você vai sair imediatamente, entendeu?

Fico paralisado. De novo minhas pernas tremem. Mas, quando vou contestar, ela acrescenta:

— Está tudo bem, Eric, mas preciso que você entenda que, se eu vir que alguma coisa não está bem, tanto você quanto minha equipe e eu teremos que ser rápidos. Certo?

Assinto. Claro que sim.

Sem dizer nada, vou para o centro cirúrgico, onde está minha garota. Ela sorri ao ver minha roupa ridícula. Por sorte, não está com o celular à mão, senão eu não poderia escapar da foto.

O tempo passa e o parto se acelera.

Ajudo Jud em tudo que posso. Vejo que ela está cansada, mas não com dor, e não paro de animá-la. Ela precisa de mim. Empurra... empurra... empurra... respira... Então, de repente, vejo uma coisa sair, e... Caralho, é uma cabeça!

Estou vendo a cabeça da Medusa. Digo isso, emocionado. Jud sorri, mas continua respirando... respirando.

De novo, empurra... empurra... empurra... respira... e depois de muito empurrar e respirar, após empurrar com uma força descomunal que me deixa surpreso, vejo um corpinho rosado sair de dentro dela e meus olhos se enchem de lágrimas.

A Medusa está diante de mim! Minha Medusa! E, quando a fazem chorar, minhas lágrimas transbordam. Como sou frouxo!

— É um menino. Um lindo menino — diz a médica.

Encantado, emocionado, apaixonado e feliz, olho para minha mulher. Ambos sorrimos. É um lourinho. Um meninão, e não uma moreninha como eu pensava, mas estou feliz, imensamente feliz. Então, a médica me incentiva a cortar o cordão que une minha mulher e nosso filho.

Corto, com medo e emocionado. Ao voltar para perto de Jud, que ainda não viu nosso bebê, beijo-a e, feliz como nunca na vida, murmuro:

— Obrigado, meu amor, ele é lindo. Lindo!

Um segundo depois, a médica deixa o bebê sobre o ventre de Judith. E, quando vejo a cara de minha pequena ao ver nosso filho pela primeira vez, transbordo de amor. Diante de mim está tudo aquilo que mais amo nesta vida, e sorrio ao ouvi-la falar baleiês.

Emocionado, beijo-a. Eu a adoro. Adoro os dois.

Conhecê-la foi a coisa mais bonita que já me aconteceu, e agora, ter nosso filho, a mais maravilhosa. Ela não diz nada, mas sei que pensa o mesmo que eu.

A enfermeira pega o bebê, pesa-o e diz:

— Três quilos e seiscentos gramas.

Encantado e orgulhoso, beijo outra vez minha mulher. A felicidade nos invade, e, emocionados, comentamos tudo sem poder ainda acreditar.

Somos pais!

É um menino, grande, saudável, lindo e louro, como eu!

Estamos rindo por causa disso, quando a enfermeira deixa nosso bebê nos braços de Judith e ela o beija.

Que momento lindo!

E fica ainda mais especial quando a mulher que adoro me olha e, com esse sorriso que só ela no mundo possui, diz:

— Ele vai ter o seu nome, Eric Zimmerman.

Sorrio. Sorrio como um bobo, um verdadeiro bobo. E sou feliz!

27

O pequeno louro cresce e é criado na mamadeira.

Minha mulher decidiu assim, e eu concordo. E acho bom, porque assim posso alimentá-lo para ela poder descansar.

Os primeiros dias são duros. Extenuantes.

O bebê ocupa todo nosso tempo e, embora tentemos ter um segundo para nós, é impossível. O menino nos absorve totalmente e, quando dorme, caímos na cama esgotados.

Até eu durmo!

Somos pais novatos, nos assustamos com tudo. Mas eu, mais. Às vezes, Judith me olha, e sei que estou extrapolando com meu alarmismo. Tento me acalmar, mas sou assim, não posso evitar! Contudo, por incrível que pareça, conforme os dias passam, estamos aprendendo depressa a identificar os sonzinhos e os tipos de choro de Eric.

Será que é o sexto sentido?

De repente, passo de receoso em pegar o bebê no colo com medo de deixá-lo cair a pegá-lo como se tivesse feito isso a vida toda, e me surpreendo. Muito.

Caralho, até que eu faço direitinho!

★ ★ ★

Os dias passam, e Jud e eu tentamos arranjar tempo para nós. Estamos precisando. Nós nos desejamos, mas é impossível encontrar uma brecha. Quando não é o bebê, é Flyn ou qualquer outra coisa. Não temos um momento nosso, e eu já não aguento mais. Demando, exijo. Então, falo com minha mãe e lhe peço que venha uma noite ficar com seus netos. Ela aceita, feliz, e diz para eu marcar o dia.

Mas o cansaço nos vence e nunca decidimos que noite sair.

Meu sogro e minha cunhada vêm várias vezes da Espanha nos visitar. Nem preciso dizer como Manuel está feliz por finalmente ter um neto homem. Ele adora suas duas filhas e netas, mas um meninão, como ele diz, era o que faltava em sua vida, e sua moreninha lhe concedeu esse desejo.

Mel, a mulher que conhecemos no dia do parto, visita Judith com frequência. É comissária de bordo e tem uma menina pequena, que se chama Samantha. Mas nós a chamamos de Sami, uma linda lourinha muito engraçada.

Comento sobre isso com Björn. Digo que a morena com quem ele não teve muita afinidade nas poucas vezes que se viram agora é amiga de Jud. E ele, de cara feia, pede-me que lhe avise quando a Mulher-Gato for visitá-la, para não cruzar com ela.

Fico admirado. Mel é uma mulher linda, mas é evidente que o destino não deseja que eles sejam sequer amigos. Bem, talvez seja melhor, porque, juntos, eles seriam outra bomba-relógio como Jud e eu.

★ ★ ★

O tempo passa, minha mulher vai se recuperando como uma campeã e seus hormônios voltam ao normal. Viva o controle hormonal! Ficaram para trás o choro, a irritação e as bobagens que estavam me deixando louco.

Mas, como minha pequena sempre tem que fazer drama, agora, além do bem-estar do bebê, está preocupada com os quilinhos que ainda não perdeu. Para mim, não importa. Ela está linda e saudável, e isso é realmente a única coisa que importa.

★ ★ ★

Por fim, chega o dia de nossa escapada.

A primeira em muitas semanas. Muitas.

Minha mãe vem para a minha casa e, depois de deixar o pequeno Eric dormindo sob os cuidados da avó, que me chamou mil vezes de chato antes de sairmos, minha linda mulher e eu vamos curtir nossa noite. Só nossa.

Na garagem, Susto e Calamar também nos desejam uma noite maravilhosa. Enquanto dirijo por Munique, rimos porque não conseguimos parar de falar de nosso bebê. É incrível...

Quando chegamos a um lindo hotel, Judith fica surpresa e eu sorrio. Explico que vamos jantar no quarto, e ela comenta, alegre, enquanto subimos de elevador:

— Ora, senhor Zimmerman.

Sorrio. Sei o que nós dois desejamos.

— Será nossa noite — sussurro.

Nossa ansiada noite...
Nossa desejada noite...
Meu Deus... quantas vezes desejei que esse momento chegasse!

Foram meses complicados, duros, difíceis, mas, pronto, estamos aqui e vou aproveitar minha mulher e nossa cumplicidade durante horas, até ficarmos tão esgotados que nenhum dos dois consiga se mexer.

Felizes e apaixonados, entramos no quarto. Estou nervoso. Pareço um adolescente em seu primeiro encontro.

— Ora... rótulo rosa — diz Judith, olhando para a mesa.

Alegre, assinto. Sei como essa garrafinha com a qual a surpreendi no passado é especial.

Nesse momento, Judith larga a bolsa ao chão.

Desejo!

Seu olhar mostra que o desejo a consome e, como preciso de intimidade e de sua proximidade, agarro-a, colo-a a meu corpo e a beijo.

Caralho, isso mesmo!

Eu a beijo desse jeito tão nosso, tão único, tão íntimo para nós. E quando acabo e ela diz que quer ir direto para a sobremesa, não hesito. Vamos lá, então.

Excitado e duro como uma pedra, peço a minha mulher que tire a roupa.

Com sensualidade, ela me dá as costas.

Que linda visão me oferece!

Como minha pequena é linda!

Com prazer, abro o zíper de seu vestido, que cai no chão.

Exaltação!

Olhamo-nos...

Sorrimos...

Ao ler o que dizem seus olhos, pego-a no colo e a levo até a cama.

Esta noite, nossa cama!

Então, dou um passo para trás. Dois... Três...

Judith me olha excitada e eu tiro o paletó para ela.

Cai no chão...

Desfaço o nó da gravata... Judith sorri.

Sem deixar de olhar para ela com !uxúria e desejo, abro os botões da camisa um a um e, uma vez aberta, vendo-a olhar meu torso com desejo, deixo-a cair no chão.

Depois da camisa, vai a calça e, quando a cueca preta abandona meu corpo, nervoso, mas seguro, permito que ela me observe para que seu desejo se transforme em algo tão louco e devastador quanto o meu.

Estou ansioso para possuí-la!

Curtindo a expressão de minha mulher, sorrio. Vou até a cama e me deito sobre Jud, e a beijo.

Um beijo...

Dois...

Sete...

É nossa primeira noite sozinhos desde que o pequeno Eric chegou em nossa vida.

É nossa primeira noite de loucura e paixão há muitas semanas.

É nossa primeira noite... E, embora saiba que a loucura tomará conta de nós, preciso ser cauteloso. A última coisa que quero no mundo é machucar minha mulher depois do parto.

— Você me deixa louco, pequena.

Ela sorri.

— Adoro seus seios, sua pele, sua...

Não prossigo. Chupo seu mamilo direito com prazer enquanto ela passa os dedos por minhas coxas e eu tremo de puro êxtase.

O calor nos invade, toma nosso corpo e, depois de liberar minha boca e seu mamilo e lhe dizer tudo que quero fazer esta noite, concluo:

— Você não vai querer que eu pare nunca.

Ela assente, excitada e, quando rasgo sua calcinha, sorrimos.

Começa o jogo.

Beijos...

Palavras fogosas...

Tentações ardentes...

Tudo, absolutamente tudo que fazemos e dizemos nos agrada, excita, até que ela, olhando para mim, exige com voz trêmula:

— Faça tudo. Mas peça de outro jeito.

Sorrio.

Minha pequena ardente e brincalhona.

Sei o que ela quer dizer.

Sei o que está me pedindo.

E, satisfeito por poder lhe dar o que ela quer, cravo os olhos nela e digo com desejo:

— Quero foder com você.

Nossa... que sensação!

Judith assente.

Quer foder comigo. Passando a ponta de meu pênis com deleite por sua vagina úmida, sinto-a tremer.

Sim!

No entanto, contenho a vontade que sinto de entrar nela com dureza. É a primeira vez que vamos transar depois do parto e, mesmo sabendo que ela está bem, algo dentro de mim pede prudência.

Quando não posso mais conter a vontade de possuí-la, olho-a nos olhos e digo:

— Se eu machucar você, diga para parar, tudo bem?

Judith afirma com a cabeça.

Sei que ela, embora não diga nada, está cheia de expectativas assim como eu, com medo de que a dor não a deixe curtir. Com cuidado, entro pouco a pouco nela.

Siiiimm!

Deus... que prazer!

Há quanto tempo não sentia essa pressão maravilhosa! Sim!

Sem tirar os olhos dela para perceber qualquer mudança, observo minha pequena arfar e relaxar. Não sente dor. O prazer toma conta de seu corpo e, quando ela fecha os olhos para se abandonar em meus braços, exijo:

— Olhe para mim.

Ela obedece. Crava seus olhos escuros impactantes em mim e minha ereção fica ainda mais dura, a ponto de me fazer pensar que vou explodir.

Eu me mexo...

Ela se mexe...

Nós nos mexemos...

Buscamos o prazer de tal maneira que o desespero de sermos nós mesmos começa a nos descontrolar.

— Dói? — pergunto.

Ela nega, incita-me a continuar com a voz cheia de desejo, e continuo. Afundo nela um pouquinho mais. E mais... e mais...

Meu corpo começa a tremer. O controle que estou tentando ter, pouco a pouco, com a profundidade, desaparece, desfaz-se, enquanto a sinto palpitar embaixo de mim. Até que Judith me pega pelo traseiro, empala-se totalmente em meu membro e me faz recordar que não está mais grávida e que não sente dor.

Caralho, como minha mulher é feroz!

Contudo, isso me liberta. Libera o controle que tive que exercer durante muitas semanas, e afundo nela repetidamente, com vontade, prazer e desejo.

Judith grita mais... pede mais... E eu, vibrante, dou-lhe tudo...

Os animais sexuais, loucos e apaixonados que há dentro de nós aparecem e o mundo treme sob nossos pés.

Sim!

Assim somos minha pequena e eu.

Sim!

Gostamos de foder assim. Duro. Forte. Do nosso jeito. O feitiço do momento nos domina.

Não queremos fazer amor, queremos foder. Satisfeitos, fodemos, sem dúvidas, sem medos. Por fim, fazemos de novo do nosso jeito.

Olhamo-nos nos olhos enquanto, entre as coxas de minha mulher, recebo total acesso a seu interior. Curtimos aquilo com que sonhávamos e que estamos tornando realidade.

Não sei há quanto tempo estamos...

Não sei quanto tempo dura esse momento...

Só sei que, quando acabamos, depois de um incrível clímax, Judith sussurra:

— Alucinante.

Assinto com a cabeça. Mal consigo respirar.

— Sim.

Rimos.

Ela repete "alucinante", e eu, extasiado, sorrio como um bobo, pousando a mão sobre seu ventre.

— Como você diz, pequena, *flipante*!

Alegres, abraçamo-nos, beijamo-nos. Continuamos vivos. Continuamos juntos, e isso é o que importa. Ansiando mais, muito mais, eu a levanto da cama e, pegando-a no colo, murmuro:

— Vou fazer algo que nós dois desejamos.

Judith sorri. Sabe que vou deixar o empalador se manifestar.

— Gosta assim? — pergunto, quando encosto suas costas na parede.

Ela assente.

Sei o quanto ela gosta de transar desse jeito. Ao introduzir meu pênis duro nela, ela me recebe com prazer, arfa e enlouquece como eu.

Caralho!

Uma... duas... sete... dez... quinze vezes seguidas afundo nela. Não tenho limite. Estou tão cheio de energia que não paro. Jud me aperta contra seu corpo, morde meu pescoço, ombro, e me pede mais e mais enquanto sinto a umidade de seus fluidos e a sucção de sua vagina.

Colossal!

Feliz, dou-lhe um tapinha, desses de que minha mulher gosta, e, quando me olha, fodemos. Fodemos como loucos até que de novo um orgasmo devastador e maravilhoso deixa claro que chegamos ao prazer máximo. Ficamos esgotados.

Estou tremendo inteiro.

Estou fora de forma, mas disposto a treinar forte. Bem forte.

Sorrindo, digo isso a ela. Ela se oferece para treinar comigo e vamos para o chuveiro. Estamos precisando de um banho.

Contudo, basta entrar no box e de novo a paixão nos domina. Mas minhas pernas estão tão bambas que acabo sentado sobre a tampa do vaso sanitário com Judith em cima. Desta vez, ela é quem me fode com prazer e devoção, selvagem.

Adoro minha mulher!

Quando terminamos, tomamos banho, rindo. Em seguida, preparo uma bebida para nós. Foram três assaltos sem intervalo e, alegres, dizemos gracinhas sobre isso. E das gracinhas passamos às risadas, das risadas aos beijos, e dos beijos ao quarto assalto.

Somos insaciáveis!

Depois do momento de loucura, conversamos nus na cama durante uma hora. Embora não nos tenhamos afastado um do outro nas últimas semanas, temos muitas coisas a dizer. A história dos hormônios não foi fácil para nenhum dos dois, mas, por fim, superamos.

— Eu estava insuportável.

Sorrio. Não preciso dizer o que penso; ela sabe.

— De verdade, meu amor... desculpe por ter me comportado como uma louca histérica desatinada — insiste Jud.

Sorrio de novo e, beijando-a, afirmo:

— Isso já não tem importância, querida. Você, minha louca Judith, está de volta.

Minha garota sorri. Gosta do que ouve, e me beija. Beija com vontade, com paixão, com loucura.

— E, agora, quero fazer amor — murmura ela, olhando-me nos olhos.

Assinto. Eu também.

Com delícia, beijamo-nos até ficarmos com dor na boca e, com uma serenidade sensual e incrível, fazemos amor. Com encanto, fascinação e tranquilidade, muita tranquilidade.

Com carinho, degustamo-nos, mimamo-nos. Tudo entre nós é pouco. Quando o clímax nos alcança de novo, ficamos abraçados e, durante vários minutos, só nos olhando.

Ela e eu.

Eu e ela.

Nosso amor é único e mágico.

Instantes depois, já recuperados e famintos, não só de sexo, decidimos pedir serviço de quarto. Quando chegam os sanduíches e outra garrafinha de rótulo rosa, comemos e bebemos.

Conversamos, comunicamo-nos verbalmente, não só por meio do corpo. Comento que Björn me disse que em poucos dias haverá uma festinha no Sensations.

Quando digo isso, a cara de Judith me faz rir. Minha garota é incrível. Adoro que ela seja assim.

Falar sobre isso e imaginar o que vamos fazer nessa festa faz com que nos beijemos, que nos toquemos, que... Sem sombra de dúvidas, iremos.

Meu celular toca.

Ambos damos um pulo.

Olho a hora. Três da madrugada.

— Quem diabos está ligando a essa hora?

Assim que digo isso, franzo o cenho e penso em nosso bebê. Pela cara de Jud, sei que ela pensa o mesmo que eu. Alarmados, pulamos da cama em busca do celular, mas eu chego antes e atendo.
— Eric...
Essa voz...
— Eric...
— Sim — consigo dizer.
— É Raquel... Desculpe acordá-lo a esta hora, mas...
Raquel?!
Por que Raquel está me ligando a essa hora?
Boquiaberto, olho para Judith. O fato de sua irmã ligar a essa hora me faz pensar que algo não muito bom aconteceu. Então, sem mencionar seu nome, faço um sinal a Jud para que se acalme e pergunto:
— O que aconteceu?
— Ah, Eric... Estou no aeroporto de Munique.
— O quê?!
Cada vez entendo menos, e ela prossegue, acelerada:
— As meninas estão de férias com o pai, e papai em Jerez, e eu... eu... estou...
— Em Munique. — Termino a frase por ela.
— Ah, Eric... Ah, Eric... estou muito mal... Muito!
Então, ela começa a chorar e não consigo mais entender o que diz. Entre o choro e seu jeito de falar rápido, não há como entender!
Afasto-me de minha mulher, mas ela me segue. Não sei o que Raquel está fazendo chorando no aeroporto de Munique a essa hora. Decidido a resolver o que for, olho para a cara contrariada de Judith por não saber o que está acontecendo e digo:
— Não saia daí, chegamos logo.
Quando desligo, Judith faz perguntas. Esclareço que não era minha mãe e que o pequeno Eric e Flyn estão bem. Mas a angústia me domina e, quando pergunta de novo e eu digo que era sua irmã, ela arregala os olhos e fica assustada. Muito assustada.
Informo, sem saber se estou dizendo a verdade, que seu pai e toda a família estão bem, e a deixo totalmente atônita quando digo que se vista porque temos que ir buscar Raquel no aeroporto.
Sem perder tempo, colocamos a roupa. Nem sequer falamos. Vestimos de novo nossas roupas chiques e saímos em disparada para o aeroporto.
Por que Raquel veio para cá?
No caminho, Judith está nervosa. Eu também, mas tento me acalmar, enquanto sinto pena de meu sogro. Como esse homem conseguiu sobreviver com as filhas que tem?

No entanto, ao olhar para Jud e ver sua cara preocupada, paro de pensar em Manuel e só espero que Raquel não esteja aqui por nada grave.

Depois de deixar o carro no estacionamento, caminhamos de mãos dadas, apressados, para o terminal onde Raquel me disse que está. Eu a vejo, está sozinha. Ao nos ver correr para ela, pergunta, erguendo a voz:

— Estão vindo de alguma festa?

Quando ela diz isso, não sei por que, intuo que nada grave está acontecendo. E logo percebo que muito provavelmente a maravilhosa noite com minha mulher foi estragada por uma bobagem.

Jud solta minha mão. Angustiada, corre até sua irmã, que, de repente, começa a chorar. Seu pranto é incontrolável.

Caralho, como chora!

Judith faz tudo que pode para acalmá-la. Eu também.

— Ai, *cuchu*, acho que estraguei tudo outra vez — diz Raquel, mais calma.

Não digo nada.

Não sei do que ela está falando, mas, sem sombra de dúvidas, as irmãs Flores, quando aprontam, aprontam de verdade.

Pobre Manuel!

Sem lhe dar tempo para nada, Judith interroga a irmã. Passam do sofrimento à discussão e desta ao pranto, até que, de repente, Raquel solta, enlouquecida, enquanto chora desconsolada:

— Estou grááááávidaaaa!

Nããããão!

Caralho!

Sinto até calafrios.

Ela disse *grávida*?

Nossa, agora eu entendo o choro!

Olho para Judith.

Judith olha para mim.

E, sem saber por que (bem, eu sei por que), olho para minha mulher, que ainda está processando a bomba que sua irmã chorona acaba de soltar, e digo:

— Não aguento mais hormônios chorões, meu amor, não consigo!

Ao dizer isso, percebo que devo ter sido patético. Então, Jud começa a rir escandalosamente. Acho que acaba de se dar conta de como foi traumática para mim sua instabilidade hormonal.

— Fique tranquilo, *Iceman*. Eu cuido disso — diz Jud, beijando-me.

Assinto, mas, na realidade, nem sei por quê.

Instantes depois, minha pequena faz sua irmã chorona sentar e começa outro interrogatório. Como policial, minha mulher seria impagável. De repente, ouço um nome e digo, erguendo a voz:

— De Juan Alberto?

Ela está dizendo que o bebê é de Juan Alberto?
Raquel afirma com a cabeça.
Caralho!
Judith e eu nos olhamos.
Caralho!
E minha moreninha, tão alucinada quanto eu, solta:
— Raquel, o que está me dizendo?
Meu Deus do céu, que bafo, como diria Jud.
Minha cunhada assente. E, com um dramatismo digno de um Oscar de Hollywood, olha para Jud e diz com uma vozinha trêmula:
— É isso mesmo...
Ora, ora, ora!
Segundo minhas últimas informações, eles haviam terminado por causa da distância, pois com ele no México e ela na Espanha, era muito complicado. O próprio Juan Alberto comentou comigo da última vez em que falei com ele que Raquel havia decidido terminar a relação, e que ele, em respeito a Luz e a Lucía, aceitara.
Mas então... se terminaram há meses, como ela pode estar grávida?
Espantado, olho para ela.
Estou me sentindo o maior fofoqueiro do mundo observando minha cunhada quando ela diz, entre soluços e choro, que apesar de haverem terminado, saíam toda vez que ele ia à Espanha.
Caralho, esse Juan Alberto!
E caralho, essa Raquel!
Não sei o que pensar.
Eu falei com ele...
Eu disse que não queria que ele complicasse a vida da minha cunhada...
Eu disse que teria que lhe quebrar a cara...
Então, de repente, depois de um comentário de Jud, Raquel se levanta e, como uma possessa, começa a gritar no aeroporto:
— Não tenho que contar nada ao mexicano! Absolutamente nada!
Mãe do céu... que confusão nos espera!
Levo a mão à cabeça. Não aguento dramalhão e, sem sombra de dúvidas, estou diante da rainha do drama.
Jud tenta acalmar a irmã. Eu também.
Caralho, essas Flores são furiosas!
Tentando me antecipar a Judith, que por sua cara vejo que vai dizer umas poucas e boas e deixar Raquel tremendo, digo:
— Acalme-se, mulher, acalme-se.
Ela me olha.
Nossa, que olhar!

Faz um movimento...
Merda... acho que está pensando em me dar um chute, quando grita:
— Não estou a fim de me acalmar!
Caralho, outra igual à irmã!
— Desconsidere, meu amor. Você sabe, os hormônios... — diz minha mulher, com um sorriso angelical.
Puta que pariu com esses hormônios! De novo não. Não pretendo passar por isso de novo!
Mas, sabendo que é impossível lutar contra essas duas malditas, sibilo:
— Caralho, esses hormônios...
Raquel chora. Grita. Berra.
Todo mundo olha para nós no aeroporto.
Caralho!
Estão prestando atenção ao dramalhão que ela está representando. E eu, especialista na maldita instabilidade hormonal, tento entendê-la, juro que tento. Até que, cansado de tanto desespero, choro e drama, pego Raquel pelo braço e digo:
— Ande, vamos para casa. Você precisa descansar.
A viagem de volta a casa é desesperadora.
Uma hora ela chora, outra xinga a família inteira de Juan Alberto, e outra cai na gargalhada com Jud.
Elas me deixam desconcertado!
Enquanto as ouço conversar, algo me diz que tenho que resolver a situação. Pelo que vejo, Raquel não pretende contar nada a Juan Alberto. Mas não, não vou permitir isso. E menos ainda sabendo que os malditos hormônios estão no meio.
Assim que chegamos em casa e fazemos festa para Susto e Calamar, Judith se dirige a um dos quartos de hóspedes com a irmã e eu vou direto para o meu escritório. Preciso de um uísque.
Depois de servir a bebida, me sento diante da mesa de trabalho. Olho para o notebook, que, como sempre, está aberto e ligado. Depois de ver que não recebi nenhum e-mail importante, vejo a hora e faço o cálculo do horário no México.
Penso... Não sei se o que estou pensando em fazer é o certo, mas, no fim, faço. Se eu fosse pai de alguma criança, iria querer saber da existência desse bebê. Então, sem hesitar, pego o celular, procuro o número de Juan Alberto e ligo.
Um toque...
Dois...
— O que está fazendo acordado a essa hora, cara? — diz a voz de meu amigo.
Ao ver que era eu que estava ligando, ele deve ter feito o cálculo do horário. Quando vou responder, ele insiste:
— Seu bebezinho lindo não o deixa dormir?
Isso me faz sorrir, porque, na verdade, é *seu* bebezinho.

— Você não me disse que havia terminado com Raquel? — pergunto, sem rodeios.

De repente, faz-se um estranho silêncio do outro lado da linha.

Ouço meu amigo respirar. Não digo nada. Até que ele diz:

— Essa mulher me deixa louco.

— Sério? — brinco.

— Da última vez que conversamos, não foi nada bonito, e...

— E quando *conversaram* pela última vez? — interrompo, utilizando suas próprias palavras.

De novo Juan Alberto fica em silêncio. E eu, cansado e contrariado porque a noite com minha mulher acabou do jeito como acabou, digo:

— Pode pegar essa sua bunda mexicana e enfiá-la no primeiro avião para Munique.

— Não brinque, cara. O que aconteceu?

— Raquel está em minha casa se afogando em lágrimas e... e... não sei qual é a de vocês dois, mas, caralho, ela está grávida!

Ouço um som seco.

Caralho!

O que aconteceu?

Ele desmaiou?

Como fui dizer o que eu disse de supetão?

Que linguarudo!

A seguir, ouço Juan Alberto praguejar.

— Que diabos você está fazendo? — pergunto.

Mais barulho. Golpes.

— Meu celular caiu — responde ele, de repente.

Normal. Depois do que eu disse, é para cair mesmo.

— Mas... mas... pode repetir a última coisa que você disse? — acrescenta ele.

Praguejo.

Não devia. Não devia ter sido tão linguarudo. E, diante de meu silêncio, Juan Alberto pergunta:

— Você disse que...

— Sim...

— Grávida?

— Sim...

— Um bebê...

— Sim!

— Caralho...

— É o que eu digo... caralho!

Ficamos em silêncio.

Não sei o que dizer em um momento assim. Estou me preparando para deixar vir à tona o *Iceman* que há em mim e dar uma mão para minha cunhada, quando Juan Alberto diz com um fio de voz:

— Um bebezinho no ventre de minha rainha... e é meu?

Assinto, bufo e afirmo:

— Evidentemente, meu não é.

— Claro que não, imbecil — grunhe ele.

Rio.

Como os homens ficam idiotas quando o amor abala nosso coração! Eu, mais que todos.

Juan Alberto pragueja. Conta que a última conversa com Raquel foi uma terrível discussão por culpa dele. Ficou louco de ciúmes ao saber que ela havia ido almoçar com seu "ex" e as meninas.

— Eu a amo, Eric — balbucia, quando acaba. — Amo essa mulher e suas meninas. Ela me deixa louco com suas indecisões e seu jeito de ser, mas gosto dela. Gosto muito dessa espanhola, e...

— E vai enfiar sua bunda em um avião agora! Porque quem vai aguentar os hormônios de Raquel é você!

— O quê?!

Sorrio.

Melhor que ele descubra sozinho. Senão, capaz de amarelar e não vir.

— Espero você aqui o quanto antes — insisto.

— Ei, cara...

— Diga.

— Ela está bem?

Penso. Bem, bem não está. E menos ainda quando descobrir o que acabei de fazer.

— Sim. Mas preciso de você aqui — respondo.

Ouço sua risada e, a seguir, ele diz:

— Vou pegar o primeiro avião que encontrar.

— Perfeito!

— Eric...

— O quê?

— Eu te amo, cara.

— Não encha o saco, filho da puta — respondo, brincando, com meu sotaque alemão.

Quando termino a conversa com Juan Alberto, bufo. Se Raquel e Jud souberem o que eu fiz, serão capazes de me esfolar vivo.

Essas Flores!

* * *

No dia seguinte, o dramalhão continua. Até Susto e Calamar se escondem, e digo a minha mãe que leve Flyn para sua casa, visto que o coitado está atordoado.

Raquel chora, ri, pragueja, e eu, cansado de tudo isso, para que Judith possa ficar com a irmã, que decidiu ligar para o pai e lhe contar o ocorrido (pobre Manuel!), cuido do bebê. Não tenho mais medo de ficar sozinho com ele, nem de lhe dar a mamadeira, nem de lhe trocar a fralda. Sou um paizão.

As horas passam; estou nervoso. Juan Alberto está a caminho e ninguém sabe, exceto eu.

Só espero que dê tudo certo, porque, senão, vou ter que aguentar as irmãzinhas! E juntas!

* * *

À noite, depois de dar a mamadeira ao bebê e ele adormecer, estou com minha mulher fazendo-a dançar comigo "Si nos dejan", quando, de repente, ouço meu celular tocar. Sei quem é.

Começa o espetáculo!

E Jud, que não sabe de nada, revira os olhos e reclama:

— Quem é agora?

Sorrio.

Melhor não dizer nada. E, depois de falar em código com Juan Alberto e de ele dizer que em um minuto estará a minha porta, dou um beijo em minha mulher e saio do quarto.

A casa está em silêncio. Dirijo-me à entrada e, depois de colocar Susto e Calamar na garagem, vou até a porta principal. Então, ouço um barulho e vejo Judith, que, se aproximando de mim, pergunta:

— Quem está vindo?

Um táxi para diante de nós. A porta se abre e eu olho para minha mulher. O que eu vir em seu rosto me dará uma ideia do que poderá acontecer.

E, oh... oh...

A cara de Jud ao ver Juan Alberto é indecifrável.

Ela olha para mim...

Eu olho para ela...

Ela levanta as sobrancelhas...

Eu franzo o cenho...

Bem, acho que teremos encrenca. Muita encrenca! E, quando noto que Judith crava o olhar em mim de novo, sem poder me calar, sibilo:

— Sinto muito, meu amor, mas quem vai enfrentar os hormônios de sua irmã é quem provocou tudo isso.

Quando digo isso, a expressão de Jud muda. Ela começa a rir, enquanto Juan Alberto, de barba por fazer – coisa rara nele –, vem até nós e, entrando sem cumprimentar, pergunta com ansiedade:

— Onde está essa mulher?

Jud e eu nos olhamos.

Vamos responder, quando, de repente, ouvimos atrás de nós:

— Se você se aproximar de mim, juro que racho sua cabeça.

Ai, ai, ai...

Surpreso, olho para Jud, que se vira sorrindo para a irmã.

Atrás de nós está Raquel. E, quando minha mulher vai se aproximar dela, eu a detenho. Quem tem que resolver isso é Juan Alberto e ela.

A seguir, o mexicano passa por nós. Raquel está a poucos metros, com um copo de água nas mãos. Sem temer o que essa louca possa fazer, ele para diante dela, apruma-se como um *mariachi* e diz:

— Você vai me beijar e me abraçar agora.

Zás!

Toda a água que havia no copo está agora no rosto dele.

Foi o que eu imaginei.

Jud me olha...

Eu dou de ombros...

Tememos pela integridade de Juan Alberto, mas ele, sem se alterar, encharcado, dá outro passo.

— Obrigado, saborosa. A água clareou mais minhas ideias — diz o mexicano.

A partir desse instante, eles começam a discutir. Se um grita, a outra grita mais. Se uma berra, o outro berra mais ainda.

Como diria minha pequena, parece um jogo México-Espanha, e Jud e eu somos os árbitros.

Raquel não tem medida. Diz coisas feias, que ferem, mas Juan Alberto encara tudo com total tranquilidade. Ele nem se altera, não para de dizer quanto a ama e adora. Ele a chama de *rainha, saborosa, minha vida...* e Jud e eu somos testemunhas de como, pouco a pouco, Raquel e seus hormônios vão desinflando, até que ele diz:

— Sei que você está grávida e que esse bebezinho que carrega no ventre é meu.

Ao ouvir isso, as duas Flores, Raquel e Judith, olham para mim. Oh... oh... ferrou!

Elas me fulminam com o olhar, e Juan Alberto prossegue:

— Meu filho. Nosso filho. E serei grato a vida inteira ao meu grande amigo Eric por ter me ligado para contar. Por que você não me disse, minha rainha?

A rainha dele e a minha me olham. Que situação!

Agora, quem teme pela integridade física sou eu. E, ciente de que mereço o que Raquel queira me fazer ou dizer por eu ter sido o portador da notícia, digo:

— Desculpe, cunhada, mas alguém tinha que contar ao pai.

Ela pragueja. E me chama de tudo, menos de *bonito*.

Judith pisa em meu pé com vontade.

Caralho, que bruta!

Com o olhar, indica que conversaremos mais tarde. Meu amigo se aproxima mais um pouco de Raquel e sussurra:

— Diga, linda. Diga isso que eu tanto gosto de ouvir de sua boca doce.

Caralho. Será que eu sou tão meloso assim com Jud quando discutimos?

Olho para minha mulher, que me observa com um sorrisinho. Sem dúvida, ela sabe o que estou pensando e, ao ver sua expressão, sei que sim, que inclusive posso ser pior.

Assinto. O amor é assim mesmo. Então, Judith faz um gesto para que eu olhe para sua irmã. Raquel está tremendo. Sua mão treme, ainda segurando o copo de cristal. Entendo a expressão de minha mulher. Ela quer que eu fique preparado, porque, a qualquer momento, se o copo voar e o mexicano se esquivar, virá contra nós.

A tensão sobe. A mão de Raquel aperta o copo. Quando acho que vai dar com ele na cabeça de Juan Alberto, ouço-a dizer com um fio de voz:

— Vou... vou devorar você.

Pestanejo.

Eu ouvi direito?

Ela disse isso mesmo?

De repente, eles se abraçam, e Jud e eu suspiramos aliviados.

Não acabamos no pronto-socorro e, vendo os beijos desses dois, penso nos que desejo dar em Judith. Então, pegando-a no colo, a fim de passar um tempo com ela antes da próxima mamadeira do bebê, dirijo-me ao nosso quarto e, depois de vários beijos cheios de felicidade e sensualidade, minha mulher louca e maravilhosa me pede que tire a roupa. Tiro. Claro que sim.

28

Passam-se os meses.

Raquel e Juan Alberto se casam. Fazem uma grande festa em Jerez, na Villa Morenita, e nos divertimos muito. Especialmente minha pequena, que sabe aproveitar a vida.

★ ★ ★

Voltamos a Munique e continuo trabalhando duro. A Müller requer muito tempo e dedicação, e não sei se é porque sou pai, mas agora me esforço mais. Muito mais.

Judith volta a usar a Ducati. Fico angustiado, mas sei que isso é parte de quem é e que não a posso proibir. Ela também instaura em casa o "sábado do *cocido madrileño*", uma especialidade que Simona está aprendendo a fazer, mas que ainda não sai como o de Judith. Nesse dia, a casa se enche de parentes e amigos. Todos querem comer esse prato maravilhoso que minha mulher faz. E a casa que um dia foi cinza e sombria, graças a minha espanhola, agora é um lar cheio de risos, latidos, vozes e alegria. Muitas alegrias.

Certo domingo, estamos com convidados, quando Björn aparece com Agneta. Nosso amigo, que é apaixonado por carros, comprou um novo e quer mostrá-lo.

Ao ver quem está acompanhando Björn, minha mulher franze o cenho. Ela não suporta a apresentadora da CNN. Mas, querendo ser justo com meu amigo, e ignorando a cara de minha pequena, convido ambos a entrarem em nossa casa. Temos que ser educados, especialmente em se tratando de Björn.

Uma vez na sala, apresento Agneta a nossos convidados. Ela é a típica mulher que eu jamais iria querer ao meu lado, por diversas razões, mas é Björn quem tem que gostar dela, não eu.

Mais tarde, enquanto alguns dos presentes tiram fotos com a popular apresentadora para pôr no Facebook, observo Björn sorrir quando Judith diz algo a ele.

Do que estão falando?

Conhecendo-a, tenho certeza de que está falando de Foski, a quem agora também chama de *poodle constipado*.

Morro de rir com minha mulher! Só ela para ter essas ideias. Então, de repente, ouço alguém dizer:

— Vejam só, é o próprio James Bond!

Ao olhar, vejo Mel, a mulher que conhecemos meses atrás no dia do parto de Judith, e que hoje é uma de suas melhores amigas.

Bem-humorado, observo a cara de Björn. Ele não gosta dessa morena bonita, começaram com o pé esquerdo.

— Ora, ora, a Mulher-Maravilha — responde ele, para incomodá-la.

Aguardo a reação da heroína, quando ela, diferentemente do que Björn esperava, diz, divertida:

— Caramba, como me reconheceu?

Sua resposta deixa meu amigo desconcertado. Eu o conheço, ele está acostumado a estar sempre por cima das mulheres em todos os aspectos, inclusive nas brincadeiras. Mas com ela Björn não consegue. Não consegue, e isso o deixa desesperado.

Jud e eu nos olhamos.

Achamos graça na guerra dialética que travam, especialmente quando Mel diz que veio disfarçada para salvar o mundo de um espião que trabalha para o serviço secreto britânico.

Judith morre de rir. Eu também.

Meu amigo me busca com o olhar e, com um gesto, digo que relaxe. Então, ele se aproxima de mim.

— Não aguento essa mulher. O que está fazendo aqui?

Eu lhe entrego uma taça tentando não sorrir, mas ele grunhe:

— Não sei o que é tão engraçado.

Não consigo segurar o riso.

— Você não diz que gosta de mulheres que o surpreendem? Pois bem, acho que Mel o surpreende!

Björn bufa, pragueja e, ao ver Judith rindo com Mel, murmura:

— Como diria meu pai, Deus as cria e elas se juntam.

Rio mais, não posso evitar. Mas, então, ouvimos barulho de um copo se quebrando. Olho em volta enquanto ouço o choro de uma criança. Logo localizo Sami, a filha de Mel. E, seguido por Björn, vou até a menina, que caiu no chão depois de algo que Agneta fez.

O que essa imbecil está fazendo?

Björn, que viu o mesmo que eu, sem olhar para mim, pega a menina. Nesse momento, Mel se aproxima e tira sua filha dele. Meu amigo se agacha de novo e pega a coroinha rosa de Sami no chão.

Contrariado, olho para Agneta. Eu vi que ela fez a criança perder o equilíbrio. Como não quero criar muita polêmica, digo:

— Você poderia ter mais cuidado com a menina, não acha?

A idiota, para não dizer outra coisa, não responde. Só passa a mão pelo vestido e diz:

— Foi sem querer.

Não acredito nela, eu vi o que aconteceu. Ao olhar para Mel, fico feliz em ver que ela não percebeu. Senão, sem dúvida, teríamos confusão.

A menina cortou um dedinho com os cacos do copo.

— Venha. Vamos fazer um curativo na cozinha — digo a Mel.

A jovem assente. Ela me segue, assim como Judith, e lá, com carinho, fazemos um curativo. A lourinha é uma riqueza e seus beicinhos tocam meu coração. Sem perder tempo, pego uma caixa de *band-aid*, mas Mel me olha, pisca para mim e diz, abrindo sua bolsa enquanto a menina continua choramingando:

— Obrigada, Eric, mas Sami quer um *band-aid* mágico.

— *Band-aid* mágico? — pergunto, surpreso.

Mel assente. Judith sorri. Estou perdido.

— Você não conhece o *band-aid* mágico de princesa? — insiste Mel.

Nego. Nunca ouvi falar disso.

— Ah, sim, são incríveis! — afirma minha mulher.
— São ótimos — diz Mel.
— Temos que comprar! — diz Jud com convicção.
Não entendo nada.
De que *band-aid* estão falando?
Mas, ao ver a caixa de *band-aid* de princesas, compreendo. Ainda tenho muito que aprender em relação a crianças. Sorrio quando ouço Mel dizer, enquanto coloca um *band-aid* rosa em sua filha:
— A Bela Adormecida vai curar você com mágica e a dor vai embora. Tcha-nan! E não vai mais voltar.
Como se um arco-íris houvesse aparecido na cozinha, a lourinha para de chorar e nos dá um lindo sorriso.
— Aprenda, *Iceman* — diz Judith. — Quando Eric crescer, vai ter que fazer isso.
Anuo com a cabeça. Sem dúvida, tenho muito que aprender.
A crise passa e a menina volta a ser toda sorrisos e alegria. Voltamos para a sala, onde Björn, ao nos ver entrar, se agacha para ficar à altura dela.
— Qual é o seu nome? — pergunta ele.
Ora, uma bandeira branca entre meu amigo e a mãe da menina.
— *Pincesa* Sami.
Todos sorrimos. A menina é uma graça. E Björn, que continua com a coroi-nha rosa na mão, mostra-a e pergunta:
— Acho que isto é seu, não é?
Sami assente, tira a coroa das mãos dele e a coloca sobre sua cabecinha loura.
— Eu sou uma *pincesa*.
A seguir, inopinadamente, a linda *pincesa* dá um beijo sonoro no rosto de meu amigo, deixando-o atordoado.
Todo mundo ri. Minutos depois, quando a menina vai brincar, Mel quer saber se Björn está bem, pois, ao ajudar a menina, ele também cortou a mão. Reclamando, meu amigo a deixa fazer um curativo. E, quando vejo Mel pôr um *band-aid* rosa nele, rio. E rio mais. Deveria filmar a cara de Björn. Sem dúvida, essa mulher o surpreende.

29

Às vezes, o trabalho me sufoca.
Desde que assumi o comando da empresa, a receita da Müller vem au-mentando. Embora esteja contente com isso, também estou exausto. Estou tão sobrecarregado que às vezes discuto com Judith por causa disso.

Estou em minha sala vendo uns relatórios no notebook, quando minha secretária entra e diz:
— Senhor Zimmerman, o senhor Hoffmann está aqui para a reunião.
A seguir, Björn entra e, sem olhar para mim, dirige-se a ela dizendo:
— Você está muito bonita hoje.
Minha secretária sorri. Então, fica vermelha como um tomate. Quando ela sai e fecha a porta, advirto meu amigo:
— Nem pense nisso. Deixe minha secretária em paz!
Ele sorri.
— Diga isso a ela — responde ele.
Boquiaberto, olho para Björn, e vou protestar, quando ele acrescenta:
— Ela é quem liga para mim. A propósito, ela adora ostras e champanhe francês.
Ele sorri. Eu, não.
Decido não dizer nada. É melhor não perguntar.
Björn se senta na minha frente, abre seu notebook e começamos a falar de trabalho. Ele é meu advogado de confiança, e com ele trato de todo tipo de assunto.
Quando acabamos, ao ver um logotipo entre seus papéis que chama minha atenção, pergunto:
— Ainda está com isso?
Ele faz sim com a cabeça.
Há um escritório de advocacia chamado Heine, Dujson e Associados ao qual meu amigo sempre desejou pertencer.
— Você sabe que eu sempre quis ver meu nome aí. É meu sonho.
Assinto. Não é a primeira vez que ele comenta sobre isso.
— Continuo pensando que é uma loucura — digo.
— Por quê?
— Porque você tem seu próprio escritório, e...
— Eric... — interrompe Björn.
Tudo bem. Fico calado. Sei o que ele vai dizer.
— Tem razão — digo por fim. — Precisa ir atrás de seu sonho.
Björn sorri, não diz mais nada, e encerramos o assunto.
Assim que acabamos de falar de trabalho, ele me pergunta pelo pequeno Eric. Sempre que ouço o nome do meu filho, minha expressão muda. Pensar nele me faz sorrir. Começo a lhe contar coisas dele.
Não acabo nunca!
Björn me escuta, alegre.
Sei quanto ele gosta do mini-*Iceman*, como Jud o chama às vezes, e, para que fique um pouco com ele, convido-o para jantar. Björn aceita sem hesitar.
Deixamos meu carro na empresa e vamos no dele. Durante o caminho, ao parar nos semáforos, noto que várias mulheres olham para nós. Nós sempre

atraímos os olhares femininos. Björn sorri. Eu, não. Então, ao arrancar o carro, meu amigo me pergunta:

— Não sente falta?

— De quê?

— De sua liberdade. De poder sair com mulheres...

Ao ouvir isso, nego com a cabeça. Nada no mundo me faz mais feliz que saber que uma mulher me adora tanto quanto eu a adoro.

— Em absoluto.

Björn acelera e insiste:

— Fico feliz por você. Acho que encontrou a mulher certa, mas...

— Não há "mas", Björn. Quando você se apaixona de verdade, como eu, o resto das mulheres não importa, porque não existe nenhuma tão maravilhosa, especial, divertida e interessante como Judith é para mim.

Meu amigo sorri. Imagino que não consiga me entender.

— Então, fico infinitamente feliz por você — afirma ele, dando de ombros.

Esclarecido o assunto, não sei por que surge o nome de Mel, e ele me conta que não mora longe da casa dela. E diz que houve um incidente entre eles, e eu não posso parar de rir.

— Não ria, filho da puta — diz. — Essa mulher é perigosa. Ela se jogou na frente do meu carro e depois me acusou de querer atropelá-la.

Continuo rindo, não posso evitar. E, entre risos, chegamos a minha casa. Vejo um carro estacionado que não conheço.

De quem será?

Ao entrar, como sempre, fazemos festa para Susto e Calamar. Acho que meus cachorros são mais carinhosos que o normal.

— Judith e companhia estão na piscina coberta — diz Simona.

"Companhia"? Que companhia?

Curioso para saber com quem minha mulher está, vou com Björn até a piscina. Ao entrar, encontro-a com Mel e as crianças.

— Olá, papai — diz Flyn, ao me ver.

Dou uma piscadinha. Adoro ouvi-lo me chamar de papai.

— Ora, chegou o atropelador de mulheres — diz Mel.

Ao ouvir isso, sorrio e olho para Björn.

— Essa mulher está sempre com o fuzil carregado? — sussurra ele, blasfemando.

Com o olhar, peço-lhe que relaxe, que não vá embora. E, como sempre, Mel e ele trocam palavras gentis.

Esses dois!

Com vontade de ficar perto da minha mulher, ao vê-la sorrir diante do que está ouvindo, vou até ela.

— Olá, pequena — murmuro, pegando-a pela cintura.

Judith me olha. Está tentadora e, demonstrando quanto me deseja, ela responde:

— Olá, grandalhão.

Eu sorrio... Ela sorri...

E, sem esperar nem mais um segundo, beijo-a. Beijo-a com esse desejo que me consome sempre que ela está perto de mim.

— Ei, vão para o quarto, por favor! — diz Björn, de repente.

Rindo, Judith e eu nos largamos.

Não há nada que queiramos mais que ir para o quarto, mas, sabendo que em poucas horas isso vai acontecer, dou uma piscadinha para minha mulher e olho para meu bebê, que está dormindo em sua cadeirinha.

Björn se aproxima e declara, olhando para meu orgulho:

— Ele vai partir muitos corações.

— Como o pai — afirma Judith.

Estamos sorrindo, quando ela sai correndo com Mel para pegar Sami, que está sem boia e quer pular na água.

— Não acredito! — murmura Björn, surpreso.

Sem entender, observo-o. Olho para as garotas, que estão rindo.

— O que foi? — pergunto.

Björn aponta para a tatuagem que Mel tem nas costas. É um curioso filtro dos sonhos. Com certo ar de mistério, meu amigo comenta:

— Acho que já vi essa tatuagem em algum lugar.

Eu olho de novo. É a primeira vez que a vejo.

— Onde? — insisto.

As garotas se aproximam, distraídas. Björn, baixando a voz, sussurra:

— Se eu lhe disser, você não vai acreditar.

Isso chama minha atenção, mas, bem na hora que vou perguntar, percebo que meu filho está olhando para mim. Está de olhos abertos, e toda minha atenção recai sobre ele. E, então, começo a falar baleiês.

Enquanto estou com o bebê, as garotas conversam com Björn. Como era de se esperar, meu amigo e Mel trocam palavras não muito gentis. Até que ouço Sami dizer:

— Bobo. Você *píncipe* bobo.

Ao ouvir sua voz graciosa, olho para ela e compreendo que está falando com Björn. Meu amigo me olha. Eu rio.

— Não se pode negar que é sua filha — diz ele, olhando para a mãe da criança.

Mel sorri. Judith também. E, enquanto pego o pequeno Eric, Mel, que está vestindo sua filha para ir embora, diz:

— Assim que eu gosto, meu amor, que os identifique desde pequena.

Caralho... essa Melania não tem papas na língua!

Björn bufa ao ouvi-la. A tensão estranha entre eles é evidente. Quando ela vai embora, ao fechar a porta, Jud se volta furiosa para meu amigo. Dá-lhe uma bronca pelos comentários que ele fez. Então, ficamos sabendo que Mel é viúva. Primeira notícia.

★ ★ ★

À noite, quando Flyn vai para a cama e o pequeno Eric dorme, vou para nosso quarto e encontro Jud na cama com seu notebook.

Como sempre, ela está sorrindo. Quando me aproximo e vejo o que está fazendo, digo:

— Mande um "oi" às Guerreiras por mim.

Jud sorri.

Ela adora o grupo do Facebook chamado "As Guerreiras Maxwell", no qual tem boas amigas, que, verdade seja dita, no dia de meu casamento, me enlouqueceram com suas camisetas "Eu quero um Eric Zimmerman".

Elas são terríveis!

Enquanto minha mulher conversa com as amigas, decido tomar um banho rápido. Mas, quando estou no banheiro tirando a cueca, a porta se abre.

Minha pequena.

Ela me olha com um sorriso maroto.

Hhmm... a coisa está ficando interessante!

Ao entender minha pergunta silenciosa, ela tira a camiseta, deixa seus seios livres diante de mim e diz:

— As Guerreiras disseram para eu vir aqui.

Eu sorrio...

Ela sorri...

Sem dúvida, vamos brincar, sim... sim... sim... Nós nos beijamos.

Nossa, como eu gosto de seus beijos, e dela toda, absolutamente toda!

Excitado como sempre fico quando ela se aproxima de mim, cheio de vontade, pego-a no colo, e ela enrosca as pernas ao redor de minha cintura.

Um beijo...

Dois...

Chamegos...

Carícias...

Palavras ardentes...

E quando, olhando-a nos olhos, arranco sua fina tanguinha azul, ambos arfamos.

Novos beijos...

Novas carícias...

Eu a apoio na pia do banheiro e minhas grandes mãos buscam seus seios tentadores. São maravilhosos. Adorando sua reação, acaricio seus lindos mamilos, que logo endurecem entre meus dedos.

Adoro isso!

Ela sorri...

Eu sorrio...

Desejando minha mulher, seguro minha ereção e, passando-a por suas coxas trêmulas para que ela sinta o calor de minha pele e minha dureza, murmuro:

— O que é que minha Guerreira quer?

Jud se agita, pestaneja, fica enlouquecida com a pergunta. Cega de desejo, diz, depois de afastar o cabelo dos olhos, toda sedutora:

— Quero ser empalada.

Eu sorrio...

Ela sorri...

Gosto de ser seu empalador particular. Adoro! E lhe dou um tapinha no traseiro. Ela gosta.

Com os olhos brilhando de desejo, minha pequena me olha. Sabe o que pediu e sabe o que vou lhe dar. Com prazer, abro lenta, muito lentamente, suas pernas enquanto a olho.

Ela arfa...

Eu vibro...

Com prazer, observo sua linda feminilidade, que me deixa louco. E, sem a tocar, sem a roçar, já a sinto úmida e expectante para mim. Só para mim.

Nossa pulsação se acelera...

Nossa inquietude aumenta...

Quando sinto que nós dois vamos explodir, levanto-a da pia e, ao sentir seus braços cercando meu pescoço, entro nela com uma investida certeira e profunda.

Judith geme.

Caralho, que prazer!

Aberta para mim, minha mulher incrível me dá total acesso ao seu interior. Ela é ardente, suave, sedosa, e com seus doces e excitantes suspiros me mostra como gosta do que estamos fazendo. E quanto curte.

Suas coxas estão abertas sobre meus antebraços enquanto, em um ritmo frenético, entro e saio dela sem parar.

Colossal!

Judith arfa. Geme de prazer. Demonstra quanto gosta de minhas investidas, e eu demonstro quanto curto.

Que prazer!

Nosso jogo é assolador, demolidor, maravilhoso.

Testa com testa, olhamo-nos sem fôlego, nenhum dos dois quer interromper o momento. Nenhum dos dois quer fazer uma aposta porque nós dois queremos ser vencedores.

Em êxtase, movemo-nos e entro mais profundamente nela. Jud se arqueia. Eu tremo. O tesão nos enlouquece e buscamos mais. Muito mais.

Outro tapinha em seu lindo traseiro... outro...

Os tapinhas que lhe dou quando fazemos sexo a deixam a mil, assim como a mim. Vendo nossa imagem no espelho do banheiro, mudo de posição para que ela veja também. Sei que vai gostar.

Sim, não me enganei.

Quando Judith se vê no espelho totalmente possuída por mim, fica mais louca ainda. Mais viva.

Agarrada a meu pescoço com uma força que não sei de onde tira, ela começa a me cavalgar, e agora sou eu quem tenho que apoiar as costas na parede.

Caralho!

Ela me enlouquece!

Ela me deixa louco!

Minhas pernas tremem enquanto minha dura ereção entra e sai dela sem parar e sua vagina me suga.

O prazer é puro... ardente... extremo...

Nós nos possuímos...

Fodemos...

Damos e recebemos infinito prazer...

Sim... é maravilhoso...

Isso que ela e eu fazemos é uma mistura estranha... estranha como nós, mas é nossa mistura. Nossa ardente, luxuriosa e viciante mistura.

As investidas se aceleram, famintas de sexo. Retomando o controle da situação, pego-a pelo traseiro e afundo um pouco mais nela.

Jud me olha. Ela gosta, adora que a pegue assim. Que foda com ela assim. Que a possua assim.

Até que, por fim, quando chega a hora, deixamo-nos inundar pelo prazer em uníssono, por esse quente e ardoroso clímax que nos faz fechar os olhos.

Eu a abraço. Colo-a ao meu corpo.

Foi incrível, como sempre!

E, depois de um sorriso que alegra minha vida, a dona do meu coração suga meu lábio superior, e inferior e, depois de me dar uma mordidinha maravilhosa, afirma, fazendo-me rir:

— Isso é pelas Guerreiras!

30

Gosto de basquete. Curto jogar com os amigos, e sempre me sinto ótimo depois de uma partida. Às vezes, fico com dor de cabeça por causa de uma bolada ou pancada, mas não conto a Judith. É melhor assim.

Suado devido ao esforço que eu e todo o meu time estamos fazendo no jogo de hoje, suspiro quando terminamos o terceiro tempo. Estamos ganhando de 65 a 59.

Quando olho para a arquibancada para encontrar os olhos que a cada dia me fazem o homem mais feliz do mundo, ao ver com quem está Jud, comento com sarcasmo para Björn:

— Ora, a coisa está ficando interessante.

Ele me olha. Não entende por que eu disse isso. Então, aponto disfarçadamente, e, ao ver Mel com Judith, meu amigo joga no rosto a água da garrafa que tem na mão.

— Interessantíssima — murmura Björn.

Agora sou eu quem joga água na cabeça.

— Que diabos ela está fazendo aqui? — pergunta ele.

— Jud a convidou.

— Por quê?

Ao ver que Björn não consegue tirar os olhos da arquibancada, digo:

— Porque elas são amigas.

Ele se agita. Estranhamente, está nervoso. E, pensando no que Jud me contou na intimidade sobre essa mulher, que tem certos gostos como os nossos, pergunto:

— Aconteceu alguma coisa?

Björn afasta o cabelo do rosto e, sorrindo para uma jovem que está no fundo da quadra, replica:

— Não, mas me incomoda ver essa insuportável.

Sorrio. Insuportável ou não, vejo que repetidamente seus olhos a buscam na arquibancada.

— Calma, você não vai ter que a suportar muito tempo. Sorte sua que vai sair com Maya, não é?

Meu amigo assente, muda de cara e diz, bem no momento em que soa o apito informando o recomeço do jogo:

— Sim, amigo. Você tem razão.

Sorrio e, sabendo da maldade que vou dizer, solto:

— Outros vão agradecer sua ausência esta noite, eu garanto.

Ele me olha. Pegando a bola que Jürgen me passa, jogo-a para ele e digo:

— Ande, vamos jogar.

Depois da partida e de uma chuveirada, vamos saindo aos poucos. Quando saio do vestiário, vejo Björn com Maya, uma linda ruiva. Ambos estão muito sorridentes. Ao ver ao fundo Judith com Mel e Damian, um colega de basquete, murmuro ao passar por meu amigo:

— Damian está encantado!

Quando digo isso, noto a expressão de Björn mudar. Sem dúvida, minhas palavras o incomodaram.

— Aonde querem ir? — pergunto a minha mulher, depois de beijá-la.

O pessoal começa a sugerir lugares e, no fim, decidimos ir beber uns drinques. De rabo de olho, vejo que Björn, indeciso, nem se mexe. Não sabe se vai embora ou não. E, quando vamos saindo, ele nos segue.

Que curioso!

Por isso, e mais seguro que antes, eu me aproximo dele e pergunto:

— Você não ia embora?

Björn sorri.

— Sim — afirma. — Mas, antes, vamos com vocês tomar uns drinques.

Não digo mais nada. Assinto e vou aonde está minha mulher.

Depois de vários drinques, estamos todos famintos e decidimos sair para comer. Björn de novo nos acompanha. Quando Maya, no restaurante, se afasta por alguns segundos, eu me aproximo de meu amigo e, no instante em que nossos olhares se encontram, ele grunhe:

— Caralho, cara, como você está um pentelho hoje!

Bem-humorado, vendo Mel rindo com Damian, comento:

— Parece que estão se divertindo, não é?

Notando minha ironia, Björn entende o que estou pensando.

— Pare de encher meu saco, *okay*? — sussurra, impassível.

Sua resposta me faz gargalhar, tanto que meu amigo rosna:

— Acho que alguém vai ficar com olhos vampirescos de novo.

Isso redobra minha gargalhada. Então, Mel se levanta e se afasta. Segundos depois, Björn faz o mesmo.

A coisa está ficando interessante...

Descaradamente, sigo os dois com o olhar, até que Judith se aproxima de mim.

— O que há com Björn, e por que você está rindo tanto? — pergunta ela.

Não sei se devo lhe contar o que penso.

O estranho é que Judith, sendo tão intuitiva e observadora, não tenha percebido. Mas, como não quero ser desleal com Björn por algo que apenas pressuponho,

179

beijo o pescoço de minha mulher e, mudando de assunto, pego uma batata frita, passo-a no ketchup, do jeito que ela gosta, e pergunto:

— Quer pedir mais?

Ela assente de imediato e continuamos jantando.

Um bom tempo depois, Björn volta e vejo algo que não estava ali antes.

— O que aconteceu com seu lábio? — pergunto.

Está machucado, dá para ver de longe.

— Bati — responde ele, sombrio.

Sei, sei... Isso parece uma mordida.

Curioso, olho para Mel, que voltou para a mesa segundos antes dele e está nos olhando com um sorrisinho acusador. Ora, ora! Mas decido me calar. Nunca fui indiscreto.

Pouco depois, quando de novo estamos sentados ao redor da mesa, a guerra de palavras entre Björn e Mel diverte a todos nós, que rimos de seus ataques.

O que Björn está fazendo?

Cada vez mais surpreso com sua atitude, eu o observo. Ele diz que não vai com a cara de Mel, mas não consegue ignorá-la. Estou pensando nisso, quando Jud sussurra:

— Acho que há alguma coisa entre esses dois.

Caralho!

Pronto, lá vem confusão!

Estranho seria se minha pequena não percebesse a tensão que há entre eles.

— Que coisa? — pergunto, fazendo-me de desentendido.

De imediato, Jud me diz o que pensa e percebo que não sou o único que está começando a acreditar que ali tem coisa. Mas, como não quero levantar mais suspeitas, tomo um gole de minha cerveja, olho para minha morena e sussurro:

— Pequena, só posso dizer que desses dois, eu espero qualquer coisa.

Judith assente e sorri.

Nossa, que sorriso! Como diria meu sogro, dá até um medinho!

Depois da sobremesa, Mel e Björn já são o centro das atenções.

— O que está fazendo? — pergunto ao meu amigo, discretamente.

Ele grunhe.

— Ouça, cara, não aguento essa Mulher-Gato. Você conhece uma mulher mais impossível?

Olho para ele... Ele olha para mim...

Sorrio... Ele prageja.

Antes que eu possa responder, ele sibila com uma expressão estranha no rosto:

— É melhor ficar calado.

Assinto. Sem dúvida, é melhor.

Judith, que está ao meu lado, levanta-se e diz, olhando para mim:

— Vamos ao banheiro.

Nesse "vamos" ela inclui Mel, que parece apressada.

Maya, a ruiva que acompanha Björn nesta noite, busca a atenção de meu amigo, mas ele não está nem aí para ela. Não sei o que pensa. Não posso falar com ele com tranquilidade, mas sei que está inquieto. Por fim, ao ver a atitude de Björn, Maya se vira e começa a conversar com outro amigo nosso, que, satisfeito, lhe dá trela.

Durante um tempo, Björn e eu ficamos calados enquanto observamos nossos amigos rindo e brincando a nossa volta, até que me lembro de falar para ele da festa da Müller que estamos organizando este ano. Björn me dá seu parecer acerca de certas coisas que poderiam ser melhoradas, e tomo nota. Sua contribuição é sempre bem-vinda.

Estamos falando sobre isso, quando um sujeito passa perto de nós e o ouço dizer a seus amigos:

— Que confusão lá no banheiro feminino!

De imediato, eu me levanto apressado. Tão rápido que derrubo a cadeira enquanto digo:

— Judith está lá.

A meu lado, Björn me acompanha, desviando das pessoas. Está alarmado como eu. Queremos chegar ao banheiro o quanto antes. E, quando chegamos, a primeira coisa que vemos é um sujeito com sinais de embriaguez caído no chão.

Surpreso, olho para ele.

Se encostou em um fio de cabelo de minha pequena, vou matá-lo!

Estou angustiado querendo ver Judith, quando ouço a voz de Mel, que grita:

— E vamos fazer o mesmo com você, imbecil, se se atrever a ser inconveniente com a gente!

Como assim ser inconveniente?

Alguém foi inconveniente com elas?

A raiva toma conta de mim.

Aperto os punhos, pronto para quebrar a cara de quem for, quando entramos e meus olhos encontram os de Jud. Logo ela mostra que está bem, apesar da raiva, e me pede calma. Meu corpo treme, e ainda mais ao ver outro homem ali e Mel com sangue na boca.

Caralho... vou matar esses sujeitos!

Quando vou pular como um tigre em cima deles, Björn, alterado, se antecipa. Ergue a voz e exige saber o que aconteceu.

Jud e Mel, furiosas, contam que o sujeito bêbado caído no chão foi inconveniente com elas e que o amiguinho estava indo pelo mesmo caminho.

Definitivamente, vou quebrar a cara dos dois.

Vou dar um passo, quando Judith me segura, detendo-me. Outros homens se colocam entre nós para evitar o desastre que se aproxima. Quando levam embora os dois merdas, porque não há outro nome para eles, enquanto Björn vê se Mel está bem, eu cuido de Judith, que está furiosa.

— Quando vai deixar de ser tão impetuosa? Não vê que poderia ter acontecido alguma coisa, pequena? — grunho.

— *Iceman*, não comece. Esse imbecil entrou aqui e...

Eu a interrompo.

A raiva que ainda sinto não me permite continuar escutando.

Fico louco porque em um caso desses ela não recorreu a mim. Incapaz de controlar o tsunami de fúria, começamos uma de nossas discussões. Como sempre, se ela diz *branco*, eu digo *preto*. Furioso com a situação, decido voltar para casa. A noite acabou. Judith, claro, me chama de desmancha-prazeres, entre outras coisinhas que vão me deixando cada vez mais puto.

Dez minutos depois, no carro, sem conversar, porque gritaríamos, nós dois olhamos para frente, enquanto sinto minha raiva se dissipar. Saber que ela está bem faz isso comigo. Mas Judith é Judith! E, conhecendo-a e vendo sua cara, sei que, enquanto não soltar meia dúzia de bufos, ela não vai se acalmar. Por isso, tentando suavizar a situação, ligo o rádio e digo:

— Lamento que a noite tenha acab...

— Ouça, Eric — interrompe ela, desligando o rádio. — Que fique bem claro que se um idiota machista, ou dez, se meterem comigo, não vou correndo para você como uma "princesinha tola que precisa de um salvador que a defenda". Nem fodendo! Ficou claro? E quanto a esta noite...

— Tudo bem...

— Tudo bem o quê? — grunhe ela, levantando a voz.

Suspiro. Ela e seu maldito gênio espanhol.

Ela me olha. Espera que eu solte uma das minhas, mas não digo nada. Fico calado. É melhor assim.

Ligo o rádio de novo. Está tocando uma música do Silbermond de que Judith gosta. Cantarolo. Mas vejo que isso a deixa mais furiosa.

Péssima decisão!

Ela se remexe no banco. Vai dizer algo. Eu sei... Eu sei...

Olha para mim...

Vamos, pequena, desembuche!

Olha para frente de novo e afasta o cabelo dos olhos.

Nossa, sua raiva só aumenta.

Continuo dirigindo.

Ela olha para mim de novo. Bufa e, por fim, diz, desligando o rádio com um tapa:

— Estou esperando. Diga o que tem para dizer.

De rabo de olho, percebo que ela está esperando uma resposta.

Caralho, por que temos que discutir?

Ela me olha com os olhos semicerrados. Não sei o que fazer, mas, ligando o pisca-alerta do carro, encosto à direita da estrada.

Desligo o motor, olho para minha mulher, e ela, com sua petulância habitual, diz:

— Eu falei para dizer alguma coisa, não para parar.

Adoro isso.

Reconheço que, às vezes, como hoje, adoro sua petulância. Ela fica tão sexy...

Satisfeito, olho para ela. Não sorrio, mas preciso de sua proximidade, de modo que digo:

— Quando um não quer, dois não brigam.

Minhas palavras a deixam desconcertada, vejo isso em seu olhar. Decidido a instaurar a paz entre nós, murmuro:

— A única coisa que tenho a lhe dizer é: o que acha de me dar um beijo?

Ela pestaneja, não esperava por isso.

— Bem, se forem dois beijos, vou gostar mais — insisto.

Assim que digo isso, Judith tira o cinto de segurança. Aonde vai?

Está brincando que ela vai me fazer sair do carro para discutir! Mas, em décimos de segundo, minha maluca está em cima de mim.

Ela me beija... eu a beijo...

Ela me toca... eu a toco...

E, quando suas mãos abrem apressadamente meu cinto, sei que a fera de minha garota já está incontrolável. Sorrio e fico feliz por ter parado nesse trecho escuro e pouco movimentado. A essa hora, não passa quase ninguém.

— Aqui? — pergunto.

Judith faz que sim com a cabeça. Entende minha pergunta.

Suas faces coradas de desejo indicam que nada vai impedi-la de fazer o que pretende. E, sorrindo, inclino o banco.

— Tudo bem, pequena.

Meu amor me masturba e eu me entrego.

Como sempre, ela faz com que eu me sinta especial. Sussurra meu nome, olha para mim... Judith conhece minhas reações e, quando me vê apoiar a nuca no encosto do banco, pergunta:

— Mais rápido?

Assinto. Fecho os olhos e curto.

A pressão que ela aplica e seu jeito de me beijar fazem o resto. E, como eu também conheço perfeitamente sua linguagem corporal, passo as mãos por suas pernas. Sua suavidade é maravilhosa.

Depois, levo as mãos para baixo de seu vestido, acaricio seu traseiro até chegar às suas costas, enquanto ela, entregue, devora meus lábios e me provoca um espasmo de prazer que percorre meu corpo inteiro.

Incrível!

Adorando, e entregue como ela, ponho a mão dentro de sua calcinha. Calor.

Toco-a. Está úmida, muito úmida. Quando introduzo o dedo médio nela, Judith solta um maravilhoso suspiro de satisfação.

Sim!

Segundos depois, o inquietante cheiro de sexo inunda o carro e os vidros começam a ficar embaçados. Sem nos importar que alguém possa nos ver, masturbamos um ao outro, até que ela para.

— Quero mais — diz ela.

A impaciência a domina, e sorrio.

Estranho seria se minha pequena não quisesse mais. Então, ela se levanta sobre mim, coloca minha dura ereção em sua entrada quente e úmida e desce lentamente, muito lentamente.

Deus... que prazer!

Suspiramos satisfeitos em uníssono enquanto a sensação que inunda nosso corpo nos enlouquece cada vez mais.

Judith se mexe, cavalga em mim. Cavalga com vontade, com prazer, e eu, já começando a perder o bom senso, agarro seu lindo traseiro para apertá-la mais contra mim. Preciso entrar nela até o limite. Bem fundo.

Jud grita de satisfação, de loucura, enquanto vou ficando com muito mais tesão e, cravando-me nela, curto o prazer. Ambos curtimos sem pensar em nada, até que não aguentamos mais e nos deixamos ir.

Nossa, que maravilha!

Depois do momento "loucura passageira no carro", sorrimos, abraçados.

— Isso era tudo que eu tinha para dizer — concluo.

Judith sorri.

Seu sorriso ilumina a minha vida.

— Nunca concordei mais com você — diz ela, suspirando.

Rimos, felizes e apaixonados. Depois de ajeitar a roupa para seguir nosso caminho, ligo o carro e volto para a estrada. Judith põe um CD e começa a cantarolar uma música de seu cantor favorito. Ela sabe que, particularmente, gosto muito dessa canção chamada "Eso". Simplesmente, sou feliz!

31

Nossos momentos no Sensations são ardentes.

Sempre que podemos, Jud e eu damos uma fugidinha para soltar as nossas fantasias, e é maravilhoso aproveitá-las a dois.

Somos um casal normal: trabalho, filhos, casa... mas, na hora do sexo, seguimos nossas próprias normas, e gostamos disso. Adoramos a incrível cumplicidade que temos.

Certa manhã, quando estou escovando os dentes para ir trabalhar, de repente, a porta do banheiro se abre e Judith entra.

Surpreso, vejo-a correr para o vaso sanitário e vomitar.

Caralho!

Solto a escova de dentes e me aproximo dela. É evidente que na noite anterior comeu algo que não lhe caiu bem. Quando para de vomitar, murmura:

— Ai, meu Deus... Ai, meu Deus...

— Meu amor, o que foi?

— O que você acha?! — grunhe ela, furiosa.

Olho para ela. Que mau humor logo cedo!

— Só comigo acontece uma coisa dessas... Caralho... Caralho!

Continuo sem entender nada. Então, a náusea toma conta dela de novo. Seguro sua testa e afasto seu cabelo do rosto. Coitadinha, é horrível vomitar. Quando acaba, olhamo-nos.

— Caralho, Eric... Caralho!

Continuo desconcertado e, quando vou dizer algo, ela solta:

— Nem fale comigo!

Olho para ela boquiaberto.

O que foi que eu fiz, se só estava escovando os dentes?

Observo-a em silêncio. Jud fecha os olhos. Sei que não está bem. O que está acontecendo?

— Vá até minha cômoda, abra a gaveta de cima e traga-me uma caixa azul que está à direita — diz, quando abre os olhos.

Sem fazer perguntas, porque se fizer, certamente ela vai soltar uma de suas palavras doces, faço o que me pede.

O que deu nela?

Quando abro a gaveta e vejo a caixa azul que ela mencionou, fico sem ar.

Caralho!

Diante de mim, vejo...

...um teste de gravidez!

Nossa...

Agora a entendo. Agora compreendo seus comentários e seu mau humor.

Grávida?!

Não... não... não pode ser. Não estou pronto para lutar de novo com seus malditos hormônios.

Sem conseguir me mexer nem tocar a caixa, não sei se rio, choro ou saio correndo. Até que ouço a voz de Judith às minhas costas:

— Comprei ontem, porque algo me dizia que...

— Você está grávida?! — pergunto, virando-me para olhar para ela.

Judith suspira. Franze o nariz, com os olhos úmidos, enquanto eu fico pálido.

— Não sei, meu amor... Não sei. Mas a culpa é sua — murmura ela, abraçando-me.

Incrível!

Ao que parece, sou o culpado. Enxugo o suor frio que sinto de repente e pergunto:

— Culpa minha?

Judith sorri.

Mãe do céu... mãe do céu...

Acho que podemos economizar o teste.

— Não, meu amor. Não ligue para o que eu falo — acrescenta ela.

Coço o pescoço. Acho que vou ficar cheio de vergões como ela. Cada um de nós tem seus próprios medos do que possa ser, mas tento ser positivo.

— Seria tão ruim assim? — pergunto.

Judith suspira... bufa... arfa... grunhe... ri... e se abana com a mão, e eu tremo.

Caralho, os hormônios!

Eles voltaram!

Acho que ela lê meu pensamento, meus medos, porque diz:

— Meu amor... o que vamos fazer?

Nossa!

Pensar em outra gravidez cheia de hormônios descontrolados me apavora, mas preciso que minha pequena saiba que estou ao seu lado para o que der e vier. De modo que pego a caixa azul na cômoda e a abro.

— Por enquanto, vamos saber se seremos pais ou não — respondo.

Juntos, entramos de novo no banheiro. Leio as instruções do teste como se fosse um manual de física quântica. Até que Judith tira o aparelhinho branco de minhas mãos e diz:

— Não se preocupe. Faço xixi e os tracinhos dirão "sim" ou "não".

Eu a observo, curioso.

Que jeito mais estranho de saber se seremos pais!

Depois de fazer o que tem que fazer, ela fecha a tampa do aparelhinho e, deixando-o no balcão da pia do banheiro, diz, coçando o pescoço:

— Agora, é só esperar três minutos.

Assinto. Tiro meu celular do bolso e ponho um alarme para dali a três minutos. Meus pés parecem colados no chão. Pego a mão dela para que não se coce.

Caralho, estou nervoso!

Judith olha para mim...

Olho para ela...

E, ao ver a preocupação em seus olhos, digo:

— Meu amor, o que tiver que ser, será. Nós nos amamos, e nada é mais forte que isso.

Ela assente, suspira e murmura:

— Ai, Eric... é que os malditos hormônios me deixaram insuportável, mandona, chorona e...

— ... linda — concluo.

Minha pequena sorri.

Adoro vê-la sorrir.

— Quem sabe desta vez seja uma moreninha... — digo, agachando-me.

Jud suspira. Nós já brincamos com isso. Abraçamo-nos em silêncio.

O alarme de meu celular toca.

— Da outra vez, fui a primeira a saber da notícia. Desta vez, se estiver grávida, quero que você seja o primeiro a saber. Lembre-se: um tracinho, "não". Dois tracinhos, "sim" — diz Jud.

Assinto. Que responsabilidade! Com segurança, pego o aparelhinho, tiro a tampa e, ao olhar, meu coração se acelera.

— Senhora Zimmerman, positivo! — murmuro, sorrindo.

Jud fecha os olhos, chorando e rindo ao mesmo tempo.

Eu me seguro na pia.

Uma notícia dessas logo de manhã era algo que eu não esperava. De repente, a alegria me invade.

— Vamos ser pais outra vez! — grito, abraçando minha pequena.

Por fim, Jud para de chorar e começa a gargalhar. Acho que ela precisava ver essa reação em mim. Depois de um beijo que deixa claro que estamos juntos em tudo, ela murmura:

— Já vou avisando: quero litros e litros de peridural!

Sorrio.

Caralho, vou ser pai outra vez!

Olhando para minha mulher, estou pensando que vamos ser uma família numerosa, quando ela diz:

— Meu amor, só espero que os hormônios se controlem desta vez.

Assinto. Como uma vez alguém me disse, pensamento positivo atrai positividade.

— Tenho certeza de que assim será.

Rimos. E, juntos e apaixonados, descemos para a cozinha, onde damos a maravilhosa notícia ao resto da família. E todos – como não? – começam a tremer!

32

Passam-se os meses e a gravidez de Jud vai de vento em popa. Os vômitos desaparecem, batizamos nosso bebê na barriga de *Conguito* desta vez e, o melhor, os hormônios estão totalmente controlados. Ela exige sexo, assim como eu, mas, desta vez, tudo acontece normalmente, não com a loucura desatada da outra gravidez.

A festa anual da Müller foi boa. Este ano, com a ajuda de Jud e os conselhos de Björn, tudo foi mais dinâmico, mais divertido, e até eu aproveitei. Quase todos os funcionários da empresa compareceram, provenientes de todas as delegações que temos, e Judith se divertiu muito reencontrando seus antigos colegas da Espanha.

Com prazer, vi minha pequena se divertir muito, embora não possa dizer o mesmo de Björn. Mel estava acompanhada por um sujeito chamado Robert e, sem dúvida, há alguma coisa entre Björn e ela. Mas, como digo a Jud, não devemos falar nada. O que tiver que ser, será, não podemos interferir.

Estou trabalhando em minha sala, quando minha secretária abre a porta e anuncia:

— O senhor Björn Hoffmann está aqui.

— Mande-o entrar — digo, deixando alguns papéis de lado.

Instantes depois, meu amigo entra e, surpreendentemente, não olha para minha secretária. Isso chama minha atenção. Mas me surpreende mais ainda o fato de ele se sentar a minha frente e dizer com cara de poucos amigos:

— Estou fazendo papel de idiota como nunca fiz na vida, mas não posso evitar.

Sem entender nada, pestanejo.

— Ela é uma *kamikaze*. Pelo amor de Deus! Há pouco tempo aconteceu um acidente enquanto estávamos almoçando, e ela foi lá sem esperar os bombeiros chegarem. Caralho, ela entrou no carro batido e ele explodiu! — acrescenta ele.

— O quê?! — pergunto, surpreso.

Björn assente, desesperado.

— Eu disse para ela sair do maldito carro, mas não... ela não me deu ouvidos. Tirou a mulher que estava ao volante e, sem pensar em sua segurança, começou a procurar uma criança. Então, o carro explodiu e...

— Björn, está falando de Mel? De Melania?

— De quem mais?! — grunhe ele.

— Mas ela está bem? — pergunto, preocupado.

Ele assente. De repente, sorri e afirma:

— Sim, está bem. Ela sozinha salvou a mãe e a criança. Incrível!

Respiro. Por um momento, fico desorientado.

— Incrível foi a rolha que ela estourou na sua cara outro dia lá em casa — brinco, ao ver a cara do meu amigo.

Caímos na gargalhada.

Ao abrir uma garrafa de champanhe, Mel dirigiu a rolha para Björn e, lógico, acertou no rosto dele. É divertido recordar esse momento, apesar da fúria inicial de Björn na hora. Mas, então, lembro que, depois, Jud e eu ficamos com Sami para que Mel saísse com um desconhecido de quem nem disse o nome.

— Foi tudo bem naquela noite? — pergunto.

Por sua expressão, gosta do que está recordando.

— Sim — afirma Björn.

— Acho que por fim uma mulher o surpreendeu — comento, sem querer ser indiscreto.

Sua expressão muda. E, depois de fechar os olhos e abri-los de novo, ele murmura:

— Eu lhe mando rosas com bilhetinhos, entre outras coisas, ligo toda hora, sinto saudades e quero saber se tanto ela quanto a *pincesa* estão bem... Que diabos está acontecendo comigo?

Eu sei... acho que sei.

— Isso se chama *amor*, amigo — respondo.

— Não encha o saco...

— Só estou dizendo a verdade.

Björn bufa, prageja, não quer acreditar que isso está acontecendo com ele.

— É impossível lutar contra isso, e eu falo por experiência própria — insisto.

— Caralho, Eric...

Sorrio. Acho engraçado ver que meu amigo foi laçado sem querer, como eu fui.

— Você está perdido. E ainda por cima são duas: Mel e Sami — debocho.

Quando digo o nome delas, ele sorri e, mudando a expressão, diz:

— Não diga nem uma palavra para Judith.

— Björn, pare com isso!

— Nem uma palavra — insiste.

Bufo.

Não gosto de ter segredos com minha pequena, e menos ainda desse calibre. Não gosto nada disso. Mas, como ela também não comentou nada comigo a esse respeito, nem sei se Mel fala com ela sobre isso, afirmo:

— Eu lhe dou minha palavra.

Björn assente. Isso o deixa mais tranquilo.

— Como está Judith? — pergunta ele, em seguida.

Agora quem sorri como um idiota sou eu.

— Linda e feliz — afirmo. — Desta vez, está tudo mais tranquilo e estamos curtindo a gravidez do Conguito como não curtimos a da Medusa.

Sorrimos. Essas conversas, sensações, sentimentos, perguntas e respostas são cada vez mais habituais entre nós.

— Mel me deixa desesperado com sua autossuficiência e sua desfaçatez de comissária de bordo. E Sami, porque mexe em tudo e suja tudo. Caralho... até levaram Peggy Sue para a minha casa.

É a primeira vez que ouço esse nome.

— E quem é Peggy Sue?

— Um rato.

— Um rato?!

Olhamo-nos. Aceitei cachorros em meu lar, adoro Susto e Calamar e por nada deste mundo ia querê-los fora da minha vida, mas um rato? Um rato em casa?

— Para ser mais exato, uma *hamster* — esclarece meu amigo.

Assinto. Sei que ele sempre teve aversão a roedores. Quando vou dar meu parecer, ele sussurra:

— Com rato e tudo, tenho um estranho desejo de protegê-las, e não consigo parar de pensar nelas. Mas Mel e seu maldito trabalho como comissária de bordo me deixam desconcertado. Nunca sei quando ela vai ou vem, e, bem... não poder controlar tudo está começando a me deixar louco.

Sorrio. Eu entendo.

O maldito amor chegou a sua vida, e não sei se fico feliz ou se lamento por ele.

O amor e as mulheres são muito complicados. E para Björn chegaram duas mulheres ao mesmo tempo. Três, se incluirmos a *hamster*.

A partir desse dia, sempre que Björn e eu nos encontramos, eu me faço de desentendido. Ele me fala normalmente de seu relacionamento com Mel, e Judith fica dando indiretas que eu finjo não entender. Eu fico dividido, e sei que qualquer dia o assunto vai explodir em cima de mim, de um jeito ou de outro.

Quando nos reunimos com todos os amigos e Mel e Björn estão conosco, tento não rir das discussões absurdas deles em público. Sei quando eles se veem, quando não se veem, e sei até que Björn vai com Mel e a filha às Astúrias e que a avó dela o chama de Blasito! Que nome...

Em outubro, Judith está redonda. Como ela diz, rola, não anda.

Eu a observo feliz enquanto ela fala com Flyn e minha mãe. Às vezes, fico com ciúmes da relação deles, mas reconheço que, no fundo, gosto de vê-los tão próximos. Ver como se amam é uma das coisas mais bonitas que já experimentei na vida.

Depois que minha mãe vai embora, Jud fecha a porta, olha para mim e diz:

— Não seja desmancha-prazeres e fique feliz por sua mãe.

Simona, ao ouvir isso, tira o pequeno Eric de meus braços e, olhando para Flyn, diz:

— Acho que Eric quer beber água. Vamos dar água a ele, Flyn?
— Claro — diz o garoto.
Acho engraçado ouvir isso. Eles já nos conhecem, e saem do caminho.
Quando ficamos sozinhos, minha mulher prossegue:
— Não seja chato, Eric. Sua mãe ainda é jovem para namorar.
Praguejo. Esse assunto de minha mãe me tira do sério. Odeio ter que ser o adulto. Grunho.
— Ouça, meu amor, é melhor não falarmos sobre isso, senão...
— Senão o quê?
Judith põe as mãos na cintura.
Começamos!
Mas, sem muita vontade de alterá-la e menos ainda de discutir, sussurro:
— Já disse como você está linda hoje?
Ela sorri e nega com a cabeça.
— Não, mas pode dizer. E voltando ao...
— E como seu cabelo está bonito? Nossa, está lindo — insisto.
Judith sorri de novo e, suspirando, murmura:
— Tudo bem!
Então, dou um passo em sua direção e a abraço. Não estou a fim de discutir com ela por causa de minha mãe e suas loucuras.
— Eu te amo, e muito — murmuro, dando-lhe um beijo na cabeça.
Ela se aperta contra o meu corpo e diz:
— Vamos tomar um banho de piscina?
Assinto. Acho que é uma excelente ideia.

★ ★ ★

No sábado, apesar de Simona não estar porque foi com Norbert para Stuttgart para cuidar da irmã, que fez uma cirurgia, Judith insiste em fazer seu *cocido madrileño*.
E que ninguém ouse lhe dizer "não"!
Almoçamos em casa com os amigos e, como sempre, Björn e Mel parecem cão e gato. Na distância, eu os observo. Não sei como não se cansam, e menos ainda entendo como Björn pode ver outros homens como Efrén e Tyler ciscando ao redor de Mel. Eu nunca suportaria isso com minha pequena.
Durante o almoço, percebo que Judith não tira o olho dos dois.
— O que está olhando, meu amor? — pergunto.
Ao me ouvir, ela sorri e pisca para mim.
— Nada e tudo — diz.
Ora, ora, algo me diz que minha pequena sabe mais do que eu pensava.

Minutos depois, quando sei que Mel e Björn estão sozinhos na cozinha e Jud se levanta, eu me levanto também. Quero alertá-los. Mas Judith bloqueia meu caminho, de modo que faço barulho com os pés. Isso os alertará.

Quando entramos na cozinha, como eu imaginava, os dois estão ali.

— O que estão fazendo aqui? — pergunta Judith.

De imediato, a *Iron Woman* e o burro de *Shrek*, que é como se chamam hoje, começam a trocar farpas. Quando vejo Mel com uma faca na mão, vou até ela, tiro-lhe a faca e digo:

— Cuidado, com faca não se brinca.

Jud ri. Se ela soubesse...

Eles discutem. O jeito de discutirem na nossa frente está começando a me parecer ridículo. Quando os dois desaparecem, olho para minha mulher, que está muito tranquila, e afirmo:

— A partir de hoje, se convidarmos Björn, Mel não vem, e vice-versa. Certo, pequena?

Jud sorri de novo. Quando lhe pergunto o motivo, ela me abraça e sussurra:

— Você mesmo vai ver antes que o dia acabe.

Isso não é nada bom...

Não sei do que se trata, mas, sem dúvida, Jud não está caindo na deles, e tenho medo de que fique brava comigo quando souber que sei toda a verdade.

Caralho! Por que fui fazer o jogo de Björn?

Depois do almoço, o papo se estende, dessa vez na sala. O grupo se diverte, mas não estou tranquilo. Algo me diz que alguma coisa vai acontecer; especialmente ao ver Judith tão tranquila.

Tyler não para de dar em cima de Mel. Embora ela não caia na dele, também não lhe corta as asas. Vejo que isso deixa Björn louco. Ele disfarça, mas eu o conheço e sei que está incomodado com o que vê.

Os convidados começam a ir embora. Todos exceto Tyler, Björn e Mel, e eu começo a temer o pior. Nós cinco vamos para a cozinha. Tyler continua dando em cima de Mel, todo meloso. Mas, surpreendentemente, Jud o incentiva.

O que ela está fazendo?

Olho para ela. Ela sorri, e, de repente, percebo que está fazendo de propósito.

Mas é uma bruxa!

Björn bufa. Seu rosto passa por todas as cores. Ele abre a geladeira, pega uma cerveja e fecha a porta com tanta força que entendo que tenho que acabar com essa história. Por isso, como dono da casa, eu me levanto e digo:

— Tyler, hora de ir, amigo. — E, quando minha mulher me olha com estranheza, insisto: — Jud, vamos acompanhá-lo até a porta.

Tyler me olha.

Isso que acabo de fazer é muito feio, mas, sem reclamar, ele se despede de Mel e de Björn e nos acompanha.

Depois que ele sai e fechamos a porta, Judith olha para mim e grunhe:
— Posso saber o que está fazendo?
Bufo. Estou cansado.
— Posso saber o que *você* está fazendo? — pergunto, sem pensar.
Judith olha para mim, estreita os olhos e, segura de si, diz:
— Não sou boba, *Iceman*, nem cega.
Então, ela vai para a cozinha. Eu a sigo e, ao abrir a porta, encontramos Mel e Björn encostados na geladeira beijando-se com verdadeira paixão.
Caralho!
Judith olha para mim...
Eu olho para ela...
E ela, irônica, diz em alto e bom som:
— Ora, ora, parece que nenhum dos dois "fez a cobra".
Björn e Mel interrompem o beijo, mas não se afastam.
— Disse que antes do fim do dia tudo se esclareceria. Aqui está a tensão sexual... já resolvida — diz Jud.
Caralho, essa moreninha!
É evidente que ela planejou tudo. Tenho que rir.
Björn ri também, e minha pequena, pegando seu celular, mostra-nos uma foto dos dois em um shopping, dias antes, beijando-se e se abraçando.
Mel e meu amigo se olham, desconcertados. Depois de trocar umas palavras com minha mulher, Björn se aproxima dela sentindo-se um bobo e diz:
— Tudo bem, chega de mentiras. Mel e eu estamos juntos.
Sim!
Até que enfim assumem.
Estou feliz por meu amigo, por Judith, por... Mel? O que há com Mel?
Sem pensar na felicidade refletida no rosto de Björn graças ao que pela primeira vez na vida reconheceu, ela solta a clássica frase "não é o que parece".
Ora...
Björn e eu nos olhamos.
Entendemos direito?
De repente, Mel e ele começam a discutir, e Judith e eu percebemos quanto nosso amigo está apaixonado por essa mulher. Nós os observamos em silêncio e, quando Mel berra com Judith no instante em que ela ia dizer algo, sinto meu estômago revirar. Pegando o braço de minha mulher, digo, sem deixá-la interferir:
— Acho que estamos sobrando aqui, pequena. — E, olhando para Björn, que está com o cenho franzido, digo: — Estaremos na sala.
Depois de sair da cozinha, ouvimos seus gritos. Sem nossa presença, eles ficam mais à vontade. Quando entramos na sala e fecho a porta, Judith pergunta, olhando para mim:
— O que esses dois estão fazendo? O que Mel está fazendo?

Contrariado, porque nem eu nem ninguém esperava por isso, respondo:
— Você deve saber. Ela é sua amiga.
Jud me olha. Leva a mão à barriga. Por sua cara, sei que está me escondendo alguma coisa.
— O que está me escondendo? — pergunto.
Ela dá meia-volta. Isso não é bom.
— Não sei do que você está falando — responde ela.
Olhamo-nos. Ela não diz nada, mas sei que sabe de algo que não quer contar.
— Você conhece Björn tão bem quanto eu e sabe que ele sente algo muito especial por ela. Ou, por acaso, não percebeu? — digo.
Judith assente, sabe que tenho razão. Mas, sem se abrir comigo, murmura:
— Tomara que conversem e consigam ajeitar tudo.
Nesse instante, Mel entra na sala com Sami no colo.
— Lamento — diz. — Lamento que um dia tão agradável acabe assim, mas tenho que ir.
Jud vai se mexer, mas eu a impeço. Eu mesmo vou acompanhar Mel até a porta. Ao ver que Jud e Björn nos observam pela janela da cozinha, digo, quando ela coloca a menina no carro:
— Não sei o que você está fazendo, mas tenho a impressão de que está fugindo.
Mel morde o lábio e sussurra:
— Eric, Björn é um homem maravilhoso, mas acho que nunca daria certo.
— Por quê?
Ela suspira, olha-me nos olhos e, com uma expressão que revela que está escondendo algo, sussurra:
— Porque há certas coisas sobre mim que ele nunca aceitará.
E, sem mais, dá-me um beijo no rosto, entra no carro e vai embora.

33

Passam-se os dias e Björn está desesperado.
Nunca vi meu amigo assim, mas o entendo perfeitamente. Mel não quer falar com ele e, pior, Björn não sabe onde ela está.
Isso o enlouquece, e ele interroga minha pequena. Mas ela não lhe conta nada. Não sei até que ponto ela está dizendo a verdade, mas me calo. É melhor.
Nesses dias, Jud fica sabendo de toda a história entre Mel e Björn, e, embora se surpreenda com muitos detalhes, como o de que Mel foi algumas vezes ao

Sensations e nos viu ali enquanto nos divertíamos, mas não disse nada, conheço minha mulher e sei que está escondendo alguma coisa.

O que será, e por quê?

Mas Björn, decidido a saber o que está acontecendo, começa a sondar até que por fim descobre a verdade sobre Mel. Furioso, ele entra em meu escritório e grita:

— Ela não é comissária de bordo! É uma maldita militar americana!

— O quê?!

— Ela é uma maldita militar americana — repete.

— O quê?! — repito eu.

Sem poder acreditar, pestanejo. Isso, sim, eu não esperava.

Björn prageja. Joga na mesa uns papéis que tem nas mãos e diz:

— Melania Parker. Pilota um Air Force C-17 Globemaster, e daqui a algumas horas estará de novo em uma missão.

Boquiaberto, olho os papéis. Mel é piloto militar?

Surpreso, não sei o que dizer. Meu amigo anda pelo escritório como um leão enjaulado. Está furioso, totalmente furioso.

— Björn... — murmuro.

— Merda! Por quê? Por que isso tem que acontecer comigo?

Suspiro, não está sendo fácil para ele.

— Björn, você já comentou com ela sobre sua aversão aos militares americanos?

— Sim. E lhe expliquei o motivo. Por que ela não foi sincera comigo e me contou a verdade? — acrescenta ele.

Não sei o que responder.

Não sei por que ela nunca lhe contou a verdade e inventou que era comissária de bordo, mas agora sei que era isso que Judith estava escondendo. Sem dúvida, ela sabia desde o início o que Mel fazia.

— Acalme-se. Assim você não vai resolver nada — digo.

Björn prageja. Nunca, em todos os anos que o conheço, eu o vi tão furioso.

— Essa filha da mãe vai me ouvir — murmura, dirigindo-se para a porta.

— Björn...

— Isso não vai ficar assim.

Ele desaparece de minha vista, e eu não me mexo. Se fosse o contrário, eu ia querer espaço, e é o que lhe dou. Meu amigo merece.

★ ★ ★

À tarde, quando chego em casa, depois de cumprimentar as crianças, vou para o quarto, onde está Judith. Quando entro, ela me olha e sorri, dobrando roupinhas de bebê. Depois de lhe dar um beijo, eu me sento na cama e digo:

— Piloto de avião do Exército americano?

Quando ouve isso, sua expressão muda.

— Caralho, Judith! — murmuro, ao ver que ela sabia.

De imediato, ela para de fazer o que estava fazendo, aproxima-se de mim e diz:

— Desculpe, mas, quando me contou, ela me fez prometer que guardaria segredo.

— Meu amor, Björn está enlouquecido!

Minha mulher assente. Suspira, senta-se ao meu lado na cama e diz:

— Vou lhe pedir desculpas quando o vir. Mas eu não podia fazer outra coisa.

Eu a abraço. Imagino que para ela também esses dias não estão sendo fáceis, e não digo mais nada. Que as coisas sigam seu rumo.

* * *

À noite, quando todos vão se deitar, sem sono, vou para o escritório. Estou preocupado com Björn. Nós nos falamos há algumas horas e ele me disse que ia com Agneta ao Sensations, mas se recusou a falar sobre Mel. O que será que aconteceu?

Durante horas, respondo a e-mails. Gosto da quietude da noite para trabalhar. Até que às cinco e vinte da madrugada meu celular toca. Uma mensagem de Björn:

Está acordado?

Receber essa mensagem a essa hora me deixa inquieto. Para Björn e para todas as pessoas que amo, estou sempre acordado. Sem hesitar, ligo para ele e, quando atende, diz com desespero:

— Eu a vi. Vi aquela maldita mentirosa e...

Ele está muito nervoso e tento acalmá-lo, mas é complicado. Tudo que está acontecendo foge ao seu entendimento, e ele é incapaz de raciocinar.

Conversamos. Conversamos durante mais de uma hora. Sei que está morrendo de vontade de vê-la, de falar com ela, mas ele se recusa categoricamente, e não consigo convencê-lo.

— Você vai se arrepender — digo.

— Duvido, Eric... duvido.

Continuamos conversando. Dizemos repetidamente as mesmas coisas, mas nada, Björn está irredutível. Segundo meu amigo, o que havia entre ele e Mel acabou, e não consigo fazê-lo mudar de ideia. Não quer vê-la nunca mais, mesmo gostando tanto dela.

Assim que desligo, olho para a porta, onde está Judith, olhando para mim. Não sei desde quando está aí, só sei que está linda.

— Amanhã vou conversar com Mel. As coisas têm que se esclarecer de qualquer jeito — diz ela.

Jud vai à casa de Mel. Sem dúvida vai. Fala com ela, e Mel, apesar de ser teimosa, parece raciocinar com lógica. Tem consciência de seu erro, e tenta falar com Björn.

Mas todo empenho de sua parte é inútil. Meu amigo se fechou e ninguém é capaz de fazê-lo mudar de ideia. Como ele disse, acabou, e dali ninguém o tira. Jud e ele também não estão se falando, pois sabem que vão brigar!

★ ★ ★

Chega dezembro e a cor volta a nossa casa.

Especialmente o vermelho, da horrorosa árvore de Natal.

Mel e a pequena Sami vêm ajudar Jud, Flyn e o pequeno Eric a colocar os enfeites, e eu, feliz, observo a alegria deles. É um prazer vê-los juntos. É meu primeiro Natal como pai de Eric, e estou emocionado. Muito emocionado.

Deixo-os na sala e vou ao meu escritório resolver umas coisas. De repente, a porta se abre e Mel, olhando para mim com os olhos arregalados, solta:

— Eric, temos que levar Judith ao hospital! Já!

Ao ouvir isso e ver sua expressão, entendo o que quer dizer e, como um louco, levanto-me e corro atrás dela. Ao entrar na sala, vejo Jud, que me olha e murmura com cara de horror:

— Ligue para sua irmã e diga para já ir preparando a peridural.

Caralho... caralho... caralho! Estou em pânico!

Depois de deixar as crianças com Simona e Norbert, com a ajuda de Mel, coloco Judith no carro e saio dirigindo feito um louco, ultrapassando semáforos vermelhos.

Meu Conguito está a caminho!

Mel faz gracinhas, tentando nos fazer relaxar.

— Veja só, cada vez que você entra em trabalho de parto, eu estou por perto.

Ouço o riso de minha pequena. A dor ainda não tomou conta dela, quando grita:

— Eric, se ultrapassar outro semáforo vermelho, juro que vou descer do carro e dirigir!

Praguejo. Estou deixando-a mais nervosa. Pelo retrovisor, vejo-a coçar o pescoço. Os vergões! Tiro o pé do acelerador. Preciso que ela fique calma.

Chegamos ao hospital e entramos pelo pronto-socorro. Eu vou com Judith, e Mel avisa que vai esperar na salinha.

Enquanto fazem uma ultrassonografia nela, um enfermeiro me leva para que eu vista aquelas meias e o pijaminha brega. Mas visto tudo com prazer, pois isso significa que meu bebê está com pressa de sair.

Minutos depois, já vestido com toda a parafernália, entro no quarto. A cara de Judith é de susto. A da médica, séria.

— Que foi? — pergunto.

A obstetra, que está segurando a mão da minha mulher, solta-a e diz, olhando para mim:

— Eric, não se assuste, mas teremos que fazer uma cesárea de urgência em Judith.

Meu corpo fica tenso. Uma cesárea é uma cirurgia. Vendo a cara de Jud, que está muda, pergunto:

— Por quê? O que está acontecendo?

Rapidamente, pego a mão de meu amor e a beijo.

— Na ultrassonografia, vimos que o bebê está com o cordão umbilical em volta do pescoço e detectamos alterações no ritmo cardíaco — diz a médica.

Ao ouvir isso, minhas pernas ficam bambas. Esperava que tudo fosse como no parto anterior, e agora mudaram o roteiro e não sei como reagir.

Jud está calada, não diz nada. Acho que está tão assustada quanto eu. Tentando não passar meus medos a minha mulher, olho para ela e pergunto:

— Você está bem?

Judith assente. Tenta sorrir.

— Quero estar presente na cesárea — digo.

A médica recusa.

Diz que em um parto de risco eu atrapalharia. Insisto, mas, por fim, ao ver que estou deixando Judith histérica, cedo. A última coisa que quero é deixá-la mais nervosa. Então, depois de dar-lhe um beijo e dizer quanto a amo, desesperado, saio do quarto e me dirijo à sala onde está Mel. Depois que lhe conto o que aconteceu, ela me tranquiliza dizendo que vai dar tudo certo.

Em silêncio, olhando o relógio que há em frente a mim, vejo os minutos passarem. O tempo passa devagar, muito devagar. Mel tenta me distrair, mas, ao perceber que não quero conversar, ela me respeita. Mas fica ao meu lado. Não me deixa nem um segundo.

Meia hora depois, quase não consigo respirar. Estou angustiado. Minha pequena está em uma sala de cirurgia e não sei o que está acontecendo. A impaciência me domina. Mas, então, a porta da salinha se abre e entra Björn.

A relação entre Judith e ele anda estranha ultimamente. Não se falam devido à teimosia dele, que não quer dar outra chance a Mel, mas, no fundo, sei que precisam um do outro. Só espero que um dia conversem e tudo volte ao normal.

— Como vão as coisas? — pergunta Björn, olhando para mim.

Não consigo falar. As palavras não saem. Sei que para ele e Mel o momento é muito constrangedor, mas é ela quem lhe conta tudo. Quando ela acaba, meu amigo me anima. Diz o mesmo que Mel: "Vai dar tudo certo".

Passam-se os segundos, os minutos, e, de repente, a porta se abre e vejo a médica, que sai com um vulto nos braços. Paro de respirar e me levanto.

— Parabéns, papai. É uma linda menina — diz ela.

Com taquicardia, vejo o bebê que a obstetra me mostra. É moreninha, nada a ver com Eric. Depois de alguns segundos, pergunto, nervoso:

— Como está minha mulher?

A médica sorri, entrega-me a pequenina e afirma:

— Está ótima e quer ver você. Venha, siga-me que o levo até ela.

De repente, o mundo volta a fazer sentido para mim. Respiro de novo. Jud está bem. E, olhando para a bebezinha, sorrio e digo ao meu amigo:

— Esta aqui é minha outra moreninha.

Feliz, abraço Björn e depois Mel. E, sem pensar em nada que não seja ver Jud, despeço-me deles torcendo para que conversem. O momento e o lugar são favoráveis.

Feliz, sigo a médica, apaixonado pela moreninha que carrego nos braços. Nunca notei a semelhança em bebês que todo mundo vê, mas, desta vez, é evidente que é uma mini-Judith. É muito parecida com ela!

Quando entro no quarto, minha linda mulher sorri. Está bem, e isso é tudo que preciso saber. Depois que lhe dou um beijo e lhe mostro a pequena, ela sorri e murmura:

— Hannah, este louro grandão é seu papai.

Sorrio. Beijo minhas moreninhas e, como diria minha sobrinha Luz, morro de amor!

34

De novo, noites em claro, mamadeiras de madrugada, gases, manhas... mas estamos cercados de amor, muito amor.

A chegada de Hannah nos enche de felicidade, uma felicidade da qual Judith me faz protagonista. Mas eu prefiro ser secundário. As protagonistas são ela e a menina.

Certa tarde, Mel conta a Jud que decidiu voltar aos Estados Unidos, à base de Fort Worth, no Texas. Judith faz um escândalo. Chora com a notícia que sua amiga lhe dá, e eu tento consolá-la. É só o que posso fazer.

O que aconteceu entre Mel e Björn machucou os dois, mas eles são incapazes de dialogar. Criaram uma barreira entre eles que não conseguem vencer, e Judith e eu já lavamos as mãos, pois são impossíveis. Eles é que sabem, já são grandinhos. Mas Judith continua sem falar normalmente com Björn. E o pior é que eu fico no meio.

★ ★ ★

No sábado, depois de sair com Jud para fazer loucuras de moto, ela faz seu tradicional *cocido madrileño*. Mais tarde, a casa começa a se encher de gente. Todos querem voltar a comer esse prato que minha pequena faz tão bem.

Björn chega e, assim que entra, vai direto ver Hannah, dá-lhe um beijo, depois beija o pequeno Eric e acaba pegando Flyn pelos ombros para fazê-lo rir. Meu amigo gosta de crianças! E eu, provocando, falo com ele sobre isso. Digo que Mel e a pequena Sami virão almoçar, mas ele fica impassível. E, quando Jud olha para nós em silêncio, a entendemos.

— Até quando isso vai durar? — reclama Björn.

Não digo nada, acho melhor.

— Para ouvir bobagem, melhor ser surda — diz Judith.

Isso me faz rir. Depois do que aconteceu entre Mel e Björn, Judith está muito furiosa com meu amigo por não ter querido falar com sua amiga. Inclusive, ela o culpa por ela voltar para o Texas, coisa que Björn não consegue digerir.

Chega minha mãe e a amiga da escola de Jud com seu marido. O cheiro de *cocido madrileño* é magnífico. Então, Judith, olhando o relógio, diz:

— Que estranho. Mel não chegou.

Assinto. É estranho mesmo.

— Ai, meu Deus, tenho quatro chamadas perdidas dela — diz minha mulher, pegando o celular.

Björn e eu nos olhamos. Será que aconteceu alguma coisa?

Jud liga para ela, mas Mel não atende. Ela deixa uma mensagem de voz.

Minha irmã chega com Arthur e nos cumprimentam. Björn, aproximando-se de minha pequena, murmura:

— Tudo bem, sou um babaca. Mas, por favor, fale comigo!

Eu sabia.

Sabia que cedo ou tarde Björn cederia. Judith, fitando-o, adverte-o de que, quando Mel chegar, quer um almoço em paz. E ele promete que sim.

Por fim, na cozinha, eles têm a conversa que estava pendente entre ambos. Abrem o coração, dialogam. Jud diz a ele tudo que havia guardado e que tinha para dizer, e Björn lhe dá suas explicações. Quando sinto que tudo voltou ao normal entre eles, pego duas cervejas e uma Coca-Cola na geladeira e digo:

— Vamos brindar à amizade.

Felizes, eles brindam. Respiro aliviado. Não foi fácil ficar no meio dos dois, ou dos três, dependendo do ponto de vista.

Björn e Jud começam a fazer gracinhas. Isso me faz rir. De repente, toca o celular de Jud e todos vemos que é Mel.

Enquanto Jud fala com ela, mil emoções passam pelo rosto de minha mulher. Não sei o que Mel está dizendo, mas, sem dúvida, não é bom. Ouvimos Jud tranquilizá-la. Quando desliga, com uma expressão que me preocupa, Jud olha para nós e diz:

— Temos que buscar Sami na casa da vizinha delas.

Björn e eu nos olhamos sem entender nada e pergunto o que aconteceu.

— Não sei direito. Um amigo de Mel chamado Robert morreu. Ela não vem, está indo para o Afeganistão — explica Jud.

Ficamos boquiabertos.

Isso não é uma boa notícia. Lembro que esse tal de Robert foi com Mel à festa da Müller.

— Jud, vamos buscar Sami — diz Björn, tomando as rédeas da situação.

Preocupado, vejo os dois saírem. Não estou gostando nada disso. Penso em Björn. Se algo acontecesse com Mel, acho que ele não superaria. Eu sei disso, por mais cabeça-dura que ele seja. E Mel está indo para o Afeganistão!

Uma hora depois, eles voltam com a menina. Ela está com os olhos inchados de tanto chorar, e Björn não se afasta dela. A menina só fica tranquila ao seu lado. Com carinho, ele cuida dela, leva-a à piscina, brinca de princesas e de tudo que ela quer. Dá comida para ela e, quando a menina chora porque machucou o dedinho da mão, coloca um *band-aid* de princesa nela. Diz que é mágico e sei lá mais o quê. Judith e eu o olhamos, surpresos.

— Você está vendo o que eu vejo? — pergunta Jud.

Assinto.

Vejo o amor que Björn sente pela menina. Vejo um pai preocupado e um homem arrasado por não saber onde está o amor de sua vida.

— Mas é um babaca... — murmura Jud, sorrindo.

Sorrio. Concordo com ela. Não posso evitar.

★ ★ ★

Depois de alguns dias, quando chegam os pais de Mel, que vêm do Texas para levar a menina, Björn fica desesperado. Devido ao seu orgulho e sua teimosia, tudo está dando errado. Tento tranquilizá-lo, mas é complicado, muito complicado, especialmente quando o separam de sua *pincesa*. Isso acaba com ele.

Contudo, para a sorte dele e a de todos, um mês depois, quando Mel volta do Afeganistão, ele vai buscá-la e tudo se ajeita. E nós ficamos felizes porque, finalmente, Björn encontrou o amor.

35

O tempo passa e as crianças crescem, penso, enquanto ponho a gravata-borboleta em frente ao espelho.

Desde que Judith entrou na minha vida, minha casa deixou de ser um lugar cinza e um remanso de paz e se tornou em um espaço cheio de cores, risos, música e loucura.

Aqueles momentos em que Björn e eu conversávamos com tranquilidade na piscina coberta caíram no esquecimento. Agora, sempre que nos reunimos ali, estamos cercados de crianças como Eric e Hannah, que usam boias de braço, e outras que, temerárias, como Flyn e a *pincesa* Sami, se jogam na piscina com suas mães malucas.

Flyn também está crescendo. Não é mais o garoto que se divertia comigo jogando videogame. Algumas vezes jogamos, pois é um adolescente, mas ele prefere ficar trancado em seu quarto e falar virtualmente com seus amigos. Não entendo esse jeito de se comunicar. Em minha época, o legal era olhar nos olhos. Agora, o moderno é olhar para uma tela e digitar. Mas tudo isso pode mudar quando saírem suas notas. Dependendo dos resultados, talvez as redes sociais desapareçam de sua vida. Como diz Jud, cada ato tem sua consequência, e espero que ele saiba disso.

A tranquilidade é algo que não existe em casa, mas, por mais estranho que pareça, eu gosto. Adoro minha vida, como sei que Björn também gosta da dele.

Passamos de homens sem responsabilidades que só pensavam em si mesmos a homens de família que brincam de *pincesas* e super-heróis e que curtem suas mulheres e filhos.

Quem diria!

Ir a qualquer lugar, todos juntos, é como fazer uma excursão. Mas reconheço que eu, que sou o mais insosso, o menos animado e brincalhão, já peguei o gostinho.

Björn e Mel moram juntos há mais de um ano. Para Sami, ele é seu *papi*. Cada vez que o chama assim, meu amigo baba, como diz minha mulher, e eu rio, ciente da infinidade de vezes que babo também e eles riem. Jud e Mel, se antes eram amigas, agora, como diz minha espanhola, são *comadres*. Não sei bem o que isso quer dizer, mas, pelo tom que minha mulher usa, sem dúvida, é algo mais que uma simples amiga.

Acabei de amarrar a gravata-borboleta preta.

Hoje vamos ao Sensations, a uma festa superprivada, e nos vestimos com elegância para a ocasião.

Enquanto Jud termina de se arrumar, vou ver Eric, que já tem quase três anos, e a pequena Hannah, que já fez dois. São lindos.

Eric é louro, de olhos claros, um *destroyer*, porque quebra tudo, mas é observador, e, de certo modo, calado. Jud diz que é um Zimmerman em potencial. Hannah é o contrário. É uma cópia da mãe, além de uma grande chorona. É morena, carinhosa e, se Eric é um Zimmerman em potencial, sem sombra de dúvidas, Hannah é uma Flores total.

Que gênio ela tem!

Observo os dois, encantado, enquanto dormem tranquilamente em suas caminhas. Eles, Judith e Flyn são o motor da minha vida, e sou incapaz de me ver vivendo sem eles.

Eric e Hannah são a alegria da casa. Cada um do seu jeito, eles nos dão vida. E, embora Flyn esteja em crise hormonal e insuportável, como diz Jud, alegra minha existência. A de Jud, ultimamente, nem tanto. O garoto está crescendo, exige ser tratado como adulto, e para Jud isso é muito difícil.

Com carinho, beijo meus pequenos e depois vou ver meu adolescente cheio de hormônios, que está na sala. Evidentemente, quando entro, está digitando no celular. Com certeza, está falando com sua namoradinha, Dakota. Ele e o telefone parecem grudados um no outro.

Entro e fecho a porta, e ele me olha e pergunta:

— Papai, aonde vocês vão?

Sorrio. Se eu lhe dissesse aonde vamos, acho que ele não entenderia.

— A uma festa — respondo.

— Björn e Mel vão também?

Assinto. Flyn adora Björn.

— Diga a ele que vai sair um gibi do Capitão América especial para colecionadores que vai ser demais.

Sorrio. Flyn e Björn são muito *geeks* em alguns assuntos.

— Duvido muito que ele já não saiba — sussurro.

A porta da sala se abre e aparece Judith. Está linda, sexy. E Flyn, ao vê-la, solta um assobio e murmura:

— Uau, mamãe, você está muito bonita!

Minha moreninha, feliz com o elogio, sorri. E, depois de dar uma voltinha toda coquete, vai dizer algo, quando Flyn pergunta:

— Posso ver um pouco mais de TV?

— Se eu disser que não porque amanhã você tem aula, não vai mais me achar bonita? — pergunta Jud, séria.

A expressão de Flyn muda.

Esses dois!

Por causa da crise hormonal, ele e Judith discutem mais que o normal. O menino se levanta e diz, dirigindo-se para a porta:

— Até amanhã, papai.

Pronto... já ferrou tudo.

Puta merda, esses hormônios de adolescente do garoto!

Quando ele sai e fecha a porta, Judith olha para mim.

— E você? Não vai dizer nada? — grunhe ela.

Suspiro.

Por que estou sempre no meio de tudo?

Não quero estragar a noite por causa disso, de modo que me aproximo dela, aperto-a contra meu corpo, chupo seu lábio superior, depois o inferior e termino com uma deliciosa mordidinha com sabor da vida.

O beijo nos aquece...

O beijo nos provoca...

O beijo deixa claro que vamos curtir muito esta noite...

— Só você e eu. É nossa noite, e nada nem ninguém vai atrapalhar — sussurro.

Jud sorri. Esquece o lance com Flyn. Depois de nos despedirmos de Simona, Norbert, Susto e Calamar, entramos em nosso carro e saímos. Queremos nos divertir.

Como sempre acontece quando entramos no carro, Judith abre o porta-luvas. É onde ela guarda seus CDs.

— Veja que música maravilhosa dos meus Alejandros — diz ela.

Seus Alejandros!

Por mais estranho que pareça, não fico com ciúmes. Pelo contrário, sorrio. Sei que está falando de Alejandro Sanz e Alejandro Fernández. Seus Alejandros!

Como ela gosta desses cantores!

Feliz, escuto Jud cantando, e noto que a música flui de seu coração. Em segundos, a letra toca minha alma. Percebo que, por mais que eu discuta com minha pequena, nunca a deixaria e, diante de qualquer problema, eu tentaria encantá-la antes que chegasse à porta, como diz a canção.

Horas mais tarde, depois de um ótimo jantar, o grupo selecionado para a festa pelos donos do Sensations se dirige ao local. Temos uma maravilhosa festa *privé* pela frente.

Ao chegar à porta, temos que dar a senha de acesso. Esta noite o Sensations está fechado e só os íntimos, amigos dos proprietários, podem entrar.

Depois que entramos, fecham a porta. Já estamos todos ali.

Minutos depois, Uche e seu marido, que são os donos do local, entregam um envelope a todos os presentes. Judith pega o dela. Não é a primeira vez que participamos dessas festas. Ao abrir o envelope e ver os cartõezinhos com os desenhos, ela murmura:

— Vejamos... o que vamos querer hoje?

Sorrio. Enquanto ela e Mel conversam e comentam entre risos o significado dos cartões e seus desenhinhos, Björn e eu pedimos bebidas.

— Veja, desta vez vieram Bernardo e Luis com Angélica e Bárbara.

Ao ouvir Björn dizer isso, olho e vejo que eles nos cumprimentam de longe. Cumprimentamos também. Em outras épocas, eles quatro, Björn e eu nos divertimos muito. Sabendo o que todos estamos pensando, murmuro:

— Vai ser divertido.

— Muito divertido — afirma meu amigo, antes de tomar um gole de sua bebida.

Enquanto Jud e Mel conversam com conhecidos, Björn me conta que o *hacker* chamado Marvel entrou de novo no site de seu escritório de advocacia.

— Outra vez?

Ele assente e pragueja.

— Sim, outra vez.

— E o que polícia diz?

— Vai dizer o quê? — pergunta ele com ironia. — Estão tentando localizá-lo. Mas esse filho da mãe é esquivo, muito esquivo, e profissional. Mas, quando eu o pegar, juro que nem o pai dele vai reconhecê-lo.

Sorrio, mas não sei por quê. É uma merda isso que está acontecendo com seu site. Quem será esse maldito *hacker*?

Ao ver sua expressão sombria, sei que Björn está pensando nisso.

— E sua *pincesa*? — pergunto, tentando mudar de assunto.

Basta mencionar Sami que a cara de meu amigo muda. Ele adora a menina. Acho que não poderia amá-la mais nem se fosse sua filha biológica.

Durante alguns minutos, Björn me conta, rindo, as proezas da menina. Depois, pergunta pelo Super-Homem e o Monstrinho. Sinto minha expressão se suavizar e falo das gracinhas de Eric e Hannah.

Desde quando somos tão babões?

Caralho... estamos em um lugar cheio de luxúria e sexo e ficamos falando de nossos filhos?

Mas, sem poder evitar, continuamos, enquanto rimos e nos sentimos os pais mais orgulhosos do mundo.

De repente, Judith se aproxima e, ficando na ponta dos pés, murmura em meu ouvido:

— Vamos. Quero ir para um reservado com você.

Feliz, sorrio. Depois de trocar um olhar com Björn que o faz sorrir, minha linda mulher e eu vamos para os reservados.

Ao entrar, olhamos ao redor. Para essa festa exclusiva, está tudo diferente. Em uma lateral, há uma mesinha com um balde de gelo e champanhe.

Sem pensar duas vezes, pego duas taças, encho-as e entrego uma a minha mulher.

— A nós — brindo.
Judith sorri e bebe.
Pela primeira vez em muitos dias, estamos sozinhos. Olhamo-nos, sorrimos e nos beijamos. Beijamo-nos com tranquilidade. Aqui não há crianças e ninguém que não queiramos vai nos incomodar.
Um beijo...
Dois...
E, bobo, porque Judith me deixa bobo, depois do último beijo eu a olho e, vendo que continua com o envelope com os cartõezinhos na mão, pergunto:
— Do que minha mulher luxuriosa quer brincar?
Ela sorri.
Nossa, esse sorrisinho...
Com Judith, já fiz coisas que nunca havia experimentado antes. Ela sente tesão em ver minha cara cheia de prazer e desconcerto quando outro homem me faz uma felação. Embora tenha sido difícil no começo, agora eu entendo. Eu mesmo curto muito quando vejo uma mulher brincar com Jud. Como ela não curtiria o contrário?
Olhamo-nos em silêncio. Sei qual cartãozinho ela quer colocar na porta do reservado.
— Vamos curtir — digo, louco para que o jogo comece.
Feliz, ela assente. Beija-me e, deixando o envelope em cima de uma mesinha, pega o cartão com o desenho de um homem sozinho e vai para a porta.
Coloca o cartão na maçaneta do lado de fora e fecha a porta.
— *Iceman*, tire o paletó e desabotoe a camisa — ordena ela.
Sem hesitar, faço o que ela me pede.
Livro-me do paletó, tiro a gravata-borboleta e abro a camisa.
Jud se abana com a mão, sorri diante de meu olhar e, fazendo-me rir, sussurra, ajeitando o cabelo:
— Você me dá um calor!
Sorrio. Adoro ouvir isso!
Satisfeito, vou passar a mão por baixo de seu vestido, quando a porta se abre. É Peter. Ele nos mostra o cartão que segundos antes Judith pendurou e espera nossa aprovação para entrar.
Ela assente e Peter entra no quarto. Judith, que é quem dirige o jogo, entrega uma taça de champanhe a ele em silêncio.
— Tire a calça — ordena em seguida, olhando para mim.
Nossa... que calor sinto quando ela diz isso desse jeito...
Sinto meu coração se acelerar. E, sem perder de tempo, faço o que me pede. Já nu diante deles, noto minha ereção. E Judith, aproximando-se, acaricia essa parte de mim que tanto prazer lhe dá e murmura com tesão:
— Adoro.

Balanço a cabeça. Não duvido.

Sem pensar em nada, ela pega minha mão e me leva até a cama. Sentamo-nos e ela me toca de novo, enquanto Peter nos observa.

A boca de Judith busca a minha e ela me beija. Beija-me de tal modo que, como sempre, perco a noção do tempo. Até que sinto que não é mais sua mão que me toca, e sim a boca de Peter, que me suga.

Fecho os olhos, tremo...

— Olhe para mim, Eric... olhe para mim — murmura Judith.

Abro os olhos. Minhas pupilas se chocam com as dela, escuras, e vejo sua respiração se acelerar, avivar-se com a minha, enquanto Peter me percorre lentamente com sua língua úmida, dos testículos até a glande.

Prazer...

Entregue ao prazer exigido por minha mulher, nós nos beijamos. Sua boca é meu céu, seu sabor é meu anseio, e juntos nós nos perdemos no puro desejo.

Tesão...

Luxúria...

Prazer...

Com avidez, Peter vai se acelerando como nós. Curte meu pênis como se eu estivesse fodendo sua boca com minha ereção. Eu me contraio.

Judith, que às vezes parece ler minha mente, murmura, olhando para mim:

— Sexo é sexo, meu amor. Curta.

Olhamo-nos. Como ela me conhece!

— Gosta de me ver entregue a uma mulher, não é? — insiste ela.

Assinto. Adoro quando Judith abre as pernas para que outra mulher a tome.

— Então, eu também gosto do mesmo com você. Quero ver você vibrar. Quero ver você arfar enquanto um homem o...

— Jud... — balbucio. — Há certas coisas que você sabe que...

— Sei quais são seus limites, como você sabe quais são os meus, e nos respeitamos. Mas quero ver você curtir aqui e agora. Você me ensinou que sexo é sexo, e nada mais.

Só com o que ela diz e o jeito como me olha, acho que vou explodir de prazer. Não é a primeira vez que ela me pede que eu faça algo assim, mas será a primeira vez que o momento e suas palavras vão provocar esse efeito louco em mim.

Beijo-a. Beijo a dona de minha vida e de minha vontade com verdadeira paixão, enquanto relaxo o corpo e deixo Peter seguir seu caminho. Um caminho que vou me permitir curtir.

Sinto suas mãos se ancorarem em meus quadris, e ele saboreia centímetro por centímetro minha ereção. Lentamente, muito lentamente, até que sua língua acaba em meu saco e um suspiro forte sai de mim.

— Sim... gosto disso — diz Judith, sorrindo.

Abandonado ao desejo em cima da cama, com minha mulher ao lado e um homem entre minhas pernas, vou sentindo me saborearem, cada um do seu jeito, centímetro por centímetro, enquanto eu me entrego.

Sinto o hálito quente de Peter em meu membro e o de Judith em minha boca. Isso me provoca um prazer imenso, ainda mais pelo jeito como minha pequena me olha. Ela me faz vibrar, tremer, quando diz:

— Sim, meu amor... assim.

Sua voz...

Seu olhar...

Seu jeito de curtir me deixa louco.

Judith e eu nos entregamos por vontade própria ao nosso jogo. Esse jogo que muitos não entenderiam, mas que nós compreendemos perfeitamente.

Arfo...

Tremo...

E, incapaz de não incitar Peter a continuar, levo a mão a sua cabeça e agora sou eu quem afunda em sua boca mais e mais.

Jud nos observa. Meu lado animal veio à tona. Ela gosta do que vê.

Há dois homens diante dela: seu marido e um estranho. Depois de minha ordem, ele se apropriou de meu pênis duro e ereto e está me fazendo vibrar como nunca.

Minha respiração se acelera cada vez mais, assim como meus movimentos secos e duros. Em busca do gozo, sem me importar se é com um homem ou uma mulher, mexo os quadris e fodo a boca de Peter querendo que o clímax me inunde por completo. Até que Judith lhe ordena que ele pare.

— Lave-o — diz ela.

Deus, não... Quero gozar. Preciso gozar.

Mas então, Judith, bem no momento em que Peter joga água em minha ereção quente e dura, tira seu lindo vestido, está sem calcinha, e, quando Peter se levanta, diz:

— Sente-se e ofereça-me a meu marido.

Caralho... isso me deixa louco.

De imediato, ele se senta na cama com Jud em seu colo. Quando Peter abre as pernas dela e a oferece para mim, morrendo de desejo, eu me aproximo, dou-lhe um tapinha na bunda e, cravando-me nela com vontade, afundo em seu corpo sem pensar, sem falar, sem raciocinar.

O calor do corpo de minha mulher ao redor de meu pênis e o jeito como o suga me dão o prazer mais incrível que já tive na vida. E, entregue à ardente luxúria a que ela me levou, entro e saio dela com dureza enquanto Peter a segura para mim. Só para mim.

Dou-lhe outro tapa na bunda, outro, mais outro. Sei quanto ela gosta que eu faça isso nessas situações. E a atraio para mim para devorar sua boca.

Sem parar um segundo, afundo nela, querendo que sinta cada dobra de minha pele.

Os deliciosos gritos de minha Judith pedindo mais cada vez que afundo nela me deixam louco. Minha pequena é insaciável. Ardente como há muito tempo não ficava, curto esse incrível oferecimento enquanto ela exige, com a voz trêmula, que a foda, que a possua. E a possuo. Até que chegamos ao clímax. Pegando-a no colo para que só eu a segure, deixamo-nos levar.

Caralho, que maravilha!

Como é fantástico curtir o sexo com meu amor!

Minhas pernas tremem. Sento-me na cama com Judith sobre mim, e me deito. Nossa respiração entrecortada mostra como curtimos, e rimos. Sempre rimos depois de um momento passional.

— Tudo bem? — pergunto.

— Maravilhoso! — afirma minha pequena, com um lindo sorriso.

Durante alguns segundos, nos esquecemos de Peter. Só temos olhos e carinhos para nós. Até que, ao levantar o olhar, vejo que ele nos observa e percebo sua ereção palpitante, já com um preservativo colocado. Ele quer continuar brincando. Seu corpo lhe pede continuação.

— Está pronta para mais? — pergunto a Jud.

Judith olha para Peter e sorri. Ela é fogo! E, sem sair de seu corpo, porque ela continua deitada sobre mim, acaricio seu traseiro, que é macio, muito macio.

— Como diria Dexter, devo estar com a bundinha vermelha — comenta.

Na posição em que estou, vejo-a vermelha. Ao ver como Peter olha para a bunda dela, assinto. Ele também. Gosta de minha oferta. Depois de pegar um lubrificante na mesinha, abre-o e o passa no preservativo.

Judith não olha. Espera o que vem a seguir. Ela confia em mim, no que posso oferecer dela. E, quando sente que abro suas lindas nádegas vermelhas, ela se arqueia, oferecendo-se também.

Instantes depois, Peter se ajoelha na cama. Aproximando-se de Jud por trás, ele a penetra. Minha pequena abre a boca, suspira, mostrando-me como é possuída. Isso me deixa a mil. E minha ereção, ainda dentro dela, desperta.

Peter a segura pelos quadris e a puxa para si repetidamente, enquanto o som oco da intromissão no corpo dela toma conta do reservado. Os suspiros satisfeitos de minha mulher e o jeito como ele acelera suas investidas acabam de despertar o tigre que há em mim. E, agora, somos dois homens possuindo Judith enquanto a seguramos pelos quadris.

Ela curte. Já estamos há bastante tempo juntos para saber quando está bom ou não. E, sem dúvida, ela gosta do que está acontecendo.

Suspiros...

Suspiros apaixonados...

Gritos de loucura...

E sexo ardente. Tudo isso somos nós.

Entregues a nosso jogo, curtimos um *ménage* cheio de prazer, sensualidade e erotismo. É o que viemos buscar. Até que os corpos, quentes como o fogo, não aguentam mais, e nos deixamos levar até o clímax.

Cinco minutos depois, quando Peter já se lavou e foi embora, Jud e eu ficamos nus na cama. Na maçaneta de nosso reservado não há nenhum cartãozinho, não há nenhum pedido. Sem necessidade de mais ninguém, fazemos amor enquanto ouvimos os suspiros e gemidos das pessoas do outro lado da parede, que mais tarde visitaremos. Claro que sim.

36

Como muitas outras vezes, Björn e eu conversamos na Müller. Ele cuida de todos os meus assuntos legais. Depois de assinar alguns documentos, os quais ele guarda a seguir, pergunta, sabendo que Mel e Judith foram fazer compras juntas:

— Então, ligo para as garotas e marco com elas na Trattoria do Joe?

Assinto. Judith adora esse lugar.

— À uma e meia — digo, depois de olhar o relógio.

A seguir, Björn fala com Mel. Nesse instante, entra minha secretária, que me entrega uns documentos e sai. Björn desliga, mas seu celular toca de novo e, imediatamente, ele atende. Vejo que muda o tom de voz para adotar outro mais profissional.

— Heine, Dujson e Associados — diz, quando termina a ligação.

Sei quem são. Faz anos que ele quer fazer parte desse escritório internacional de advocacia.

— Queriam confirmar se vou ao jantar de gala deles, sozinho ou acompanhado — diz a seguir, com um sorriso.

Não preciso lhe perguntar como irá.

— Continuo pensando que você não precisa fazer parte desse escritório. Você tem seu próprio... — digo.

Como sempre que falamos do assunto, Björn suspira e murmura:

— Eric...

Por sua cara, sei que, independentemente do que eu diga, nada o fará mudar de ideia.

— Tudo bem.

Ele assente e, a fim de mudar de assunto, diz:

— Saíram as notas de Flyn?

Nego com a cabeça. Algo me diz que ele vai ficar em uma ou duas este ano, especialmente por causa de seu namorico com Dakota. Mas, quando comento isso com meu amigo, ele replica:

— Ele está em plena adolescência. Não seja muito duro com ele e lembre-se de quando tinha a idade dele.

Anuo com a cabeça, sei que na idade dele eu era terrível.

— Fique tranquilo. Acho que não vai ser nada grave — afirmo.

— Ele continua com a namoradinha?

Assinto. Dakota é uma boa garota.

— Sim.

— É a que vimos outro dia no shopping?

Recordar esse momento me faz rir. Björn e eu levamos Flyn ao shopping porque havia marcado com Dakota de ir ao cinema, e ele nos fez desaparecer antes que ela nos visse ao seu lado.

— Sim. E eu e Jud já gostamos dela.

Björn sorri, não faz mais perguntas.

— Vamos deixar a vida privada de Flyn em paz e almoçar com nossas guerreiras — diz ele.

Sorrio. Sem sombra de dúvidas, Judith e Mel são guerreiras.

Já no restaurante, em uma mesa ao fundo, falamos da atitude de Flyn. Ele está em plena adolescência e não para de nos desafiar, principalmente a Judith. Ela o leva na rédea curta e, embora eu tente tomar partido em certos momentos por quem acho que está com a razão, na verdade, é complicado, em especial porque estou sempre no meio.

A porta do restaurante se abre e vejo Judith e Mel entrarem. Feliz, observo minha mulher. Adoro. Fico louco com o olhar vivo e bonito que exibe. Quando se aproxima, eu me levanto, beijo-a nos lábios e puxo a cadeira para ela. Gosto de ser galante. Talvez seja coisa antiga, mas Judith também gosta.

Enquanto se senta, brinco com ela. Como sempre, tivemos uma briga e, quando lhe pergunto se continua furiosa comigo, ela se limita a murmurar:

— Babaca.

Bem... estamos indo bem.

Sorrio e pedimos a comida.

Desde que Hannah nasceu, Judith está obcecada com seu peso. Acha que está gorda, que reparo nos quilinhos que ficaram em sua barriga, quando, na verdade, eu só reparo nela. Com quilos ou sem quilos. Eu a amo do jeito que é, mas, mesmo que eu diga isso, ela não acredita

Depois de fazer o pedido, começamos a conversar, e, quando digo a Judith que hoje chegarei tarde porque tenho muito trabalho, ela não entende. Não gosta que eu trabalhe tanto. Também não gosto, mas tocar uma empresa de sucesso como a Müller requer certo sacrifício de minha parte.

Quando minha mulher já está mais calma, Björn fala de Sami, sua *pincesa*. Ela o abduziu, assim como meus filhos me abduziram. As garotas acabam se entreolhando com cumplicidade.

Pareceremos idiotas?

Depois do primeiro prato, Jud me olha, sorri e murmura:

— Comi todos os *crostini* de mozarela. Não tenho jeito.

Sorrio. É bom que tenha apetite. Alegre, vou responder, quando ouço atrás de mim:

— Eric... Eric Zimmerman, é você?

Essa voz...

De onde a conheço?

Ao me virar, fico sem palavras.

Ginebra!

A poucos metros de mim está a mulher por quem, em um passado muito distante, eu me apaixonei e que partiu meu coração.

Ela continua igual. Bem, não... mais velha. Assim como eu. O tempo passou para os dois e, embora esteja bonita, porque ela sempre foi muito bonita, parece maquiada demais e meio envelhecida.

Boquiaberto, não sei o que dizer.

Não esperava encontrá-la. Por meio de conhecidos, fiquei sabendo que ela mora em Chicago. Mas me levanto, vou até ela e murmuro, olhando em seus lindos olhos verdes:

— Ginebra...

Sem pensar em mais nada, fundimo-nos em um abraço. As coisas que vivemos juntos foram bonitas, apesar do final, que foi um desastre. Mas éramos quase crianças, jovens sem experiência de vida. E agora, olhando para trás, fico feliz por reencontrá-la. Por que não?

— O que está fazendo em Munique? — pergunto, contente por vê-la.

Ao dizer isso, lembro que Jud está comigo.

Viro-me para ela e... o-oh... esse olhar me deixa em alerta. Ver-me tão perto dessa mulher que ela não conhece a deixa desconcertada. Mas, quando vou apresentá-las para evitar problemas, Ginebra, que não tira os olhos de mim, acaricia meu rosto como fez mil vezes antes e murmura:

— Nossa, Eric, você está ótimo!

Inexplicavelmente, seu toque me faz rememorar o passado, um passado que esqueci com muitas cabeçadas devido à dor que ela me provocou ao me deixar.

— Você também, Gini — respondo, sem saber por quê.

"Gini"? Por que a chamei assim?

Ao dizer isso e ver como ela me olha, eu me arrependo. Nossa história é passado, algo que jamais se repetiria.

— Fofinho... — diz Ginebra.

Caralho... Caralho... Caralho... Será que Jud ouviu?

Não olho para ela. É melhor não. Mas, ao ver o sorrisinho do filho da mãe de Björn, sei que ele, Mel e minha pequena ouviram.

Caralho!

— Eu me lembro tanto de você, meu amor — insiste Ginebra.

Seu olhar...

Sua voz...

E suas palavras... de repente me incomodam.

Olho de rabo de olho para Jud e penso no que sempre dizemos um ao outro: "Não faça aos outros o que não quer façam a você". E, embora eu não esteja fazendo nada de errado, sei que ela não está gostando nem um pouco do que está ouvindo. Se fosse com ela, eu ficaria louco.

Por isso, querendo acabar com essa cena ridícula que parece algo que não é real, olho para minha morena, que com certeza já está pensando bobagem, e digo:

— Ginebra, quero lhe apresentar a minha mulher, Judith.

Agora quem reage é Gini.

Vejo-a cravar seus olhos verdes nos de Jud. Ela a examina dos pés à cabeça. As duas se olham com intensidade, até que Ginebra se afasta de mim, aproxima-se de minha mulher e diz, atordoada:

— Ai, meu Deus, desculpe... Desculpe... Não sabia que Eric tinha se casado. Por Deus, Judith, não quis constrangê-la com meus comentários de mau gosto.

Jud sorri. Nossa, que sorriso falso!

— De verdade, Ginebra, sem problemas — replica ela.

Mas eu conheço minha espanhola, e há problemas sim. Então, puxando-a para mim para que me olhe, digo, cheio de orgulho:

— Ginebra, Judith é tudo que um homem poderia querer e, por sorte, eu a encontrei, a conquistei e a convenci a se casar comigo.

Caralho... cada coisa que eu digo por minha mulher! Espero que ela valorize. Então, ao ver que Jud sorri, satisfeita com o que ouviu, aproveito e apresento Mel e Björn, que nos observam em segundo plano.

Segundos depois, fico sabendo que Ginebra é produtora, coisa que já queria no passado, e, deixando-me levar pela alegria de vê-la, volto a chamá-la de Gini. Caralho!

Jud estende a mão e pega sua taça. Fico em alerta, não confio nem um pouco nela. Como preciso que ela saiba de algo mais, pergunto:

— Félix veio com você?

— Claro — afirma Ginebra.

Ela nos conta que ele está visitando com um colega uma de suas clínicas veterinárias. Instantes depois, ela olha para um homem, que lhe faz um sinal. Sem dúvida, está com ele e com a loura que nos observa.

— Vamos marcar um almoço? — pergunta Ginebra, olhando para Judith.

Minha pequena não responde. E eu, pegando um cartão meu, entrego-o a Ginebra.

— Ligue e marcaremos — respondo.

Ela se surpreende quando digo que sou presidente e diretor da Müller. E, depois de ficar claro que temos que pôr a conversa em dia, ela vai embora. Observo-a enquanto se afasta. Mas, então, ouço Judith dizer ao meu lado com certo desdém:

— "Fofinho"?!

Ora... eu sabia!

Sabia que o maldito diminutivo ia me causar problemas. Sem perder um segundo, Jud me pergunta sobre Ginebra. Mel sorri, e Björn debocha:

— Ai, ai, ai, recolham as facas, porque eu conheço essa espanhola.

Acho graça.

— É a Ginebra que estou pensando? — pergunta ele.

Assinto.

Não é agradável recordar o martírio que vivi com ela, mas, ao ver que Judith espera que eu responda a sua pergunta, explico:

— Namorei Ginebra na época da faculdade.

Mas minhas palavras, em vez de tranquilizarem Jud, incendeiam-na. Ela repete o "Fofinho" e "Gini" cada vez com mais mau humor. E Björn tem que aplacar os ânimos.

Contudo, Judith prossegue. Como ela gosta de um conflito!

Olho para ela, tento acalmá-la e digo que mais tarde conversaremos. Mas nada. Ela ignora meus olhares e continua. Solta por essa sua boca tudo que tem que soltar, até que, cansado de ouvi-la, eu explico, endurecendo o tom:

— Foi com Ginebra que eu fiz meu primeiro *ménage à trois* e conheci o mundo *swinger*. Depois disso, ela conheceu Félix, foi morar nos Estados Unidos com ele e fim da história, até dez minutos atrás, quando nos vimos pela primeira vez depois de muitos anos. Algo mais?

Judith olha para mim.

Sabe que já me levou ao limite da paciência. Por fim, ignorando-me de novo, ela olha o prato que o garçom deixou diante dela e murmura:

— Hhmm... que cara boa!

Suspiro. Quando ela me faz de bobo, me tira do sério. Mas, depois de trocar um olhar com Björn e ver que ele está me pedindo calma, decido lhe dar ouvidos. É melhor.

No entanto, o clima do almoço já foi para o brejo, e fico louco com isso. Muito!

Depois da sobremesa, tenho que voltar ao escritório. Despeço-me de Judith e, quando a beijo, murmuro:

— Eu te amo...

— Eu sei — diz ela, mas sua expressão não muda.

37

Nesse dia, a jornada de trabalho se estende até tarde da noite. Ligo para minha pequena para avisar que não vou jantar em casa e, embora ela não veja muita graça nisso, não discute. Intuo que está se guardando para quando eu chegar.

Caralho!

Sinto que a empresa me absorve cada dia mais, e, de repente, percebo que sou incapaz de delegar. Quando cuido de algo, a coisa se resolve com rapidez, mas, quando delego, o problema cresce, até que tenho que cuidar pessoalmente dele, e, no fim, é trabalho em dobro para mim.

Quando chego em casa, é tarde. Quando ultrapasso o portão de entrada, Susto e Calamar correm atrás do carro até que chego à garagem. Depois de estacionar ao lado das motos de Judith e Flyn, abro a porta, e Susto, que é ansioso, pula em meu colo.

Tentando relaxar depois de um dia duro de trabalho, faço festa para ele, enquanto Calamar, de barriga para cima no chão, também quer minha atenção. Faço carinho nele e sinto meu nível de tensão se suavizar. Os animais me fazem relaxar.

Despeço-me deles, entro e vou ao lavabo lavar as mãos. Quero estar limpo para ver meus bebês, que devem estar dormindo.

Depois de ver Eric e Hannah e dar um beijo na cabecinha de cada um com carinho, passo pelo quarto de Flyn. Imagino que deve estar dormido. Mas, ao ouvir um murmúrio, abro a porta.

— O que está fazendo acordado no celular? — pergunto, acendendo a luz.

Ele me olha. Peguei-o em flagrante.

— Não conte para mamãe.

Alegre, sorrio. Eles e seus segredinhos estranhos.

Vou até a cama, Flyn estende a mão e a bate na minha, como faz com seus amiguinhos.

— E aí, papai?! — diz.

Satisfeito, bato em sua mão. Ficaram para trás os beijos e abraços.
— Com quem está falando? — pergunto.
Quando ele vira o celular, vejo na tela a foto de uma loura que não é Dakota, sua namoradinha.
— Com uma amiga — diz Flyn.
— Dakota?
Ele pensa por alguns instantes. É evidente que está avaliando se me diz ou não a verdade.
— Sim, papai.
Que mentiroso!
Mesmo que eu não houvesse visto a foto de outra garota, saberia que ele estava mentindo. Mas, respeitando sua privacidade, coisa que eu mesmo tanto aprecio, reviro seu cabelo escuro e digo, dirigindo-me à porta:
— É tarde. Apague a luz e vá dormir.
— Papai...
— O quê?
— Não conte a Jud que estou acordado, senão ela vai brigar.
Estranho ele a chamar de Jud agora. Costuma chamá-la de mamãe.
— O que está acontecendo com vocês dois ultimamente? — pergunto.
— Ela é muito chata, papai. Acha que ainda sou criança e fica me enchendo o saco.
Assinto com um sorriso.
— Tudo bem. Não vou dizer nada a sua mãe, mas vá dormir agora.
Fecho a porta com cuidado e vou para o meu quarto. Ao entrar, vejo Judith lendo um livro na cama. Satisfeito, vou até ela e lhe dou um beijo. Mas, como a conheço, noto que ela continua remoendo alguma coisa, e sei que é a história de Ginebra.
Caralho, não vá me dizer que agora vou ter que discutir também! Tentando não forçar a barra, começo a me despir enquanto observo seu olhar acusador pelo espelho. Sinto meu corpo se eriçar. Não tive uma boa tarde no trabalho, e não estou a fim de briga.
Caralho!
Tiro a gravata, depois a camisa, e quando meus olhos e os de Jud se encontram de novo no espelho, não aguento mais, e, antes que ela diga alguma coisa, solto:
— Jud... não gostei de seu comportamento no restaurante hoje depois que Ginebra apareceu.
Ela fecha o livro bruscamente. Já conseguiu o que estava planejando a tarde toda.
— Eu também não gostei de ver o que vi — solta ela, com sua petulância habitual.
Caralho!

O que foi que ela viu?

Apenas reencontrei uma amiga do passado. Tudo bem, ela foi minha namorada, mas o que eu fiz de errado para que ela visse algo estranho?

Começamos a discutir. Era só o que me faltava! E, depois de me chamar de *Fofinho* e me irritar, por fim, ela confessa que está com ciúmes.

Sério que está com ciúmes de Ginebra?

Ela sorri. Sorri desse jeito que ela sabe que aquece meu sangue, mas não exatamente no bom sentido, e me provoca. Caralho, essa Judith!

Pergunta sobre Félix, marido de Ginebra, e, ávida por saber, também me pergunta se ela me deixou por causa ele.

Caralho... Caralho... Caralho...

Por que está me perguntando isso?

Meu semblante se contrai. Félix e Ginebra não me importam, mas o fato de minha mulher, depois do dia terrível que tive, ficar me interrogando me importa, sim.

Continuo me despindo e, pelo espelho, vejo-a coçar o pescoço. Os vergões!

Se eu não acabar com o desastre que estamos provocando, ninguém o fará. Quando deito na cama, jogo o livro no chão e, puxando-a para mim, abraço-a.

Mas Jud é Jud, e continua recordando o que aconteceu no restaurante. Já faz anos que sei que as mulheres têm um arquivo no cérebro em que guardam até os mínimos detalhes e, sem sombra de dúvidas, Jud é a rainha desse arquivo. Ela se lembra de tudo! No fim, acabo rindo. Senão, vai ter briga.

38

Por incrível que pareça, marcamos um jantar com Ginebra e Félix. Gini ligou para Judith e ela aceitou sem hesitar. Não há quem a entenda.

Ao chegar ao restaurante, Félix e eu nos olhamos.

Ainda me lembro do último dia em que nos vimos. Não foi fácil, e menos ainda para ele, que acabou com sangue na boca graças ao soco que eu lhe dei. Mas o tempo passou, e agora ele nem Ginebra me importam. Portanto, com satisfação, sorrio e lhe estendo a mão enquanto minha mulher e Gini trocam beijinhos no rosto.

Durante o jantar, percebo que Jud vai relaxando. Não sei por que aceitou o convite, mas sei que agora está aproveitando. Ginebra sempre foi uma boa anfitriã, e eu, que a conheço, sei que está se empenhando a fundo em agradar a minha mulher e a mim.

Quando, a certa altura da noite, elas vão ao banheiro, Félix e eu ficamos em silêncio. É um silêncio meio constrangedor, até que ele diz:

— Você tem uma mulher bonita e agradável.

Olho para ele e, impassível, afirmo com convicção:

— Eu sei.

Ambos sorrimos.

— Por ela, sou capaz de matar — acrescento, a fim de marcar meu território.

Félix anui com a cabeça. Entendeu minhas palavras diretas.

— Ginebra me disse que você dirige a Müller atualmente — comenta ele.

— Sim — assinto. — Quando meu pai morreu, assumi as rédeas da empresa.

— Ela também me disse que não era isso que você queria.

Ele tem razão, mas, como não quero lhe dar mais explicações que as necessárias, respondo pensando em minha família e em meus funcionários:

— Nem sempre podemos fazer o que desejamos. Às vezes, temos que pensar nos outros antes de tomar uma decisão que possa afetá-los.

Quando digo isso, percebo que talvez minhas palavras o tenham deixado constrangido.

— Eric... — diz ele.

Levanto a mão e o interrompo; sei o que ele vai dizer.

— Félix, isso pertence ao passado. Agora sou muito feliz.

Ele assente e me olha. Não conheço muito Félix, mas seu semblante me faz entender que quer me dizer alguma coisa. Contudo, quando Jud e Gini voltam à mesa, continuamos falando de tudo, menos de sentimentos.

★ ★ ★

Passam-se os dias e o assunto de Ginebra parece esquecido. Mas, certa manhã, antes de eu ir para o trabalho, Judith volta a me encher a paciência com a Feira de Jerez.

Será que ela ainda não sabe que eu não gosto dessas celebrações espanholas?

Eu me sinto ridículo. Todo mundo dança, canta e bate palmas ao meu redor, e eu me sinto um bobo. Não tenho ritmo. Não sei diferenciar entre uma sevilhana, uma *bulería* ou sei lá o quê. Para mim é tudo igual!

E, quando Pachuca ou outra mulher da festa insiste que eu dance, acaba meu bom humor!

Não. Não vou mais à Feira de Jerez para me irritar.

Como é lógico, minha pequena e eu nos enfrentamos. Ela me recrimina. Eu a recrimino. E, claro, acabamos discutindo por causa do trabalho. Ela me joga na cara que eu trabalho demais e que não passo mais tempo com ela como antes.

Sei que ela tem razão...

Sei que suas queixas são justificadas...

Mas também sei que minha família cresceu, assim como a empresa, e eu, como patriarca e dono da Müller, tenho que me esforçar para que não lhes falte nada e para tocar a empresa.

Discutimos... Discutimos... Discutimos...

Um bom tempo depois, quando estamos na cozinha, ao ver a cara triste de minha pequena, eu me sinto péssimo. Por que não sou mais brincalhão, como Björn? E, como quero vê-la sorrir, eu me aproximo, abraço-a com carinho e murmuro:

— Vou tentar tirar uns dias para ir a Jerez...

Minha garota sorri.

Meu Deus, como me faz feliz ver esse sorriso tão lindo! E, depois de nos beijarmos e prometermos que não voltaremos a discutir pelo mesmo motivo, falamos sobre a festa que temos à noite.

Uma maldita festa a fantasia. Vou por causa de Jud, e vestido de nada menos que de policial. É de matar, como diria meu sogro!

Horas depois, já no escritório, recebo uma ligação de Dexter. Está emocionado. Acaba de ser pai de dois lindos bebês, e não para de rir e de balbuciar como um bobo.

Será que todos os homens se comportam assim quando são pais?

Ao desligar o telefone, sorrio.

Todas as pessoas que amo estão vivendo um bom momento. Gosto disso, muito. Mais do que jamais poderia ter imaginado.

À tarde, quando saio do escritório, vou à casa de Björn e Mel. Marquei de encontrar Jud lá, pois a ideia de sair de casa fantasiado não me agrada.

Já na casa de meus amigos, eu comento sobre a boa nova de Dexter e todos se alegram. A chegada de bebês ao mundo é sempre uma coisa bonita, especialmente quando é de pessoas que amamos. Mel e Jud estão emocionadas. Falam, riem e, sem hesitar, ligam para Dexter, que lhes atende rindo.

Björn e eu as observamos.

— Fico muito feliz por Dexter — murmura ele.

Eu também.

— Ele vai ser um pai maravilhoso — afirmo.

Ambos assentimos. Será maravilhoso.

Depois que as garotas desligam, contemplam nossas fantasias de bombeiro e policial com ironia. Björn e eu sorrimos.

— E vocês, vão de quê? — pergunta ele.

Elas trocam um olhar, sorriem e, sem responder, vão para o quarto do fundo e fecham a porta.

— Essas duas me dão medo — murmuro.

Mas o medo se torna admiração quando, minutos depois, a porta se abre e elas aparecem diante de nós vestidas de anjo e demônio. Björn e eu assobiamos, encantados. Estão lindas, sensuais e tentadoras!

Cravo os olhos nos de minha linda mulher.

— Você é o anjinho mais bonito e tentador que já vi na vida — sussurro.

Judith sorri. Beija-me e diz, dando uma piscadinha:

— O anjinho está sem calcinha.

Felizes, vestimos os casacos para esconder as fantasias, descemos até a garagem e, depois de entrar no carro de Björn, vamos à festa a fantasia do Sensations.

Ao chegar, cumprimentamos amigos e conhecidos. Logo percebo que muitos observam Judith. Ela está linda fantasiada. Minha mulher é a tentação em pessoa, e a cada dia estou mais apaixonado por ela.

Sem a perder de vista, fico excitado vendo-a conversar e rir. Até que a vejo se virar e começar a conversar com um homem vestido de mosqueteiro. Em um primeiro momento, não o reconheço, mas logo percebo que é Félix. O que ele está fazendo aqui?

Não vejo Ginebra em lugar nenhum. Apresento Félix a Björn e Mel. Jud, que, como eu, olha ao redor, pergunta por ela, e Félix responde com um sorrisinho:

— Deixei-a no reservado número cinco entretida enquanto vim buscar champanhe. Pedi a minha mulher que deixe três amigos bem satisfeitos.

Sei muito bem do que Félix gosta. Quando ele se afasta, depois de pedir a bebida ao garçom, eu o sigo com o olhar até que ele desaparece de minha vista.

Instantes depois, enquanto Björn e eu conversamos, percebo que Jud e Mel olham para um moreno que está dançando salsa vestido de vaqueiro. Ver como minha mulher olha para ele me deixa alerta, ainda mais quando os três começam a conversar.

Sem hesitar, aviso a Björn e logo nos aproximamos deles. O sujeito se chama Dennis, é brasileiro, respeitoso e agradável, e não posso evitar rir quando minha mulher diz "Bossa nova, samba, capoeira". Jud interpreta meu riso acertadamente. Sabe que estou pensando nas vezes que, ao dizer que ela era espanhola, as pessoas respondiam *"Olé, torero, paella"*. Rimos. Adoro nossa cumplicidade.

Quando Dennis se afasta com as duas louras com quem estava, Björn e eu vamos ao bar buscar alguma coisa para beber e as garotas vão ao banheiro.

— Fiquei perplexo ao conhecer Félix. Não tem nada a ver com Ginebra — diz Björn.

O garçom põe as bebidas diante de nós e eu pago.

— Está dizendo isso por causa da idade? — pergunto.

Björn assente e prossegue:

— Quantos anos têm de diferença?

— Acho que uns 32, 33 — respondo, sem ter certeza.

— Ele não está muito bem conservado.

Sorrio, a realidade é como é.

— Quando ela o conheceu, ficou apaixonada, não pelo corpo, mas por seu jeito de curtir o sexo. Com ele, ela experimentou coisas que comigo nunca teria vivido. Ela me conhece, sabe que gosto de sexo, que curto de mil formas diferentes, mas tenho limites, especialmente se amo minha mulher, como é o caso.

Björn anui com a cabeça.

— Gosto de brincar com minha mulher — acrescento —, não de entregá-la aos outros para façam com ela o que lhes dê na telha. Pelo que sei, algumas vezes Ginebra foi parte de muitos tratos com clientes e amigos.

— Está brincado, cara!

Balanço a cabeça. Sei do que eles gostam.

— Esse é o jogo deles. Um jogo que ela aceita porque curte como ele. Mas eu não poderia. Nunca poderia usar Jud nem ninguém como eles fazem — digo.

Instantes depois, as garotas voltam. Jud se senta em um banquinho e me beija, e eu aceito, feliz, seu beijo ardente. Então chegam Olaf e Diana, amigos de jogos, mas eu vejo Judith observar o brasileiro, que está dançando salsa ao fundo. É evidente que ele chamou sua atenção e, ao ver como Dennis nos olha também, aproximo minha boca do ouvido de Jud e murmuro:

— Anjinho, abra as pernas para o vaqueiro.

Vejo que o corpo todo de minha pequena se arrepia. Está contente por eu começar a brincadeira.

Com delícia e luxúria, introduzo o dedo no copo, molho-o no uísque e, com cumplicidade, passo-o pelos lábios carnudos de minha mulher. Ela me olha com tesão, enquanto meu dedo, ainda úmido, desce pelo queixo, pescoço, seio, umbigo. Sua boca trêmula chama a minha, e a beijo. Devoro-a enquanto meu dedo continua seu trajeto até entrar embaixo de seu vestido curto e chegar ao centro de seu desejo.

Que maravilha!

Jud está quente, muito quente. Quando meu dedo desliza por sua umidade e vai direto para seu clitóris, ao ver que ela fecha os olhos por puro prazer, exijo:

— Olhe para mim, meu amor... olhe para mim.

Ela me olha. Crava seus olhos escuros em mim, e eu, mexendo o dedo em busca de seu prazer, ao ouvi-la gemer, sorrio, beijo seu lindo pescoço e digo, ávido por sexo:

— Seu olhar está me dizendo que você já está pronta para brincar.

Ela arfa, quer mais. Troca um olhar com Dennis, e ele se livra das duas louras e se aproxima. Introduz uma mão entre as coxas de minha mulher, acaricia-a e murmura:

— Adorei que você está sem calcinha.

Sorrio, e Jud também.

Sem demora, vamos para a sala coletiva. Björn, Mel, Olaf e Diana vêm conosco.

Queremos brincar. Queremos curtir. Queremos sexo.

Já na sala, onde há mais gente curtindo aquilo que nós também vamos fazer, Björn, Mel e Olaf se dirigem a uma cama livre entre as muitas que há ali. Logo começam seu jogo ardente, e outras pessoas se juntam a eles.

Judith morde o lábio. Está morrendo de vontade de brincar.

Diana me pergunta se pode começar com o anjinho e, depois de confirmar a vontade de minha mulher, também aceito.

Vamos até uma das camas livres. Jud se deita e, sem pudor, mostra sua feminilidade.

Como minha mulher é ardente!

Todos nós observamos famintos seu púbis perfeitamente depilado, seus movimentos insinuantes. Enlouquecido, eu me aproximo dela e digo, indicando as barras da cabeceira da cama:

— Segure-se nelas e não solte por nada neste mundo.

Minha pequena obedece. Gosta de minha ordem. Sexy, abre as coxas de novo para me tentar. E, depois de nos deleitarmos com sua umidade, Diana leva a boca até aquele atraente centro do prazer e o chupa. Lambe com desejo.

Jud se entrega. Abre as coxas para ela e curte.

Adoro ver minha mulher sendo possuída por outra pessoa. Isso me excita muito. Esse tipo de coisa faz parte de nosso jogo luxurioso.

Minha pequena se mexe, enlouquece, gosta do que a experiente Diana faz com ela. Dennis e eu nos sentamos na cama para observar, enquanto ouvimos os suspiros e observamos os corpos de todos que fazem sexo a nossa volta.

Estamos todos ali para uma coisa, e sabemos muito bem o que é.

A temperatura no Sensations sobe, e a nossa também.

Enquanto Diana masturba Jud, que se acopla a suas investidas, Dennis e eu baixamos seu vestidinho leve de anjinho e liberamos seus seios. Segundos depois, eles balançam, tentadores, diante de nós. Enquanto eu me apodero de um, Dennis toma o outro e curtimos. Nossa, como curtimos.

Minha mulher, além de sedutora, é macia e saborosa. Tem um sabor especial que só quem nós quisermos pode experimentar. E, neste momento, queremos que experimentem.

O calor vai nos invadindo a cada segundo. Então, Dennis e eu nos desfazemos de nossas ridículas fantasias de policial e vaqueiro, enquanto nossa amiga Diana leva Jud ao sétimo céu.

Meu Deus, fico louco em vê-la arfar assim.

Quando Judith chega ao clímax e seu corpo treme, Dennis pega Diana, coloca-a em frente a ele de quatro e a penetra. Ela berra, satisfeita, e eu, cheio de tesão, pego minha mulher, coloco-a na mesma posição que Diana e entro nela até o fundo.

Caralho... que sensação maravilhosa!

Sinto minha moreninha se abrir para mim. Ela vibra. Grita. Pede mais. Exige mais profundidade, e eu, segurando seus maravilhosos quadris, aprofundo com força. Dou tudo que ela pede. Minha vida. Meu corpo. Meu prazer. Meu coração.

Para mim só existe ela, e, querendo que Jud curta ao máximo, eu a possuo enquanto meu corpo e o dela dançam ao ritmo louco, doce e maravilhoso que impomos, até que não aguentamos mais e nos deixamos levar por um orgasmo luxurioso e tórrido.

Acelerado, beijo seu pescoço. Ela gosta de meus beijos doces, curte. Por fim, saio dela para me limpar. Judith se vira. Olhamo-nos e sorrimos por causa do momento incrível que acabamos de experimentar. Nesse instante, Diana se enfia entre suas pernas para lamber seus fluidos como uma pantera. Minha mulher fecha os olhos e suspira.

— Tudo bem, pequena? — pergunto.

Meu amor assente e arfa. Mas, de repente, ela estende o braço e pega a mão de alguém, e vejo que é de Ginebra. Que diabos ela está fazendo aqui?

Sem cumprimentá-la, noto que está acompanhada por outra mulher que também nos olha. Ambas, nuas, contemplam o jogo ardente de Jud e Diana.

Sem querer estragar o momento de meu amor, não me mexo. Observo, rígido, ao lado de Dennis e delas duas, o prazer de minha mulher. Até que Jud pega um dos preservativos que estão em cima da cama e o entrega a mim.

Meu amor me olha e leio seu olhar.

Não. Nem fodendo!

Sei o que ela quer. Sei o que está propondo, mas me recuso. Não pretendo tocar em Ginebra. Contudo, desejando sexo, abro o preservativo que Jud me deu, coloco-o e, puxando a mulher que está com Gini, ponho-a sobre minhas pernas e a como.

Fecho os olhos. Só ouço suspiros ardentes, gritos sensuais e respirações aceleradas, e fico cada vez mais louco.

Estou absorto no momento ardente e nos gemidos de todos que me cercam, quando, de repente, percebo que alguém me abraça por trás. Olho depressa e fico tranquilo ao ver que é minha pequena. Ela, com carinho, beija meu pescoço e enrosca as mãos em meu cabelo enquanto diz coisas em meu ouvido que me excitam cada vez mais.

Acelero minhas investidas na estranha que me cavalga enquanto vejo Ginebra entregue a um homem que está ao nosso lado. Ela brinca como todos.

Estamos em uma maravilhosa orgia de prazer, gemidos e sensações, e cada um, do seu jeito, está curtindo.

A respiração de Jud se acelera em meu ouvido e, ao olhar para trás para saber o motivo, relaxo ao ver Dennis atrás dela.

Sim. O jogo continua.

Descarregando meu ímpeto na mulher que está me cavalgando, observo o brasileiro curtindo minha mulher. Ele a acaricia, lambe e lhe dá prazer. Buscando a única boca que me deixa louco, beijo-a, enquanto minha garota sussurra, arfante de desejo:

— Eu te amo.

Sua voz...

O jeito como chupa meu pescoço...

Suas palavras...

O momento ardente...

Tudo isso junto me faz tremer, e ouço Dennis murmurar em português enquanto introduz seu pênis duro nela:

— Gosto de seu corpo.

Jud vibra. Eu também.

Cada um de nós possui outro corpo, mas ambos sabemos que essa possessividade é nossa. Só nossa.

Jud me sente em seu interior como eu a sinto, e curtimos. Curtimos como loucos, até que noto uma nova mão em meu ombro.

Ao olhar, vejo que se trata de Ginebra. Ela e o homem com quem está se apoiam em nossa cama enquanto praticam sexo anal. Perto demais. Nossos olhares se encontram. Leio o desejo em suas pupilas enquanto meu corpo vibra de prazer devido ao que está acontecendo no quarto.

Ginebra e o homem acabam em nossa cama, e ela aproxima sua boca da minha. Tento me afastar, mas é impossível. O prazer do momento mal me deixa raciocinar. A mulher que está em cima de mim me cavalga com vontade, com prazer, afunda em mim enquanto grita de prazer. Jud arfa em meu pescoço enquanto Dennis a possui, e eu tremo, descontrolado.

Ginebra se aproxima mais.

Não posso me mexer. Não posso me afastar. Mas, sem fôlego, consigo me afastar uns milímetros, quando sua mão me pega pelo queixo. Olhamo-nos. O prazer nos abduz. Mas não, não vou permitir que me beije.

Digo isso a ela com o olhar. Faço-a entender que não desejo isso, que não permito. Mas leio em seus olhos sua resolução de me beijar.

Deus... não consigo me mexer!

O prazer me deixa paralisado.

Quando acho que tudo está perdido, Jud põe a mão entre nós e a adverte:

— A boca de Eric é só minha.

Quando a ouço dizer isso, respiro fundo e praguejo em pensamento.

Por que eu não disse isso antes? Por que não podia me mexer?

Virando a cabeça para olhar para minha mulher, que me observa arfante e acalorada devido à possessividade do brasileiro, afirmo:

— É só sua, pequena... só sua.

Jud fecha os olhos e assente. Espero que acredite em mim. Segundos depois, ouço-a chegar ao clímax com Dennis, e logo eu também chego. Esgotados e felizes, Judith e eu nos levantamos da cama enquanto as pessoas a nossa volta continuam com seus joguinhos particulares. Estamos morrendo de sede. Precisamos beber alguma coisa.

Sem olhar para trás nem nos preocuparmos com ninguém que está ali fazendo sexo, vamos para os chuveiros. Entre beijos e carinhos, tomamos banho e, assim que envolvo minha pequena com uma toalha, ela corre para o banheiro. Como é mijona!

Saio e a espero diante de um balcão que há ali.

Vejo Ginebra sair nua do reservado e nos olhamos. Faz muito tempo que terminamos, mas ambos entendemos nossos olhares.

— Não jogue sujo, Gini — murmuro, quando ela se aproxima.

Ela sorri, leva a mão ao cabelo e pergunta:

— Por que me rejeitou?

Enojado por sua pergunta, bebo um gole de minha bebida e respondo:

— Porque não a desejo.

— Eric...

— Meu amor, você está aqui!

Félix se aproxima e, por seu sorriso, suponho que está imaginando outra coisa.

— Estão se divertindo? — pergunta ele.

Não respondo. Recuso-me a responder.

— Poderíamos nos divertir mais — diz Ginebra.

Félix e ela sorriem.

— Estão esperando você no reservado três — diz ele, colocando um par de algemas nela.

Ginebra ri, adorando o que ouve. Sem dizer mais nada, ambos vão embora.

★ ★ ★

Mais tarde, depois de chegar em casa e tomar outro banho, quando vamos para a cama, Jud me pergunta:

— Você teria beijado Ginebra se eu não a proibisse?

É foda ouvir isso.

É foda porque eu mesmo deveria tê-la detido, não Jud. Mas, seguro, porque sei que eu não a teria beijado, respondo com sinceridade:

— Não.

Ela me olha. Falamos do que aconteceu. Ela confessa que, quando me propôs fazer sexo com Ginebra, era para me mostrar que confia em mim. Contudo, agora, parece desconfiar.

Conversamos. Ela me fala de seus medos, de suas inseguranças em relação a Ginebra, e, quando pergunta de novo sobre o momento em que teve que intervir, eu lhe dou explicações e tento fazer seus medos se dissiparem. Se tenho certeza de algo é de que nem Ginebra nem ninguém me fará quebrar o pacto que tenho com meu amor. Nossa boca, nossos beijos, são só nossos e de mais ninguém.

39

Como todas as manhãs, saio para levar Flyn ao colégio com pressa.

No carro, vamos escutando as músicas que ele escolhe e mal conversamos. O garoto está cada dia mais hermético, e não posso recriminá-lo, pois, de certo modo, ele é como eu. Tem dificuldade de se abrir, e eu o respeito, do mesmo modo que gosto que me respeitem.

Sei que antes de sair de casa ele e Jud meio que discutiram. Como sempre, discutem em voz baixa, e isso me incomoda. Falam-se sem falar. Eles se entendem. Não digo nada, mas me incomoda. Ser excluído de sua conversa inexistente me incomoda muito. Por isso, ao parar em um semáforo e ver meu filho digitando no celular, pergunto:

— O que aconteceu hoje cedo em casa?

Flyn me olha, crava seus olhos coreanos em mim e responde:

— Nada.

De novo leva a atenção ao celular, ignorando-me.

— O que houve com sua mãe? — insisto.

Com uma expressão que não me agrada, Flyn solta o celular e, olhando para mim, diz:

— Diferença de opiniões.

Isso me faz ficar ainda mais curioso.

— Ela não concorda com um trabalho de química que eu fiz. Segundo ela, poderia ter me esforçado mais para tirar uma nota mais alta. Segundo eu mesmo, o esforço é supervalorizado — diz ele.

Olho para ele alucinado.

Como assim, o esforço é supervalorizado?

— Esforço sempre é bom, especialmente quando pode influenciar suas notas finais — digo.

— Minhas notas estão sob controle.

— Tem certeza?

Flyn sorri, afasta a franja dos olhos e afirma com convicção:

— Sem dúvida, papai.

Não digo mais nada. Milhares de vezes falei com ele e deixei claro que seu dever agora é estudar, assim como o meu é trabalhar para nos sustentar. Sem dúvida, isso ficou claro para ele.

— Se está me dizendo, fico mais tranquilo — afirmo, sorrindo.

Meu filho ergue o punho para bater no meu, e, quando bato, murmura, deixando-me feliz:

— Assim que eu gosto... cara. E, já que estamos conversando, queria comentar que fui convidado para uma festa e estou a fim de ir.

"Cara"? Não sou seu colega, sou seu pai.

— Que festa? — pergunto.

Ao me ver receptivo, Flyn explica:

— Uma superfesta que vai estar cheia de garotas lindíssimas, e não posso faltar, papai.

— E Dakota? — pergunto, curioso.

— Ela também vai — diz ele, sorrindo.

Ver que meu filho está crescendo e ficando adulto é engraçado, de certo modo.

— Vai ter palhaços, pula-pula e balões? — pergunto.

Ele me olha com cara de horror, mas, ao ver meu sorriso, sorri e murmura:

— Papai!

Ambos rimos. Ficou para trás esse tipo de aniversário.

— Você vai a essa festa... bobo — digo.

Quando deixo Flyn à porta da escola, vejo-o se dirigir a seu grupo.

Que aparência alguns têm!

Mas não. Eu me recuso a julgar pelas aparências, como fazia minha mãe.

Com o olhar fixo nele, vejo-o chegar ao grupo e, com o mesmo movimento de punho que fez comigo, cumprimenta os rapazes. Gosto disso. Por fim, arranco e vou embora com um sorrisinho. Gosto de ver Flyn integrado e feliz, e de que me considere um amigo além de seu pai.

Minha chegada à Müller, como sempre, é perturbativa. Não há manhã em que não tenha que ficar furioso com alguém.

Será possível que realmente tenho que cuidar de tudo para que as coisas saiam como têm que sair?

Ocupado, as horas passam, horas que, pelo volume de trabalho, para mim parecem minutos. Quando estou analisando uns documentos, Gerta entra em meu escritório e diz, olhando para mim:

— Ligaram da segurança.

Isso chama minha atenção.

— O que aconteceu? — pergunto.

Gerta, que está substituindo minha secretária, que está de licença-maternidade, diz:

— Há um casal no hall, sem hora marcada, que quer falar com o senhor.

Vendo os relatórios que tenho que revisar, respondo sem olhar para ela:

— Diga que não estou, que deixem o contato e que amanhã você liga para marcar um horário.

A seguir, minha secretária sai, mas volta de imediato.

— O segurança disse que são Ginebra e Félix.

Ao ouvir esses nomes, surpreso, levanto a cabeça.

O que querem?

Hesito. Não tenho nada para falar com eles. Já foi suficiente encontrá-los no Sensations.

Mas a curiosidade me vence. Como preciso saber por que estão ali, guardo os papéis em uma pasta e digo:

— Mande-os entrar.

Minha secretária assente, sorri e sai do escritório.

Passados alguns segundos, a porta de minha sala se abre, Gerta deixa entrar Félix e Ginebra, que me olham com um sorriso, e depois sai de novo, fechando a porta.

Félix e eu nos olhamos antes de eu me levantar, ir até eles e estender a mão.

— Olá, Félix.

Ele aperta minha mão. Como está envelhecido...

Ginebra me dá um beijo no rosto e, quando ele se senta em uma das cadeiras em frente a minha mesa, pergunto sem demora:

— O que estão fazendo aqui?

Ginebra sorri, olha para seu marido e comenta:

— O mesmo Eric de sempre. Claro e direto.

— Algumas coisas nunca mudam — afirmo com contundência.

Noto que ela gosta de meu comentário. Quando dá um passo para se aproximar mais de mim, estendo a mão para impedi-la.

— Outras, sim — acrescento.

Olhamo-nos em silêncio e Ginebra vai se sentar ao lado do marido.

— Vamos conversar, Eric — diz ela.

Contorno a mesa e me acomodo em minha cadeira. Apoio as costas e, quando olho para Ginebra, ela solta sem rodeios:

— Quero foder com você.

Ora, vejo que algumas coisas nela também não mudaram. Mas, sem me surpreender em absoluto com a clareza de suas palavras, replico:

— Não.

Nós três nos olhamos em silêncio.

— Eric, desejo sentir de novo sua força, seu ímpeto, sua pele — insiste ela.

Ouvi-la dizer isso não me provoca nem frio nem calor. Mas, de certo modo, me dá nojo.

Que ideia é essa?

Decidido a ser claro e direto com ela, respondo:

— Esqueça, porque isso não vai acontecer.

Félix se apruma para dizer algo, mas Gini, detendo-o, insiste:

— Eric, ouça...

— Não, Ginebra. Não há nada para ouvir.

Félix, que gosta de sexo de um jeito que me desagrada, intercede:

— Vamos, Eric, você gosta de sexo tanto quanto eu.

Olho para ele. É repugnante que esse sujeito me compare a ele.

— Eu gosto de sexo, mas como você, não — pontuo.

Ambos me entendem. Sabem que tenho razão.

— Escute, Eric. Você pode foder com minha mulher como quiser. Ela e eu concordamos. Se lhe incomoda fazer isso em seu escritório, podemos ir a outro lugar —insiste Félix.

É surreal.

Eles pensavam mesmo que eu ia foder em cima da minha mesa?

É irritante tê-los em meu escritório pedindo isso.

O que eu sou para eles? Um boneco sexual?

Furioso, ergo a voz e esclareço:

— Isso não vai acontecer, nem aqui nem em nenhum outro lugar.

Ginebra se levanta. Contorna a mesa, fica ao meu lado e sussurra, abrindo alguns botões da blusa:

— Sei que você brinca com sua mulher como brincava comigo. Você adorava me oferecer, lembra? Adorava foder comigo e me ver foder com outros...

Seus seios ficam expostos diante de mim e, de modo inconsciente, meus olhos vão para eles.

Caralho, eu sou homem!

Em outra época da vida, teria transado com ela em cima da mesa da minha sala sem trocar nem mais uma palavra. Mas, como não tenho nenhuma vontade nem intenção de fazer isso, murmuro:

— O que eu faço ou deixo de fazer com minha mulher é assunto meu e dela. Portanto, evite mencioná-la ou se aproximar dela se não quiser que o Eric filho da puta que você conhece aflore.

Ginebra me olha.

Tenho certeza de que ela esperava que eu sucumbisse a seus desejos. Leio o desconcerto em seu rosto, no rosto de Félix. O Eric que encontraram não é o idiota com quem brincaram no passado.

— Foi para isso que vieram até aqui? Para eu comer você? — pergunto.

Félix olha para ela. Algo em seu olhar me incomoda, mas não sei o que é.

Então, aproximando-se mais, Ginebra murmura:

— Você nunca desperdiçava uma oportunidade.

Enojado, eu a afasto de mim com contundência.

— Gini, da última vez que nos vimos, eu disse que nunca mais a tocaria na vida, e assim será. Esqueceu? — replico.

Ela sente um calafrio. Em dois segundos, seus seios desaparecem de minha vista. Voltando para o lado de seu marido, ela murmura, enquanto abotoa a blusa:

— Vejo que você aprendeu a controlar seu apetite.

Não digo nada. Não respondo.

Os anos e a experiência me ensinaram a controlar muitas coisas.

Então, Félix se levanta e diz:

— Querida, acho melhor irmos.

Ginebra não se mexe, só me olha, e Félix acrescenta:

— Esperarei lá fora, se não se importam.

Não digo nada. Ginebra também não.

Uma vez sozinhos no escritório, a mulher que em outra época foi minha namorada murmura:

— Desculpe, Eric. Lamento não ter agido bem com você no passado. Eu lhe peço desculpas.

Assinto. Essa desculpa chega a minha vida quando não preciso dela.

— Que ideia foi essa de aparecer aqui para me pedir uma coisa dessas? — pergunto, incomodado com a situação.

— Fofinho...

— Não me chame por esse apelido ridículo — rosno, incomodado, e me levanto.

Ela sorri. Incompreensivelmente, acho seu sorriso engraçado.

— Ginebra, a vida toda você continuará sendo uma louca em termos de sexo.

— Parece que sim.

Ambos sorrimos. Não sei por que, mas a questão é que rio. Nesse momento, ela se levanta e, sem se aproximar de mim, murmura:

— Ficarei mais alguns dias em Munique, caso mude de ideia.

— Duvido — afirmo, seguro.

— Pelo menos poderíamos almoçar um dia, antes que eu vá embora.

Penso. O mais sensato seria dizer "não", mas digo:

— A gente se fala.

Ginebra assente. Não diz mais nada e, depois de um sorriso que me faz recordar a garota que ela foi um dia, vai embora.

Assim que a porta se fecha, eu me sento de novo. Não entendi essa visita, assim como não entendo por que ela agora quer fazer sexo comigo. Mas, sem dar maior importância ao assunto, abro de novo a pasta e volto a trabalhar. Tenho muitas coisas para fazer.

No entanto, minha concentração dura minutos, pois meu telefone toca. É Björn, me convidando para almoçarmos juntos. Mas digo que hoje não posso.

Torno a me concentrar no trabalho. Passa um tempo e a porta de meu escritório se abre. Vejo Gerta acompanhada de meu amigo. Antes que ela diga qualquer coisa, Björn entra e deixa umas sacolas em cima da mesa.

— Arroz *chop suey*, rolinhos primavera, carne com broto de bambu e cogumelos e frango ao limão — diz. — Tudo isso regado a quatro excelentes cervejas bem geladas. O que me diz? Vamos almoçar?

Ao ouvir isso, sorrio e, olhando para Gerta, digo:

— Não quero ser incomodado por uma hora.

— Sim, senhor Zimmerman — responde ela, saindo do escritório.

Uma vez a sós, olho para meu amigo, que já está ajeitando a comida em cima de uma mesa que fica à direita em minha sala.

— Não trouxe camarão frito? — pergunto.

Björn sorri, mostra-me uma caixinha e murmura, sentando-se:

— Claro que sim, *Fofinho...* aqui está.

— Não encha o saco, Björn — protesto.

Isso nos faz rir. São muitos anos juntos, e conhecemos nossos gostos. Vou até ele para me sentar na cadeira ao seu lado e pergunto, enquanto pego os *hashis*:

— E essa necessidade de almoçar comigo?

Ele suspira e, olhando para mim, diz:

— Discuti com a Mel hoje.

— Que estranho! — debocho.

Segundos depois, ele me conta que ela está entediada. Desde que largou seu trabalho no Exército americano, estava curtindo ser designer gráfica, mas isso já passou. Sem dúvida, Mel é uma mulher de ação. Ele me conta que ela quer fazer coisas perigosas, como ser segurança, fazer escolta, e eu o escuto sem poder acreditar.

Por que Mel quer complicar a vida desse jeito?

Conversamos. Ele está atordoado com esse assunto.

— E o que você tem? — pergunta ele, de repente.

Caralho, como ele me conhece bem! Apesar de eu disfarçar, Björn sabe ler meus silêncios. E, como preciso contar a alguém o que aconteceu pouco antes, explico:

— Ginebra e Félix estiveram aqui há pouco.

Ele me olha, surpreso, e pergunta:

— O que eles queriam?

— Ginebra quer transar comigo.

— O quê?!

— Isso mesmo que você ouviu.

Comemos. Mastigamos a comida e nossos próprios problemas. Depois de engolir a carne deliciosa que Björn trouxe, vou falar, mas ele pergunta:

— E o que você disse?

— Como assim o que eu disse? O que você acha?

— Espero que tenha dito "não", porque, do contrário, conheço certa espanhola que resolveria as coisas com a faca de cortar presunto cru do pai.

— Claro que disse "não". — Sorrio pensando em meu amor. — Não quero nada com eles. Nada.

Depois de uma hora conversando sobre tudo que nos deixa loucos, chegamos a duas conclusões. A primeira, que ele não pode concordar que Mel arrisque sua vida por ser uma louca que precisa de ação, e a segunda, que eu não devo dizer nada a Jud sobre a visita daqueles dois. Se eu contar, ela vai ficar chateada e vai me enlouquecer.

40

A decepção chega de novo à minha vida quando pego Judith e Flyn sussurrando, escondendo coisas de mim, como sempre. Descubro que, dessa vez, trata-se das notas da escola.

Um desastre...

Ficou em seis matérias. Seis! E eu, para ser sincero, não sei o que fazer.

Eu confiava nele, em sua responsabilidade.

Achava que ele havia entendido que tinha que estudar para depois poder escolher o que fazer da vida. Mas não. Aquilo em que eu acreditava não tem nada a ver com a dura realidade, e percebo que meu filho mentiu para mim. Jogou sujo comigo.

Discuto com Judith...

Discuto com Flyn...

Deixo-o de castigo e o proíbo de ir ao batizado dos filhos de Graciela e Dexter no México. Ele fica chateado. Mas lhe dói mais ficar sem o computador, o tablet, as redes sociais, seu maldito celular e não ir à superfesta que tanto queria.

Isso o deixa louco. Mas louco fico eu ao ver Judith tentando interceder por ele.

Caralho, não! Ele não vai!

Durante a discussão, fico sabendo que a nova namorada de Flyn se chama Elke e que a festa é dela, pois faz aniversário.

Elke? O que aconteceu com Dakota?

Jud olha para mim. A sensação que tenho é de que ela também não sabia da nova namorada, quando Flyn, diante de um comentário dela, fica furioso. Normal. Judith é muito indiscreta.

Mesmo assim, ao me ver erguer a voz, minha garota tenta nos apaziguar, e de novo os vejo falar nesse idioma chamado *silêncio* que eu não domino e que me faz sentir um bobo.

O que estão escondendo de mim?

No fim, a conversa se complica tanto que acabo expulsando o garoto de meu escritório antes que eu descarregue todo meu mau humor nele. Mas, pouco depois, quando temos que ir ao pronto-socorro com Flyn porque ele prendeu um dedo na porta, quero morrer.

Meu filho está sofrendo. Está com dor, e eu daria minha vida para trocar de lugar com ele.

Minha irmã nos espera na porta e, assim que nos vê, leva o garoto para dentro. Jud me segura e me convence de que preciso deixar os médicos trabalharem.

Enquanto esperamos, sinto que minha fúria contida por causa das malditas notas se dissipa.

— Você não viu a cara feia de sua irmã? — pergunta Jud.

Só faltava essa!

Minha irmã também?

Ao entender que seu comentário me deixou preocupado, ela logo acrescenta:

— Não se preocupe. Deve ter sido impressão minha.

Um pouco mais tarde, depois de tirar uma radiografia de Flyn, minha irmã, que, de fato, está meio pálida, diz que o dedo dele não está quebrado. Ainda bem! Mesmo assim, põem uma tala nele e lhe receitam um anti-inflamatório.

Vou perguntar a Marta se aconteceu alguma coisa, mas Judith se antecipa.

— É só que não dormi bem esta noite — responde Marta.

Assinto. Saber que é só isso me tranquiliza. Há certas noites em que eu também não durmo bem.

★ ★ ★

Quando chegamos em casa, estou mais relaxado. Comemos e depois nos jogamos no sofá para ver um filme. Até que Simona entra na sala e diz:

— Flyn, é uma tal de Elke ao telefone.

Ora, a do aniversário!

Como não conseguiu falar com ele no celular, ela ligou para o telefone de casa.

Essa namoradinha!

Espero a reação de Judith. Com certeza vai defendê-lo, mas, surpreendentemente, ela não diz nada. Nem se mexe. Por isso, vendo como o garoto me olha, dou-lhe permissão para atender à ligação no quarto dele.

Flyn sai voando. E, depois que ele sai, eu e Jud o zoamos um pouquinho.

Para nós é uma novidade que nosso filho de hormônios elevados receba ligações de uma garota e saia correndo. Conversamos sobre isso, e Jud volta a falar na festa.

É a festa de aniversário de Elke, e ela insiste em que eu mantenha todos os outros castigos, mas que pelo menos o deixe ir à festa. Eu me recuso. Continuo furioso e decidido. Decidi que Flyn não irá ao aniversário por causa de suas notas ruins e não irá.

Esclarecido esse ponto, eu me acomodo de novo no sofá para continuar vendo o filme, quando Judith fala de um assunto que nos faz discutir.

Caralho! Será que eles não se cansam?

De novo com essa história de querer trabalhar.

Por acaso não lhe dou tudo de que precisa?

Que necessidade ela tem de aguentar os outros mandando nela?

Judith grunhe, fala, comenta e não ergue muito a voz, pois Eric e Hannah estão dormindo bem pertinho de nós. Ela deixa claro que não está disposta a passar o resto da vida como dona de casa e, embora eu entenda, visto que ela não é esse tipo de mulher, não quero que ela entre no mundo corporativo. Contudo, quando ela me dá um ultimato dizendo que vai procurar emprego em outro lugar se eu não lhe der um na Müller, dou a conversa por encerrada.

Ela venceu!

Judith vai trabalhar na Müller. Sei que Mika precisa de ajuda no marketing. Eu controlo esse departamento e, conhecendo Judith, tenho certeza de que ela vai se dar muito bem.

Ela fica feliz ao ver que eu mudo de ideia. Está nervosa, motivada, e aproveito o momento para lhe dizer que tenho duas condições: por enquanto, ela vai trabalhar meio período, para que as crianças não sintam muito sua falta, e não vai viajar. Ela aceita. Está tão ansiosa que nem reflete sobre isso.

Felizes, beijamo-nos. Um beijo leva a outro. Uma carícia a outra e, sem pensar em mais nada, começo a desabotoar a calça dela. Solto seu rabo de cavalo e, quando estou aprofundando o beijo, que é a comporta que abre nosso desejo ardente, ouvimos:

— Mamãe! Papai!

De rabo de olho, vejo Flyn, que entrou na sala sem que percebêssemos.

Sua cara de horror deixa claro como acha desagradável nos ver!

Ele olha para nós. Não sei onde me enfiar.

Sinto vergonha de que meu filho tenha visto essa faceta minha, mas Jud, tranquila apesar do momento, prende o cabelo com graça e replica depois de meus protestos diante das perguntas dele:

— Pelo amor de Deus, Eric, Flyn já é grandinho e sabe perfeitamente o que estávamos fazendo. O que quer que eu lhe diga?

Caralho, essa minha mulher!

Tudo bem que o garoto sabe, mas, porra, é nosso filho!

De novo, sentamo-nos os três para continuar vendo o filme, enquanto os pequeninos continuam dormindo como pedras.

Tenho meu filho e minha mulher ao meu lado, e sinto que eles me dominam. Esses dois!

Judith já conseguiu que eu concorde que ela trabalhe na Müller, e Flyn...

— Quando é mesmo a festa de aniversário de Elke?

Ao dizer isso, eu me arrependo. O que estou fazendo?

O garoto me olha surpreso, e Judith, boquiaberta.

— Sexta-feira que vem — responde ele.

Assinto.

Avalio o que fazer.

Não sei se estou agindo bem, mas sei o que representam as garotas para um rapaz da idade dele. Não muito convicto, mas ciente de que devo fazer isso para não perder a confiança de Flyn, apesar do quanto ele me decepcionou, digo:

— Você vai ao aniversário de Elke, mas, depois, continua de castigo, entendeu?

Jud sorri, vitoriosa.

Puta que pariu!

Flyn abre um grande sorriso e se joga em cima de mim para me agradecer. E eu, como um babaca, fico feliz fitando os dois.

★ ★ ★

Dias depois, eu e minha tropa vamos à casa de Björn. Pipa, a empregada que nos ajuda com as crianças, vai também.

Quando chego, noto que há algo errado com meu amigo. Logo ficamos sabendo que o *hacker* invadiu de novo o site de seu escritório. E também está irritado pelo fato de Mel querer trabalhar como guarda-costas.

Que absurdo!

O mal-estar entre o casal aumenta e, quando Pipa leva as crianças para o quarto para brincar, Björn e Mel começam a discutir.

Esses dois a cada dia se parecem mais comigo e com Jud. Instantes depois, pedindo licença um minutinho, os dois desaparecem.

Aonde será que foram?

E, por mais surpreendente que pareça, quando voltam, anunciam que vão se casar.

Incrível, mas é verdade!

Jud me olha e sorri. Sem dúvida, eu entendo tão pouco quanto ela.

Felizes com a notícia, vamos jantar no restaurante do pai de Björn. Ao nos ver, ele nos recebe feliz e nos acomoda na mesa de que gostamos.

Durante o jantar, o Monstrinho, que é como Björn chama Hannah, porque é chorona, apronta uma das suas. Pipa, para que possamos comer, coloca-a no carrinho e a leva para passear. Como minha menina é chorona!

Assim que Pipa sai acompanhada por Flyn, meu celular toca. Segundos depois, toca o de Björn.

— Alfred e Maggie vão dar uma festa privada no palacete de campo perto de Oberammergau — digo, lendo a mensagem que recebi.

Björn recebeu a mesma mensagem. Trocando um olhar, sorrimos. Não é a primeira vez que vamos a uma festinha nesse lugar. Não comentamos nada, mas sabemos que vamos repetir a dose, e, desta vez, acompanhados por nossas lindas mulheres.

Com curiosidade, elas perguntam e nós explicamos que esse casal sempre faz festas temáticas, como a dos anos 1920 em Zahara de los Atunes, onde Jud e Björn se conheceram. Minha mulher sorri, feliz, e logo conta a Mel curiosidades sobre essa festa.

De um assunto passamos a outro, até que Björn comenta que falou com Dexter. Sorrio.

Da última vez que falei com meu amigo mexicano, ele estava no sufoco com as crianças. Ele fica aflito porque choram muito ou têm as típicas cólicas do lactente. Eu tentei tranquilizá-lo, mas é complicado. É preciso dar tempo ao tempo.

Jud e Mel conversam sobre a acertada decisão de Dexter e Graciela devido ao impedimento dele de ter filhos. Eles decidiram procurar um banco de sêmen e Graciela logo engravidou. O resultado são os lindos gêmeos chamados Gabriel e Nadia.

Daqui a duas semanas, iremos todos ao México. É o batizado dos bebês, e por nada deste mundo queremos perder a ocasião. Dexter sempre está ao nosso lado quando precisamos, e, sem dúvida, nós estaremos ao lado dele em um dia tão especial.

41

No dia da entrevista de Jud na Müller, minha mulher está louca de alegria.

Mas, depois da discussão entre ela e Flyn na cozinha porque ele não concorda com que sua mãe trabalhe, Jud parece contrariada.

Não entende como Flyn pôde reagir assim, mas, com unhas e dentes, Jud defende seus direitos como mulher e, embora me incomode que ela trabalhe, eu a apoio. Como mulher, ela tem valor para muito mais coisas que apenas ser mãe. Mas isso não impede que eu fique contrariado.

Quando entramos no carro para levar Flyn à escola, sente-se a tensão no ar. Esses dois!

Ao chegar à escola, o safado de meu filho, mesmo sabendo como Jud fica mal quando discutem e como ela o defende diante de mim, desce do carro sem se despedir de nós. Estou acostumado, quase todas as manhãs ele faz isso. Mas hoje Jud está conosco, e ele poderia ter agido de outro jeito.

A cara de Jud me deixa aflito. Sei que ela está chateada.

— Jud, ele é um adolescente. Dê um tempo — murmuro.

Ela assente, sabe que tenho razão. Arranco o veículo para irmos à Müller.

— Pare! — grita ela, de repente.

Freio. Caralho, que susto!

O que aconteceu?

— Estacione! — berra. — Corra, estacione!

Sem entender o que está acontecendo, faço o que ela me pede. Segundos depois, ela abre a porta, sai do carro e se esconde atrás de uma esquina. O que está fazendo?

Contrariado, eu a sigo. Quando atraio sua atenção e ela vê minha cara, murmura:

— Ah, meu amor, desculpe. É que queria saber se Elke, a nova namorada de Flyn, estava nesse grupo.

— Caralho, Judith, que susto você me deu! — grunho.

Meu coração ainda está a mil, quando, escondidos na esquina, vemos Flyn se aproximar de sua turma de amigos. Reconheço alguns deles. Ao ver que ele abraça uma garota, pergunto:

— É essa?

Judith olha. Sem saber que o observamos, Flyn mostra uma faceta que desconheço e beija a garota.

Esse meu filho!

A lourinha que ele beija tem uma bela comissão de frente, mas me abstenho de dizer o que penso. Acho que é melhor.

Mas Jud os observa. Não diz nada. Desastre garantido...

O beijo se estende mais do que eu mesmo acho que deveria para a idade dele, e especialmente para o lugar onde estão. Então, Flyn passa a mão pelo traseiro dela, aperta-o e, diante da cara de espanto de minha pequena, digo sem pensar:

— Esse é meu machinho.

Jud me olha estreitando os olhos. Nossa, está cabreira! Leva a mão ao peito, afasta o cabelo do rosto, coça o pescoço (os vergões!) e, olhando para mim com os olhos arregalados, pergunta:

— Quantos anos tem Elke?

Olho para a garota. Ela e Flyn não param!

Ela parece ser mais velha que ele.

— Tem pelo menos dois ou três a mais que Flyn — acrescenta Jud, acelerada.

Assinto e sorrio.

Dois ou três anos, na idade deles, parece um mundo, mas, com o passar do tempo, é apenas um número.

Sem saber que o observamos, Flyn continua exercitando a língua. Dá para ver que seus hormônios estão agitados. Eu, como homem, aplaudo, ao passo que Jud, em seu novo papel de mãe-galinha, me faz rir com suas caras engraçadas.

— Ele deve gostar das mais velhas — murmuro.

Nossa, para que fui dizer isso?!

Meu comentário não lhe agrada. Ela demonstra isso com o olhar. Quando começa a reclamar de novo, acho melhor levá-la embora, senão ela irá até Flyn, e ele não a perdoará. Então, faço-a entrar no carro.

Uma vez no veículo, olhamos de novo e vemos que meu filho beija a loura outra vez.

Que passional!

Acho engraçado ver isso. Meu garoto é todo macho. Mas, quando penso que vou passar por isso com Hannah, já não vejo tanta graça. Mas é cedo para pensar nisso. Ser pai de um menino e uma menina me faz ver como é diferente em cada caso. Mas prefiro ignorar. Melhor.

Enquanto penso nisso, Jud está acelerada. Não pode acreditar no que vê. Nem eu.

Procuro acalmá-la, mas o que eu digo parece deixá-la ainda mais furiosa. Quando não aguento mais, rio. Puxando minha espanhola para mim, beijo-a e murmuro:

— Você é maravilhosa, meu amor... incrivelmente maravilhosa.

Jud sorri. Sabe que diante do crescimento de Flyn pouco podemos fazer, e por fim me beija. Mas logo volta a olhar para o nosso filho e fica horrorizada de novo.

Quando chegamos ao escritório e deixamos o carro no estacionamento, estou nervoso. Logo terei minha maior tentação perto de mim todos os dias, e não sei como vou administrar a situação. Mas o que já me tira do sério é quando vou pegar sua mão e ela me evita. Por que está fazendo isso?

Jud olha para mim, eu olho para ela.

— Sejamos profissionais, meu amor — diz ela, surpreendendo-me como sempre.

Caralho!

Será possível...

Contrariado, sigo para o elevador. Fico puto por ela se recusar a me tocar. Uma vez mais, se eu digo *branco*, ela diz *preto*.

Só me faltava essa!

Uma vez no elevador, decido acompanhá-la até o andar em que Mika a espera. Ao ver o botão que aperto, ela reclama de novo. Não quer que eu a acompanhe. Briga comigo por eu sequer ter pensado nisso. E, depois de bufar, aperto o do meu maldito décimo andar.

Caralho, que jeito de me irritar logo cedo!

Estamos em silêncio ouvindo pelas caixas de som a típica musiquinha de elevador. Observo-a de rabo de olho, quando ela, ciente de que forçou a barra, murmura, aproximando-se de mim:

— Meu amor, entenda que...

— Senhorita Flores, por favor — interrompo-a, afastando-me dela. — Lembre-se de que aqui sou senhor Zimmerman. Sejamos profissionais.

Jud me olha.

Acho que vai me chamar de *babaca*. Mas, em vez disso, ela levanta o queixo em uma atitude bem espanhola e olha para a porta.

Puta que pariu!

Continuamos subindo em silêncio. Se ela é arrogante, eu sou mais. Mas, quando chegamos a seu andar e vejo que ela vai sair sem olhar para mim nem me dizer nada, detenho-a.

— Assim que acabar sua reunião com Mika, suba para se despedir de mim — digo. — Não vá embora sem falar comigo.

Então, solto-a. A senhorita Flores é a senhorita Flores, e ela nem responde. Vejo as portas do elevador se fecharem. E praguejo com meus botões.

Saber que ela está tão perto de mim sem que eu possa controlar tudo me irrita. Conheço meus funcionários e sei que a tratarão bem, mas a incerteza me corrói, e, a partir desse instante, não me deixa viver.

Quando chego ao meu andar, passo por minha secretária e ela se levanta. Entra atrás de mim e, como todas as manhãs, relata-me as novidades.

★ ★ ★

Mais tarde, estou absorto em uns documentos, quando Gerta me chama pelo interfone e diz que Félix está na linha três.

Praguejo. Que diabos ele quer?

Mas, apertando a maldita tecla, atendo:

— Olá, Félix.

— Olá, Eric.

Ele fica em silêncio por alguns segundos, antes de dizer:

— Eric, sei que não sou ninguém para lhe pedir isso, mas gostaria que reconsiderasse a proposta que Ginebra lhe fez outro dia.

Boquiaberto, solto a caneta que estou segurando.

Sério me ele me ligou para isso?

— A resposta continua sendo *não* — replico, irritado com sua insistência.

— Mas, Eric, escute... eu...

— Não é não — interrompo. — Que parte você não entendeu?

Ele se cala. Ouço-o respirar do outro lado da linha.

— Ela ficaria muito feliz — diz ele, por fim.

Caralho!

Qual é a desse cara?

— E eu ficaria muito feliz se vocês desaparecessem da minha vida — digo, cada vez mais furioso.

Quando desligo, sinto que estou acelerado.

Qual é a desses dois em termos de sexo?

Já não têm o bastante com seus joguinhos luxuriosos?

Praguejo. Bufo e me sirvo um pouco de água. Preciso me refrescar por dentro e por fora.

Retomo meu trabalho e, durante duas horas, resolvo problemas. Mas Jud não sobe para me ver, de modo que pego o celular e lhe mando uma mensagem:

Continua com Mika?

Rapidamente recebo:

Sim. E agora vou entrar em uma reunião com ela. Estou entusiasmada!

Caralho... já está começando a complicar minha vida!

Merda!

Continuo trabalhando, mas não me concentro.

Por que ela está demorando tanto?

Hoje era só para se conhecerem, fazer contato, nada mais. Ela já deveria estar em casa com as crianças.

Levanto-me e me dirijo à porta. Vou descer para ver Judith.

Mas, antes de tocar a maçaneta, paro. Se eu descer, ela ficará brava comigo. Conhecendo-a, sei que ela não vai gostar, portanto, dou meia-volta e volto para minha mesa.

Sou um babaca!

Passa-se outra hora e não tenho notícias dela. Digito no celular:
Onde você está?
Espero. Ela não responde. E, quando a espera já é insuportável, recebo uma mensagem que diz:
Continuo na reunião. Quando acabar, ligo.
Caralho... já está se envolvendo e ainda nem começou a trabalhar na empresa! Mando outra mensagem, mas Judith não responde.
Caralho... caralho, essa moreninha!
Peço a Gerta que descubra que reunião é essa de Mika, evitando lhe dizer que Judith está com ela. Minutos depois, fico sabendo que é uma reunião com os executivos da Müller da Suíça, Londres e França. Bufo, praguejo por não ter pensado nisso e decido aguardar. Não posso parecer um marido desesperado. Mas digo a Gerta que me avise quando acabarem ou fizerem uma pausa para um café.
Penso em Flyn, na reação que Judith, mamãe-galinha, teve há poucas horas preocupada com seu filho. Será que não consegue pensar que eu me preocupo com ela também?
Com paciência, espero. Não tenho opção. Então, Gerta entra em minha sala e anuncia:
— A reunião de Mika acabou e estão na lanchonete.
Assinto. Espero que ela feche a porta e depois me levanto apressado.
Ponho o paletó. Não posso ignorar que sou o chefe. Abrindo a porta do escritório sem parecer um homem desesperado, saio e me dirijo aos elevadores.
Demoram. Caralho, como são lentos!
Quando chego à porta da lanchonete, pego o celular disfarçadamente. Paro e finjo que estou atendendo a uma ligação enquanto meus funcionários me olham e alguns me cumprimentam. Mas não todos. Alguns têm medo de mim.
Do lado de fora da lanchonete, examino o local até encontrar minha mulher. Sinto-me de novo o bobo ciumento de anos atrás, quando a conheci e a perseguia pelas dependências da Müller na Espanha.
O que estou fazendo?
Vejo-a conversando amigavelmente com um sujeito no balcão. Mika e os outros estão ao seu lado. Judith e ele, que logo reconheço como sendo Harry, sorriem e se juntam ao grupo. Eu a observo em silêncio.
Faço bem em estar aqui?
Instantes depois, vejo que ela se afasta dos outros e faz uma ligação. Certeza de que é para mim. Mas não, meu celular não toca... Caralho!
Quando já não aguento mais, entro na lanchonete.
Como se tivesse um radar, Judith logo me vê. Observo seu semblante. Não me agrada.
Não sei o que fazer. Não sei se me aproximo dela. O melhor é eu me manter afastado até que um deles me veja e requeira minha presença.

Não se passam nem dois minutos, até que Mika me vê. Ótimo! Ela me cumprimenta e aproveito a oportunidade para me aproximar do grupo. Caralho, sou o *big boss* e, sem dúvida, sou bem recebido.

Os executivos me cumprimentam com cordialidade. Espero Judith dizer alguma coisa.

Ela não vai dizer que sou seu marido? Sério?

Mika também não vai dizer que Judith é minha mulher?

Caralho, estou ficando puto.

Cumprimento a todos e, quando vejo que minha mulher não tem a menor intenção de lhes informar sua relação comigo, sem me importar com a bronca que vou levar à noite quando chegar a casa, tomo-a com possessividade pela cintura, puxo-a para mim e digo em alto e bom som:

— Vejo que já conhecem minha linda mulher.

Judith fica tensa. Sinto em seu corpo.

Não vejo a mínima graça no que acabo de fazer, mas tampouco no que ela fez. Preciso que fique claro que ela vai trabalhar aqui, sim, mas que todos devem saber que é minha mulher.

Uma vez esclarecido esse ponto importante para mim, olho para o relógio ao saber por Mika que estão pensando em ir almoçar. Sem perguntar, eu me incluo e, depois de combinar de encontrá-los em meia hora em um restaurante que conheço, pego a mão de minha mulher e, juntos, dirigimo-nos ao elevador.

Estou furioso. Ela está furiosa. Perfeito!

Não falamos nada. Quando saímos do elevador, vamos para o meu escritório. É evidente que minha moreninha vai dar início à nona guerra mundial. Embora eu saiba que mereço, por ser ciumento e possessivo, não faço nada. Nem sequer tento acalmá-la com o olhar.

— Gerta — digo, ao passar por minha secretária —, ligue para o restaurante de Floy e reserve uma mesa para seis imediatamente!

Ela me olha. Já conhece meus tons de voz, e, sem dúvida, sabe que não usei o melhor.

Entro no escritório com Judith e fecho a porta. Ao ver o atrevimento com que a espanhola me olha, começamos a discutir.

De novo, se ela diz *branco*, eu digo *preto*, e o caos está instalado. Mas sem gritar muito, porque estamos no escritório.

Gerta entra para dizer que já está feita a reserva. Assim que ela sai, Judith me pergunta onde está Dafne, minha secretária habitual. Recordo-lhe que está de licença-maternidade, e por sua cara sei que se lembra de que eu já havia mencionado isso. Sem dúvida, está tão obcecada que não é capaz de pensar com clareza.

Discutiu primeiro com Flyn e agora comigo, e é evidente que está sendo um dia muito especial para ela. Entendendo que talvez eu tenha me excedido, murmuro ao ver os vergões em seu pescoço:

— Escute, Jud...

— Não, escute você — interrompe ela. — Enquanto estive em casa cuidando das crianças, confiei cem por cento em você, apesar de saber que tem um enorme ímã para atrair as mulheres e trabalhar cercado por elas. Nem uma única vez disse alguma coisa sobre suas viagens ou seus jantares de negócios, nem o deixei constrangido insinuando coisas desagradáveis. Confio em você cem por cento, porque sei que me ama, sei que sou importante para você, e também sei que ninguém vai lhe dar tudo que eu lhe dou como mulher e mãe de seus filhos. Será que devo pensar que estou errada por confiar em você?

Ao ouvi-la dizer algo tão real, tão verdadeiro para nós, percebo como sou ridículo e idiota.

Por que, às vezes, sou incapaz de raciocinar com ela? Por quê?

O jeito como me olha me faz ver como estou sendo bobo. Depois de trocarmos algumas frases que nos acalmam, murmuro:

— Desculpe, Jud. Você tem razão em tudo que disse.

Ela bufa...

Estamos indo bem!

Ela me olha...

Mexe o corpo...

E, por fim, depois de soltar um desses suspiros que mostram que está tudo bem, ela sussurra:

— Eric...

Dando um passo para ela, eu a abraço.

Meu Deus, como sou idiota!

— Prometo que isso não voltará a acontecer — digo, com todo o meu empenho.

Ela me beija, e eu adoro. E, quando a fera que há dentro de nós começa a acordar, rindo, controlamo-nos. Não podemos continuar.

Minutos depois, vamos almoçar com as pessoas que estão nos esperando. É divertido. Por minha mulher, faço qualquer coisa.

42

Eric e Hannah choram todas as manhãs quando sua mãe vai embora. Isso nunca acontece comigo, mas é normal: estão acostumados com o papai trabalhando, mas com a mamãe, não.

Todos os dias suporto a cena em silêncio, primeiro dos pequenos, que não querem largar a mãe, e depois de Flyn, que não quer nem olhar para ela.

Continua furioso e, apesar de eu conversar com ele e dizer que Judith está fazendo o certo para se sentir realizada como pessoa e mulher, Flyn me escuta, mas não diz nada. Parece que o que digo entra por um ouvido e sai pelo outro.

Certa tarde, quando estamos em casa, toca o celular de Judith. Nem preciso perguntar quem é, sei pelo grito que ouço sair do alto-falante. É Sebas, um amigo escandaloso de minha mulher. Eu me divirto com ele porque é muito agradável, mas me deixa atordoado quando começa a dizer coisas que não entendo.

Judith e ele conversam. Minha pequena gargalha como não faz há muitos dias. Gosto disso. Gosto de ver que seu amigo sabe fazê-la rir assim.

Quando acaba a conversa entre eles, Jud se senta ao meu lado e me conta que Sebas está fazendo um tour com trinta e seis amigos em busca de bonecos Falcon.

Imaginar Sebas e seus amigos juntos na Alemanha me deixa alerta. Nossa mãe, que perigo!

Estamos comentando isso, animados, quando a porta da sala se abre e aparece meu filho todo largado.

— Você vai ao aniversário vestido desse jeito? — pergunto.

Logicamente, ele responde que sim, e Judith, que sempre fica mais do lado dele que do meu, aponta:

— Meu amor, Flyn está na moda.

Olho para meu filho. Parece que a moda é usar uma camiseta cinza velha, jeans caído e tênis preto, velho e rasgado.

Sem tentar entender o que para mim não faz sentido, tiro o celular dele do meu bolso.

— Tome seu celular. Quero poder saber onde está — digo.

Flyn o pega como seu eu lhe entregasse a oitava maravilha do mundo e sorri. Seu precioso celular!

— Já o carreguei, está com a bateria cheia — digo.

— Legal, papai.

Quando, segundos depois, Flyn vai embora com Norbert, que vai levá-lo, minha moreninha suspira, emocionada, como uma mamãe-galinha orgulhosa. Seu garoto vai à festa da namorada. Mas, quando ela começa a desvariar, decido mantê-la ocupada. Proponho vermos um filme e ela aceita, feliz. Adoramos ver televisão juntos jogados no sofá, e é algo que, desde que temos crianças pequenas, mal podemos fazer.

Bem mais tarde, Flyn liga para pedir para chegar mais tarde, mas eu recuso. Já é o bastante que o tenha deixado ir à festinha de sua garota. Mas, por fim, Jud me convence. Não quero ser um desmancha-prazeres e, de comum acordo, deixamos que fique até meia-noite. Mas nem um minuto a mais.

Continuo jogado no sofá com Jud. Curtimos muito algo tão simples! Mas, à meia-noite e vinte, Norbert me liga para dizer que não tem notícias de Flyn, e que ele não atende ao telefone.

Caralho... caralho!

Será que aconteceu alguma coisa?

Alarmados, cada um tem uma opinião diferente a respeito. Jud, de pijama, entra comigo no carro e vamos até o endereço que Norbert nos dá.

Uma vez ali, vejo que Norbert, que já tem certa idade, está aflito. Pobre homem.

Tentando me acalmar, Jud diz tudo que pode justificar a atitude de Flyn, até que chega uma hora em que já está me irritando.

— Judith, pare de acobertá-lo! — grunho.

Perto de nós há outro pai furioso. Outro como eu. E, quando o ouço soltar um suspiro ao telefone, sei que conseguiu localizar seu filho.

Caralho, que sorte a dele!

Aturdido, o homem me olha e diz que não gosta que o menino ande com essa gentalha. Que gentalha? E, quando Judith lhe pergunta, ele responde:

— Vocês vão achar que sou preconceituoso, mas não é bom para meu filho andar com essa turma. Desde que anda com eles, já foi preso duas vezes e, por mais que eu fale com ele, não me escuta.

Pestanejo sem poder acreditar.

Com que tipo de gente Flyn está andando?

No fim, acho que minha mãe tem razão com esse negócio da aparência. Puta que pariu!

Ligo para Flyn de novo.

Atenda, Flyn... atenda!

O telefone toca, toca, toca, e nada. Minha cabeça começa a doer.

Caralho! Ainda por cima isso.

Então, de repente, vejo a porta de entrada se abrir e sair um rapaz da idade de Flyn. O homem, que está desesperado ao meu lado, dá-lhe um tapinha na nuca. Sem dúvida, é o filho dele.

Sem pensar duas vezes, entro por aquela porta. Imagino que Flyn está ali dentro. Quando o encontrar, ele vai comigo para casa querendo ou não.

Judith me segue, tenta me acalmar, mas estou soltando fumaça.

Está tocando o tipo de música que ele escuta em casa e que já o vi dançar com Judith. Sem me deter, seguido por minha mulher, observo todos os moreninhos que vejo, mas nada. Não vejo Flyn. O que vejo é que todo o mundo ali fuma maconha. Que fedor! E alguns estão até cheirando carreiras de coca com total tranquilidade.

Que tipo de festa de aniversário é essa que a namoradinha de Flyn está dando?

Meu sangue ferve ao ver a cena.

— Vou matá-lo — solto.

Judith tenta me acalmar, mas é difícil. Depois do que estou vendo, não posso. Mas, de repente, meus olhos focam ao fundo e o vejo. Ali está o garoto em quem eu confiava, meu filho, com a loura sentada em seu colo e uma cerveja na mão.

O quê?!

Desde quando Flyn bebe cerveja?

A passos largos, vou até ele. Quando me vê, em vez de se intimidar, como eu esperava, ele começa a gargalhar.

Puta que o pariu!

Caralho! Sem sombra de dúvidas, está bêbado. Flyn continua rindo, acha engraçado me ver diante dele.

Judith chega e não diz nada, está tão surpresa quanto eu.

— Flyn, levante-se! — ordeno, furioso.

Mas ele só ri. Não se mexe. E Elke, que está no colo dele, olha para nós e diz:

— Amarelo, quem são esses dinossauros?

"Amarelo?" "Dinossauros?"

Ela o chamou de *amarelo* e a nós de *dinossauros,* e o idiota do meu filho permite?

Ouço Judith praguejar. Sem dúvida, ela está tão furiosa quanto eu e, antes que ela o faça, e de um jeito pior que eu, tiro a loura do colo de meu filho e o puxo para levantá-lo.

Flyn tenta se soltar, resiste, mas eu não lhe permito. Levo-o para a rua enquanto Judith diz algo para aquela garota. Quando saímos os três da balbúrdia e do ambiente viciado dessa maldita festa, solto-o e grito, fora de mim:

— Pode me explicar o que está fazendo?!

Flyn olha para nós.

Não o reconheço, e menos ainda quando diz com soberba:

— Como você é desmancha-prazeres, caralho.

Está brincando! Meu filho me disse o que acho que disse?

Judith, que o ouviu tão bem quanto eu, pede-me calma com o olhar, mas eu cravo meus olhos gelados nele e sibilo:

— O que você disse?

Discutimos. Flyn me enfrenta. Ele me enfrenta!

Nervosa, Judith se interpõe entre nós para que não aconteça o pior. Mas, pouco depois, sou eu quem tenho que me interpor, senão ele vai levar um tabefe dela.

— Jackie Chan, já vai nessa?! — grita um garoto.

Flyn sorri. Acha engraçado o apelido. E, de repente, tomo consciência de que ele é maleável e mostra pouca personalidade com esses malditos amigos.

Ao saber que "Jackie Chan" é meu filho, olho para ele como quem olha para um completo desconhecido e pergunto, desconcertado, ao recordar como ele não gosta que o chamem de chinês:

— Jackie Chan... Amarelo... Que absurdos são esses?

Flyn não responde. Empurrando-o, acabamos de sair desse maldito lugar. Judith pede a Norbert que vá para casa, e, em meu carro, nós três voltamos, em meio a discussões e clima pesado.

Discuto com Judith. Culpo-a por Flyn ter saído.

Discuto com ele. Culpo-o por sua falta de personalidade.

Discuto com o mundo. Eu tenho razão.

Quando chegamos em casa, a pobre Simona está nos esperando com Norbert. Preocupada pelo que seu marido lhe contou, a mulher não queria ir se deitar sem antes ver o garoto.

Assim que eles desaparecem, entramos na cozinha. Minha cabeça está me matando. A tensão provocada pelos problemas não me deixa pensar direito, de modo que abro o armarinho de remédios e tomo um comprimido. Estou precisando.

Sei que Judith fica preocupada ao me ver, mas ou tomo o comprimido, ou minha cabeça vai explodir. Assim que o engulo, deixo brotar toda minha raiva, meu medo e minha frustração pelo que aconteceu, e sei que irei como um furacão para cima desses dois. Eu sei.

Judith não dá nem um pio. Isso é estranho.

Flyn está atordoado. Acho que o porre passou de supetão e ele está começando a tomar consciência do que fez e de como se comportou.

— Estou decepcionado com você. Muito — sentencio, fitando-o.

Para não dizer algo de que amanhã possa me arrepender, saio da cozinha furioso e vou para o escritório. Preciso de tranquilidade.

Sento-me diante de minha mesa e fecho os olhos. Sei que alguns minutos de tranquilidade vão diminuir a tensão e me sentirei melhor.

Mas, caralho, ainda não consigo acreditar.

Flyn, meu filho, o garoto por quem sempre dei o sangue, tratou-me como um merda. Olhou para mim e falou como se não se importasse em absoluto comigo, e isso dói, dói muito.

Passa-se um bom tempo e a dor de cabeça diminui. Então, Judith entra em meu escritório. Não, ela agora não, caralho.

— Você está bem? — pergunta Jud.

Assinto.

Tenta falar comigo, mas replico:

— Jud, não é uma boa hora para nada.

Mas, claro, Judith é Judith, e insiste:

— Mas acho que...

Em uma versão ruim do *Iceman*, levanto o olhar e sibilo, furioso:

— Eu disse "para nada".

Judith assente e se cala.

Odeio falar assim com ela, mas estou tão furioso com o mundo que neste momento sou incapaz de raciocinar; e menos ainda com ela, que foi quem me convenceu a deixar Flyn sair e, depois, que o deixasse chegar mais tarde.

Por que dei ouvidos a ela?

Sem dizer nada, ela vai até o frigobar e se serve um dedinho de uísque. Estranho, não é a bebida de Jud. Depois, ela vai em silêncio até o sofá que fica em frente à lareira e se senta de costas para mim.

Que estranho que não discuta comigo.

Ficamos em silêncio, nenhum dos dois diz nada. Mas, se ela acha que vou me sentar ao seu lado, pode ir tirando o cavalinho da chuva.

Não estou para beijinhos, nem abracinhos, nem nenhuma dessas bobagens.

Não me mexo. Não quero falar. Não quero me comunicar com ninguém. Tenho que pensar sobre o que aconteceu com Flyn, e sei que, se fizer isso em voz alta, vou cagar tudo.

Durante um bom tempo, ambos ficamos mergulhados em nossos próprios pensamentos dentro da mesma sala, sem dar atenção um ao outro.

Olho o relógio que fica acima da lareira e vejo que é uma e quarenta da madrugada. É tarde. Deveríamos estar dormindo.

Eu me levanto. Decido ir para a cama sozinho, mas meus pés me levam até ela. Até minha pequena. Até minha mulher. E, como se alguém houvesse jogado uma jarra de água fria em mim, ao me levantar da cadeira, percebo como estou sendo injusto com ela.

Jud não tem culpa de nada. Eu decidi deixá-lo ir à festa e também concordei que voltasse mais tarde que a hora marcada. Por que a estou culpando?

Atônito diante da maneira como sempre a trato, contorno o sofá e me sento ao seu lado. Judith olha para frente. Continua mergulhada em seus pensamentos. Mas, de repente, desvia seu olhar de feiticeira e o crava no meu. Preciso que ela fale, que diga alguma coisa, mesmo que seja para me chamar de *babaca*. Mas não, ela não diz nada. No fim, quem fala sou eu:

— Desculpe. Descontei em você injustamente.

Ela assente, mas sua expressão não muda.

— Como sempre, sou eu saco de pancadas — diz ela.

Caralho, ela tem razão.

Eu me sinto péssimo, preciso que ela saiba que estou assumindo meu erro, de modo que imploro seu perdão. Até que ela me desculpa e, querendo beijinhos, abraços e carinhos, eu é que lhe peço perdão da melhor forma que sei: fazendo amor com ela.

43

Como imaginava, o que aconteceu com Flyn marca um antes e um depois para mim. Mas reconheço que o garoto está fazendo todo o possível para mostrar que está arrependido.

No começo, não me deixo convencer, estou furioso com ele. Mas o amo tanto e preciso tanto de Flyn que, com o passar dos dias, a tensão entre nós vai diminuindo e até fazemos algumas brincadeiras. E, quando, certa tarde, chego do trabalho e Jud me conta que ligaram da escola para nos alertar sobre as faltas e o comportamento de nosso filho, em vez de ficar bravo, tento racionalizar e me pôr no lugar dele.

Também fui adolescente, e nunca foi uma boa ideia meus pais se colocarem contra mim. Portanto, brigo com ele, fico bravo, mas não pego tão pesado como pretende Judith. Tenho que a controlar.

O que há com ela agora?

Minhas dores de cabeça vêm e vão. A tensão se acumula e pega sempre meu ponto fraco, meus malditos olhos, com as consequentes dores de cabeça.

O trabalho na Müller parece me dar uma trégua. Tudo está mais relaxado, e ver Jud por ali está começando a ser engraçado. Tanto que estou pensando em fazer uma sala de arquivo dentro de meu escritório. Acho que pode ser divertido levar minha mulher para lá.

Estou pensando nisso, quando meu telefone toca. É Ginebra. Diz que dentro de alguns dias vão para Budapeste visitar uns amigos e, de lá, voltarão para Chicago. É uma boa notícia para mim. E, quando propõe que almocemos juntos para nos despedirmos, aceito.

Por que não?

Ela diz que está por perto e que vai passar para ver Judith.

Como ela sabe que Jud trabalha aqui?

Mas, sem fazer perguntas, marco de encontrá-la na sala de minha pequena. Melhor. Assim, se Jud quiser, pode almoçar conosco.

Gerta entra. Diz que Amanda está ligando de Londres, e atendo à ligação. Quando termino, passou-se quase uma hora. Depois de dizer a Gerta que voltarei depois do almoço, vou até a sala de Jud. Ao entrar e ouvir a pergunta de Ginebra, que está olhando uma foto de Flyn, respondo:

— Flyn não é chinês, é coreano-alemão. É filho de minha irmã Hannah, e agora é nosso filho.

Ao me ouvir, Ginebra pergunta de Hannah. Ela a conhecia. Dava-se muito bem com ela, assim como com minha mãe e Marta. Por sua cara, quando lhe conto o ocorrido, sei que ela já sabia. Não sei o motivo, mas está mentindo. Não sei por que, mas está disfarçando, mas não digo nada. Não na frente de Judith.

Conversamos durante alguns minutos. Ginebra pergunta de nossos filhos, e Jud fala deles com orgulho. Quando pergunta se queremos mais, categoricamente, respondo que não. Três já é mais que suficiente, e não tenho muita vontade de reencontrar os hormônios flamencos da espanhola.

Insisto para que Jud almoce conosco. Ela hesita. Pensa, mas, no fim, responde que não. Olho para ela. Ela me olha. Nós nos entendemos com o olhar, e, ciente de que ela confia em mim, vou almoçar com Ginebra.

Quando chegamos ao estacionamento e abro meu carro para que entremos, ela me olha e pergunta:

— Lembra aquele restaurante italiano pequeno de que tanto gostávamos?

Assinto. Desde que terminei com ela, nunca mais voltei ao restaurante.

— Cometi a ousadia de ligar e fazer uma reserva — acrescenta ela.

— Ainda existe? — pergunto, curioso.

Ginebra sorri e, entrando no carro, diz:

— Sim. Os filhos o administram agora. Lembra-se de onde fica?

Assinto e saio do estacionamento em silêncio. Não sei por que estou indo almoçar com Ginebra, mas aqui estou, dirigindo para o passado.

Quando estaciono o carro, vejo a velha placa do restaurante e leio: Arrivederci. Quantas vezes Ginebra e eu almoçamos ou jantamos aqui! Em silêncio, entramos no lugar, que está modernizado. Nada está como recordamos, mas nos sentamos, sorrindo. Quando o garçom pega nosso pedido e traz a garrafa de vinho que pedimos, ao ver como ela me olha, pergunto:

— Por que mentiu antes?

Ela nega com a cabeça, não sabe do que estou falando.

— Hannah — esclareço.

Quando compreende, ela suspira e diz:

— Você sempre me pegava nas mentiras. Como pude me esquecer disso?

Sua resposta me faz sorrir.

— Soube de sua irmã quando aconteceu. Quis ligar para lhe dar os pêsames, mas, depois, pensei bem e... — prossegue ela.

— Fez bem — interrompo.

Prefiro não falar sobre isso.

Ficamos alguns segundos em silêncio, até que ela começa a falar de seu trabalho em Chicago e eu escuto. Ginebra fala, e fala. De repente, somos capazes de nos comunicar como pessoas civilizadas e, do meu jeito, eu lhe conto como conheci Jud. Mas, conforme conversamos, algo me diz que está acontecendo alguma coisa.

— O que está acontecendo, Gini? — pergunto, quando não aguento mais.

Então, sua expressão muda.

— Estou morrendo, Eric.

Eu já a odiei. Juro que a odiei, mas nunca lhe desejei a morte. Soltando o garfo que tenho na mão, escuto o que ela tem para me contar. Está doente, muito doente. Tem um tumor cerebral inoperável e lhe restam cerca de dois meses de vida. Eu acredito. Juro que acredito nela.

Escuto-a paralisado.

— Por isso, estou na Alemanha, para me despedir de você. Você é a única pessoa que tenho aqui, além de sua família, como sabe — murmura.

Não sei o que dizer. Fiquei sem palavras. Ela está morrendo? Pegando suas mãos, pergunto, em estado de choque:

— Está falando sério?

Ginebra bebe um pequeno gole de vinho e afirma:

— Com a morte não se brinca, fofinho. E guarde segredo. Não quero que ninguém saiba, pois a última coisa que desejo é que tenham pena de mim.

Olho para ela. Ela dá de ombros, é evidente que está resignada.

— Se há algo contra o que não se pode lutar é contra a morte. Ela sempre ganha. Já fomos aos melhores médicos do mundo, mas nenhum deles tem uma solução para o meu problema. Nenhum — diz ela.

— Caralho...

Ginebra sorri. Sinto pena dela.

— Félix está tentando realizar todos os meus desejos — acrescenta. — Ele sempre achou que morreria antes de mim, mas, como vê, a vida é assim. Não importa quanto dinheiro você tenha, quando a morte bate em sua porta, mesmo que a tente enganar, no fim, ela a abre.

Sua frieza ao falar do assunto me surpreende, e, de certo modo, entendo a insistência de Félix. Mas não a justifico. Eu a observo em silêncio sem saber o que dizer.

— Mas chega de lamúrias, que meu tempo é muito valioso para ser desperdiçado. Decidi viver ao máximo o tempo que me resta, e, bem... saiba que vou odiá-lo por toda a eternidade por não ter me concedido meu último desejo. Mas, fique tranquilo, eu entendo. Se tivesse uma linda família como a sua, também não arriscaria — diz ela.

Assinto. Que bom que ela entende que certas coisas não podem ser forçadas. Então, meu celular toca. É minha mãe. Faço um sinal a Ginebra, e ela fica em silêncio.

— Olá, mamãe — atendo.

Ouço música de fundo.

— Olá, meu querido. Como você está? Liguei de manhã para a sua casa para ver como estavam as crianças e Simona me contou que hoje você estava com um pouco de dor de cabeça — diz minha mãe.

Suspiro. Para ela, sempre serei seu filhinho. Antes eu ficava irritado, mas agora entendo. Sou pai e estou começando a entender suas preocupações.

— Estou bem, não se preocupe — digo.
— Ah, querido, eu o conheço, e não confio em você!
— Mamãe!
— Não me venha com mamãe — interrompe ela, com sua graça espanhola. — Quero vê-lo. Só vendo-o e olhando em seu rosto vou saber se está me dizendo a verdade ou não. Portanto, espero você hoje em casa, ouviu bem?

Lutar contra minha mãe é impossível.

— Tudo bem, mamãe. Passarei por aí antes de ir para casa — afirmo, suspirando.

Dito isso, despedimo-nos e, quando desligo o celular, Ginebra, que escutou a conversa, pergunta:

— Como está Sonia?

Sorrio. Deixo o celular em cima da mesa e digo, sabendo como as duas se gostavam:

— Maravilhosa. Os anos parecem não passar para ela.
— Continua ativa como sempre?
— Mais — afirmo. — Ela e Marta fazem aulas de paraquedismo, e nem lhe conto sobre seus namorados!
— Não me diga!
— Pois é — suspiro, resignado.

Ginebra sorri. Comenta coisas que passou com minha mãe e minhas irmãs, e ambos acabamos caindo na gargalhada.

— Posso lhe pedir um último desejo? — pergunta ela.
— Não comece com isso de novo — grunho.

Ela sorri e diz:

— Não é o que você está pensando. Mas eu ficaria muito feliz se visse sua mãe antes de ir embora para Chicago. É possível?

Isso me sensibiliza. Sabendo da razão de seu pedido, assinto.

— Claro que é possível.

Depois do almoço, voltamos para o carro e, com tranquilidade, dirijo até a casa de minha mãe, ainda abalado pela notícia. Ginebra está morrendo.

Como é lógico, quando ela e minha mãe se veem, abraçam-se, trocam beijinhos e gritam de felicidade. Durante o tempo em que foi minha namorada, Ginebra se envolveu muito com minha família e todos a amavam.

Emocionada, depois de ver com seus próprios olhos que estou bem, minha mãe nos manda ir para a sala, onde, como duas maritacas, Gini e ela põem a conversa em dia. Falam sem parar, de um assunto passam para outro, e estou começando a ficar cansado. Minha mãe, que me conhece, ao me ver olhando para frente, pergunta, para me incluir na conversa:

— Quando vocês vão para o México, querido?

— Daqui a alguns dias — respondo. — A propósito, espero que siga ao pé da letra o que falei sobre Flyn.

— Claro.

Ginebra, que não está entendendo nada, olha para nós.

— Amo meu neto, mas esse danado não vai aprontar — explica minha mãe.

Sorrio. Minha mãe me faz sorrir. Então, ouço a campainha e vejo Amina, a mulher que trabalha para ela, dirigindo-se à porta.

Olho para meu relógio. Jud já deve estar em casa com as crianças e quero ir embora, mas vejo Ginebra e minha mãe tão animadas que me dá pena interromper o momento delas.

Contudo, meu momento é interrompido quando, de repente, vejo Jud e Marta na sala. Rapidamente, eu me levanto. Vejo Jud pestanejar sem acreditar no que vê. Indo até ela, digo:

— Olá, meu amor.

Ouço o grito de Marta ao reconhecer Ginebra. Elas se adoravam. Quando abraço Jud, ela me pergunta no ouvido:

— O que está fazendo aqui com ela?

Quando vou responder, minha mãe já está ao nosso lado e dá um beijinho em minha mulher.

Caralho... algo me diz que a visita de Ginebra à minha mãe vai me custar caro. Eu sei.

Em silêncio, observo-as conversarem. Conforme passam-se os segundos, vou tomando consciência do desconforto de Jud. Até que, de repente, minha irmã solta a bomba. Vai se casar.

Vai se casar com Arthur?

A última informação que eu tinha era que haviam terminado.

Olho para ela boquiaberto. Não entendo nada. Ouço minha mãe murmurar, tão espantada quanto eu:

— Bendito seja Deus...

Sem poder me calar, exijo saber mais. Marta diz que o sujeito com quem vai se casar é um anestesista chamado Drew Scheidemann. Observo atônito Judith rir.

Do que está rindo?

Quem é esse sujeito?

Marta responde a minhas perguntas, reage a meus comentários venenosos e diz que não traiu Arthur, que já haviam terminado quando começou a sair com Drew.

Mas quem diabos é Drew?

Minha mãe parece aflita e Judith continua morrendo de rir. Então, ao ver a situação, Ginebra chama Amina e pede que faça um chá. Sem dúvida, vamos precisar.

Minha irmã está animada, muito sorridente, e abre a bolsa, mostrando-nos algo que eu conheço muito bem.

— Também quero contar que estou grávida de quatro meses e que estou muito... muito feliz. Como querem que eu não ria? — revela Marta.

Caralho!

Sério?

Minha irmã Marta grávida?!

Puta que pariu!

— Caralho, que loucura! — solto.

Agora entendo a risadinha de Judith.

Minha mãe se abana com a mão, está tão surpresa quanto eu.

— Mas, filha, se você deixa morrerem até as plantas de plástico! — diz minha mãe.

— Mamãe! — protesta minha irmã.

Deus... estou ficando sufocado.

Pensar em Marta e seus malditos hormônios descontrolados está começando a me deixar sem ar. Não sei quem diabos é esse Drew, mas sei quem é minha irmã. E, ou ela mudou muito, ou isso vai ser um desastre.

Sinto minha pouca paciência desaparecer e, antes do que imaginava, começo a discutir com ela e, claro, também com Judith! Não me importa o que elas digam, estão erradas, e Marta acaba chorando. Aí estão os hormônios! Isso é uma loucura. Ginebra, que se manteve em segundo plano, aproxima-se de mim e diz:

— Escute, querido...

Esse "querido" foi desnecessário, eu sei, não preciso olhar para Jud.

— Marta já é grandinha — prossegue — para saber o que quer fazer da vida, assim como você quando se casou. Como me contou, você mal conhecia Judith.

Maravilhoso!

Esse comentário está bem fora de lugar. Olho para Jud, mas ela evita meu olhar. Sem dúvida, minha mulher está anotando tudo que está acontecendo aqui para depois me fazer pagar.

— Eric — continua Ginebra —, você encontrou o amor de sua vida em Judith. Por que Marta não pode ter encontrado o dela?

Vejo minha mulher olhar para mim. Gostou disso. Minha irmã continua chorando como um bezerro desmamado no sofá e todas as outras me observam, esperam que eu faça alguma coisa. Então, aproximando-me de Marta, que vai inundar a sala, sento-me ao seu lado e murmuro:

— Desculpe.

— Desculpe pelo quê? — diz Marta, choramingando.

Olho para Judith.

— Porque sou um linguarudo, além de um troglodita e um babaca, como diz minha mulher.

Marta fica mais calma. Para de chorar. Já sorri, e conseguimos conversar. Mas, quando ficamos sabendo que tem intenção de se casar dentro de duas semanas, minha mãe não quer mais chá, quer é um Martini duplo. E sirvo um uísque para mim. Ah, o que nos espera...

44

Ter levado Ginebra à casa de minha mãe em um ato de bondade sai caro.

Judith já faz um escândalo no caminho de casa.

Tento lhe explicar por que Ginebra estava na casa de minha mãe sem lhe contar o verdadeiro motivo, mas não adianta. Judith está furiosa demais e não quer me ouvir.

Faço todo o possível. Assumo meu erro, mas, quando ela fica assim, não adianta dizer nada porque ela não me escuta. Simplesmente arrasa tudo que encontra pela frente, como eu. Ela é como eu.

Quando chegamos, Jud continua sem falar comigo. Tenta sorrir para as crianças, mas a mim ela não engana. É um sacrifício imenso para ela, e tudo piora quando Flyn aparece na cozinha, é indelicado com Simona e acaba discutindo com Judith por causa de uma maldita lata de Coca-Cola.

O resultado é que, diante da arrogância Flyn, Judith, já de cabeça quente, dá-lhe uma bofetada.

Caralho!

Fico tão boquiaberto quanto meu filho.

É evidente que Jud está descontando sua raiva no garoto. Quando ele desaparece de nossa vista, minha mulher sussurra, olhando para mim:

— Não... não sei o que me deu.

Agora o furioso sou eu.

Por que ela bateu em Flyn?

Vendo que Judith está com Simona, que tenta tranquilizá-la, vou atrás do menino. Estou preocupado com ele. Ultimamente, só o que faço é lhe dar castigos.

Quando entro no quarto dele, Flyn está deitado na cama olhando para o teto.

Por causa do castigo, ele está sem sair, sem celular, sem computador, sem redes sociais, sem viagem ao México, sem nada. Por sua cara vejo que está magoado.

— O que aconteceu, Flyn? — pergunto, fechando a porta do quarto.

Ele não responde. Eu também não digo mais nada, até que ele grunhe:

— Ela me bateu. Judith me bateu.

Assinto. Não posso negar, ela bateu nele na frente de todo mundo. Quando me aproximo, vejo a palma da mão de minha mulher estampada no rosto de Flyn.

Caralho, que tabefe!

Tento me acalmar. Sem dúvida, deve estar doendo.

— Por que você se comportou daquele jeito? — pergunto.

Flyn me olha. Está tão perplexo com o ocorrido quanto eu. Judith nunca encostou um dedo nele.

— Não sei — murmura ele, com os olhos cheios de lágrimas.

Incapaz de ficar longe, eu me aproximo mais. Abraço-o e, por incrível que pareça, Flyn o permite. A proximidade do garoto que eu sempre abracei reaviva o amor que sinto por ele e recrudesce a raiva que sinto de Judith nesse instante.

Depois de jantar com Flyn em seu quarto, só nós dois, para podermos conversar, quando estamos comendo a sobremesa, a porta se abre. É Judith.

Flyn fica tenso. Eu também.

Ambos olhamos para Jud, até que, ao ver que ela não diz nada, olho de novo para o garoto e digo:

— Como estava dizendo, falei com a vovó Sonia e ela vai ficar com você durante os dias que estivermos no México. Ela já sabe de suas limitações devido ao castigo.

Sem olhar para Judith, meu filho e eu conversamos. Até que, em um momento de silêncio, ela murmura:

— Flyn, sobre o que aconteceu hoje, eu...

— Você me bateu — interrompe ele com dureza. — Não há nada que explicar.

Como é lógico, os dois querem dizer a última palavra. No fim, para que as coisas não piorem, tenho que intervir.

— Jud, melhor deixar para lá. Não o incomode mais.

Ao dizer isso, percebo que talvez não seja o mais apropriado. Mas é o que penso. Judith é especialista em virar o jogo, mas uma coisa sou eu, e outra muito diferente é Flyn.

Segundos depois, saímos do quarto e peço:

— Venha comigo ao escritório.

Ela me segue. Em silêncio, sem nos encostarmos, chegamos ao escritório e, assim que entramos, começamos a discutir.

Discutimos com vontade, com força, com raiva. Estamos furiosos e tocamos em assuntos muito delicados, como a Feira de Jerez, seu trabalho, as horas que passo na Müller, Ginebra, meus olhos... Tudo. Tudo é um bom motivo para discutir.

Discutimos por tudo, esse é nosso maior defeito. E, quando discutimos, não temos limites. Contudo, esgotado ao ver que ela tem mais força que eu, e querendo acabar pelo menos por hoje com as discussões, sibilo, fitando-a nos olhos:

— Nunca mais bata nele.

Ela replica. É muito arrogante. Cansado do maldito dia que tive, abro a porta e saio. Não estou mais a fim de discutir.

Vou para o jardim. Preciso tomar ar fresco para esfriar a cabeça. Susto e Calamar vêm a meu encontro e, agachando-me, eu os acaricio. Eles me dão paz.

★ ★ ★

Um bom tempo depois, quando entro no quarto, Judith não está. Mas, sem pensar em nada, tiro a roupa e vou tomar banho. Não tenho esperanças de que minha mulher apareça no chuveiro desta vez. Quando saio do banheiro e entro no quarto, vejo-a molhada, encharcada. E, sem dizer nada, ela entra no banheiro e, segundos depois, ouço a água do chuveiro correr. Eu também não entro.

Deitado na cama, penso no dia de merda que tive. Os fatos de Ginebra estar morrendo, de minha irmã louca estar grávida e planejando se casar e, para terminar, de Jud ter dado uma bofetada em Flyn, não fazem de hoje exatamente um grande dia.

Jud passa nua diante de mim, tentadora. Coloca uma calcinha, depois uma camiseta, mas não me olha. Está furiosa. Sei que está pensando em Ginebra, e comento o assunto. Minha senhorita Flores reage e discutimos de novo. Mas logo percebo nosso erro. O erro é discutir. Por que não conversamos? E, tentando tocar seu ombro quando ela se deita na cama, murmuro:

— Meu amor...

Ela evita meu toque e sibila:

— Não. Hoje não quero ser seu amor. Deixe-me em paz.

Isso dói, acaba comigo.

Ela é meu amor vinte e quatro horas por dia, mesmo que discutamos. Com a certeza de que devo lhe contar uma coisa totalmente necessária, embora guarde para mim algo que sei que a incomodaria, revelo:

— Ginebra está morrendo.

Sua respiração muda. Pouco a pouco, ela se vira e olha para mim.

— Ela tem um tumor cerebral inoperável — explico.

Judith pestaneja.

Fica como fiquei quando soube da notícia. Como preciso que ela me entenda, falo sobre quem foi Ginebra e o que representou para mim e para minha família. Jud escuta tudo que digo.

— Você é minha vida, meu amor, a mãe de meus filhos e a única mulher que quero ao meu lado. Mas, quando soube que Ginebra está morrendo e ela me pediu para ver minha mãe... eu... eu... — finalizo.

Judith me abraça. Aperta-se contra mim e deixa claro que está ao meu lado.

— Sinto muito, meu amor... — diz ela.

45

Quando acordo, Jud está dormindo ao meu lado, descoberta. Cubro-a. Ela nem se mexe.

Como sempre, contemplo-a enquanto dorme e, como todas as manhãs, eu me apaixono de novo.

Adoro.

Enquanto a observo, lembro aquela canção de que tanto gostamos, de seus Alejandros. Sem sombra de dúvidas, sou eu quem conta seus cílios e a cobre quando está dormindo gelada.

Minha menina...

Minha mulher...

Minha vida...

Ontem conversamos. Por fim, conseguimos nos comunicar. Embora tenhamos opiniões diferentes em certos pontos, conseguimos conversar. Isso é essencial.

Imaginar que poderia acontecer comigo algo como o que está acontecendo com Félix me deixa arrasado. Não poderia viver sem ela, sem meu amor.

Jud se mexe, faz uma dessas caretas engraçadas que me fazem sorrir. Penso se devo ou não a acordar para ir ao trabalho. Ela está dormindo com tanta tranquilidade depois da noite em claro que tivemos que sinto pena e não a acordo. Melhor que durma. O chefe não vai demiti-la.

* * *

Uma hora depois, quando chego à Müller, faço duas reuniões. Os negócios estão se expandindo, e tenho reuniões com uns investidores do Canadá. Ouço o que têm para dizer, satisfeito. A oferta deles é interessante.

Quando vão embora, estranhando não ter recebido uma ligação de Jud ou ela não ter subido até minha sala brava por eu não a ter acordado, ligo para Mika e ela me informa que minha mulher ainda não chegou.

Que estranho!

Ligo para casa e me surpreendo quando Simona diz que Jud saiu para trabalhar há horas.

Horas?

Sinto meu estômago se apertar na mesma velocidade que meu coração.

Onde está Judith?

Não chegou à Müller.

Será que aconteceu alguma coisa?

Com as mãos trêmulas de medo, ligo para o celular dela. Um toque... dois... quatro... seis...

— Olá, Eric.

Ouvir sua voz me faz respirar, mas, preocupado, pergunto onde diabos está, em um tom não muito agradável. Segundos depois, a comunicação é interrompida.

O que aconteceu?

Por que não ouço sua voz?

Imediatamente, ligo de novo. Ela não atende.

Merda!

Por que fui falar assim com ela?

Ligo várias vezes, mas o telefone não dá nem sinal.

Que diabos ela fez?

E, especialmente, que diabos eu fiz?

Atendo a um cliente que chega. Tem hora marcada e não posso ignorá-lo. Continuo de olho no celular, mas ele não toca. Judith não entra em contato.

Praguejo. Achei que nossa conversa de ontem havia nos acalmado, nos unido de novo. Mas não. Algo aconteceu.

O que será?

Quando o cliente vai embora, desço até a sala de Judith e, ao encontrar Mika, ela inocentemente comenta que falou com Jud.

Mika sim e eu, não?

Caralho, Judith!

Fico furioso quando ela me conta que minha mulher disse que seu celular quebrou e lhe deu um número para qualquer coisa urgente.

Anuo, boquiaberto.

Como minha mulher é geniosa!

Sem rodeios, peço o número a Mika e vejo que é o de Mel. Isso me deixa mais calmo. Pelo menos, sei que está com ela.

Quando volto a minha sala, digito o número de Mel.

Um toque... dois... quatro... cinco...

Ande, caralho! Atenda, Mel!, quase grito.

Seis...

— O que você quer?

Ouvir a voz de minha mulher me tranquiliza e ao mesmo tempo me deixa furioso.

Não sei por que ela está fazendo isso e, sem filtro algum, sibilo:

— Judith, onde você está?

Sem hesitar, ela me diz que está com Mel. Disso eu já sabia. E, ao ver que não respondo, porque a raiva não me permite, com todo seu mau gênio ela debocha de mim e me deixa ainda mais irado.

Será que essa mulher não tem limites?

Grito. Ergo a voz. Não me interessa quem possa me ouvir.

— Eric, você tem muito trabalho. O que acha de continuar trabalhando e me deixar passar a manhã em paz? — diz ela.

Nossa, que bicho a mordeu?

Dando um soco na mesa, sibilo:

— Judith, você está se excedendo.

Ela solta um de seus desaforos que eu mal escuto e desliga o telefone de novo.

Outra vez?

Outra vez desligou na minha cara?

Ligo de novo. Ninguém atende.

Puta que pariu!

Continuo ligando sem sucesso, até que, desesperado, ligo para meu amigo.

— O que é que há, lourão? — diz Björn com bom humor.

Mas meu humor é sombrio, terrivelmente sombrio, e sibilo:

— Não encha o saco, Björn. Não é o melhor dia para...

— Que foi?

— Minha mulher e a sua estão juntas. Não sei o que Judith fez com o celular dela, e só posso falar com ela no da sua mulher. Mas ligo e elas não atendem. Ligue você e tente descobrir onde estão. Mas não diga que falou comigo, entendeu?

— Caralho — protesta Björn. E, antes que eu diga mais alguma coisa, acrescenta: — A propósito, quanto à viagem ao México, acho que...

— Björn — interrompo.

Nesse momento, a última coisa em que estou pensando é na viagem ao México.

Meu tom de voz deixa claro que não estou para bobagens.

— Tudo bem. Já ligo para você — concorda ele.

Espero. Espero durante vários minutos, cada vez mais furioso. Quando Björn liga, pergunto:

— Onde elas estão?

— Não sei. Desligaram, mas, antes, sua linda moreninha me disse que, se eu brigar com Mel por causa do babaca do marido dela, não vai me perdoar.

Praguejo. Fico dando voltas como um leão em minha sala, até que meu amigo acrescenta:

— Fique tranquilo. Elas estão juntas e, ao que parece, vão comemorar meu noivado.

— Que noivado?

— O meu.

— O seu? Como o seu? Com quem você vai se casar?

— Com o Pato Donald! — zoa ele. Eu bufo e ele completa: — Com Mel, com quem mais seria?

Pestanejo. Ultimamente tudo me surpreende. Minha irmã vai se casar. Björn vai se casar. Ginebra vai... E, enquanto penso em tudo isso, meu amigo diz que Jud e eu temos que ir com eles dia 18 de abril a Las Vegas para sermos seus padrinhos de casamento.

— Está falando sério?

— Totalmente sério. Mel só quer se casar comigo se, antes, eu fizer isso. Você sabe: ela e suas loucuras.

Ele vem me falar de loucuras, com a mulher que eu tenho?

Caralho... Caralho...

Passo um dia de merda.

Não sei onde Judith está...

Não sei o que está fazendo...

Não sei nada...

* * *

À tarde, quando volto para casa, Flyn continua sério. A bofetada de Judith ainda dói em seu amor-próprio, mas ele fica surpreso quando chego sozinho, acho que até preocupado. Vejo isso em seu rosto.

Procuro não ficar imaginando coisas. Continuo sem saber onde está a louca da minha mulher, mas, tentando aliviar Pipa, ajudo no banho das crianças e depois no jantar. É extenuante. Hannah está rebelde, chora, e Eric não quer cooperar. Sem dúvida, são filhos da mãe deles.

Depois do jantar, da comida voando pelos ares, chega a hora de colocá-los na cama. Eles resistem. Chamam a mamãe, e eu os mimo com beijos e carinhos. Quando por fim adormecem, muito furioso, praguejo contra todos os antepassados de Judith.

Onde diabos ela está?

São onze horas... meia-noite...

Björn me liga. Está preocupado, como eu, e não sabe o que fazer. Também não consegue localizar Mel.

À uma da madrugada, estou quase espumando pela boca (e se algum imbecil colocar algo em sua bebida?), quando meu telefone toca. Uma mensagem. É Björn, dizendo que está me esperando em uma rua do centro.

Pipa está em casa com as crianças e, sem hesitar, pego as chaves do carro e saio apressado.

Já no carro, ligo para meu amigo. Ele as encontrou. Não quer me dizer onde, e insiste que está me esperando na rua que indicou. Sem vontade de discutir com ele por tanto segredinho, vou o mais rápido que posso. Preciso saber onde Judith está.

Quando chego ao endereço, vejo meu amigo encostado no carro. Estaciono atrás dele e desço do carro.

— E Sami? — pergunto, ao ver que está sozinho.

Björn sorri, pensar em sua menininha sempre o faz sorrir.

— Em casa, dormindo com uma babá de confiança — responde ele.

— Muito bem. Onde elas estão?

Björn balança a cabeça, e eu insisto:

— Onde diabos elas estão?

Meu amigo, sacana, sorri. Seu sorrisinho me irrita.

— Você não vai gostar — diz ele.

Fico agitado, desesperado. Passei o dia todo sem notícias de Judith.

— Diga onde está minha mulher.

— Eric...

— Björn...

Olhamo-nos e ele suspira.

— Presa, junto com a minha — revela ele.

Meu sangue gela, acho que não ouvi direito.

— O que foi que você disse? — insisto.

— Eu disse presa junto com a minha. Mas, calma, elas estão bem. Não aconteceu nada.

Presas?

Mas o que aconteceu?

O que fizeram?

Minha cabeça está a mil. Nunca teria imaginado uma coisa dessas.

— Por que estão presas? — pergunto.

Björn suspira. Olha para mim e, ao ver que o perfuro com o olhar, murmura:

— Eric, respire...

— Não encha o saco, Björn, responda!

— Por prostituição.

— O quê?! — grito, à beira do infarto.

Mas... mas... como é possível?

Prostituição?

Que diabo Judith fez?

Esfrego o rosto, os olhos. Não estou entendendo nada. Olho para minhas mãos e percebo que estão tremendo.

— Calma, Eric... calma. Falei com Olaf, foi tudo um engano — diz Björn, com a mão em meu ombro.

Explodo. Solto cobras e lagartos pela boca. Tenho a boca mais suja do mundo nessas horas. E, quando acabo, meu amigo, que não se assusta comigo, diz com certo sarcasmo:

— Exatamente por isso ligaram para mim, e não para você.

Praguejo. É péssimo saber que Judith não recorreu a mim. E, tentando me acalmar apesar da minha cabeça prestes a explodir, digo:

— Não me interessa onde estão. Vamos buscá-las.

Então, Björn aponta para a delegacia no fundo da rua.

— Demorou — diz ele.

Acelerados, vamos para lá. Não posso acreditar: estamos entrando em uma delegacia para tirar minha mulher da cela.

Pode existir algo mais surrealista?

A passos largos, entramos os dois e imediatamente vemos nosso amigo Olaf, que é policial. Ele se aproxima de nós e, ao nos ver sérios, diz:

— Elas estão bem, fiquem tranquilos. Foi uma confusão da parte de um colega ao encontrá-las em uma área de Munique nada recomendável. Ele mexeu com as duas, elas deram trela e...

— Cuidado com o que fala — interrompe Björn, sério.

Eu não digo nada, melhor ficar calado.

— Mas já está tudo esclarecido e não serão fichadas. Já vão liberá-las — acrescenta Olaf.

Agradecemos sua discrição e ajuda, pois foi ele quem ligou para Björn a pedido de Mel.

Eu me sinto péssimo.

Sério que Judith preferiria ficar presa a ligar para mim?

Olaf, Björn e eu ficamos parados ali na delegacia. Estamos cercados de meliantes e bandidos. De repente, abre-se uma porta e as vejo. Ou melhor, *a* vejo. Só tenho olhos para minha mulher, que está usando uma roupa que eu nunca vi.

De onde tirou esse vestido tão curto?

Nossos olhares se encontram, e ela, ainda por cima, me olha com desfaçatez. Sem dúvida, essa mulher quer literalmente me enlouquecer.

Observo em silêncio enquanto Olaf lhes devolve seus pertences e Björn assina uns papéis.

— A denúncia foi cancelada, não é, Olaf? — pergunta meu amigo.

É outro sujeito que responde, um tal de Johan. Ele e Björn conversam. Vejo que as garotas se olham achando graça e, de novo, decido me calar. É melhor. Mas, quando minha paciência chega ao limite, ordeno:

— Vamos embora daqui!

Sem pronunciar uma palavra, saímos os quatro da delegacia. Jud e eu nem nos tocamos. Quando chegamos aos carros, meu amigo pede explicações. É melhor eu não falar. Não sou Björn, não tenho nem sua paciência nem seu humor. Quando vejo que elas se olham prontas para zoar conosco sem pensar na gravidade do que aconteceu, com uma dor de cabeça que está me matando, digo:

— Vamos. É tarde, e estamos todos cansados.

Depois de nos despedirmos e entrarmos em nossos respectivos carros, arranco em silêncio. Ainda não consigo acreditar na merda de dia que tive.

— Ande, Eric, diga alguma coisa, ou você vai explodir — diz Judith.

Caralho... caralho... caralho...

Ela me desafia!

Mas não, não vou entrar em seu maldito jogo. Hoje, não.

Chegamos em casa e entro, enquanto minha mulher fica fazendo festa para Susto e Calamar como se nada tivesse acontecido. Vou para o escritório, preciso me acalmar, mas estou com dor de cabeça. A tensão me provoca uma dor que está ficando insuportável, e vou para a cozinha. Preciso tomar um remédio.

Quando entro, mesmo na escuridão, sei que Judith está ali. Sinto-a, assim como sinto seu cheiro, mas não a olho. Vou direto para o armário de remédios. Pego um comprimido e o tomo, sentindo o olhar de Judith cravado em mim. Ela está esperando. Está esperando que eu diga alguma coisa, que faça um escândalo pelo que aconteceu, mas, esgotado por tudo, e quando digo *tudo* é *tudo*, olho para ela e simplesmente falo:

— Não vou discutir com você porque estou tão furioso que certamente vou me arrepender depois do que disser. É melhor irmos descansar.

A seguir, dou meia-volta e vou para o quarto. Não passo para ver as crianças. Com certeza ela o fará. Tiro a roupa, deito-me e fecho os olhos. Judith não entra no quarto, demora mais de uma hora e, quando aparece, deita na cama. Não nos olhamos. Não nos tocamos. Nem sequer nos encostamos.

É melhor assim.

46

Tento me controlar...

Tento não ser um ogro...

Tento fazer as coisas funcionarem...

E, por sorte para mim, percebo que Jud também tenta.

Não falamos do que aconteceu. É absurdo. Entendo que falar sobre sua detenção é desnecessário porque sei que foi um engano. Um grande engano. Mas também sei que não falar do assunto não significa que esteja esquecido. Com Jud, nada funciona assim.

Acho que a viagem ao México vai nos fazer bem. Precisamos arejar a cabeça um pouco e, embora ao me despedir de Flyn sinta uma dor no coração ao ver como me olha, não volto atrás. Como Jud sempre diz, cada ação tem sua reação, e minha reação é definitiva.

Durante a viagem em meu jatinho, às vezes, as crianças nos enlouquecem. Sami, Eric e Hannah são muito pequenos e, apesar dos nossos esforços, são exasperantes. Por sorte, Pipa está nos acompanhando e nos dá uma mão.

★ ★ ★

Uma vez no México, Dexter está exultante, e nós, felizes e relaxados. Essa viagem vai ser ótima para nós. Quando as garotas vão com Graciela ver os gêmeos, Dexter olha para Björn e para mim e diz, depois de digitar algo em seu celular:

— Comprei uns robes vermelhos e umas coleiras bem peculiares para nossas rainhas.

Nós três rimos, sabemos do que ele está falando. Então, dois sujeitos entram na sala. Dexter nos apresenta a César e a Martín. Quando eles se afastam para pegar bebidas, meu amigo acrescenta:

— Queria que vocês os conhecessem. Graciela e eu nos divertimos muito com eles.

Anuo. Björn também. Sem dúvida, pode ser divertido.

Essa viagem é especial para Jud e para mim, e vai ser bom nos divertirmos do jeito que gostamos.

— Será divertido — afirmo, olhando para o meu mexicano preferido.

— Muito — diz Björn, sorrindo.

— Meu cunhado preferido, como você está bonito!

Ao olhar para trás, vejo Raquel e Juan Alberto entrando. Ela rapidamente se aproxima de mim e me enche de beijinhos. Como os espanhóis são beijoqueiros!

Depois de cumprimentar Juan Alberto, pergunto pelas meninas e pelo pequeno Juanito. Felizes, eles me falam deles. Estão com os pais de Dexter e mais tarde os veremos.

De repente, Jud entra na sala com Graciela e Mel, e Raquel, ao ver a irmã, levanta-se e corre para ela, gritando:

— *Cuchufleta* do meu coração!

Abraçam-se. Beijam-se. Em seguida, Raquel desaparece para ir ver as crianças. Ela adora os sobrinhos.

Quando volta, pouco depois, as irmãs ficam conversando, e ouço Raquel dizer:

— Esses quilinhos a mais ficam muito bem em você. Realçam seu rosto.

A expressão de Jud muda.

Nossa, como Raquel foi dizer uma coisa dessas?

Desastre nuclear!

Mas, evitando responder aquilo que sei que pensa de verdade, Jud sorri e continua conversando.

Pouco depois, Dexter apresenta César e Martín a Mel e a Jud. Sentamo-nos todos para conversar enquanto nos olhamos, animados. Raquel não percebe nada, ela vive em seu mundo. Mais tarde, descemos até a casa dos pais de Dexter, onde estão meus sobrinhos. Enchemos todos de mimos e depois jantamos o que a mãe de meu amigo preparou.

Como se come bem no México!

★ ★ ★

No dia seguinte, é mais do mesmo: crianças durante o dia. Mas, à noite, vamos ao teatro. Martín e César vão conosco e, quando acaba o espetáculo, voltamos para casa. Na sala, bebemos alguma coisa enquanto esperamos Raquel ir dormir. Mas, nada, ela nem toca no assunto. Então, Dexter, olhando para o primo, sussurra:

— Que tal se você levar sua rainha daqui para que nós possamos nos divertir?

Juan Alberto sorri. Depois de tomar o último gole de sua bebida, levanta-se e diz:

— Querida, estou esgotado. Vamos dormir?

Instantes depois, os dois saem rindo pelas coisas que Dexter sugere que façam.

Assim que eles desaparecem, nós nos entreolhamos, com expectativa. Queremos nos divertir.

— O que as mulheres acham de irmos brincar um pouco no quarto do prazer? — pergunta Dexter.

Jud sorri e olha para mim. Sei o que ela quer, o que deseja. Depois de me aproximar dela e chamá-la de *ansiosa*, Jud murmura:

— Por você e para você, sempre!

Feliz e de mãos dadas com minha mulher, vamos para o escritório de Dexter, onde Graciela, depois de apertar o botão da estante de livros, faz a porta secreta se abrir. Segundos depois, o quarto do prazer surge diante de nós. Quando vamos entrar, toca o celular de Björn. É seu pai. Meu amigo diz para começarmos que ele vai entrar depois. Mel decide esperá-lo.

Já no quarto, a luz amarelada nos envolve enquanto a porta da estante de livros se fecha. E, ao ver como minha pequena me olha, puxo-a para mim. Depois de cravar meu olhar no dela, faço o que me pede. Passo minha língua úmida em seu lábio superior, em seguida, no inferior, e finalizo com uma mordidinha que me transmite seu desejo ardente. Nós nos beijamos.

Nosso beijo se intensifica, enquanto noto como Martín e César olham para nós. Para eles, Jud é novidade, e eu deixo bem claro que ela é minha, como eu sou dela. Sei que é primitivo e antiquado pensar assim, mas, nesses momentos, Jud e eu gostamos de nos sentir assim: possuídos um pelo outro.

Depois do beijo, entre risos e carinhos, vamos nos provocando. Adoramos começar nosso jogo assim. Então, Dexter se aproxima e diz:

— Coloque isto, deusa.

Judith e eu vemos uma coleira de couro preto com uma argola no centro, e ela logo diz:

— Você sabe que não curto sadomasoquismo.

Sorrio. Tinha certeza de que minha garota ia dizer isso.

— Eu sei, mas você nem imagina a vontade que tenho de amarrar vocês como umas cachorrinhas — sussurra Dexter.

Ambos sorrimos. Judith fica acalorada. Eu pego uma coleira e coloco nela. Começa o jogo. De mãos dadas, chegamos a uma mesa, onde, lenta e pausadamente, eu a dispo para exibi-la e ela aproveita.

— Deite de bruços na mesa e estique os braços.

Sem hesitar, ela acata minha ordem enquanto seus olhos brilhantes já gritam "desejo!", fazendo meu pênis ganhar vida própria, ansioso para começar a brincar.

Quando Jud faz o que lhe peço, eu me afasto dela e me dirijo ao aparelho de som. Enquanto isso, vejo Graciela se despir e ficar na mesma posição na mesa, ao lado de minha mulher. César e Martín não se mexem, apenas as observam.

Eu olho os CDs e encontro o que procuro. Depois de alguns segundos, começa a tocar "Highway to Hell", do AC/DC, e sorrio ao ver Jud sorrir. Não é seu Alejandro, mas, sem dúvida, combina mais com o momento que vamos curtir.

A luz amarelada fica vermelha e os homens começam a se despir. Eu primeiro, mas, em vez de me aproximar da mesa onde estão as mulheres, sento-me na cama para observar. Gosto de olhar.

Quando me sento, vejo Dexter pegar um chicote de couro vermelho e ir até as garotas.

— Meninas, antes de serem comidas, quero ver essas bundinhas vermelhas... bem vermelhas — diz ele, depois de bater nelas com carinho e tesão.

Meu corpo se agita.

Meu sangue corre descontrolado pelas veias.

Imaginar o que vai acontecer e saber que Jud vai curtir tanto quanto eu é maravilhoso. Inquietante.

Sinto minha respiração se acelerar ao ver a minha linda e tentadora mulher nua e exposta em cima da mesa, enquanto Dexter, com cuidado e prazer, açoita Jud e Graciela. E como preciso ouvir, além de ver, abaixo o volume da música com o controle remoto. Quero ouvir.

De imediato, os suspiros de Jud tomam minha cabeça. Ouvi-la arfar ou gritar de prazer sem dúvida é o que eu mais gosto neste mundo. Curto, curto a mil.

— Coloquem os joelhos em cima da mesa, abram as pernas, mas continuem deitadas — exijo, ao me levantar.

Elas não hesitam.

Acelerado, observo o sexo de minha mulher. Está aberto e úmido, desejando ser tomado. Pegando um plugue anal, depois de tocar a bunda tentadora de Jud, eu o introduzo e ela arfa de prazer enquanto arqueia as costas exigindo mais.

Dexter, que fez o mesmo com sua mulher, aproxima-se delas, engancha umas cintas nas argolas das coleiras de couro e me entrega a de Judith. Minha mulher me olha. Isso é novo para nós. Sorrimos. Estamos gostando.

Meus olhos encontram os de Martín. Não precisamos dizer nada, nós nos entendemos com o olhar. Ele se posiciona atrás de Jud. Observa-a. Vê, assim como eu, seu corpo tremer. Depois de tocar o plugue anal e fazê-la arfar, ele lhe dá uns tapinhas na vagina para provocá-la mais.

Jud se remexe, acalorada, e Martín, imobilizando-a pela cintura, introduz os dedos nela. Masturba-a.

Judith arfa, vibra, enquanto observo e continuo segurando a cinta da coleira. Minha respiração se acelera tanto quanto a dela e, quando Jud me olha, sei que está gostando, adorando o que sente e o fato de eu observá-la. Sem dúvida, minha pequena é luxuriosa como eu.

A seguir, Martín tira o plugue anal e eu solto a cinta. Ele desce minha mulher da mesa, vira-a e, colocando-a na posição que deseja, diz alguma coisa. Não ouço o que é, mas, quando a faz sentar e abre as pernas de Jud, sorrio ao ver como olha o púbis de minha mulher e diz, excitado:

— Ei, cara, que tatuagem diferente! "Peça-me o que quiser"...

Sorrio, não posso evitar, e vibro ao ver esse homem penetrar Jud. Então, aumento o volume da música. Agora só quero observar.

De onde estou, vejo minha pequena sentada em cima da mesa com as pernas abertas. Seu corpo se sacode enquanto recebe as investidas dele. Estou terrivelmente excitado e não posso me mexer. Só observo a dança de Martín e Jud o recebendo com prazer, ardente e feliz.

Minha mulher retesa as costas. Seus gritos de prazer me deixam louco. Reagindo, eu me aproximo dela por trás, subo na mesa e ponho as mãos em seu lindo traseiro para que não se mexa. Quero Martín dentro dela, dentro por completo. Jud arfa, enlouquece, e eu, segurando com uma mão a cinta da coleira que momentos antes havia soltado, puxo-a para que ela olhe para mim e, em tom sedutor, sussurro perto de sua orelha:

— Isso, meu amor, deixe que ele entre em você. Deixe que ele foda você...

Judith grita com a respiração acelerada. Em nossos momentos especiais, a palavra *foder* tem um significado maravilhoso e ardente. Querendo que ela enlouqueça mais, pego suas mãos, levo-as as suas costas e a imobilizo com a cinta presa ao seu pescoço.

— Gosta?

Isso é novo para nós. Nunca a amarrei assim enquanto outro transava com ela.

— Sim.

Martín acelera. O que vê, o que ouve e o que sente sem dúvida o excitam tanto quanto a nós. Insisto, enquanto, ao nosso lado, Graciela, César e Dexter brincam:

— Gosta do jeito dele de foder?

Jud me olha e vejo o prazer em seu olhar.

— Sim — confirma ela.

Então, vejo Martín aproximar sua boca da de Jud. Percebo que, se nada o impedir, ele vai beijá-la. Mas ela o detém e, com um fio de voz devido ao prazer que sente, diz:

— Minha boca tem dono.

Nossa... que delícia ouvir isso.

O orgulho que sinto do controle que ela tem e a lição que acaba de me dar faz eu me apaixonar ainda mais por ela.

Jud e eu nos olhamos. Puxando a cinta, tomo sua boca, como se estivesse tomando todo o seu corpo. Sou eu. Não é Martín. Sou eu quem toma absolutamente todo o seu corpo.

Beijo seus suspiros...

Saboreio sua respiração acelerada...

Sugo seus beijos, enquanto vejo Martín afundar nela em busca de seu próprio prazer e meu amor lhe dar acesso em busca do dela.

Com uma nova investida dele, Jud berra. Nosso beijo se interrompe e, duro como uma pedra, fico em pé em cima da mesa, busco sua boca e, pegando meu pênis duro, introduzo-o nela.

Deus, que prazer!

O calor que Jud irradia e o modo como sua boca me aceita me fazem vibrar. Mexo os quadris e minha mulher é possuída por Martín e por mim.

O olhar dele indica que vai chegar ao clímax. Assinto, dando-lhe instruções sem falar. Com uma última investida, ele goza. Depois de alguns segundos, pega uma garrafinha e lava Jud. Prepara-a para mim.

Tiro meu pênis da boca de meu amor e desço da mesa com agilidade. Jud me olha acalorada, e eu, como um touro louco por sexo, deito-a em cima da mesa. Sem desamarrar suas mãos, coloco suas pernas sobre meus ombros e a faço minha.

Meu ímpeto a faz gritar, tanto quanto a mim.

Nesse quarto do prazer, vermelho e à prova de som, podemos gritar quanto quisermos. E, ao ouvir de novo seu grito depois de minha nova investida, murmuro, segurando-me para não gozar:

— Sim... assim... grite para mim.
Quero que você grite...
Quero que gema...
Quero que goze...

E ela goza... goza para mim, só para mim, enquanto vou dosando minha força disposto a mais. Quero mais.

Judith se debate em cima da mesa, convulsiona de prazer e, ao mesmo tempo, sinto sua umidade quente e densa escorrer por minhas pernas.

Olhamo-nos, sorrimos, ela me entende. Estou duro e pronto para ela de novo, do jeito que Jud gosta. Então, depois de lhe dar alguns segundos, mexo os quadris e ela arfa. E voltamos ao jogo.

Minhas investidas, apesar de eu a segurar, fazem seu corpo se sacudir e se afastar de mim. Até que a ouço dizer entre suspiros, dirigindo-se a Martín, que nos observa:

— Segure-me para ele.

Deus, sim, excelente ideia!

O fato de ela pensar em mim em um momento assim me faz sorrir. Mordendo o lábio, entro nela com força repetidas vezes. Isso que deixa outros horrorizados nos encanta. Força. Dureza. Possessividade. Assim somos Jud e eu. Decidido a curtir o que minha mulher me entrega, entro e saio dela mil vezes mais, enquanto ela berra ao me receber.

Insaciáveis. Essa é a palavra que melhor nos define.

Então, a música para de repente e ouvimos os gritos de prazer de todos os presentes. Eu, olhando para minha mulher, que treme, ordeno:

— Diga que gosta assim... diga.

Jud abre a boca, tenta, mas não consegue responder. Minhas investidas ferozes, o fato de estar com as mãos amarradas e de ser segurada por Martín a estão enlouquecendo de uma forma que eu não esperava. Não insisto. Seu jeito de me olhar, de suspirar e se abrir para mim são a sua resposta.

A porta do quarto se abre e entram Mel e Björn, que nos observam. Jud deixa escapar um gemido que indica que vai chegar ao orgasmo de novo. Dessa vez, querendo curti-lo junto com ela, eu me inclino para frente e murmuro, antes de dar uma última investida certeira:

— Juntos, pequena... juntos.

E acontece.

Acontece essa magia que só ela me proporciona, de uma maneira incrível. Depois de convulsionar em cima da mesa, quando nossa respiração já está mais compassada, eu beijo seu pescoço e pergunto, soltando-lhe as mãos:

— Tudo bem, meu amor?

Ela sorri e eu me desmancho como um bobo apaixonado.

Instantes depois, Mel e Björn entram no jogo com César enquanto Graciela e Dexter se beijam. Meu amigo está todo bobo com sua mulher.

— Tenho que ir ao banheiro — diz Jud.

Digo que vou acompanhá-la, mas ela recusa. Vendo seu sorriso, esse que consegue de mim o que quiser, seguro-a e murmuro:

— Estava com saudades, meu amor.

Judith sorri. Ela sabe que é meu jeito de lhe pedir desculpas pelas coisas que andaram acontecendo ultimamente.

— Eu também, meu amor — responde ela.

Feliz por ouvir isso, aceito seu beijo maravilhoso. E, quando ela abre a porta do quarto do prazer e sai correndo, vestindo o robe vermelho que Dexter comprou para ela, sorrio. Como minha pequena é mijona!

Com calor, abro o frigobar e pego uma cerveja. Bebo enquanto observo como meus amigos se divertirem. Seus jogos são ardentes, como os que eu gosto de curtir com minha mulher. Fico absorto contemplando-os, até que percebo que Jud está demorando. Ao olhar para a porta, percebo que está aberta. Ela não a fechou ao sair.

Procuro algo para vestir. Não quero sair nu. Ao ver umas toalhas empilhadas, pego uma e a coloco em volta da cintura.

Quando saio do quarto do prazer, fecho a porta. Imediatamente, ouço vozes provenientes da cozinha e acelero o passo ao reconhecer a de Judith.

Ao entrar, vejo Juan Alberto com cara de sono, Raquel de olhos arregalados e Judith bufando.

— Meu amor, o que aconteceu? — pergunto.

Jud olha para mim. Estou tentando ler seu olhar, quando Raquel, com uns cabelos de louca e descontrolada, grita, afastando-se de mim:

— Porco, depravado, indecente, sem-vergonha, imoral! Isso é o que está acontecendo!

Balanço a cabeça e tento processar o que ela disse.

Então, olho para Juan Alberto. Ele está atordoado e me pede desculpas com o olhar. Então, minha pequena, com o pescoço cheio de vergões, aproxima-se de sua irmã e sibila diante de seu rosto:

— Se insultar meu marido de novo, garanto que...

— O que há com vocês? — pergunta Juan Alberto, inquieto.

Judith olha para mim, olha para o cunhado e por fim diz:

— Raquel acabou de descobrir que Eric, eu e mais algumas pessoas nesta casa gostamos de um tipo de sexo diferente do que vocês fazem. É isso.

Caralho!

Que confusão!

Raquel me olha de um jeito que parece que quer me matar. Sem dúvida, está pensando que sou uma má influência para a irmã. E eu, na verdade, não sei o que dizer. Nunca tive que dar explicações sobre minha vida sexual.

Judith continua falando com a irmã, mas Raquel é Raquel, assim como Judith é Judith, e não há Deus que a faça raciocinar. Ah, essas Flores!

Minha cunhada quer ir embora. Não quer ficar em uma casa com gente, segundo ela, indecente e imoral. Juan Alberto está desorientado. Não sabe o que fazer. Não sabe o que dizer. Eu sei que quando ele era solteiro e, posteriormente, divorciado, participava de algumas festinhas privadas, mas não vou contar nada. Não. Não quero que Raquel me mate, e menos ainda ser desleal com meu cunhado.

Juan Alberto tenta acalmá-la, mas, quando ela nos insulta de novo, Judith se descontrola. Imediatamente, eu a seguro. Eu a conheço e, do jeito que está, se sua irmã disser mais alguma coisa, Jud vai lhe dar um tabefe.

Então, ocorre algo que eu não esperava.

Querendo nos ajudar, Juan Alberto tenta fazer sua mulher entender que sexo é sexo, e que cada casal tem suas regras. E confessa que ele também já fez essas coisas.

Raquel franze o cenho. Afasta-se dele. Chora. Ri. Essa atitude me faz lembrar do ano passado e dos seus malditos hormônios de grávida. Está descontrolada. E, vendo o rumo que a conversa está tomando, depois de trocar um olhar com esse mexicano de quem gosto tanto, digo:

— Juan Alberto, leve sua mulher para o quarto e acalme-a.

Ele assente. Traz à tona a personalidade mexicana que sei que poucas vezes usa com a espanhola e, pegando-a pela mão, leva-a dali. Pobre homem... está frito.

Quando desaparecem, olho para Jud. Meu Deus, seu pescoço está terrível! Ela se coça. O nervosismo não lhe permite parar, mas eu a detenho.

Está acabando com seu pescoço!

Ela me abraça, aflita. Quando me pede para irmos para o quarto, não hesito e a levo.

Uma vez ali, ela tira a coleira com a argola e o robe vermelho. Tomamos banho em silêncio e, quando acabamos, Judith olha para mim e explica:

— Raquel disse que vai contar ao meu pai.

Raquel, que caralho!

Não vejo graça nenhuma nisso. O jeito como Jud e eu fazemos sexo é coisa nossa, de ninguém mais. Não digo, mas penso que Manuel ficaria escandalizado, e eu passaria de um bom marido para sua filha a uma má influência. Preciso falar com Raquel.

Mesmo assim, não digo o que penso. Abraço Judith e murmuro, beijando sua cabeça:

— Não acredito nisso, meu amor. Você vai ver que ela não vai falar. Raquel é sensata.

— Por minha culpa ela descobriu tudo, Eric! Caralho!

— Meu bem, acalme-se.

— Que estúpida, como fui deixar a porta aberta?

Ela se sente culpada. Mas minha garota não tem culpa de nada. Depois de alguns segundos em silêncio, ela murmura:

— Raquel me disse que meu pai e Pachuca estão juntos.

Caralho!

Isso me surpreende, mas, na verdade, acho legal. Meu sogro é um homem jovem, viúvo e merece ser feliz. E, se essa mulher o faz feliz, por que não?

— Quanto ao primeiro, você não tem culpa de nada. E, quanto ao segundo, acho que seu pai merece ser feliz — digo.

— Eu sei, eu sei, acho legal. Mas Raquel é tão... tão antiquada em tantas coisas que...

— Raquel vai ter que aceitar o que seu pai quiser — replico —, como seu pai aceitou o que ela e você quiseram, não acha?

Jud concorda comigo.

— É o que eu digo. Por acaso, Raquel acha que só ela pode ser feliz? E, se ela se intrometer nessa relação, vai se ver comigo! E, se ela se atrever a contar a meu pai o que viu esta noite, eu a mato. Juro que a mato! — diz Jud.

Ambos sorrimos.

— Mas, antes, vou contar ao meu pai quanto ela se diverte com Kevin Costner e Al Pacino, os vibradores que ela guarda na gaveta.

Ao ouvir isso, solto uma gargalhada.

Raquel usa vibrador?

Essa minha cunhada! No fim, não deve ser tão sem graça como eu imaginava.

47

Depois do que aconteceu com minha cunhada, o drama está feito.

Por sorte, Juan Alberto trouxe à tona sua personalidade *mariachi* e deixou claro que, se ela se atrever a mencionar alguma coisa na frente dos pais de Dexter, o problema vai se agravar. E, graças a Deus, Raquel se cala.

Após uma manhã tendo que morder a língua para não explodir cada vez que Raquel cruzava com Jud e a chamava de depravada, quando volto depois de ver as crianças, que estão se divertindo com Pipa, encontro Björn a caminho da sala. Meu amigo sorri, e eu sei por quê.

— Caralho, essa sua cunhadinha! Vocês estão em maus lençóis — sussurra ele.

Bufo e praguejo.

— Todos nós tentamos falar com Raquel, mas nada. Ela não quer nos ouvir — completa ele.

Sem dúvida, minha cunhada é especialista em criar confusão, assim como outra que conheço.

— Onde estão as garotas? — pergunto.

— Na varanda, tomando sol. Graciela e Mel levaram Jud para relaxar. Coitada, com o que está tendo que aguentar...

Assinto. Conheço Raquel e sei como pode ser chata.

Meu celular toca e vejo que é minha mãe.

Björn se afasta enquanto falo com ela, que me diz que Flyn, meu filho maravilhoso, fez algo, mas não me conta o quê. Fico cabreiro.

Caralho, esse Flyn!

Estou na sala, sozinho, quando Raquel entra. Olhamo-nos. Ela faz aquela cara de arrogante que minha pequena costuma fazer e rosna:

— Você é um depravado. Como pôde meter minha irmã em uma coisa dessas?

Olho para ela. Meço minhas palavras, preciso ser cauteloso.

— Ouça, Raquel...

— Não, ouça você, seu merda — diz. — Se acontecer alguma coisa com minha irmã, se ela pegar alguma doença, se um dia ela... eu... eu mato você!

Caralho! Como é ruim ser desinformado.

Bufo.

Tudo bem. Entendo seus medos e inseguranças. De fora, não é fácil compreender o tipo de sexo de que gostamos.

— Eu posso garantir que sou a primeira pessoa a não querer que aconteça alguma coisa com sua irmã. Cuido dela como ela cuida de mim, e... — replico, com paciência.

— Antes de conhecer você, ela era uma pessoa normal! — grita.

— E continua sendo uma pessoa normal! — digo, levantando a voz. E, cansado de ter que me justificar, explico: — Sexo é sexo, Raquel. E, assim como você gosta de curtir com Juan Alberto, Al Pacino ou Kevin Costner, Jud e eu gostamos do nosso jeito. Preferimos a realidade, a luxúria e as sensações em vez do látex ou plástico.

Ela fica vermelha. Fica envergonhada por ver que sei de algo tão íntimo sobre ela.

— Jud e eu somos um casal normal, como Dexter e Graciela ou Björn e Mel. Trabalhamos, vivemos, pagamos nossas contas, respiramos. Mijamos e cagamos como você. A única diferença é que, na hora de curtir o sexo, fazemos do nosso jeito. Com nossas regras. Isso não quer dizer que sejamos depravados ou porcos, como você insiste em nos chamar. Simplesmente, como casal, nós nos atrevemos a dar um passo além porque gostamos da excitação, das sensações e das experiência.

Ninguém obriga ninguém a fazer nada que não queira. Se não gostamos de algo, não fazemos, e...

— Minha irmã não era assim — insiste.

Fico surpreso vendo-a afirmar algo assim. Podemos saber muitas coisas dos outros, mas há uma parcela da vida sexual que cada um guarda para si.

— E como sua irmã era antes?

Raquel me olha sem saber o que responder. Ciente de como está confusa, digo, sem me aproximar dela, porque não confio:

— Pense na felicidade de Judith como ela pensa na sua. E não a julgue, porque ela não julga você. Ela apenas a ama, aceita e ajuda. Temos que aprender que nem todas as pessoas gostam das mesmas coisas na vida. Sim, sei que, em se tratando de sexo, o assunto é delicado, mas, caralho, Raquel! Sua irmã e eu curtimos o sexo juntos e do nosso jeito. Sim, nosso jeito não é o seu, mas por que deveria ser? Por que o que você faz com seu marido e seus brinquedinhos é bom e o que eu faço com minha mulher e nossos gostos é ruim? Caralho, não somos pederastas, não matamos ninguém, não abusamos de ninguém nem ferimos ninguém. Se fôssemos assim, claro que você teria que nos julgar e denunciar, mas não, Raquel, não somos. Somos apenas um casal normal, com filhos, que se ama e que na intimidade curte segundo suas próprias regras.

Ela não responde. Acho que perdeu o rebolado. Sem dizer nada, ela dá meia-volta e vai embora. É evidente que não quer responder.

Assim que ela sai pela porta, Björn entra e cruza com ela.

— Por que ela está chorando? — pergunta ele.

Bufo, suspiro... Pareço minha mulher.

— Talvez porque eu tenha sido sincero com ela.

Instantes depois, vamos para a varanda, onde estão as garotas e Dexter tomando sol. Jud me olha e, ao ver minha cara, pergunta:

— Que foi?

Não sei se devo lhe dizer que conversei com sua irmã. Do jeito como as coisas estão, talvez seja melhor não dizer nada por ora. Mas Björn, para salvar minha pele, diz:

— Acho que um coreano alemão está aprontando.

Meu amigo e eu nos olhamos. Agradeço a mão que me deu.

— O que ele fez? — pergunta Jud, alarmada.

Ao ver sua cara de preocupação, eu me sento ao seu lado e a tranquilizo. Digo-lhe o pouco que minha mãe me contou, que não é nada, e ela, apoiando a cabeça em meu ombro, murmura:

— Você e eu sozinhos em uma ilha deserta seríamos imensamente felizes, não é?

Gostei de ouvir isso. Ela e eu seríamos felizes em qualquer lugar. Beijo-a diante do deboche de meus amigos.

— Com você, em qualquer lugar — afirmo.

48

Os dias passam e a relação entre Jud e sua irmã é inexistente.
Não fez diferença eu e os outros falarmos com Raquel. Essa cabeça-dura está obstinada e mal nos dirige a palavra, nem olha para nós.

* * *

Chega o dia do batizado e, quando acabo de me vestir, empurrado por Jud, vou esperar na sala. De manhã, fizemos amor duas vezes e, quando íamos para a terceira, rindo, ela recusou. Tínhamos que vestir as crianças e Pipa estava nos esperando.
Sorrindo, entro na sala e encontro Dexter todo bonitão.
— O que você fez no cabelo? — pergunto.
O mexicano louco passa a mão por seu cabelo escuro e diz:
— Graciela gosta dele assim.
Sorrio. Quando queremos agradar nossas mulheres, não temos limites. Enquanto eu me sento ao lado de sua cadeira de rodas, ele me olha e diz com um fio de voz:
— Agradeço a Deus todos os dias por ter Graciela e os bebezinhos em minha vida. Nunca imaginei que um homem como eu pudesse ser tão feliz e ter uma família tão linda.
Isso me emociona.
Apesar de ser um sujeito que esconde seus medos por trás de seu bom humor, Dexter já sofreu muito. O acidente que o deixou preso à cadeira de rodas foi um grande baque para ele. Sua vida deu uma guinada de cento e oitenta graus. Mas ele nunca gostou de fazer papel de vítima.
— Estamos molengas hoje, hein? — digo, feliz por ele.
Ele sorri. Nunca fomos tão molengões.
— Graciela é a melhor coisa que tenho na vida. O fato de ela me amar como me ama, apesar de minha situação, para mim é...
— Sua situação? — E, antes que me chame de bobo, acrescento: — Você é um homem normal, como eu e o resto da humanidade. A diferença é que, devido a um acidente, parte de seu corpo parou de funcionar. Mas, por sorte, sua cabeça ficou intacta.
— Bem... não sei, cara... — brinca ele.

— Além do mais — prossigo —, seu coração também ficou intacto, assim como a capacidade de amar. E, por sorte, você encontrou alguém muito especial que o fez ver que há coisas muito bonitas na vida que você deveria viver.

Dexter se emociona ao ouvir minhas palavras.

— Definitivamente, estamos molengas — afirma ele.

Ambos sorrimos. Quem nos viu e quem nos vê!

— Amo minha mulher e amo meus bebezinhos. Eles são a minha vida. Meu tudo — completa ele.

— Eu sei, amigo, eu sei. — E, entregando-lhe um lenço de papel que tiro do bolso, murmuro: — Agora, você tem que lutar por esse tudo. Por essa mulher que ilumina seus dias e esses bebezinhos que acordarão vocês mil vezes durante a noite.

Ambos rimos. Ao ver que ele enxuga as lágrimas, pergunto:

— Mas o que está acontecendo? Por que está tão sensível?

Dexter sorri e murmura, enquanto guarda o lenço no bolso:

— É que sou o orgulhoso pai de duas crianças e um homem apaixonado por uma mulher lindíssima. É isso que está acontecendo. É algo que nunca pensei que poderia ter.

Seus olhos se enchem de lágrimas de novo.

— Conheço você e sei que você é homem, senão ia pensar que os malditos hormônios da gravidez estão afetando você — digo, para fazê-lo sorrir.

— Nem me fale desses bichos.

Rimos. É evidente que durante vários meses esses *bichos* aprontam com os futuros pais. Então, meu amigo pousa a mão em meu ombro e diz:

— Nunca pensei que o durão e terrível Eric Zimmerman fosse me falar de coração, amor e sentimentos. Nunca!

Agora quem sorri sou eu. Também nunca achei que diria isso.

— Sabe de uma coisa? Mesmo que não pareça, também tenho coração e sentimentos. E, embora achasse que certas coisas não eram para mim, um dia, chegou uma espanhola bonita e descarada que me deixou de quatro, virou meu mundo de cabeça para baixo e, amando-me e me permitindo amar, me fez ver como é bonito viver.

Meu amigo e eu nos olhamos. De machos passamos a menininhas. Quando ele vai responder, Graciela entra na sala e diz:

— Dexter, meu amor, pode vir aqui um instante?

Meu amigo assente.

— Não é que posso, é que devo! — afirma, alegre.

Quando ele sai da sala e fico sozinho, sorrio. É maravilhoso ver a felicidade de meu amigo e sua emoção de saber que sua vida é linda.

Nesse instante, entra Juan Alberto e senta-se ao meu lado.

— Juro que a adoro. Juro que a amo. Mas também juro que, quando fica tão cabeça-dura, ela me tira do sério — diz ele.

Coitado. Imagino como estes dias devem estar sendo complicados com Raquel.

— Calma, amigo. Também sou casado com uma Flores — brinco.

Então, entram Björn, Mel e Sami, e, em seguida, Jud com nossos filhos. Feliz, pego meu pequeno Eric, enquanto Judith fica com Hannah, que está morrendo de sono.

A sala começa a se encher de gente e, quando estamos todos prontos, vamos para a igreja. O batizado vai começar.

Quando Hannah começa a aprontar, saio com ela da igreja para que minha mulher aproveite a cerimônia.

No final, quando todos saem, vamos felizes ao Club de Golf México, onde garçons atenciosos nos acomodam em umas lindas mesas. E a festa começa.

Quando Pipa e as cuidadoras levam as crianças para comer e, assim, facilitar nossa vida, Jud me olha, animada.

— Meu Deus, querido, vou comer de tudo. Viu aquelas *fajitas* deliciosas?

Assinto. Sei quanto minha pequena gosta desse tipo de comida.

— Coma e aproveite.

Judith suspira e sussurra:

— Desse jeito, não vou emagrecer nunca.

Sorrio. Minha mulher e seus problemas bobos...

— Fique tranquila — replico —, hoje à noite vou fazê-la suar.

Rimos e nos beijamos. Não faz nem três horas que estávamos fazendo amor encostados na parede como dois loucos.

— É melhor eu nem lhe dizer o que estou pensando, não é? — murmura ela.

Seus olhos revelam tudo.

Safada!

Seu sorriso a delata.

— Não. Melhor não dizer, porque eu já sei — respondo, alegre.

Comemos. Curtimos as delícias que Dexter e Graciela escolheram para comemorar o batizado de seus filhos, e o papo se estende, como sempre acontece nos encontros espanhóis. Como gostam de falar!

Em dado momento, vejo Jud se levantar e ir conversar com Juan Alberto, que está no balcão. Estou com dó dele. É evidente que Raquel o está enlouquecendo, mas não digo nada. Acho que não sou a pessoa indicada.

Passam-se as horas e a farra continua.

Música vai, música vem...

Dancinha vai, dancinha vem, e minha pequena, claro, é a que mais dança. Como gosta de se divertir!

Saindo do caminho para que ninguém tenha a ideia de me chamar para dançar, fico brincando com meu filho. Passa-se um bom tempo, até que Jud se aproxima e diz:

— Acho que você deveria avisar Juan Alberto.

Olho para ela. Não estou entendendo. Pergunto por que, e ela diz, apontando para longe:

— Porque Dexter e minha irmã, que são duas bombas-relógio, podem criar muita confusão. Muita mesmo.

Olho para Juan Alberto. Vejo que está de olho neles, e tranquilizo Jud.

O marido da louca da Raquel já está em alerta, assim como todos os amigos. Raquel é Raquel e nunca se sabe o que pode fazer. Mas, de repente, vejo Dexter e ela se abraçarem.

Incrível!

— Chegou a paz, temos que comemorar! — brinca Björn.

Todos sorrimos, enquanto eu olho para eles sem poder acreditar.

Não sei o que o mexicano pode ter dito a ela, mas Raquel sorri. Olhando para minha mulher, que, assim como Graciela e Mel, não consegue acreditar, afirmo, satisfeito:

— Como negociador, ele não tem preço.

Instantes depois, Dexter se aproxima.

— Minha deusa — diz ele, dirigindo-se a Judith —, quando puder, sua irmã quer falar com você.

Minha mulher me olha. Agora as bombas-relógio são ela e sua irmã.

— Vá tranquila, minha linda, a fera já está mansa — insiste Dexter.

Nesse instante, Raquel se levanta e se aproxima de seu marido. Não diz nada. Ela o leva para o outro lado e, depois de alguns segundos, beija-o.

— Mexicano doido — diz Björn, sorridente.

— Ponha doido nisso — brinco.

Jud, que não saiu de meu lado, vê o mesmo que todo o mundo. Por fim, Raquel parece ter recuperado o bom senso e vai facilitar a vida de todo mundo.

— O que você disse a ela? — pergunta Jud a Dexter, surpresa.

Meu amigo sorri. Não sei o que disse a Raquel para provocar essa mudança.

— A verdade, somente a verdade — responde ele.

Quando Jud vai até sua irmã, suspiro. Espero que minha pequena se comporte bem com Raquel. Não gostaria de vê-la sofrer.

De longe, observo-as com cautela.

Sentam-se juntas. Ótimo!

Olham-se. Estamos indo bem!

Conversam. Maravilhoso!

Riem. Perfeito!

Abraçam-se. Magnífico!

Meus amigos e eu, felizes e mais tranquilos, aplaudimos, mas elas, concentradas em seus abraços, beijos e carinhos, nem nos ouvem. E não faz diferença. Só importa que estejam bem. Em especial, minha pequena, meu amor.

49

De volta à Alemanha, voltam as tensões.

Minha mãe está nervosa por causa do casamento de Marta, e minha irmã de hormônios descontrolados está histérica. Bem, insuportável. E, quando Judith fica sabendo que Ginebra, em nossa ausência, organizou o jantar de noivado com minha mãe, é a gota d'água!

Sobra para mim!

O que eu tenho a ver com isso?

Minha pequena não está nada feliz por Ginebra e seu marido terem sido convidados para a festa. Não entende por que participarão de uma ocasião tão familiar. Também não entendo, mas explico que é a festa de noivado de Marta e, se minha irmã os convidou, nós não podemos dizer nada.

Quando fico sabendo que a festinha vai acabar no Guantanamera, saio do sério!

Por que tenho que ir a esse lugar?

Está todo mundo louco ou o quê?

Eu me recuso. Não pretendo ir. Já deixei isso bem claro.

Quanto a Flyn, melhor nem dizer nada. O fedelho, não satisfeito com tudo que já aprontou, criou um perfil falso no Facebook com o nome de Malote Palote, e não teve ideia melhor para se mostrar para a nova namoradinha, de quem cada vez gosto menos, que postar um vídeo terrível no qual insultava seu amigo Josh e cuspia nele.

Cuspia!

No que o idiota do meu filho estava pensando?

Como é lógico, Josh contou aos pais, que foram à polícia fazer a denúncia. Os investigadores rastrearam a conta do Facebook até chegar a Flyn. Perfeito!

Estou enlouquecido.

Como ele pode ser tão estúpido?

Josh é seu amigo desde sempre, o primeiro com quem compartilhou confidências e tardes de jogos, e agora, o idiota de meu filho, graças a seus novos amigos, está se achando grande e o ridiculariza. É de matar.

Jud e eu falamos sobre isso. Estamos nos sentindo péssimos por causa do comportamento de Flyn. Ela me propõe que façamos o jogo de tira bonzinho e tira mau. Hesito. Mas, no fim, deixo-me convencer, e Jud decide assumir o papel do tira mau. Como Flyn continua pegando no pé dela, é mais fácil.

Quando falamos com ele, como é de se esperar, as coisas não saem nada bem. Judith se descontrola, Flyn também, e eu, em meu papel de tira bonzinho, imponho a paz. E vejo que meu filho me olha satisfeito por ver que continuo ao seu lado.

Eu me sinto mal. Não quero que Jud arque com o problema todo, mas, vendo o olhar de minha mulher, eu me calo. Deixo que as coisas aconteçam como estão acontecendo e fico na zona de conforto.

★ ★ ★

Chega o dia do famoso jantarzinho de noivado de minha irmã. Quando vou entrar em casa, dou de cara com Félix e Ginebra na porta. Olho para eles, surpreso.

O que estão fazendo aqui?

Assim que desço do carro, Ginebra diz, tentando se livrar de Susto:

— Olá, querido. Como você está sexy hoje.

Começamos mal.

Detesto que ela me chame de *querido*. Não quero discutir com Jud por causa dela. Eu me aproximo, afasto Susto, aperto a mão de Félix e pergunto:

— O que estão fazendo aqui? Não deveriam estar no restaurante?

Ginebra suspira enquanto os cachorros se afastam correndo.

— Viemos convencê-lo. Você tem que ir — diz ela.

Ai, meu saquinho!, como diria Judith.

Incapaz de dizer qualquer coisa, porque o que disser vai pegar muito mal, entro com eles e vamos direto para a sala. Ofereço-lhes uma bebida e, então, ouço Ginebra dizer:

— Aqui está ela. Oh, como está bonita!

Levanto a cabeça e vejo Jud entrar. Está linda, deslumbrante. Mas leio sua expressão com clareza ao ver os dois ali. Péssimo... péssimo...

No entanto, ela disfarça e responde com um sorriso:

— Obrigada.

Está desconcertada. Não sabe o que esses dois estão fazendo em nossa casa. Enquanto isso, Ginebra não para de falar. Censura-me por eu não ir nem ao jantar nem ao Guantanamera e por deixar Jud sozinha perto de tantos homens. Fico doente ao ouvir isso e, por fim, ao ver a cara de Judith, digo:

— Eu vou.

Depois de trocar o terno por calça jeans, camisa preta e uma jaqueta, volto para a sala. Quando fico sabendo que não só iremos ao Guantanamera, como também que os homens jantarão de um lado e as mulheres, de outro, saio do sério. Caralho... caralho!

Com paciência, saímos de casa. Eu já estou alterado. Chegamos à casa de Mel e Björn, e as garotas vão embora juntas, e nós também.

Maravilha!

No restaurante, pouco a pouco vão chegando os convidados. Somos uns vinte, e reconheço que os amigos de Drew são simpáticos e agradáveis. Melhores do que eu imaginava.

A primeira parte da noite acaba sendo menos ruim do que eu esperava, apesar de Félix se sentar ao meu lado. Drew se revela uma grata surpresa. É sensato, tranquilo, o contrário de Marta. Isso indica que pode dar certo entre eles.

O jantar termina e nos levantamos para ir ao maldito Guantanamera. Ao sair, Félix, que está ao meu lado, diz:

— Ginebra me disse que lhe contou.

— Sim — respondo.

O semblante de Félix muda. Seus olhos se enchem de lágrimas.

— Não sei o que vou fazer sem ela — murmura ele.

Sinto pena dele. Dói imaginar sua dor.

— Sinto muito, Félix. Não sei nem o que dizer — digo, tentando mudar minha atitude com ele.

Félix assente. Engole as lágrimas e replica, tentando sorrir:

— Não precisa me dizer nada, mas você poderia realizar o desejo dela.

Ao ouvir isso, meu semblante endurece. Nem fodendo vamos começar outra vez com essa história.

— Félix...

— Eric, ela está morrendo! Por que não pensa no assunto?

Penso. Claro que penso.

Penso que o que está acontecendo com Ginebra é terrível, mas não sou um boneco sexual.

— Já disse que não. Não tenho nada para pensar — digo, com dureza.

Antes de entrar no Guantanamera, Björn se aproxima e sussurra com um sorrisinho:

— Pronto para dançar, meu *amol*?

Sorrio e digo:

— Idiota.

Com um humor melhor do que eu pensava, entro no lugar barulhento onde as pessoas se divertem. Como sempre, o volume da música me deixa atordoado. O grupo todo vai para o bar.

No caminho, procuro minha pequena. Ainda não a vi, mas vi minha irmã dançando como uma louca, de modo que imagino que Jud deve estar por ali.

Chegamos ao bar, pedimos umas bebidas e, ao me virar, encontro-a.

Jud está dançando com Reinaldo. Sei que entre eles há só uma linda amizade, mas ver como se completam na dança me deixa com ciúmes. Sou um idiota!

Sem poder afastar o olhar da mulher que me deixa louco, observo seus movimentos. O ritmo está em seu sangue, não se pode negar. Então, vejo minha mãe também dançando enlouquecida com um rapaz. Ora, ora!

Uma volta... Duas... Judith dança com Reinaldo e com qualquer um que lhe estenda a mão. Até que, em uma dessas voltas, nossos olhares se cruzam e ela por fim percebe que cheguei.

Ótimo!

Sem hesitar, ela vem até mim. Como minha mulher é sensual! Cumprimenta Drew, sorri e, quando se aproxima de mim, diz em meu ouvido:

— Vamos dançar, meu *amol*?

"Meu *amol*"? Você vai ver só esse "meu *amol*".

— Você sabe que não — respondo, decidido.

Contrariado, olho ao redor.

O que estou fazendo neste antro?

Como me deixei convencer?

Não gosto da maneira como os homens olham para minha mulher enquanto falo com ela. Sei que poucas pessoas vão entender que em certas coisas eu seja tão rigoroso e, no sexo, nosso sexo, seja tão maleável. Mas é a realidade. A realidade que vivo e a realidade que está me deixando mais enciumado a cada segundo que passa.

Judith me conhece e acho que sabe o que estou pensando.

Ela diz que não preciso ficar incomodado e me garante que todos estão ali para se divertir. Insiste, enfatiza. Mas o fato de ela insistir tanto me irrita. Deixa-me desconfiado, mas não dela. Quando ela vê que não digo nada, solta, com ironia:

— Eric, você não deveria ter vindo. Você não gosta deste lugar e não se diverte, assim como eu não me divirto vendo sua cara de bravo. Então, o que acha de você ir embora para nós dois pararmos de sofrer?

Caralho... Caralho...

A espanhola arrogante que me desespera já se manifestou.

Suas palavras me irritam. Respondo. Ela retruca. Voltamos ao branco e preto de sempre. Vendo que estou sobrando, porque me sinto como um móvel, dou-lhe um beijo de má vontade e digo:

— Nos vemos em casa.

Dito isso, dou meia-volta e saio sem olhar para trás. Acho que é o melhor a fazer.

A passos largos, saio do Guantanamera enquanto ouço os gritos de *"Azúcar!"*. Não quero pensar que entre essas vozes está a de Judith.

Vou para o carro. Estou pegando as chaves, quando ouço passos rápidos que se aproximam por trás.

— Eric!

Ao me virar, vejo que é Björn.

— O que está fazendo aqui? — pergunto, surpreso.

Meu amigo sorri, dá de ombros e diz:

— Vamos beber alguma coisa em outro lugar.

Sem mais perguntas, entramos em meu carro e ele propõe irmos a um bar aonde íamos antigamente. Com segurança, dirijo até lá. Estacionamos e entramos. Sentamo-nos no bar.

Como sempre, o lugar está abarrotado, mas, diferentemente do Guantanamera, a música é tranquila e relaxante. Dá para conversar, coisa que no Guantanamera, não.

Pedimos umas cervejas e imediatamente percebo como algumas mulheres nos olham. Em outro momento da vida, ambos teríamos retribuído os olhares e já estaríamos decidindo quem ficaria com qual.

— Posso ser sincero com você? — pergunta Björn.

Assinto. Não há a menor dúvida.

— Eric, sei que, assim como eu, você notou como as ruivas do outro lado do balcão nos olham, não é?

Torno a assentir. Bobo não sou.

— Para mim, dá no mesmo. Se tenho certeza de algo é de que... — digo.

— Eu também tenho certeza. E a resposta é não. Só estou comentando porque você precisa entender que com Judith é a mesma coisa. Ela vai ao Guantanamera para se divertir, não paquerar. Quando vai entender isso? Quando vai deixar de ser um homem desconfiado?

— Tenho medo de que aconteça alguma coisa com ela — protesto. — Ouvimos tantas coisas nos noticiários sobre homens que drogam mulheres para abusar delas que...

— Eric, por favor — interrompe ele. — Judith está lá com seus amigos. Acha que algum deles permitiria que isso acontecesse?

Ciente de que ele tem toda a razão, não respondo. Sou um babaca.

— Caralho, cara. O que chamou sua atenção em Judith foi o jeito dela de ser, de se comportar, de dançar. Ela não é como você. Ela precisa se divertir, e se seu jeito de fazer isso é no Guantanamera, onde está cercada de amigos que cuidam dela tão bem ou melhor que você. Qual é o problema? — insiste Björn.

Bufo. Sei que ele tem razão, sei que Judith vai lá só para se divertir.

— Pensar que posso perdê-la ofusca minha razão — confesso.

— E por que a perderia?

Não respondo. Sei que ela nunca me deu problemas nesse sentido.

— Se a perder, será por culpa sua. Por sua teimosia — enfatiza Björn.

Suspiro. Coço o pescoço.

Ficamos alguns segundos em silêncio enquanto processo o significado das palavras de meu grande amigo. Embora saiba que ele tem razão, sou incapaz de recuar. Continuo furioso porque Judith prefere se divertir com outros e não comigo.

★ ★ ★

Uma hora e meia depois, volto para casa. Talvez ela já esteja lá. Mas não. Judith continua na farra, com certeza gritando *"Azúcar!"* enquanto eu penso nela.

Decido colocar a sunga e ir para a piscina coberta. Algumas braçadas cairão muito bem. Vinte minutos depois, esgotado por causa do exercício, saio da água e tomo uma chuveirada.

Olho o relógio: três da madrugada.

Depois de me vestir, passo para ver as crianças. Estão dormindo tranquilamente, e sorrio.

Vou para o escritório e dou uma olhada em uns papéis que estão em cima da mesa.

Quatro da madrugada.

Inquieto porque minha mulher ainda não voltou, saio do escritório e decido ir para o jardim com Susto e Calamar. Eles, como sempre, correm, pulam, trazem gravetos, que eu, com paciência, jogo para eles. Isso me faz relaxar.

Cinco da madrugada.

De novo no escritório, preparo um uísque. Penso no que Félix me disse e praguejo. Será que só me veem como um empalador? Isso me irrita. Não gosto que pensem em mim só para foder, e menos ainda de saber que essa é a imagem que passo.

Seis da madrugada.

Minha cabeça dói devido ao nervosismo. Não sei onde diabos Judith está, mas estou puto porque é muito tarde. Por acaso, ela pretende voltar quando as crianças já estiverem acordadas?

Olho para a tela do computador, mas minha fúria não me permite ler nada. Até que, de repente, às seis e vinte e sete, a porta de meu escritório se abre e vejo Judith.

Olho para ela. Sei que meu olhar não transmite nada de bom. Mas ela sorri e diz tranquilamente:

— Cheguei.

Animada e meio alcoolizada, minha mulher se aproxima de mim. Não quero sorrir. Jud insiste e abre mais seu sorriso. De repente, vejo que crava o olhar em minha mesa. Ah, não! Como a conheço e sei o que está pensando, sibilo:

— Nem pense em fazer o que está pensando.

A cara dela ao me ouvir demonstra que eu tinha razão. Ela sorri de novo. Como eu a conheço!

Ela está contente. Continua se aproximando de mim e permito que se sente em meu colo. Seu cheiro me inebria. Embora sinta uma forte necessidade de arrancar sua calcinha e possuí-la, não farei isso. Sei que é o que ela deseja, mas não. Não vou lhe dar esse gostinho. Não sou o maldito empalador que ela e outras mulheres desejam. Não sou só sexo.

O que é que elas estão pensando?

Judith me provoca, provoca e, quando vai me beijar, viro o rosto. Ela não gosta nada disso, e insiste. Mas não, disse que não. E, antes que prossiga, eu me levanto, afasto-a de mim e grunho, furioso:

— Você pensa que estou aqui só para satisfazer seus desejos sexuais?

Ela finge surpresa.

Mas é safada!

Por sua cara, vejo que achou engraçado meu comentário.

— Ah, não? — pergunta ela, com sarcasmo.

Essa perguntinha me deixa mais puto. Não sou o brinquedo sexual de ninguém.

— Não — sentencio.

Mas Judith insiste. Que chatice...

— Venha, *miarma*... Você quer.

Efetivamente, quero.

Desejo tomá-la em meus braços, arrancar sua roupa, rasgar sua calcinha e possuí-la com possessividade e intensidade. Mas disse que não e não vou fazer isso. Então, ela me pega pela cintura e sussurra:

— Você é meu, Eric Zimmerman, e o que é meu eu tenho quando quero.

Suas palavras me deixam furioso.

Ela tenta me beijar de novo, mas não permito.

Sei que sou dela, como sei que ela é minha, mas, como não estou disposto a ceder fácil, apesar de suas palavras, olho-a nos olhos e sibilo, em minha pior versão:

— Desejo você mais que a minha própria vida, mas não vou lhe dar o que quer porque esta noite você me mandou embora, e não merece. Portanto, não insista, Judith, porque você não vai conseguir, mesmo que fique brava.

Solto-a. Chamo-a por seu nome completo para que saiba que estou furioso e me afasto dela. Se eu continuar ao seu lado, vou engolir minhas palavras em poucos segundos. Ela, ofendida com o que acabou de ouvir, dá meia-volta e sai.

Lá vai a espanhola!

Vai embora com toda a sua arrogância enquanto eu permaneço imóvel. Não pretendo ir atrás dela.

50

Continuo bravo. Contrariado.

Mesmo assim, antes que ela acorde, ligo para a floricultura e encomendo flores para que entreguem a Jud no trabalho. Continuo bravo, mas quero que ela saiba que a amo. Não quero que se esqueça disso.

Na Müller, ambos sabemos que nos encontraremos em uma reunião, mas nenhum dos dois comenta a respeito. Para quê?

Quando o elevador chega a seu andar, depois de ela me dizer algo e eu não reagir, as portas se fecham e me sinto péssimo. Por que sou tão duro com ela?

Ao chegar em meu escritório, Gerta, minha secretária, entrega-me uns documentos e dou uma olhada. Instantes depois, ela me passa uma ligação. É Esteban, o representante da Müller em Bilbao. Conversamos, esclarecemos umas questões e, assim que desligo, mergulho o olhar nos e-mails do computador.

Meu celular toca. É uma mensagem de Jud.

Eu te amo... te amo... te amo.

Sorrio como um idiota. Sem sombra de dúvidas, já recebeu meu buquê de flores com o cartãozinho que enviei.

Não respondo. As flores e o cartão já são suficientes.

Mas, imediatamente, percebo que desejo que chegue a hora da reunião para vê-la, e conto os minutos.

Mais tarde, entram em minha sala vários membros do conselho diretor. Conversamos, discutimos certos assuntos importantes. Um pouco mais tarde, Gerta entra e diz, olhando para nós:

— Senhor Zimmerman, está na hora da reunião.

Assinto e me levanto. Estou com vontade de ver minha pequena. E, sem pressa, mas sem pausa, dirijo-me à sala de reunião.

Ao chegar, encontro outros diretores, e logo localizo Jud. Está falando com Mika, preparando a reunião. Mas, quando ela me olha à espera de um sorriso, afasto o olhar. Estamos no trabalho.

Mas Judith sabe como me provocar e distribui sorrisos para todos que se aproximam dela. Inclusive a vejo cumprimentar um sujeito com um beijo. Quem é esse? Disfarçadamente, pergunto a um dos homens que está comigo, e, depois de olhar para o rapaz, ele diz que é Nick, nosso melhor homem no departamento comercial.

Como homem, interpreto o olhar de Nick.

Como homem, sei o que está pensando.

E, como homem e marido de Judith, estou ficando furioso.

De onde estou, vejo o sujeito, todo galante, oferecer uma cadeira a Judith. Ela aceita com um sorriso. Não me olha. Está me ignorando.

As luzes se apagam e a apresentação é projetada na tela, enquanto eu digito em meu celular:

Por que esse sorriso?

Segundos depois, recebo a resposta:

Está me vendo no escuro?

Bufo. O descaramento de minha mulher me tira do sério.

Não preciso de luz para saber que você está sorrindo.

Continuamos trocando mensagens. Caralho, sou o chefe e pareço um menino. Então, recebo uma mensagem que diz:

Foi preciso que o Nick entrasse na reunião para você falar comigo. Está com medo da concorrência?

Ao ler isso, remexo-me na cadeira.

Eu sabia. Sabia que Judith estava usando Nick para me fazer ciúmes. Praguejo. Por que sou tão básico e tão bobo?

Recebo outra mensagem. Não respondo. Ela insiste, e, depois de várias mensagens, leio:

Uma vez, você interrompeu uma reunião por mim. Por acaso, acha que eu não faria o mesmo por você?

Pestanejo. Sei do que ela está falando. Recordar isso me faz sorrir, mas não reajo. Não escrevo. As luzes da sala se acendem de novo quando recebo outra mensagem:

Dou-lhe dez minutos. Ou me responde, ou vou interromper a reunião.

Ela está blefando. Não acredito.

Judith é capaz de muitas coisas, mas não de interromper uma reunião importante. Estamos no trabalho, e eu sou o maldito chefe.

De rabo de olho, vejo-a deixar o celular em cima da mesa. Sem dúvida, deu-se por vencida. Até que, passados alguns minutos, seu celular começa a tocar alto. Todos olhamos para ela. Todos sabem que ao entrar em uma reunião os celulares devem ficar no silencioso.

Judith se levanta imediatamente e murmura, preocupada:

— Desculpem. É de casa.

Olho para ela. Fico inquieto. O que será que aconteceu?

Mas, ao vê-la exagerar e não coçar o pescoço, sei que é mentira. Está fazendo teatro. Praguejo. Ela se atreveu!

Depois de desligar o celular, sem olhar para mim, ela se dirige a todos os presentes e diz:

— Lamento interromper a reunião, mas preciso de alguns minutos a sós com meu marido.

Ora, agora sou seu marido?
— Temos que apagar um pequeno incêndio em casa, e é urgente!
Puta que pariu!
Ela interrompeu a reunião!
Todos, absolutamente todos, exceto eu, acreditam na urgência de Judith e, sem hesitar, abandonam a sala. Quando ficamos a sós e ela me olha com essa cara que não indica nada de bom, sem levantar muito a voz para que não nos ouçam, sibilo:
— Como pôde fazer isso?
Judith sorri e, com arrogância, aproxima-se de mim e diz:
— Eu lhe dei dez minutos. Cinco a mais do que você me deu daquela vez. Está tudo bem em casa e sinto dizer, mas quem interrompeu a reunião foi você, *Iceman*.
É o cúmulo!
Minha mulher é o cúmulo!
Mas, cúmulo ou não, ela sempre faz o que quer. E, assim que a advirto de que a sala não é à prova de som, mas que não tem câmeras, esquecendo quem somos e de onde estamos, ela levanta sua saia justa e tira a calcinha.
O que está fazendo?
Olho para ela boquiaberto.
Juro que essa mulher me desconcerta. Então, ela coloca a calcinha no bolso de minha jaqueta e murmura:
— Senhor Zimmerman, sinto lhe informar que estarei sem calcinha...
Pestanejo. Não a deixo continuar.
— Jud, o que está fazendo? — pergunto.
Sem papas na língua, ela diz que me deseja, que está com tesão, que eu esqueça o Guantanamera e Nick. Ponto para ela!
Olho para ela... ela me olha...
Eu a desafio... ela me desafia...
Ela... ela me vence. Esquecendo quem sou e onde estou, eu me levanto, puxo-a para meu corpo, baixo sua saia e, depois de sentá-la em cima da mesa, faço aquilo que ambos desejamos. Passo a língua por seu lábio superior, depois pelo inferior, e termino lhe dando uma deliciosa mordidinha com sabor de puro desejo. Beijo-a de tal maneira e com tanta profundidade que sinto a terra tremer sob meus pés.
O mundo desaparece. Só vejo Jud, meu amor tentador. E, quando meu pênis acorda dentro de minha cueca e tomo consciência de que ou paro agora ou não poderei mais fazê-lo, interrompo o beijo.
— Brincaria com você agora mesmo. Abriria suas pernas e...
— Faça isso! — provoca ela.
Penso. Avalio.

Que tentação!

Mas recupero o juízo e me controlo. Estamos no escritório e temos que continuar separando trabalho e amor.

Cinco minutos mais tarde, depois de conversarmos e conseguirmos voltar a ser Jud e Eric, prosseguimos a reunião.

Durante meia hora, presto atenção no que é dito ali, mas minha mente está em outro lugar. Enquanto Roger fala, olho para o notebook que está aberto diante de mim e, ao ver que meu amigo Justin está online, escrevo:

O que vai fazer daqui a uma hora?

Olho para Jud, que está atenta ao que Roger diz e não imagina o que estou planejando.

Estou livre até depois do almoço.

Sorrio e insisto:

Livre para tudo?

Passam-se alguns segundos e leio, vendo que Justin me entendeu:

Para tudo.

Isso me alegra, e escrevo:

Ligo daqui a pouco.

Disfarçadamente, procuro o último hotel em que estive com Jud e, sem hesitar, reservo uma suíte. Depois de alguns minutos, recebo a confirmação. Ótimo!

O tempo passa, estou impaciente, esperando a pausa para um café. Quando paramos, vejo Jud sair com Mika. Estou com tesão. Pensar que sua calcinha está em meu bolso me deixa a mil. Enquanto saio para tomar um café com os demais, pego meu celular, ligo para Justin e, sem que ninguém me ouça, digo:

— Hotel Das Beispiel. Suíte 776. Daqui a meia hora.

— Estarei lá — diz meu amigo.

Procuro por Jud. Ela me olha sem imaginar o que planejei para nós. Quando voltamos da pausa para o café, todos se sentam, mas eu não.

— Lamento, senhores, mas minha esposa e eu teremos que abandonar a reunião para resolver assuntos familiares — digo, com firmeza. E, cravando os olhos nela, que está surpresa, acrescento: — Judith, vamos!

Ela se levanta. Recolhe suas coisas e diz algo a Mika. Robert, que está ao meu lado, pergunta, preocupado:

— Eric, é algo grave?

Eu olho para ele tentando sorrir e respondo:

— Fique tranquilo, não é grave. Mas, você sabe, com crianças pequenas, tudo é possível!

Pego a mão de minha pequena e anuncio antes de sair:

— A reunião fica adiada para amanhã, às nove em ponto. Bom dia, senhores.

Dito isso, saio depressa da sala de mãos dadas com Judith. Não passamos pela minha sala, vamos direto para o elevador. Ela me olha em silêncio. Quando entramos sozinhos, eu a encosto contra a parede e murmuro, cheio de desejo:

— Pequena, você acabou de acender um fogo que vai ter que apagar.

Beijo-a para que saiba como estou com tesão. Quando nosso beijo termina, ela sorri. Gosta de me ver assim.

No carro, depois de dizer a minha secretária que mande a bolsa de Jud e minhas coisas para casa por um portador, vamos para o hotel.

Ao chegar, descemos do carro.

— Venha comigo — digo, pegando a mão de Jud.

Estou com pressa. Está frio, e estamos sem casaco. Não quero que Jud se resfrie.

Já dentro do hotel, Jud sorri. Dou meu nome e o recepcionista encontra minha reserva. Entrego meu cartão de crédito, e, a seguir, ele diz, entregando-me a chave:

— Suíte 776. Sétimo andar.

Como se estivéssemos participando de uma corrida, levo-a até o elevador, onde vejo Justin esperando. Estou com pressa, muita pressa. Sua calcinha me queima em meu bolso e desejo cheirar Jud, chupá-la, oferecê-la, possuí-la.

Entramos os três no elevador e, sem o apresentar a Judith, aperto o botão do sétimo andar e beijo minha mulher. Devoro-a, pondo a mão embaixo de sua saia. Jud resiste. Com o olhar, indica que não estamos sozinhos. Mas eu sei... Sei muito bem. Por isso, pego-a no colo, levanto sua saia com urgência, falo com ela e, depois de dar um tapa em seu maravilhoso traseiro, murmuro, dirigindo-me a meu amigo:

— Justin, você já ouviu. Vamos brincar.

Judith se surpreende. Não esperava por isso. E, quando crava o olhar em mim, digo:

— Senhorita Flores, prepare-se para satisfazer minhas mais pecaminosas necessidades.

Instantes depois, já dentro do quarto, começa nosso jogo ardente. Um jogo cheio de luxúria e exigências, do qual Jud participa feliz, disposta a me dar prazer, sabendo que eu também lhe darei.

Ordeno que mostre os seios para nós e ela obedece. Enlouqueço.

Mando que Justin curta minha mulher e, quando o vejo chupar seus mamilos, fico maluco.

Quero sexo forte... Sexo ardente... Sexo selvagem. E, pelo olhar e a entrega de Jud, sei que ela também quer.

De onde estou, sem tirar o olho deles, observo Justin acariciar com desejo o que eu mais quero, enquanto ela curte e eu arfo. Então, levo-a até uma cadeira, levanto sua saia e exijo:

— Incline-se sobre o encosto e abra as pernas para nós.

Sua respiração se acelera. Sei como se excita quando lhe peço que abra as pernas.

Eu também fico acelerado. Abrindo a braguilha de minha calça, ponho meu pênis duro para fora. Olhando para esse sexo úmido e quente que está se oferecendo diante de mim, possuo Jud. Possuo-a até o fundo. Com força, com virulência.

Minha mulher grita ao me receber de uma estocada só, arqueia as costas. A possessividade foi total.

— Quer brincar forte, pequena? — pergunto, segurando seus cabelos.

Ela assente. Perco a razão e afundo de novo nela.

— Forte assim? — insisto, ao ouvir seu grito.

— Sim... sim!

Ela grita de novo.

Com ela apoiada na cadeira, possuo a maravilhosa vagina quente de minha mulher e ao mesmo tempo vejo Justin entrar em sua boca.

Extasiado, segurando os quadris mais incríveis que já toquei na vida, vou me mexendo e afundando nela, enquanto o amor de minha vida me dá total acesso e curte ser comida duplamente.

Enlouquecido pelos sons guturais de sexo que ouço no quarto, paro. Não saio e, apertando-me contra minha mulher, fico bem quietinho dentro dela sentindo seu interior se contrair e me sugar.

Que prazer!

Fecho os olhos. Curto. Vibro. Arfo. O prazer que sentimos depois de dias furiosos é incrível.

Então, vejo Justin sair da boca de Jud e pôr um preservativo. Saber que ele vai foder Jud me deixa louco, e começo a mexer os quadris, afundando em minha mulher. Mostro que sou seu amo, seu senhor, seu escravo, o que quiser, enquanto sinto que ela se abre para mim como uma flor e, por fim, ambos gozamos.

Um segundo... Dois...

Recupero as forças, ela também e, quando tiro meu pênis de sua maravilhosa umidade, sabendo do que ela gosta, entrego-a a Justin. Meu amigo, que já está pronto, a lava, refresca-a e, depois de me olhar e eu assentir, faz Jud montá-lo. Judith se arqueia e grita de novo. Adora ser possuída assim.

De novo ouço os excitantes sons de sexo no quarto, mas, dessa vez, sem meus suspiros. Ouvir os gemidos de Jud e os sons de seu corpo ao se chocar com o de Justin me faz vibrar.

A luxúria me domina.

Meu amor olha para mim.

Seu olhar me diz que está gostando, que quer que eu a olhe, que curta observando como outro a come diante de mim. E isso me deixa duro, muito duro.

Então, eu me aproximo e acaricio o lindo traseiro de minha mulher. Jud se arqueia para oferecê-lo a mim. Separo suas nádegas e brinco com seu ânus para dilatá-lo. Ela geme.

Justin sorri. Adora o clima.

— Quer nós dois dentro de você? — pergunta ele.

Não vejo o rosto de Jud, mas, contemplando o sorriso de Justin, imagino a resposta. De modo que enfio dois dedos úmidos no ânus dilatado de minha mulher e murmuro:

— Justin, além de ser minha dona e minha escrava, minha mulher também é atrevida e fogosa. Que mais posso pedir?

Ele assente, reforçando que tenho o que todo homem desejaria ter na vida. E, beijando o pescoço de Jud, que arfa, afirmo:

— Eu sei.

Detenho a cavalgada deles e levanto minha mulher. Então, Justin se acomoda em uma poltrona de couro branco e, olhando para Judith, cujos fluidos escorrem por suas pernas, murmuro:

— Abra as nádegas para Justin.

Muito excitada com meu pedido, ela vai até ele e obedece. Mostra-se, entrega-se. Justin a olha excitado e, depois de pegar o lubrificante, aplica-o no ânus dela. Minha mulher é ardente e possessiva.

— Sente-se nele e entregue-se — digo, excitado.

Minhas palavras a estimulam, seu olhar me diz isso. Quando Justin a penetra por trás, dá umas investidas aceleradas e Judith grita. Grita de prazer, de tesão.

Como mero observador, de onde estou vejo o ânus dilatado de meu amor preenchido por meu amigo, enquanto sua vagina espera que eu a possua, úmida e aberta.

Contudo, continuo olhando. Olhar me excita tanto quanto participar. Até que chegam ao clímax. Ambos gritam, e, então, Justin passa os braços sob os joelhos de minha mulher e, sem sair dela, abre suas coxas e diz, oferecendo-a:

— Eric... sua mulher.

Meu pênis quer sexo...

Eu quero sexo...

Minha mulher quer sexo...

E sexo ardente é o que vamos ter.

Agachando-me, dou um beijo úmido em sua oferta. Jud grita, contorce-se. Ser empalada por trás por ele enquanto eu brinco com seu clitóris inchado a deixa louca.

Ela se contorce. Vibra. Arfa.

Tudo, absolutamente tudo que ela faz é delicioso, excitante, ardente, e quando seu desejo, sua urgência, seu instinto animal não aguentam mais, ela olha para mim e exige:

— Coma-me agora!

E eu como. Ah, como...

Introduzo minha ereção nela e a possuo. Possuo-a com intensidade, com luxúria, enquanto ela ordena, olhando em meus olhos:

— Mais forte.

Vendo minhas investidas, o pênis de Justin acorda de novo, e ambos a possuímos.

Cada um de nós curte, mas eu curto em dobro, porque o deleite de Judith é também meu deleite. O melhor. O mais verdadeiro.

Durante horas, na suíte 776, deixamo-nos levar pelo mais puro tesão. Não há limites para o prazer. Não há limites para o que queremos fazer, sentir e viver, e Jud e eu sabemos disso melhor que ninguém.

Às duas da tarde, meu amigo toma um banho e se veste. Depois de marcarmos de nos encontrar outro dia, vai embora. Um pouco depois, nós voltamos para casa felizes, cansados e apaixonados.

51

O casamento de minha irmã é emocionante e divertido.

Minha mãe festejando com Marta, Jud e meus filhos é uma das coisas mais bonitas que já presenciei na vida. Eles são minha família, meu rumo, a razão pela qual trabalho duro. Nunca permitirei que falte nada a nenhum deles. Nunca.

Por isso, querendo que minha irmã e Jud vejam que não sou tão careta como, às vezes, demostro ser, sem dizer nada a elas, contrato uns jovens que chegam à festa com violões, bongos, pandeiros e maracas. Quando descobrem que fui eu, não podem acreditar, e me enchem de beijos.

— Você sabe de tudo, meu *amol* — diz minha menina.

"Meu *amol*"! Você, sim, que é meu *amol*!

Rio. Ela consegue tudo de mim.

Felizes, seus amigos do Guantanamera começam a mexer os quadris ao ritmo da banda que começa a tocar. Jud está ao meu lado e eu, querendo ver minha pequena se divertir, recordo o que conversei com ela e as palavras de Björn na noite em que saímos para beber.

— Quero que você dance, que ria e grite *"Azúcar!"*, e que se divirta com seus amigos. E, fique tranquila, prometo não ficar com ciúmes nem pensar bobagens.

Minha menina sorri de felicidade e, sem hesitar, quando começa a tocar "537 C.U.B.A.", fica louca e grita:

— *Azúcar!*

Como é escandalosa!

Durante horas vejo Jud dançar, rir, cantar, bater palmas, e tento mantê-la hidratada. Ofereço-lhe Coca-Cola, sua bebida preferida, e ela aceita, feliz.

Aproveitando a festa, estou conversando com Drew, quando meu celular toca. Vejo que é de casa e fico alarmado. Sei que Norbert e Simona nunca nos interromperiam, menos ainda no casamento de Marta.

— O que aconteceu? — pergunto.

— Senhor... Escute... Lamento ter que ligar, mas... Mas houve um acidente.

Ao ouvir a palavra *acidente*, meu corpo se contrai. Notando em seu tom de voz que Norbert está nervoso, pergunto:

— Simona está bem?

— Sim... Sim... Ela, sim... Mas... Susto...

Ao ouvir o nome do cachorrinho que tanto amamos, meus olhos buscam Jud. Ela está dançando na pista. Voltando-me para que não me veja, sussurro:

— Susto?! O que aconteceu?

O homem está nervoso.

— Saí para tirar o lixo e esqueci o portão aberto. Susto saiu atrás de mim feito um louco. E foi atropelado por um carro que estava passando na rua.

Fecho os olhos.

Susto... Meu Susto atropelado por um carro.

Meu corpo inteiro se arrepia. Gosto de Susto, amo esse animal. Virando-me para olhar para Judith, sussurro com medo de ouvir a resposta:

— Ele está bem?

Jud me olha e para de dançar. Sua expressão muda ao ver a minha. Sem olhar para ela, ouço o que Norbert diz:

— Senhor, eu não sei. Estou no veterinário com ele.

Suspiro. Só quero que Susto esteja bem. Depois de pedir o endereço da clínica, desligo o telefone e praguejo.

Caralho! Por que isso tinha que acontecer?

Passo a mão pelos cabelos. Não sei como contar a Jud. Conhecendo-a, sei que vai ficar péssima. Quando me viro, meu olhar cruza com o dela, que, sem que eu diga nada, já sabe que aconteceu alguma coisa.

Sou um péssimo ator!

Vou até ela, que está com Björn e Mel. Sou o maldito portador de más notícias. Antes que eu abra a boca, ela pergunta. E, para não piorar as coisas, conto a verdade.

A felicidade desaparece do rosto de minha pequena.

O medo toma conta de seu olhar, de sua boca, e ela se desespera. Minha garota desmorona.

Tento controlar a situação. Não é fácil. Todos ficam preocupados com o bichinho, todos o amam. Depois de deixar minha mãe, Björn e Mel cuidando das crianças, Jud e eu nos dirigimos para o carro. De repente, lembro que Félix é veterinário. Procuro por ele e lhe peço ajuda.

Ginebra e ele vão no carro conosco, além de Flyn, que insistiu em nos acompanhar. Ao nos ver chegar à clínica veterinária, Norbert, que está com a roupa suja de sangue do bichinho, olha para Jud e murmura com um fio de voz:

— Judith, desculpe. Não percebi que o portão ficou aberto e...

Mas minha mulher não ouve, não vê, só quer saber onde está Susto. E eu, olhando para o homem, que está atordoado, digo:

— Fique tranquilo, Norbert. Você não tem culpa de nada.

Ele sacode a cabeça. Coitado, está péssimo.

Instantes depois, o veterinário sai e nos informa do estado de Susto, que não é muito bom. Mas, mesmo assim, ele nos anima. O animal é forte e pode aguentar a cirurgia.

Jud treme. Está assustada, com medo de que algo terrível aconteça.

— Mamãe, Susto vai ficar bem — afirma Flyn.

Minha pequena, que já está com o pescoço em carne viva, não consegue nem falar. Está em choque.

— Vai dar tudo certo, meu amor. Eu prometo — digo.

Imediatamente, me arrependo. Como posso ter prometido uma coisa dessas? Eu não sou Deus!

Félix se apresenta, fala com o veterinário e lhe pede permissão para ajudar na cirurgia. E ele aceita, satisfeito.

Já mais calma, Judith vai até Norbert e o abraça. Diz que ele não tem culpa de nada e, embora ele continue preocupado, sei que pelo menos o abraço e as palavras de Jud o reconfortam. Ele estava precisando disso.

Por sorte, a cirurgia corre bem, e tanto Félix quanto o outro veterinário saem contentes e falam conosco com positividade. Ficamos felizes, e eu mais ainda quando vejo minha pequena sorrir pela primeira vez em horas.

52

Estou no escritório, em uma reunião, mas minha mente está longe.

Por sorte, Susto está bem. Liguei para o veterinário, assim como Jud também deve ter ligado, e ele disse que está tudo conforme o esperado, e que, se continuar assim, em dois dias ele poderá voltar para casa.

Sorrio. Susto é da família.

Robert me olha, o que me obriga a me concentrar de novo na reunião. Até que meu pensamento volta para Jud e lembro como estava desanimada antes de eu vir para o escritório. Hoje ela não veio trabalhar. Tem hora com o tutor de Flyn na escola. O garoto e ela têm uma relação estranha. No dia do acidente de Susto, ao vê-la arrasada, ele a chamou de mamãe, mas já voltou a chamá-la de Judith.

Ela fica triste com isso, mas eu não posso fazer nada. Chamá-la ou não de *mamãe* é uma decisão do garoto, e eu me sinto completamente impotente.

Ulrich diz alguma coisa. Presto atenção em sua pergunta e respondo. Assim, concentro-me de novo na reunião, até que recebo uma mensagem no celular:

Depois conversamos. Vou ver Susto. Eu te amo.

Sorrio, mas ninguém nota. Um simples "te amo" de minha mulher me faz feliz. Mas redobro meus esforços para me concentrar na reunião.

Caralho, eu sou o chefe!

Quando a reunião termina, embora tenha sido difícil lhe dedicar toda minha atenção, reconheço que podem sair coisas boas dela. Muito boas.

É hora do almoço. Meu estômago está roncando. Enquanto me dirijo a minha sala pensando em ligar para meu amor para almoçarmos juntos, surpreendo-me com sua ligação.

— Olá, linda — atendo, feliz.

Jud responde, toda animada, e imagino seu lindo sorriso. Entrando em minha sala, digo:

— Estava agora mesmo pensando em você.

— Humm... Bom saber, *Iceman* — sussurra ela, alegre. — Estou na casa de Mel e Björn. Vem almoçar conosco?

Feliz, assinto; é um plano maravilhoso.

— Meu amor, Björn está péssimo. O *hacker* que invadiu o site da empresa é um menino de quinze anos, que... Sente-se, porque você vai ficar chocado ao ouvir o que tenho para lhe dizer. É filho dele!

Pestanejo e, surpreso, pergunto:

— O que você disse?

— Isso mesmo que você ouviu — sussurra ela. — É filho dele. Pelo menos é o que diz o garoto. Então, traga esse seu corpão para cá. Björn está irascível, e acho que precisa conversar com você.

— Estou indo para aí agora mesmo.

— Eu te amo, meu amor.

Desligo e fico parado como um idiota no meio de minha sala.

Que história é essa de Björn ter um filho de quinze anos?

Quando fecho o notebook, o telefone toca e vejo que é Félix. Depois da ajuda que ele nos prestou com o acidente de Susto, sinto que pelo menos tenho que atender à ligação:

— Olá, Félix.
— Olá, Eric. Como vão as coisas?
Conto-lhe que Susto está evoluindo bem e que com certeza em dois dias estará em casa. Ele fica contente, mas, então, pergunta:
— Pensou na proposta de Ginebra?
Fecho os olhos, sacudo a cabeça e digo:
— Félix, a resposta continua sendo *não*.
O homem suspira.
— Seria só uma vez. Por favor, Ginebra deseja você — insiste ele.
Cansado e de saco cheio dessa situação absurda, já sem rodeios nem cuidado, digo, furioso:
— Félix, *não é não*. Não vou para a cama com sua mulher, nem agora nem nunca. Esse assunto está encerrado, e não me ligue mais para falar disso, entendeu? E agora, tchau!
E desligo o telefone. Chega de bobagens, caralho!
Depois de me recuperar de meu acesso de raiva, sem perder tempo, digo a Gerta que tenho que ir embora e que só voltarei no dia seguinte.
Um pouco depois, estaciono o carro e a passos largos chego ao edifício onde Björn mora e tem seu escritório. Aperto a campainha e Jud abre a porta.
— Ande, tente falar com James Bond. Ele está péssimo — diz ela, depois de me abraçar.
Assinto. No lugar dele, eu estaria igual. Depois de beijar Jud e pegar umas cervejas que Mel me entrega, sem hesitar, vou para o escritório de Björn.
Ao entrar, encontro-o sentado à sua mesa. Está confuso. Sem saber por que, cumprimento-o dizendo:
— Olá, *papaizinho*.
Imediatamente, eu me arrependo. Acho que não é assunto para brincadeiras.
— Não me encha o saco você também com isso — protesta ele.
Entrego-lhe a cerveja e bato minha mão na dele. Brigo com ele por não ter me ligado. Os amigos de verdade são como família e, como tal, estamos aí para tudo. Björn assente, entende o que estou dizendo.
Ele me conta que o rapaz se chama Peter, tem quinze anos e tentava ganhar a vida sozinho depois da morte da mãe e do avô, até que os vizinhos perceberam a situação em que ele vivia e o denunciaram ao serviço social. Mas Peter é um menino esperto. Soube sobreviver e escapar durante muito tempo de quem estava atrás dele e, sabendo quem supostamente era seu pai, descarregou sua frustração em Björn, hackeando seu site. Enquanto o escuto sem poder acreditar, ele me diz que o menino afirma ser seu filho, um filho cuja mãe se chamava Katharina, que, curiosamente, foi sua namoradinha durante um tempo, até que ela foi para a Suíça.

Escuto surpreso. Tudo isso parece ter saído de um livro. Pergunto como é o menino. Björn o descreve e, quando acaba, murmura:

— Amanhã vou fazer o teste de paternidade.

Assinto. Que situação! E, quando lhe pergunto o que fará se o resultado do teste for negativo, meu amigo bufa, suspira e diz:

— Não sei. Mas o que sei é que não vou deixá-lo na rua.

Assinto de novo. Eu o entendo.

★ ★ ★

Horas depois, Jud e eu voltamos para casa. No caminho, falamos sobre o ocorrido. Nós dois estamos espantados. Saber que o rapaz morava sozinho no apartamento do avô sem dizer nada a ninguém e tentando ganhar a vida me faz concordar com Jud: ele é um sobrevivente. Não imagino Flyn nessa situação. Com certeza morreria de fome em dois dias.

Quando chegamos em casa, Calamar se aproxima de nós. Sem dúvida, está sentindo falta de seu amigo.

— Calma, meu amor, amanhã, com um pouco de sorte, seu amiguinho estará aqui — diz Jud, enchendo-o de carinhos.

Sorrio. É incrível ver como ela fala com os animais e eles a entendem.

Mas o que não é incrível em minha garota?

Depois de ir ver nossos pequeninos, que estão no banho com Pipa, cruzamos com Flyn. Meu filho me cumprimenta, mas dedica apenas um olhar a Jud. Um olhar que ela retribui e que me dá o que pensar. Por isso, quando o garoto sai, pergunto a minha mulher:

— Que olhar foi aquele?

Jud crava os olhos em mim e seu semblante muda. Intuo que tem algo a me dizer.

— Vamos para o escritório, vou lhe contar o que o tutor de Flyn me disse — diz ela.

Uma vez sozinhos, quero lhe falar o que está acontecendo com Félix e Ginebra. Acho que Jud deve saber. Mas não digo nada. Sei que, se ela souber, vamos discutir. Vai me dizer que nunca gostou dessa gente e, sinceramente, embora eu não ligue a mínima para eles, não quero falar deles e menos ainda discutir. Então, pergunto o que me interessa: o que o tutor de Flyn disse. Parece que nos conhecemos do Sensations. Isso não me preocupa, pois quem vai lá quer discrição.

Não gosto nem um pouco do que ela me conta sobre nosso filho. E menos ainda quando, depois de falar um bom tempo sobre o desastre que é Flyn, além de mal-educado e desafiador, ela acrescenta:

— Uma das coisas que o tutor propôs é que o levemos a um psicólogo.

Nego com a cabeça.

Flyn está só passando por uma fase ruim por causa de seus malditos hormônios revoltos. Na idade dele, também fui rebelde, e nunca precisei de um psicólogo. Por que agora tudo se resolve levando as crianças ao médico?

Recuso. Não vou sequer pensar nisso. Meu filho já foi a psicólogos demais quando era pequeno, e não vai voltar a nenhum. Ele vai crescer e amadurecer.

★ ★ ★

No dia seguinte, Susto volta. Reconheço que a casa estava incompleta sem ele, e somos felizes.

53

Depois de fazer o teste de paternidade, Björn descobre que é pai e mal consegue acreditar nisso.

Está furioso com o mundo, com a mãe do pequeno Peter, com ele, e nós o apoiamos e o ajudamos como podemos, especialmente agora que o menino e sua cadela Leya foram morar com eles.

Peter me surpreende no bom sentido.

Por ter crescido sozinho e sem família, esperava um garoto mal-educado e revoltado com o mundo, mas, na verdade, é o contrário. É um menino gentil, educado, paciente e obediente. Algo que não se pode dizer de Flyn. Os problemas com ele se multiplicam, pelo menos é o que me diz Judith.

Não há um só dia em que eles não discutam. Isso está começando a minar minha paciência.

Às vezes, a preocupação que sei que vou encontrar em casa me faz retardar minha chegada. Isso deixa Judith louca da vida, eu sei, mas não posso fazer nada. Entre o trabalho, que a cada dia me absorve mais, as crianças, os problemas com Flyn e as discussões com Judith, muitas vezes o melhor lugar para ficar é na Müller. Pelo menos, quando todos vão embora e fico sozinho, tenho um pouco de paz e tranquilidade.

Pela primeira vez desde que minha pequena chegou a minha vida, necessito desses momentos. Embora ela não diga nada, sei que sabe. Ela o diz no jeito como me olha, em nossos silêncios. São silêncios constrangedores que antes não existiam e que agora são mais que frequentes.

Hoje é o dia em que Björn vai apresentar Peter a Klaus, seu pai. Sei que ele está nervoso. É normal. Não é todo dia que a gente descobre que tem um filho de quinze anos.

Klaus ainda não sabe que é avô. Björn não sabia como lhe dizer. Mas, depois de muito conversar e amadurecer a ideia, chegou o dia, e nós, que o amamos, vamos apoiá-lo.

Trabalho duro a manhã toda para estar presente no momento. Mas, depois do almoço, quando chega a hora, é impossível sair. Merda!

Acelero o máximo que posso minhas obrigações. Quando recebo uma mensagem de Judith perguntando se iremos, depois de muito pensar, escrevo dizendo para ela ir na frente. Eu irei depois.

Continuo trabalhando. Fico agoniado. Não quero falhar com meu amigo, mas tudo se complica ainda mais quando me ligam da filial de Edimburgo com um problema.

Caralho!

Os minutos passam como se fossem segundos. Fico afobado e, no fim, vendo que não vou conseguir chegar à casa de meu amigo, escrevo dizendo que irei direto ao restaurante de Klaus e os encontrarei lá.

Mas a maldita lei de Murphy é maldita mesmo, e, no fim, não me resta outra alternativa que não seja pegar meu avião e ir a Edimburgo.

Caralho... Caralho!

Não quero nem imaginar o que Judith vai dizer quando eu lhe contar. Evito o momento. Não é fácil decepcionar meu amigo e minha mulher, mas acabo ligando para ela.

Depois de dois toques, ouço sua linda voz. Seu tom é afetuoso. Ela está emocionada, e me conta que o momento que presenciou quando Klaus conheceu seu neto foi desses que se guardam no coração. Eu me sinto péssimo. Perdi isso. Judith fala, está animada, e eu, que estou com pressa, digo, interrompendo-a subitamente:

— Meu amor, não posso me distrair. Estou no aeroporto indo para Edimburgo agora mesmo.

— O quê?!

O grito de minha mulher demonstra que todo seu bom astral desapareceu. E fico louco. Fico emputecido. Explico a ela o problema que apareceu na filial. Ela não diz nada, e sei que isso é ruim, muito ruim. E tudo piora quando digo que Gerta irá comigo.

Por que ela fica tão brava?

Caralho, é minha secretária, preciso dela.

O que estou fazendo de errado?

Por fim, despedimo-nos. Digo que a amo. Ela também diz, mas, assim que desligo, sinto-me decepcionado comigo mesmo. Por quê?

* * *

Depois de uma viagem cheia de turbulências que fizeram Gerta vomitar e eu ter que cuidar dela, assim que chegamos a Edimburgo, vamos para o hotel. Peço o jantar no quarto e vou tomar banho. Estou esgotado.

Sento-me na cama para olhar uns documentos e penso em meu amor. Será que já está na cama? Depois de me certificar de que ainda está acordada, ligo para ela.

Falo com Jud, percebo-a tranquila. Prometo voltar no dia seguinte.

Mas, no dia seguinte, tudo dá errado de novo, e, quando chego ao aeroporto, dizem que há um problema com meu avião.

Caralho!

De novo, sinto-me péssimo. Penso em ligar para Jud, contar-lhe o que está acontecendo, mas, furioso com tudo, decido não ligar. Se ela disser alguma coisa, sei que vou responder de mau jeito. Por fim, digito no celular:

Lamento, meu amor. Problemas com o avião.

Espero sua resposta. Demora. Sem dúvida, está praguejando contra todos os meus antepassados. Também não me liga, mas recebo:

Ok. Sem problemas.

Quando leio isso, não acredito. Claro que há problemas! De novo a decepcionei.

De novo não cumpri minha palavra. Irado, fico andando pelo maldito aeroporto em busca de um modo de voltar para casa de qualquer jeito.

Encontrar um voo para Munique a essa hora é imensamente complicado, e fico desesperado.

Quero ir para casa!

Procuro em empresas privadas, disposto a pagar o que for preciso, mas ninguém atende. Só falo com malditas secretárias eletrônicas.

Caralho!

Por sorte, duas horas depois, consigo uma passagem em um voo comercial proveniente da China com destino à Espanha com escala em Edimburgo e Munique. Sem hesitar, compro a passagem e espero com paciência a chegada do avião. E, claro, está atrasado.

Chega quarenta minutos depois da hora prevista. Quando decolamos, meu coração está acelerado. Quero ver Jud, quero que ela veja que por ela mexo céus e terra. E, quando aterrissamos em Munique, consigo até ouvir meus próprios batimentos cardíacos.

A essa hora não há trânsito, de modo que, pegando um táxi, chego em casa em pouco mais de vinte minutos. Depois de cumprimentar Susto, que está muito bem, e Calamar, solto o que tenho nas mãos e, correndo, mas sem fazer barulho, subo para o quarto. Com certeza Jud está dormindo.

No escuro, entro e vou até a cama com cuidado. Meus olhos se adaptam à escuridão e, de repente, fico perplexo ao ver que ela não está.

Pestanejo. Minha mulher não está na cama dormindo.

Onde está?

Sem poder acreditar, passo a mão pelos cabelos.

São mais de três da madrugada. Não quero pensar bobagens, mas, já sem tanto cuidado, desço os degraus de dois em dois em busca de minha jaqueta para pegar o celular e ligar para ela, quando vejo luz por baixo da porta do escritório. Ao me aproximar, ouço música.

"You and I", de Michael Bublé, seu adorado. Sei que ela está ali. Sorrio.

O que está fazendo acordada?

Sem fazer barulho, abro a porta do escritório. O amor de minha vida está sentado no chão em frente à lareira acesa. Observo-a sem fazer barulho. Mal vejo seu rosto, mas sei que está linda. De repente, ela começa a se abanar com a mão e em dois segundos me apaixono por ela de novo.

Minha pequena, meu amor, minha mulher, é incrível, fantástica. A canção acaba e, surpreendentemente, recomeça. Isso me faz entender que minha garota não está bem. Está triste. E, quando a vejo apoiar a cabeça nos joelhos, enfeitiçado por ela, eu me aproximo.

— Dança comigo, pequena? — pergunto.

Ela levanta o olhar imediatamente. Vejo seus olhos inchados e vermelhos. Andou chorando?

Fico angustiado. Por que minha moreninha estava chorando?

E, aproximando-me depressa, pergunto, preocupado:

— O que você tem, meu amor?

Estendo-lhe a mão e ela se levanta. Abraça-me, cola-se a mim com desespero e diz contra meu peito:

— Você veio... você veio...

Como assim, eu vim?

Aonde mais eu iria?

Deixando-nos levar pela música, minha mulher e eu dançamos essa canção bonita e romântica.

— Você está aqui — murmura Jud.

Continuo não entendendo suas palavras. Fitando-a, eu lhe conto meu périplo para chegar a casa.

Judith me escuta. Contempla-me como se eu fosse a oitava maravilha do mundo, e eu me sinto especial. Imensamente especial. Quando minha mulher me olha desse jeito, eu me sinto único. Mas me surpreendo quando ela pergunta:

— Eric, você ainda me ama?

Como?

Eu ouvi direito?

Olho para ela sem poder acreditar.

Ela é o centro de minha vida. Não entendo o que fiz para que ela tenha que me perguntar algo tão absurdo.

— Mas que pergunta besta é essa? — sibilo, franzindo o cenho.

Um gemido sai da boca de meu amor.

Mas, meu Deus, o que está acontecendo?!

Tentando fazê-la parar de chorar, com todo o amor que sou capaz de lhe transmitir, murmuro, olhando-a nos olhos:

— Como não vou amá-la se você é a coisa mais maravilhosa que tenho na vida?

Quando digo isso, o pranto de Jud se intensifica.

Caralho... Caralho... Por que está chorando desse jeito?

Fico preocupado... Angustiado...

E começo a pensar nos malditos hormônios que já apareceram em nossa vida antes.

Deus, nããããooo!

Consolo-a. Encho-a de carinho e, quando por fim nós relaxamos, começamos a nos beijar enquanto a levo para a parede. Então, de repente, Judith olha para mim e, com os olhos cheios de lágrimas outra vez, geme:

— Não podemos, estou menstruada!

Incompreensivelmente, ouvir isso me faz rir.

Odeio quando ela está menstruada porque sei o que representa para ela, mas esqueço esses hormônios que me assustam e que por um segundo cheguei a pensar que haviam voltado.

— Pequena, só de ter você comigo já estou feliz — murmuro, beijando a ponta de seu nariz.

E, zás! Ela começa a chorar de novo. Então, sem soltá-la, decido levá-la para o quarto. Minha mulher precisa descansar.

Enquanto dorme, eu a observo como tantas outras vezes.

Por que acha que não a amo? Por quê?

Como preciso que saiba que por ela sou capaz de morrer, decido lhe fazer uma surpresa.

Sem fazer barulho, eu me levanto, acordo as crianças e as levo à casa de Björn e Mel. E, depois de me desculpar com meu amigo por ter perdido um momento crucial de sua vida, peço-lhes que fiquem com as crianças. Ao voltar para casa, alugo um jatinho particular, pois o meu continua em Edimburgo, acordo Judith e vamos para Veneza. A cidade do amor.

54

A viagem a Veneza foi maravilhosa.

Jud adorou...

Eu aproveitei...

Ela esqueceu todas as bobagens que estava pensando e voltamos mais apaixonados que nunca.

É evidente que os casais precisam de tempo só para eles. Não só para o sexo, mas também para ficar simplesmente conversando, passeando, olhando-se nos olhos ou rindo. Era disso que Jud e eu precisávamos.

Sozinhos na cidade do amor, fomos um casal comum, caminhando de mãos dadas, beijando-nos sob a Ponte dos Suspiros, passeando de gôndola pelos canais e comendo pizza e sorvete até explodir.

Jud e eu adoramos nossos filhos. Por eles, somos capazes de qualquer coisa, mas esse fim de semana sem eles foi muito especial, e, sem dúvida, repetiremos a dose. Vou me assegurar disso.

Mas, como sempre, quando voltamos a nossa realidade, cheia de responsabilidades familiares e empresariais, Jud e eu esquecemos Veneza e nossas discussões começam de novo.

A primeira, por causa de Flyn. Quando chego em casa, encontro-o machucado. Falo com ele, preciso saber o que aconteceu, por que brigou na escola. Então, ele me conta algo que me deixa sem palavras. Por isso, quando vejo Judith, depois de brigar com ela porque não me avisou o que havia acontecido com o garoto, pergunto sem rodeios:

— Pode me explicar por que o tutor de Flyn a abraçou?

Ela se surpreende, não esperava minha pergunta.

— Eric, Flyn foi grosso comigo quando cheguei à escola, e Dennis...

— Dennis?! — exclamo, erguendo a voz.

Desde quando ela tem essa proximidade com o tutor de Flyn?

— Você tem tanta intimidade assim com ele? Acho que deveria chamá-lo de senhor Alves, não?!

Judith bufa, pragueja e murmura:

— Meu amor, ele...

Mas eu, que estou nervoso por causa do que aconteceu com meu filho e furioso devido ao que ele me contou sobre sua mãe e o tutor, estouro:

— Que se foda. Por que você abraçou esse sujeito?

A partir desse momento, nossa discussão se recrudesce.

Somos de novo os rivais no ringue, dispostos a ganhar. Nenhum dos dois quer perder. Até que minha mulher, que é especialista em me deixar puto até o infinito e além, diz que vai para Bilbao no lugar de Mika, porque esta não pode ir.

Fico de queixo caído. Como?

Judith viajando?

Recordando o que combinamos, replico:

— O trato era que você não ia viajar.

Judith sorri. Sorri do jeito que ela sabe que não gosto, e solta uma de suas bobagens e insiste que irá, quer eu goste ou não, pois isso faz parte de seu trabalho na Müller. Isso me revolta. E, sem filtro, porque ela já esgotou todos eles, falo de algo que tenho guardado dentro de mim. Furioso, jogo na cara dela o dia em que acabou na delegacia presa com Mel.

— Ouça, Eric... Vá à merda! — diz ela.

Explodo. Explodo de novo enquanto ela me escuta com soberba, ou pelo menos finge que me escuta. Então, ela diz que o mais incrível de tudo é que ela e eu estejamos discutindo em vez de brigar com Flyn por causa de seu maldito comportamento na escola.

Sei que ela tem razão, mas não dou o braço a torcer. Saio do escritório e peço a Simona que avise ao garoto que temos que conversar com ele.

Quando Flyn aparece, olho para seu olho e sua boca feridos. Pergunto se está bem e jogo na cara de Judith que não o levou ao hospital. Ela diz que são só hematomas, e eu, contrariado, olho para ela e pergunto se agora ela é médica.

Minhas palavras a deixam louca da vida, eu sei.

Mas sou incapaz de parar, apesar de saber que meu filho foi expulso do colégio. Judith e ele começam a discutir na minha frente. Discutem e se desafiam com o olhar. Por fim, contrariado porque Judith não pensa antes de falar, censuro-a, e ela, dando meia-volta, vai embora. Ignora-me.

Quando fico a sós com Flyn, fito-o. Também estou furioso com ele.

— Você vai me fazer colocá-lo em um colégio militar.

O menino me olha. Sua expressão não é tão dura como quando discutia com Judith.

— Papai, ouça, eu...

— Não, ouça você. Ou você muda de atitude, ou juro que vai acabar no colégio militar, ouviu bem?!

Flyn assente. Então, mando-o sair do escritório. Quando fico sozinho, sento-me e fecho os olhos.

Mas por que tudo tem que ser tão complicado ultimamente?

Um pouco mais tranquilo, vou atrás de Jud. Preciso falar com ela, acho que passei dos limites. Ao entrar em nosso quarto, ouço a água do chuveiro correndo e decido esperar. Sento-me na cama e, quando ela aparece, peço-lhe que se aproxime.

Ela não me atende. Essa senhorita Flores!

Levanto-me e vou caminhando para ela, quando, com um olhar gelado, ela me detém e diz:

— Estou furiosa, muito furiosa com você! Achei que, depois do lindo fim de semana que passamos em Veneza, nosso mundo, às vezes complicado, poderia ficar um pouco melhor. Mas não, continua tudo igual! Você continua se comportando como um energúmeno comigo por qualquer coisa que tenha a ver com Flyn. Caralho, ele foi expulso! E você também não respeita minha decisão de, como profissional, ir à Feira de Bilbao. Portanto, não me toque! E deixe-me em paz, porque a última coisa de que preciso agora é você.

Boquiaberto diante da raiva que percebo em suas palavras, dou um passo para trás.

Não a toco. Se Judith me rejeita, tenho orgulho suficiente para ficar longe. Quando ela sai do quarto, não vou atrás. Não quero que me rejeite duas vezes.

★ ★ ★

À noite, nem nos encostamos na cama. Continuamos furiosos, e nos dias posteriores também. Se ela é cabeça-dura e orgulhosa, eu sou mais. Por Björn, fico sabendo que, aproveitando a viagem a Bilbao, Mel irá com Judith e ambas passarão pelas Astúrias para ver a avó de sua mulher. Não digo nada. Se Jud não quer me contar, aceitarei. Mas, surpreendentemente, ela me conta. Tentando melhorar o clima, organizo sua viagem em meu jatinho. Não sei o que minha mulher vai achar disso, mas estou pensando em seu conforto.

★ ★ ★

Quando lhe conto sobre o jatinho na manhã em que ela vai viajar, não sei como interpretar seu olhar. Uma estranha frieza se estabeleceu entre nós e nenhum dos dois faz nada para vencê-la.

— Ligue ou mande uma mensagem quando aterrissar em Bilbao — peço, ao vê-la arrumando as malas.

— Tudo bem — assente.

Espero um gesto, um sorriso, nossa cumplicidade, para me aproximar dela. Mas, ao não ver nada disso e sentir que ela não deseja minha presença, dou meia-volta e vou embora, arrasado.

55

Tenho olhos por todo lado e, sem sair de minha sala na Müller, sei onde Judith está.

Todos que sabem que ela é minha mulher me mandam mensagens sem que eu peça e, embora não goste que se intrometam na intimidade de Jud, no fundo, fico grato. Assim, sei o que ela está fazendo. Mas, à noite, perco seu rastro. Melhor não pensar.

Voltar para casa sem ela é uma tortura. A casa parece vazia, apesar da bagunça das crianças e dos cachorros. E nossa cama parece enorme.

Judith liga. Pergunta pelas crianças, e Simona passa o telefone para mim. Conversamos, mas não nos comunicamos. E, quando ela desliga, fico arrasado.

Estou sentado no escritório quando meu celular toca. É Mel, e atendo depressa.

— Olá, Eric, é Mel. Como você pode ser tão babaca?

Fecho os olhos. Não estou de bom humor.

— O que é que há com você? Judith está aqui arrasada, ela liga para casa e você a deixa ainda pior? — insiste ela.

Saber que ela está mal dói em mim, mas, ao mesmo tempo, isso me reconforta. O que é que há comigo?

— Jud está mal?

— Claro que está mal. Você não imagina como está o pescoço dela — insiste Mel.

Bufo, imaginando os vergões no lindo pescoço de minha mulher.

— Mel — digo —, sei que não sou o homem mais divertido do mundo nem o mais flexível, mas, ultimamente, ela também não está facilitando as coisas, e...

— E vocês têm um maldito filho que também não facilita, não é?

Assinto. Sem dúvida, a mulher de meu amigo tem razão.

— Você tem que fazer alguma coisa, Eric. Não pode permitir que essa situação dure muito mais. Vocês se amam, eu sei, e acho que um dos dois tem que dar o braço a torcer e tomar a iniciativa para que não percam tudo.

Ouvir isso me assusta. Será que Jud está pensando em me deixar?

— Vocês são dois cabeças-duras. Tudo bem, sei que não sou a pessoa mais indicada para falar de teimosia, mas... — prossegue Mel.

E, sem parar de falar, ela me diz onde estarão na noite seguinte, e eu vou gravando tudo que me conta.

— Obrigado, Mel — murmuro.

— Não me agradeça. Faça alguma coisa se não quiser que eu mesma vá lhe dar um pontapé na bunda quando voltar. E agora vou desligar, pois ela está saindo do banho.

* * *

Essa noite não durmo. A ligação de alerta de Mel me fez ver que, se eu não cuidar de minha pequena, ela poderá fazer algo drástico que acabará com minha vida.

Fico rolando na cama, inquieto, enquanto seu aroma inunda com crueldade minhas fossas nasais. Fico desesperado.

Caralho!

Quero vê-la. Quero falar com ela. Quero lhe dizer que estou com saudades, que a amo. Mas me contenho. Tenho que me conter para que ela não se sinta vigiada nem acossada por mim, e isso está custando minha vida.

Mas, horas depois, quando me levanto, sei que tenho que ir para a Espanha. Então, quando chego ao escritório, ligo para o aeroporto de Munique, onde está meu jatinho, e, depois de falar com o comandante, marco com ele para dali a poucas horas.

Volto para casa. Passo um tempo com as crianças, tomo um banho e troco de roupa.

Ligo para Björn e lhe conto meus planos. Convido-o a ir comigo, e ele prageja. Não pode. À tarde tem planos com seu pai e seu filho, e é impossível cancelar. Entendo; eu também não o faria. Antes de desligar, ele pede que eu dê um beijo em sua garota. Sua Mulher-Maravilha.

Olho o relógio. Estou ansioso para que chegue a hora de ir ao aeroporto. E, quando chega, como uma criança com sapatos novos, vou para lá.

Assim que decolamos, sorrio. Pus a roupa de que ela gosta. Só espero que, quando me vir, sorria. Seu sorriso é essencial para mim, para eu saber que está tudo bem. Ansioso, olho pela janela, nervoso.

Quando por fim aterrissamos em Bilbao, meu amigo Pedro está me esperando. Ele tem uma empresa de helicópteros e colocou um a minha disposição. Satisfeito, agradeço, entro na aeronave e o piloto me leva aonde sei que está meu amor.

Estou nervoso, muito.

Chegamos a um pequeno heliporto, aterrissamos e, depois de combinar com o piloto para voltar dentro de três horas, entro em um carro que me levará até as Bodegas Valdelana.

Quando chego, é noite. O lugar é lindo. Muito bonito.

Entro. Ouço música tranquila, suave, e vejo gente curtindo a noite. Com o olhar, busco minha pequena. Não a vejo, mas vejo Mel, que imediatamente levanta o polegar ao me ver e aponta para a esquerda. Assinto. Desvio o olhar e, de repente, vejo minha moreninha.

Está sozinha, sentada com uma taça de vinho nas mãos, um rabo de cavalo alto, olhando as estrelas.

Existe alguém mais bonito que ela?

Não. Definitivamente, não.

Satisfeito, caminho até ela com a esperança de que sorria ao me ver. Se não sorrir, será um mau sinal. Quando estou a um metro dela, murmuro, nervoso como um bobo:

— O lugar e o vinho são maravilhosos, mas sei que você está morrendo de vontade de uma Coca-Cola com muito gelo.

Ela não me olha. Noto sua respiração se interromper.

Deus, faça-a olhar para mim e sorrir!

E ela me olha. Inclina a cabeça e sorri. Sorri.

— O que está fazendo aqui? — pergunta Jud, surpresa.

Agora sou eu quem sorri. Aproximando-me, sento-me ao seu lado. Preciso de sua proximidade. E faço aquilo que é só nosso. Chupo seu lábio superior, depois o inferior e termino com uma mordidinha. E, quando ela acha que vou beijá-la, murmuro:

— Eu vim ver minha pequena e lhe pedir desculpas por ser tão babaca.

Seu semblante se suaviza. Sem dúvida, disse o que ela necessitava ouvir. Depois de nos beijarmos, conversamos. Rindo, eu lhe conto da ligação de certa tenente brava.

Beijamo-nos. Abraçamo-nos. Enchemo-nos de carinho.

Estamos os dois sozinhos de novo, longe de Munique, dos problemas e das obrigações. E somos nós: Jud e Eric, Eric e Jud.

Estamos nos olhando nos olhos, quando ouvimos:

— Estou feliz por vocês, mas morrendo de inveja.

É Mel, que nos observa com um lindo sorriso. E a agradeço por chamar minha atenção. Acho que eu estava precisando disso.

Durante um tempo, ficamos curtindo o lugar, o vinho e o momento, até que Jud e eu, incentivados por Mel, decidimos dar uma volta. Combinamos de nos encontrar às três e meia da madrugada no heliporto e, depois de pegar as chaves do carro que Mel joga para mim, minha garota e eu saímos dali.

A noite está linda.

— Entre no carro. Vou levá-lo a um lugar que você vai adorar — diz Jud, pegando as chaves de mim.

Sorrio.

Se estou com ela, adoro tudo. Deixo-me levar. Mas, um pouco depois, vejo diante de mim um dólmen. Que demais! Judith sabe que gosto dessas coisas.

— Que maravilha! — exclamo.

Ela sorri e para o carro. Apaga as luzes e, ao descer, sussurra, enquanto noto que ao fundo há outro veículo parado com gente dentro.

— Sabia que você ia gostar.

De mãos dadas, vamos até essas pedras incríveis e meu amor me diz que sua amiga Amaia, que ficou com Mel, lhe contou que esse monumento é chamado de Chabola de la Hechicera. Ela me explica uma infinidade de curiosidades que aprendeu só para me contar.

Mas eu a desejo, desejo-a com loucura, e a beijo. Curto seu sabor, seu cheiro, sua pele. E, quando nossos lábios se separam, murmuro:

— Não sei o que está acontecendo com a gente ultimamente, mas não quero que continue. Eu te amo, você me ama. O que está acontecendo?

Ela me olha. Não responde. Tenho certeza de que está tão confusa quanto eu.

— A partir deste instante, vou me responsabilizar por Flyn. Ele fará terapia e... — prossigo.

Mas não continuo. O semblante de Jud muda. Ela diz algo com tranquilidade e eu respondo.

— Não quero falar. Só quero que você me faça carinho, que me beije e faça amor comigo do jeito que necessitamos e de que gostamos — pede ela.

Assinto. Não há nada que eu queira mais.

Excitado por suas palavras, por minha mulher e pelo momento, depois de passar os lábios por sua testa, seu pescoço e suas faces, digo, enquanto solto seu cabelo para afundar as mãos nele:

— Desejo concedido, pequena.

Esquecendo o mundo a nossa volta, encosto minha mulher no dólmen e nos deixamos levar pela paixão com loucura e anseio.

Levanto sua saia preta, ponho as mãos por baixo dela e arranco sua calcinha. Jud sorri.

— Moreninha, segure-se em meu pescoço e abra-se para me receber.

Ela sorri, extasiada. Apoiados no dólmen, levanto-a nos braços e fazemos amor. Preciso dela tanto quanto ela demonstra que precisa de mim.

— Olhe para mim, Eric... olhe para mim.

Olho para ela. Sou louco por ela. Afundo mais uma vez em busca de nosso prazer devastador, e então, ela sussurra:

— Eu te amo.

Satisfeito por ouvir essas palavras maravilhosas que costumamos dizer com o olhar, enquanto fazemos amor, afundo nela para que sinta minha resposta. Até que um barulho me faz parar. São os ocupantes do carro que eu vi ao chegar.

Jud e eu sabemos, mas não importa que nos vejam e continuamos. Até que um clímax devastador nos faz vibrar e nos deixamos levar.

Enquanto respiramos com dificuldade, tomo cuidado para que minha pequena não machuque as costas no dólmen. Como sempre, nós nos entregamos a fundo.

— Desculpe por ter rasgado sua calcinha — murmuro.

Meu amor solta uma gargalhada. Isso é o que menos lhe importa.

— Não esperava menos de você — diz ela.

Agora quem ri sou eu. Quando vemos que o veículo que está estacionado liga o motor e se afasta a toda velocidade, comento:

— Ainda bem que não moramos aqui, senão, amanhã, seríamos motivo de fofoca da cidade.

Entre beijos, mimos e palavras de amor, chegamos ao carro. Faltando dez para as três, já estamos no heliporto.

Afastar-me de minha pequena é difícil.

É muito difícil, mas sei que é preciso.

Preciso mostrar que confio nela, que ela tem que continuar trabalhando. Depois de um beijo cheio de amor e de conciliação, subo no helicóptero e parto. Volto para Munique feliz por tê-la visto sorrir.

56

Quando Jud volta de viagem, nós a recebemos com todo carinho. E, na intimidade de nosso quarto, fazemos amor como loucos.

Estou feliz. Minha relação com minha mulher voltou a ser o que era antes, e isso, de certo modo, repercute em meu trabalho, pois vejo tudo com mais positividade.

Quando termino uma reunião, ao voltar a minha sala, a primeira coisa que faço é tomar um comprimido. Hoje minha cabeça está me matando. Segundos depois, Gerta entra e diz que ligaram da escola de Flyn. Precisam que eu passe por lá.

Caralho, o que será que ele fez agora?!

Sem avisar a Jud, porque decidimos que agora o garoto é minha responsabilidade, e por isso me chamaram, saio imediatamente. Ao chegar à secretaria, vejo-o ali sentado.

Ao me ver, sua expressão muda.

— Que diabos você fez agora? — pergunto.

Antes que ele responda, o diretor abre a porta e diz:

— Senhor Zimmerman?

Assinto.

— Venha até minha sala, por favor — pede ele.

Sem hesitar, entro, enquanto Flyn nem se mexe.

Depois de fechar a porta, o diretor me conta que meu filho não quis ir à terapia e pulou o muro da escola para ir embora.

Caralho... Caralho... Minha cabeça dói demais, e estou ficando furioso.

Durante vários minutos, ouço o diretor da escola se queixar de meu filho. As coisas que ele diz doem. Às vezes, parece que está falando de um estranho, não do garoto que eu criei. Caralho! Odeio o fato de Flyn ser esse garoto de quem ele está falando. Quando ele me vê angustiado, comenta:

— Felizmente, senhor Zimmerman, tudo isso vai passar. Mas é preciso ficar de olho nos garotos. As más influências podem marcá-los pelo resto da vida.

Assinto, sei que ele tem razão. A seguir, a porta se abre e entra um sujeito moreno cujo rosto me é muito familiar.

Onde o vi antes?

Ele me cumprimenta com um sorriso, eu apenas o cumprimento. A seguir, ele se apresenta como tutor de Flyn. Foi ele quem supostamente abraçou minha mulher. Assim que abre a boca, eu percebo quem é. Dennis, o brasileiro que conhecemos no Sensations. Judith já havia comentado sobre isso.

Com discrição e profissionalismo, olhamo-nos. E, diferente do diretor, ele me fala sobre os aspectos positivos de Flyn.

Fico feliz por ele os destacar!

Nem tudo no rapaz deve ser ruim.

Quando toca o telefone, o diretor sai um instante, e então, baixando a voz, Dennis diz:

— É um prazer revê-lo.

Não estou de muito bom humor, mas digo:

— Igualmente.

Dennis sorri. Acho que ele entende minha situação como pai.

— Espero que as coisas em sua casa tenham melhorado. Da última vez que Judith veio, acabou chorando devido ao modo como o garoto a tratou, e... — comenta ele.

— Eu sei — interrompo, entendendo agora o abraço.

Olhamo-nos durante alguns segundos em silêncio. Para mim, não tem nada a ver o que fazemos na intimidade com o fato de ele ser tutor de meu filho.

— Eric, Flyn é um bom menino, não fique aflito — diz ele.

Durante um bom tempo conversamos sobre o garoto, mas não em termos pedagógicos, e sim de forma mais descontraída. Dennis demonstra quanto o conhece. Os detalhes que me conta me fazem ver que ele é um bom professor, e isso me agrada.

Então, a porta do escritório se abre e o diretor entra de novo. Eu me levanto e, trocando um aperto de mãos com ambos, digo:

— Obrigado por me ligarem. Vou conversar com Flyn.

Quando saio, com uma dor de cabeça considerável, vejo que meu filho continua sentado onde estava. Ele olha para mim com olhos de cordeiro degolado, e agora entendo a indignação de Judith. Entendo por que chegava furiosa em casa quando ia buscá-lo na escola.

— Vamos — digo.

Caminhamos até o carro sem pronunciar uma palavra. Entramos no veículo e não dizemos nada. Melhor assim.

Ao chegarmos em casa, ao me ver com o menino, Jud pergunta:

— O que aconteceu?

Paro em frente a ela. Flyn passa por nós e vai para o quarto. Depois de dar um beijo em Jud, murmuro, esfregando os olhos:

— Ligaram da escola. Ao que parece, hoje nosso filho não estava a fim de ir ao psicólogo. Por sorte, depois de falar com o diretor e também com o tutor, consegui que não lhe dessem outra advertência.

Judith assente, mas não diz nada. Nem eu. O importante, agora, é o maldito menino. Começamos a falar sobre isso, mas, ao ver como me olha, sei que ela sabe que estou com dor de cabeça.

— Não me pressione, Judith.

Vamos juntos à cozinha, em silêncio. Abro o armário onde ficam os remédios e pego o pote de comprimidos. Pego um, mas a dor hoje é forte e acabo tomando dois, sob o olhar assustado de Judith. Caralho!

Vou dizer algo, quando ela sussurra com voz suave:

— Vá se deitar um pouco, feche os olhos e relaxe.

Preciso fazer isso, de modo que vou para o escritório. Não quero ir para a cama. Depois de tirar a jaqueta, eu me deito no sofá que fica em frente à lareira e fecho os olhos. Acho que a dor vai passar.

Relaxo, respiro com tranquilidade e acabo cochilando, até que acordo com a voz de Flyn e levanto correndo do sofá.

O que está acontecendo?

Os gritos de meu filho vêm de cima, de seu quarto. A passos largos, subo a escada para chegar até lá. Quando entro, ao ver Judith com ele, pergunto:

— Posso saber o que está fazendo aqui?

Ela fica preocupada comigo, aproxima-se. Mas, furioso por causa da dor e pela cara do garoto, sibilo:

— Judith, eu cuido de Flyn agora. Que tal se me deixar fazer isso?

Leio em seu rosto a surpresa que minhas palavras lhe causam. Discutimos. Caralho!

Flyn nos olha, e eu, que já não estou mais raciocinando, digo:

— A partir de agora, como sou eu quem vai cuidar dele, limite-se a ver, ouvir e se calar.

Assim que digo isso, tomo consciência de que pisei na bola feio. Mas, meu problema, como sempre, é que não sei recuar. Mesmo sabendo disso, continuo pisando na bola mais e mais, até que ela, furiosa, estreita os olhos e sibila:

— Sabe de uma coisa, Eric? Danem-se vocês dois!

Sem mais, sai do quarto batendo a porta.

Então, Flyn, que ficou observando nossa discussão em silêncio, murmura:

— Papai...

— Flyn — interrompo-o, ao ouvir Judith sair com o carro. — Cale-se! Cale-se, por favor.

Dito isso, saio do quarto sem dizer mais nada e volto para o escritório, onde já não me deito. Limito-me a olhar pela janela enquanto tento me acalmar.

* * *

Judith volta com as crianças de um aniversário. Cuida delas. Ignora-me, e eu deixo. Mereço. Chega a hora do jantar. Flyn desce. Aviso Jud, mas ela não quer descer. Janto sozinho com o garoto e a situação é tensa, muito tensa. Contudo, quando acabamos e ele se levanta, passa por mim e murmura:

— Desculpe, papai.

Seu tom...

Conheço meu filho e sei quando está falando sério.

— Tudo bem, Flyn, não se preocupe.

Ao ver sua cara, e sem querer ficar sozinho, pergunto:

— Está a fim de ver um pouco de televisão?

Meu filho sorri e, juntos, jogamo-nos no sofá para ver uma série policial que adoramos.

Estamos ali, quando Judith entra. Olha para nós e, sem dizer nada, pega as coleiras de Susto e Calamar e sai. Quero ir atrás dela, mas eu a conheço e sei que, se for, discutiremos de novo.

O tempo passa e ela não volta. Digito uma mensagem em meu celular e a envio, na esperança de que ela perceba minha disposição para conversar:

Onde você está?

Instantes depois, recebo:

Passeando com Susto e Calamar.

Caralho, disso eu já sei!

Esperava que ela me chamasse para ir junto, mas não. Ela não me quer ao seu lado. Assim, quando termina o episódio da série e Flyn vai para seu quarto, eu me sento perto da janela para esperá-la. Mas Judith demora demais, e decido mudar de lugar. Vou para a escada da entrada esperar que ela volte.

Quando ela entra, um pouco depois, nos encaramos. E, antes que eu diga qualquer coisa, ela usa toda sua soberba jerezana e espanhola.

Mau sinal.

Sem dúvida, ela continua furiosa. Resignado, digo enquanto subo a escada para o quarto:

— Tudo bem, Jud. Sei que pisei na bola com minhas palavras infelizes, e agora você é quem manda.

Dito isso, sigo meu caminho e vou me deitar. Preciso descansar. Preciso que minha cabeça pare de doer. Exausto, deito-me na cama e durmo, esquecendo o mundo.

* * *

Não sei quanto tempo se passou quando acordo e imediatamente percebo que a dor de cabeça desapareceu. Maravilha! A luz do quarto continua acesa, e vejo que Judith não está ali.

Surpreso, olho o relógio. Quatro e dezoito da madrugada. Alarmado porque a essa hora minha pequena não está tranquilamente adormecida me chutando, eu me levanto. Ao abrir a porta do quarto, vou até os quartos das crianças pensando que poderia estar ali, mas eles estão dormindo e Judith não está lá. Desço e, então, ouço sua voz.

Com quem está falando?

Quando chego à sala, vejo que ela está balbuciando. Não entendo a cena.

Judith está vendo um documentário sobre animais na TV, com uma garrafinha de rótulo rosa na mão. Pelo que vejo, está quase vazia. Caramba!

Sem que ela perceba que estou perto, eu a observo. Está chorando e diz algo parecido com "Coitadinho do pipi!". Olho para a TV, mas não sei do que está falando. Até que a incerteza me vence e pergunto:

— Que foi, Jud?

— O pato...

— O quê?

Que pato?!

Não entendo. Eu me aproximo mais e, quando vou falar de novo, Jud aponta para a TV, aos prantos, e diz:

— Ai, Eric, o patinho estava atravessando a estrada atrás da mãe e dos irmãos e... E foi atropeladoooooooo!

Olho para ela boquiaberto. Está chorando por causa de um pato?

Chorando, e chorando, e chorando, e bebendo... e bebendo... e bebendo... Ajoelhando-me em frente a ela e vendo que esvaziou a garrafa sozinha, murmuro:

— Não é de se estranhar que esteja chorando por um pato.

Judith continua falando do pato. Concordo com ela, como se faz com os bobos, e, quando lhe proponho ir para a cama para curar a bebedeira, a andaluza que há nela olha para mim e sibila:

— Nem se atreva a me tocar ou me seduzir, espertinho! Saiba que não estou suficientemente bêbada para esquecer que você foi um babaca hoje à tarde comigo na frente de Flyn e me mandou só ver, ouvir e me calar.

Caralho... Nem bêbada ela esquece as coisas!

Não a toco, nem me aproximo, mas, então, ela se joga em meus braços de tal maneira que batemos a cabeça e caímos no chão.

Caralho, bati as costas!

Judith olha para mim, sorri e, enquanto eu levo a mão à testa, ela tenta me beijar.

— Ninguém entende você. Primeiro diz para eu não tocar em você nem seduzi-la, e, de repente, se joga em cima de mim — protesto dolorido.

Ela fecha minha boca com um beijo. Devora-me. E eu não demoro a reagir, até que vejo que sua camiseta voa pelos ares.

— Meu amor, estamos na sala... — digo.

Mas ela não está nem aí.

Essa é a Judith que me enlouquece e, sem hesitar, fazemos amor com possessividade.

57

Flyn e Peter, filho de Björn, se conhecem, e, como garotos de sua idade, começam a falar de computadores e jogos. Gosto de vê-los juntos. Adoraria que no futuro fossem bons amigos como Björn e eu somos.

É a festa de noivado de Björn e Mel, de modo que as crianças ficam em casa com Pipa e Bea, que é quem cuida de Sami, e nós quatro vamos para o restaurante. Mais amigos nos esperam lá, entre eles, Frida e Andrés, que vieram da Suíça. A propósito, minha pequena fica louca quando os vê.

Divertimo-nos. Curtimos o momento. Mas vejo Judith cochichar com Mel, e descubro que ela não vai com a cara de alguns convidados de Björn que são do escritório do qual ele quer fazer parte.

Quando o jantar acaba, ficam só os mais íntimos, os amigos de verdade, e acabamos indo ao Sensations. Minha mulher está feliz.

Estamos indo para a sala do fundo, que Björn reservou, quando ouço:

— Que alegria, Eric e Judith!

Ao me virar, encontro Ginebra e seu marido. Desde a última vez que falei com ele, as ligações de Félix não se repetiram.

— O que essa nojenta está fazendo aqui? — pergunta Frida ao meu lado, bem alto.

Olho para minha amiga.

Ela acompanhou, na época, o que passei com esses dois, e não tem nenhum afeto por eles, especialmente por Ginebra, que foi quem me fez sofrer. Com o olhar, eu lhe mostro que estou bem, que ela já não me afeta.

— Ora, Frida, não cumprimenta mais? — diz Gini, com soberba.

Minha amiga bufa. Isso não é nada bom...

A seguir, olha para seu marido, que lhe pede calma com o olhar. E, depois de olhar para Judith, que está tão atordoada quanto eu, replica:

— Dou valor a meu tempo e não o desperdiço cumprimentando vadias.

Sem mais, pega Andrés e os dois se afastam.

Jud olha para mim, vejo-a sorrir. E Ginebra, que não se mexeu, diz com tranquilidade:

— Estou vendo que algumas pessoas nunca mudam.

Suas palavras deixam Judith irada.

— Ginebra, se não se importa, estão nos esperando em uma festa privada — intervenho, segurando minha mulher.

Judith balança a cabeça. Está orgulhosa do que eu disse e me segura firme. Fico feliz por ter detido um furacão terrível.

Vamos para sala em busca de nossos amigos. Querendo esquecer o incidente, pego uma bebida.

— Desde quando essa fulana vem aqui? — pergunta Frida, atônita.

— Frida... não fale assim — peço.

Mas ela, que conheceu a Ginebra do passado tão bem quanto eu, sibila, de cara feia:

— Tome cuidado com essa vadia. Não confie nela.

Sorrio. Judith também, mas em seu sorriso vejo certa dúvida enquanto Frida continua esculachando Ginebra. Se sua opinião sobre minha "ex" já era ruim, depois do que está ouvindo fica ainda pior. Eu me sinto mal, especialmente porque estou escondendo algo que sei que, se contar, minha pequena não vai gostar.

Minutos depois, as garotas relaxam e vão dançar. Mais tranquilo, bebo alguma coisa e admiro Jud na pista. Ela me provoca com o olhar, sabe que a estou observando e dança para mim, só para mim. Ela se aproxima de um jeito incitante e sussurra em meu ouvido o verso da música que está tocando:

— "Vai me dizer coisas sujas?"

Excitado, e não só pela dança, mas também por ela e pelo que os outros fazem a nossa volta, murmuro:

— Vou dizer as coisas que você quiser.

Dançamos. Provocamo-nos e, quando toca certa música, Björn se aproxima e rememoramos certo momento a três. Uma coisa leva a outra, começamos em três e acabamos em seis.

Curtir o sexo com nossos amigos é sempre incrível. E enquanto Frida, Mel e Andrés curtem seu jogo, Jud, Björn e eu curtimos o nosso.

Sexo...

Puro prazer...

Desinibição total...

É assim que gostamos de brincar...

E Björn e eu, com o consentimento de Judith, enchemos sua vagina com nossos pênis duros. Ela arfa. Nós trememos. Estamos unidos. Apertados. Com a respiração compassada. Os corpos se fundem, enquanto minha mulher se entrega a mim, a nós, e Björn e eu nos espremos contra ela em busca de prazer e felicidade.

58

Na terça-feira, antes de Frida e Andrés voltarem para a Suíça com o pequeno Glen, encontramo-nos todos em minha casa. Björn, Mel e Sami vão também.

Curtimos a piscina, e as crianças estão radiantes. De repente, vejo minha pequena procurando alguma coisa.

— O que está procurando? — pergunto.

Judith me mostra o dedo, preocupada. É nesse dedo que ela sempre usa a aliança que lhe dei e que é tão especial para nós.

— Meu anel preferido — murmura.

Vejo por sua expressão que está muito preocupada.

— Fique tranquila, meu amor. Vai aparecer — digo.

Ela assente. Tem a mesma certeza que eu.

Um pouco depois, vejo-a conversar com Flyn e, pelos gestos dele, sei que não é sobre nada agradável.

Caralho, já estão discutindo!

Sem que percebam, eu e Björn nos aproximamos e escutamos. É desagradável ver que Judith desconfia de Flyn, e fico louco ao ouvir meu filho acusar Peter de pegar o anel.

— Está de brincadeira?! — diz Björn, olhando para mim.

Sacudo a cabeça. Não acredito que estão discutindo por causa de um maldito anel. Então, Mel, levantando a voz diante da acusação de meu filho, intromete-se na conversa.

Agora todo mundo sabe do que estão falando. Björn, que ouviu o mesmo que eu, olha sério para Peter, que não se mexeu e está com Sami no colo.

— Não toquei nesse anel — afirma o garoto. — Se quiserem, podem revistar minhas coisas.

Eu mal conheço Peter, mas seu jeito de olhar para nós mostra que está dizendo a verdade. E Mel põe a mão no fogo por ele. As coisas estão saindo do controle, e preciso interceder. De modo que, aproximando-me, vou falar, quando Judith diz, dirigindo-se a Flyn:

— Precisa acusar os outros se eu só lhe fiz uma pergunta?

— Já chega. Essa conversa acabou — digo, levantando a voz e olhando para Judith.

Minha mulher e eu nos olhamos. É a primeira vez que eu grito com ela na frente dos amigos.

— Papai, por que ela está me acusando de pegar o anel? — pergunta Flyn.

Judith sorri, mas seu sorriso não tem nada de bom.

— Talvez porque tenha visto como você me olhava, com um sorrisinho no rosto — responde ela.

Caralho... Caralho!

De novo, tenho que levantar a voz para detê-los e mando todo mundo ir jantar. Acabou a discussão e também a piscina!

★ ★ ★

Dias depois, Frida e Andrés vão embora e, como sempre, Jud fica triste. Mas, dessa vez, trabalhando, tudo passa mais rápido. E, na verdade, fico contente por ela e pelos dois.

Uns dias mais tarde, recebo uma ligação de Ginebra. Ela e Félix passar pelo escritório para se despedir de mim. Estão voltando para Chicago e combinamos de tomar café da manhã juntos alguns dias depois. À tarde, quando volto para casa, Jud está indisposta. Como ela diz, está se esvaindo em merda!

Coitadinha. Tento não rir. Sei que é desagradável passar por isso, mas é que Jud é divertida até quando está sofrendo uma calamidade. Ela ri de si mesma.

Quanto à relação de Judith e Flyn, vai de mal a pior. Apesar de não gostar da situação, acaba afetando a nós dois. Da última vez que discutiram foi porque ela o acusou de chacoalhar uma Coca-Cola para que estourasse na cara dela, e, embora ele insistisse que não havia feito isso, Judith não acreditou. Acho que ela passou dos limites com ele nas palavras, e eu disse com brusquidão que ela estava cada dia pior.

Sem dúvida, ajudei a piorar as coisas!

* * *

No dia seguinte, ligo para Olaf e lhe peço ajuda. Se Jud perdeu o anel e alguém de bom coração o encontrou, talvez o tenha entregado à polícia. Solícito, Olaf me pede dados e fotos do anel. Não custa nada tentar.

* * *

Dois dias depois, quando estou no escritório, Olaf me liga. Quer falar comigo pessoalmente.

Assim que acabo uma reunião, sem dizer aonde vou, dirijo-me à delegacia.
— E aí? — cumprimenta Olaf.
Trocamos um aperto de mãos, somos bons amigos.
— Siga-me — diz ele.
Entramos em silêncio em uma pequena sala e Olaf informa:
— Localizei o anel.
Sorrio. Minha pequena vai ficar muito contente. Mas minha alegria dura pouco, porque ele acrescenta:
— Mas acho que você não vai gostar do que eu descobri.
A seguir, ele liga um televisor, coloca um vídeo e vejo Flyn. Meu filho! Está em uma casa de penhor, com um de seus amigos, vendendo o anel.
Pestanejo. Não posso acreditar.
Flyn foi capaz de fazer isso?!
Atordoado, peço a Olaf que passe o vídeo de novo. Preciso processar as imagens. Quando vejo o outro garoto pegar o dinheiro do anel, praguejo. Praguejo pela ação do idiota do meu filho e por ver que Jud tinha razão por desconfiar dele.
O que aconteceu entre eles para que tenham chegado a esse extremo?
Olaf me acalma. Comenta que Flyn está em uma idade ruim. Eu o escuto, mas só penso em pegar o moleque e lhe dizer poucas e boas.
Como ele pôde fazer isso com sua mãe?
Já mais tranquilo, pego com Olaf o endereço da loja onde está o anel. Está lá retido à espera de que eu vá buscá-lo. Depois de tê-lo em meu poder, volto para o escritório. Mas muito, muito furioso.

* * *

À noite, quando chego em casa, sem Jud saber, tenho uma briga feia com Flyn. Mostro-lhe o anel que recuperei e ele treme. Sabe que o que fez não tem perdão, mas, mesmo assim, peço-lhe que não diga nada a Jud, porque eu também não vou contar. Se ela souber do que o garoto fez, a coisa vai ficar preta, e com razão. Como não quero que isso aconteça, castigo Flyn e ficamos calados. Melhor assim.

59

Passam-se os dias e eu continuo com o anel no bolso.
Não sei como dá-lo a Jud.
Não sei que mentira lhe contar.
Só sei que quero devolver o anel, mas não sei como fazê-lo sem me sentir péssimo.

* * *

Chega o dia de encontrar com Ginebra e Félix. A última coisa que quero é ver a cara desses dois, mas, sabendo que é para me despedir deles, enfrento a situação.
Durante o café da manhã, conversamos e, sem perceber, faço certo comentário sobre Judith e nossas brigas que Ginebra não deixa escapar. No fim, tenho que consertar as coisas, enquanto praguejo contra minha língua solta.
A conversa em meu escritório se estende, e tenho que a interromper várias vezes para atender a alguns telefonemas. Até que, de repente, a porta se abre e vejo minha mulher. Por sua cara, sei que não está contente.
O que será que aconteceu?
Meu Deus... Será que ficou sabendo do anel? Judith entra. Olha para mim.
— Aqui está ela. Eu ia descer agora mesmo para ver você. Queria saber como estava e se recebeu nossa plantinha — diz Ginebra, ao se levantar.
Plantinha?
Que plantinha?
Sem saber a que se refere, olho para minha mulher.
Nossa... Eu a conheço e sei que não vê graça nenhuma nesses dois aqui. E, embora seja grata, em especial a Félix, pela ajuda que nos deu quando Susto sofreu o acidente, não confia neles. Ela já me disse isso várias vezes, mas eu não lhe dei ouvidos. Está tudo sob controle, não sou bobo.
— Muito obrigada pela planta, foi muito gentil — diz Jud.
Félix se levanta, aproxima-se das garotas e diz:
— Que bom que gostou. Foi ideia de Ginebra, depois que Eric nos contou que tiveram um fim de semana agitado.
Caralho... Caralho...

Por que estão se aproveitando de meu erro?

Eu me sinto péssimo. Ver a cara de Judith depois dos dias ruins que temos passado me deixa furioso. Mas estamos na Müller, e, como não posso reagir como na verdade gostaria, aperto os punhos quando Judith diz:

— Muita gentileza!

Instantes depois, ela pede licença e sai. Quando desaparece, olho para esses dois que, de certo modo, estão fodendo minha vida e sibilo:

— Já volto.

Com aprumo, sem parecer desesperado, alcanço Judith e a seguro pelo braço.

— Eu te odeio — diz ela.

Sem lhe dar tempo para pensar, levo-a para uma salinha de reuniões e tento falar com ela.

Sinto-me péssimo. Estou escondendo coisas dela. Coisas importantes como a questão do anel e as propostas de Ginebra e Félix. Mas, se faço isso, é para evitar problemas. Não quero discutir mais com ela. No entanto, ultimamente, nada é como parece. Sinto Jud esquiva, estranha e, embora tente me aproximar dela, sinto falta daquilo que tínhamos e que, de repente, não sei onde está.

O que está acontecendo?

Quando ela sai, volto a minha sala e Gerta informa que minhas visitas foram embora. Apareceu um imprevisto. Suspiro e fico feliz por não estarem mais ali. Espero não tornar a vê-los nunca mais.

* * *

À tarde, recebo uma ligação de Flyn. Ele pergunta se um amigo dele pode ir a nossa casa. Ele continua de castigo, especialmente depois do que descobri sobre o paradeiro do anel de Judith. Caralho, pensar nisso me deixa puto de novo.

— Pergunte a sua mãe — sibilo.

— Poxa, pai...

— Flyn, eu disse "pergunte a sua mãe".

Instantes depois, a ligação acaba.

* * *

Durante horas atendo a ligações, participo de reuniões e, quando vou para casa, estou esgotado. O anel de Judith está no bolso de minha jaqueta e decido entregá-lo a ela esta noite de qualquer maneira.

Enquanto dirijo, invento uma mentira convincente. Jud é muito esperta, mas, com o que pretendo dizer, acho que não vai duvidar de mim.

Quando entro na garagem, como sempre, Susto e Calamar me recebem fazendo festa.

Esses cachorros nunca vão amadurecer?

Estou sorrindo, quando Judith aparece.

— Veja o que eu trouxe — digo.

Seu rosto muda ao reconhecer o anel.

— Onde estava? — pergunta, sem muita emoção.

Sentindo-me péssimo por mentir, respondo:

— Encontrei-o no porta-malas do carro, quando fui guardar uns documentos.

Judith pega o anel, balança a cabeça e o coloca no dedo. Esperava um interrogatório, mas ela não diz nada.

Como?

Sério?

Nossa, essa foi fácil. Ficou tão feliz por recuperá-lo que não lhe interessa onde estava.

Satisfeito, respiro aliviado. Não gosto de mentir para ela. Então, ela me conta a briga feia que teve com Flyn.

Caralho, de novo!

E meu mau humor aumenta quando ela acrescenta que ele é culpado por muitas coisas e que Elke, a maldita namorada, ou ex-namorada de Flyn, um dia a insultou na saída do colégio.

Essa fedelha insultou minha mulher?

Não... Isso é que não.

— Flyn está assim com você porque Elke terminou com ele? — pergunto, furioso.

— Foi o que deu a entender — diz ela, mexendo no anel.

Fico puto. Bem-vindo a casa e à paz do lar!

Pegando a mão de Jud, vamos juntos para o quarto de nosso filho.

Conversamos... Ou melhor, eu falo, porque Jud só escuta e observa. Estranho isso nela.

Até que ela para de observar e começa a alfinetar. Caralho, essa Judith!

No fim, como sempre, ela e Flyn começam a brigar. Cansado de tudo, faço os dois se calarem, ameaço de novo mandar o garoto para um colégio militar, e, então, faz-se silêncio.

Vamos para o nosso quarto e, como preciso de um pouco de espaço, vou para o banheiro. Por sorte, Judith não me segue e posso respirar.

Estou sufocado. Muito sufocado.

Estou escondendo coisas de minha mulher, e não deveria. Estou me enrolando sozinho, e ficando angustiado. Estou agindo muito mal.

Quando saio do banheiro, ouço nossa linda canção, aquela que diz que ela me dá seu amor e sua vida. E minha pequena, olhando para mim, me incita a relaxar, massageando meus ombros.

É o que quero, relaxar.

Dizem que o lar é o lugar de tranquilidade, mas, no meu caso, meu lar é minha tensão. Por isso, furioso com o mundo – e comigo em primeiro lugar –, tiro as mãos de minha mulher de meu corpo, olho para ela e digo:

— Sei que faço muitas coisas erradas, Judith, que piso muito na bola com você, mas, por favor, deixe-me respirar, dê-me um pouco de espaço, porque vocês dois estão me enlouquecendo.

Ela me olha.

Fica magoada com o que acabei de dizer.

— Tudo bem, Eric, vou lhe dar espaço — murmura, desligando a música.

Olho para ela. Sinto-me um idiota. Não deveria ter dito isso. Mas, assumindo isso e os erros que estou cometendo por não ser sincero, dirijo-me à porta e saio do quarto. Assim que a fecho, apoio-me nela e respiro. Segundos depois, desço a escada e vou para o escritório. Quero solidão.

Durante horas, fico sozinho em meu refúgio. Por sorte, ninguém interrompe minha paz, nem mesmo Judith. Quando o cansaço toma conta de mim, às duas da madrugada, decido ir dormir. Ela deve estar dormindo.

Em silêncio, entro no quarto, tiro a roupa, deito na cama e adormeço.

60

Frieza.

Essa é a palavra que nos define.

Dessa vez, Judith e eu não fingimos.

Mal nos olhamos. Mal nos encostamos e, embora passem os dias e sintamos que a distância entre nós fica cada vez maior, nenhum dos dois faz nada para consertar.

O que está acontecendo conosco?

Por que permitimos isso?

Penso no que estou escondendo. É terrível pensar aonde cheguei. Mas, agora, do jeito que estamos, se eu lhe contar sobre Flyn e Ginebra, tudo ficará pior. Muito pior.

Estou na empresa. Acabei de chegar de um almoço de negócios e, quando abro o computador, recebo uma ligação de Björn. Combinamos de nos encontrar em seu escritório. Temos que falar de uns assuntos jurídicos.

Saio da Müller e, sem muita emoção, pego meu carro e vou até a casa dele, onde fica seu escritório. Ao entrar, Björn vem me receber.

— Que olheira! Você está bem? — pergunta ele.

Assinto. Fabrico um sorriso e afirmo:

— Estou melhor que você.

Rimos. Ao entrar na cozinha, fico surpreso ao ver Judith ali. Ela não havia me dito nada.

Ela se surpreende também. Cumprimentamo-nos sem muito entusiasmo e digo, sentindo necessidade de explicar minha presença ali:

— Björn queria falar comigo sobre uns assuntos jurídicos.

Mel, que está com Judith, olha para nós. Vejo em seu rosto que minha mulher lhe contou alguma coisa.

— Legal! — diz Jud.

Björn, que viveu desde o início minha história apaixonante com minha pequena, observa-me, mas não diz nada. Contudo, quando entramos em seu escritório e ele fecha a porta, crava os olhos em mim e diz:

— Estou vendo como você está bem. Retifico: como *vocês* estão bem.

Bufo. Ele também...

— Björn... — murmuro.

— Diga, babaca, o que aconteceu agora?

Praguejo. Não quero falar sobre isso, mas ele insiste:

— Não fode, cara! Desde que conheci a Jud, nunca vi tanta frieza entre vocês.

Assinto, ele tem razão.

— Na verdade, não sei o que está acontecendo. A única coisa que sei é que as coisas não estão bem ultimamente, e Judith e eu precisamos de um pouco de espaço.

Björn balança a cabeça. Sei que está tentando compreender o que digo.

— Se vocês não derem certo, será a queda de um mito para mim! — diz ele.

Ouvir isso me faz sorrir.

— Fique tranquilo, o rio não vai chegar a transbordar — replico, com segurança.

— Tem certeza?

Penso em minha pequena, em quanto a amo e preciso dela, apesar do jeito que estamos. E, ciente de que ela é para mim o mesmo que eu sou para ela, afirmo:

— Certeza.

★ ★ ★

Mas Jud não facilita as coisas. Sua má vontade é evidente. Quando tento falar com ela no carro, diz que está me dando o espaço que pedi.

Puta que pariu!

Por que sou tão linguarudo?

Contudo, preciso de sua proximidade, de modo que, quando chegamos em casa à noite, sem sair do carro, e pela primeira vez em muitos dias, abraço-a e comprovo que ela não se afasta de mim.

Sem me mexer, curto o momento. Tenho medo até de respirar para ela não me rejeitar. Mas não, ela não me rejeita, continua colada em mim, e me beija. Curto seu beijo com vontade, com prazer, com necessidade.

Estamos na garagem de nossa casa, em nossa intimidade, quando ela, enroscando os dedos em meu cabelo, murmura:

— Estou com saudades de você.

— E eu de você, meu amor... E eu de você.

Continuamos nos beijando. Desejamos isso, sentimos falta disso. E, quando Jud se senta montada em mim, aciono o botão e inclino o banco. Isso nos faz sorrir. E, desabotoando minha calça, depois que rasgo sua calcinha, ela se ergue sobre mim e se empala.

Fechamos os olhos...

Curtimos...

Sem nos olharmos, fazemos amor em busca daquilo que perdemos no caminho e que queremos recuperar.

Ela me ama. Eu a amo. Nós nos amamos e, seja como for, temos que nos encontrar de novo.

O clímax se apodera de nosso corpo depois do encontro fogoso e rápido. Nossas testas estão encostadas, quando ela murmura:

— Eric...

Cubro sua boca. Tenho medo do que possa dizer. Olho para ela de novo.

Seus lindos olhos cravados nos meus são o mundo em que gosto de viver. E, quando retiro a mão de sua boca, ela continua:

— Quero um tempo com você. Tempo para nós dois.

Assinto. Nunca concordei tanto com alguma coisa.

— Podemos ir este fim de semana aonde você quiser, ou... — sugiro.

— Podemos ir à festa de Alfred e Maggie — diz ela.

Penso na festa a que fomos convidados.

Avalio quanto poderíamos curtir e a cumplicidade que nos propiciaria.

— É isso que você quer, meu amor? — pergunto, então.

Ela assente sem hesitar, e eu afirmo:

— Iremos a essa festa. Claro que sim, meu amor.

61

Na sexta-feira, meus filhos e os de Björn ficam em nossa casa com Norbert, Simona, Pipa e Bea.

Será um fim de semana colossal. É disso que Judith e eu precisamos, pois, sem dúvida, haverá luxúria e fantasia, e também momentos só nossos, de privacidade e amor.

Estamos emocionados.

Estamos felizes.

E, quando chegamos ao hotel onde passaremos o fim de semana, assim que entramos no quarto, a primeira coisa que digo é:

— Tire a roupa.

Jud sorri e me provoca.

— Não há nada mais sexy que um homem que sabe quando ser vulgar e quando ser cavalheiro. Esse é você, Eric Zimmerman — diz ela, olhando em meus olhos.

Sorrio. Sorrio como um bobo.

Sem pressa, mas sem perder tempo, fazemos amor, e sentimos que a cada gemido voltamos a ser o que éramos. E ficamos felizes.

No dia seguinte, depois de uma noite cheia de sexo, nós quatro vamos passear como dois casais felizes e apaixonadas por Oberammergau, uma cidadezinha linda, com afrescos pintados à mão nas casas e que parece saída de um dos livros que leio para meus filhos.

Curiosos, admiramos as pinturas e tiramos fotos da casa de João e Maria e Chapeuzinho Vermelho. Depois de comermos em um lindo restaurante, onde Judith devora um sorvete gigante que adora, decidimos passar pelo palacete onde Alfred e Maggie vão dar a festa temática à noite. Dessa vez, romana.

Nossos amigos, ao nos ver, recebem-nos felizes, enquanto os funcionários acabam de dar os últimos retoques na decoração. Depois de nos cumprimentar, eles nos convidam a percorrer os aposentos, e nós, curiosos, os seguimos. Quando passamos pela chamada *masmorra*, vemos que, entre outras coisas, está cheia de grilhões e jaulas, e minha pequena murmura, com graça:

— Aqui, não entro nem louca.

Sorrio. Sem dúvida, se ela se perder, nunca a encontrarei aí.

De volta ao hotel, nós quatro fazemos nossa festinha particular, na qual não falta luxúria enquanto nos entregamos ao máximo prazer.

★ ★ ★

À noite, quando voltamos à casa onde acontece a festa, elas vestidas de romanas e nós, de gladiadores, rimos ao ter que deixar o carro estacionado para andar em uma quadriga.

Quando entramos no palacete e deixamos nossos casacos e celulares na chapelaria, vemos que aquilo parece a antiga Roma. A ambientação foi feita pela equipe do filme *O gladiador* e é espetacular. Dá para ver que Maggie e Alfred fazem tudo em grande estilo.

Satisfeito, de mãos dadas com minha pequena, eu e ela cumprimentamos conhecidos e bebemos. Então, ouço:

— Que alegria tornar a vê-los aqui.

Essa voz...

Levanto o olhar e, surpreso, encontro Ginebra e Félix. Eles não haviam voltado para Chicago?

A cara de Jud muda. Não gosta de vê-los ali. Se nunca confiou neles, depois de ter conversado com Frida, muito menos. Segurando minha mulher, pois não vejo nela boas intenções, ouço Alfred dizer:

— Eric, não sei se conhece meu grande amigo Félix.

Incrível.

Nunca imaginei que esses dois pudessem ser amigos. Mas, disfarçando a surpresa, afirmo:

— Sim. E conheço sua esposa também.

Ginebra sorri para mim e, para não ser desagradável, sorrio também. Mas, com o olhar, digo que se mantenha longe. Não quero que ela se aproxime de mim nem de minha pequena.

A festa continua. Depois que os cento e trinta convidados são informados das normas do evento, entramos em um enorme salão onde servem vinho seguido de pratos que, ao que parece, se comiam na Roma antiga.

Jud, que é muito curiosa, prova tudo. Rio com seus comentários e, quando a vejo repetir várias vezes um vinho de tâmaras, murmuro, com bom humor:

— Não beba muito, pois no hotel há uma garrafinha de rótulo rosa que encomendei para você.

Minha morena ri e pisca para mim. E, depois de ela sussurrar que, para essa garrafinha, sempre tem espaço, quem sorri como um bobo sou eu.

Assim que termina o exuberante banquete, Alfred, que está satisfeito com o desenrolar do evento, levanta-se e diz a todos os presentes que vai começar um espetáculo de nome "a sobremesa comunitária". Explica em que consiste. Björn e eu nos entreolhamos. É evidente que essa sobremesa incita sexo selvagem. Nossas garotas pensam como nós. Decidimos não participar.

Contudo, como era de se esperar, vejo Ginebra se oferecer como voluntária, junto com várias outras mulheres e alguns homens.

A sobremesa comunitária começa, e os convidados curtem o espetáculo. Amarrados a umas mesas, os voluntários são a sobremesa de quem quiser participar. Ao ver o jogo canibal de Ginebra e seu marido com outros, Jud, que não se afasta de mim, sussurra:

— Se Ginebra está tão doente, por que faz isso?

Para meu gosto, seu jogo é desagradável. Nada do que fazem me dá tesão.

— Porque ela gosta disso, meu amor, e Félix não lhe nega nada.

Durante um tempo, o jogo da sobremesa continua, enquanto nós conversamos sem sair de nossos lugares. Esquecemos o que acontece a nossa volta e nos divertimos simplesmente conversando.

Mais tarde, quando Maggie avisa que o jantar terminou e nos convida a passar uma excelente noite e a não esquecer as normas, saímos do salão e nos sentamos em uma sala, em cima de uns almofadões no chão. Depois de um tempo, a impaciência me vence e, pensando em algo que vi à tarde quando estávamos visitando a casa, olho para minha mulher, que ri, e murmuro em seu ouvido:

— O que acha de você e eu irmos até um desses balanços de couro? Acho que, nas últimas vezes que experimentamos, gostamos.

Judith sorri, gosta de meu plano.

— Ótima ideia — afirma, feliz.

De mãos dadas, levantamo-nos e, depois de nos despedirmos de nossos amigos, vamos para o local onde estão os balanços. No caminho, vejo de rabo de olho que Ginebra nos observa, mas, sem lhe dar atenção, continuo caminhando com minha mulher. Ela é a única que desejo.

Mas, ao chegar, os balanços estão todos ocupados. As pessoas fazem seus jogos, se divertem e se deixam levar por suas fantasias.

— Não havia outro balanço no quarto negro do espelho? — pergunta minha pequena.

Assinto. Lembro-me de tê-lo visto. E vamos para lá. Por sorte, está livre.

Ótimo!

Animados, beijamo-nos, excitamo-nos e, quando meus olhos descobrem que Josef está nos olhando por trás da cortina, entendemo-nos. Judith o vê. Nós nos comunicamos com o olhar e, depois de minha pequena assentir, digo:

— Meu bem, este é Josef.

Jud sorri.

— Josef, feche a cortina — peço, ansioso para começar o jogo.

Quando ele a fecha, murmuro no ouvido de minha mulher já excitada enquanto minha fantasia cai no chão:

— Vou tirar seu vestido, posso?

Seu sorriso diz tudo e, satisfeito, tiro a faixa que segura o vestido e ele cai a seus pés. Judith fica nua, com exceção das sandálias de salto. Para mim. Para os dois.

Minha pequena se excita. Gosta que olhemos para ela, que a devoremos. Depois de colocá-la no balanço, abrir suas pernas e prender suas coxas e tornozelos com as correias, balanço-a e pergunto:

— O que minha linda moreninha quer?

Quando ela responde o que eu já sabia que diria, beijo-a. Beijo-a do nosso modo, do nosso jeito, e um delicioso calor se apodera de nós e aumenta nosso tesão.

— Abra os olhos e olhe para mim, meu amor... olhe para mim.

Então, guio minha ereção ao centro de seu desejo e, lentamente, diferente de outras vezes, entro nela.

Que prazer!

Enquanto me sinto afundar dentro de minha mulher e ambos arfamos, o balanço vai e vem, proporcionando prazer, luxúria, delícia... Então, pegando as correias que ficam acima da cabeça dela, eu a imobilizo.

— Assim, pequena... segure-se nas correias e abra as pernas para mim — exijo.

Jud faz o que peço e, a seguir, sinto sua vagina apertar mais ainda minha ereção.

Vibro. Tremo. Sentindo necessidade de afundar nela totalmente, vou me mexendo cada vez mais rápido, mais profundo.

Seu semblante cheio de delícia, de prazer, me deixa louco. Enquanto isso, Josef nos observa, ereto, e se despe, querendo entrar no jogo que eu curto com minha mulher.

Jud está suspensa no ar, e eu a atraio sem parar para mim. Ambos arfamos e nos deixamos levar pelo momento, enquanto percebo que Josef coloca um preservativo.

Prazer... Loucura... Tesão... E, quando sinto Jud cravar os dedos e os dentes em mim, enlouquecido pelo que me faz sentir, murmuro:

— Toda minha. Minha e só minha, mesmo quando Josef foder você para mim.

Ela grita. Gosta do que ouve. Fica excitada ao me ver passar de um cavalheiro a um homem vulgar, e fica louca. Muito louca. Satisfeito com sua entrega ardente, continuo lhe dizendo coisas picantes, até que meu corpo não aguenta mais e gozo. Gozo dentro dela de puro prazer.

Esgotado, mas feliz, beijo seus lábios doces e maravilhosos e, quando nossos olhos se encontram, murmuro:

— Josef...

Depois que saio de minha mulher, meu amigo a lava e a provoca. Gosto de que a provoquem em momentos assim. Posicionando-me atrás dela, mexo o balanço para que possamos nos ver no espelho.

— Ela está molhada, preparada e aberta — murmuro, abrindo as coxas de Jud.

Está. Está assim e muito mais. E, depois de olhar para Josef e trocar umas palavras com ele, Jud se oferece e arrasto o balanço até deixar a vagina úmida e quente de minha mulher à altura da boca de meu amigo.

Quero ver...

Quero minha dose de luxúria e prazer...

Quero ver e sentir a vagina de minha mulher cheia e molhada...

Josef a lambe, abre com os dedos as dobras de seu sexo, enquanto eu, enlouquecido, observo e empurro o balanço, imensamente excitado.

Tesão!

Minha pequena curte. Berra. Arfa. Gosta de sentir como dirijo o momento, como abro suas pernas e levo sua vagina úmida até a boca de Josef e os incito a foder.

Beijo minha mulher, engulo seus gemidos sentindo-os meus, até que Josef, com a boca úmida dos fluidos de minha pequena, se levanta, coloca-se entre as coxas dela e, enquanto eu as abro, penetra-a.

Sim!

Meu amor se mexe, se remexe. O tesão de estar suspensa nesse balanço a enlouquece, e eu, que estou atrás dela, murmuro:

— Assim, pequena, não se retraia, curta nosso prazer.

Jud me olha com olhos brilhantes de tesão. Josef, excitado, acelera suas investidas manipulando-a a seu bel-prazer, e eu observo os seios de minha mulher balançarem, vigorosos, com as investidas.

Beijo-a por trás. Quero viver, sentir, gozar com ela o momento, e, quando afasto minha boca da sua, ao ver no espelho seu olhar ofuscado pela excitação, peço, curioso:

— Diga o que sente.

Josef continua afundando nela repetidamente. Come-a. Come-a com gosto, com vontade, e o som dos corpos se chocando é excitante, incrível.

— Calor... Prazer... Tesão... Entrega... — responde minha menina.

Suas palavras e o modo como as diz fazem meu pênis ficar duro de novo.

Ouvir sua voz, ouvir o som seco do sexo e ver Josef a possuir e ela gostar me deixa louco, imensamente louco.

Mas, então, ao olhar pelo espelho, vejo Ginebra perto das cortinas pretas.

Como?

O que ela está fazendo aí?

E, quando me viro para mandá-la embora, vejo que não está. Minha mente aprontou comigo.

Concentro-me de novo em minha mulher e em seu rosto acalorado enquanto seus gemidos crescem mais e mais; até que, depois de um grunhido de Josef, que afunda uma última vez nela com desespero, sei que chegou ao clímax, seguido de Jud.

Assim que Josef sai de dentro dela, pego água e uma toalha. Sei que Jud gosta que eu faça isso depressa quando outro que não eu a possuiu. E a estou lavando, quando minha mulher, marota, diz:

— Agora quero que você se sente no balanço.

Eu?!

Acho engraçado.

Nunca estive nessa situação. Sempre as mulheres ficavam sentadas no balanço, não eu. Mas, ao ver a cara de Jud, sei que não vou escapar. Depois de soltar as correias e ela descer, eu me sento. Se minha pequena quer me ver aí, assim será.

Já instalado no balanço, sorrio quando Jud, com agilidade, se apoia em minhas coxas e sobe sobre mim. O balanço chacoalha com os dois nele, e a seguro depressa. Não quero que caia, a última coisa que quero é que ela se machuque. E, quando ela já está firme, beijo com carinho suas coxas, seus joelhos, tudo. Adoro seu cheiro de sexo.

Instantes depois, meu amor flexiona as pernas até deixar sua bocetinha maravilhosa depilada em frente a minha boca. Ela me provoca... Rimos e, então, eu a possuo com a boca e a sinto se abrir para mim. Só para mim.

Humm... é delicioso.

Com prazer, eu me deleito com a parte de minha mulher que me deixa tão louco e brinco com seu clitóris inchado. Cada vez que o acaricio com a língua, meu amor se encolhe de prazer. Ela gosta, adora, e faço isso mil vezes mais.

Depois de um tempo, Jud assume o comando da situação: retira sua vagina de minha boca e, olhando em meus olhos, desliza por mim até que ficamos sentados um de frente para o outro, suspensos no ar.

Sorrimos.

Não sei o que ela pretende fazer, mas murmuro:

— Eu te amo, senhorita Flores.

Ela gosta de minhas palavras e sorri de novo. De repente, pega meu pênis duro, que está entre nós dois, e, erguendo-se alguns milímetros, coloca-o em sua umidade e desce.

Oh, Deus... que prazer.

Nós dois suspensos nesse balanço é algo imensamente excitante e especial. Olhamo-nos no espelho e ficamos excitados com o que vemos. Ficamos a mil.

De repente, minha morena gira os quadris, move-se com firmeza, e eu grito.

Caralho, que grito!

Sem poder acreditar no que acabou de acontecer, olho para ela e, com intensidade, contraindo os músculos do abdome, eu é que mexo os quadris agora e ela berra, berra como nunca.

— Eu te amo, senhor Zimmerman — declara ela.

Então, ela faz novo e me faz gritar outra vez com seu movimento certeiro dos quadris. Fecho os olhos. Caralho! Judith faz eu me agarrar ao balanço enquanto murmura, sentindo-se dona do momento:

— Agora quem manda sou eu, e você vai tremer de prazer.

Essa minha mulher! Quando está excitada, é incrível.

Ela mexe a pelve. Grito de novo enquanto Josef nos observa, ávido. Sem dúvida, quer experimentar isso que Jud está fazendo comigo. Mas não, eu é que vou curtir. É a mim que minha mulher possui. E só quero que ela possua a mim.

Segundos depois, segurando-se nas correias, ela ondula os quadris. Sobe e desce em mim a uma velocidade que nunca experimentamos antes, e arfo. Meus suspiros devem estar sendo ouvidos até na Espanha. Sinto uma maravilhosa onda chamada *desejo* crescer dentro de mim querendo sair.

— Goze para mim — diz Jud.

Deus... Ela me está deixando louco!

Tremo. Fecho os olhos. Curto.

Sinto-me indefeso. Sou um brinquedo em suas mãos, em seu corpo. Então, sua boca toma meu queixo e o chupa com delicadeza, com desejo.

De novo, ela mexe a pelve. Suspiro e, quando a ouço gemer, assumindo o controle, porque estou quase chegando ao clímax, com um movimento seco afundo nela o máximo que consigo.

Caralho!

Vibramos, trememos juntos e, quando acho que nada pode superar o que aconteceu, Jud começa a se mexer mais rápido. Então, abro os olhos e vejo Josef fazendo-a subir e descer sobre mim.

— Gosta assim? — pergunta ela.

Não posso responder.

Seus movimentos certeiros, que se encaixam sem descanso em meu pênis, são indescritíveis. Engolindo os suspiros de minha mulher como ela engole os meus, juntos chegamos ao sétimo céu abraçados no balanço de couro.

Esgotado.

Estou esgotado quando, ao abrir os olhos, encontro os de Josef. Sei o que ele quer, o que está olhando. Sem hesitar, abro as nádegas de minha mulher. Judith me observa. Aceita. E, sem que nos mexamos, Josef passa lubrificante no ânus dela e introduz um dedo. Minha pequena se mexe de prazer.

Tesão selvagem...

Ver Josef fazer isso no ânus de Jud e ela me olhar e se mexer, desejosa, é... é... Nossa... Nem sei como descrever.

Então, Josef se posiciona, introduz o pênis na abertura que ele mesmo dilatou e Jud se arqueia para recebê-lo.

Meu corpo inteiro fica arrepiado, enquanto ele, segurando os quadris de minha mulher por trás, afunda nela mais e mais.

— Curta... Assim... Assim...

Jud vibra, gosta do que ele está fazendo.

— Grite para mim — insisto.

E ela grita. Deixa-se levar pelo momento e, juntos, curtimos o sexo anal de Josef enquanto nos olhamos nos olhos e minha mulher, feliz, grita para mim.

★ ★ ★

Meia hora depois, quando saímos do chuveiro, vestimos de novo nossas fantasias amassadas e nos despedirmos de Josef.

Vamos buscar umas bebidas. Estamos morrendo de sede.

Oferecem-nos vinho de tâmaras. Não quero isso, mas Jud me incentiva a beber. Então, bebo. Se não há outra coisa, o que posso fazer?

Enquanto percorremos os diversos salões, vemos as pessoas fazendo sexo livremente em busca de prazer. Nada mais.

No caminho, vemos Félix, que está convidando as pessoas a se aproximarem. Cheia de curiosidade, Jud me puxa para ir olhar. Eu já sei o que vou encontrar. Ginebra está amarrada em uma cadeira enquanto um homem a penetra, outro bate em seus seios com uma vara e uma mulher a beija.

Olhando de fora, o que eles fazem pode parecer o mesmo que nós fazemos, mas há uma grande diferença. Ginebra concorda com tudo que Félix propõe sem fazer perguntas, e vice-versa, mas Jud e eu sempre pedimos permissão um ao outro. Para nós, é vital estarmos de acordo nos jogos, e tenho certeza de que nunca faríamos algo assim.

Então, Félix nos vê. Sorridente, vem até nós.

— Querem brincar com minha mulher complacente? — pergunta ele.

Jud e eu negamos com a cabeça. Nem loucos!

— Eric, você sabe que Ginebra permite tudo, especialmente em se tratando de você — insiste Félix.

Mas que idiota!

Como ele me diz uma coisa dessas na frente de minha mulher?

Quando noto o olhar furioso de Judith, incomodado com o comentário dele e advertindo-lhe que, se passar dos limites na frente de meu amor, a idade é a última coisa que vai me importar, sibilo:

— Félix, acho que esse comentário foi desnecessário.

Ele me olha. Da última vez que nos vimos, eu disse que Judith não sabia de suas propostas e que assim tinha que continuar. Ele se desculpa em silêncio, pega uma jarra de vinho de tâmaras e umas taças e, enchendo-as, diz:

— Desculpem, meu comentário foi inadequado.

Pegamos as taças. Bebemos.

A última coisa que quero é estragar a festa.

Jud conversa com ele. Eu também. Meu amor comenta que sabe o que está acontecendo com Ginebra e lhe dá sua opinião. Félix assente. Escuta-nos. Sabe que temos razão quanto à saúde dela e os jogos extremos que pratica.

— Por Ginebra, sou capaz de qualquer coisa, Eric. E, se ela quiser isto, ou a lua, é o que terá — declara ele.

Continuar falando com Félix é inútil. Ninguém vai fazê-los mudar. E, quando Björn e Mel, que estão saindo de um reservado, aproximam-se de nós, para sair dali, digo:

— Vamos beber algo que não seja vinho de tâmaras e coisas do tipo.

— Estamos dentro! — afirma Björn, satisfeito.

★ ★ ★

Passam-se as horas e a festa continua. Todos nós queremos luxúria e sexo.

Mel e Jud vão ao banheiro.

— Sem sombra de dúvidas, Ginebra e Félix se divertem — sussurra Björn.

Quando olho, vejo-a de quatro, nua, atravessando o salão, sendo puxada pela coleira que Félix segura. No caminho, ele continua oferecendo a mulher e, de imediato, um homem de uns setenta anos aceita. Fica atrás dela, coloca um preservativo e faz sexo anal com Ginebra. Björn e eu observamos em silêncio. Vemos o homem gozar e, depois, outro homem do grupo toma o lugar do primeiro. Félix sorri. Ginebra também. Estão se divertindo. Esse sempre foi o jogo deles. Uma vez que o homem a libera, Gini se levanta e se afasta, enquanto Félix conversa com outras pessoas e bebe.

— Jamais ofereceria minha mulher a qualquer um.

— Nem eu — afirmo com segurança enquanto olho, enojado.

Quando, minutos depois, Jud e Mel voltam, minha pequena está com uma cara estranha. Está séria e seu pescoço, vermelho.

— Aconteceu alguma coisa? — pergunto.

Jud nega com a cabeça.

— Pequena, conheço você, e esses vergões não mentem — insisto.

Ela prague. Leva a mão ao pescoço e, no fim, sorrindo, diz:

— Depois conversamos.

Eu sabia. Sabia que algo estava acontecendo. Mas, sem querer pressioná-la, não pergunto mais. Quando chegarmos ao hotel, ela me contará.

A música muda. Não ouvimos mais arpas e todos aplaudem. É evidente que todos nós precisamos ouvir música moderna. Bebemos e conversamos ao som de "Thinking Out Loud", do Ed Sheeran. Sei o quanto minha mulher gosta dessa música e, querendo que este fim de semana seja especial para nós depois dos dias ruins que tivemos, faço algo que ela não espera: convido-a a dançar.

Feliz, Jud aceita.

Sabe que não sou de dançar e que estou fazendo isso por ela. Só por ela.

Apaixonados, dançamos abraçados a bela canção. Sinto o corpo quente de minha mulher contra o meu e curto sua proximidade. A letra é tão bonita que, olhando para Jud, murmuro:

— Como diz a letra, continuarei amando você até os setenta. E sabe por que, pequena?

Emocionada, minha moreninha me olha.

— Porque, apesar de nossas brigas e nossos desencontros, eu me apaixono por você todos os dias — declaro.

Nossa mãe, que coisa mais melosa!

Nunca me imaginei dizendo algo com tanto sentimento. E Jud, que acho que lê meu pensamento, murmura com um sorriso:

— Eu te amo... Babaca.

Ouvir isso preenche minha alma e meu coração, e sorrio. Aperto-a de novo contra meu corpo e dançamos um pouco mais antes de voltar para o grupo.

Mais tarde, Jud conversa com Mel longe de nós enquanto Björn e eu comentamos o que vemos ao redor.

— Vim lhe oferecer o cachimbo da paz — diz alguém.

Ao me virar, encontro Félix segurando dois copos. Entrega um a Björn e outro a mim. E, antes que eu diga qualquer coisa, murmura:

— Peço desculpas de novo por meu comentário de antes. Como você disse, foi inadequado. Não sei no que eu estava pensando.

Assinto. Outros amigos se aproximam de nós. Tomando um gole da bebida que ele nos deu, advirto:

— Que isso não se repita.

— Fique tranquilo — afirma Félix.

A música anima cada vez mais os convidados e cada vez mais gente dança na pista improvisada. De onde estou, sorrio. Acho que essa é umas das melhores festas em que estive.

— Vamos dançar com as garotas? — proponho a Björn.

— Você dançando?! — ironiza ele, rindo.

— Por que não?

Animado, sorrio e, depois de dar de ombros, vou andando até onde minha mulher está dançando.

Quando chego a Judith, pego-a pelos quadris e balanço ao som da música. Ela me olha, surpresa.

— Meu amor, juro que vou tatuar na pele a data de hoje — diz ela, rindo.

Rimos. Sem dúvida, eu dançando é algo insólito e a culpa é do vinho de tâmaras. Até para mim é estranho, mas, esquecendo tudo, quero me divertir com minha mulher.

Mas está calor, muito calor. Quando a música acaba, vou com Björn até o bar para pedir uma bebida. Estou morrendo de sede.

Estamos todos animados. Mas, a certa altura, preciso de um pouco de ar. Olho para Björn para avisá-lo, mas ele está conversando com Ulrich. O calor me domina, queima, e me dirijo à saída.

Preciso do ar fresco de fora.

Ao sair do palacete, o frio me faz tremer, mas não me mexo. Deixo que o ar me envolva, preciso respirar. Mas, quando começo a tiritar, decido entrar.

Estou congelando vestido de gladiador!

Já no salão, fico tonto.

Caralho, o que está acontecendo?!

Seguro-me na parede e me sento. Penso no maldito vinho de tâmaras. Com certeza foi isso.

Respiro. Vejo outras pessoas saindo e quero ir também.

Por fim, decido esperar alguns minutos. Com certeza vai passar.

Como havia imaginado, a tontura passa e eu me levanto.

Continuo caminhando, mas, de repente, minhas pernas ficam bambas. Caralho! Decido me sentar outra vez, e então, ouço ao meu lado:

— Eric, você está bem?

Levanto a cabeça e encontro Félix. Está sério.

— Sim. Acho que... — respondo.

Mas não posso continuar...

De repente, tudo fica cor de laranja, do laranja passa ao vermelho, ao azul... A música vai ficando longe e ouço a voz de Félix:

— Vamos, acompanhe-me.

Mal consigo me levantar.

O que está acontecendo?

Minha vista está turva e as cores brilham de novo ao meu redor.

Que loucura!

Enquanto caminho ajudado por ele, sinto a mesma coisa que sentia quando era garoto e experimentava drogas. Meu corpo pesa. As cores ficam brilhantes, muito brilhantes! E, quando me sento em algo que parece estar flutuando no ar, umas mãos se enroscam em meu cabelo. Sem saber onde estou, porque mal consigo ver, murmuro:

— Pequena... é você?

— Sim, amor, sou eu.

Sorrio. Minha garota está comigo. Aceito seu beijo... Seu beijo quente e apaixonado.

62

Barulho...
    Música...
    Suspiros...
    A festa de Alfred e Maggie...
    Está tocando uma música de que minha pequena gosta...
    Qual é o nome? Qual é o nome dessa canção barulhenta?
    Abro meus olhos pesados e lenta, muito lentamente, olho ao redor.
    Estou no quarto negro e me vejo refletido no espelho. Estou nu, sentado no balanço de couro preto em que antes estive com minha pequena.
    O que estou fazendo aqui?
    Olho ao redor. Onde está Jud?
    Tento me mexer, mas, de repente, minha cabeça gira.
    Caralho... O que foi que eu bebi?
    Levo a mão à cabeça e sinto a boca pastosa. Estou com sede.
    Ficando de pé, sinto-me zonzo. Ao ver uma jarra com água em cima de uma mesinha, pego um copo de plástico limpo e bebo. Que sede!
    Minha roupa de gladiador está no chão. Pego-a. Coloco-a. E, com uma dor de cabeça considerável, abro a cortina negra e saio em busca de Judith.
    Por que ela não está comigo?
    A festa continua. Vejo as pessoas ao redor fazendo sexo e se divertindo.
    Procuro Jud, Björn, Mel, mas não os encontro. Uma mulher se aproxima e me oferece vinho de tâmaras, mas recuso. Acho que já bebi o suficiente.
    Os minutos se passam e vou ficando furioso.
    Onde diabos está minha mulher?
    Contrariado, procuro-a em todos os quartos do palacete, mas não a encontro. Não encontro nem ela nem Björn. Pergunto a alguns amigos, mas eles não sabem me dizer. Então, quase recuperado da tontura, a passos largos, dirijo-me à chapelaria para pegar meu celular.
    Ligo para Björn. Sei que Jud deixou o celular no hotel. Um toque, dois e, no terceiro, ouço:
    — Eric...
    — Onde diabos vocês estão?
    — Eric... escute...
    A voz de Björn me deixa alerta.
    — O que está acontecendo? Jud está com você? — pergunto, acelerado.

— Está... Sim, ela está aqui.

Mas noto algo estranho nele.

Alguma coisa não está bem. E, quando fico sabendo que estão no hotel e o ouço dizer que é melhor eu a deixar em paz esta noite, explodo!

Que bobagem é essa?

Björn está estranho. Não entendo nada, e ouço Jud dizer:

— Confiei em você, maldito filho da puta. Confiei na nossa relação, mas já vi que você não é a pessoa que eu achava que era.

Não estou entendendo nada. Por que ela diz isso?

Desconcertado como nunca antes, ciente de que pela primeira vez aconteceu algo que fugiu ao meu controle, digo:

— Jud, meu amor, ouça-me...

— Não. Não vou ouvir porque você não merece. Eu te odeio.

— Jud! — grito, angustiado.

Como assim me odeia? Por quê?

Estou desesperado. Tento lembrar o que fiz, quando ouço a voz de Björn.

— Que merda você fez, babaca? — pergunta ele.

O quê?!

Não aguento mais.

Não sei o que diabos aconteceu.

— Não sei, Björn! Quer fazer o favor de me contar o que aconteceu?! E por que Jud não está aqui comigo, e sim com você? — grito, descontrolado.

Ele bufa. Não diz nada. Não me explica.

— Onde você está, Eric? — pergunta ele.

Praguejo. Faço menção a todos os antepassados de meu amigo e grito, sem me importar com quem me olha ao passar:

— Na festa! Onde mais estaria?!

Marco de me encontrar com ele na entrada e Björn se despede e desliga o celular. E eu, como um babaca, não sei o que pensar. Não sei o que imaginar. Só sei que devo ter feito algo de que não me lembro. E, quer eles acreditem ou não, foi sem querer.

O que foi que aconteceu?

Que diabos aconteceu?!

Desesperado, entro de novo no palacete e bebo mais água. Estou com uma sede descomunal. A seguir, volto para fora. Odeio estar nessa festa sem Jud, do mesmo modo que odeio saber que aconteceu algo que fugiu ao meu controle.

Espero. O tempo parece eterno, até que vejo o carro de Björn chegar e me levanto. Desço a escadaria da entrada e, então, meu amigo, depois de descer do carro, aproxima-se e me dá um soco que me joga contra a parede.

Caralho!

Fico mais puto ainda, muito mais, especialmente quando o sabor amargo do sangue inunda minha boca. Olho para meu amigo. Não estou para bobagens. Mas Björn, com uma cara que poucas vezes vi desde que nos conhecemos, sibila, furioso:

— Como você pôde fazer isso? Como pôde fazer isso com Jud?

Limpo o lábio.

O sangue escorre por ele.

Preciso que alguém me explique o que está acontecendo. Ciente de que a coisa é grave, tento me acalmar.

— Não sei o que fiz a Jud, mas tenho certeza de que algo terrível aconteceu! Acredite ou não, acordei há pouco sentado no balanço do quarto negro. Nu e sozinho.

Björn me olha. Prageja. Então, olha o sangue que brota de minha boca e, tirando um lenço do bolso, entrega-o a mim e diz:

— Jud viu você com Ginebra na sala onde acordou.

O quê?!

— E não só ela. Eu vi também, e se não disse nada foi porque você estava muito animado e eu não queria fazer um escândalo na festa.

Não consigo respirar.

Entendo as palavras de meu amigo.

Sexo.

Fiz sexo com Ginebra e Jud me viu?

Mas... como isso foi acontecer?

Fico desesperado, tentando lembrar.

A festa... Jud... As cores... E, de repente, percebo quem atingiu seu propósito e como. Foi Félix, para atender ao desejo de sua mulher. Eu sei. Tenho total certeza ao lembrar da bebida que ele me ofereceu e eu aceitei.

Eu, que me considero o homem mais esperto do mundo.

Eu, que cada vez que Judith sai digo a ela para ter cuidado para que ninguém abuse dela.

Eu, que me julgo um Deus, fui drogado, enganado e usado como um brinquedinho sexual!

Caralho!

A raiva me domina. Mas mais por Jud que por mim. Saber que minha pequena, que meu amor, viu aquilo e está sofrendo me enlouquece. Dou meia-volta e, sob o olhar sério de Björn, entro de novo no palacete enquanto sibilo:

— Ginebra e Félix... Vou matá-los! Vou matá-los!

Juro que vou matá-los.

O que eles fizeram é imperdoável e, assim que os encontrar, vou acabar na prisão, mas eles acabarão embaixo da terra. Maldição!

Björn me segue enquanto solto palavrões e procuro os dois. Meu amigo não está entendendo nada.

— Ginebra está morrendo — revelo.

Sua expressão indica que ele não sabia de nada. Então, eu lhe conto o que sei e as propostas que rejeitei desde o dia em que os encontrei naquele restaurante.

Björn me escuta, praguaja, e eu fico desesperado. A essa altura, a única coisa que me preocupa é minha pequena.

— Meu Deus, jamais me perdoarei pela dor que isso está causando a Jud.

Caminho em busca deles, mas Björn me detém. Insiste para que faça exames para saber que droga utilizaram. Mas isso não me importa e, furioso, dou um soco na parede.

Caralho, acabei com minha mão! Que dor!

— Está tudo bem por aqui?

Ao me virar, encontro Alfred e Maggie. Eles me olham surpresos ao ver minha raiva e minha mão ensanguentada. Quando lhes pergunto por Félix e Ginebra, eles dizem que já foram embora.

Caralho... Caralho...

Não faz mal. Irei atrás deles.

Vou sair, quando Alfred insiste:

— Aconteceu alguma coisa?

Assinto. Praguejo, fazendo o palacete tremer, e explico:

— O que aconteceu foi que esses dois ignoraram a principal regra da festa: o respeito. E garanto que vão me pagar.

Então, sem vontade de continuar falando com eles, dirijo-me à saída furioso e com sede de vingança.

Mas Björn me alcança e murmura:

— Jud não quer ver você.

Não me interessa. Ela vai me ver, querendo ou não.

Discutimos.

Ele me faz entender que prometeu a minha mulher que não permitiria que eu me aproximasse dela, e fico desesperado. Não fiz nada por vontade própria. Nunca na vida teria feito algo tão terrível como isso que aconteceu.

— Eu amo minha mulher acima de tudo e, se tiver que passar por cima de você para que ela me escute, farei isso, entendeu?

A expressão de meu amigo muda.

— É o mínimo que eu esperava de você — diz Björn.

Sem demora, entramos no carro. Ele arranca a alta velocidade, acelerado como eu. Björn acredita em mim. Sabe quem sou e que eu nunca faria isso com Jud, e sou grato por seu apoio. Agradeço de coração.

Quando chegamos ao hotel, estou tremendo de nervoso. Não fiz nada consciente, mas estou inquieto, desnorteado. Ao entrar na sala que compartilhamos na suíte, Mel, que está ali sentada, grunhe, dirigindo-se a Björn com cara de brava:

— Você sabe que Jud não o quer aqui.

— Ela é minha mulher — esclareço, caso ela tenha esquecido.

Mel e Björn discutem. Ela não quer que eu me aproxime de Judith, mas, por fim, nós dois juntos a convencemos e Mel me deixa entrar no quarto deles, onde minha pequena está dormindo. Jud não quis ficar em nosso quarto.

Em silêncio, eu me aproximo dela. Quero tocá-la, mas tenho medo de ser rejeitado. Então, acaricio sua cabeça. Ela sempre gostou de massagem na cabeça e, com carinho, mexo as mãos. Judith sorri ao sentir meu toque, ronrona. Mas, de repente, dá um pulo na cama e, cravando os olhos escuros em mim, sibila:

— Você é um desgraçado.

— Meu amor...

— Ah, não! — grita. — Não sou mais seu amor! — E, antes que eu possa falar, continua: — Você me decepcionou, humilhou, envergonhou, ofendeu, insultou, desprezou, pisoteou. Acha que agora vou escutá-lo?

Assinto, em seu lugar eu estaria igual ou pior.

— Jud...

Mas ela está fora de si. Grita comigo. Conta com raiva o que viu. Insulta-me. Afasta-se de mim. Tudo que faço é em vão. Tudo que digo é inútil. Judith está furiosa, e não consigo chegar a ela.

— Jud, devem ter posto algo em minha bebida. Não me lembro de nada, meu amor. Juro que não me lembro de nada, só de acordar sozinho no balanço no quarto negro do espelho. Nunca faria algo que pudesse magoar você. Você sabe disso. Eu sei que sabe!

Ela me olha. Sei que está pensando no que eu disse. Mas, então, sem aviso prévio, ela pega o controle da televisão de cima do criado-mudo e o joga em mim. E seguem-se outras coisas, e eu vou me esquivando dos objetos. Até que ela pega um pesado abajur de cerâmica e eu sibilo:

— Você não seria capaz!

Mas, sim, seria!

Com fúria, ela arranca o fio da tomada e joga o abajur em mim. Por sorte, não me acerta, mas, ao cair no chão, espatifa-se em mil pedaços.

O barulho faz Björn e Mel entrarem no quarto. Jud fica brava com eles, em especial, com Björn. Ele havia prometido que eu não me aproximaria dela, e a decepcionou. Meu amigo, tentando me ajudar, diz:

— Eu conheço Eric. Somos amigos há muito tempo e acredito no que ele está dizendo. Disse que tudo isso tem que ter uma explicação, e não duvido da palavra dele. Eric adora você, Jud, e sei que ele nunca faria uma coisa dessas.

Agradeço suas palavras, agradeço por Björn confiar em mim. Mas, então, vejo minha mulher arrancar o telefone da parede como uma louca e gritar:

— E só porque você acredita eu tenho que acreditar também?!

Nossa... Jud está enlouquecida!

Então, Mel se mete no assunto e, olhando para minha mulher, pergunta:

— Pretende destruir o quarto?

Mas, em vez de recuar, Jud joga o telefone na parede com toda sua raiva.

— Parece que sim — murmuro.

Ela me expulsa.

Expulsa-me do quarto, de sua vida. Não quer falar comigo. Ameaça jogar o celular em minha cabeça. Quando vejo que não vou conseguir nada, pelo menos não por ora, digo, antes de sair do quarto:

— Eu te amo mais que a minha vida, Jud, e, antes de magoar você, meu amor, eu me mataria ou arrancaria meu coração.

Olhamo-nos. Mas, dessa vez, seu olhar é frio, impessoal. Entendo, pois não deve ter sido fácil para ela ver o que viu. Dou meia-volta e saio do quarto desesperado.

Uma vez na sala, esfrego os olhos. Minha cabeça dói.

— Trouxe o remédio? — pergunta Björn.

Assinto. Sem dizer nada, ele vai ao quarto que antes era meu e de minha mulher e encontra os comprimidos na nécessaire. Entregando-me o remédio e uma garrafinha de água, diz:

— Tome o que for preciso e vá dormir.

— Björn...

— Eric — interrompe —, você conhece sua mulher melhor que eu. Do jeito que ela está agora, acho que é melhor deixá-la em paz, não acha?

Meu amigo tem razão. E arrasado, porque vejo que duas pessoas más destruíram minha vida, tomo dois comprimidos, bebo um gole de água e vou para o quarto descansar. Se bem que já nem sei o que é isso.

63

A viagem de volta de carro não está sendo fácil.

Judith não fala comigo e, embora eu tente de tudo, não consigo me conectar com ela.

Quando chegamos em casa, as crianças vêm nos receber e, como perfeitos atores que somos, interpretamos nossos papéis. Abraçamos nossos filhos, enquanto Björn e Mel abraçam Sami e Peter. Mas eu só tenho olhos para minha garota, minha Jud.

Minha mãe aparece. Ela está feliz, mas, depois de cumprimentar Judith, crava os olhos em mim e diz:

— Eric, filho, sua cara não está nada boa. Você está bem? — E, olhando atentamente para mim, acrescenta: — Parece que seu lábio está um pouco inchado.

Invento que bati na porta do carro. Acho que ela não acredita, mas tanto faz. Não vou lhe contar a verdade. E, como não quero que ela saiba além da conta, apesar de minha dor de cabeça e do risco que corro, vou até minha mulher e passo a mão por sua cintura. Jud me olha. Não gosta de minha proximidade, mas entende por que estou fazendo isso. Há pessoas que nos amam a nossa volta.

Sua proximidade me encanta; *ela* me encanta. Mas, quando cravo os dedos em sua cintura para puxá-la mais para mim, ela me olha e sibila:

— Não abuse, babaca.

Ela...

Seu gesto...

Seu olhar...

Precisando de minha mulher, beijo-a. Ela não retribui. Está fria. E, quando a solto, murmura, furiosa:

— Se fizer isso de novo, vou lhe dar um chute no saco na frente de sua mãe.

Assinto. Solto-a para não a deixar ainda mais furiosa. Sem dúvida, ela seria capaz disso.

Entramos em casa e Jud se afasta de mim.

— Não a provoque. Você está se arriscando — murmura Björn.

Bufo. Sei por que ele está dizendo isso.

— Eu preciso dela, Björn. E preciso que acredite em mim.

A seguir, pego meu celular. Digito o número de Félix. Não atende. Digito o de Ginebra. Também não atende.

— Esses filhos da puta vão me pagar — sibilo, furioso.

Björn assente, pousa a mão em meu ombro e responde:

— Conte comigo.

Digito um número de novo. Sei em que hotel estão hospedados, Ginebra me disse. Ouço a voz da recepcionista. Pergunto por eles e meu coração se acelera quando me informa que vai transferir a ligação.

Olho para Björn quando ouço a voz de Félix do outro lado:

— Alô...

— Filho da puta — digo, furioso.

Intuo que ele reconhece minha voz e desliga. Quando ameaço ir ao hotel atrás deles, Björn me detém.

— Que diabos você vai fazer?

Não sei. Não sei o que vou fazer, mas sei que tenho que ir atrás deles.

Meu amigo me tranquiliza. Sabe que estou furioso e tenta me acalmar. Diz que irá comigo, depois, falar com eles no hotel.

Estou cego de fúria. Quero ir já. Mas, ao ver minha mãe, Jud e as crianças, sei que tenho que me acalmar. Se não por mim, por eles. Talvez Björn tenha razão. Tenho que ir com a cabeça fria, não quente como está agora.

Vejo Jud sair da sala. Penso em ir atrás dela, mas decido lhe dar espaço. Então, a pequena Hannah corre para meus braços e eu a pego no colo. Eu amo meu Monstrinho.

Passa um bom tempo e nada de Jud aparecer. Minha mãe volta para sua casa. Fico inquieto pela ausência de minha mulher e, ao ver a cara de Mel, pergunto por ela:

— Onde ela está?

Ela passa a mão no cabelo. Isso deixa claro que não vai abrir a boca.

— Pelo amor de Deus, Mel, não vê que Judith pode fazer uma bobagem? — insiste Björn.

Ela bufa. Olha para as crianças. Ao ver como Peter nos observa, intuo que o garoto sabe de alguma coisa e pergunto:

— Você sabe onde ela está?

— Não, ele não sabe — responde Mel depressa.

Björn vai até seu filho. Ele nos olha com cara de assustado. Depois de falar com o menino, meu amigo se dirige a sua mulher e sibila:

— É sério que você o fez *hackear* os computadores do aeroporto?

Contemplo Mel, surpreso. Ela suspira e, vendo-se desmascarada, acrescenta:

— Pelo amor de Deus, Björn, Jud precisava disso.

Ele me olha. Eu olho para ele.

— Félix e Ginebra vão para Chicago e Jud está indo para o aeroporto — diz Peter, olhando o relógio.

Caralho... caralho... caralho...

Sinto meu estômago revirar.

Minha pequena é muito visceral e tenho medo de que faça uma bobagem. Pegando meu celular, ligo para ela.

— Jud, maldição, onde você está?

Mas ela não responde. Desliga.

Ligo de novo, não uma, mas mil vezes. Nada. Jud deve ter desligado o celular.

— Vou para o aeroporto — digo, então.

Björn e Mel me detêm. Estou totalmente descontrolado.

— O voo para Chicago sai daqui a vinte minutos — informa Peter.

Não vou chegar. Não vou chegar para deter Judith.

Passa-se mais de uma hora, mas, para mim, parecem sete. Toca o telefone de Mel. Ela olha para nós, e compreendo que é Jud. Ela fala com minha mulher e, quando desliga, diz:

— Ela está vindo para casa. E fique tranquilo, não encontrou aqueles desgraçados.

Assinto. Suspiro. De certo modo, fico tranquilo por saber que ela não fez nenhuma loucura.

— Vamos para casa. Ela quer tranquilidade — diz Mel a Björn.

Meu amigo me olha e eu anuo. Acho correto o que Jud pediu. Quando eles vão embora e Pipa leva as crianças para o quarto para o soninho da tarde, peço a Simona e Norbert que vão embora. Quanto menos gente houver em casa quando Jud voltar, melhor.

Desesperado, aguardo sua volta morrendo de dor de cabeça devido à tensão que estou vivendo. Quando a vejo pela janela de meu escritório, observo-a. Está séria, derrotada. Ela não está bem, assim como eu. Mas não me importo comigo, só com ela.

Judith entra em casa e vai diretamente para a cozinha. Vou também e, ao abrir a porta, vejo-a bebendo uma Coca-Cola.

— Jud, o que você fez?

Sem me olhar, e sem pressa, ela bebe, pensando em sua resposta.

— Nada do que pretendia fazer. Vou tomar um banho.

E passa por mim sem me tocar, sem sequer encostar em mim.

Não a sigo. Ela não me pediu espaço, mas sei que o necessita. Já nos conhecemos. Por isso, vou para o escritório, sento-me diante de minha mesa e, fechando os olhos, tento me acalmar.

Um bom tempo depois, atraído como um ímã, subo para nosso quarto. Ao entrar, ouço música, essa que Jud tanto adora e que eu aprendi a curtir.

Ela está no banheiro, de onde vem a música. Escuto várias canções bonitas. Sento-me na cama e começa a tocar "Ribbon in the Sky", de Stevie Wonder, que para mim ganhou um significado especial com Jud.

Fico sentado alguns instantes, até que não aguento mais e, mesmo sabendo que estou me arriscando, abro a porta do banheiro.

— Você está bem? — pergunto ao vê-la, enquanto a voz de Stevie Wonder nos cerca.

Ela me fuzila com o olhar. Sei que vai soltar uma das suas. Mas, surpreendendo-me, ela diz:

— Não.

Suspiro. Olho para ela e Jud desliga a música.

— Fora de minha vista — sibila ela.

Não me mexo...

Não sei o que fazer...

— Quando quiser, podemos conversar em meu escritório — digo.

Ela balança a cabeça. Não diz nada, só me olha com ódio. Arrasado, fecho a porta do banheiro e sinto uma terrível vontade de chorar.

Por quê? Por que isso tinha que acontecer conosco?

Como não quero que ninguém me veja nesse estado, eu me isolo em meu escritório. E, ao fechar a porta, sinto meu queixo tremer e as lágrimas correrem por meu rosto. Choro em silêncio. Choro com vergonha do que aconteceu, e choro sentindo que minha vida está destruída.

Eu amo Jud. Sei que ela me ama, mas algo dentro de mim me diz que essa rasteira da vida, ou melhor, de Ginebra e Félix, vai nos custar muito caro.

Preciso me acalmar, de modo que decido pôr uma música, como minha pequena me ensinou. Quando ligo o aparelho de som, começa a tocar a canção dos Alejandros dela. O rastro de minha mulher está por todo lado. Ela é dona de minha vida, de nossa casa e de meu coração. Sentindo-me a pessoa mais idiota do mundo por não ter me dado conta do jogo sujo daqueles dois, eu me sento no sofá em frente à lareira e choro enquanto os Alejandros que ela tanto adora cantam "A que no me dejas".

Passa-se uma hora. Desligo a música. Não aguento mais chorar. Jud não vem. E, quando aceito que não virá falar comigo, a porta do escritório se abre e ela aparece, bonita como sempre. Olho para ela. Ela entra e fecha a porta. Não posso afastar o olhar dela. E, depois de um silêncio constrangedor para os dois, tentando não desabar, murmuro:

— Sinto muito, Jud. Sinto muito, meu amor, mas eu juro que...

— Não jure — interrompe ela. — Eu sei o que vi.

Assinto. Sem dúvida, não deve ter sido agradável. Mas insisto em minha inocência, e ela, surpreendendo-me, entende que fui enganado.

— Eu sei. Mas eu vi. Vi como você a beijava, como... como...

Seu rosto...

Seu desespero...

Tudo isso me dá certa esperança.

— Eu não tinha consciência do que estava fazendo. Não me lembro de nada...

Conversamos. Peço-lhe perdão. Tento me comunicar com ela, mostrar que estou arrependido, apesar de ser algo que fiz contra minha vontade. Mas Jud está furiosa, muito furiosa, e começa a desvairar.

— O justo seria isso. Que eu ficasse com o homem que mais raiva lhe causasse, na sua frente, não?

Nossa...

Imaginar algo assim é impossível.

— Não... — sibilo.

Jud me olha. Seu olhar continua frio.

— Babaca! Como você não percebeu? Você é tão esperto para outras coisas, e não foi capaz de perceber o que ia acontecer com essa gentalha? — grita ela.

Judith tem razão.

Eu me sinto o homem mais imbecil do mundo e não sei o que responder. E, de repente, ela pede para eu ir embora.

Como?!

Ir embora de minha própria casa?

Ah, não... isso, não.

Estou em minha casa, embora não dê importância para os bens materiais. Mas não. Definitivamente, não vou embora.

Sem avaliar minha resposta, digo:

— Estou em minha casa.

Ela me olha. Caralho, como me olha!

— Pois vou eu — replica, levantando o queixo.

Ela vai sair, mas reajo.

Aonde vai? Aonde diabos minha mulher quer ir?

Segurando-a, com medo do abandono, digo:

— Jud, você não vai a lugar nenhum.

Mas não adianta. Ela fica colérica. Não quer me ouvir. Então, deixando-se levar por esse lado seu que me desespera, sem que eu me dê conta, ela me dá tamanho chute no saco que me faz dobrar ao meio.

Caralho, que dor!

Caio de joelhos no chão e fico me contorcendo, vendo as estrelas e todas as constelações, mal podendo respirar.

Caralho... Caralho... Caralho...

Jud não se mexe. Observa-me. Até que dá meia-volta e sai do escritório.

Tento me levantar, mas não consigo. A dor na virilha me deixou sem forças.

Como é bruta!

Que ideia me dar um chute num lugar desses!

Tento respirar...

Tento me levantar...

Quando levanto, furioso, mesmo morrendo de dor, saio atrás dela a passos largos. Alcanço-a antes que chegue à escada e, fora de mim, grito na cara dela:

— Nunca mais na vida faça isso!

Ela me olha. Grita. Continua me xingando enquanto a levo de novo ao escritório à força.

Sei que eu também não falei com ela com delicadeza, mas, caralho, que chute! De volta ao escritório, ela grita que me odeia.

Tudo bem, pode me odiar. Pode me odiar quanto quiser, mas temos que conversar. Ela tem que entender que o que aconteceu com Ginebra foi contra a minha vontade.

Mas, em vez de falar, gritamos.

Ambos estamos descontrolados, quando a porta do escritório se abre e aparece Flyn, confuso. Peço-lhe que volte a seu quarto, mas ele não se mexe. E Judith se lança contra ele também, cheia de recriminações.

Tento acalmá-la, mas é impossível. Judith é um maldito vulcão em erupção e, apesar de minhas palavras e da expressão horrorizada de Flyn, ela grita:

— Eu dei meu sangue pelos dois, mas vocês são uns mal-agradecidos! Você como marido e você como filho! E sabe de uma coisa, Eric? Eu desisto!

Não... Ela não pode dizer isso. Não... Ela não...

— Decidi que, se Flyn não me quer como mãe, eu não o quero como filho. Chega de desaforos, de cara feia e grosseria. Estou farta, farta de ter que andar sempre pisando em ovos com vocês.

Flyn olha para mim. Eu olho para ele. Ambos sabemos que ela tem razão.

— Estou tão furiosa com os dois que não quero ser racional, simplesmente quero que me deixem em paz para poder viver. Sem sombra de dúvidas, esta é sua casa, Eric Zimmerman, mas as crianças que estão dormindo no andar de cima são meus filhos, não só seus, e não vou permitir que...

Medo. Um medo enorme toma conta de mim.

Ouço suas palavras, mas não quero entendê-las.

— Jud, o que você está dizendo? — murmuro, assustado.

— Estou dizendo que quero o divórcio. Estou dizendo que quero ir embora daqui. Estou dizendo que meus filhos vão comigo, e que...

Deus, não!

O que estou ouvindo não pode ser verdade.

Minha pequena... Não... Ela não pode estar dizendo isso. Não pode me deixar. E, depois de trocar um olhar com Flyn, que está chorando, exclamo:

— Jud, pare! Flyn, vá para a cama.

O garoto nega com a cabeça.

Algo me diz que ele se sente culpado, que as palavras de sua mãe tocaram seu coração. E, embora eu insista, ele não se mexe e pergunta, atônito:

— Vocês vão se separar?

— Não — respondo sem hesitação.

Como vou viver sem meu amor?

— Sim. Não era isso que você queria? — diz Judith.

Olho para ela. Não gosto do que está dizendo e do modo como fala com ele. Flyn ainda é uma criança. Será que ela não percebe que está aturdido diante do que está presenciando? E, quando vou intervir, ele murmura, choroso:

— Não... Vocês não podem se separar. Não podem ficar assim por minha culpa. Eu...eu...

Eu sabia! Sabia que ele ia se sentir culpado com as palavras de Judith. Na esperança de que ela seja sensata ao ouvir isso, olho para ela, mas, surpreendendo-me, ela diz:

— Sabe de uma coisa, bonitinho? Sua atitude ajudou bastante. Obrigada, Flyn!

Caralho!

Como pode dizer isso a ele?

Furioso com sua pouca sensibilidade, grito seu nome. Chamo a atenção dela, mas nada. Ela não quer me ouvir, de modo que pego nosso filho pelo braço e, desejando que me escute, digo:

— Flyn, não se preocupe com nada. Mamãe e papai estão discutindo por...

— Mamãe?! — berra minha mulher, interrompendo-me. — Desculpe, mas ele mesmo já deixou bem claro uma infinidade de vezes que não sou a mãe dele, que sou só a mulher de seu pai, ou sua madrasta, não é, Flyn?

O quê?!

Do que ela está falando?

Olho para meu filho em busca de explicações e, por sua cara, vejo que Judith está dizendo a verdade.

— Vamos, seja corajoso e diga a seu paizinho o que me disse mil vezes quando ele não estava!

Alucinado!

Estou alucinado.

Flyn não fala, e Jud verbaliza tudo aquilo que andou calando por meses. Descubro coisas terríveis. Que Flyn pingou algo na comida dela e lhe provocou diarreia, que a desprezou diante de seus amigos, que ignorava totalmente as coisas que Jud lhe dizia.

— Segredos... Segredos. Há segredos demais entre nós — diz ela, olhando para mim.

Meu Deus... Meu Deus...

Então, Judith tira a aliança. Isso não é bom.

Joga-a com desprezo em cima da mesa de meu escritório e sibila:

— E, falando em segredos, foi terrível você me esconder que foi seu filho que pegou meu anel para vendê-lo em uma casa de penhor e, ainda por cima, mentir dizendo que o encontrou no porta-malas do seu carro!

Nãããããooo...

Como ela descobriu?

— Por acaso, você acha que sou boba? Acha que eu não ia descobrir a verdade? Pois sim, descobri e me calei para ser boa com ele e com você. Vocês se merecem. Malditos Zimmerman!

Flyn e eu nos entreolhamos.

Fomos pegos!

Sinto-me mal. Sinto-me péssimo.

Menti como um imbecil sobre algo que ela deveria saber desde o início.

— Jud... Meu amor... Eu... — murmuro, ciente de minha grande falha.

Mas ela não me deixa falar. Não quer me escutar. Insisto para que Flyn saia. O que está acontecendo é desagradável, muito desagradável.

— Mamãe... Sinto muito... Desculpe — diz o garoto.

É de partir o coração.

Diante de mim está a pessoa que mais amo neste mundo. Mas, com uma frieza que eu não esperava, minha pequena replica:

— Deixe-me em paz. Eu não sou sua mãe.

Flyn desaba.

Chora mais e, sem pensar nem mais um segundo, tiro-o do escritório. Peço que nos deixe. Suplico dizendo que preciso falar com sua mãe e que mais tarde irei a seu quarto para falar com ele. Quando ele vai embora, volto para Judith.

Conversamos a sós, e ela me relembra o que viu. As imagens não lhe permitem esquecer, e ela explica que, se houvesse sido o contrário, eu teria reagido pior. Assinto. Não quero nem imaginar.

— Jud, não me deixe. Não tenho culpa do que aconteceu.

Ela não responde. A dor causada por tudo não lhe permite dizer nada. Derrotado ao ver a escuridão que se fecha sobre mim, eu me ajoelho diante dela e suplico:

— Não me deixe, meu amor. Por favor, pequena, ouça-me. Eu não era dono de meus atos. Não sabia o que estava fazendo. Castigue-me, fique brava comigo, humilhe-me com seu desprezo, mas não fale em divórcio. Não fale em se separar de mim porque minha vida sem você não terá sentido. Sem você e sem as crianças eu...

Não posso continuar. A angústia se apodera de meu corpo e sou tomado por uma terrível vontade de chorar devido a tudo que aconteceu. Suplicarei, me arrastarei, farei o que for preciso, mas não posso permitir que ela me deixe.

Eu fiz muitas coisas erradas, começando por não estar atento ao que estava acontecendo com nosso filho. Mas, quando vou falar, ela sussurra:

— Levante-se, por favor, levante-se. Não quero ver você assim.

Faço o que ela me pede.

— Daqui a alguns dias irei à Feira de Jerez. Irei sem você, mas levarei Eric e Hannah — diz ela, afastando-se de mim.

Não... Não quero que ela vá sem mim.

Não quero que ela e meus filhos desapareçam de minha vida.

O desespero toma conta de mim. Preciso fazê-la cair em si. Tenho que conseguir fazê-la recordar quanto me ama. Aproximando-me dela, pego-a nos braços do jeito que sei que ela gosta. E, quando seu corpo bate contra a estante de livros, incapaz de dizer o que sinto, murmuro:

— Jud, não brinque com fogo, ou pode se queimar...

Olhamo-nos...

Desejamo-nos...

Mas ela, conservando uma frieza que eu sou incapaz de demonstrar, empurra-me, afasta-se de mim e sibila:

— Meu querido Eric, eu já me queimei. Agora, tome cuidado você para não se queimar.

E, sem mais, desaparece de minha vista, deixando-me sozinho, arrasado e desconsolado.

64

Sozinho...

Sinto-me sozinho e arrasado.

Faço tudo que está ao meu alcance para passar mais tempo com Jud. Diminuo minhas horas na Müller. Não vou jogar basquete com meus amigos. Tento estar com ela e com as crianças, mas sinto que isso a incomoda. Ela não me quer ao seu lado.

Em seus momentos livres, ela pega a moto e sai. Sai sem dizer nada a Flyn nem a mim, e eu fico morrendo de preocupação.

E se acontecer alguma coisa com ela?

Por isso, no fim de semana, Flyn e eu propomos a Jud sair para andar de moto, coisa que ela nunca recusaria. Mas ela recusa. De novo demonstra que não quer estar conosco, e isso dói. Mas, cada um a sua maneira, sabemos que merecemos.

Björn nos dá a notícia de que vai ser pai: Mel está grávida. E eu tiro sarro de meu amigo. De o solteiro mais cobiçado de Munique, depois que eu abandonei meu posto, agora ele vai ser pai de três filhos. Ele ri, satisfeito. Está feliz; já marcaram a data do casamento. Não será em Las Vegas, e sim em Munique, mas, como Mel quer, será uma cerimônia íntima e informal.

À noite, escuto as músicas de Judith na solidão do escritório. As músicas que ela me ensinou a apreciar, a entender, e sinto minha alma se rasgar ao ouvir a letra de algumas canções.

O anel da discórdia, que ela deixou na mesa de meu escritório, eu coloquei em seu criado-mudo. Quero que o veja. Que o pegue. Que o ponha. Mas passam-se os dias e o anel continua ali, e ela continua sem sorrir. Não tocou nele. E, embora me doa ver que não o colocou, pelo menos não o tirou de lá. Continua onde o deixei, e só espero que em breve eu o veja de novo em seu dedo.

Por sua vez, Flyn faz como eu. Inclusive, volta a chamá-la de mamãe. Mas minha pequena não reage. Não o escuta, não lhe interessa, como eu não lhe interesso.

Isso dói em nós. Flyn e eu comentamos. Mas ambos sabemos que a levamos ao limite, e Judith se fechou e precisa pensar. Parou de sorrir, e isso não é bom. Em casa, todos sabemos disso, só não sabemos o que fazer.

Tento me aproximar dela, mas é impossível. Ela me evita, não quer ficar comigo, e eu sinto que a cada dia que passa preciso dela mais e mais.

Na escuridão do escritório, vejo-a passear à noite pelo condomínio, muito pensativa, com Susto e Calamar.

O que será que está pensando?

O que será que não está me dizendo?

Um dia... Outro... Outro... Mas nada muda.

Por isso, certa tarde, quando volto cedo do trabalho, precisando fazer algo diferente, mando Simona e Norbert para casa e combino com Flyn de fazermos o jantar.

Nós!

— Papai, poderíamos fazer pizza — diz o garoto.

Vejo-o tirar algo do congelador e, ciente de que eu não sei fazer nada e o garoto também não, assinto.

— Maravilha. Pizza e Coca-Cola, Jud vai adorar!

Colocamos a mão na massa. Queremos recuperar nossa espanhola. Indo até a sala, onde ela está jogada no sofá com Susto e Calamar vendo uma série de zumbis sangrenta chamada *The Walking Dead*, aviso-a, e Jud concorda com o jantar.

Depois de meu filho e eu arrumarmos a mesa e deixarmos as pizzas sobre ela, decido ir buscar Judith. Ao me ver, ela me olha com pouco entusiasmo e, levantando-se, segue-me até a cozinha. Todo cavalheiro, puxo a cadeira para que ela se sente.

— Quer gelo para a Coca-Cola? — pergunta Flyn.

Isso me faz sorrir. Ele sabe que ela dirá "sim", pois Jud gosta de Coca-Cola com muito gelo. Mas, então, ela pergunta com acrimônia:

— Quanto seu pai lhe pagou?

Meu filho e eu nos entreolhamos. Não entendemos a razão disso.

— Vocês são iguaizinhos — diz ela, de cara feia.

Não protesto.

Não digo nada.

Flyn também não.

É foda que Judith nos trate assim, mas eu mereço. Nós merecemos.

Então, ela se levanta e enche o copo com muito gelo. Não permite que o menino o faça. Flyn me olha e eu lhe peço calma. Temos que lhe dar espaço e tempo.

Quero atrair a atenção de Jud, de modo que Flyn e eu começamos a falar de futebol. Sabemos que isso a fará entrar no jogo, porque, ao contrário de mim, ela é louca pelo assunto. Mas Judith nem olha para nós. Redobro meus esforços e menciono o time do coração dela, o Atlético de Madrid. Ao ouvir esse nome, ela levanta a cabeça.

Ótimo!

Contudo, assim como a levanta, volta a baixá-la e não diz nada, absolutamente nada. E, a seguir, sem mal comer, levanta-se e anuncia:

— Continuem jantando. Vou ver meus mortos-vivos. São mais interessantes que vocês.

Uma vez que ela desaparece da cozinha com seu copo de Coca-Cola na mão, Flyn e eu nos olhamos. Não adiantou nada nosso esforço, o jantar que preparamos.

— Papai, por que mamãe não sorri mais?

Suas palavras acabam de me arrasar. Ele também notou.

— Por nossa culpa, Flyn.

Meu filho balança a cabeça. Arca com sua parte da culpa. E, levantando-se, comenta enquanto recolhe os pratos:

— Parece que ela não gostou do jantar.

— Parece que não... — concordo.

Em silêncio, jogamos a pizza que sobrou no lixo. A seguir, meu filho vai para seu quarto e eu fico como um bobo no hall, sem saber o que fazer, até que entro na sala e pergunto:

— Você vem para a cama?

Jud nem me olha.

Nem sequer se vira, quando responde:

— Estou sem sono. Vá você.

Decepção.

Isso é o que eu sinto.

Estou lhe dando tempo, espaço, sendo paciente, fazendo tudo que posso e imagino, mas ela me ignora totalmente. Dando meia-volta, vou para o quarto, onde solto um suspiro ao fechar a porta e ver o trinco que ela pôs no passado para preservar nossa privacidade.

Bons tempos, aqueles!

Tiro a roupa, estou com calor. Então, vejo o anel, que continua onde o deixei.

Fecho os olhos.

Ela não vai mesmo colocá-lo de novo?

Olhando para o teto, as horas passam. Minha cabeça dá voltas. Até que ouço a porta se abrir. Judith. São quatro e dez da madrugada. Meus olhos, adaptados à escuridão do quarto, seguem-na. Vejo-a vestir seu pijama bonito e sensual e, ao sair do banheiro, deitar na cama.

O calor que ela irradia, embora nem me toque, entra em meu corpo, e a necessidade de abraçá-la e de me comunicar com ela se torna desesperadora.

Sei que ela sabe que estou acordado; eu me mexi para que ela soubesse. Em poucos dias ela irá para Jerez, depois do casamento de Björn e de Mel. Mas ela, virando para o outro lado para não me ver, logo adormece. E eu continuo acordado.

Passam-se as horas. Não consigo dormir. E, quando ela começa a se mexer, pousa a mão em meu peito. Fecho os olhos. Gosto de seu toque. Pegando sua mão com cuidado, levo-a à boca e a beijo. Beijo-a com carinho, com amor.

★ ★ ★

No dia seguinte, depois de passar um dia angustiante no escritório, sem parar de pensar nela, quando chego em casa, vejo Jud na garagem, ao lado de sua moto. Imagino sua intenção.

Depois de desligar o motor do carro, faço festa para Susto. A música que ela está ouvindo no celular inunda todos os meus sentidos. Tentando sorrir, cumprimento-a. Preciso que ela veja positividade em mim. Nunca vou jogar a toalha e desistir dela.

Começa a tocar "Thinking Out Loud", de Ed Sheeran. Sei quanto ela gosta dessa canção e, depois de trocar algumas palavras com Jud, pergunto, esperançoso, enquanto ela checa a calibragem dos pneus da moto:

— Dança comigo, pequena?

— Não.

Sua firmeza acaba comigo.

— Por favor — insisto.

Sem esperar outra negativa, pego-a e a aproximo de meu corpo.

Sei que isso é arriscado com Jud, mas, incompreensivelmente, ela não se afasta e começamos a dançar na garagem.

Dançar com minha mulher é a melhor coisa. O cheiro de seu corpo me enlouquece. E, depois de lhe dar um beijo carinhoso na testa, murmuro com um fio de voz:

— Sinto saudades, Jud. Sinto tanto a sua falta que acho que estou ficando louco.

Ela me olha. Ergue uma mão e a descansa em minha nuca. Fico emocionado. É a maior aproximação que tivemos em dias. Só me falta vê-la sorrir. E, com todo o sentimento que sou capaz de transmitir, sussurro:

— Desculpe, pequena. Peça-me o que quiser...

Mas o momento se quebra, pois Norbert entra subitamente na garagem. Não sei por que solto Judith, mas solto. E ela vai embora. Despeço-me de Norbert e corro atrás de minha mulher. Sei que está em nosso quarto. Mas, quando entro, ela me olha com expressão sombria e sibila:

— Não faça mais isso que você fez, ou irei embora desta casa.

Ouvir isso gela minha alma.

Não quero que ela vá embora. Eu preciso dela. Preciso dela para viver.

Como não vou querer me aproximar dela?

★ ★ ★

O casamento de Mel e Björn é um momento de alegria para todos, e curtimos muito. A felicidade de nossos amigos é primordial para nós, e por fim vejo Judith sorrir. Se bem que seus sorrisos nem foram provocados por mim nem se dirigem a mim.

Nossa relação continua fria e distante e, embora disfarcemos diante dos outros, está sendo difícil. Imagino que para ela também.

A certa altura, estou com o pequeno Eric, quando minha mãe se aproxima.

— O que está acontecendo, filho? — pergunta ela.

Eu me faço de desentendido (Judith me ensinou a fazer isso).

— Do que está falando? — digo.

O pequeno Eric corre para Pipa e, quando vou atrás dele, minha mãe me pega pelo braço e, me olhando nos olhos, murmura:

— Eric, sou sua mãe, e as mães sempre sabem o que acontece com seus filhos, isso para não dizer que conhecem até o jeito como eles respiram. O que está acontecendo com você e Judith?

Suspiro. Não gosto de ficar contando minhas coisas a ninguém.

— Muito bem. Vou perguntar a ela — afirma minha mãe.

Quando vejo que ela vai se afastar, pego seu braço e sussurro, atraindo seu olhar:

— Mamãe, Jud e eu não estamos passando por um bom momento, e, se você for perguntar a ela, as coisas podem piorar.

— Ah, filho, eu sabia! Sabia!

— Mamãe...

A última coisa que quero é o dramatismo de minha mãe.

— Quando vi que vocês não se beijavam e se abraçavam como sempre, imaginei!

— Mamãe, não exagere.

— Exagerar? Pelo amor de Deus, filho, Jud e você são o casal mais melado que já vi na vida, cheio de olhadinhas, sorrisinhos e beijinhos.

— Mamãe...

Minha mãe ri, e, no fim, eu também. Sei que ela tem razão. Jud e eu somos excessivamente carinhosos e possessivos um com o outro.

— Quando ela vai para Jerez? — pergunta ela, a seguir.

Pensar nisso me atormenta, me deixa louco.

— Daqui a uma semana.

Minha mãe assente. Não sei o que está pensando, mas ela logo pergunta:

— Quer que eu fique esta noite com as crianças para vocês ficarem sozinhos?

Penso, mas sei que Jud não vai gostar.

— Não, obrigado.

— Mas, filho, ficarem sozinhos facilitaria a reconciliação, e...

— Esqueça, mamãe. Outro dia.

Ela suspira, assente e, por fim, diz, abraçando-me:

— Tudo bem, cabeça-dura. Mas você já sabe: estou aqui para o que precisar.

Dou-lhe um beijo na cabeça.

— Eu sei, mamãe... eu sei...

A festa continua e, embora veja Judith dançando com Mel e seus amigos, sei que não está feliz. Conheço seu olhar, e a mim ela não engana.

A certa altura, quando a família toda está junta, aproveito e pego minha mulher pela cintura. Mas com cuidado, com tato, só para disfarçar. E minha mãe, que está falando com ela, olha para mim e diz:

— Você deveria viajar com Judith. Férias juntos sempre fazem muito bem aos casais. Por que você não vai?

Caralho... Essa minha mãe!

Mas eu já não falei sobre esse assunto com ela?

Por sorte, Klaus propõe um brinde ao noivos e mudamos o foco de atenção. Judith, ao ver que Björn, diz a Mel para brindar com suco e não com champanhe, posto que está grávida, comenta, dirigindo-se à amiga:

— E eu, como boa amiga, vou me solidarizar e brindar com suco também.

Isso me faz sorrir. E, quando Björn olha para ela e pergunta por que, eu esclareço:

— Judith não gosta muito de champanhe.

Emocionada, Mel brinda a seu bebê e a todos que estão a caminho, como o de minha irmã.

— O que você tem, meu amor? — pergunta Björn, ao ver a mulher chorar.

Suspiro. Eu já sou especialista no assunto. E, olhando para meu amigo desconcertado, explico:

— Ela está grávida, com os hormônios descontrolados.

65

Passam-se os dias e tudo continua igual. Exceto por duas coisas: Björn mandou o escritório Heine, Dujson e Associados às favas, e Peter, seu filho, deu-nos um belo susto. Devido a um problema pontual com seu pai, ele fugiu de casa, mas, por sorte, tudo acabou bem. Graças a Deus.

Estou no escritório, mergulhado em meus papéis, quando recebo uma ligação de minha mãe. A bolsa de minha irmã estourou e ela está só de sete meses e meio. Vou correndo para o hospital. Minha mãe está histérica, e eu, que não sou o mais indicado porque fico nervoso com assuntos médicos, tento acalmá-la.

Onde está Judith?

Quando vou ligar para ela, vejo-a aparecer no fim do corredor. Acelerado, vou até ela e murmuro, em busca de sua positividade:

— Marta está tendo o bebê. Estão fazendo uma cesárea de emergência.

Jud balança a cabeça. Ao ver como minhas mãos tremem, ela pousa a sua em meu ombro e murmura:

— Calma, vai dar tudo certo.

Mas eu sou muito negativo, eu sei. Insisto em meus medos, e ela me acalma de novo. Até que ouvimos minha mãe dizer:

— Ai, meu Deus, que agonia... que agonia.

Depois de trocar um olhar comigo, Jud vai até ela e a consola. Ainda bem que minha pequena está aqui.

Passa-se o tempo. Nascem outros bebês, até que, de repente, uma porta se abre. Meu cunhado sai e anuncia com um grande sorriso:

— Marta está bem e a pequenina também, mesmo pesando só dois quilos e duzentos gramas.

Felizes, nós todos nos abraçamos. E, quando abraço minha mulher, sua proximidade me dá vida. Pura vida.

Vamos ver a pequena Ainhoa na incubadora, através do vidro. Fico olhando para ela encantado.

Sou tio de novo!

Sou tio de uma linda menina que tenho certeza de que vou adorar.

— É uma Zimmerman, querido — murmura Jud.

O fato de ela me chamar de "querido" é um grande passo.

Olho para ela, sem saber se a abraço ou se a beijo. Mas, então, minha mãe diz que podemos ir ver Marta e esqueço o que estava pensando. Melhor assim.

★ ★ ★

Horas depois, quando saímos do hospital, noto que estou nervoso. É a primeira vez em muito tempo que Jud e eu ficamos sozinhos fora de nossa casa. Ao chegar à saída do hospital, eu paro e digo:

— Meu carro está estacionado ali.

— Deixei a moto no fundo — responde Jud.

Isso me surpreende. Ela não está com roupa de *motocross*. Ao ler as perguntas em meu olhar, ela esclarece:

— Peguei sua BMW.

Sorrio. Ela adora pilotar essa moto potente. Satisfeito por Jud se sentir livre para pegá-la sempre que quiser, digo, apesar da decepção de ela não voltar comigo:

— Vá com cuidado.

Então, o amor de minha vida dá meia-volta e se afasta de mim. Sem pensar duas vezes, chamo-a. Ela me olha e pergunto, esperançoso:

— Janta comigo?

Desejo que ela diga "sim"...

Preciso que ela diga que sim...

Mas ela diz "não".

Merda!

Insisto, imploro, mas nada a faz mudar de ideia. Suspirando, enfio as mãos no bolsos e vou para o carro. Preciso encontrar outra maneira.

Sentado ao volante, vejo Jud passar de moto. Rapidamente, arranco e vou atrás dela. Estamos indo para casa.

Dois carros se interpõem entre nós, caralho!

Ela sai do estacionamento e, impaciente, espero que os outros dois veículos saiam também. E, quando saio, acelero. Sei que caminho ela vai fazer. Por sorte, o semáforo do fim da rua está amarelo e ela freia. Eu acelero, alcanço-a e buzino.

Jud olha. Vejo seus lindos olhos através da viseira do capacete e sorrio.

O semáforo fica verde e ela sai em disparada. Vou atrás dela e, quando vou parar ao seu lado porque chegamos a outro semáforo, um imbecil se interpõe com seu carro. E o pior, percebo que começa a falar com Jud.

Quem diabos é esse sujeito?

O semáforo fica verde e ela acelera de novo. O sujeito do carro também, e eu não vou deixar por menos. Ultrapasso o carro e, no semáforo seguinte, eu é que paro ao lado de minha mulher, enquanto o idiota de trás está me dando nos nervos.

Por que está buzinando para Jud?

Ela me olha. Leio a provocação em seu olhar. Não é a primeira vez que ela me olha assim e faz todo o meu corpo se arrepiar. Ela é minha musa, minha deusa, meu tudo. Quando o semáforo abre e me coloco atrás dela, ela trapaceia, muda de pista e não consigo mais segui-la.

Puta que pariu!

Chego a casa furioso por não ter percebido o que Judith ia fazer. Depois de afagar Susto e Calamar, vou ver meus filhos. Eric e Hannah me abraçam, felizes. Flyn está em seu quarto. Surpreso, vejo que está fazendo o dever de casa. Então, conto a ele de sua nova prima e ele me escuta animado.

Uma vez que sei que meus filhos estão bem, espero um pouco a chegada de Judith. Mas ela não aparece. Como preciso fazer alguma coisa, decido tomar um banho de piscina.

Dou um mergulho...

Dois...

Sete...

No oitavo, não aguento mais e saio.

Onde estará minha mulher?

Passa-se o tempo. Meus filhos jantam e depois vão para a cama. Já se passaram horas desde que ela saiu a toda velocidade. De repente, ouço o barulho da moto. Pela janela, vejo-a chegar e vou para a garagem.

Quando abro a porta, ela desliga o motor.

— Estava preocupado com você — digo.

Judith olha para mim, dá de ombros e, com a passividade dos últimos tempos, diz:

— Já estou aqui.

Passa por mim. Não me beija, não me olha, não fala comigo, e eu conto até cinquenta. A cada dia que passa fico com menos paciência. E, embora tente me controlar, porque sei que é necessário, tenho medo de explodir. Não posso fazer isso.

Por isso, ciente de que esta noite é apenas mais uma, vou para o escritório. Vou deixá-la em paz.

Escuto Norah Jones. Sua voz é relaxante.

Durante um bom tempo escuto músicas que só me fazem pensar em Jud, até que ouço uma voz.

Flyn?

Sem fazer barulho, eu me levanto. Abro a porta com cuidado e vejo Jud entrar na sala e fechar a porta. Flyn vai atrás dela e, quando ele entra, ao ver que não fecha a porta, saio de meu escritório. Escondido como um criminoso, escuto a conversa dos dois.

Judith não está facilitando as coisas. Não fala nada.

Só ouço Flyn falar, abrir seu coração. Reconhece tudo que fez de errado e, conforme vou escutando, vou ficando doente.

Como pude ser tão cego, não perceber nada?

Saber das sacanagens que nosso filho fez com Jud e que ela guardou para si para não me preocupar me faz ver que sou um péssimo pai. Cego de trabalho, deixei responsabilidades demais recaírem sobre minha mulher. E, ainda por cima, reclamava quando ela tentava me contar o que estava acontecendo.

Não só fui um mau pai, mas também fui um péssimo marido.

Angustiado, ouço nosso filho dizer com um fio de voz:

— É tudo culpa minha. Tentei deixar vocês desesperados, no limite, e tudo porque o pai de Elke se separou de sua madrasta e eu pensei que, se conseguisse o mesmo, ela me...

O quê?

Como?

É sério que meu filho tentou que sua mãe e eu nos separássemos para que a idiota da Elke lhe desse mais atenção?

Tremo inteiro. E, quando digo *inteiro,* quero dizer inteiro mesmo.

— Flyn, ouça — diz ela, por fim.

— Não, mamãe, por favor, ouça você — insiste o garoto, choroso. — Eu... eu não posso permitir que você e papai se separem por minha culpa, e...

Não ouço mais nada. Ambos se calam e, quando me assomo, vejo que Jud o está abraçando. Fico grata por ela fazer isso por Flyn.

— Eu te amo, mamãe... Desculpe, por favor... Irei para um colégio militar se você e papai quiserem, mas me perdoe...

— Está perdoado, meu querido. Nunca duvide disso.

Eu me apoio na porta.

Saber que pelo menos eles conseguiram conversar, entender-se, reencontrar-se, é a melhor coisa do dia. E sorrio ao ouvir Jud acrescentar:

— E agora pare, ou vou ficar cheia de vergões.

Pela fresta da porta vejo os dois se olharem, se abraçarem, se comunicarem, e morro de inveja. Contudo, não posso ser egoísta. Isso é entre ela e ele, e eu estou sobrando nessa conversa. Mas, a seguir, nosso filho diz:

— Agora você tem que conversar com o papai. Você não está bem, ele não está bem, vocês têm que conversar. Você sempre diz que conversando é que a gente se entende.

Sorrio com tristeza. Ouvimos Jud dizer essa frase uma infinidade de vezes. Curioso para saber o que ela responde, vejo que só o que ela faz é se esquivar. Judith não se compromete, embora o garoto insista:

— Mas não quero que vocês se separem.

Ouvir isso me faz fechar os olhos.

Sei que as palavras de Flyn devem estar doendo nela como em mim. Ao notar os vergões em seu pescoço, sem poder continuar impassível, digo, enquanto entro pela porta:

— Flyn, ouça sua mãe. Faremos todo o possível para resolver nossos problemas, mas, por favor, respeite nosso direito de decidir o que for melhor para nós.

Judith olha para mim. Sem dizer nada, agradece minhas palavras. Então, o garoto olha para ela e, abraçando-a, afirma:

— Adoro que você seja minha mãe.

Eu também adoro. Depois de me abraçar também, Flyn sai.

— Obrigado por escutar e perdoar Flyn — digo.

O amor da minha vida assente, engolindo o nó de emoções que sei que está sentindo.

— Agora, só falta me perdoar — acrescento.

Minha pequena não se mexe. Vejo seus olhos cheios de lágrimas, mas também vejo que ela não quer que eu a toque. De modo que, com esforço, dou meia-volta e volto para o escritório, de onde não saio a noite toda. Não consigo lidar com a dor que tudo isso está me provocando.

★ ★ ★

Começo o dia seguinte mal. Depois de falar com o piloto de meu jatinho, marco com ele às nove da manhã no aeroporto para acertar os últimos detalhes da viagem de Jud e das crianças à Espanha.

Passo o dia trancado no escritório. Sei que ali não incomodo Judith. À noite, depois de as crianças irem para a cama, quando subo ao andar superior, ouço música. Está baixinha, mas sei que é ela. Sigo a melodia e chego ao closet das crianças. Minha mulher está ali arrumando as malas enquanto ouve seus Alejandros, *"A que no me dejas"*, e mentalmente começo a cantar a letra emocionante que sei de cor, enquanto sinto meu coração se acelerar.

Incapaz de não dizer nada, entro e murmuro:

— Sempre gostamos dessa música, não é?

— Sim — afirma ela, sem olhar para mim.

Eu me aproximo um pouco mais, e ela suplica:

— Não, Eric... agora não.

Preciso derrubar as muralhas de sua dor, como diz a canção. Não posso abandoná-la. Não quero que ela me abandone, e sei que ela não quer me deixar.

O que está acontecendo conosco?

Pela primeira vez em muitos dias, Jud fala comigo, abre o coração:

— Eric, cada vez que fecho os olhos, vejo a imagem de Ginebra e você juntos se beijando, e... Não... Não... Não consigo...

Xingo Ginebra e seu marido!

Eles são os culpados por nossa situação. E, sabendo que Jud não virá a mim enquanto não esquecer o que aconteceu, murmuro:

— Eu não tenho nem um único instante com você que queira esquecer. Fecho os olhos e sinto você ao meu lado beijando-me com amor e doçura. Fecho os olhos e vejo você sorrindo com nossa cumplicidade de sempre, e me desespero quando os abro, e vejo e sinto que nada disso existe mais.

Meu amor olha para mim.

Sei que ela entendeu o que eu disse, assim como sei que sabe que não sou de falar de sentimentos. Mas ela mudou minha vida, meu rumo, a mim. E, seguro do que sinto, insisto:

— Como diz a canção, vou fazer todo o possível para que você recorde nosso amor e aprenda a esquecer. Preciso que só você e eu estejamos em sua cabeça. Só você e eu, meu amor.

— Não sei se vai conseguir — responde ela.

Com doçura, passo a mão pelo lindo contorno de seu rosto e, sem beijá-la, embora morra de vontade, murmuro, olhando-a nos olhos:

— Você é minha pequena, eu te amo e conseguirei.

Ela me olha. Olho para ela. E, dando um passo para trás para evitar pisar na bola e acabar sendo rejeitado, saio do quarto sentindo meus olhos, meus malditos olhos de que ela tanto gosta, se encherem de lágrimas. Então, eu me tranco em nosso banheiro, onde me dispo, tomo banho e choro como uma menininha.

★ ★ ★

Depois de uma noite em claro por saber que será a última antes de muitas sem ela, quando chegamos ao hangar onde está o jatinho, eu me aproximo de Jud, que está com Hannah adormecida em seus braços.

— Divirtam-se — murmuro.

— Pode deixar — afirma ela.

— Vou sentir saudades — digo com desespero.

— Eu também.

Olhamo-nos.

Olhamo-nos de tal maneira que por fim sussurro:

— Morro de vontade de beijar você, mas sei que não devo.

Ela nega com a cabeça, vejo dor em seu olhar.

— Não. Não faça isso — pede ela.

Nesse instante, Pipa, que acaba de deixar Eric no avião, aproxima-se para pegar a pequena e levá-la para dentro também. Então, depois de um segundo de incerteza, murmuro:

— Ligue-me quando chegarem a Jerez.

— Está bem — assente meu amor.

A seguir, dá meia-volta, sobe o primeiro degrau, e eu enlouqueço.

Percebo que ela está indo embora, e, agarrando-a, esqueço tudo que andei respeitando nos últimos dias e a beijo. Preciso recordar seu sabor, preciso muito. E, quando acaba o beijo rápido, apoio minha testa na dela e murmuro, enlouquecido de dor:

— Desculpe, meu amor, eu precisava fazer isso.

Jud me olha. Não diz nada. Dando meia-volta de novo, desaparece dentro do jatinho. Sua frieza me deixa arrasado.

Minutos depois, quando o jatinho começa a rodar pela pista e decola, eu me sinto o homem mais infeliz da face da Terra. Ela me deixou e se recusou a recordar.

66

Dois dias...

Faz dois dias que Jud partiu, e minha vida é uma merda.

Mal durmo, no trabalho não consigo me concentrar e, quando volto para casa, apesar da presença de Flyn, Simona, Norbert e dos cachorros, sinto-me sozinho.

À noite, quando Calamar dorme, Susto me faz companhia. Não se afasta de mim. Noto que sente tanta falta de Judith quanto eu, e, incompreensivelmente, falo com ele e desabafo.

Susto não se mexe. Fica me ouvindo, suportando, e eu, em troca, recompenso-o com presunto royale e até lhe permito deitar no sofá comigo para ver filmes.

Se Jud visse, não acreditaria.

* * *

No terceiro dia, estou na empresa, quando recebo uma ligação.

Minhas investigações para encontrar Ginebra e Félix deram frutos, e agora sei onde estão. Ligo para Frank, o meu piloto, e marco com ele no aeroporto. Esses dois vão me ouvir, alto e claro.

Falo com Simona e aviso da viagem. Digo que vou a Edimburgo, mas vou para Chicago. Mas, antes, mando uma mensagem a Björn, que está na Eurodisney com Mel e as crianças.

Vou para Chicago. Só você sabe.

Instantes depois, meu telefone toca. Quando atendo no viva voz, ouço Björn dizer:

— Que diabos você vai fazer em Chicago?

No hora, praguejo.

— Mel não está ouvindo, está? — pergunto.

— Não. Ela está com as crianças em um brinquedo.

— Não lhe diga nada.

— Por quê?

— Porque não, Björn. Não quero que Jud saiba aonde vou. Conhecendo-a como a conheço, sei que ela vai achar que vou para o contrário.

Faz-se um estranho silêncio na linha, até que meu amigo diz:

— Tome cuidado. Ligue-me quando voltar, e não faça nenhuma bobagem, entendeu?

— Está bem. Divirtam-se — afirmo, sorrindo com tristeza.

Dito isso, desligo. Minutos depois, saio do carro e entro em meu jatinho. Tenho que ir para Chicago.

Depois de mais de onze horas de voo, aterrissamos na linda cidade. Um motorista que contratei está me esperando no aeroporto para me levar ao Mercy Hospital.

Quando chego, vou com calma para os elevadores. Tenho que ir ao quinto andar, quarto 521.

Sem pressa, mas sem demora, ao chegar ao quarto, abro a porta e entro. A imagem que encontro é penosa. Ginebra está prostrada em uma cama, cercada de aparelhos e sedada. Ao me ver, Félix se levanta bruscamente da cadeira e, olhando para mim, murmura, com lágrimas nos olhos:

— Ela está muito mal... muito mal.

Olho para a mulher de olhos fechados. Mesmo no umbral da morte, ela continua tendo um magnetismo especial. Mas, sem me importar com seu estado, porque ela não se importou comigo, sibilo:

— Foda-se ela e foda-se você.

Félix balança a cabeça. Depois de olhar uma última vez para Ginebra, eu o pego pelo braço e digo:

— Vamos sair daqui. Por mais furioso que eu esteja, ensinaram-me a respeitar os moribundos.

Saímos do quarto. Com frieza e cara feia, levo Félix, atordoado, até o fim do corredor. Solto seu braço e, aproximando meu rosto do dele, sibilo, em minha pior versão de *Iceman*:

— Você é um maldito filho da puta. Eu disse que não e, mesmo assim, você não desistiu até conseguir.

— Eric...

Furioso com a traição dele, eu o empurro contra a parede.

— Eu odeio você, maldito filho da puta, assim como odeio Ginebra. E, se existe um Deus justo, sei que ele está fazendo vocês pagarem tirando a vida dela.

— Eric, não diga isso...

Ele chora desconsoladamente. Mas sua dor não é a minha.

— Você nunca respeitou nada nem ninguém. Sempre se achou acima do mundo, mas isso acabou. Pelo menos comigo, acabou. E, para ser sincero, acho que para ela também acabou — insisto, com frieza.

Desespero. Minhas palavras lhe causam desespero.

— Você acabou com a minha vida. E não me interessa o estado de Ginebra. Para mim, dá na mesma que morra ela ou você. Nenhum dos dois vale nada para mim. E se estou aqui é para alertá-lo a nunca mais na vida se aproximar de mim ou de algum dos meus, porque, senão, juro por minha vida que você vai se arrepender de ter me conhecido.

E, sem dizer mais nada – ou vou quebrar a cara dele ali mesmo –, dou meia--volta e saio do hospital, sem me importar com a frieza de minhas palavras – saíram do fundo de meu coração.

Uma hora depois, quando decolamos de Chicago, sabendo que eu disse a esse desgraçado tudo que tinha que dizer, fecho os olhos, furioso. Por sorte, nunca mais verei nenhum dos dois.

★ ★ ★

Os dias passam e mal falo com Jud. Não quero sufocá-la.

À noite, quando Flyn dorme, fico andando pela casa como uma alma penada retardando o momento de ir para o quarto. E em algumas noites durmo no sofá. Acho que é melhor assim.

Na empresa, tudo continua como sempre. Trabalho, trabalho e trabalho.

A Müller é uma empresa em crescimento e, apesar dos incríveis resultados, isso não me faz feliz. Minha felicidade depende de Judith.

Björn me liga. Continua na Eurodisney, mas preocupado comigo. Ele sabe que não estou bem e tenta me animar, mesmo de longe, e eu lhe agradeço enormemente.

Quando desligo, penso em meu amigo. Em sua felicidade. Em seu bebê que vai nascer. Então, o telefone toca de novo. Ao ver o número, sei quem é. Fico preocupado e atendo depressa:

— Olá, Manuel. Aconteceu alguma coisa com Jud ou as crianças?

Mas imediatamente meu sogro responde:

— Calma, Eric, Judith e as crianças estão bem.

Pensar que poderia ter acontecido alguma coisa com eles me preocupa. Já mais calmo, converso um pouco com meu sogro. Pergunto por Jud e as crianças e me agrada saber que estão se divertindo, apesar de eu não estar incluído nessa curtição.

Estou escutando Manuel, quando ele diz:

— Não sei o que aconteceu entre vocês, mas sei que algo está atormentando minha moreninha, e não gosto de vê-la assim.

Imaginar que ele possa saber a verdade me deixa envergonhado.

— Manuel, ouça, eu...

— Eric, não — interrompe ele. — Não liguei para você me contar o que aconteceu entre vocês. Só liguei para dizer que, se você a ama, precisa dizer isso a ela. Sei que minha moreninha às vezes é irritante e, com certeza, tira você do sério, mas ela...

— Ela é a melhor coisa que eu tenho, Manuel. A melhor — afirmo, abrindo meu coração.

Conversamos. Ele me incentiva a ir para Jerez, mas sei que ela não quer me ver. Não quero nem imaginar sua cara ou o escândalo que pode fazer se eu aparecer por lá.

— Não estou insinuando nada, mas minha moreninha é uma garota muito bonita e animada, e se a virem sozinha na feira... Você sabe, uma dancinha aqui, outra dancinha acolá... — completa ele.

Fico alarmado.

Se meu sogro me liga e diz isso, deve haver algum motivo. E, sem me importar com o que minha mulher possa pensar quando me vir, afirmo, seguro como nunca antes na vida:

— Amanhã estarei aí.

Manuel solta uma risada. Se sua filha souber dessa ligação, vai matá-lo.

— Não esperava menos de você, rapaz. E, a propósito, esta ligação nunca aconteceu, está bem?

Agora quem ri sou eu. E, feliz como há muitos dias não me sentia, replico:

— Que ligação?

67

Flyn me acompanha a Jerez. Sua presença me reconforta, especialmente vendo seu entusiasmo.

Quando chegamos a Jerez, morremos de calor.

Como a Alemanha é diferente da Espanha!

Se eu estou inquieto, Flyn está ainda mais. Quer reencontrar seus irmãos, seu avô, seus tios, seus primos, o presunto cru do bom, ao passo que eu só desejo ver minha mulher, minha pequena Jud.

Quando chegamos ao evento, meu filho e eu descemos do carro. A feira, cheia de luzinhas coloridas, cavalos, festa e música, está animada, e eu, nervoso, tento estar à altura. Quero que minha mulher me veja feliz.

Ao caminhar para a barraca onde Manuel me disse que estão, minhas pernas vão ficando mais lentas.

— Ai... ai... ai... meu Geyperman veio.

Ao ouvir isso, praguejo. Sebas!

Quando olho para o lado, vejo que o escandaloso amigo de minha mulher se aproxima de mim. Depois de me dar dois beijinhos, ele diz:

— Você é impressionante. Viva a mãe que pariu você!

Sorrio, não posso evitar.

— Olá, Sebas, é um prazer ver você.

— O prazer é meu! Foi só ver você e todo o meu corpo se alegrou.

Rio. Ele ri. E depois que lhe apresento Flyn, que o olha curioso, Sebas diz:

— A bonitinha está na última barraca do fundo à esquerda.

Agradeço a informação. Quando consigo me livrar dele, Flyn, que está impaciente, sai correndo.

— Vamos, papai. É aquela ali.

Assinto, sei qual é a barraca. Mas, de repente, fico apreensivo.

E se Jud ficar brava quando me vir?

E se ela não quiser me ver?

Flyn, que me observa, parece perceber o que estou pensando.

— Papai, mamãe tem que perdoar você. Não se preocupe.

Ouvir isso me faz sorrir. Meu filho é muito novo para saber como as relações pessoais podem ser difíceis.

— Ouça, Flyn. Se mamãe...

— Papai, mamãe ama você. Quando vir você, mesmo que ela faça cara feia, sei que vai ficar contente. Você vai ver!

Sua positividade, essa que Jud se empenhou para nos ensinar nos últimos anos, me dá forças.

— Vamos — digo, respirando fundo.

Faltam poucos metros para chegar à barraca e ouço as batidas de meu coração. Acho que poucas vezes na vida fiquei tão nervoso. De repente, eu a vejo. Vejo minha moreninha. Ela está linda, radiante.

— Vovô! — grita Flyn, emocionado.

Jud também o ouve, porque se vira e, quando o vê, pestaneja. Não acredita que o menino esteja aqui.

— Titio Eric!

Vejo Luz. A menina, que já não é tão pequena, corre para mim. Então, Jud, ao segui-la com o olhar, me vê. Crava os olhos escuros em mim e fica paralisada. Ela não esperava me ver ali com Flyn.

Abraço minha sobrinha, que, enquanto me beija, diz:

— Titio Eric, que alegria ver você aqui!

Beijo Luz, a menina sapeca que eu vi crescer e que agora é uma adolescente espichada.

— Como você está bonita, querida.

— Eu sei — diz ela.

Apontando para um grupo de rapazes, pede:

— Abrace-me outra vez, tio, para que o garoto ali de azul fique com ciúmes pensando que você é meu namorado.

Olho para ela em choque.

O que essa insensata está me pedindo?

Instantes depois, ela se solta de meus braços e corre para Flyn, chamando-o por um nome que prefiro não repetir. Sem dúvida, Luz sabe mais de meu próprio filho do que eu soube em muito tempo.

A seguir, cumprimento meu sogro, Pachuca, Raquel, meu cunhado, Bicharrón e metade da barraca. Todos sabem quem sou, inclusive umas mulheres que não conheço e que me beijam e abraçam, animadas. Como os espanhóis gostam de dar beijos, meu Deus! Depois, beijo meus filhos, que estão felizes de me ver e sorriem. Mas minha mulher continua longe de mim.

Olé!, como se diz aqui.

Olho para Judith. Ela está com os olhos semicerrados. Isso não é bom... Nem se mexeu. Não sorriu. Não sei se está respirando, enquanto a nossa volta as pessoas dançam, batem palmas e cantam animadas.

Raquel vai até ela. Diz alguma coisa. Ambas me olham, e Jud leva a mão ao pescoço.

Os vergões!

Ela bebe alguma coisa. Bebe um copo. Dois...

Por que bebe tanto?

Meu sogro olha para mim. Acho que está com pena de mim.

— Nossa, minha moreninha está brava... — murmura ele.

Assinto. Brava mesmo!

Como ela não se aproxima de mim, decido me aproximar dela. E, quando vou cumprimentá-la, ela diz:

— Olá, babaca.

Maravilha!

Que recepção! Mas não importa. Conhecendo-a como a conheço, sei que esse é o prelúdio de tudo que vou ter que aguentar. Mas não importa. Por ela, qualquer coisa.

Ao ver como alguns homens que não conheço olham para ela, fico enciumado. Sou marido dela, e preciso que todos saibam disso. Mas, quando vou pegá-la pela cintura, ela diz:

— Não se atreva.

Ai, ai...

Ela que não me provoque, porque se há algo com que não lido bem é com o ciúme.

Fico louco ao ver como todos olham para nós. Lembrando algo que ela comentava sempre que eu não queria ir à feira, murmuro:

— Meu amor, metade da feira está nos observando. Quer que as fofocas encham a cabeça de seu pai?

Jud nega com a cabeça, sabe que tenho razão. E, permitindo-me o contato, puxo-a para mim e a beijo.

Sim!

Nosso beijo provoca aplausos e isso me anima. Quando separo meus lábios dos dela, vejo em seu olhar que tem vontade de me dar um chute. E decido cumprimentar alguns conhecidos que estão no grupo.

Judith mal fala, só bebe.

— O que está bebendo? — pergunto.

Ela olha seu copo com certa indiferença.

— Agora, um Solera.

Incentivado pelo grupo, troco meu uísque por um Tio Pepe. Digo que tudo bem, sim, que está muito bom, mas é que eu não sou de beber. Mas tomo o drinque.

Sem sair do lado de minha mulher, vejo os outros cantando, dançando, gritando, rindo e se divertindo, enquanto eu tento me integrar. Mas, caralho, não consigo. Sou completamente arrítmico batendo palmas. Sou alemão! E, quando não aguento mais, depois de um sinal de meu sogro, que me conhece muito bem, afasto-me e vou me sentar com ele. Prefiro assim.

— Estou muito contente por você ter vindo, rapaz — diz Manuel.

Sorrio. E, olhando para meus filhos dormindo em seus carrinhos, respondo:

— Quem não parece muito contente é *sua moreninha*.

Meu sogro olha para a filha, sorri e dá de ombros.

— Garanto que ela está contente. Mas ela é como a mãe, uma *porculera*!

Rio. Não sei bem o que significa essa palavra, mas imagino que deve ser algo engraçado, como *enfadica* ou algo assim.

Gostaria que Jud se sentasse ao meu lado, mas ela não vem. Prefere ficar com seu grupo de amigos a estar comigo, e isso deixa claro que não está feliz em me ver. Merda!

A noite vai passando e percebo que minha pequena bebe muito.

Mas por que tanto?

Quando já não posso mais me calar, vou até ela e sussurro em seu ouvido:

— Não acha que está bebendo demais?

Minha mulher olha para mim. Chama-me de *colega*. Diz que ela sabe se cuidar e, para não fazer uma cena, vou me sentar de novo ao lado de seu pai. Acho melhor ficar calado.

Mas, quando a vejo sair da barraca depressa com uma garrafinha de água na mão, sei o que está acontecendo. Manuel, que a observa também, vai se levantar, mas, detendo-o, digo:

— Fique tranquilo, eu vou.

Minha pequena está vomitando. Vou ajudá-la. Seguro sua testa e pergunto se está bem. Quando acaba de vomitar, ela limpa a boca com um guardanapo que lhe dou e, abrindo a garrafinha de água que tem na mão, enxágua a boca e diz:

— Que desperdício de presunto cru.

Não posso acreditar no que estou ouvindo.

Foda-se o presunto. A única coisa que me importa é ela e seu bem-estar. Então, entramos em um debate sobre se ela deve ou não beber mais. Logicamente, ela me contraria.

Que surpresa!

Raquel, acho que avisada por seu pai, se aproxima, e, antes que ela diga algo, eu lhe peço que fique com as crianças porque quero levar Judith à Villa Morenita. Minha cunhada concorda, mas minha mulher recusa.

Não esperava outra coisa!

Mas não. Não vou deixar que ela faça o que quer. Com a ajuda de Raquel, consigo tirá-la dali.

Quando a obrigo a entrar no carro, Jud me olha e sibila, enquanto mexe na flor que tem no cabelo:

— Você cortou meu barato, coleguinha. Estamos na feira, e quero me divertir.

Não respondo. Não me interessa o que ela diga.

Ela não está bem. Precisa descansar, vejo isso em seu rosto enquanto dirijo.

Quando chegamos, decido levá-la no colo. Jud permite. Ao entrarmos em casa, ela me empurra contra a parede e murmura:

— Tudo bem, estou meio tontinha.

Alegre, curto nosso contato. Então, ela, em um tom que me deixa louco, sussurra:

— Vai se aproveitar de mim? Vai tirar minha roupa, arrancar minha calcinha e fazer o que está com tanta vontade de fazer? Porque se for assim... vai fazer muito mal!

Fico louco ao ouvir o que ela está propondo depois de tanto tempo sem intimidade.

Bem, na verdade, quando é que Judith não me deixa louco?

E, embora eu realmente deseje fazer isso passo a passo, nego com a cabeça e digo que a levarei para a cama.

— Não quer foder comigo? — insiste ela.

Meu Deus, como ela dificulta as coisas...

Mas não. Ela está bêbada e não quero que amanhã me acuse de nada. Mas ela continua. Não para.

— Você me deseja... Conheço você, babaca... Você me deseja.

Nossa... Nem sabia que tinha o controle que estou exercendo sobre mim mesmo.

Ela ri. Perdemos o equilíbrio, mas consigo evitar de acabarmos no chão.

Chego com ela ao quarto e a sento na cama. Tiro suas botas e a faço se deitar. Ela está linda com essa flor no meio da testa.

— Tenho que tirar o vestido. Está com cheiro de vômito, não é?

Não sinto cheiro de nada.

Só vejo minha maior tentação, mais irresistível que nunca, e eu como um idiota, contendo meus instintos mais básicos.

Caralho, que difícil!

No fim, ajudo-a a tirar o vestido de flamenca, assim ela dormirá melhor.

— Beije-me! — pede ela.

Olho para ela.

Ela sorri.

Caralho... Não posso resistir!

Será um erro se eu a beijar.

Mas preciso tanto! Não... Não vou beijá-la.

Mas, caralho, preciso de minha mulher.

Quando ela cola seu corpo no meu, sei que estou perdido. Totalmente perdido.

Tenho consciência de que o álcool está falando por ela. E quando a flor que cai sobre sua testa acerta meu olho, reajo.

— Não, Jud. É melhor você se deitar e dormir.

Seus olhos se enchem de lágrimas em décimos de segundo.

Ela vai chorar? Mas não estava rindo agora há pouco?

Nossa, está mesmo de porre!

Depois que consigo fazê-la se deitar e contenho meu desejo, vou me sentar na poltrona em frente à cama e fico observando-a sem me mexer, até que adormece. Preciso fazê-la recordar nosso amor.

Quando a noto tranquila, ligo para Juan Alberto. Depois de lhe pedir que cuide das crianças e traga as coisas de Judith à Villa, decido fazer uma viagem de um ou dois dias com minha pequena. Querendo ou não, ela me vai acompanhar. Temos que conversar.

Depois de desligar, tomo um banho. Estava precisando. Saio do banheiro nu; ela continua dormindo. Abrindo o armário, pego uma cueca e sorrio ao ver a camiseta que ela comprou para mim anos atrás no Rastro, que diz "O melhor de Madri é você".

Espero que quando ela me veja com a camiseta, lembre o quanto nos amamos.

Horas depois, quando ela acorda, ao se ver na cama, em nossa casa e sem o vestido, fica louca, como imaginei. Até que a convenço de que não aconteceu nada e ela nota a camiseta que estou usando. Sim!

Quando vê no quarto a mala que Juan Alberto trouxe e lhe conto meus planos, ela fica brava. Não quer viajar comigo.

— Ouça, meu amor, estou aqui porque não posso ficar sem você, e garanto que vou fazer todo o possível para que nossas recordações inundem sua mente e você esqueça isso que nunca deveria ter acontecido. Conversei com seu pai, e sua irmã vai cuidar das crianças até amanhã, quando voltarmos.

Judith protesta. Estranho seria se não o fizesse. Mas, no fim, convenço-a. Sei que ela está fazendo sua parte.

Já no carro, as músicas estão preparadas – entre outras, a de seu Alejandro –, e assim que arranco, digo:

— Uma vez, uma linda mocinha me disse que a música amansa as feras.

Meu comentário a faz sorrir.

Sim... sim... sim... ela sorriu!

Ela está tranquila, sossegada. A viagem está sendo agradável. Ao perceber que estamos indo a Zahara de los Atunes, sorri de novo.

Meu Deus, ver isso me deixa muito feliz!

Quando chegamos a esse lindo lugar tão especial para nós, deixamos o carro e caminhamos de mãos dadas. Ao ver uma floricultura, ela comenta que sua mãe costumava plantar umas flores que há ali. E, sem hesitar, peço um buquê de hibiscos.

O florista pergunta de que cor, e Judith responde:

— Vermelhos.

Meu amor ri de novo. Desejo beijá-la, desejo abraçá-la, mas não me atrevo. Com ela, nunca se sabe. Preciso esperar ela dar o primeiro passo e, então, pelo resto da vida, eu darei todos os passos que tenha que dar.

Vamos almoçar e, quando proponho pedir uma porção do presunto de que ela gosta, Jud recusa. Isso me surpreende. Jud adora presunto. Mas não quero discutir, de modo que não falo mais no assunto. Mas acho estranho.

Depois do almoço, decidimos dar um passeio pela praia.

A praia de Zahara é uma maravilha, areia fina e branca que se funde com nossos pés enquanto caminhamos. E eu, disposto a fazer tudo por ela, faço-a lembrar.

Não sei por quanto tempo caminhamos, só sei que curto nossa conversa, até que ela solta seu buquê de hibiscos vermelhos na areia e nos sentamos.

Divertimo-nos quando falamos sobre como nos conhecemos, e ela ri por causa do chiclete que enfiou em minha boca. Eu também sorrio. Depois, falamos sobre a chegada de Susto, a gravidez de Eric, a de Hannah, os momentos bons com os amigos, o bolo de chocolate em sua bunda. E então, inesperadamente, a mulher que me faz ser um homem diferente monta em cima de mim e me beija.

Sim... Sim... Sim...

Ela deu o primeiro passo. Agora, eu darei os que forem necessários.

Um beijo leva a outro...

Uma carícia a outra...

Um olhar a...

E quando nossos olhos se conectam, murmuro:

— Nunca trairia você com ninguém, meu amor. Eu te amo tanto que para mim é impossível ficar com outra que não seja você, e garanto que o que aconteceu com Ginebra é a última coisa que eu desejaria que acontecesse.

Judith me escuta. Até que em fim! Enroscando os dedos em meu cabelo, responde:

— Eu sei... Eu sei, meu amor.

Meu Deus, ela sabe!

Ela acredita em mim!

Por fim, acredita em mim!

Ouvir essas palavras me faz imensamente feliz. Muito... Demais... E como não quero que existam segredos entre nós, conto sobre minha viagem a Chicago. Ela se surpreende, e eu confesso que precisava machucá-los como eles haviam nos machucado. Um pouco mais.

Minha mulher me escuta...

Minha mulher me olha...

Minha mulher entende que eu não provoquei o que aconteceu.

— Meu amor, não tenho nada para perdoar. Como uma grande amiga me disse há pouco tempo, as coisas que valem a pena na vida nunca são simples. Vamos esquecer essas pessoas ruins. Nosso amor, nossas recordações e nossos momentos juntos são muito mais fortes e verdadeiros que qualquer coisa que tenha acontecido.

Meu Deus, como eu desejava ouvir isso!

— Eu te amo... — declaro.

Sim, nós nos amamos.

Amamo-nos e nos necessitamos. Juntos somos fortes, muito fortes. Ela quer me dizer algo, mas não a deixo e proponho irmos a um hotel. Sem hesitar, Jud aceita. Vamos a um que está atrás de nós e pegamos um quarto, felizes.

Assim que fechamos a porta, a paixão toma conta de nós.

Nossa, que maravilha.

Beijamo-nos. Tiramos as roupas e nos acariciamos. Até que lembro que tenho algo no bolso da calça.

— É sua, ponha — digo.

Minha pequena olha a aliança, essa que sempre adorou. E assim que ela a põe, excitado por senti-la minha de novo, arranco sua calcinha com um puxão, fazendo-a rir.

— Agora sim, pequena. Agora somos você e eu de novo.

Começa o jogo entre nós.

Estamos morrendo de desejo. Faz muito tempo que não nos tocamos.

Feliz, pego um hibisco vermelho do buquê e começo a passá-lo pelo corpo lindo e tentador de minha mulher. Meu amor arfa e eu curto seus suspiros.

Que saudades!

Quando o hibisco passa por seu sexo lindo e depilado, eu introduzo a pontinha do caule nela.

— Peça-me o que quiser e eu lhe darei. Mas só eu, meu amor. Só eu — digo, feliz.

Jud sorri. Ela se abre como uma flor para mim e, mostrando-me esse lado sensual, louco e desinibido que adoro, implora:

— Foda comigo.

Caralho! Como eu gosto quando ela me pede isso!

Ela me pega pelos cabelos e, com um desejo incontrolável, puxa-me para sua boca.

— Foda comigo como um animal, porque eu estou pedindo — exige ela.

Louco... Fico louco, e a beijo.

Tomo seus lábios com um anseio incontrolável enquanto minha linda mulher se entrega a mim do mesmo modo que eu me entrego a ela.

Contente, ela se segura na cabeceira da cama e, com sensualidade, abre as pernas para mim. Ela me provoca, me deixa louco e, duro como estou, levo meu pênis ao centro de seu desejo quente e úmido. Segurando-me na cabeceira, afundo nela de uma forma contundente e animal.

Sim!

Judith berra. Eu também. E os animais selvagens que habitam em nós nos dominam e fodemos. Fodemos como verdadeiros selvagens.

Prazer!

Jud se arqueia, grita, arfa para mim, enquanto curto sua possessividade e vibro. Quando faço ela me olhar, perdendo-me nesses olhos escuros e encantadores que me deixam apaixonado, murmuro:

— Sua boca é só minha e a minha é só sua, e assim sempre será.

Beijo minha mulher, mas, de repente, vejo uma expressão estranha nela. Dura apenas alguns segundos, mas decido ignorar. Não há nada mais importante que nós dois.

Depois desse primeiro assalto, chega o segundo, o terceiro e além. Jud e eu somos insaciáveis e, como sempre, só de nos olharmos já estamos prontos para curtir mil vezes mais.

Já bem avançada a noite, ouço o estômago de minha pequena roncar.

— Acho que preciso alimentar a leoa que há em você, senão, da próxima vez ela vai me devorar — brinco.

Meu amor sorri. Que lindo sorriso!

— Sim. Estou com fominha.

Eu me levanto nu da cama. Ciente de que minha mulher está me observando, pego o cardápio do hotel para ver o que vamos comer. Quando volto para a cama e sugiro de novo o presuntinho gostoso, ela me olha e sussurra:

— Eric, tenho que contar uma coisa.

Ao ver sua seriedade, fico assustado. O que pode ser?

— Que foi, meu amor? — pergunto, quase sem respirar.

Ela coça o pescoço.

Meu Deus, o que está acontecendo?

— O presunto me enjoa — diz ela. — Mas de um jeito que você nem imagina.

Olho para ela. É esse o problema?

Quando volto a respirar e sorrio, ela diz:

— Estou grávida!

Olho para ela... Caralho!

Não consigo respirar... Caralho!

Ela me olha... Caralho!

E murmura ao ver meu desconcerto:

— Desculpe... desculpe... desculpe... Não sabia quando lhe contar. Sei que não esperávamos, que não programamos, que é uma loucura ter outro filho...

Sim, sem dúvida, é uma loucura...

Mas o que não é uma loucura entre nós?

— Meu Deus, Eric, já são quatro filhos, quatro!

Tiro sua mão de seu pescoço, está ficando horrível.

— Descobri a gravidez depois que tudo aconteceu, e eu...

Vou ser pai outra vez!

Outra vez!

Esquecendo tudo que aconteceu, olho para a mulher que está em frente a mim com o pescoço cheio de vergões e fico louco.

Ela. Só ela consegue fazer que tudo seja incrível, e mais um filho nosso será uma bênção! Então, levantando-a da cama, abraço-a louco de alegria.

— Meu amor, você está bem? Por que não me contou antes? — pergunto, preocupado.

Conversamos. Emocionados com a linda notícia, nos focamos nela. Até que, depois de ela me fazer recordar que quer litros e litros de peridural no dia do parto, murmuro, feliz:

— Vou matar você com beijos, senhorita Flores. Nós fodemos como animais. Como você permitiu isso?

Jud ri, chora, emociona-se. Como eu não percebi isso?

— O bebê é muito pequeno e eu preciso de você. Além do mais, você mesmo disse para eu pedir o que quisesse que você me daria. Simplesmente, pedi o que queria.

Beijo-a, devoro minha mulher, e, de novo, fazemos amor.

68

No caminho de volta a Jerez, no dia seguinte, estamos felizes.
Nossa reconciliação é um fato e um bebê está a caminho.
O que mais eu poderia pedir?
Quando chegamos à casa do pai de minha mulher e contamos a novidade, todos pulam de alegria, todos nos parabenizam. Mas noto que Raquel e Jud estão cochichando.
Do que estão falando?
À noite, voltamos à feira sem as crianças. Meu sogro fica em casa com todos os netos, que são um monte. Minha mulher está linda com seu vestido de flamenca branco e vermelho, e eu ando ao seu lado de braço dado orgulhoso e feliz. Mas, quando encontramos seu amigo Sebas, sinto vontade de sair correndo.
Por que esse homem sempre tem que pôr a mão em minha bunda?
Durante horas nós nos divertimos, e digo *nós* porque eu me divirto também. Enquanto vejo minha garota curtir a feira de sua terra, eu a curto.
A certa altura, estou indo com meu cunhado buscar comida, quando vejo os banheiros químicos. E, diante da urgência que sinto, digo para ele ir na frente que logo o alcançarei.
Entro em uma das pequenas cabines. Estou fazendo o que só eu mesmo posso fazer por mim, quando ouço a voz de minha cunhada. Como é escandalosa!
— Segure a porta. Ela não está fechando direito, e eu não estou a fim de que vejam minha bunda.
— Tudo bem — responde Judith.
Sorrio. Essas duas!
Juntas, são terríveis. Então, minha cunhada diz, dentre outras coisas:
— A gravidez, ele aceitou bem, mas como vai aceitar o fato de você ter ficado com aquele cara na outra noite? Sei que foi só um beijo e pouco mais, mas, do jeito que seu marido é ciumento e possessivo...
Caralho!
Meu xixi trava.
Ei, espere aí!
Minha mulher ficou com um sujeito e não me disse nada?
Sinto meu estômago revirar.
Não. Minha pequena não pode ter feito isso. Ela não.
Fecho os olhos e respiro. Preciso respirar.
— Eu não contei ainda. Estávamos tão contentes por causa de nossa reconciliação e do bebê que não consegui contar.

Caralho...

Não posso acreditar. Ela fez isso mesmo!

Minha mulher ficou com outro e... Apoio-me na parede da cabine.

— Ai, *cuchufleta*... — diz Raquel.

— Fico me culpando por isso, sinto-me péssima. Perdi a cabeça. Quis me vingar de Eric por causa de tudo que estava acontecendo e, bem... Aconteceu o lance do beijo e um pouco mais. E, depois, ele veio tentar me reconquistar e pensei que talvez...

Não aguento mais!

Com um tapa, abro a porta da cabine e, com o barulho, elas me olham, assustadas.

Meus olhos e os de minha mulher se encontram. Vejo seu choque. Seu susto.

Minha fúria é terrível. Ela me decepcionou.

— Judith... — sibilo.

Por sua cara, vejo que se sente muito mal.

— Foi uma bobagem, meu amor, eu... — murmura ela.

Mas já não enxergo. Já não ouço.

O que aconteceu comigo foi involuntário. Eu não provoquei. Nada a ver com o que ela fez. Depois de gritar que se cale, vou para o estacionamento.

Preciso ir embora para não provocar em Jerez algo pior que o massacre do Texas.

A passos largos, chego ao carro, mas ela me alcança e discutimos. De novo discutimos.

Será que não podemos viver sem problemas?

Judith fala, tenta se explicar, coça o pescoço. Está acelerada, mas não a escuto. Dói saber que ela procurou um homem e ficou com ele para se vingar de mim. Dói demais.

— Estou voltando para Munique.

— Por favor... Por favor... Escute...

Ela me toca, me agarra. Mas não quero seu toque e, tirando-a de cima de mim, rosno:

— Deixe-me em paz, Judith. Agora não.

Ela fica paralisada. Não me interessa.

Entro no carro e arranco. Não suporto olhar para ela. Agora não.

Toca a música de Judith, a que eu mesmo insisti para que ela escutasse para fazê-la recordar. Furioso, tiro o CD e o jogo pela janela. Agora quem não quer recordar sou eu.

Quando chego à casa de meu sogro e toco a campainha, o homem abre a porta e diz, gentilmente:

— Eric, o que está fazendo aqui?

Olho para ele. Não sei se devo lhe dar explicações.

— Por que me ligou e me disse para vir? — pergunto, confuso.

Manuel pestaneja, acho que não sabe o que responder.

— Porque você devia estar aqui. Minha filha precisava de você.

Balanço a cabeça. Entro na casa e, quando ele fecha a porta, sem levantar a voz, pergunto:

— Realmente acha que sua filha precisava de mim, ou o que você pretendia era que ela não ficasse com outros?

O olhar de Manuel endurece.

— Ninguém falta ao respeito com minha filha na minha casa, entendeu?

Praguejo. O que estou fazendo?

Por que estou falando assim com esse homem tão bom?

Como não estou a fim de continuar falando nem com ele nem com ninguém, digo:

— Por favor, Manuel, avise Flyn que vamos voltar para Munique.

Ele me olha, confuso. Não sabe o que fazer.

— O que aconteceu, Eric? — insiste ele.

Minha raiva em virtude que aconteceu é cada vez maior. Grunho, contrariado, enquanto vou para os fundos da casa buscar Flyn:

— Pergunte a sua filha quando a vir. Assim eu não lhe faltarei com o respeito.

Quando chego ao quarto do fundo, vejo Luz e Flyn jogando PlayStation. E, arrancando os cabos da tomada, digo:

— Flyn, pegue suas coisas. Vamos embora!

— Titio... que coisa chata, *joé*! O que está fazendo? — grunhe Luz.

Meu filho me olha, ele conhece meus olhares.

— O que aconteceu, papai?

— Pegue suas coisas e vamos embora.

— Tio, eu estava ganhando! — insiste Luz.

Olho para a menina furioso, tão furioso que ela se cala. Acho que é a primeira vez que me vê tão nervoso. E, quando Flyn acaba de recolher seus poucos pertences, digo, pegando sua mochila:

— Vamos.

Assim que saímos do quarto, encontro Jud na porta com seu pai. Não sei como ela voltou da feira, mas está aflita.

— Vá para o carro. Eu já vou — digo a Flyn.

Jud me olha. Respira acelerada. Coça o pescoço já vermelho. Olha para o garoto, que, com um fio de voz, pergunta:

— Mamãe, que foi?

Jud vai chorar. Vejo isso em seu rosto, mas ela se controla. Sabe que pisou na bola. Sabe que deveria ter me contado.

— Faça o que seu pai está dizendo. Fique tranquilo, não foi nada — responde ela, dando um beijo na cabeça de Flyn.

O garoto resiste, não está entendendo nada. Enquanto falo com meu piloto por telefone para dizer que o quero pronto no aeroporto para decolarmos imediatamente, Jud diz:

— Papai, pode acompanhar Flyn até o carro? Luz, vá com eles.

Manuel olha para nós. Está tão perplexo quanto as crianças. Depois que ele sai puxando Luz, Judith e eu ficamos sozinhos.

— Eu levaria Eric e Hannah comigo, mas não quero assustá-los acordando-os agora — digo.

— Eric...

Sacudo a cabeça, agora não quero explicações. Levanto as mãos e ordeno que se cale.

Eu não esperava essa traição. Não dela. E, cravando nela meu olhar terrível, grunho:

— Você me decepcionou de um jeito que eu jamais poderia imaginar.

Nervosa e alterada, Jud coça o pescoço já vermelho. Eu permaneço impassível, não a detenho.

— Eric, não vá embora. Vamos conversar. Eu cometi um erro, mas... — suplica ela, chorosa.

— Erro?! — grito, fora de mim. — Seu grande erro foi fazer o que fez consciente do que estava fazendo e depois não me contar.

Jud tenta se explicar. Não me deixa abandonar a casa de seu pai, impede-me. Mas estou magoado, muito magoado.

— Você disse que já havia se queimado e, sem dúvida, agora eu me queimei também. E sim, Judith, estou terrivelmente furioso. Tão furioso que é melhor eu ir embora antes que façamos um escândalo na frente de nossos filhos e de sua família. E, por favor, sai da minha frente, porque quem não quer ver você agora sou eu.

Ela não se mexe, não me dá ouvidos. No fim, eu tenho que a tirar do caminho para passar.

Quando saio, Manuel se aproxima.

— Rapaz, você não está em condições de dirigir — diz meu sogro.

Eu sei, mas preciso me afastar de sua filha.

— Desculpe por ter sido indelicado, mas preciso ir, Manuel.

O homem me dá um abraço. Depois, Luz me abraça. A sua maneira, demonstram que me amam e que esperam que eu volte.

Entro no carro e ligo o motor.

— Calma, papai. Calma — diz Flyn.

Suspiro. Estou arrasado. Em silêncio, dirijo até o aeroporto de Jerez, onde Frank nos espera. Ao chegarmos, entramos no jatinho e partimos. Afasto-me dela.

69

Quando chego à Alemanha, estou com um péssimo humor.

Minha mulher me traiu, ficou com outro, e cada vez que penso nisso fico mais doente.

Ninguém precisou drogá-la. Ninguém precisou enganá-la. Ela procurou. Ela me traiu!

Raiva. Sinto muita raiva e, pelos mesmos motivos de Judith, agora eu teria que ficar com outra mulher. Para enganá-la. Essa seria minha vingança. Mas não. Não quero isso. Do jeito que estou, a última coisa de que preciso é de uma mulher. Só de pensar me dá nojo.

Uma vez em casa, mando Flyn para a cama. É muito tarde. Quando Susto e Calamar se aproximam, como não estou a fim de tê-los ao meu lado porque me fazem lembrar dela, levo-os para a garagem. Quero ficar sozinho.

Em meu escritório, tomo um uísque. Bebo esse e preparo outro.

Odeio beber, mas, sem dúvida, é um bom método para esquecer.

Meus olhos encontram as fotos que Judith pôs em cima da lareira. Vejo a mulher que adoro, mas que acabou de me deixar arrasado. Seu sorriso, esse sorriso pelo qual sou capaz de matar, de repente, me mata. E, jogando todas as fotos no chão, grito de frustração.

Maldição!

Maldita vida, a minha!

Por quê? Por que isso tem que acontecer comigo?

Não deveria ter me apaixonado. Não deveria ter dado uma chance ao maldito amor.

Eu, que vivia tranquilo e sossegado, fazendo o que me dava na telha sem ter que dar explicações a ninguém, de repente, fui me apaixonar por uma mulher, por uma espanhola louca e irracional que me tira do eixo.

Furioso, pego um globo terrestre de cristal, um presente antigo de Dexter, e, sem pensar no que estou fazendo, jogo-o contra a parede. A bola se estilhaça. Minha fúria aumenta. Também atiro um quadro no chão.

Não tenho mais freio. Quebro ainda a garrafa de uísque, os copos. Jogo tudo que está em cima da mesa, mas não me acalmo. Ao contrário, vou ficando cada vez mais furioso. Jogo os CDs, outros quadros, livros, o notebook. Até que, de repente, a porta do escritório se abre e Björn aparece.

Meu amigo e eu nos olhamos. São seis e quarenta da manhã, não sei o que ele está fazendo aqui.

— Flyn me ligou assustado.

Essas palavras me fazem perceber o que estou fazendo, o susto que meu filho deve ter levado.

— Flyn está na cama. Conversamos e ele já está mais calmo — explica Björn.

Praguejo.

Praguejo por minha maldita irracionalidade e, sentando-me em minha poltrona, rosno:

— Não quero conversar.

Björn levanta a cadeira que eu derrubei antes e senta-se diante de mim.

— Isto significa que agora você quer ser designer de interiores?

Suas palavras me fazem sorrir. Ao olhar ao redor e ver o que fiz, murmuro:

— Ela me traiu, Björn. Por vingança, ela ficou com outro.

Meu amigo não esperava minha revelação. Olha para mim. Não sabe o que dizer.

— E agora, o que você quer fazer? — pergunta ele, por fim.

Sacudo a cabeça. Ainda não consigo acreditar. A única coisa que quero é me perder.

— Não sei, Björn. Não sei — respondo, confuso.

Conversamos. Ele me tranquiliza. Eu grito desesperado, xingo, sou um irracional, e ele me escuta e me acalma. Björn é um bom amigo.

Então, ouvimos batidas na porta do escritório. Olho o relógio, são nove e meia da manhã. Segundos depois, Simona aparece. Traz uma bandeja com café da manhã. Depois de entrar e olhar ao redor assustada, ela deixa a bandeja em cima da mesa e pergunta:

— O senhor está bem?

Olho para ela. Estou fazendo tudo errado.

— Fique tranquila, Simona, estou bem. E, por favor, não recolha nada. Eu cuido disso.

— Mas, senhor...

— Simona — interrompo, ao vê-la olhar os vidros e papéis no chão. — Disse que vou cuidar disso.

Com pesar, sem me perguntar por Jud e as crianças, ela sai do escritório.

— Vou tomar um banho. Preciso ir para a Müller — digo, ao me levantar.

Björn se levanta também, olha para mim e pergunta:

— Tem certeza? Não prefere tirar o dia de folga?

Nego com a cabeça. A última coisa de que preciso é ficar nesta casa pensando em meus problemas.

— Tudo bem. Vou levar Flyn para a minha casa. Ficar com Peter vai ser bom para ele.

Assinto, acho uma boa ideia, e vou para o quarto tomar um banho. Preciso retomar minha vida, mesmo sem Judith.

70

No entanto, é complicado... muito complicado. Estou no escritório, mas minha mente não para de pensar em minha mulher, no que ela fez. Estou desesperado. Imaginar que outro beijou seus lábios, sua boca, e tocou essa pele que considero minha, deixa-me enciumado. Muito.

★ ★ ★

À noite, quando volto para casa, Norbert me diz que Judith ligou. Precisa saber se pode usar o jatinho para voltar. Não pergunto o dia, pois não me interessa, mas dou o telefone de Jud para meu piloto e peço que ligue para ela. Ela lhe dirá quando quer voltar.

Janto com Flyn em casa. Ele não me pede explicações sobre o que aconteceu, mas sinto que devo lhe dizer alguma coisa depois do espetáculo de destruição que fiz em meu escritório.

— Ouça, Flyn, quanto ao que aconteceu...
— Você vai se divorciar da mamãe?

Ouvir a palavra divórcio me deixa arrepiado.

Eu amo Judith, quero minha mulher, mas tudo se complicou.

Associar divórcio com Jud é difícil. Não consigo, não sou capaz de lidar com isso. Mas viver como vivemos, sem nos falarmos, sem nos olharmos, sem nos amarmos, não seria bom para ninguém, menos ainda para nossos filhos.

— Não sei, Flyn... Não sei.

Ele não pergunta mais nada. Minha cara deve estar tão feia que ele decide se calar, e continuamos jantando em silêncio.

Depois que ele vai dormir, tomo dois comprimidos para a dor de cabeça que está me matando e vou passear com Susto e Calamar. Os bichos não têm culpa de nada, e fico durante horas sentado à porta de entrada brincando com eles. Susto me olha, parece entender meu estado de ânimo, e sempre que pode me dá seus beijos babados.

Ele é maravilhoso!

Entramos e os cachorros se enroscam em seus cestos para dormir, e eu vou para o escritório, para esse desastre que eu mesmo provoquei. Olho para tudo desanimado.

Caralho, veja só o que aprontei!

Pedi a Simona que não tocasse em nada. Eu mesmo devo recolher a bagunça, mas, ao ver tudo quebrado e arrasado, vou para o quarto. Amanhã limparei tudo.

Depois de tomar um banho, deito-me na cama e, inevitavelmente, o cheiro de Judith assalta minhas fossas nasais. Os lençóis têm o cheiro dela. O travesseiro tem o cheiro dela. Tudo tem o cheiro dela. E praguejo contra meu azar.

Por que tive que conhecê-la se agora tenho que viver sem ela?

Depois de uma noite de duas horas de sono, quando me levanto, vejo que está caindo o mundo. O dia está escuro, cinza, assim como meu estado de ânimo. Depois de afagar os cachorros, pego o carro e vou para o escritório. Como eu disse a mim mesmo no dia anterior, a vida continua.

Logo minha secretária enche minha mesa de documentos. Entre a viagem a Chicago e a de Jerez, acumulou bastante trabalho, e preciso pensar em outra coisa que não seja Judith. De modo que me concentro nos papéis.

Chega a hora do almoço, mas não quero sair. Então, minha secretária pede que entreguem comida no escritório. Depois que deixam uma bandeja em cima de uma mesinha, olho para tudo e bufo. Não estou com fome, mas preciso comer alguma coisa. Acabo comendo a carne. Já é o bastante.

Volto a me concentrar em meus papéis. Até que ouço a porta do escritório se abrir e meu coração para.

A poucos metros de mim está Judith.

Ela está aqui!

Olhamo-nos. Meu semblante se endurece, eu não a esperava. Quando a vejo fechar a porta, sem poder evitar, pergunto com rudeza:

— O que está fazendo aqui?

Judith se aproxima da mesa, não tira os olhos de mim.

— Eu sei... Não diga nada. Sei que não deveria aparecer aqui, mas...

— Pois, se sabe, por que veio? — interrompo, erguendo a voz.

— Eric, temos que conversar.

Ao ouvir isso, eu me levanto. A raiva toma conta de mim e, tentando não berrar como meu corpo pede, vou falar, quando ela diz com toda sua arrogância:

— Se ousar me expulsar da sua sala, juro que você vai se arrepender.

Bufo sem acreditar no que estou ouvindo.

Ainda por cima ela me vem com arrogância?

Essa mulher é impossível. É evidente que ela nunca vai aprender a não me desafiar.

Mordendo a língua, olho para ela. Eu lhe diria mil coisas, uma pior que a outra, mas ela prossegue:

— Para mim também é difícil estar aqui, ainda mais sabendo que você não quer me ver. Mas não estou disposta a passar de novo pela tortura de vivermos na mesma casa sem nos olharmos nem conversarmos. De modo que só vai conseguir me tirar daqui à força, e acho que não vai ser legal seus funcionários verem você expulsar sua mulher do escritório. Ou vai?

Caralho... Caralho... Caralho...

Fico louco vendo-a aparecer aqui com essa arrogância espanhola. Mas ela tem razão em duas coisas. Não podemos mais viver como vivíamos, e não ficaria bem que meus funcionários fossem testemunhas de uma de nossas brigas terríveis, de modo que, sentando-me e demonstrando minha contrariedade, digo:

— Muito bem. Fale.

Em silêncio, escuto de novo Jud dizer que estava furiosa comigo pelo que aconteceu com Ginebra e que, por despeito, ficou com um tal de Gonzalo.

Maravilha!

Também afirma que não aconteceu nada além de beijos. Ela fala, fala, sem parar.

Escuto-a irado. Imaginar o que ela está contando não é agradável. Não digo nada. Não quero falar. Ela que fale, já que foi para isso que veio até aqui.

Escuto-a sem pestanejar. Judith diz que me ama, que me adora, que eu fui a Jerez para fazê-la lembrar isso, e que agora ela veio para me fazer lembrar.

Está acelerada. Solta as frases sem parar para respirar. Quando ela bebe água porque está com a boca seca, ouve-se um trovão. O dia está como eu.

— Sabe? — prossegue. — Acho que a vida dificultou nosso encontro. Você nasceu na Alemanha, eu, na Espanha, mas o destino quis que nos encontrássemos, apesar de sermos duas pessoas tão diferentes.

Não me mexo, sei que ela tem razão. Nunca foi fácil para nós.

— Desde que estamos juntos, já aconteceu de tudo. Juntos aprendemos muitas coisas, e nossa vida a dois sempre esteve cheia de amor e paixão, apesar do fato de que, como diz nossa canção, quando você diz *branco*, eu digo *preto*.

Sem dúvida, ela me ensinou a amar, a rir, a dar chance às coisas, mas também me ensinou a ficar puto, a ter ciúmes, a ser irracional.

— Eric — insiste ela —, agora sou eu que digo: "Peça-me o que quiser que eu lhe darei". Pense em todos esses lindos momentos que vivemos juntos, feche os olhos e pergunte-se se valerá a pena me perdoar para que continuemos colecionando momentos incríveis junto com Flyn, Eric, Hannah e o bebê que está crescendo dentro de mim.

O bebê. É verdade. Há um bebê a caminho, e não estamos facilitando as coisas para ele. Isso me incomoda. Não vejo a menor graça que por nossa culpa ele sofra, mas a raiva que sinto não me permite falar.

Judith olha para mim, espera que eu diga alguma coisa. Mas não. Não pretendo dizer nada. Sei que ela não gosta de meus silêncios, que a incomodam muito, e quero incomodá-la como ela fez comigo.

Olhamo-nos...

Desafiamo-nos...

Sustento estoicamente seu olhar escuro. Quando ela não aguenta mais, diz, coçando o pescoço:

— Eu lhe dou uma hora.

Pestanejo sem poder acreditar.

— Você me dá uma hora? — pergunto, sorrindo com arrogância.

Ora, ora, era só isso que me faltava ouvir.

Ela me trai, não me conta, fico sabendo sem querer e agora vem aqui, em meu escritório, como uma Joana d'Arc e me dá uma hora?

Sem dúvida, essa espanhola está pior do que eu pensava.

— Quando eu sair de sua sala, irei à lanchonete esperar você decidir se valho a pena ou não. São duas e meia da tarde. Se, às três e meia, você não for me buscar, isso significará que não quer resolver nossos problemas, e então eu irei até a recepção, onde Mel está me esperando, e sairei da Müller e da sua vida para sempre.

Essa última parte me mata. Dói, deixa-me arrasado, e enrugo o cenho mais ainda.

Mas quem diabos ela pensa que é para me dar um ultimato?

— Você tem uma hora — insiste, enquanto se dirige à porta.

Ao vê-la se afastar, de forma inconsciente, minha boca a chama:

— Judith.

Mas ela finge que não me ouve, abre a porta e sai.

Maravilha! Estamos de parabéns, como sempre!

Sozinho em minha sala, olho o relógio. Duas e trinta e um da tarde.

Não consigo acreditar que aquela insensata apareceu aqui e me deu uma hora. Uma hora para quê? Para saber se a amo ou não?

Caralho, Judith nunca vai mudar.

Amá-la, eu amo. Como não vou amá-la?

Mas em uma hora não sou capaz de assimilar tudo que aconteceu e pensar em como desejo que nossa relação continue.

Caralho, não posso!

Farto, cansado, cravo os olhos nos documentos que estava analisando quando ela chegou e decido prosseguir.

Mas não entendo nada. Leio, mas parece escrito em grego, porque não consigo processar nada. Fico angustiado. Olho o relógio. Duas e trinta e cinco.

Cinquenta e cinco minutos!

Não. Definitivamente, não vou entrar no jogo dela. Não estou a fim. Acho que nós dois já nos queimamos, e não vou atrás dela. Nem daqui a uma hora nem daqui a vinte e sete. Eu me recuso.

Duas e trinta e oito.

Eu me levanto da cadeira, sirvo um uísque e, quando dou um gole, meu telefone toca. É Björn. Atordoado, conto-lhe o que aconteceu. Ele já sabe que Judith está em Munique porque Mel lhe contou.

— Vejamos, Eric, que diabos você quer fazer?

Confuso como nunca antes, olho o relógio: duas e quarenta e três.

— Não sei, Björn. Caralho, não sei!

Apoiado na janela do escritório, observo a chuva, os trovões.

— Tudo bem. Como advogado, digo que isso só tem duas saídas: a da frente e a dos fundos. Pela da frente, vocês fazem as pazes e...

— Não me encha o saco, Björn, estou farto, esgotado! — interrompo.

Meu amigo se cala. Minhas palavras saíram de minha alma, e faz-se um silêncio incômodo na linha, até que ele murmura:

— Tudo bem. Pelo que vejo, só resta a saída dos fundos, não é?

Não respondo.

— Vou preparar a papelada do divórcio. Tenho que ver se Jud quer que eu represente os dois ou se vai arranjar outro advogado. Teremos que conversar, falar sobre as crianças e o dinheiro, e, se vocês estiverem de acordo, podemos fazer um divórcio *express* — completa ele.

— Caralho, Björn.

Ouvir tudo isso faz meu estômago revirar.

Como posso me divorciar dela se a amo com todo meu ser?

E as crianças? E os cachorros?

O que vou fazer sem minha pequena?

— Eric, é isso que você quer, caralho?

Não respondo. As coisas materiais não me interessam. Mas viver sem ela não é o que eu quero para minha vida.

Duas e quarenta e nove.

— Eric, por Deus, reaja. Sim, tem razão, Jud cometeu um erro por causa da raiva que sentia depois do que aconteceu. Mas você já parou para pensar o que deve ter sido para ela ver você naquele balanço beijando e comendo a Ginebra? Caralho, sei que você não gosta de falar disso, sei que foi involuntário, mas, se você tivesse visto Jud nessa situação, como teria reagido? Como teria lidado com isso?

Não respondo; não consigo.

— Veja, Eric, sou seu amigo e amo você. Apoiarei tudo que decidir, como sempre fiz desde que nos conhecemos, mas, se não pensar com clareza e der ouvidos a seu maldito coração, você vai se arrepender pelo resto da vida. Mas, agora, você decide. Só você.

Dito isso, Björn se despede. E, quando desliga, olho o relógio: duas e cinquenta e dois.

Sinto-me sozinho. Terrivelmente sozinho e assustado. Não posso imaginar minha vida longe de Jud.

Imaginar minha existência sem ela e seus sorrisos é impossível.

Duas e cinquenta e cinco.

Fecho os olhos.

O que faço?

Que diabos hei de fazer?

Seu rosto, suas palavras, tudo que ela me disse sobre nossa vida em comum vale a pena. Claro que sim. Nós não somos perfeitos. Somos os seres mais imperfeitos e cabeças-duras que existem na face da Terra, mas sempre fomos assim e foi isso que fez que nos apaixonássemos, o que nos cativou, o que ela e eu somos.

Abro os olhos.

Duas e cinquenta e nove.

O tempo está se esgotando, mas já tomei a decisão.

Preciso de minha pequena, eu a amo, e sem dúvida aprenderei a esquecer como ela aprendeu por mim, e recordarei o que realmente vale a pena: nossos momentos.

Penso nela. Ela está na lanchonete esperando um sinal meu. Devo ligar para ela? Não. Tenho que fazer algo especial. Preciso que ela sinta que este momento é único para nós. E, depois de me lembrar de algo que ela disse, ligo para Mel. Um toque... Dois... Quando atende, sabendo que sou eu, ela diz:

— Se você não for a essa lanchonete atrás de Jud, juro que...

— Mel — interrompo-a, acelerado —, eu amo Jud e vou lutar por ela, mas preciso de Peter.

— De Peter? — pergunta ela, surpresa.

— Ouça, preciso que Peter venha aqui e entre no software dos elevadores.

— O quê?!

Como sei que o rapaz é o melhor *hacker* que conheço, insisto:

— Preciso que ele pare o elevador comigo e Jud dentro e que depois toque nossa canção pelos alto-falantes.

— Mas... Peter... Ele está em casa, e...

— Ele pode fazer isso de casa? — pergunto, esperançoso.

Mel se cala. Não sabe o que responder.

— Ligue para ele e pergunte, mas, ouça, Eric...

— O quê?

— Björn vai nos matar por incentivar o menino a fazer isso.

Ela ri. Eu rio também. Sou um filho da puta, mas meu amigo vai ter que me perdoar.

Depois de desligar, ligo correndo para Peter. Sem hesitar, ele me diz que pode fazer tudo do seu computador.

Mãe do céu, esse garoto é um perigo!

Depois de lhe contar meu plano, nervoso, vou sair pela porta do escritório, quando lembro que tenho um pacote de chiclete de morango em minha gaveta.

Ótimo!

Olho o relógio: três e quatro. Com o pacote de chiclete, corro para os dois elevadores e, segundos depois, um deles para. Dá erro. Sorrio. Sei que Peter já começou com nosso plano.

Entro no único que funciona e, durante uma meia hora, subo e desço constantemente para que minha pequena não me escape.

Calor... Estou suando. Como só há um elevador disponível, é nele que todo mundo entra, e o calor é insuportável.

De repente, em uma das muitas viagens, o elevador para no andar da lanchonete. Escondido no fundo, vejo-a entrar com o semblante abatido e o pescoço cheio de vergões.

Minha pequena!

Uma vez que as portas se fecham, mando uma mensagem para Peter. Ele tem que deter o elevador assim que começar a descer. E, quando as luzes piscam e ele para, sorrio enquanto todos os outros se assustam.

Obrigado, Peter!

Como sempre que um elevador para, alguém começa a apertar todos os botões, mas eu só olho para minha mulher, minha moreninha. Jud suspira, bufa, e logo começa a acalmar uma mulher que está nervosa.

Escondido entre as pessoas, percebo que ela assume o controle da situação:

— Ouçam, o elevador parou porque a luz deve ter acabado por causa da tempestade, mas, sem dúvida, os recepcionistas no primeiro andar já devem ter percebido e logo resolverão tudo.

Todos falam. Todos dão opinião, e minha mulher abre a bolsa e pega um leque que uma amiga dela sevilhana chamada Tiaré lhe deu. Ela se abana, eu a observo. Está com calor. Como preciso que ela saiba de minha presença, eu me aproximo por trás e, aspirando seu perfume, pergunto:

— Você está bem?

Jud dá um pulo. Olha para mim. Está desconcertada, não sabe o que dizer. E, quando leva a mão ao pescoço, eu a seguro e a impeço. Ela bufa.

Sua cara engraçada enche minha alma e meu coração. Aproximando-me mais, murmuro, enquanto o resto das pessoas conversa entre si:

— Sabe? Há alguns anos, o destino me fez conhecer você dentro de um elevador que parou assim como este, na Espanha.

Jud me olha, surpresa.

— Em pouco menos de cinco minutos, eu me apaixonei loucamente enquanto você me contava que, quando fica nervosa, é capaz de soltar espuma pela boca e virar a menina do *Exorcista*.

Jud pestaneja. Está confusa, e me dá as costas.

Não quer olhar para mim. Eu continuo dizendo coisas que nunca pensei que diria, e que saem diretamente de meu coração à espera de seu sorriso. Ela me ensinou que eu tenho um coração; um coração que, além de bater, sente, chora, sorri e perdoa, e agora o estou usando para reconquistar minha mulher. Meu amor.

Jud continua sem olhar para mim; está desconcertada. Depois de soprar seu pescoço para aliviar a vermelhidão, pego-a pelo braço, faço-a virar para ver seu lindo rosto e, mostrando-lhe o pacote de chiclete, pergunto, esperançoso:
— Quer um?
Por fim, ela me olha e assente.
Ótimo!
Ela está entendendo o significado do que está acontecendo, e sei que está gostando; seu olhar me diz isso. Então, sem hesitar, pego um chiclete de morango e o coloco em sua boca. Ela o aceita e, a seguir, faz o mesmo comigo.
Estamos no bom caminho!
Ela sorri. Sim... Sim... Sim... E, satisfeito com o desenrolar da situação, afirmo:
— Aí está. Esse é o sorriso em que penso em todos os momento do dia.
Meu amor assente, fica emocionada. Sem dúvida, os hormônios estão querendo aprontar. Ela me pergunta o que estou fazendo ali. Depois de explicar, eu sussurro, sorrindo:
— A propósito, saiba que, quando eu sair daqui, Björn vai me degolar.
— Por quê? — pergunta ela, curiosa.
Sorrio. Sou o chefe, e veja só o que estou aprontando. Puxo minha mulher para mim e lhe conto sobre Peter. Ambos estamos rindo, quando começa a tocar nossa canção pelos alto-falantes do elevador: "Blanco y negro". Jud me olha surpresa, e eu, piscando para ela, digo:
— Se o golpe de efeito ao me ver falhasse, sem dúvida, nossa canção me daria outra chance.
Ambos rimos. Seu riso me cativa.
Se alguém me dissesse que eu poderia fazer algo assim por amor, nunca teria acreditado, mas aqui estou, louco e apaixonado por minha mulher.
— Não precisei de uma hora para saber que não quero viver sem você, mas sim para preparar tudo isto. Por nada neste mundo vou deixar você sair de minha vida, porque te amo e porque as recordações que nós dois juntos temos e as que vamos criar em nosso caminho são muito mais importantes que as pedras bobas que temos que pular para continuar nosso amor.
Falo... Falo... E falo... Solto tudo que tenho que soltar para minha mulher sem me importar com os outros que nos observam.
— Você é meu amor, é apaixonada, beijoqueira, maternal, caseira, boca suja, louca, interessante, deliciosa, severa, divertida, sexy, guerreira, passional, e eu poderia prosseguir e prosseguir e prosseguir dizendo as milhares de coisas boas e positivas que você tem. Mas, agora, preciso beijá-la. Posso?
Judith olha para mim, sorri e replica:
— Não.
Caralho... caralho!
Como não?

Se tudo estava indo perfeitamente!

Olho para ela... Ela me olha...

Achei que ela estava vendo tudo que estou fazendo como um ato de amor e reconciliação. Sem perder a compostura, porque por ela sou capaz de qualquer coisa, pergunto:

— Por quê?

Jud bufa, sorri, emociona-se, e, por fim, abraçando-me, surpreende-me de novo quando diz:

— Babaca, porque eu é que vou beijar você.

E me beija... E como me beija...

Epílogo

Munique, um ano depois

A casa está transbordando de gente.

Todos os nossos parentes e amigos mais queridos estão conosco celebrando o batizado de nosso pequeno Paul e de Jasmina, a filha de Mel e Björn.

Meu sogro veio de Jerez e está muito feliz, principalmente porque, com Pachuca, sua vida tem outra cor. Fico feliz por ele ter dado esse passo, e por Jud e Raquel terem facilitado as coisas para ele. Ele merece ser feliz.

Com curiosidade, observo meus amigos rirem. E, ao ver Jud na lateral da sala olhando para todos, eu me aproximo.

— No que está pensando? — pergunto, abraçando-a.

Minha pequena, essa por quem eu movo céus e Terra – e sei que ela faria o mesmo por mim –, aproxima-se mais de meu corpo e responde:

— Estou pensando na grande família que temos.

Emocionado, assinto. Ela tem razão.

As pessoas que estão aqui, em nossa sala, são nossa família. Não importa se o que nos une são laços de sangue ou de amizade. Todos, absolutamente todos os que aqui estão são especiais, únicos, e sem eles, sem seu amor e sua cumplicidade, seria difícil viver. Então, eu beijo esse pescoço que adoro e digo, depois de ver Hannah e o pequeno Eric correndo com Juanito e Lucía:

— E tudo isso graças a você, pequena. Se você não tivesse entrado em minha vida, nada disso seria realidade.

Jud se vira e me beija, demonstrando o quanto me ama.

— Isso é graças aos dois. A você e a mim — diz ela.

Sorrio e assinto.

Não sou eu que vou contrariá-la!

Vou dizer algo, quando Björn me chama, requerendo minha presença. Depois de dar uma piscadinha a minha garota, eu me afasto.

Quando chego onde está meu amigo, ele sussurra:

— Essa sua sobrinha!

— Qual delas?

Björn aponta para Luz, que nesse instante está conversando com Jud e Raquel.

— Que foi? — pergunto.

Meu amigo ri, o que indica que a coisa não é grave.

— Peter está agoniado. Luz não para de olhar para ele e dizer que se parece com um garoto que a enlouquece, um cantor chamado Harry Styles — responde Björn.

Rio. Luz é Luz, outra espanhola que, quando crescer, vai enlouquecer a mãe e o homem que se apaixonar por ela!

Mas, pensando nesse tal de Harry, noto que não sei quem é e decido fazer uma busca no Google. Segundos depois, meu amigo e eu vemos que se trata de um dos garotos da banda juvenil One Diretion.

— Pois ela tem razão. Peter se parece com ele — digo.

Ambos sorrimos. Então, vejo minha garota indo até a mesa para comer um presunto do bom, que seu pai trouxe da Espanha. Como ela gosta disso!

— Papai... — ouço alguém dizer.

É meu filho.

— Diga, Flyn.

— Eu e Peter podemos subir ao meu quarto para jogar PlayStation?

— Seria ótimo — diz Peter, sorrindo.

— Eu também quero. Vou dar uma surra em vocês e deixar os dois com as calças na mão — diz Luz, aproximando-se de nós.

Os meninos bufam. É evidente que a guerra dos sexos sempre existirá, em todas as idades. E, quando vou responder, Björn se antecipa e diz:

— É melhor ficarem na sala. Agora vamos comer bolo.

Ao ouvir isso, rio; não posso evitar. Ao ver os três adolescentes de hormônios em ebulição se afastarem, pergunto:

— Por que isso?

— Ela quer deixar os dois com as calças na mão!

Solto uma gargalhada. Björn me dá uma piscadinha e, afastando-se em direção a seu pai e seu irmão, que observam os filhos de Dexter, diz:

— Esse trio é perigoso.

Olho para ele boquiaberto. Depois, olho para os jovens cujos hormônios impedem sua visão e nego com a cabeça.

Não! São muito pequenos.

Mas já não consigo tirar os olhos deles, até que Susto e Calamar passam correndo por mim.

Minha mãe se aproxima com a pequena Ainhoa no colo e eu começo a falar baleiês. A menina morre de rir. Deve pensar que seu tio é idiota, como sei que pensa minha irmã. Marta está com Drew e Mel, rindo de mim. Esses três...

Escandalosa como sempre, Frida brinca com Graciela, enquanto Andrés e Dexter deixam Raquel boquiaberta e Juan Alberto cai na gargalhada. Melhor não saber do que estão falando. Mas, pela cara de pavor de minha cunhada, sem dúvida posso imaginar.

Sexo!

Quando minha mãe se afasta com minha sobrinha para falar com Simona e Norbert, vou até minha pequena, que continua comendo presunto e bebendo Coca-Cola, e a abraço. Para mim, não há coisa melhor que seu contato. Quando ela vai me beijar, Björn, que se aproxima com Mel, murmura:

— Pessoal, que tal se deixarem um pouco para esta noite?

Eles nos dizem que há uma festa no Sensations.

— Está a fim, moreninha? — pergunto.

Jud sorri.

Desde que Paul nasceu, só fomos uma vez ao Sensations. Animada com a proposta ardente, ela afirma:

— Sem dúvida, lourinho.

Nesse instante, abre-se a porta da sala e aparecem Paul e Jasmine no colo de suas cuidadoras. São dois bonequinhos, perfeitos. E Björn e eu, como pais orgulhosos que somos, vamos até eles.

Nossa, como mudamos!

Feliz, observo meu louro, esse pequeno Zimmerman Flores que tanto se parece comigo, enquanto vejo Björn falando baleiês com sua moreninha.

Satisfeitos, meu amigo e eu curtimos nossos bebezinhos, até que ele diz, bem-humorado:

— Oh-oh... alguém está vindo para cá.

Ao olhar, vejo Sami correndo para nós e buscando o pai com o olhar. Ela não curtiu muito a chegada de sua irmãzinha, Jasmine.

— Que foi, princesa? — pergunta Björn.

Sami, que tem dom para ser atriz, faz um beicinho. Pestaneja com graça e, quando ele se abaixa para ficar a sua altura, ela diz:

— Dói aqui, papai.

Imediatamente, Björn se levanta, entrega Jasmine a Pachuca, que está passando por ali, e, pegando no colo sua menininha, que já não faz mais beicinho, enche-a de beijinhos e mimos e a senta em uma cadeira.

Então, meu amigo me olha, dá uma piscadinha, tira do bolso da calça um *band-aid* de princesa e coloca o curativo no joelho dela.

— Lembre-se, Sami: a Bela Adormecida vai curar você de um jeito mágico e a dor vai desaparecer. Tchan, tchan, tchan, tchan! E nunca mais vai voltar — diz Björn.

Sem poder acreditar, observo meu amigo.

Quem o viu e quem o vê!

Sua vida mudou radicalmente, como a minha, quando o amor apareceu.

O amor, isso que muitos renegam, mas que, quando nos toca com sua varinha mágica, faz de nós os homens mais apaixonados e bobos do mundo.

A pequena vai embora sorrindo e triunfante por ter obtido toda a atenção de seu pai, e Björn olha para mim. Vejo pura felicidade em seu sorriso. Olhando para Mel, que está ao meu lado, e para minha pequena, ele diz:

— O que eu posso fazer? Todas me querem.

Jud sorri; eu também.

— Ei, 007, não seja tão convencido! — brinca Mel.

Estamos rindo, quando começa a tocar a todo volume "September", do Earth, Wind & Fire. Sem olhar, já sei quem a colocou. Minha mãe. Ela adora essa música.

Feliz, vejo minha progenitora ir dançar. E, sem hesitar, atrás dela vai minha pequena. Eu as observo feliz. Minha mãe e minha mulher... Essas duas!

Mais gente vai dançar. Estou muito contente e não consigo afastar os olhos de minha garota enquanto cantarolo e mexo o pé ao compasso da música. Então, beijo meu pequeno Paul, que continua em meu colo.

— Paul, prepare-se, porque, no dia que o amor de sua vida aparecer, nada vai detê-lo — digo ao meu filho.

— Isto aqui é uma festa, venham dançar! — grita minha mãe.

Sorrio. Entrego o garoto a Pipa e, indo até minha mulher, começo a mexer os quadris, disposto a dançar.

Por que não? Estou em família. Estou em minha casa. Estou feliz.

Jud me olha. Cai na gargalhada. Sabe como para mim foi difícil decidir dançar. Abraçando-me como só ela sabe fazer, sorri e murmura:

— Eu te amo, babaca.

Adoro ser o babaca particular dela.

Como diz a música que está tocando, quando a conheci, algo me convenceu de que o amor havia chegado a minha vida, e ninguém será capaz de tirá-lo de mim, porque, simplesmente... Eu sou Eric Zimmerman.

Referencias às canções

"537 C.U.B.A.", Surco/EMI Music Publishing Spain, S. A., sob licença exclusiva a Surco Records J. V., interpretada por Orishas.

"A que no me dejas", Universal Music Spain, interpretada por Alejandro Sanz e Alejandro Fernández.

"Bemba colorá", Soul Vibes, interpretada por Celia Cruz.

"Blanco y negro", Ariola, interpretada por Malú.

"Corazón partío", Warner Music Netherlands B.V., interpretada por Alejandro Sanz.

"Cry Me a River", 143/Reprise, interpretada por Michael Bublé.

"Eso", Warner Music Benelux B.V., interpretada por Alejandro Sanz.

"Highway to Hell", Epic/Legacy, interpretada por AC/DC.

"Ribbon in the Sky", TamlaMotown, interpretada por Stevie Wonder.

"September", Sony Columbia, interpretada por Earth, Wind & Fire.

"Sexbomb", Universal Music TV, uma divisão da Universal Music Operations Ltd., interpretada por Tom Jones.

"Si nos dejan", WEA Latina, interpretada por Luis Miguel.

"Thinking Out Loud", Atlantic Records UK, interpretada por Ed Sheeran.

"You and I", 143 Records/Reprise, interpretada por Michael Bublé.

Leia também os outros livros da autora publicados pelo selo Essência:

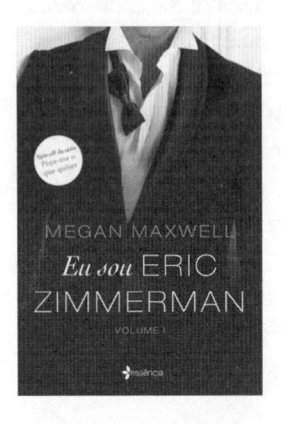

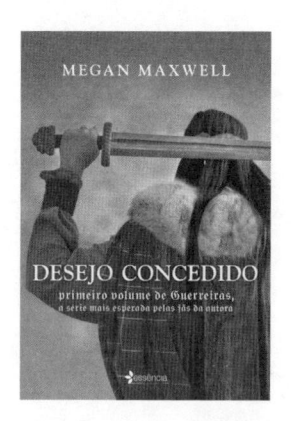

MEGAN MAXWELL

DESEJO CONCEDIDO
primeiro volume de Guerreiras,
a série mais esperada pelos fãs da autora

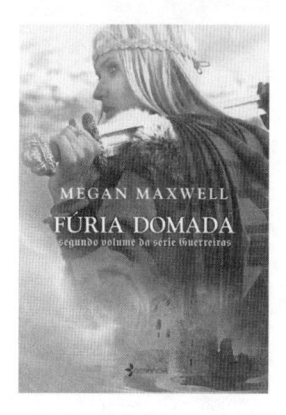

MEGAN MAXWELL

FÚRIA DOMADA
segundo volume da série Guerreiras

MEGAN MAXWELL

SEMPRE A ENCONTRAREI
terceiro volume da série Guerreiras

**Acreditamos
nos livros**

Este livro foi composto em Dante MT Std
e impresso pela Gráfica Santa Marta para a
Editora Planeta do Brasil em agosto de 2019.